Rita Mae Brown

FETTE BEUTE

Rita Mae Brown

FETTE BEUTE

Roman

Aus dem Amerikanischen
von Margarete Längsfeld

Ullstein

Marion Maggiolo von Horse Country gewidmet,
ohne die Fuchsjäger nackt herumlaufen
würden. Da bekämen die Füchse aber einen
gehörigen Schrecken!

1

Ein blutroter Kardinal hob leuchtend von der mit Schnee bedeckten Erde ab. Er hatte sich niedergelassen, um ein paar von den Bröckchen zu ergattern, die noch rund um die roten Apfelbeerbüsche am Wiesenrand zu sehen waren. Die meisten Samenkörner, für die der flammend rote Vogel eine Vorliebe hegte, waren unter der fünfzehn Zentimeter hohen Schneedecke verborgen, doch ein leichter Wind wehte die eine oder andere Leckerei herab, darunter etliche noch saftige Apfelbeerkerne.

Stahlgraue Wolken, stellenweise dicht wie Nebel, hingen tief über dem frischen weißen Schnee. In der Mitte der dreißig Morgen großen Heuwiese auf der Orchard-Hill-Farm ragte, einem einsamen Wächter gleich, ein vierzig Meter hoher Zuckerahorn auf. Die Heuwiese wurde von Laub- und Nadelwäldern begrenzt.

Zwei Weißwedelhirsche setzten über den Dreibretterzaun. Die Wildsaison dauerte in diesem Teil Virginias von Mitte November bis zum zweiten Januar. Jene unbelehrbaren Menschen, die noch keinen Jagdschein besaßen, mochte man wohl an diesem kalten 27. Dezember, einem Samstag, im Schnee kauern sehen.

Zwei wendige Jagdhunde stürmten den Hirschen auf der Wiese entgegen. Zunächst bemerkte der Kardinal, dem sich unterdessen sein Weibchen zugesellt hatte, die Hunde nicht, da die Beeren einfach zu lecker waren. Als die Vögel aber den Lärm hörten, richteten sie ihre Hauben auf, flogen auf die Äste einer Eiche und ließen die Hunde vorübersausen.

Ehe die Vögel sich wieder über ihr Festmahl hermachen konnten, rasten noch einmal vier Hunde vorbei. Hinter ihren Pfoten wirbelte Schnee auf wie glitzerndes Konfetti.

In der Ferne blies ein Jagdhorn drei lange Töne, für die Hunde das Signal zum Umkehren.

»Sister« Jane Arnold, Master of Foxhounds des Jefferson-Jagdvereins, versuchte sich im Wald dicht an der Westgrenze der Heuwiese darüber klar zu werden, wie sie vorgehen sollte. Der Schnee fiel dichter, dicke Flocken blieben einen Moment am Fell des Pferdes haften und an ihren Wimpern. Sie spürte die kalten, feuchten Flocken auf ihren geröteten Wangen. Wenn sie ausatmete, entströmte auch Rickyroo, ihrem schönen Vollblutpferd, ein Lufthauch.

Hinter ihr waren vierundfünfzig Reiter. Von den Kruppen und Flanken der Pferde stieg Dampf auf. Vorneweg hob Shaker Crown, der Meuteführer, ein drahtiger Mann Mitte vierzig, noch einmal das Jagdhorn an den Mund. Der Hauptteil der Meute, zwanzig Koppeln – Jagdhunde werden stets paar- oder koppelweise gezählt –, wartete gehorsam auf die nächste Anweisung.

Sister ließ den Blick über die Baumwipfel schweifen. Meisen, Zaunkönige und ein Specht spähten zu ihr hinunter. Hier waren noch keine Füchse durchgeprescht. Unterschiedliche Vögel reagierten unterschiedlich auf ein Raubtier wie einen Fuchs. Diese Geschöpfe wären verstört herumgeflattert. Krähen, Raben und Stare dagegen hätten sich als Schwarm erhoben und zetermordio geschrien. Sie ließen sich ungern stören und verachteten Füchse bis ins Mark ihrer zarten Knochen.

Links von Sister verharrte eine einzelne Gestalt am Zaun. Wenn Shaker weiterritt, würde Betty Franklin, die Feldpikörin, über die alte Palisade springen und sich linker Hand halten. Betty, eine erfahrene Jägerin, hütete sich, zu weit voranzudrängen. Die Gruppe der Meute, die sich abgespalten hatte, schwenkte nach rechts, und Sybil Hawkes, die zweite Pikörin, jagte bereits über die Heuwiese hinterher.

Sister war besorgt, ob Sybil die drei Hundekoppeln zum Umkehren bewegen könnte. Eine Meute sollte zusammenbleiben – leichter gesagt als getan. Sister gab sich die Schuld an dem Zwischenfall. Es dauert Jahre, ja Jahrzehnte, bis man sich eine ausgeglichene Jagdmeute herangezogen hat. Sie hatte zu viele Erstjährige, also Junghunde, die erstmals dabei waren – quasi Kinder im ersten Schuljahr –, auf die heutige Jagd mitgenommen.

Die Junghunde waren während der Weihnachtsjagd am vergangenen Samstag im Zwinger geblieben. Die Weihnachtsjagd, der dritte der hochheiligen Jagdtage, hat immer regen Zulauf, und es herrscht große Aufregung. Sister und ihr Meuteführer, den sie über alles schätzte, waren sich einig gewesen, dass die Weihnachtsjagd zu viel für die Junghunde war. Heute hätte sie nur eine Koppel mitnehmen sollen, nicht die vier Paare, die dieser Meute zugeteilt waren. Shaker hatte sie darauf aufmerksam gemacht, doch sie hatte abgewinkt und gesagt, das Feld werde heute nicht so groß sein, da viele Reiter sich noch von den weihnachtlichen Strapazen erholen müssten. An der Weihnachtsjagd hatten über hundert Personen teilgenommen, heute waren es gut halb so viele, aber immer noch eine beträchtliche Anzahl.

Die Hunde liebten das Jagen im Schnee. Für die Junghunde war dies der erste richtige Schnee, und sie konnten einfach nicht an sich halten.

Sister saß auf Rickyroo, der ihre gereizte Stimmung spürte. Sie kam sich wie ein ausgemachter Esel vor. Sie jagte nun schon ihr Leben lang, und mit zweiundsiebzig war es ein erfülltes Leben. Wie konnte sie jetzt nur so unglaublich dumm sein?

Zum Glück verstanden die meisten Leute hinter ihr wenig von der Kunst der Fuchsjagd, und sie war eine Kunst, keine Wissenschaft. Sie liebten das Gepränge, das Laufen und Springen, das Geläut der Jagdhunde. Einige liebten sogar die Hunde selbst. Von den vierundfünfzig Personen, die dieses Feld ausmachten, verstanden vielleicht acht oder neun wirklich etwas von der Fuchsjagd. Das genügte Sister. Solange die Menschen die Natur achteten, die Umwelt schützten und dem Fuchs – einem in Pelz gehüllten Genie – Ehre erwiesen, war sie zufrieden. Fuchsjagd war wie Baseball: Man musste den Unterschied zwischen Sinker und Slider nicht kennen, um sich an dem Spiel zu erfreuen. Solange die Leute die Grundregeln kannten und sich zu Pferde anständig benahmen, war sie froh.

Sie hütete sich jedoch, von irgendwem zu erwarten, dass er sich anständig benahm, wenn er nicht auf einem Pferd saß.

Sie beobachtete Shaker. Alle Sinne des Mannes machten Überstunden, genau wie ihre. Sie sog die kalte Luft ein und hoffte auf einen Hinweis. Sie lauschte angestrengt und hörte etwa einen halben Kilometer entfernt die drei Hundekoppeln aus Leibeskräften anschlagen. Vielleicht waren sie auf eine frische Duftspur gestoßen. In diesem Schnee musste der Duft frisch sein, soeben von den Pfoten des Fuchses gelegt. Der Rest der Meute konzentrierte sich auf Shaker. Wäre es eine heiße Spur, dann hätten Cora oder Diana, Dasher oder Ardent es ihnen sicher mitgeteilt. Doch dann waren die Junghunde wieder in den Wald gestürmt. Hatte die Meute die Spur verfehlt? Das war eher unwahrscheinlich mit einem Kopfhund wie der vierjährigen Diana, die jetzt in der dritten Saison dabei war. So jung sie war, diese Hündin trat in die Pfotenstapfen eines der großartigsten Kopfhunde, die Sister je gekannt hatte: Archie, der mittlerweile in die ewigen Jagdgründe eingegangen war und an den sie jeden Tag liebevoll dachte.

Merkwürdig, wie Talent sich in bestimmten Jagdhunden, Pferden und Menschen zeigt. Diana besaß es eindeutig. Sie hielt den Kopf jetzt den Lauten der abtrünnigen Gruppe zugewandt, die Rute gestreckt, den Kopf gehoben, die Nase in der Luft. Da war buchstäblich etwas im Busch.

Hinter Sister atmete Dr. Walter Lungrun erleichtert auf. Der schnelle Ritt hierher war länger gewesen, als er vermutet hatte, und er brauchte eine Verschnaufpause. Der wohlhabende Crawford Howard, der sowohl heiter, gesellig als auch intrigant war, reichte seinen Flachmann herum, der von Freund und Feind gleichermaßen mit breitem Lächeln angenommen wurde. Crawford hatte sich der Taktik verschrieben, dass der Mensch sich seine Freunde warm und seine Feinde noch wärmer halten soll. Marty, seine attraktive, intelligente Frau, ließ ebenfalls ihren Flachmann herumgehen. Crawfords Trunk war eine Mixtur aus Whiskyverschnitt, Cointreau, einem Spritzer Magenbitter und ein paar Tropfen frischem Zitronensaft. Reichlich genossen, konnte er einen umhauen.

Tedi und Edward Bancroft, makellos ausstaffiert und aufrechte Fuchsjäger, beide über siebzig, lauschten angespannt. Ihre Tochter Sybil, Mitte vierzig, war die zweite Feldpikörin. Die Aufgabe war wie auf sie zugeschnitten. Sie wussten, dass sie eine kühne Reiterin war, deswegen machten sie sich in dieser Hinsicht keine Sorgen. Doch Sybil, im zweiten Jahr als Pikörin ehrenhalber (im Gegensatz zu professionellen Pikören) dabei, grämte sich über jeden Schnitzer. Sybils Eltern und ihre zwei Söhne mussten sie nach jeder Jagd aufmuntern, da sie immer schrecklich streng mit sich ins Gericht ging.

Betty Franklin war mit Leib und Seele Pikörin, doch sie wusste, es gab Momente, da der allmächtige Gott einen Jagdhund, der von einer Idee besessen war, nicht kontrollieren konnte. Sie nahm ihre Pflichten entschieden gelassener als Sybil.

Mundgeblasene Glasflachmänner, in deren silberne Verschlüsse ihre Initialen eingraviert waren, wurden auch von Henry Xavier (Xavier oder X genannt), Clay Berry und Ronnie Haslip, alles Herren Mitte vierzig, herumgereicht. Diese temperamentvollen Männer waren Kindheitsfreunde von Ray Arnold junior gewesen, Sisters Sohn. Er war 1960 geboren worden und 1974 bei einem Ernteunfall ums Leben gekommen. Die Jungen waren dicke Kumpel gewesen, die Vier Musketiere.

Sister hatte die besten Freunde ihres Sohnes aufwachsen und das College abschließen gesehen. Zwei waren verheiratet, und alle waren geschäftlich erfolgreich. Sie war ihnen sehr zugetan.

Nach ungefähr fünf Minuten tippte Shaker mit dem Horn an seine Kappe, beugte sich hinunter und sprach ermutigend auf Cora ein, seine Leithündin. Sie stellte sich auf die Hinterbeine, um näher an den Mann heranzukommen, den sie abgöttisch liebte. Dann sagte er: »Kommt, Hunde«, und die Meute folgte ihm gehorsam, als er aus dem Wald ritt und die zweite Palisade übersprang, während Betty Franklin die erste nahm. Wenn man sich Meute und Meuteführer als Uhr vorstellte und die Leithündin die Position bei zwölf Uhr einnahm, war Betty bei zehn, Sybil bei zwei und der Meuteführer bei sechs.

Dreißig Meter hinter Shaker setzte Sister über die Palisade. Die meisten Reiter folgten mühelos, doch ein paar Pferde verweigerten beim Anblick der für sie bedrohlich aufragenden Pfähle. Der Schnee war den ängstlichen Tieren auch nicht geheuer; er lag in den Zwischenräumen und veränderte das Hindernis so, dass es ihnen wie ein neues, unbekanntes vorkam.

Als die Reiter an dem Zuckerahorn vorbeikamen, wedelte Cora mit dem Schwanz. Die anderen Hunde merkten auf.

Dragon, ein hitzköpfiger, aber begabter Jagdhund im dritten Jahr und ein Bruder von Diana, bellte: *»Sie ist es, sie ist es!«*

Der scharfe Geruch einer Fähe stieg vom Schnee auf.

Cora, die älter war und gelassen blieb, obwohl sie die Leithündin war, verhielt einen Moment. *»Ja, es ist eine Fähe, aber da stimmt was nicht.«*

Diana, ihr älterer Bruder Dasher sowie Asa und Ardent verhielten ebenfalls. Delia, mit neun Jahren der älteste Hund der Meute, Mutter des D-Wurfes, bildete gewöhnlich die Nachhut. Wohl hatte sie ihre jugendliche Schnelligkeit eingebüßt, doch ihr Wissen war unschätzbar. Auch Delia senkte die Nase zum Schnee.

Die anderen Hunde sahen sie an, sogar ihr ungestümer Sohn Dragon. *»Es ist eine Fähe, unverkennbar, aber höchst sonderbar«*, befand Delia.

»Vielleicht hat sie ja was Seltsames gefressen«, meinte Dragon ungeduldig. *»Unsere Aufgabe lautet Füchse jagen, egal, ob sonderbar oder nicht. Ich sage, liefern wir diesem Feld noch ein Rennen fürs Geld.«*

Cora hob abermals den Kopf und sah Shaker an. *»Schön, es ist eine Fähe, und wenn mit der Fährte was nicht stimmt, kriegen wir's sicher raus.«*

Die Hunde bellten, ihre kraftvollen Stimmen erfüllten die Luft mit einem Geläut, das Fuchsjägern so herrlich in den Ohren klang wie Musikbegeisterten die Brandenburgischen Konzerte.

Einerlei, wie oft Sister ihre Meute schon in vollem Geläut gehört hatte, sie bekam jedes Mal eine Gänsehaut.

Sie flogen über die Heuwiese, übersprangen die Steinmauern auf der anderen Seite, preschten in den Wald und hielten auf einen tiefen Bach zu, der die Apfelwiesen speiste, für die Orchard Hill berühmt war.

Der Kardinal ließ abermals von seinem Mahl ab und flatterte auf die Eiche.

»Die stören«, grummelte er seiner Gefährtin zu.

»Vielleicht legen sie noch Körner frei«, erwiderte sein gewitztes Weibchen.

Die Hunde, die dicht beisammen liefen, kamen unter der Eiche vorbei, gefolgt von Shaker, Sister und dem Feld.

Sie liefen zwanzig Minuten in höchstem Tempo, alle schwitzten trotz der Kälte. Das Bellen der Meute vereinte sich jetzt mit dem Bellen der getrennt laufenden Gruppe.

Es klang kurios.

Shaker gab Showboat Schenkeldruck. Als echtes Meuteführerpferd würde Showboat eher sterben, als sich dem Rest des Feldes anschließen. Er würde der Erste sein, punktum.

»Verdammt, was soll das!«, schimpfte Shaker. Er hob sein Horn an den Mund und blies drei lange Töne. »Lasst ihn! Aus!«

Die Hunde starrten Shaker an. Der Geruch der Fähe war so stark, dass ihnen die Augen tränten, aber sie scharten sich nicht um eine Fähe.

Betty und Sybil ritten hinzu, hielten sich aber ein Stück zurück, um notfalls die Meute zu zügeln. Aus den Gesichtern der Frauen sprach Fassungslosigkeit. Betty hielt sich die behandschuhte Hand vor den Mund, um einen verdutzten Schrei zu unterdrücken.

Sister ritt heran. Da hockte zusammengekauert der Rotwildjäger Donnie Sweigert. Seine kostspielige Flinte mit dem tausend Dollar teuren Zielfernrohr hielt er an die Brust gedrückt. Seine Tarnlatzhose und -jacke waren mit Schnee, Sabber und ein paar Markiertropfen von Jagdhunden verschmiert. Sister fragte sich, woher Donnie das Geld für seine teure Montur hatte. Er war Fahrer bei Berry Storage.

Shaker rief unentwegt seine Meute zurück, doch die Tiere mochten sich nicht von dem erschrockenen Donnie trennen.

»Was mach ich bloß?«, brüllte der dort hockende Mann.

Shaker erwiderte barsch: »Den Kopf zwischen die Beine stecken und dich selbst am Arsch lecken, du Vollidiot!« Er sprach jetzt streng zu seinen Hunden: »Lasst ihn! Aus!«

Shaker wendete Showboat wieder Richtung Heuwiese. Anfangs unwillig, diesen mit Fähenduft getränkten Menschen zu verlassen, trennten sich die Hunde dann doch von ihrem seltsamen Schatz.

Dragon konnte sich einen finalen Schuss auf Donnie nicht verkneifen: *»Und du hältst uns für blöde Tiere.«*

Als Master konnte Sister Donnie nicht sagen, dass sie es für absolut dämlich hielt, seinen Menschengeruch mit Fuchsgeruch zu überdecken. Sie musste diplomatisch vorgehen. »Don, sind Sie noch heil?«

»Ja.« Er erhob sich schwankend.

Die Fuchswittrung war so überwältigend wie Stinktiergeruch, sodass sogar die Feldteilnehmer Donnie riechen konnten.

»Brauchen Sie Hilfe, um zu Ihrem Wagen zu kommen?« Sie blinzelte Walter Lungrun zu. »Walter bringt Sie hin. Er ist Arzt. Falls Ihnen was fehlt, kann er Sie gleich behandeln.«

»Mir fehlt nichts.« Donnie hatte sich noch nicht ganz von seinem Schrecken erholt.

»Keiner hat Sie gebissen. Die Hunde würden nie jemanden beißen, Don, aber Sie müssen zugeben, die Lage ist einzigartig.«

»Ja, Ma'am.« Er stöhnte.

»Ich sag Ihnen was.« Sie lächelte, ein strahlendes, gewinnendes Lächeln. »Wenn Sie wollen, kommen Sie Montagmorgen zu mir, hinten auf die Pfirsichwiese. Vielleicht entschädigt Sie das für Ihren verpatzten Spaß heute.«

Seine Miene hellte sich auf. »Danke, Sister.«

»Und Don, überdecken Sie Ihren Geruch nicht mit Fähe, hören Sie? Halten Sie sich einfach hinter dem Wind. Ich bin sicher, Sie erwischen einen kapitalen Burschen.«

»Äh, ja, Ma'am.«

Damit folgte Sister Shaker und den Hunden zur Obstwiese und den Palisaden.

»Edward, übernimmst du kurz das Feld?«

Der große, elegante Edward Bancroft tippte sich mit der Gerte an seine Jagdkappe.

Sister ritt zu Shaker, der Lachtränen in den Augen hatte.

»O Gott, der Kerl ist dumm wie Bohnenstroh.«

Sie lachte auch. »Donnie Sweigert ist nicht der Hellste, aber als Entschädigung lasse ich ihn Montagmorgen auf der Pfirsichwiese jagen. Er wird auf *Eau de Vulpus* verzichten.«

Hierauf lachten sie beide so laut, dass auch etliche Hunde laut lachten. Das wiederum ließ die Menschen noch mehr lachen, und die Hunde verstanden dies als Aufforderung, ein Lied anzustimmen.

»Ist ja gut, ist ja gut.« Shaker wischte sich die Augen, und die Hunde beendeten ihren improvisierten Gesang.

»Wir hatten alles in allem einen guten Tag. Lass uns die Hunde aufladen und nach Hause gehen.«

»Jawohl, Boss.« Er tippte mit dem Horn an seine Kappe.

Später, beim Frühstück, das auf Orchard Hill in dem reizenden weißen Schindelhaus aus dem Jahre 1809 stattfand, wurde das Gelächter immer lauter, als die Geschichte wieder und wieder erzählt wurde.

Clay Berry verkündete, er werde Donnie am kommenden Montagmorgen eine Flasche Eau de Cologne schenken. Er werde ihm außerdem eine Terminkarte überreichen, damit er sich von Fuchsjagden fernhalten konnte.

»Glauben Sie wirklich, dass Menschen ihren Geruch überdecken können? Hätte sich ein Reh reinlegen lassen?«, erkundigte sich Jennifer Franklin, Bettys halbwüchsige Tochter, bei Walter. Wie alle Frauen im Jagdverein, war auch sie in Walter verknallt.

»Ich weiß nicht.« Walter lächelte. »Das müssen Sie Sister fragen.«

Er winkte Sister herbei. Walter war gut gebaut; er hatte an der Cornell-Universität Football gespielt und auch während des aufreibenden Medizinstudiums und seines Praktikums tüchtig Sport getrieben. Sister stellte sich neben ihn. Mit ein Meter achtzig war sie fast so groß wie er. Sie hatte mit dem Alter ein paar Zentimeter eingebüßt.

Wer Jane Arnold zum ersten Mal begegnete, schätzte sie auf Mitte fünfzig. Schlank, kräftig, das silberne Haar kurz geschnitten, weil sie es nicht leiden konnte, wenn ihre Jagdkappe einen Abdruck hinterließ auf ihrem Kopf, war sie eine imposante und dennoch feminine Erscheinung.

Walter wiederholte die Frage. Sister überlegte kurz, berührte dann Jennifers Schulter und antwortete: »Ich nehme an, ein Reh oder jeder von uns kann für kurze Zeit reingelegt werden, aber früher oder später bricht der eigene Geruch durch, und dann gnade einem Gott.«

An den Wochenenden striegelten und sattelten Jennifer Franklin, im letzten Highschool-Jahr, und ihre beste Freundin Sari Rasmussen die Pferde für Sister, Shaker und Betty. Nach der Jagd rieben die Mädchen die Pferde ab, wuschen sie, falls nötig, und säuberten das Sattelzeug. Wenn die Pferde vollkommen trocken waren, legten sie ihnen Decken über und führten sie nach draußen, ein von den Pferden sehnlichst erwarteter Moment.

Die zwei hübschen Mädchen nahmen sich sodann fünf Paar Stiefel vor, ihre eigenen mitgerechnet. An diesem Samstagnachmittag jedoch fand in ihrer Highschool ein besonderes Basketball-Turnier statt, weswegen Sister den Mädchen freigegeben hatte.

Bei Jagden an Wochentagen kümmerte Betty sich um die Pferde, während Sister und Shaker nach der anstrengenden Jagd die Hunde fütterten. Das gab ihnen Zeit, jeden einzelnen Hund zu untersuchen, sich zu vergewissern, dass keiner wund war oder sich einen Riss durch Dornen oder gemeinen Stacheldraht zugezogen hatte. Wenn einer verletzt war, wurde er in das kleine Behandlungszimmer gebracht, auf den Edelstahltisch gehoben und gewaschen, notfalls genäht oder mit Medikamenten behandelt. Die robusten Jagdhunde litten selten unter Krankheiten, aber sie zogen sich Verletzungen an den Ballen, Risse an den Ohren und Schnitte an den Flanken zu.

Wenn Betty mit den Pferden fertig war, war Sister meistens auch mit den Hunden so weit. Dann standen die zwei Frauen in der Stallgasse und säuberten ihr Sattelzeug. Das warme Wasser im Eimer lockerte die steif gewordenen kalten Finger und machte die orangegelbe Glycerinseife weich.

Während die Damen sich gemeinsam dieser Arbeit widmeten, rückte Shaker den Zwingern mit einem Spritzreiniger zu Leibe. An

Wochentagen putzte Sister seine Stiefel mit, wenn sie ihre eigenen putzte.

Der vertraute Ablauf ging flott voran, dennoch brauchte der Jagdverein eigentlich mindestens eine weitere Arbeitskraft. Während wohlhabende Mitglieder wie Crawford Turnierhallen anlegten, weil die etwas hermachten, warfen sie für einen Arbeiter kein Geld in die Kasse. Einem Angestellten fehlte das soziale Gepränge eines Gebäudes, und das schmale Budget des Vereins reichte nicht für eine zusätzliche Arbeitskraft. Da Sister und Shaker fast die ganze Arbeit machten, waren ihre Tage lang: von Sonnenaufgang bis nach Sonnenuntergang.

Sister und Betty standen nebeneinander und säuberten ihr Zaumzeug. Sie waren fast fertig.

»Hast du heute Morgen die Zeitung gelesen?«, fragte Betty.

»Ich komm erst beim Abendessen dazu. Was hab ich verpasst?«

»Die Banden, die es auf antikes Mobiliar und Silber abgesehen haben, sind wieder da. Im *Richmond Times-Dispatch* steht ein Artikel, wie sie sich durch die westlichen Bezirke arbeiten.«

»Das passiert in Richmond alle paar Jahre. Schlaue Diebe«, meinte Sister.

»Interessant finde ich, dass die Banden pausenlos unterwegs sind. Sie ziehen durch Richmond, Charlotte, Washington, sogar kleinere Städte wie Staunton oder vornehme Viertel in Middleburg. Abgesehen davon, dass sie echtes Silber aus der Zeit Georgs II. von Silberlegierung oder Sheraton- von Biedermeiermöbeln unterscheiden können, sind sie offenbar auch gut organisiert.«

»Ich bekomme die Sotheby's-Kataloge. Manche Stücke erzielen Preise in Höhe des Bruttosozialprodukts von Namibia.«

Betty lachte. »Ich habe mich immer gefragt, warum Menschen zu Verbrechern werden. Ich denke, wenn sie die ganze Energie in einen anständigen Beruf stecken würden, könnten sie genug Geld verdienen.«

»Ich weiß nicht recht. Ich kann verstehen, wenn ein dreizehnjähriges Kind aus einem Elendsviertel nicht bei McDonald's arbeiten will, wenn es mit Drogendealen ein paar Tausend im Monat einnehmen kann. Aber eine Möbelbande? Ich weiß, was du meinst.

Dieselbe Mühe könnte ebenso gut Gewinn in einem ehrlichen Beruf einbringen.«

»Na ja, vielleicht steckt da ja mehr Profit drin, als wir ahnen. Ich vermute, die Leute sind kettenmäßig organisiert, damit alles funktioniert, ganz so wie diese betrügerischen Antiquitätenhändler.«

»Hmm. Geld stehlen ist eine Sache, aber Familiensilber, Möbelstücke – mit diesen Dingen sind so viele Emotionen verbunden. Genau wie mit den vielen kleinen und großen Silbertellern, die wir bei Pferdeturnieren gewonnen haben, als wir jung waren.«

»Oder dem Teeservice meiner Urgroßmutter.«

»Verriegelst du jetzt deine Türen?«

»Ach was, hier draußen kommen sie nicht hin.«

»Das will ich nicht hoffen, trotzdem bin ich froh, dass ich meinen Dobermann habe«, sagte Sister.

Das Telefon klingelte. Sister hängte ihr Zaumzeug an den roten Sattelhaken und nahm den Hörer ab. Betty hängte ihren Jagdzügel, dessen schlichte Olivenkopftrense vom Wienern glänzte, daneben. »Hallo, Ronnie, ich dachte, du hättest für heute genug von mir.«

Er lachte. »Es ist in der ganzen Stadt herum und im ganzen Bezirk, dass Donnie Sweigert zur, äh, Jagdbeute geworden ist. Schätze, dass ihn nun alle, die ihm nah und teuer sind, von jetzt an Fuchs-Urin nennen.«

»Aber sie werden es wohl abkürzen.«

»Sicherlich.« Er lachte lauter.

Ronnie, der stets modisch gekleidet war und immer der Erste sein musste, der etwas erfuhr, brachte Schwung in jede Jagd. Für gewöhnlich zurückhaltend, konnte er es zu aller Überraschung auch mal krachen lassen.

»Was kann ich für dich tun? Hoffentlich rufst du nicht wegen der Vorstandssitzung an. Die ist erst in drei Wochen, und ich habe mich noch gar nicht mit der Tagesordnung befasst. Das heißt, außer mit dem Antrag auf mehr Geld.«

»Ach je.« In seiner Stimme schwang Mitgefühl. »Ich schlage vor, wir vergattern alle Vereinsmitglieder dazu, jede Woche ein Lotterielos für einen Dollar zu kaufen. Wenn sie gewinnen, geben sie die Hälfte davon dem Jagdverein.«

»Ronnie, das ist eine tolle Idee!« Als Betty Sisters Begeisterung mitbekam, beugte sie sich nahe an den Hörer. Sister legte ihren Arm um Bettys Taille. Das Phantastische am Frausein war, dass Frauen sich berühren, umarmen, nahe sein konnten, ohne falschen Verdacht fürchten zu müssen. Männer hielten Zuneigung für sexuelles Interesse, was zu endlosen Schwierigkeiten führte.

»War nur Spaß.«

»Aber es ist wirklich eine tolle Idee. Oh, bitte schlag das auf der Vorstandssitzung vor. Betty steht hier direkt neben mir. Ich werde es ihr haarklein berichten, dann hast du schon zwei glühende Anhängerinnen.«

Er hob die Stimme: »Echt? Wirklich und wahrhaftig?«

»Es ist mein voller Ernst. Du bist so einfallsreich.«

»Aber deswegen rufe ich eigentlich nicht an.« Er atmete ein, um die Spannung zu steigern. »Du wirst es nicht glauben. Ich habe es soeben beim Subaru-Händler von Marty Howard erfahren. Sie hat ihren Outback abgeholt, und ich habe meinen zur Inspektion gebracht.«

»Ich warte ...«

»Zuerst der Rahmen, dann die Geschichte.« Er zog Geschichten gerne hin. »Also, wir haben uns unterhalten. Ich mag Marty so gern, und es ist mir unbegreiflich, wie sie es mit diesem Mann aushält, doch das ist eine andere Geschichte – na, wartest du mit angehaltenem Atem?«

»Ja. Betty auch, sie klebt mit dem Ohr am Telefon.«

»Ah, ein größeres Publikum. So, jetzt kommt's. Ta da!«, trällerte er. »Bereit?«

»Ronnie, sobald ich dich das nächste Mal sehe, knall ich dir eine.«

»Könnte mir gefallen. Also, Master, Crawford Howard hat Sam Lorillard angeheuert, um seine Hindernispferde zu trainieren.« Das darauf einsetzende Schweigen war so lang, dass Ronnie die Stimme hob. »Sister, hast du mich gehört?«

»Ich versuche, die Information zu verdauen.«

»Kannst du das glauben?«

»Nein.«

Betty schüttelte den Kopf. »Ich auch nicht«, sagte sie in die Sprechmuschel.

»Ist die Klatschgeschichte nicht zu schön, um wahr zu sein?«

»Ich muss schon sagen.« Sister ließ Bettys Taille los.

Betty griff nach dem Hörer. »Darf ich?«

»Klar.« Die Frauen tauschten ihre Position, Sister drückte ihr Ohr an den Hörer und Betty legte den Arm um Sisters schmale Taille. »Ronnie, ich bin's, die dicke Betty.«

»Die Busenfrau.«

»Als ob dich das interessierte.«

»O doch. Ich bin ein hoch empfindsamer Ästhet.« Ronnie bewunderte, dass Betty während der vergangenen Saison fünfundzwanzig Pfund abgenommen hatte, und sie arbeitete schwer an den letzten zehn Pfund. »Wie ich dich kenne, wirst du mich mit Fragen löchern.«

»Stimmt. Da ich nicht einen Laut von dieser Geschichte gehört habe, und du auch nicht – das weiß ich, weil ich es sonst längst wüsste –, darf ich annehmen, dass Crawford mit keinem von der Truppe darüber gesprochen hat?«

»Ja.«

»Hat Marty erzählt, wie er Sam angeheuert hat?«

»Hat sie. Wir haben uns sicher zwanzig Minuten lang unterhalten. Das Geschäft mit der Landschaftsarchitektur flaut im Winter auf nahezu Null ab, deswegen hatte sie alle Zeit der Welt. Jedenfalls hat sie gesagt, und ich zitiere, Crawford hat Trainer in Maryland, Pennsylvania und South Carolina angerufen, sämtliche großen Namen. Sie haben geschworen, Sam ist genial.«

»Hat sie wirklich ›genial‹ gesagt?«

»Ja, hat sie. Ich hab sie dann gefragt, ob sie was über Sams Vergangenheit weiß.« Er hielt inne. »Sie sagte, er hat sich gehen lassen, ist ganz unten gelandet, hat sich aber berappelt.«

»Berappelt?«, fragte Sister ins Telefon.

»Sein Bruder Gray, der in Washington, D.C., eine Menge Kohle verdient hat, hat ihn in eine Entzugsklinik gesteckt. Dort war er einen Monat.«

»Deswegen haben wir ihn nicht weggetreten auf einem Gepäckkarren am Bahnhof gesehen?« Betty sprach von einem beliebten Treffpunkt der unverbesserlichen Alkoholiker. Die Einkaufsstraße in der Stadtmitte war auch so ein Sammelpunkt.

Sister sprach wieder ins Telefon: »Wie lange ist er schon trocken?«

»Willst du das Telefon wiederhaben?«, fragte Betty.

»Nö, du stellst bessere Fragen als ich.«

»Laut Marty ist Sam seit vier Monaten trocken. Sie sagt, sie haben ihn ausgiebig befragt. Sie haben auch zwei Stunden mit Gray gesprochen, und sie sind überzeugt, dass Sam der richtige Mann für den Job ist. Crawford beabsichtigt, in großem Stil in Hindernisrennen einzusteigen.«

Betty ließ sich viel Zeit, ehe sie sagte: »Dann hoffe ich nur, dass alles gut geht.«

»Aber du glaubst es nicht eine Sekunde, oder?« Ronnie klang richtig begierig.

»Äh, nein.«

Sister griff wieder nach dem Telefon. »Was denkst du?«

»Ich denke, das wird Crawford teuer zu stehen kommen.«

Sister seufzte, dann hellte ihre Miene sich auf. »In diesem Fall wollen wir hoffen, dass Crawfords Bankkonto so dick ist, wie wir glauben.«

Als sie aufgelegt hatten, sahen Sister und Betty sich nur stumm an.

Schließlich sagte Betty: »Er kann gut mit Pferden umgehen, dieser Sam.«

»Und mit Frauen.«

Sie sagten wie aus einem Mund: »Herrjemine.«

2

Dichter Schneefall zwang Sister, langsam zur Augusta Cooperative zu fahren, schlicht Co-op genannt. Laut Wetterbericht würde der Schneesturm zwei Tage anhalten, weshalb sie es für geraten hielt, ihre Vorräte an Tiernahrung, Mengfutter und, falls der Strom ausfiel, Kerosin für die Lampen aufzustocken. Sie stellte vorsichtshalber das Stromaggregat in den Keller. Dieselbe Maßnahme traf Shaker für den Zwinger und für sein hübsches Cottage, das auf dem Gelände von Sisters Roughneck Farm stand.

Letztes Jahr hatte Sister sich aufgerafft und einen neuen Transporter für ihren persönlichen Bedarf gekauft. Der Wagen, der bislang Pferde und Jagdhunde transportiert hatte, ein F350 Dually, könnte ein Haus vom Fundament wegziehen, aber die Räder erwiesen sich als zu klobig für den täglichen Gebrauch. Das in ihren neuen roten Halbtonner installierte Mobiltelefon war mit einem Lautsprecher versehen, sodass sie beim Sprechen beide Hände frei hatte.

»Shaker.«

»Ja, Boss.«

»Ich bin auf dem Weg zum Co-op. Brauchst du was?«

»Hmm, Ende dreißig, vielleicht Anfang vierzig, sie muss Sinn für Humor haben, Jagdhunde und Pferde lieben und gut in Form sein.«

»Jetzt mach aber mal 'nen Punkt.« Sie lachte.

»Hmm, bring Espilac mit, wenn sie es da haben.« Espilac war ein Milchersatz für die Welpenaufzucht. »Und vielleicht können wir noch Maisöl zum Mischen unters Trockenfutter gebrauchen.«

»Okay. Ich schau dann im Zwinger in der Futterkammer vorbei. Oh, bevorzugte Haarfarbe?«

»Rotbraun oder kastanienbraun.«

»Ich werde die Augen weit offen halten, mein Freund.«

Nach Beendigung des Gesprächs konnte sie eine beständige Geschwindigkeit von siebzig Stundenkilometern einhalten. Dank der Schneepflüge waren die Hauptverkehrswege frei, und auch die

Nebenstraßen wurden geräumt. Würde der Schneesturm andauern und die Schneemenge zu viel für die staatlichen Pflüge, wären die unbefestigten Straßen kaum befahrbar, und selbst die Haupt- und Schnellstraßen würden tückisch sein. Sister wusste, dass Shaker, sobald er aufgelegt hatte, seine Daunenjacke anziehen, einen Schal um den Hals schlingen, seine alte Holzfällermütze aufsetzen und den alten Traktor mit dem Schneepflug anlassen würde. Er würde die Farmstraße frei halten, kein leichtes Unterfangen; von der Staatsstraße bis zu der Farm waren es anderthalb Kilometer, außerdem mussten die Wege zu den Zwingern, die anderen Farmstraßen und der Weg durch die Obstwiese geräumt werden. Shaker war nicht nur ein ausgezeichneter Meuteführer, er war auch ein fleißiger Arbeiter, der wusste, was zu tun war.

Sie bog auf den Schotterparkplatz vom Co-op ein, wo sich Lieferautos, mit dem Heck zur Rampe, aneinanderreihten. Die Rampen, gut einen halben Meter oberhalb der Ladefläche eines Pritschenwagens, machten es den Co-op-Arbeitern leicht, schwere Säcke mit Futter, Saatgut, allem, was die Leute so brauchten, in die Fahrzeuge zu werfen. Lieferwagen passten genau an die Rampen. Man konnte sich einen Einkaufswagen nehmen und direkt in das geräumige Vorratslager fahren.

Jede Abteilung des Co-op hatte ihr eigenes Gebäude. Die Düngerabteilung beherbergte sogar einen Schuppen für Wagen zum Streuen und Sprühen. Die Saatgutabteilung befand sich rechts vom Düngemittelgebäude. Diagonal zu diesen zwei Bauten stand das Hauptgebäude aus Backstein, wo es Tiernahrung, Gartenbedarf und Arbeitskleidung gab.

Sister stieß die Tür zum Hauptgebäude auf und sah viele Bekannte, die alle dieselbe Idee hatten wie sie.

Alice Ramy, Besitzerin einer Farm nicht weit von Sisters, schob ihren Wagen herüber. »Hab gehört, ihr habt heute eine vorwitzige Beute gejagt. Ich fand ja schon immer, dass Donnie Sweigert nicht ganz richtig im Oberstübchen ist.«

»Der Ärmste. Er war wie gelähmt vor Angst.« Sister lachte. »Er dachte, die Hunde würden ihn zerfleischen.«

»Würde er uns fehlen?«, bemerkte Alice bissig.

»Ich denke schon. Du weißt doch, Alice, vor Gott sind alle Menschen gleich.«

Beide lachten, dann schoben sie ihre Wagen durch getrennte Gänge, um ihre Einkäufe erledigt zu bekommen, bevor der Schneesturm schlimmer wurde.

Als Sister nach dem Milchersatz griff, ratterte ein Wagen vorbei, dann hielt er an.

»Jane Arnold«, rief eine tiefe Stimme.

Sie drehte sich um und blickte in die klaren braunen Augen von Gray Lorillard, einem Mann afro-amerikanischer Abstammung. Gray war der Name der Familie seiner Mutter, und als er ein Kind war, hatten ihn alle deswegen gehänselt. Heutzutage hänselten ihn nur wenige, denn er war ein angesehener, wohlhabender Steuerberater und Partner in einer erstklassigen Kanzlei in Washington, D.C.

»Gray, wie schön, dich zu treffen. Wir bekommen dich ja hier kaum noch zu sehen. Zum Weihnachtsfest zu Hause?«

Er lehnte sich an seinen Einkaufswagen. »Ich habe mich zur Ruhe gesetzt.«

»Das wusste ich gar nicht. Ist ja großartig.«

»Ja, ich bin im August fünfundsechzig geworden, und da habe ich mir gesagt, ich will das nicht für den Rest meines Lebens machen. Ich will Landwirtschaft betreiben. Ich habe ziemlich lange gebraucht, um alles abzuwickeln. Meine Wohnung in Washington habe ich behalten, bin auch noch beratend tätig, aber, Sister, ich bin froh, dass ich wieder hier bin.«

»Wirst du in deinem alten Heim wohnen?« Sie meinte die Lorillard-Farm, die an die Ostseite von After All grenzte, dem weiträumigen Anwesen der Bancrofts.

Er sah ihr direkt in die Augen. »Hast du es gesehen?«

»Ich fahre manchmal dran vorbei.« Sie war so taktvoll, den miserablen Zustand nicht zu erwähnen.

»Sam hat nicht mal die durchgebrannten Glühbirnen ausgewechselt.« Er atmete ein und senkte die Stimme. »Ich werde nicht dort bei ihm wohnen, auch wenn ich glaube, dass er diesmal die Flasche besiegt hat. Gott, ich will es hoffen.«

»Ich finde es erstaunlich, dass er noch am Leben ist«, erwiderte Sister aufrichtig.

»Ich auch.« Er lächelte, und seine Miene entspannte sich. »Ich nehme an, dieser Schneesturm wird uns alle zu Hause festhalten. Aber irgendwann muss er ja aufhören.« Er zögerte einen Moment. »Wenn es so weit ist, darf ich dich zum Mittagessen in den Club einladen? Dann können wir uns austauschen.«

»Ich hoffe, er hört morgen auf.« Sie lächelte.

Auf dem ganzen Heimweg dachte Sister an die Lorillards: Sam, Gray und Elizabeth, alle mit anderen Zielen. Elizabeth, das mittlere Kind, hatte sich gut verheiratet, mit einem Chicagoer Zeitschriftenmagnaten. Sie saß im Gemeinderat der teuren Vorstadt Lake Forest, wo sie wohnte. Sie zeigte kein Interesse für die Heimat Virginia oder, besser gesagt, für Sam. Gray, ein guter Sportler und Reiter, hatte ein Stipendium für die juristische Fakultät der New Yorker Syracuse-Universität erlangt. Sam, ebenfalls ein guter Sportler und Reiter, hatte ein Stipendium für Michigan bekommen, dann dort aufgehört und an der Universität von Virginia Betriebswirtschaft studiert. Er konnte sich nicht von Pferden fernhalten, was jedermann verstand, aber er konnte sich auch nicht von Frauen fernhalten. Diese Abschweifungen schienen mit seiner exzessiven Trinkerei zusammenzuhängen.

Als sie jung waren, war Sister mit Gray und Sam geritten. Es war ihr ein Rätsel, wie Sam sein Leben so verpfuschen konnte. Da sie keiner Sucht frönte, konnte sie kein Verständnis für willentliche Selbstzerstörung aufbringen.

Das schmucke Farmhaus der Lorillards war aufgrund von Sams Trunksucht verfallen. Bis vor vier Monaten fand man ihn oft am Bahnhof, wo er auf einem Gepäckkarren saß und mit den anderen Trunkenbolden billigen Dessertwein runterkippte.

Der Anblick dieser Männer schmerzte Sister. Einer, Anthony Tolliver, war der erste Junge gewesen, mit dem sie getanzt und in den sie sich verliebt hatte. Sie waren Freunde geblieben, bis er im Kampf gegen die Flasche unterlag. Anthony, aus guter Familie, verlor alles. Wenn sie ihn hin und wieder sah, lächelte er sie selig an. Von seinen Ausdünstungen tränten ihr die Augen. Sie schwankte zwischen Ekel, Zorn und Mitleid. So schlimm es auch um ihn stand, Anthony konnte wunderbare Kindheitserinnerungen wachrufen. Sie konnte nicht verstehen, warum er seiner Trinkerei nicht Herr wurde.

Sister war lange genug auf der Welt, um zu wissen, dass man niemanden vor sich selbst retten kann. Man kann jemandem eine Tür aufhalten, aber hindurchgehen muss er allein. Wie es schien, war Sam endlich durch die Tür gegangen, die sein Bruder ihm aufgehalten hatte.

Bei den Zwingern lud sie das Maisöl ab. Shaker kam herein. Als er seine Mütze absetzte, fielen weiße Schneebrocken auf den Boden.

»Danke, dass du die Straße geräumt hast.«

»Ich mach's noch mal, ehe es Abend wird.«

»Halb fünf. Wir sind genau auf der anderen Seite der Sonnenwende. Ich vermisse das Licht.« Sister stapelte das Espilac im Regal.

»Ich auch.« Er schüttelte den restlichen Schnee von seiner Mütze und stampfte den Schnee von seinen Stiefeln.

»Ich hab Gray Lorillard getroffen. Er hat sich zur Ruhe gesetzt und ist gerade wieder hierher gezogen.«

»Ah, gut. Vielleicht fängt er ja wieder mit dem Jagen an.«

»Ich will's hoffen. Ich glaube, er war beim Middleburg-Jagdverein, als er in Washington gearbeitet hat. Auf alle Fälle gehen wir zusammen mittagessen, wenn der Schneesturm vorbei ist. Dabei lass ich mir alles genau erzählen.«

»Wo ist mein Mädchen?«

Sie schnippte mit den Fingern. »Ich wusste doch, dass ich was vergessen habe. Beim nächsten Mal.«

3

Früh am Sonntagmorgen schneite es immer noch. Mit den fünfzehn Zentimetern aus der vergangenen Woche betrug die Schneehöhe jetzt gut einen halben Meter. Die schneebedeckten Äste der Walnuss-, Tupelo- und knorrigen Apfelbäume sahen weich und schlaff aus. Die Zweige der jüngeren Kiefern bogen sich unter dem Gewicht. Die älteren Kiefern sahen aus wie in Tücher gehüllt.

Die Stille behagte Inky, die sich in ihren Bau am Rande des alten Maisfeldes verkrochen hatte. Dieses Feld ganz im Osten von Sister Janes großer Farm bildete eine sichere Zuflucht für die graue Fähe, die mit zwei Jahren in der Blüte ihres Lebens stand. Manche Graufüchse sind sehr dunkel, aber nicht viele. Inky war schwarz und ungewöhnlich klug. Allerdings war sie als Fuchs ohnehin über die Maßen klug, verglichen mit anderen Säugetieren.

Selbst Rotfüchse, die hochmütig auf die Grauen herabsahen, mussten zugeben, dass Inky etwas Besonderes war. Sie konnte mit den meisten Säugetieren Verbindung aufnehmen, sogar mit Menschen, und besaß ein außergewöhnliches Verständnis für deren Gefühlsregungen. Die anderen Füchse überlisteten ohne Weiteres Jagdhunde, Menschen, Pferde, sogar Rotluchse – diese waren durchtriebener und zäher als die JMP, wie die Füchse den fuchsjagenden Trupp kurz nannten. Rotfüchse wie Graufüchse konnten dank ihres Geruchssinns bei anderen Gattungen Angst, Krankheit und sogar sexuelle Anziehungskraft wittern. Doch Inky grub tiefer. So jung sie war, sogar die Roten hörten auf sie.

Ihr unter dem uralten Walnussbaum verborgener Bau war zudem durch Felsvorsprünge getarnt; manche waren so groß wie Findlinge. Auf einer Anhöhe gelegen, unweit vom Broad Creek, der die Roughneck Farm von der After All Farm abgrenzte, bot diese Behausung mit ihren zahlreichen Ein- und Ausgängen einen schnellen Zugang zu frischem Fließwasser und so vielen liegen gebliebenen Maiskörnern, wie Inky sammeln konnte. Das Beste aber war, dass die Feldmäuse das Maisfeld heimsuchten. Es ging doch nichts über eine frische Feldmaus als leckere Mahlzeit.

Inkys Wurfgefährte Comet hatte dummerweise den Bau eines Ziesels auf der Foxglove Farm auf der anderen Seite der Soldier Road bezogen, etwa fünfeinhalb Kilometer von Inkys Bau entfernt. Mitten in einer Wildblumenwiese gelegen, schien das zunächst eine gute Entscheidung zu sein. Vorigen Herbst jedoch hatte Cindy Chandler, die Besitzerin von Foxglove, beschlossen, die Stengel und Halme unterzupflügen, den Boden zu düngen, neue Wildblumen zu säen und eine Seite der Wiese mit drei Reihen Sonnenblumen zu bepflanzen, um Vögel anzulocken. Entsetzt, dass sein Bau freigelegt worden war, zog Comet in den Wald. Hätte er nur auf seine Schwester gehört, die ihm davon abgeraten hatte, sich auf freiem Feld einzunisten.

Fünfunddreißig Zentimeter hoch, neunzig Zentimeter lang und fast zehn Pfund schwer, war Inky die Gesundheit in Person. Ihre Lunte, ihr ganzer Stolz, war jetzt besonders üppig, da die Fähe in ihr dichtes Winterfell gehüllt war.

Ein tiefes Brummen kündigte ihr Menschenbesuch an. Sie steckte die schwarze Nase aus dem Bau, und eine Schneeflocke fiel darauf. Sister Jane kam mit ihrem Geländewagen die Farmstraße entlang, die Shaker kurz zuvor geräumt hatte.

Das Geländefahrzeug wurde mit Schnee und den meisten anderen Unbilden fertig. Sister stellte den Motor ab und ließ ein Expanderseil aufschnappen, das ein Strohbündel zusammenhielt. Dieses klemmte sie sich unter den linken Arm, mit der rechten Hand hakte sie ein zweites Expanderseil auf, das einen kleinen Plastikbehälter mit Hundefutter festhielt.

Sie stapfte die Anhöhe zu dem Walnussbaum hinauf. Kälte und Schnee röteten ihre Wangen.

Ein alter Cowboyhut verhinderte, dass ihr der Schnee in die Augen fiel. Pfeifend näherte sie sich Inkys Bau. Sie wollte den Fuchs nicht erschrecken, der sie vielleicht nicht gehört hatte, falls er schlief.

Inky, die in ihren Bau zurückgewichen war, steckte den Kopf heraus.

»Guten Morgen, Inky.« Sister liebte ihre Füchse von Herzen, aber keinen so wie diesen.

»Morgen«, gluckste Inky, was als tiefer Kehllaut zu vernehmen war.

»Ich bring dir Stroh, falls du deine Streu auffrischen musst. Das Trockenfutter stelle ich dir hier vor den Haupteingang. Es ist in dem Plastikbehälter, der den Schnee abhält, und Inky, ich habe es reichlich mit Maisöl getränkt. Das magst du doch so gern.«

Ein rundes, pfotengroßes Loch war in den Behälter geschnitten, sodass Inky das Futter herausangeln konnte.

»Danke schön.«

Manchmal, wenn Sister ohne Jagd- und Haushunde allein zu Fuß unterwegs war, begleitete Inky sie seitlich in einem Abstand von zehn, fünfzehn Metern. Sie waren sich einig, diese zwei weiblichen Wesen, eine Einigkeit, die aus Zuneigung und Einsamkeit geboren war.

Inky hatte nichts gegen Raleigh, den Dobermann, aber der verfluchte Harrier namens Gockel fühlte sich bemüßigt, die Nase zum Boden zu senken und ihrer Duftspur zu folgen, wobei er die ganze Zeit kläffte. Als Jagdhund konnte Gockel nicht anders als angeben. Sosehr Inky sich über ihn ärgerte, sie wusste, dass der alte Gockel viel Leid erfahren hatte in seinem Leben. Peter Wheeler, sein Herrchen, ein stattlicher, lebhafter Mann über achtzig, war vor zwei Jahren gestorben und hatte Gockel Jane, seiner ehemaligen Geliebten, und seinen gesamten Besitz dem Jefferson-Jagdverein vermacht. Sister überhäufte Gockel mit Zuwendung, dennoch vermisste er nach wie vor seinen »Pappy« Peter.

Das Wesen, das Inky regelrecht verabscheute, war Golliwog, die gescheckte Katze, deren Hochmut Inky den letzten Nerv raubte. Katzen halten sich grundsätzlich für die Krone der Schöpfung. Golly trieb es mit dieser Überheblichkeit allerdings etwas zu weit. Zuweilen, wenn Inky dem Zwinger einen Besuch abstattete, um mit Diana zu plaudern, die sie besonders gern hatte, schlenderte Golliwog vorbei, die Nase hoch, ohne Gruß. Dann sauste sie um die Ecke zu Shakers Häuschen und stieß einen ohrenbetäubenden Schrei aus: *»Fuchs am Zwinger!«* Das rüttelte die gesamte Meute auf, die daraufhin Shaker aufrüttelte. Inky suchte dann schleunigst das Weite. Golly war ein rechter Quälgeist.

Sister atmete ein. Die Luft war drückend, der Himmel tiefgrau. Inky steckte den ganzen Kopf aus dem Bau. Maisöl roch herrlich. Aber sie dachte nicht daran, voll in Erscheinung zu treten.

»Donnerstag ist Neujahrsjagd.« Sister hätte gern den glänzenden Kopf gestreichelt, hielt sich aber zurück. »Oh, das ist immer eine ganz besondere Jagd. Es ist der letzte der hochheiligen Tage, da werfen sich alle in ihre schickste Schale, egal, welche Temperatur herrscht. Den Pferden werden Zöpfe geflochten. Im Feld werden manche so verkatert sein, dass sie grünlich schimmern.« Sie lachte. »Aber wenn sie es nicht schaffen mitzukommen, werden sie bis zur nächsten Neujahrsjagd von denjenigen gehänselt, die sich trotz allem aufgerafft haben. Ich weiß nicht, warum die Menschen so viel trinken. Ab und zu ein Glas Sekt oder guten schottischen Maltwhiskey, nur eins, wohlgemerkt, aber alles, was darüber geht«, sie schüttelte den Kopf, »reine Dummheit. Nun ja, wenn die Leute ihren Körper zerstören wollen, ist das ihre Sache, solange sie meinen nicht zerstören. Ich sehe, dass du und Athena«, sie meinte die große Ohreule, die wenig Angst vor Menschen zeigte, weil die Angst vor ihr hatten, »und deine anderen Freunde eure Körper nicht zugrunde richtet. Ich weiß nicht, ob der Mensch genetisch fehlerhaft ist oder ob er eine Gesellschaft geschaffen hat, wo der Druck so stark ist, dass viele ihn nicht ohne eine kleine chemische Unterstützung aushalten. Oder es ist vielleicht beides.«

»Ihr macht euch zu viele Gedanken über den Tod«, sagte das kluge Geschöpf, was sich allerdings wie leises Gekläff anhörte.

Sister verstand es nicht, doch als Mädchen vom Land war sie mit der Tierwelt im Einklang. »So, Süße, ich gehe jetzt die Roten am Broad Creek füttern. Und am Neujahrstag jage ich, Mistwetter oder nicht. Bis heute Abend wird es aufhören zu schneien, die Straßen werden passierbar sein, und Tedi und Edward pflügen ein Feld frei, damit alle parken können. Der Boden wird gefroren bleiben. Das kann mühsam werden.« Sie lächelte die schönen orange-hellbraunen Augen an, die zu ihr aufsahen. »Wir lassen die Hunde bei der überdachten Brücke los, drum weiß ich nicht, welche Richtung wir nehmen werden. Auf alle Fälle glaube ich nicht, dass du arg belästigt wirst. Und dann, liebe Inky, werden die Dilettanten ihre Sporen aufhängen, es wird richtig Winter, und nur die Hartgesottenen wagen sich dann noch raus. Oder sollte ich sagen, die Weichgekochten? Oh, ich liebe die Jagd im Januar, Februar und Anfang März.«

»Sister, du siehst prima aus, und ich wünsche dir ein gutes Neues Jahr.«

»Mach's gut, mein Goldstück.« Sister ging zu ihrem leuchtend roten Geländewagen zurück; ihre Fußspuren waren schon halb zugeschneit.

Inky sprang aus dem Bau und steckte die Pfote in das Loch im Behälter, um das leckere Futter herauszuholen.

Sister fuhr an das andere Ende des Maisfelds, wo eine ausgefahrene Straße in eine Farmstraße mündete, die nicht geräumt war. Das wurde ein langer Marsch bis zum Rotfuchsbau. Sie lud sich den großen Behälter auf die Schulter. Die zwei Rotfüchse Charlene und Target wohnten zusammen und hatten viele großartige Welpen, von denen die meisten überlebten, dank der Fürsorge, die ihnen Sister und Shaker angedeihen ließen.

Sie entwurmte die Füchse in ihrem Revier, sobald sie alt genug waren – ungefähr vier Monate –, um Wurmmittel einzunehmen. Sie stopfte es in frisch geschlachtete Hühner oder streute es über Trockenfutter. Sie und Shaker entwurmten die Füchse nach dem gleichen Schema wie ihre Jagdhunde, an jedem Ersten im Monat, ausgenommen in der Wurfsaison.

Soweit möglich, lockten sie die Füchse in eine Falle und verabreichten ihnen eine Tollwutspritze – kein leichtes Unterfangen. Denselben Fuchs später für die Wiederholungsimpfung einzufangen, war auch nicht einfach, aber sie versuchten es.

Sister und die Master von anderen Jagdvereinen taten, was sie konnten, um eine gesunde Fuchspopulation sicherzustellen, ganz besonders aber bemühten sie sich, den Zyklus der ungefähr alle sieben Jahre zuschlagenden Tollwut zu durchbrechen. Glücklicherweise erwiesen sich Füchse nicht als so virulente Träger des Tollwutvirus wie Stinktiere, Silberhaarfledermäuse und Waschbären, dennoch wurden sie von der schlimmen Krankheit befallen. Dank Sisters Bemühungen war die Tollwuthäufigkeit bei Füchsen gesunken. Stadtmenschen bedankten sich nie bei Fuchsjägern für ihren Kampf gegen die Tollwut, einen Kampf, der ihnen und ihren

Haustieren zugute kam, allerdings erfuhren sie auch nichts davon. Es lag nicht in der Natur der Fuchsjäger, für sich Werbung zu machen.

Die Franzosen hatten einen oralen Tollwutimpfstoff entwickelt, der in den Vereinigten Staaten noch nicht zur Verfügung stand. Sister hoffte, dass er bald in die Staaten gelangen würde, weil er ihr und anderen Fuchsjägern enorm helfen würde, die Füchse zu schützen. Fallen stellen erforderte Geschick und Gespür. Ein Fuchs beißt auch mal zu. Könnte Sister stattdessen eine Tablette in Hühner- oder Hackfleisch stecken, würde das ihre Aufgabe wesentlich erleichtern.

Der anderthalb Kilometer weite Fußweg zu Targets Bau im Wald brachte sie außer Atem. Das Stapfen durch den Schnee war ein Kraftakt. Sie stellte den Behälter vor dem Bau ab. Höchstwahrscheinlich würden weder Charlene noch Target sich blicken lassen, wiewohl sie gut mit ihrem Menschen auskamen.

Eine Fähe und ihr Gefährte wohnen selten zusammen. Der Rüde beteiligt sich wohl an der Aufzucht der Welpen, hat aber gewöhnlich seine eigene Behausung. Diese zwei jedoch verstanden sich aus irgendeinem Grund hervorragend, und so wohnte Target mit Charlene zusammen.

Sister sann darüber nach. Liest man Bücher über Füchse oder andere wild lebende Tiere, so sind die Informationen meistens korrekt. Doch wie in der menschlichen Gesellschaft gibt es auch in der Natur immer Ausnahmen, die die Regeln bestätigen. In Wahrheit wussten die Menschen viel weniger über Füchse als über andere Tiere. Von Regierungen als Schädlinge betrachtet, wurden sie nicht erforscht. Aufgrund ihrer Anpassungsfähigkeit, ihrer hohen Intelligenz und der Tatsache, dass sie Allesfresser waren, konnten Füchse sich rasch umstellen und tun, was immer zum Überleben notwendig war. Zudem lasen Füchse keine Bücher über ihr mutmaßliches Verhalten. Es stand ihnen frei zu tun, was ihnen passte, ohne sich über Regelverstöße Gedanken zu machen.

»So, ihr zwei«, rief Sister den Roten zu, »hiermit kommt ihr durch die nächste Woche. Ich komme Donnerstag wieder vorbei. Ihr könnt ruhig mal erwägen, euch zu zeigen.«

»*Vielleicht*«, bellte Target, der mit sechzehn Pfund ein Riese war.

Sister trat den Rückweg an. Der Schnee war noch dichter und schwerer geworden, und sie musste sich an der zuletzt geernteten Maisreihe orientieren, um ihren Weg zu finden.

Sisters geschärfte Sinne verbanden sie sowohl mit ihrem Wild als auch mit ihren Pferden und Jagdhunden; im Grunde stand sie bestimmten Tieren näher als den meisten Menschen.

Manche glaubten, wer diese ungewöhnliche Verbundenheit an den Tag lege, habe ein Kindheitstrauma erlebt, und solche Tierliebhaber seien unfähig, anderen Menschen Liebe oder Vertrauen entgegenzubringen. Doch Jane Arnold war in einem liebevollen Elternhaus in Mittelvirginia aufgewachsen. Ihre Freunde waren das Fundament ihres Lebens. 1974, als ihr Sohn mit vierzehn tödlich verunglückte, und 1991, als Big Ray, ihr Mann, an einem Lungenemphysem starb, hatten ihre vielen Freunde und die Tiere ihr darüber hinweggeholfen.

Ihr Sohn, Ray junior, von den Musketieren auch »RayRay« gerufen, wäre jetzt über vierzig. Seltsam, ihn sich im mittleren Alter vorzustellen. Seine Freunde waren älter geworden, doch Ray junior blieb für immer ein Teenager. Sie dachte jeden Tag an ihren Sohn. Der Schmerz war schon lange ausgebrannt. Geblieben war eine Liebe, die Sister Auftrieb gab. Hierüber sprach sie nicht. Schließlich waren die meisten Menschen intensiv mit ihrem eigenen Leben beschäftigt. Sie nahm niemandem sein Selbstinteresse krumm. Doch von der Liebe sprechen, die über das Grab hinausgeht – wie könnte man so etwas erörtern?

Ein Grab nimmt den Leib auf, doch die Liebe wird darüber triumphieren. Die Liebe ist die Kraft des Lebens und des Lebens nach dem Leben.

Sister wischte den Sitz des Geländewagens ab, kletterte hinauf, drehte den Zündschlüssel um und fuhr zur Farm zurück. Sie hatte die Füchse gefüttert, die der Ostseite der Farm am nächsten waren. Shaker fütterte die auf der Westseite. Menschen, die in Jagdrevieren lebten, also dort, wo der Verein Füchse jagte, gingen heute oder morgen mit Futter für ihre Füchse hinaus. Sogar diejenigen, die nicht ritten, versorgten ihre Füchse. Wenn jemand mal nicht konnte, brauchte er nur Sister anzurufen, worauf diese Vorkehrungen für das Wohlergehen der Füchse traf.

Sie parkte den Wagen im Geräteschuppen. Rauch hing tief über Shakers Schornstein. Sie klopfte an die Tür.

»'rein«, rief er.

Sie trat ein. »Was denkst du?«

Sie arbeiteten seit zwei Jahrzehnten zusammen. Er wusste, was sie mit der Frage meinte.

»Ich denke, wir bekommen einen schönen Neujahrstag. Aber vielleicht solltest du den Dienstag absagen und später nachholen.«

»Das habe ich mir auch schon überlegt. Ich sprech's auf die Vereinsansage.« Der Jagdverein hatte eigens ein Telefon, dessen Nummer von den Leuten angewählt wurde, um Nachrichten über das Tagesgeschehen abzuhören.

»Ich glaube nicht, dass die Nebenstraßen geräumt werden, und die Dienstagsjagd geht bei Chapel Cross los. Das ist schon unter besten Bedingungen strapaziös. Ich werde wohl die Vajays anrufen.«

Die Vajays, eine wohlhabende Familie, die ursprünglich aus Nordindien stammte, waren begeisterte Förderer des Jefferson-Jagdvereins. Sie waren die Besitzer von Chapel Cross und mussten über die Änderung der Pläne informiert werden.

»Zieh deinen Mantel aus, Boss. Ich mach Kaffee.«

»O danke, Shaker, aber ich hätte lieber Kakao. Du und ich hatten noch keine Minute Zeit, um ausführlich zu reden. Weihnachten macht uns alle irre. Gott sei Dank gibt's bei uns keinen zweiten Weihnachtsfeiertag.«

Der 26. Dezember war bei manchen amerikanischen und bei allen Vereinen in Großbritannien ein großer Jagdtag.

»Dieses Jahr hatten wir aber eine weiße Weihnacht. Das hat alle gefreut.«

»Ja.« Sie hängte ihren Mantel an einen Wandhaken, öffnete die Haustür und schüttelte ihren Cowboyhut. Sie machte die Tür wieder zu, stampfte den Schnee von ihren Cowboystiefeln, schnürte sie auf und zog sie aus. Ihre bestrumpften Füße spürten die Kälte der breiten Hartholzdielen.

»Da muss eine ihre Strümpfe stopfen.« Shaker deutete auf ein Loch in ihrem linken Socken.

Sie seufzte. »Ich habe mir seit Jahren nichts Neues zum Anziehen gekauft. Jeans, Jagdkleidung, das ja, aber nichts Richtiges. Ich weiß nicht, was mit mir los ist. Eigentlich mag ich Kleidung.«

»Keine Zeit zum Einkaufen.« Er setzte Wasser auf. Sie trat zu ihm in die kleine Küche.

Shaker, ein ordentlicher Mensch, hatte gern Gäste. Seine Frau, die ihn vor vier Jahren verlassen hatte, hatte immer für Geselligkeiten gesorgt. Solange sie zusammen waren, hatte es in dem Häuschen regelmäßig viele Menschen und viel Gelächter gegeben. Doch sosehr Mindy ihren Mann schätzte, die langen Arbeitszeiten eines Meuteführers und seine vollkommene Hingabe an die Hunde missfielen ihr. Sie brauchte mehr Zuwendung und mehr Geld. Sie verließ ihn für einen gut situierten Mann in Fauquier County. Nach allem, was man hörte, war sie glücklich. Sie fuhr einen BMW 540i.

Shaker holte eine Packung Plätzchen hervor. Sie setzten sich.

Sister nahm sich ein Zuckerplätzchen. »Eh ich's vergesse, weder Alice noch Lorraine ist besonders kräftig. Sobald es aufhört zu schneien, sollten wir morgen nachsehen, was zu tun ist. Du kannst Alices Traktor anlassen und Schnee räumen. Ich füttere die Hühner und schaufele das Haus frei.«

Alice Ramy studierte drei Tage die Woche an der Technischen Hochschule von Virginia. Sie hatte ihre Farm an Lorraine Rasmussen und ihre Tochter Sari vermietet und bewohnte sie mit ihnen – ein gutes Übereinkommen für alle.

»Klar. Ruf an und frag, ob sie was brauchen. Wir können es hinbringen.«

»Okay.« Sie trank ihren Kakao, froh, dass Shaker ihren heimlichen Plan bezüglich Lorraine Rasmussen nicht durchschaute.

Sie liebte das Konkrete an Männern, besonders an Shaker. Dennoch entgingen ihnen oft subtile emotionale Signale. Er war einsam. Ein guter Mensch, der nie reich sein oder auch nur zum Mittelstand gehören würde. Doch Shaker liebte seine Arbeit, und er machte sie gut. Das zählte eine Menge im Leben.

Mit dem richtigen Arrangement und ein wenig Nachhilfe von Freunden würde Shaker möglicherweise Lorraine Rasmussen entdecken und umgekehrt.

4

Zur sonntagabendlichen Dämmerstunde fiel immer noch Schnee, durch den die imposanten Steinsäulen vor Beasley Hall kaum zu sehen waren. Die Hauer der zwei edel gestalteten, jetzt weiß überzogenen Bronzebären schimmerten in dem bläulichen Licht umso mehr.

Die Bären hatten pro Stück 25 000 Dollar gekostet, als Crawford Howard sie vor elf Jahren kaufte. Crawford, der aus Indiana zugezogen war, hatte mit dem Bau von Einkaufscentern überall in seinem Heimatstaat ein Vermögen verdient. Als er mit Anfang dreißig Monticello besichtigte, war er von Mittelvirginia entzückt gewesen. Sobald er genug verdient hatte, um sich vollkommen abgesichert zu fühlen, war er hierher gezogen und sogleich in den Jefferson-Jagdverein eingetreten. Das war ein bisschen heikel, weil er keine Ahnung vom Reiten hatte. Ehrgeiz und Ego ließen ihn jahrelang Reitunterricht nehmen, bis er schließlich vom dritten zum ersten Feld aufrückte. Nicht allen im ersten Feld passte dieser Aufstieg in den Kram; denn konnte er auch meistens das Pferd zwischen den Beinen halten, so verstand er doch herzlich wenig von der Fuchsjagd.

Als ein in vieler Hinsicht eitler Mensch hatte er Fettabsaugung, Gesichtsstraffung und Haarentfernungen über sich ergehen lassen. Doch Crawford besaß auch gute Eigenschaften. Er war hochintelligent und nicht an den Virginia-Kodex gebunden, einen Verhaltenskodex, der mit den europäischen Höfen des achtzehnten Jahrhunderts konkurrierte. So betrachtet befand Virginia sich noch im achtzehnten Jahrhundert. Von allen Südstaaten waren Virginia und South Carolina die striktesten, was ihre vielfältigen Regeln betraf. Crawford ignorierte die Regeln, und zuweilen riefen sogar seine guten Ideen und Einsichten Naserümpfen hervor. Sister Jane, selbst ein Kind des Kodex, unterdrückte ihre Abneigung und hörte ihm zu. Als gute Leiterin wusste sie, dass man das Material nutzen musste, das zur Hand war.

Anfangs konnte Crawford Jane Arnold nicht ausstehen. Sie ritt wie der Teufel. Es war ihm verhasst, von einer Frau in den Schatten gestellt zu werden, zumal von einer, die fast fünfundzwanzig Jahre älter war als er. Sie umkreiste Probleme und Menschen, anstatt direkt zum Kern der Sache vorzustoßen, was ihn zum Wahnsinn trieb. Wenn sie es nicht mit jemandem zu tun hatte, der ihr sehr nahestand, nahm Sister sich sehr viel Zeit, ging sachte vor und bemühte sich, Gegnern das Gesicht wahren zu helfen. Mit der Zeit lernte er, ihre Methoden zu respektieren, so wie sie lernte, seine zu respektieren.

Das gab Crawfords größter Eitelkeit Auftrieb: Er wollte unbedingt Joint-Master werden. Es war allen klar, dass Sister einen Joint-Master einstellen musste, um ihn für den Tag anzulernen, wenn sie zu Gott dem Herrn reiten würde. Sie ließ sich damit Zeit.

Crawford dachte, Jane Arnold wollte die Macht nicht mit jemandem teilen. Hm, ja und nein. Sie brauchte die richtige Persönlichkeit, jemanden, den die anderen Vereinsmitglieder – allesamt starke, eigenwillige Menschen – respektierten. Sie wollte zudem einen fähigen Jagdführer.

Ein M. F. H. – Master of Foxhounds – hinter dem Namen eines Mannes oder einer Frau konnte ihn oder sie zu einem unerträglichen Großkotz machen. Crawford konnte ohnedies schon furchtbar unerträglich sein.

Sein Reichtum war eine Brechstange. Früher oder später würde er das alte Mädchen knacken, darauf zählte er. Das gab seinem Schwung Nahrung, förderte seine Geduld, trieb ihn an, einen kostspieligen Paradeplatz mit Tribüne auf einem von den Bancrofts gestifteten Grundstück zu bauen. Die Bancrofts hatten noch mehr Geld als Crawford, was ihn wurmte. In einer Eingebung benannte er die Tribüne zu Ehren von Raymond senior und den Reitplatz – eine schöne Anlage mit einem idealen Untergrund – nach Ray junior.

Das war ihm nicht selbst eingefallen. Seine Frau Marty hatte ihn darauf gebracht. Die Klatschmäuler der Stadt behaupteten, sie sei wegen seines Geldes mit ihm zusammen. Jeder, der die Macht des Geldes nicht begreift, ist ein ausgemachter Dummkopf, doch Marty hatte während einer öffentlichen Affäre Crawfords Würde gezeigt. Das bedeutete Crawford am Ende mehr als alles andere. Sie hätte ihn ausnehmen, über Jahre vor Gericht bringen und jedes mögliche Vergnügen mit einer anderen unterbinden können. Sie machte ihm wegen seiner Affäre keine Vorhaltungen. Sie erwähnte sie nicht einmal. Die Virginier in ihrem anmaßenden Stolz fanden, Marty Howard habe als »edle Dame« gehandelt, will sagen als Virginierin. Marty war eine edle Dame. Offenbar gab es solche Damen sowohl in Indiana als auch in Virginia.

Marty liebte Crawford aufrichtig. Sie wusste, unter seinem starken Bedürfnis nach Angeberei und Macht und seiner Furcht, seine sexuelle Anziehungskraft zu verlieren, schlug ein gutes Herz. Mochte seine Art manchmal kränkend sein, er hatte viele gute Seiten. Sie hatte ihn von dem Tag an geliebt, als sie sich auf der Universität von Indiana in Bloomington erstmals begegnet waren.

Ohne es zu bemerken, gab Crawford Hinweise auf sein Innenleben. Als Sister Jane die imposanten, grimmigen Bären auf den nicht minder imposanten Säulen zum ersten Mal sah, hatte sie zu Crawford gesagt: »Der Herzog von Gloucester, der spätere Richard III., hatte solche Bären im Wappen.«

Ehe sie fortfahren konnte, fiel Crawford ihr ins Wort: »Vierzehnhundertdreiundachtzig bis vierzehnhundertfünfundachtzig. Ja, er ist so was wie mein Held, weil ich glaube, dass er der Krone treu war. Als sein Bruder König Eduard starb, strebten die Woodvilles nach der Macht in England. Sie waren Bürgerliche, raffgierig, habgierig – aber Eduard hatte die Macht über England haben müssen. Und bei Gott, es war ein Musterland. Ein Bürgerkrieg schien unvermeidlich, obwohl Richard zum Protektor ernannt wurde, bis sein ältester Sohn, ein Knabe nur, sein Erbe antreten konnte. Er war ein tüchtiger Verwalter, ein guter Kriegsherr. Von seinem Besitz in Middleham in Yorkshire hat er die Schotten für immer vertrieben. Er war ein starker König, aber es wurde viel

Misstrauen gegen ihn geschürt, hauptsächlich von den Woodvilles und ihren Anhängern.«

Sister war nicht überrascht, dass Crawford sich in Geschichte auskannte. Sie lächelte. »Ich fand immer, sein größter Fehler war nicht, die Prinzen im Tower zu töten, falls er es wirklich getan hat, sondern sich von dem Earl of Warwick zu trennen, seinem Vetter. Richard Neville war mehr als ein Vetter, er war die rechte Hand Richards III.«

Dieses Gespräch schlug die erste Brücke zwischen Sister und Crawford. Beeindruckt, dass sie über Geschichte las und ein echtes Gespür für die Schwankungen der Macht hatte, fragte er sich, ob mehr in ihr steckte als ein stramm reitendes, stattliches altes Frauenzimmer.

Sister ihrerseits spürte, dass Crawford eine Art Richard III. war, ein Mann von enormer Fähigkeit und Loyalität, dessen Ambitionen nicht zwingend zerstörerisch waren. Wie Richard fehlte es Crawford an der äußerlichen Unbeschwertheit von Eduard IV., den Richard beerbt und betrauert hatte.

Im Laufe der Jahre hielt Sister es dann und wann für geboten, Crawford zum Kaffee einzuladen, nur sie zwei. Sie bat Crawford und Marty auch zu kleinen Abendessen, bei denen sie die Gäste sorgsam aussuchte, und nie mehr als acht Personen.

Mit der Zeit gaben sich die älteren Vereinsmitglieder alle Mühe, Sisters Beispiel folgend, mit Crawford auszukommen. Und er ließ Geld in die Kasse fließen, wofür jedes einzelne Mitglied dankbar war, sogar Bobby Franklin, der Vorsitzende, dabei konnte Bobby den Mann nicht leiden.

Bobby Franklin sagte hinter vorgehaltener Hand, einer der glücklichsten Tage seines Lebens sei der gewesen, an dem Crawford vom hinteren Feld ins erste Feld aufrückte. Als Aufseher über das hintere Feld hatte er es mit unerfahrenen Pferden, unerfahrenen Reitern oder, im schlimmsten aller Fälle, mit einem unerfahrenen Pferd zu tun, das sich mit einem unerfahrenen Reiter plagen musste. Bobbys Sympathien lagen bei dem Pferd. Bis die Leute ins erste Feld aufrückten, hatte Bobby, ein Quell von Jagdkunde, ihnen das Grundwissen eingebläut.

Crawford sah aus dem Fenster seines schönen, von Colefax und Fowler möblierten Wohnzimmers. Die Rechnung für die Wohnzimmereinrichtung allein hatte sich auf 275 000 Dollar belaufen. Natürlich war sein Anwesen in Architekturzeitschriften beiderseits des Atlantischen Ozeans gezeigt worden.

Geld pflegte in Virginia zu flüstern. Bei Crawford schrie es. Er konnte nicht anders. Marty zügelte ihn ein wenig, doch sein Bedürfnis nach Zurschaustellung gewann meistens die Oberhand.

»Herrje, der blöde Wetterbericht hat sich schon wieder geirrt.« Er klopfte mit seinem manikürten Zeigefinger an die kalte Fensterscheibe.

Marty trat zu ihm. »Hier.«

Dankbar nahm er das Schwenkglas und trank den wärmenden, feinen Kognak. »Rituale der Wonne.«

Sie lächelte. »Vollendeter Kaffee am Morgen, eine Tasse starken Tee um vier am Nachmittag und Kognak zur Dämmerstunde im Winter, ein gekühlter Tom Collins im Sommer.«

»Heiße Küsse zur Schlafenszeit.« Er legte ihr einen Arm um die Taille. »Die Dienstagsjagd wird bestimmt abgeblasen. Ist zwar schade, dass Sorrel Buruss die Cocktailparty heute Abend abgesagt hat, aber du und ich hätten es als Einzige dorthin schaffen können.«

Er hatte vor Kurzem einen Hummer II gekauft und dachte, mit dem könnte er bis auf den Mount Everest fahren. Sein Alltagsauto war ein Mercedes S 500 in Rotmetallic. Crawford hielt nichts von den anderen Mercedesklassen M, C und E. Ein richtiger Mercedes war ein S oder SL, und damit basta. Marty fuhr vernünftigerweise einen Subaru Outback und war sehr zufrieden damit, auch wenn Crawford ihr am liebsten einen Toyota Land Cruiser kaufen würde.

»Heiße Küsse? Darauf trinke ich.« Marty stieß mit ihm an und nahm einen Schluck.

»Kaum zu glauben, dass das Neue Jahr vor der Tür steht. Liebes, ich habe mir was überlegt. Als wir hierher zogen, habe ich geschworen, mich zur Ruhe zu setzen …«

»Die Verwaltung deiner Anlagen und Beteiligungen ist eine Ganztagsbeschäftigung.«

»Das genügt mir nicht.«

»Liebling, du bist im Vorstand des Jefferson-Jagdvereins, im Vorstand des Mercy Hospitals, im Landesvorstand der Gesellschaft zur Erhaltung der Ackerflächen. Du machst so viel, dass sogar ich nicht mitkomme, wo ich mir doch sonst Einzelheiten sehr gut merken kann.« Sie schmeichelte ihm. »Und nicht zu vergessen, du bist Schatzmeister der republikanischen Partei in diesem Bezirk, und, mein Herz, ich rechne damit, dass man dich für diesen Posten auf Staatsebene vorschlagen wird.«

»Ich glaube nicht, dass sie einem Nicht-Richmonder diese Stelle geben werden.«

»Doch, das werden sie. Du bist klüger als sie alle zusammen, und du hast gute Beziehungen auch außerhalb des Staates. Aber«, sie stieß einen gespielten Seufzer aus, »ich kenne dich. Was hast du jetzt vor? Was für eine Welt willst du erobern?«

»Zuallererst: Ich werde dieses Jahr Joint-Master. Der Verein wählt den Master am Valentinstag. Ein ulkiger Brauch. Die meisten Jagdvereine wählen am ersten Mai, es sei denn natürlich, sie sind ein rein privater Haufen. Die Februarvorstandssitzung ist am achtzehnten Februar, weswegen Sister sich bis zur Januarsitzung am einundzwanzigsten entschieden haben muss.«

»Du wirst ein großartiger Master.« Ihre Meinung, dass die Chancen für diese Ehre im Moment schlecht standen, behielt Marty für sich.

Er sah wieder aus dem Fenster. Wie ein weißer Vorhang verdeckte der Schnee die Buchsbaumpflanzen, die den Weg zu dem Säulengang säumten.

»Ist das ein Winter.« Er trank noch einen Schluck. »Komm, setzen wir uns ans Feuer. Ich seh dich so gern im Feuerschein an.«

Sie küsste ihn auf die Wange. Sie setzten sich eng nebeneinander auf das üppig gepolsterte Sofa. Die orangeroten Flammen spendeten Wärme.

»Schatz, wie macht sich Sam Lorillard, was meinst du?«

Er stellte den Kognakschwenker ab und streckte die Finger. Seine Gelenke schmerzten. »Ganz gut so weit. Ist noch zu früh, um endgültig was zu sagen.«

»Fairy meint, mit Sam gibt es Ärger im Jagdfeld.«

Fairy Partlow hielt die Jagdpferde der Howards in Schuss. Sie war Ende zwanzig und hatte sich als erstaunlich tüchtig und zuverlässig erwiesen.

Er atmete durch die Nase aus. »Da fällt mir ein, ich hab vergessen, dem Verein Geld für Sam zu geben, der als Pferdepfleger mitreitet. Ich werde das mit Sister abklären.«

»Fairy ist zwei Wochen nicht draußen gewesen. Bei der Jagd, meine ich«, sagte Marty.

Fairy ritt als Pferdepflegerin mit, eine Gepflogenheit, die die meisten Jagdvereine übten, um die bei wohlhabenderen Mitgliedern angestellten Stallhilfen mit einzubeziehen. In der Regel ritten die Pferdepfleger besser als ihre Herrschaften, und sie waren im Feld von Nutzen, weil sie bei der Nachhut ritten.

»Hm, jetzt wo Sam da ist und ich Roger Davis als Helfer bei den Pferden eingestellt habe, kann sie vielleicht mehr jagen. Aber dieses verdammte Wetter fesselt uns alle ans Haus.« Er legte seiner Frau den Arm um die Schultern. »Das Jagdfeld ist das beste Training für junge Hindernisläufer. Darum muss Sam auch jagen.«

Crawford, der sich mit Altgedienten in der Welt der Hindernisläufer unterhalten hatte, gedachte die bewährte Tradition beizubehalten, was so mancher moderne Besitzer und Trainer nicht mehr tat.

Erpicht darauf, noch mehr Eindruck zu machen, kaufte er Erfolg versprechende junge Hindernisläufer und Jagdpferde, und deswegen hatte er vor Kurzem Sam eingestellt.

»Fairy sagt, Sam hat im Laufe der Jahre für diverse Vereinsmitglieder gearbeitet und ist mit einigen aneinandergeraten.«

»Ach, die verdammten Virginier vergessen aber auch rein gar nichts. Das ist eine uralte Geschichte.«

»Ich bin überzeugt, wenn jemand mit deiner Frau schläft, wird das nie eine uralte Geschichte«, sagte sie leise.

Er hob die Augenbrauen. »Oh. Mit wem hat Sam geschlafen?«

»Mit Henry Xaviers Dee. Das hat Ronnie Haslip mir im Vertrauen erzählt. Ronnie kennt ja alles und jeden.«

»So?«

»Und die Liste ist lang. Der Frauen, meine ich.«

»Hmm.« Er senkte kurz das Kinn, überlegte, hob es dann wieder. »Er war im Entzug. Er geht an mindestens fünf Abenden die Woche zu den Treffen der Anonymen Alkoholiker. Die Welt muss doch vergeben können.« Crawford glaubte an Vergebung, ohne dabei jemals zu vergessen.

»Hoffentlich.«

»Ich verstehe nicht, was die Frauen an ihm fanden. Er ist ein o-beiniges, dürres Männchen. Aber mit einem schönen Teint.«

Sam hatte eine Hautfarbe wie Milchkaffee.

»Damals war er jünger. Der Alkohol verwüstet auch die Schönsten. Denk an Errol Flynn und William Holden.«

»Hmm. Liegt für mich zu weit zurück.«

Sie versetzte ihm einen leichten Puff. »Das wirst du mir büßen.«

»Wie wär's mit jetzt gleich?« Er zog sie an sich und küsste sie.

»Eine sehr gute Idee.«

5

Tust du das, um mich zu ärgern?«, erkundigte sich Delia, die Mutter der D-Würfe, erbost bei der schnittigen Trudy, eine Hündin, die im zweiten Jahr jagte.

»Nein«, antwortete die junge Jagdhündin. Sie liefen durch den Schnee. Die Menschen begleiteten sie an diesem Dienstagmorgen zu Fuß.

Sister, Shaker, Betty und Sybil Bancroft – sie hatte ihren Mädchennamen wieder angenommen – weideten sich an der Schönheit dieses knackig kalten Morgens.

Sonntag hatte es entgegen den Vorhersagen nicht zu schneien aufgehört; die Flocken schwebten am Montag noch den ganzen Tag herab, bis es endlich Montagabend aufhörte. Die Straßenräumtrupps in Virginia, die es üblicherweise mehr mit Überschwemmungen zu tun bekamen oder mit alten Teerstraßen, die in der Bullenhitze Blasen warfen, arbeiteten sogar während des

Schneesturms vierundzwanzig Stunden lang, um die Autobahnen frei zu halten. Da in Virginia im Allgemeinen viel weniger Schnee fiel als im nördlichen New York, ließ der Staatsetat lediglich die Anschaffung weniger Schneepflüge zu. Näher an den Bergen schneite es beständiger, weswegen der Staat, und das war gut so, die Arbeiten an Ortsansässige vergab. Jeder, der eine Schneepflugvorrichtung für einen Schwerlaster oder Bulldozer hatte oder einen großen alten Kipplader besaß, konnte sich während der Schneestürme etwas dazuverdienen. Die Kipplader folgten den Pflügen. Nachdem der Schnee zusammengeschaufelt und am Straßenrand aufgetürmt war, warf der Fahrer des Kippers langsam eine Ladung Sand ab. Manchmal wurde der Sand mit Salz vermischt, was den Unterböden von älteren Personen- und Lastwagen schlecht bekam.

Wenn es nicht weiterschneite oder, was schlimmer wäre, es nicht wärmer wurde und regnete, würde die Neujahrsjagd problemlos vonstatten gehen. Und bei dem Schnee würde es ein schönes Ereignis werden.

Alle Hunde, die nicht läufig oder Welpen waren, kamen heute mit zum Hundespaziergang. Sister und Shaker wollten sehen, ob einer fußwund war oder sich nicht einwandfrei bewegte. Bei Master und Meuteführer grenzte die Hundepflege an Fanatismus. Die Meute des Jefferson-Jagdvereins erfreute sich bester Gesundheit, glänzender Felle und perfekter Zähne. Die monatlichen Kosten beliefen sich auf fünfzehnhundert Dollar, plus oder minus ein paar hundert bei besonderen Vorkommnissen wie Komplikationen beim Werfen, was eine Tierarztrechnung nach sich zöge.

Sister Janes Zwingerstandard war so hoch, dass sie bei anderen Jagdvereinen oft als Vorbild angeführt wurde. Leute, die sich selbst eine Meute anschaffen wollten, unternahmen die Reise, um Sisters Zwinger und Hunde zu besichtigen. Sie kamen sogar bis aus Kalifornien.

Die Hunde wussten genau, dass sie exzellent waren. Sogar beim Hundespaziergang bewegten sie sich mit langen, fließenden Schritten, voller Selbstvertrauen, mit leuchtenden Augen und vergnügt. Es war eine fröhliche Meute.

Delia aber war in diesem Augenblick überhaupt nicht vergnügt. Sie befürchtete, wegen ihres Alters bei der Neujahrsjagd im Zwinger zurückgelassen zu werden. Zwar war das Gelände wirklich schwierig, aber sie war in so guter Verfassung, Lungenleistung und Herzumfang waren so perfekt, dass sich bei ihr keine Anzeichen für ein Versagen zeigten. Allerdings war sie etwas langsamer geworden, und Dragon, Dasher und Diana, ihr drei Jahre alter Wurf, schoben sich nach vorn. Die Letztjährigen, jetzt im ersten Jahr dabei, Darby, Doughboy, Dreamboat, Dana, Delight und Diddy, besaßen ebenfalls Tempo sowie die Ausdauer ihrer Mutter.

Trudy, die auch sehr schnell war, ging neben Delia. Sie hatte die Hündin unabsichtlich angerempelt, als sie sich umdrehte, um zu sehen, worüber Betty Franklin lachte. Ein junger Hund rempelte einen älteren nicht ungerüffelt an; der ältere Hund verstand das als Infragestellung seiner Autorität. Zwingerkämpfe konnten schon durch geringere Provokationen ausbrechen. Zum Glück waren sie bei dieser Meute selten.

»Benimm dich«, knurrte Delia.

Die anderen Hunde hüteten sich, sich einzumischen, sogar Dragon, sonst ein rechter Klugscheißer. Delia war zwar nicht die Kopfhündin, aber sie war älter, und die anderen Hunde wussten, was sich gehörte. Cora, die Kopfhündin, dünkte sich allen überlegen. Sie setzte ihre Macht klug ein, aber keiner, außer denen, die im ersten Jahr dabei und damals noch nicht geboren waren, würde die Jagd vergessen, als Dragon ihr den Gehorsam verweigerte: Sie hatte ihn so fest angerempelt, dass er auf die Seite fiel, und sich dann auf ihn gesetzt. Als er sich aufrappelte, warf sie ihn wieder zu Boden, diesmal mit ihrer Schnauze an seiner Kehle. Dragon hatte es verdient, und er mochte fortan wohl andere Hunde herausfordern, aber Cora noch einmal provozieren, das würde er schön bleiben lassen. Diese Erinnerung, wer hier Boss war, bewirkte, dass der Rest der Saison ohne Zwischenfall verlief.

Oberhalb von Cora auf der Autoritätsleiter standen Shaker und Sister. Die Hunde respektierten die zwei Feldpiköre, sahen in diesen Menschen aber nicht unbedingt ihre Rudelführer. Manchmal fiel es der Meute schwer, sich zu erinnern, dass Sister und Shaker

Menschen waren. Für die Hunde waren sie verunstaltete Jagdhunde auf zwei Beinen, die über besondere Gaben verfügten wie zum Beispiel bessere Sehkraft bei Tageslicht.

Das Fortkommen würde am Dienstag mühsam werden, weswegen Sister und Shaker die Hunde genau beobachteten. Keiner mit auch nur dem kleinsten Ritzer in der Pfote durfte mit, weil sie vereiste Bäche überqueren würden. Nur nicht riskieren, dass sich einer etwas aufriss. Alle Hunde, die nicht ganz auf dem Damm waren, durften nicht mit. An einem Tag, wie der Dienstag einer zu werden verhieß, rannte sich so mancher schlanke Hund das letzte bisschen entbehrliche Fett weg, das er am Leibe hatte, und das wollte Sister nicht. Wenn ein Hund sich während der Saison zu viel Fett wegrannte, war es bis zur Nicht-Saison schwer wieder dranzukriegen. Sie kontrollierte täglich das Gewicht. Alle ihre Hunde verfügten über eine gute Lungenkapazität, doch die gut gebaute Delia sowie Asa und ein paar andere waren eben schon älter. Mochten sie noch so zuverlässig und treu und daher ihr Gewicht in Gold wert sein, Sister erwog tatsächlich, sie an diesem besonderen hochheiligen Tag im Zwinger zu lassen.

Ein guter Jagdhund bellt, winselt, heult, wenn er den Rest der Meute zur Verladegasse gehen sieht. Das ist, wie wenn ein Rückraumspieler auf die Strafbank verbannt wird.

Äste und Zweige, der Feldweg, der Hügelkamm, alles glitzerte von Millionen winziger Regenbögen, als die Sonne aufging. Zuerst war der Schnee blau, dann rosa, dann orange- bis scharlachrot und schließlich weiß, und die winzigen Regenbögen leuchteten.

Athena döste mit angelegten Schwingen auf einer Fichte. Ihr Nest war nicht weit, aber sie hatte noch keine Lust, es aufzusuchen. Sie schlug ein goldbraunes Auge auf, spähte zu den Hunden und Menschen hinunter und schloss es wieder. Athena, die gut sechzig Zentimeter groß war, arbeitete gelegentlich mit den Füchsen zusammen. Wenn sie auf dem Boden Beute aufstöberten, stieß sie herab und schnappte sich eine Maus. Manchmal sagte sie den erdgebundenen Vierbeinern, wo sich Mäuse, Kaninchen und andere Tiere tummelten. Das machte sie sich jedoch nicht zur Gewohnheit. Sie arbeitete lieber allein.

Manchmal flog Bitsy, die kleine Schreieule, die jetzt in Sisters Stall wohnte, neben Athena. Diese konnte sie nur so lange ertragen, bis sie ihren grauenhaften Schrei ausstieß, den der kleine Vogel als so melodisch empfand. Unmusikalisches Gehör.

Cora witterte Athena. Sinnlos, es zu melden. Eine Eule war kein Wild. Und es würde keinem gut bekommen, es sich mit Athena zu verscherzen.

Menschen und Hunde gingen anderthalb Kilometer nach Westen, dann kehrten sie um. Der Rückweg war weniger mühsam, weil sie den Schnee schon platt getreten hatten.

Asa kam an Delias Seite. *»Was meinst du?«*

»Sie brauchen uns«, antwortete sie. *»Wenn Sister und Shaker zu viele von dem T-Wurf mitnehmen, machen die ihnen arg zu schaffen. Die Kleinen spuren noch nicht richtig.«*

Als Trident das hörte, konnte er sich einen Protest nicht verkneifen. *»Wir haben uns sehr, sehr gut gemacht.«*

Asa lachte belustigt. *»So? Ich erinnere mich, dass du bei der Einjagd ein Stinktier jagen wolltest.«*

»Das ist nicht fair. Es war meine erste richtige Jagd.« Dem hübschen Trident mit den ungewöhnlich hellen Augen war die Erinnerung peinlich.

Die anderen Hunde kicherten.

»Sie lieben den Schnee«, sagte Betty lächelnd, als sie das leise Geplapper der Meute hörte.

»O ja. Sie sind viel lieber bei diesem Wetter draußen als an den heißen Septembermorgen«, stimmte Sybil zu.

»Ich gehe dann um sieben los, und um acht ist es schon glühend heiß«, fiel Sister ein, die an der vorderen linken Ecke ging.

»In Virginia kann der Sommer sich manchmal bis in den November hinziehen«, sagte Shaker.

»Dieses Jahr nicht.« Betty lachte. »Ich kann mich nicht an solche Schneemengen erinnern. 1969 hatten wir viel Schnee, aber vielleicht auch nicht. Vielleicht habe ich es nur so in Erinnerung, weil es Ostern geschneit hat wie verrückt.«

»Niemand konnte es zur Kirche schaffen.« Sister achtete sehr auf das Wetter. »Wir hatten jetzt das vierte Dürrejahr. Ohne den nassen Herbst und den Schnee wären wir diesen Sommer wohl alle gebraten worden. Mein Brunnen ist nicht versiegt, und der Broad Creek ist nicht ausgetrocknet, aber ohne Regen und Schnee hätte das diesen Sommer leicht passieren können.«

»Ich weiß noch, wie ich das erste Mal in den Westen gereist bin«, sagte Sybil. »Mom und Dad haben Nola und mich nach Sheridan, Wyoming, auf eine Ferienranch geschickt. War herrlich. Aber dort habe ich gelernt, dass die Geschichte des Westens die Geschichte des Kampfes um Wasser ist. Im neunzehnten Jahrhundert haben sie sich deswegen umgebracht. Dürrezeiten sind ein Teil ihrer Geschichte. Kommen hier bei uns ziemlich selten vor.«

Betty lachte. »Im Westen bringen sie sich mit dicken Allradautos um statt mit Revolvern.«

»Das ist Kalifornien.« Sybil lächelte. »In Wyoming fahren sie Transporter wie wir.«

»Schönes Land, teilweise.« Wie Sybil liebte Sister den Westen, den kanadischen Westen inbegriffen. Sie hegte großen Respekt für die Kanadier.

Sie waren beim Zwinger angelangt. Sister, Betty und Sybil sahen zu, wie die Hunde in den Gemeinschaftshof stürmten, von wo sie getrennt in den Weibchen- und in den Rüdenhof kamen.

»Nun?« Bettys helle Augenbrauen zuckten fragend.

»Unter den gegebenen Umständen halte ich es für besser, die Erstjährigen im Zwinger zu lassen. Es ist so viel zu bewältigen, und dann die vielen Menschen. Ich hätte die zwei Koppeln wirklich nicht auf die Weihnachtsjagd mitnehmen sollen. Selbst wenn das Feld hinter den Hunden ist – so Gott will.« Sie lachten, weil manchmal wirklich blöde Sachen passierten. »Die ganze Aufregung ist einfach zu viel für einen Junghund.«

»Unsere Hunde sind hochsensibel. Daran besteht kein Zweifel.« Sybil äußerte dies voll Stolz. Zwar ist eine sensible, nervöse Meute schwerer zu beherrschen, doch Sybil glaubte wie alle anderen in der Equipage, dass die Jagd mit diesen Hunden viel aufregender war.

Dieser Glaube wurde nicht von allen Fuchsjägern geteilt. Die vier Jagdhundtypen American Foxhound, English Foxhound,

Crossbred (so genannt, weil es sich um eine Kreuzung beider handelt) und Penn-Marydel standen für unterschiedliche Jagdphilosophien sowie für die Anpassung an verschiedene Klimaregionen und Geländeformen.

Amerikanische Jagdhunde zeigten ein nervöses Verhalten, waren empfindsam und gute Spürnasen. Sie sahen oft windhundmäßig schnittig aus, obwohl die alten amerikanischen Zuchtlinien eher zu schwerem Knochenbau neigen.

Neben den Hunden für die Reitjagd gab es Hunderassen für die Jagd zu Fuß oder bei Nacht: Walker, Trigger, sogar Redbone und Bluetick waren dazu geeignet, wenn sie auf Fuchswittrung abgerichtet wurden. Sie waren auch großartige Hunde, die jeweils besondere Eigenschaften aufwiesen.

Eine derartige Fülle an Rassen erzeugte lebhafte Diskussionen darüber, welche Hunde sich wofür am besten eigneten. Fuchsjäger und alle Südstaatler lernten von Kind an, dass es verzeihlicher ist, jemandes Ehefrau und Kinder zu kritisieren, als ein Wort über dessen Jagdhunde zu verlieren.

Obwohl Sister es ungern zugab, gehörte auch sie zu dieser nahezu fanatischen Gruppe. Sie sprach es nicht aus, aber sie war dem amerikanischen Jagdhund leidenschaftlich, geradezu frenetisch ergeben, besonders jenen, die von der Bywater-Zuchtlinie abstammten. Was nicht hieß, dass sie nicht auf andere Jagdhundezüchter und -halter hörte; sie war hinter Meuten aus anderen Züchtungen geritten, die so manche Master stolz gemacht hätten. Doch den amerikanischen Jagdhund liebte sie mit Herz und Seele.

»Okay, Boss«, rief Shaker aus dem Hof.

Die gesättigten Hunde zogen sich in ihre jeweiligen Laufgänge zurück, um zu schlafen oder zu plaudern.

Sister, Betty und Sybil gesellten sich zu Shaker in dem mollig warmen Zwingerbüro. Sister setzte sich auf die Schreibtischkante, Shaker lehnte sich an den Kühlschrank, Sybil und Betty ließen sich auf den alten Bürostühlen nieder.

»Kaffee?«, bot Shaker an.

»Gott, ja.« Betty stand auf und schenkte sich aus der ewig blubbernden Kaffeemaschine eine Tasse ein. Sie blinzelte, erkannte, dass sie sich einen Fauxpas geleistet hatte und reichte die Tasse Sybil weiter, die sie anlachte.

»Okay, ich denke, die Erstjährigen bleiben im Zwinger. Wir können nicht alle Zweitjährigen mitnehmen, und was unsere ältesten Hunde angeht, bin ich noch im Zweifel.« Sister überlegte kurz, sprach dann etwas schneller: »Wenn es keinen großen Wetterumschwung gibt oder keine Verletzung, lasst uns Delia, Asa und die paar älteren Genossen mitnehmen. Ich glaube nicht, dass wir am Donnerstag eine vierstündige Jagd im Schnee haben werden, wirklich nicht. Und es wird ihr letzter hochheiliger Tag sein; sie müssen sich nach dieser Saison zur Ruhe setzen.«

Sybil hob die Hand. »Ich erhebe Anspruch auf Asa.«

»Nach der Einjagd. Ich muss die Alten bei mir haben, um unsere Nächstjährigen anzutrainieren, aber dann wird er deinem Heim gern zur Zierde gereichen.«

»Er will jagen«, bemerkte Shaker.

»Aber sicher, jagen kann er nach Herzenslust. Alle Füchse auf der Farm werden ihn kommen hören.«

Das würden sie allerdings; denn Asa hatte eine tiefe Bass-Stimme.

»Soll ich zum Zwinger rüberkommen?«, fragte Sybil.

»Nein. Wir jagen von deiner Farm aus. Bleib ruhig dort. Wir treffen uns am Salonwagen.« So nannte Sister den Hundeanhänger, einen umgebauten Pferdeanhänger.

»Hoffentlich wird es ein voller Erfolg.« Sybils Augen leuchteten.

»Hoffentlich wird es ein erfolgreiches Jahr.« Betty lachte.

»Wenn wir alle zusammen sind, wenn wir gesund bleiben, wenn die Hunde gesund sind, dann wird es ein hervorragendes Jahr.«

»Hoch die Tassen.« Shaker hob seine Kaffeetasse.

Die anderen folgten seinem Beispiel und stießen mit ihren Tassen an.

6

Als Sister am Neujahrsmorgen, einem Donnerstag, wie gewohnt um halb sechs aufwachte, verhieß die niedrige Wolkendecke noch mehr Schnee. Die Farm war in Dunkel gehüllt. Das Thermometer an Sisters Schlafzimmerfenster zeigte zwei Grad über null.

Zwei Stunden später ging die Sonne auf, aber die Wolkendecke blieb. Der Tag versprach interessant zu werden: Die Erde war hart, stellenweise vereist, und der Schnee lag gut sechzig Zentimeter hoch. Sister konnte riechen, dass die Luft feucht bleiben würde.

Im Winter treffen sich die meisten Jagdvereine in Virginia um zehn Uhr. Wenn sich die Erdachse neigt und mehr Licht die wogenden Weide- und Waldflächen überflutet, wird der Zeitpunkt auf neun Uhr vorverlegt, oft schon Mitte Februar.

Die Neujahrsjagd beginnt jedoch um elf, ein Zugeständnis an die Strapazen des Zöpfeflechtens und die Mühen vieler Menschen, nüchtern zu werden. Der spätere Termin lässt der Erde auch mehr Zeit, sich zu erwärmen; heute jedoch hielt die Wolkendecke einiges an Wärme zurück.

An diesem Vormittag spähten die Hunde aus dem Salonwagen, der rechts von der überdachten Brücke auf Tedi und Edward Bancrofts After All Farm parkte. Sie sahen, wie sich manche Menschen auf die Finger bliesen, während sie das blank polierte Zaumzeug anlegten. Andere brachten widerspenstige Pferdezöpfe in Ordnung oder versuchten zum x-ten Mal, die Plastronnadel akkurat an ihr strahlend weißes oder cremefarbenes Plastron zu stecken.

Die extrem modebewussten Jäger, und das hing nicht mit Reichtum zusammen, trugen an offiziellen Jagdtagen ein Tuch, das kunstvoll zum Plastron gebunden wurde. Gelegentlich trugen sie auch mal eine normale gebundene Krawatte, doch an den hochheiligen Tagen würden sie nicht im Traum daran denken, etwas anderes zu tragen als ein vierfaches Tuch. Zum einen sah es besser aus. Zum anderen wärmte es den Hals besser. Diese guten Eigenschaften machten den Umgang mit dem Ding jedoch nicht leichter.

So manche Fuchsjäger erweiterten ihren Wortschatz an Schimpfwörtern, während sie sich mit dem Binden abmühten.

Die hochheiligen Tage verlangten von Vereinsmitgliedern und Pferden ein perfektes Erscheinungsbild. Früher, als landwirtschaftliche Arbeitskräfte, ja Arbeitskräfte insgesamt noch nicht so teuer waren, kamen Pferde zu jeder offiziellen Jagd mit geflochtenen Mähnen. Die Leute brachten gewöhnlich zwei Pferde mit. Ihr Stallbursche hielt das zweite Pferd bereit, um es nach der Hälfte der Jagd auszuwechseln. Damals nahmen viele Jagdvereine auch einen kleinen Imbiss ein, während die Pferde gewechselt wurden. Diese Zeiten waren dahin.

Die meisten Fuchsjäger arbeiteten für ihren Lebensunterhalt. Sie richteten ihre Pferde eigenhändig her, und das Flechten erforderte viel Zeit und Geduld. Im Jefferson-Jagdverein war das Flechten nur noch bei der Eröffnungsjagd, der Thanksgiving-Jagd, der Weihnachtsjagd und der Neujahrsjagd Vorschrift. Viele ältere Jagdvereine wünschten, dass ihre Mitglieder zu einem Treffen mit einem anderen Jagdverein die Mähnen flochten, aber erzwingen konnten das nur wenige. Es wurde als Verneigung vor dem Gastverein verstanden, als Respekterweisung und Willkommenszeichen.

Mit Ausnahme von Tedi, Edward, Sybil, Crawford, Marty, Sister, Betty und Shaker hatten alle Anwesenden ihre Pferde eigenhändig geflochten. Als Master und Meuteführer hatten Sister und Shaker Lafayette und Hojo von Jennifer Franklin flechten lassen, die auch Outlaw, das Pferd ihrer Mutter, herrichtete. Natürlich hielt sie dies ihrer Mutter vor, doch da Jennifer erst siebzehn war, war das verzeihlich.

Zur Neujahrsjagd trug Sister ihren schwarzen Reitfrack, genau so einen, wie man ihn auf Drucken aus dem neunzehnten Jahrhundert sieht. Die Spitzen ihrer kanariengelben Weste schauten vorn in perfekter Länge unter dem Frack hervor. Ihr Zylinder glänzte, die schwarze Schnur war im Nacken an dem Haken innen im Rockkragen befestigt. Ihre Reithose aus dünnem Büffelleder war der sehr ähnlich, die Washington auf der Jagd zu tragen pflegte. Im Laufe der Jahre hatte sie sich leicht verfärbt: ursprünglich kanariengelb, war sie jetzt fast lohfarben.

Jahrelang waren Reithosen aus Büffelleder nicht mehr aufzutreiben gewesen. Dann fand Marion Maggiolo, die Besitzerin von Horse Country in Warrenton, jemanden in Europa, der sie anfertigte. So eine Reithose konnte ein Leben lang halten, was den stolzen Preis von gut sechshundert Dollar rechtfertigte.

Zu Weihnachten hatten alle Vereinsmitglieder zusammengelegt und Sister eine neue Büffellederhose gekauft. Betty war mit ihr nach Warrenton gefahren, damit das gute Stück richtig angepasst wurde, und Sister hatte es nicht erwarten können, bis es geliefert wurde.

Crawford protzte natürlich mit seinem tadellos geschnittenen scharlachroten Cutaway. Seine entsprechend scharlachrote Hutschnur, die heutzutage verdammt schwer zu finden war, hing an seinem Zylinder herunter, dessen Krone gut einen Zentimeter höher war als bei einem Damenzylinder. Beider Zylinder waren zur Krempe hin sanft gebogen. Wie die rote Hutschnur für Herren war auch ein richtiger Damenzylinder verteufelt schwer zu finden. Angesichts der Schwierigkeit, einen echten aufzutreiben – das konnte Jahre dauern –, verzichteten viele Damen darauf und trugen Dressurzylinder. Das wurde von niemandem bekrittelt, und sahen die Damen damit auch nicht ganz so reizend aus, so sahen sie trotzdem gut aus.

Lederhandschuhe waren kanarien- oder buttergelb. Außer den Lederhandschuhen steckten auch Strickhandschuhe unter dem Sattelgurt. Diese wärmeren Handschuhe verhinderten, dass die Zügel den Reitern durch die Finger rutschten, wenn es regnete oder schneite. Dann steckten die Reiter ihre Lederhandschuhe notfalls in die Tasche oder unter den Sattelgurt und zogen die anderen Handschuhe über, die entweder strahlend weiß oder cremefarben waren.

Herren, die Schleifen errungen hatten, trugen Stiefel mit hellbraunen Stulpen. Damen mit Schleifen trugen Stiefel mit Stulpen aus Lackleder. Alle Übrigen trugen gewöhnliche Jagdstiefel, vorzugsweise im spanischen Schnitt, bei dem der Schaft an der Wade länger war als am Innenbein. Diese Stiefel hatten keine Stulpen. Alle Stiefel wurden so fieberhaft poliert, dass man sich darin spiegeln konnte.

Die Sporen, Hammerkopfsporen oder Prince-of-Wales-Sporen, funkelten ebenfalls, trotz der Wolkendecke.

So fabelhaft die Menschen aussahen – manche mit Jagdkappen, einige mit Melonen, die zu Frackröcken schicklich waren –, die Pferde übertrumpften sie alle. Füchse loderten flammend rot, und Braune schimmerten rostrot. Sealbraune und ochsenblutrote Pferde, die man nicht oft zu sehen bekam, sprangen jedermann ins Auge. Bei einem ochsenblutroten Pferd sind Mähne und Schweif schwarz. Es ist eine schöne Farbe, genau wie ein Schimmel mit rötlichen Sprenkeln oder ein Schecke. Etliche solcher Pferde waren anwesend, ebenso einige von jenen dunkelbraunen, die dem menschlichen Auge schwarz erscheinen.

Henry Xavier saß auf seinem Schecken Picasso, einem großen Warmblüter, der seiner ständigen Gewichtszunahme standhielt. Dr. Walter Lungrun sah in seinem Frack – schwarz, nicht scharlachrot – so blendend aus, dass die Damen in Verzückung gerieten, wenn sie den blonden Arzt zu Gesicht bekamen. Er saß auf Rocketman, einem neuen Pferd, das er im Sommer erworben hatte, ein starkknochiger, altmodischer brauner Vollblüter mit einem senkrechten Zickzackstreifen auf der Nase. Clemson, Walters erprobtes, treues Pferd, wurde an inoffiziellen Jagdtagen geritten.

Die Pferde platzten schier vor Aufregung, denn es war ein kühler Morgen, und das stimmte sie froh. In vieler Hinsicht spiegelten sie das Können, den Status im Jagdfeld und zuweilen die Träume ihrer Besitzer wider. In jedem Jagdfeld gibt es Vereinsmitglieder, die sich für tollere Reiter halten, als sie wirklich sind, und deren Pferde ihnen überlegen sind, Mitglieder, die auf einem großartigen Pferd umwerfend wirken wollen. Meistens werden sie abgeworfen. Früher oder später erkennen solche Leute, was für ein Pferd sie wirklich brauchen. Jedem das seine. Erkennen sie es nicht, sagen sie der Fuchsjagd Lebewohl und grummeln, wie gefährlich sie ist und wie dämlich ihr Pferd. Es ist aber nicht das Pferd, das dämlich ist.

Die Jagd ist gefährlich. Doch der Adrenalinstoß, die Herausforderung, das ungemein Majestätische, die pure Schönheit dieses Sports gehen einem Reiter ins Blut. Wer Fuchsjagd betreibt, kann sich nicht vorstellen, ohne sie zu leben; sogar die Gefahr verleiht ihr Würze.

Das Leben an sich ist gefährlich, und Millionen Amerikaner sind so ängstlich, dass sie sich in Kokons aus eingebildeter Sicherheit einspinnen. Kein Wunder, dass Fettleibigkeit zum Problem geworden ist und Psychiater sich eine goldene Nase verdienen. Doch der Mensch braucht eine gewisse Gefahr, um in Fahrt zu kommen.

Um elf Uhr war es so weit. Trotz der Kälte war das Feld groß. Einundsiebzig Reiter waren der Jagdherrin zugewandt.

»Meine Damen und Herren, die Hunde und ich wünschen Ihnen ein gutes Neues Jahr. Wir wünschen Ihnen Gesundheit, Wohlergehen und Fröhlichkeit. Mögen Sie Ihre Hindernisse elegant nehmen, mögen Ihre Füchse geradlinig laufen, möge Ihr Pferd zu Ihren besten Freunden zählen.

Shaker, Betty, Sybil und ich freuen uns, dass so viele von Ihnen an diesem kalten Tag gekommen sind und so großartig aussehen, als seien Sie einer Zeichnung von Snaffle entstiegen. Der Untergrund wird schwierig sein, aber Sie haben schon Schlimmeres durchritten.

Tedi und Edward laden uns nach der Jagd zum Frühstück bei sich zu Hause ein. Vergessen Sie nicht, ihnen dafür zu danken, dass sie die schöne Tradition der Neujahrsjagd hier auf der After All Farm fortführen.

Lassen Sie uns sehen, was der Fuchs für uns bereithält.« Sie sah Shaker an, der seine Kappe in der Hand hielt. »Die Hunde, bitte.«

Er setzte die Kappe mit heruntergeklappten Ohrenschützern auf, weil er zur Equipage gehörte. Er pfiff der Meute und wandte sich dem Snake Creek zu, der unter der überdachten Brücke floss.

Meuteführer und Hunde erklommen die Anhöhe, kamen an der Grabstätte von Nola Bancroft vorüber, Tedi und Edwards Tochter, die mit eben mal zwanzig Jahren verstorben war. Sie lag neben Peppermint begraben, ihrem Lieblingspferd, das im Gegensatz zu ihr vierunddreißig geworden war. Diese friedvolle, von einer Steinmauer umgebene Stätte wirkte mit Schnee bedeckt besonders ergreifend.

Betty, die erste Pikörin, ritt auf zehn Uhr zur Linken. Sybil, die zweite Pikörin, ritt auf zwei Uhr. Die Seite, auf der sie ritten, spiegelte weniger ihren Status wider, vielmehr zeigte sie, wo Shaker sie an diesem besonderen Tag bei diesem Stelldichein haben wollte. Allerdings pflegte er Betty für gewöhnlich immer links zu postieren.

Auch Sam und Gray Lorillard ritten heute mit. Wie aufregend, Gray wieder im Feld dabei zu haben. Crawford hatte gebeten, Sam als Stallbursche mitreiten zu lassen, und Sister hatte die Erlaubnis erteilt.

Die Ränder des Snake Creek waren mit Eis überkrustet und boten nur spärliche Wittrung, es sei denn, ein Fuchs wäre eben erst darübergetrottet. Shaker ritt die kleine Anhöhe parallel zum Bach entlang. Eine knapp fünfhundert Meter weiter ostwärts am Saumpfad gelegene Wiese verhieß Wittrung. Obwohl die Sonne sich hinter den Wolken verbarg, könnte sie die östlichen Wiesen und Hänge gewärmt haben.

Als sie bei den Wiesen anlangten, lockte eine große weiße Fläche.

Delia riet ihren Gefährten: *»Passt auf, besonders am Wiesenrand. Dort ist unsere größte Chance, weil die Kaninchen vielleicht am Wald- und Wiesenrand herausgekommen sind. Füchse sind scharf auf Kaninchen. Unsere andere Wittrungschance für heute wäre, wenn wir auf ein abgemähtes Maisfeld kämen. Der Fuchs kommt dort zur Nachlese.«*

Asa, auch er bejahrt und weise, pflichtete ihr bei. *»So ist es, und die Füchse werden hungrig sein. Ich denke, wir werden einen recht guten Tag haben.«*

Trudy, die inmitten der Meute war und sich in ihrem zweiten Jahr noch einarbeitete, meinte: *»Aber Shaker hat wegen der Temperatur und dem Schnee gemeckert. Er sagt, im Schnee hält sich keine Wittrung.«*

»Shaker ist ein Mensch, Schätzchen. Seine Nase ist bloß dazu nütze, die Brille drauf zu halten. Und wenn auch nur ein Hauch von einem Fuchs vorhanden ist, wir finden ihn.« Asas Stimme vibrierte dermaßen zuversichtlich, dass Trudy die Nase senkte und sich an die Arbeit machte.

Die Hunde bearbeiteten die Wiese zwanzig Minuten lang

gründlich, bewegten sich nach vorn, immer weiter nach vorn, aber vergebens.

Trudy, Trident, Tinsel und Trinity furchten allesamt die Stirn.

Delia machte ihnen Mut. *»Niemand hat gesagt, dass es heute leicht würde, aber habt Geduld. Ich verspreche euch: Die Füchse waren draußen unterwegs.«*

»Ja, Madam«, antworteten die T-Hunde.

Cora als Spürhund lief zehn Meter vorneweg. Ihre Gedanken rasten. Sie hatte eine alte Fährte aufgespürt, sie jedoch verworfen. Sinnlos, wegen einer verblassenden Duftspur draufloszukläffen. Ihr Können und ihre Nase waren so gut, dass Cora wusste, wann eine Duftspur lohnend war, wann sie heiß sein würde. Sie schlug nur an, wenn sie eine gute Spur hatte. Es gab Hunde, die bei einer eingebildeten Fuchswittrung anschlugen. Solche Hunde waren in der Meute des Jefferson-Jagdvereins nicht zu finden. Cora konnte Hunde nicht ausstehen, die jedes Mal laut losheulten, wenn sie eine schwache Wittrung aufnahmen.

»Hmm.« Sie wedelte mit dem Schwanz.

Dragon bemerkte es. Er eilte hinzu, wagte es jedoch nicht, Cora zu drängen. Sie würde ihn hier vor aller Augen zu Boden werfen, und auf dem Heimweg im Salonwagen würde sie ihn sich noch einmal vorknöpfen. Er zügelte seine Angriffslust. Jetzt hatte auch er die schwache, aber zunehmende Wittrung eines grauen Fuchsrüden in der Nase.

Diana trabte herbei, und die Meute mit ihr. Sie beobachtete Cora genau. Auf Cora, ihre Ratgeberin, konnte sie sich verlassen.

Die Hunde, aufgeregt, aber noch stumm, liefen schneller, und auch ihre Ruten bewegten sich schneller.

Sister überprüfte ihren Sattelgurt.

»Aha, ich hab's gewusst!«, triumphierte Cora. *»Ein Freier.«*

Sie und die anderen erkannten gewöhnlich den Fuchs, dessen Wittrung sie aufnahmen, dieser jedoch war ein fremder, ein Graufuchs, der ein bisschen früh auf Freiersfüßen schnürte. Aber Füchse haben schließlich ihre eigene Logik. Nach landläufiger Kenntnis beginnen Graufüchse Mitte Januar mit der Paarung, Rotfüchse Ende Januar. Doch Cora erinnerte sich, dass graue sich einmal

Mitte Dezember gepaart hatten. Nur warum, das wusste sie nicht. Es waren keine gewaltigen Stürme im Anzug, was sie hätte veranlassen können, sich zusammenzupferchen, noch eine Dürre, die die Versorgung mit Futter damals und später beeinträchtigt haben würde. Alle diese Vorkommnisse könnten sich auf die Paarung auswirken.

Vielleicht hatte dieser Graue sich einfach verliebt.

Wie auch immer, die Wittrung wurde heiß.

»An die Arbeit!«, bellte Cora.

Dragon schlug an, dann Asa, dann Delia. Auch Diana schlug laut an und gab den T-Hunden den guten Rat, sich schön an die Meute zu halten und beisammen zu bleiben.

Die gesamte Meute stimmte ein Geläut an. Sister lief ein Schauder über den Rücken; Lafayette ebenso, als er den schönen grauen Kopf wandte und den Hunden nachsah.

Diejenigen Vereinsmitglieder, die einen schweren Kopf hatten, durften sich nicht hängen lassen: Wenn die Meute so anschlug, würden sie förmlich fliegen.

Ein schmaler Waldstreifen grenzte die Ostwiese von einem umgepflügten Maisfeld ab, auf dem der Wind an manchen Stellen Stoppeln freigelegt hatte. Am anderen Ende des Feldes wartete ein sanfter Hang. Die Hunde waren so schnell losgerannt, dass sie schon dort angekommen waren.

Sister und Shaker preschten los, um sie einzuholen. Sister versuchte, je nach Beschaffenheit des Geländes, sich etwa zwanzig Meter hinter Shaker zu halten. Sie wollte die Meute nicht hetzen, aber sie wollte, dass die Vereinsmitglieder die Hunde bei der Arbeit sahen. Für Sister war dies der Hauptgrund für die Jagd: Hundearbeit!

Auf den unter dem Schnee versunkenen gefrorenen Furchen des Maisfeldes gerieten die Pferde ins Schlingern. Alle waren froh, als sie das Feld hinter sich hatten. Eine schlichte Palisade von einem Meter Höhe unterbrach den Zaun zwischen dem Maisfeld und der Heuwiese. Die untere Hälfte der Palisade, wo sich der Schnee türmte, war weiß.

»Juhuu!« Lafayettes Ohren zuckten vorwärts, und er setzte hi-

nüber. Er sprang und jagte so gern, dass Sister kaum Schenkeldruck geben musste.

Alle nahmen das Hindernis.

Die Hunde hörten, wie ihre Krallen die dünne Eisschicht auf dem Schnee durchbrachen. An einigen Stellen sanken sie bis zu den Ellbogen ein, Schnee flog auf, dann liefen sie unbekümmert weiter.

Minuten später überstieg die Meute das nächste Hindernis und raste in einen Fichtenhain, der zu Edwards Nutzholzbetrieb gehörte. Die Wittrung wurde stärker.

Die tiefe Stille unter den Fichten wurde durch das Geläut der Hunde nur unterstrichen. Als das Feld anrückte, bestäubten Zweige, die durch das Donnern der Hufe in Bewegung geraten waren, die Reiter mit Schnee.

Sam Lorillard spürte, wie eine Handvoll Schnee seinen Nacken hinunterrutschte.

Crawford wollte sich nach vorn drängen, aber Czpaka war kein so schnelles Pferd. Crawford war es verhasst, inmitten der Meute zu sein, und es war ihm erst recht verhasst, Walter Lungrun auf Rocketman vorbeistürmen zu sehen.

Jennifer Franklin und Sari Rasmussen kicherten, als die Bäume ihre Gesichter bestäubten. Die zwei Mädchen liebten die Jagd und beklagten nur, dass nicht genug Jungs in ihrem Alter auf Fuchsjagd gingen.

Weiter und weiter sausten die Hunde, bogen scharf links ab, setzten über einen gefällten Baum, stürmten dann nordwärts durch den Fichtenhain, hinaus auf die drei Meter nach unten abfallende Farmstraße, die im achtzehnten Jahrhundert zu einer aus Steinen errichteten Scheune geführt hatte. Das Mauerwerk des Gebäudes bröckelte, aber es stand noch. Das Feld hielt abrupt an, als die Hunde holterdiepolter übereinander purzelten, um in die Ruine zu gelangen.

»Er ist eingefahren!«, rief Dragon. *»Graben wir ihn aus!«*

»Das könnte dir so passen, Schwachkopf«, rief drinnen eine helle Stimme.

»Onkel Yancy, was machst du denn hier? Wo ist der Graue?« Cora

hatte die Stimme des kleinen Rotfuchses erkannt. Er war von dem Besuch nicht erbaut.

»Cora, wie ich dich kenne, könntest du einen kleinen roten Volkswagen verfolgen, aber hinter mir warst du nicht her.«

Shaker saß ab und blies »Eingefahren«.

Die Hunde liebten diese Notenfolge, aber Cora, verstimmt, weil sie an der Nase herumgeführt worden war, setzte sich. Wohin war der Graufuchs verschwunden?

»Da können wir nichts machen«, erklärte Dasher.

»O doch«, entgegnete Cora entschlossen. *»Ich kenne den Unterschied zwischen Onkel Yancy und einem Fremden. Irgendwie ist uns dahinten bei den Fichten was durcheinandergeraten, und wir waren so aufgeregt, dass wir nicht richtig aufgepasst haben.«*

Diana sagte: *»Cora, wenn du zu Onkel Yancy gewechselt wärst, hättest du's gemerkt.«* Sie steckte den Kopf in den Bau. *»Onkel Yancy, ist er da drin bei dir?«*

Ein trockenes Glucksen entschlüpfte dem Haupteingang des Baus. *»Er ist vor nicht mal zehn Minuten zum Hintereingang raus.«*

»Zum Teufel mit dir, Yancy!« Dragon machte sich hektisch auf die Suche nach dem Hinterausgang, der sich außerhalb des Gemäuers der alten Scheune befand.

Dragons geräuschvolle Bemühungen ließen Yancy nur umso lauter lachen. Wütend vernahm Dragon den Heiterkeitsausbruch des Fuchses. Er lief zu der Öffnung, wo einmal eine Tür war, um aus der Ruine zu gelangen.

»Dragon, du kommst jetzt hierher und tust, als wärst du restlos begeistert«, befahl Cora, als Shaker die Töne auf seinem Horn zu Ende blies. *»Dem Grauen können wir nachsetzen, sobald wir hier raus sind.«*

Und das taten sie. Kaum war Shaker wieder aufgesessen, liefen die Hunde außen um das Gebäude herum.

»Hab ihn!«, rief Asa, der den richtigen Ausgang gefunden hatte. Sodann lief er nordwärts, denn die Wittrung war jetzt heiß, heiß, heiß auf dem kalten Schnee.

Asa verlor einen Moment die Spur, als sie zu einem kleinen gefrorenen Nebenarm des Snake Creek gelangten, einem silbrigen Band aus Eis. Der junge Trident zog alle mit, als er über das Eis stürmte, unter dem das Wasser kräftig gluckerte, und die Wittrung am anderen Ufer aufnahm.

Der Fuchs lief im Zickzack nach Westen. Nachdem sie fünfzehn Minuten dahingeflogen waren, segelten Meute, Equipage und Feld über den Steinzaun auf die am weitesten westlich gelegene Weide von After All. In wenigen Minuten würden sie auf Sisters Farm sein.

Wieder wendete der Fuchs, wozu graue neigen. Er lief eine große Achterfigur, doch die Wittrung blieb heiß. Die mit vollem Geläut dicht beisammen laufende Meute bot einen schönen Anblick.

Zurück über den Steinzaun, über einen schmalen Pfad, über den alten Schildkrötenrücken-Sprung, der im Schnee gefährlich aussah. Hier blieben etliche Leute zurück. Weiter und weiter, bis Cora schließlich schlitternd unter einer Sumpfeiche, deren braune Blätter sich noch an den mit Schnee überzogenen Baum klammerten, zum Stehen kam. Die Blätter würden erst fallen, wenn die Frühjahrsknospen sie vom Stengel schoben.

Die Hunde bremsten plötzlich ab, ihre Pfoten wirbelten Schnee auf.

»Hab ich dich!« Cora stellte sich auf die Hinterbeine, die Vorderpfoten so hoch am Baum, wie sie reichen konnte.

»Er ist auf den Baum geklettert! Er ist auf dem Baum!« Trinity war so aufgeregt, dass sie auf und ab hüpfte wie auf einem Trampolin. *»Das hab ich einen Fuchs noch nie machen gesehen!«*

Asa sagte, begeistert, aber beherrscht: *»Wenn wir ihnen zu nahe kommen, klettern die Grauen so behände wie Katzen. Kannst du ihn da oben sehen?«*

»Ja!« Trinity erspähte zwei Augen, die wütend hinunterstarrten.

»Haut ab«, bellte der Graufuchs, gerade als es wieder zu schneien anfing; die Wolken waren jetzt dunkelgrau.

»Wer bist du?«, fragte Diana.

»Mickey. Haut einfach ab. Ihr müsst das so sehen, ihr braucht mich auf Freiersfüßen, stimmt's? Das gibt nächstes Jahr mehr Füchse«, sagte er anzüglich.

Shaker übergab Betty Showboats Zügel. Er trat unter den Baum. »Hey, Junge. War 'ne tolle Jagd.«

»Ja, schon, aber jetzt sucht euch euren Spaß woanders«, bellte Mickey.

Shaker lobte seine Hunde überschwänglich für ihre ausgezeichnete Arbeit, dann saß er wieder auf und rief sie zu sich. Er strahlte.

Die Meute sprang außer Rand und Band Richtung Westen.

»Ich finde noch einen Fuchs!«, prahlte Dragon.

»Du bist so was von eingebildet«, knurrte Asas Bruder Ardent. *»Du bist nicht der einzige Jagdhund mit Spürsinn, und außerdem nehme ich an, dass wir umkehren.«*

»Was nicht heißt, dass wir nicht noch einen Fuchs jagen können, wenn wir einen aufspüren«, erwiderte Dragon patzig.

»Wohl wahr.« Cora hätte nichts gegen eine zweite wilde Hatz gehabt. *»Aber wir sind seit anderthalb Stunden draußen, der Untergrund ist tief, stellenweise rutschig, und die Pferde werden müde. Sister ist klug. Sie wird den Tag in Hochstimmung beenden, und in zwanzig Minuten sind wir bei den Anhängern. Außerdem schneit es wieder.«*

»Ist euch schon mal aufgefallen, dass sich am Ende der Jagd mehr Menschen verletzen als am Anfang?«, wunderte sich die junge Trudy laut.

»Sie sind erschöpft, Pferde wie Reiter, und sind dabei manchmal so aufgeregt, dass sie es nicht merken. Es sind die letzten steilen Sprünge, die ihnen zu schaffen machen. Es ist Neujahr, wir haben bis Mitte März Zeit zum Jagen. Es ist eine kluge Entscheidung«, sagte Asa zu Trudy.

Dragon wechselte das Thema. *»Yancy ist ein Betrüger.«*

»Nein, ist er nicht.« Cora lachte. *»Wenn ein anderer Fuchs in seine Höhle schlüpft und Deckung sucht, kann Yancy ihn verstecken. Aber es wundert mich, dass Onkel Yancy an der Scheunenruine ist. Er wohnt weiter weg.«*

»Oh, Onkel Yancy streift gerne umher.« Ardent kannte den Fuchs, der so alt war wie er. *»Er wechselt sein Jagdgebiet und entzieht sich Tante Netty.«*

Tante Netty, Yancys Gefährtin, vertrat strenge Ansichten und scheute sich nicht, sie kundzutun. Yancy, ein verträumter Kerl, beobachtete Shaker gern durch die Fenster des Cottage oder machte es sich unter dem Dattelpflaumenbaum gemütlich. Wenn die Dattelpflaumen nach dem ersten Frost süß wurden, knabberte Yancy die kleinen orangegelben Früchte.

Als die Hunde wieder zu der überdachten Brücke kamen, säumten Personenwagen, Transporter und Geländefahrzeuge die Zufahrt über gut achthundert Meter bis zum Haus. Einige vorsichtige Leute parkten mit der Schnauze zum Fahrweg für den Fall, dass ihre Reifen nicht griffen. Auf diese Weise konnte einer von Edwards starken Traktoren sie abschleppen.

Das Neujahrsfrühstück lockte auch Nichtreiter. Als die Reiter anlangten, war die After All Farm schon voller Menschen. Das Ereignis wurde von Sorrel Buruss arrangiert, der Veranstaltungsmanagerin. Sorrel sprudelte über von Gelächter und Geplauder. Während sie das Frühstück vorbereitete, konnten Tedi und Edward auf die Jagd gehen.

»Gut gemacht.« Shaker strich allen Hunden über den Kopf, als sie in den Salonwagen sprangen. Hinten in diesem Anhänger hatte man ein zweistufiges Holzpodest eingebaut. Ein zweites Podest in Höhe der niedrigeren Stufe verlief an der Seitenwand entlang. Die Hunde konnten ein Podest erklimmen oder sich unter eins kuscheln und ausruhen. Wie bei den Menschen, zogen sie die Gesellschaft eines Hundes der eines anderen vor, und es gab Cliquen. Diese Podest-Anordnung ermöglichte es ihnen, ihre Freundschaften zu pflegen. Niemand wollte jemanden neben sich haben, der ihn tödlich langweilte.

Cora blieb zurück. Sie ging gerne als Letzte hinein, teils, weil sie am liebsten immer weiter gejagt hätte, und teils, weil sie den Menschen bei den Anhängern gern zusah. Manche saßen ab und waren so abgekämpft, dass ihre Beine zitterten. Andere rutschten gewandt vom Pferd, warfen die Zügel über den Kopf des Tieres und lockerten den Sattelgurt um ein, zwei Löcher. Sie nahmen das Zaumzeug ab, streiften ein hübsches Lederhalfter über und banden das Pferd an der Seite des Anhängers an, wobei sie sorgsam darauf achteten, dass der Strick nicht zu lang war. Das konnte Unheil anrichten, wenn das Pferd zum Beispiel über den Strick stieg oder zurückzerrte und ihn zerriss. Man legte den Pferden Wolldecken in den Stallfarben über. Die verschiedenen Farben hoben sich hübsch vom Schnee ab.

Cora mochte Pferde, wiewohl sie, da sie keine Raubtiere waren, zuweilen gründlich überlegen musste, um einzuschätzen, was ein Pferd im Sinn hatte. Sie war stets dankbar, wenn ein Equipage-Pferd ihr mitteilte, was hinter ihr vorging; Pferde verfügten über ein Gesichtsfeld von beinahe dreihundertsechzig Grad.

»Cora.«

»Oh, komm ja schon.« Sie knurrte, weil Shaker sie aufs Hinterteil klopfte.

Die anderen Hunde verstummten, als die Leithündin den Anhänger betrat.

Asa sagte: *»Frohes Neues Jahr, Cora. Du warst heute großartig.«*

Die anderen pflichteten ihm bei.

Henry Xavier, der in der Sattelkammer seines Anhängers den scharlachroten Cutaway mit einem Tweedsakko vertauschte, bemerkte zu Ronnie Haslip, der schon umgezogen war und in der offenen Tür stand: »Die Hunde singen den ›Messias‹.«

Der stets adrette Ronnie lächelte. »Verdammt gute Arbeit heute. Ich hätte nicht gedacht, dass wir bei dem Schnee überhaupt was zustande bringen, du?«

»Nein.« Xavier schüttelte den Kopf.

»Ich sag dir was. Ich stelle diese Hundemeute über alle anderen Meuten weit und breit.«

»Ich auch. Ich wünschte, Sister würde sich noch mehr reinhängen. Auf Hundeausstellungen gehen, mehr Werbung für unseren Verein machen. Die Leute wissen doch gar nicht, wie gut der Jefferson-Jagdverein ist, bis sie mal bei uns zu Gast sind.«

Ronnie nickte zustimmend. »Als Ray noch lebte, ist sie hingegangen. Sie braucht einen Anstoß, und sie braucht mehr Leute, die ihr zur Hand gehen. Früher hatte sie Big Ray, Ray junior, und bis letztes Jahr hatte sie Doug Kinser. Es ist wohl ein bisschen einsam um sie.«

Doug Kinser, ein begabter professioneller Feldpikör, war über die Blue Ridge Mountains gezogen, um im Shenandoah-Jagdverein das Horn zu führen. In früheren Zeiten, insbesondere in den Tagen der Sklaverei, hatte so mancher Afroamerikaner das Horn geführt. Nach dem Bürgerkrieg konnten die Menschen sich selbst nicht ernähren, geschweige denn eine Meute Jagdhunde. Als die

Jagd mit einer großen Meute ungefähr zwanzig Jahre nach Kriegsende wieder machbar war, war sie es häufig dank dem Geld der Yankees. Aus welchem Grund auch immer, Schwarze in der Equipage waren den Yankees nicht genehm. Doug, ein Afroamerikaner, führte eine lange, komplexe, sogar widersprüchliche Tradition fort. Der letzte große schwarze Meuteführer, an den die Leute dieser Gegend sich erinnern konnten, war der gesellige, redselige Cash Blue. Er hatte mit den Hunden des Casanova-Jagdvereins gejagt, vor langer Zeit, als die heutigen älteren Vereinsmitglieder noch Kinder waren.

»Wenn ich nicht so viele Überstunden machen müsste, würde ich gern in die Ausstellungen gehen, Hunde baden, sie vorführen.« Xavier zupfte seine Krawatte zurecht.

»Ja, aber weil der Verein das zusätzliche Gehalt nicht mehr aufbringen muss, schreibt er jetzt schwarze Zahlen.« Ronnie, der knauserige Schatzmeister, wusste zu schätzen, was unterm Strich herauskam.

»Hör mal, Crawford Howard strullert Geld, wenn er aufs Klo geht.« Xavier verachtete ihn. »Wenn Sister ihn fragen würde, würde er das Gehalt zuschießen. Ich habe läuten hören, dass er es letztes Jahr angeboten hat.«

»Das stimmt. Er hat dafür gesorgt, dass wir es alle erfuhren, aber nicht aus seinem Mund.« Ronnie lächelte matt. Crawford schaute sich langsam ein wenig von der umschweifigen Art der Virginier ab. »Er hat es angeboten, aber unter der Bedingung, dass er Joint-Master wird.«

»Sie muss sich bald einen suchen.« Ronnie verschränkte die Arme.

»Ich möchte nicht in ihrer Haut stecken. Sie ist in der Zwickmühle.« Xavier kannte Jane Arnold sein Leben lang. Er liebte sie, wiewohl ihm das nicht bewusst war. Er war am Boden zerstört gewesen, als Ray junior, sein bester Freund, ums Leben kam. Sister war Teil seiner Vergangenheit, Gegenwart und Zukunft, und für Ronnie war sie es ebenso.

»Ein wahres Wort. Crawford hat die Kohle, aber er würde den Verein verprellen oder zumindest die meisten von uns.«

Xavier trat aus der Sattelkammer und schloss die Tür. »Wie ich höre, hat Shaker gesagt, er würde dann gehen. Er will nicht unter Crawford dienen, auch nicht, wenn Sister den Angeber vom Zwinger fernhalten würde.«

»Hab ich auch gehört.« Ronnie zog die Decke auf Xaviers Picasso glatt.

»Danke.«

»So wie ich das sehe, wird die Entscheidung zwischen Crawford, Edward, möglicherweise Sybil oder sogar Bobby Franklin fallen. Jeder hat Vor- und Nachteile. Clay Berry könnte es machen, er verdient viel zurzeit, aber ich glaube, Izzy wäre dagegen. Sie giert nach Geselligkeiten und Reisen. Der Posten eines Joint-Masters würde für ihren Geschmack zu viel Zeit beanspruchen. Und dann, Xavier, hätten wir noch dich. Als Chef der großen Versicherungsgesellschaft kennst du jedermann, und jedermann kennt dich. Manche von uns mögen dich sogar.« Er klopfte seinem Freund aus Kindertagen auf den Rücken.

»Hm«, Xavier legte dem kleineren Mann seinen Arm um die Schultern, »ich wäre gerne Joint-Master, wirklich, aber im Moment beansprucht mich das Geschäft voll und ganz. Nach dem elften September sind Versicherungen abgestürzt. Du kannst dir vorstellen, was für einen Schlag die großen Unternehmen erlitten haben. Die Tarife ändern sich, und das betrifft auch einen kleinen Mann wie mich, der mit den großen Unternehmen Geschäfte macht. Ich bemühe mich, die günstigsten Tarife für meine Kunden zu finden, und selbst ich bin entsetzt. Ich weiß nicht, wo das noch hinführen soll, aber ich weiß, dass ich die kommenden Jahre schwer schuften muss.«

»Schade. Du wärst ein guter Master.«

»Und Dee wäre begeistert.« Dee war der Kosename seiner Frau. »Ich hab unseren Explorer gesehen, also ist sie schon hier und wundert sich bestimmt, wieso ich nicht im Haus bin. Komm.«

Sie gingen durch den Schnee hinter den anderen Jägern her.

»Crawford würde jeden in Harnisch bringen außer Jesus, X.« Ronnie nannte Xavier »X«, so wie andere alte Freunde auch. »Der finanzielle Druck würde wegfallen. Das würde er freilich auch, wenn Edward oder Sybil sich einklinken würden.«

»Edward ist Mitte siebzig, und er springt gerne mal ein, aber er möchte keine Vollzeitverantwortung übernehmen. Seine Tochter auch nicht. Sybil wäre sicher gut, aber ihre Jungs gehen auf die Grundschule, und ehrlich gesagt, ich glaube nicht, dass sie sich schon von dem ganzen grässlichen Schlamassel mit ihrem Ex-Mann erholt hat.«

»Sie liebt ihn noch.« Obwohl es Ronnie sehr ums Geld ging, hatte er eine romantische Ader.

»Himmel, das will ich nicht hoffen. Dieser Mistkerl.«

»Genau. Bleibt Bobby Franklin.«

Sie näherten sich der Haustür, die mit einem üppigen Kranz aus leuchtend roten Beeren und dunklem Immergrün geschmückt war.

Xavier flüsterte, weil Leute in der Nähe waren: »Bobby hat Geld. Das Geschäft ist dieses Jahr richtig gut gelaufen. Er kennt sich mit der Jagd aus. Frau und Töchter kennen sich mit der Jagd aus. Großartige Familie, abgesehen von der Tochter im Knast, aber was soll's, sie ist nicht der erste Mensch in Amerika, der sich mit Drogen kaputt macht.«

»Wohl wahr.« Ronnie taten die Franklins leid. Cody, ihre älteste Tochter, hatte einst sehr gute Ansätze gezeigt.

»Er und Betty haben in der Druckerei geschuftet wie die Berserker. Deshalb sind sie erfolgreich, aber ich sehe nicht, woher er die Zeit nehmen soll, als Master zu fungieren.«

Die Franklins hatten der Herausforderung durch das Drucken mit dem Computer nur trotzen können, weil ihre Arbeit von höchster Qualität war. Sie hatten Anfang der Neunzigerjahre in eine Webb-Druckmaschine investiert, was ihre Kapazitäten erweiterte und ihnen Aufträge in der gesamten Region eintrug.

»Dann sind wir also wieder bei Crawford?« Ronnie dachte, Crawford würde zurückstecken, und Shaker würde bleiben.

»Sister zieht ein Kaninchen aus dem Hut, wart's nur ab«, prophezeite Xavier.

»Es wird Zeit.«

»Abwarten«, wiederholte Xavier und lächelte. Dann richtete er den Blick auf Sam Lorillard, den er mit einem Glas in der Hand sehen konnte, als die Haustür aufging. »Dieser jämmerliche Drecksack.«

Ronnie musterte Sam. »Er war im Jagdfeld hinter uns. Als reitender Stallbursche.«

»Na schön, das muss mir ja nicht gefallen, aber so ist nun mal die Regel: Man jagt mit jedem, der draußen ist. Was nicht heißt, dass ich mit dem Mistkerl saufen muss.«

»Er ist trocken.«

»Ach Quatsch. Der hängt vor dem Valentinstag wieder an der Pulle«, prophezeite Xavier.

»Das will ich nicht hoffen.«

»Kümmert mich nicht die Bohne. Das Stück Scheiße hat mich mehrere tausend Dollar gekostet.«

»Ich weiß, Xavier. Es war schrecklich, was er getan hat, aber was vorbei ist, ist vorbei. Vielleicht kann er sich ja nützlich machen. Und vielleicht kann er es wiedergutmachen. Bei mir war er auch nicht korrekt, als er bei mir im Stall gearbeitet hat. Aber so schlimm wie dich hat es mich nicht getroffen. Er hat dich belogen und betrogen.«

»Wenn er stirbt, dann ist es wiedergutgemacht.« Xavier presste die vollen Lippen zusammen.

Als sie an der Garderobe vorbeigingen, stellte Ronnie sich auf die Zehenspitzen und flüsterte Xavier ins Ohr: »Warum hast du nichts gesagt, als Crawford ihn eingestellt hat?«

»Weil es mir scheißegal ist, was mit Crawford passiert. Ich hab mir tatsächlich vorgestellt, wie ich mich dabei zurücklehne, mir die Vorstellung ansehe und Popcorn esse.«

Drinnen im Haus der Bancrofts schoben sich die zwei Männer durch die Menschenmenge zur Bar.

Dee, die im Gegensatz zu ihrem Mann ihre Figur gehalten hatte, erspähte ihn. Sie schob sich durch das Gedränge. »Schatz, ich hab mir schon Sorgen gemacht, dass du vielleicht Bodenkontakt hattest.« Sie benutzte den Ausdruck für einen Sturz vom Pferd.

»Dee, er reitet Picasso sehr, sehr gut«, verteidigte Ronnie seinen Freund. »Ich wünschte, du wärst mitgekommen. Ein bisschen Schönheit täte uns gut.«

»Schwindler!« Sie knuffte Ronnie in die Rippen. Da er schwul war, hatte sie das Gefühl, er mache sich über hübsche Frauen lustig.

»Ich sehe gern schöne Frauen. Ich will bloß keine heiraten.« Er küsste sie auf die Wange.

»Hey, du bist mein bester Freund«, sagte Xavier und schüttelte gutmütig den Kopf, »aber ich muss sagen, das ist das Einzige, was ich an dir nicht verstehe.«

Ronnie schmeichelte ihm: »Wenn ich mir Dee und euer gemeinsames Leben ansehe, dann verstehe ich es selbst nicht.«

»O Ronnie, du bist so süß.« Dee schlang die Arme um ihn und drückte ihn fest.

»Das hab ich gesehen!«, rief Betty Franklin herüber. »Eine neue Affäre im Jefferson-Jagdverein.«

»Ronnie, zieh eine Nummer und stell dich hinten an«, sagte Walter, der hinter den dreien herantrat und sie turmhoch überragte.

»Walter, du brauchst kein Nümmerchen. Dich nehm ich auf der Stelle«, schoss Ronnie zurück.

»Eins zu null für dich.« Walter lachte. »Dee, soll ich dir nachschenken?«

»Nein, ich schleppe meinen Mann an die Bar. Ich will in allen Einzelheiten von der Jagd hören und hoffentlich auch von ein paar Missetaten.«

Walter lächelte. »War'n toller Tag.«

Als die beiden gingen, sagte Ronnie: »Jagen im Schnee, das hat was.«

»Unbeschreiblich schön«, pflichtete Walter bei. »Sag mal, Ron, was zu trinken für dich? Hi, Sorrel.« Sorrel, Mitte vierzig und frisch verwitwet, kam bei ihnen vorbei.

»Meine Herren, zwei Kisten Sekt, eine Kiste Scotch, zweieinhalb Kisten Wodka sind schon alle, und der Wildschweinbraten neigt sich dem Ende zu. Ihr geht am besten schleunigst zu Tisch.«

»Die Muffinjäger haben wieder zugeschlagen.« Ronnie und alle, die ritten, nannten Nichtreiter Muffinjäger.

»Dann mal los.« Walter ging voran. Die Herren plauderten auf ihrem Weg durch die Menge nach allen Seiten.

Lorraine Rasmussen, schmal und schüchtern, stand bei ihrer Tochter Sari. Sie sahen sich sehr ähnlich.

»Mom, hier sind alle nett. Komm mit.«

»Ach Schatz, ich reite nicht. Ich komme mir vor wie …«

»Lorraine!« Sister trat aus der Küche. Dies war der einzige Ort, wo sie einen Happen essen konnte. Sobald die Leute sie sahen, bekam sie nichts in den Mund.

»Sister, es ist großartig.« Lorraine lächelte. Ihre gut geschnittenen hellbraunen Haare fielen ihr auf die Schultern.

»Tedi und Edward machen keine halben Sachen. Und Sorrel ist die beste Veranstaltungsmanagerin, die wir je hatten. Komm, ich stelle dich den Leuten vor, Lorraine. Die meisten, die hier sind, waren heute nicht auf der Jagd. Das kann man sehen. Ihre Schuhe sind sauber, und sie haben kein Blut im Gesicht.«

Sari kicherte. »Und dick sind sie auch.«

Sister sah Shaker, der sich durch die Menge quetschte. Shaker musste sich um die Hunde kümmern, aber heute war ein hochheiliger Tag.

Den Mitgliedern der Equipage war ein bisschen Geselligkeit gegönnt, ehe sie Hunde und Pferde wieder in Zwinger und Ställe führten.

Die Jagd heute war zwar nicht besonders lang, aber dank des schwierigen Untergrunds anstrengend gewesen. Shaker ließ Hunde oder Pferde nach einer aufreibenden Jagd nicht gern allzu lange herumstehen.

»Shaker, lass uns was trinken, ja?«, schlug Sister vor und verhinderte so, dass Shaker sich vor der Gesellschaft drückte.

»Soll ich Ihnen einen Teller mit Essen holen, Sir?« Die höfliche Sari wusste, wie schwer Shaker arbeitete.

»Danke, Sari.« Er konnte das junge Mädchen gut leiden und sah viel von ihrer Mutter in ihr. Obwohl er Lorraine kaum kannte, hielt er sie für eine höfliche Frau. Als er sie jetzt ansah, stellte er fest, dass sie außerdem hübsch war.

»Sari sagt, heute war einer der besten Tage«, bemerkte Lorraine.

»Sie sagt, als die Hunde in die Ruine gelaufen sind, hat sie eine Gänsehaut gekriegt.«

Er lächelte Lorraine an. »Wir hatten Glück.«

»Unsinn«, sagte Sister. »Du bist ein phantastischer Meuteführer.« Sie küsste ihn auf die Wange. »Entschuldigt mich.«

»Sister.« Marty Howard rief nach ihr.

Auf dem Weg zu Marty streifte sie Gray Lorillard. Ein elektrischer Funke durchschoss sie.

»Das Wetter ist unserer Verabredung zum Mittagessen in die Quere gekommen«, sagte Gray. »Wie sieht es am dritten Januar im Club aus?«

»Muss ich Lippenstift auftragen?« Sie lachte.

»Sister, du musst gar nichts tragen.« Gray lächelte. »Zwölf Uhr.«

»Zwölf Uhr.«

»Sister«, Marty ergriff atemlos ihre Hand, »Sam hat ein ganz wunderbares Pferd für mich gefunden. Ich bin ja so aufgeregt. Einen Wallach. Ich mag Wallache, und er könnte einem Gemälde von Stubbs entsprungen sein.«

»Für die Jagd?«

»O nein. 'tschuldige, ich bin so aufgeregt. Nein, für Rennen. Ein Hindernispferd. Ich hab mir schon immer ein Hindernispferd gewünscht. Sam hat sich umgehört, und er hat es mir gerade gesagt. Ich bin auf Wolke Sieben. Darum werde ich das Pferd Wolke Sieben nennen!«

»Wo ist Sam? Ich kann's nicht erwarten, alles haarklein zu hören.«

»Zuletzt hab ich ihn im Wohnzimmer am Kamin gesehen. Aber du brauchst eine halbe Stunde, um zu ihm zu kommen. Es ist voll wie in einer Sardinenbüchse.«

Zwanzig Minuten später hatte Sister das Wohnzimmer erreicht. Sam sah besser aus als seit Jahren, hatte aber noch diese ausgezehrte Magerkeit des ewigen Alkoholikers, der zu essen vergisst. Er lächelte, als er die Jagdherrin sah.

»Gutes Neues Jahr, Master.«

»Sam, es hat mich gefreut, dich im Jagdfeld zu sehen. Und Gray. Ich hoffe, du wirst nun öfter bei uns sein.«

»Hängt vom Chef ab.«

Sister lächelte. »In deinem Fall könnte es auch von der Chefin abhängen. Sie schwebt über allen Wolken wegen des Hindernispferdes, das du gefunden hast.« Sie hielt einen Moment inne, um Freunden in der Menge zuzunicken. »Wie läuft's denn so?«, fragte sie ihn dann.

»Ganz gut.«

Sie legte ihm ihre Hand auf die Schulter. »Schön, ich hoffe, der Job lässt sich gut an. Crawford stellt hohe Anforderungen, aber letztendlich ist er gerecht. Und es freut mich, dich im Jagdfeld dabeizuhaben.«

»Crawford ist wohl bei niemand besonders beliebt«, flüsterte Sam.

»Leute, die was gegen etwas oder jemanden haben, drücken sich immer drastischer aus als diejenigen, die mit dem Gang der Dinge zufrieden sind. Es wird über ihn genörgelt, aber ich habe im Laufe der Jahre gelernt, seine guten Seiten zu schätzen. Wenn du etwas brauchst, Sam, ruf an oder komm vorbei.«

»Danke. Das ist anständig von dir.«

Sie lachte. »Du bist schlimm, Sam Lorillard.«

Sister schlängelte sich wieder durch die Menge und quetschte sich hinter Clay Berry. Seine Frau Isabelle, die Haare schulterlang und honigblond, konnte Sister hinter Clays breiten Schultern nicht sehen. Sonst hätte sie vielleicht einen anderen Ton angeschlagen.

»Nicht schon wieder ein Pferd, Clay. Du hast zwei hervorragende Jagdpferde, und ich sehe dich eh schon so gut wie nie.«

»Herzchen, das ist nicht wahr.« Seine helle Stimme hatte einen tröstlichen Ton.

»Von wegen. Du verschwindest während der Jagdsaison. Wenn sie vorbei ist, hab ich dich einen Monat, und dann haust du ab auf den Golfplatz. Ich könnte ebenso gut Witwe sein.«

»Izzy« – er nannte sie bei ihrem Kosenamen –, »jetzt übertreibst du aber.«

»Ich sehe dich langsam als meinen unwichtigen Partner.« Sie zog einen Flunsch. »Und wie kannst du an ein weiteres Pferd denken, wo du weißt, dass ich mich nach diesem neuen 500 SL Cabrio verzehre. Ich möchte es in Silber mit aschgrauer Innenausstattung.«

»Mit den Extras, die du möchtest, kostet der Wagen hundertsechstausend Dollar.«

»Das bin ich wert«, erwiderte sie kühl.

Er wechselte die Tonart. »Wie kann irgendwer einen Preis auf eine so schöne Frau setzen? Natürlich bist du das wert, Baby. Allerdings ist es zurzeit ein arg dicker Batzen.«

»Pah.« Dann wurde sie mit einem Mal kokett. »Du verdienst dein Geld doch spielend. Ich hab bald Geburtstag und«, sie rieb ihm den Nacken, ihr Mund war jetzt ganz dicht an seinem, »du wirst es nicht bereuen. Ich tu alles, was und wann du willst.«

Er schluckte. »Schatz, lass uns später darüber reden.«

Sister versuchte, sich von den beiden zu entfernen, aber sie kam in dem dichten Gedränge nicht voran.

Izzy stellte sich auf die Zehenspitzen, um ihrem Mann einen Kuss zu geben. Sie biss ihn in die Unterlippe. Und da sah sie die Jagdherrin.

»Sister!« Sie fasste geschwind um Clay herum und ergriff Sisters Hand. »Ich brauche dich, um Clay weichzuklopfen.«

Viel Erfolg, dachte Sister bei sich. Wenigstens verleugnest du nicht, was du für eine bist. Laut sagte sie: »Isabelle, ich denke, du kannst Clay ganz allein weichklopfen.«

»Aber ich stehe so gern zwischen zwei schönen Frauen.« Clay verdrehte die Augen.

Izzy gurrte mit einstudierter atemloser Stimme: »Ich muss den 500 SL haben. Ich verzehre mich nach diesem Auto. Es ist so sexy, da kommt kein anderes mit. Nicht mal ein Ferrari oder Porsche Turbo oder ein Maserati. Ich gehe auf die vierzig zu. Ich muss mir was Gutes tun.« Sie hielt jetzt Sisters Hände, wobei sie in der Enge Busen an Busen standen und sich nicht mehr rühren konnten.

Sister fand die Situation lustig. »Es ist ein sensationelles Auto, und du würdest es noch sensationeller machen. Mercedes-Benz sollte dich dafür bezahlen, dass du eins fährst.«

»Du sagst so süße Sachen. Ich will mal werden wie du. Du bist so schön.« Izzy geriet ins Schwärmen.

»Da hat sie recht«, sprang Clay seiner Frau bei. »Abgesehen von deinem Silberhaar siehst du genauso aus wie damals, als ich im Pony-Club war. Ich weiß nicht, wie du das machst.«

»Sie hat ein Porträt auf dem Speicher.« Izzy spielte auf die Handlung in *Das Bildnis des Dorian Gray* von Oscar Wilde an.

»Danke. Ihr zwei seid unverschämte Schmeichler, aber es tut mir gut.«

Clays Miene war ernst. »Ich meine das ehrlich. Du bist schön, Sister.« Dann lächelte er. »Und deine Arme sind muskulöser als meine, dabei trainiere ich wie verrückt.«

Sie neigte den Kopf leicht zur Seite und sah ihn an. »Nicht dass ich wüsste, aber ich weiß sicher, dass Farmarbeit Fett verbrennt.«

»O Clay, dann kaufst du wohl doch besser noch ein Jagdpferd, und ich kümmere mich darum.« Izzy lachte ein angenehmes, melodisches Lachen.

Walter erspähte Sister zwischen Clay und Izzy. Er schob sich zu ihr.

»Ihr könnt sie nicht ganz für euch allein haben. Jetzt bin ich an der Reihe.« Walter küsste Izzy auf die Wange, was ihr durchaus gefiel, dann setzte er seinen ganzen Körper ein, um für sich und Sister einen Weg durch das Gedränge zu bahnen.

»Du bist ein Held.«

»Das sagst du zu allen Jungs«, zog Walter sie auf.

Als sie aus dem schlimmsten Gewühl heraus waren, holte sie tief Luft. »Walter, ich hatte soeben das Privileg zu beobachten, wie eine Frau einen Mann zu ihrem Nutzen bearbeitet. Puh! Ich könnte das nicht.«

»Du hattest es nie nötig.« Sein angedeutetes Lächeln unterstrich sein robustes, sympathisches Äußeres.

»Walter, du bist ein echter virginischer Gentleman.«

»Es ist mein Ernst. Tricks anwenden, dich einem Mann an den Hals werfen, Hinterlist und das alles. Das bist du nicht. Das könntest du nie.«

»Vielleicht fand Ray deshalb andere Frauen attraktiv. Ich hab das Spiel nicht mitgespielt.«

»Ray fand andere Frauen attraktiv, weil er Eroberungen brauchte, um sich als Mann zu fühlen.« Walter, Rays leiblicher Sohn, sagte dies mit Nachdruck.

Walter und Sister hatten dieses alte Geheimnis vor einem Jahr erfahren. Alle außer ihnen hatten es gewusst, und Walter war Ray Arnold senior wie aus dem Gesicht geschnitten.

»Vorbei ist vorbei, mein Lieber. Wir sind noch da, und das Leben ist schön.«

»Das Leben ist schön, weil ich dich habe.« Er küsste sie zärtlich auf die Wange. »Du hast mir die Fuchsjagd, Verständnis und mehr gegeben, als ich sagen kann.«

»Walter, du bringst mich zum Weinen.«

Er umarmte sie. »Das würde alle hier erschüttern.«

»Hast du getrunken?«

Er lachte. »Nein. Nur ein kaltes Bier. Nein, mein Vorsatz fürs Neue Jahr lautet, den Menschen, an denen mir liegt, zu sagen, was ich fühle. Ich lerne, die konservative Zurückhaltung zu überwinden.«

»Gibt es dafür einen Kursus? Da muss ich mich unbedingt einschreiben.«

Sie lachten, dann sagte Walter: »Hast du die Nachrichten gehört? Am Bahnhof wurde einer von den Alkoholikern tot aufgefunden.«

Walter hätte »von den Säufern« sagen können, doch als Arzt betrachtete er Trunksucht mit dem Blick des Wissenschaftlers.

»Eine furchtbare Art, sein Leben zu vergeuden.« Sister schüttelte den Kopf.

»Ja. Es ist eine heimtückische Krankheit, weil sie chemisch bedingt und dennoch freiwillig herbeigeführt ist. In meinen düsteren Momenten frage ich mich, ob diese Menschen tot nicht besser dran wären. Die Medizin kann sie nicht erreichen. Vielleicht kann Gott sie erreichen.«

Sister dachte über diese Auffassung nach. Sie glaubte aufrichtig, dass Menschen errettet werden konnten.

Xavier stieß mit seinem Rücken gegen den ihren. »Verzeihung. Oh, Sister, hätte ich gewusst, dass du es bist, hätte ich dich fester gestoßen.«

Walter küsste sie noch einmal auf die Wange und entfernte sich.

»Irgendwelche Vorsätze fürs Neue Jahr?«

»Vierzig Pfund abnehmen.« Xavier verzog das Gesicht. »Verdammt, ich hab nicht nur einen Ersatzreifen, ich hab genug, um vier Goodyears auf einen Camaro aufzuziehen.«

»Das kommt von der vielen Arbeit im Sitzen.«

Er stöhnte. »Hätte ich nur deine Disziplin. Hätte ich nur deine Disziplin.«

»Ich weiß nicht recht, ob es Disziplin ist. Ich sitze nicht am Schreibtisch. Ich arbeite im Stall, im Zwinger, im Freien. Bei mir setzt nichts an. Der Mensch ist nicht zum stundenlangen Stillsitzen bestimmt. Abgesehen von den Pfunden, denk doch mal, was das deinem Rücken antut.«

»Wohl wahr.« Er sagte ihr leise ins Ohr: »Kommt Sam Lorillard jetzt oft mit uns auf die Jagd?«

»Das weiß ich nicht. Hängt von Crawford ab.«

»Ich bin nicht der Einzige mit einem großen Groll auf Sam. Edward ist nicht von ihm begeistert. Jerry Featherstone auch nicht. Ron. Clay. Wenn du die Vereinsliste durchgehst, sind da eine Menge von uns, die ihm im Laufe der Jahre eine Chance gegeben haben. Entweder hat er unsere Frauen verführt, Geld geklaut, über Pferde gelogen oder Autos zertrümmert.«

»Ich weiß, Xavier, ich weiß. Aber im Jagdfeld bleibt das alles bei den Anhängern zurück. Was ihr tut oder sagt, wenn ihr nicht jagt, ist eure Sache.«

»Ich werde im Jagdfeld keine Szene machen, aber ich könnte ihm die Fresse polieren, wenn er mich schief anguckt.«

»Glaubst du nicht, dass Menschen sich ändern können?«

»Himmel ja, sie können sich ändern. Ich werde mich um vierzig Pfund verändern. Aber drinnen? Der Charakter? Nein. Sam ist schwach geboren, und er wird schwach sterben. Er wird sich vermutlich totsaufen.«

»Das will ich nicht hoffen, aber ich kann dich verstehen. Wenn er meine Brieftasche erleichtert hätte, würde ich mich wohl auch von ihm abwenden. Ich möchte gern denken, dass ich's nicht täte, aber ich nehme an, ich würde es tun.«

Das Haus der Bancrofts war erfüllt von sprudelndem Geschwätz und Gelächter und von umherlaufenden Kindern. Eine Gruppe Herren und Damen stand in einer Ecke des Speisezimmers und diskutierte, warum der Staat Ohio großartige College-Footballmannschaften, aber miserable Profimannschaften hervorbrachte. Es war eine sehr lebhafte, lautstarke Diskussion.

Bei allem, was Tedi und Edward taten, zeigten sie Stil. Ehe Sister mit Betty Franklin fortging, bedankte sie sich sowohl bei den Gastgebern als auch bei Sorrel Buruss.

»Toller Tag. Es schneit schon wieder.« Draußen blinzelte Betty zu dem tiefgrauen Himmel hoch.

»Wenn du mit Bobby nach Hause willst, nur zu. Du kannst deinen Wagen morgen abholen oder irgendwann.«

»Mir macht es nichts aus, im Schnee nach Hause zu fahren. Das gibt uns die Möglichkeit, zusammen zu sein.« Betty stieg frohgemut in Sisters roten GMC-Halbtonner. »Wie kommst du mit deinem anderen Wagen zurecht, nachdem du ihn jetzt ein Jahr hast?«

»Ganz gut. Nichts zieht so gut wie ein Ford F350 Dually. Aber der hier ist mir für jeden Tag lieber.«

»Den Ford hast du, seit die Erde sich abgekühlt hat.«

Sister startete den Motor, schaltete die Scheibenwischer ein und wartete einen Moment, bis sie den frisch gefallenen Schnee weggewischt hatten. »Hiervon hat der Wetterbericht nichts gesagt.«

»Warum hörst du den überhaupt? Wir sind direkt am Fuß der Blue Ridge Mountains. Wir haben unsere eigene Wettervorhersage.« Betty fröstelte. Die Heizung würde sich einschalten, sobald der Motor warm gelaufen war.

»Da hast du recht.« Sister schaltete auf Allradantrieb, und sie rollten vorsichtig durch die lange Zufahrt. »Wie fandest du es heute?«, fragte Sister.

»Die Hunde haben gut zusammengearbeitet, und es war klug von dir, die Junghunde nicht mitzunehmen. Obwohl wir am Ende auf eine gute Fährte gestoßen sind, wäre die Geduld, die es erforderte, um sie zu finden, zu viel für sie gewesen, und dazu noch die vielen Menschen.«

»Danke. Freut mich. Die T-Kinder haben es aber gut gemacht. Sie sind ausgesprochen frühreif«, sagte Sister stolz.

»Schöne Stimmen.«

»Ja.« Sie wechselte das Thema. »Betty, Xavier und andere sind sauer, weil Sam Lorillard heute mit uns jagen war.«

»Er steht nicht ganz oben auf meiner Beliebtheitsskala, aber im Feld ist er kein Problem. Ich hoffe nur, er kann den Kurs halten. Sein Bruder hat gutes Geld für ihn ausgegeben. Ein einmonatiger Aufenthalt in der Entzugsklinik komplett mit Beratung reißt ein Loch in die Kasse. Das Schlimme ist, die Hälfte der Menschen fällt wieder in die alten Gewohnheiten zurück. Du weißt ja, wie viel Mühe Bobby und ich uns gegeben haben, um Cody von Drogen fernzuhalten«, sagte sie im Hinblick auf ihre älteste Tochter. »Sie konnte oder wollte nicht, und bei Gott, sie bezahlt dafür, und wir auch.«

»Kommt sie im Gefängnis an Drogen?«

»Natürlich.« Betty seufzte. »Sie sagt, sie nimmt nichts, aber ich glaube ihr nicht. Sie macht gute Miene, wenn Bobby oder ich sie besuchen. Sie erzählt ihrer Schwester mehr als uns. Und weißt du was, ich habe alle Tränen geweint, die ich weinen kann. Man bringt die Kinder zur Welt, zieht sie groß, vergießt sein Blut für sie, weint um sie und betet für sie, aber sie sind eigenständige Wesen.«

»Ja.«

»Verzeih. Manchmal vergesse ich, dass du Ray junior vielleicht gern hier bei dir hättest, auch wenn er Drogen nehmen würde.« Betty atmete durch die Nase aus. »Ich glaube nicht, dass Rayray diesen Weg gegangen wäre. Der Junge war so vernünftig. Manche sind's, manche nicht.« Sister verlangsamte vor einer Kurve.

»Ach, sie probieren alles, was zu haben ist: Marihuana, Kokain, Ecstasy, die Date-Rape-Droge. Ich komm mit der Verbreitung von bewusstseinsverändernden Stoffen gar nicht mehr mit. Ich glaube, alle Jugendlichen probieren das Zeug mal. Mir macht Alkohol mehr Sorgen als Drogen. Unsere Gesellschaft drängt einem Fusel und Drogen ja geradezu auf. Der Stoff, den ich gerne schnupfe, ist der Geruch von Sattelzeug, Pferdeschweiß und Hafer. Hab auch nichts gegen Dung. Und den süßlichen Geruch meiner Hunde mag ich auch.«

»Himmlisch.« Betty hielt ihre Hände an den Heizungsschlitz. »Egal, was irgendeine Obrigkeit in irgendeinem Jahrhundert verfügt, die Menschen nehmen, was sie sich besser fühlen lässt. Du und ich haben eine andere Körperchemie als Cody und Sam. Wer weiß, warum?«

»Big Ray hat getrunken, aber kontrolliert. Er konnte monatelang ohne auskommen, und dann hat er an einem Abend auf einer Party vier Gläser gekippt.«

»Er war groß. Er hat es besser vertragen als ein kleines Würstchen.« Betty betrachtete den Broad Creek, der angeschwollen war und unter der Brücke der Soldier Road geschwind dahinfloss. »Noch so ein Tag wie heute, und das Wasser tritt über die Ufer.«

»Wir hatten Glück, dass wir heute nicht in Schwierigkeiten geraten sind.«

»Das habe ich auch gedacht.« Betty sah Sister an. »Willst du was Verrücktes hören?«

»Da sprichst du mit der Richtigen.«

»Ich fühle mich jetzt jünger, stärker und besser als seit Jahren. So brutal sich das anhört, ich glaube, das liegt daran, dass Cody weggesperrt ist. Sie kann nicht nach Hause kommen und mich fertigmachen. Sie kann nicht aus Los Angeles oder Middleburg oder von Roger's Corner anrufen.«

Roger's Corner war der Gemischtwarenladen mit Imbiss und Bar an der Kreuzung Soldier Road und White Cat Road. »Ich bin frei. Sie ist im Gefängnis, aber ich bin frei. Meine Energie gehört mir.«

»Das kann ich gut verstehen.«

»Ich hab's erst nicht verstanden. Ich dachte, ich bin eine schreckliche Mutter. Bobby hat mich eines Besseren belehrt.« Ihre Stimme wurde leidenschaftlich. »Woher hatte ich die Vernunft, diesen Mann zu heiraten? Er ist wirklich nicht der schönste Mann der Welt. Als ich jung war, dachte ich, ich würde einen heiraten, der gut aussieht, reich ist und so. Aber er war beharrlich. Je beharrlicher er wurde, desto mehr habe ich auf seinen guten Charakter geschaut. Er ist ein wunderbarer Mensch, ein liebevoller Ehemann und Vater. Ich bin ein Glückspilz.«

»Er auch.« Sister bog von der Soldier Road auf die unbefestigte Straße ab, die von der Straßenverwaltung als drittrangiger Verkehrsweg eingestuft wurde. Hier war der Schnee tiefer.

»Danke, Jane. Du siehst gut aus. Ich hoffe, dass du wieder jemanden findest.«

»Als Big Ray zwei, drei Jahre tot war, habe ich auch mal daran gedacht, aber dann ließ ich es wieder.« Sie bog in die Farmstraße ein; es schneite jetzt heftiger. »Ich dachte, ich wäre da drüber hinweg, bis Walter vor zwei Jahren in den Jagdverein kam. Als ich ihn davor das letzte Mal gesehen hatte, war er auf dem Weg zum College. Wie Walter dann mit uns auf die Jagd ging, fühlte ich mich stark zu ihm hingezogen. Körperlich. Shaker hat mir endlich reinen Wein eingeschenkt, ein Glück. War nicht leicht für ihn. Vielleicht wusste ich es, ohne es zu wissen.«

»Alle haben es gewusst, nur du und Walter nicht.«

»Dass er Rays leiblicher Sohn ist?«

»Ah, ja.«

»Das hat mich aufgewühlt. Nicht, dass Walter mit mir schlafen würde. Der Mann ist Mitte dreißig, und ich werde im August zweiundsiebzig. Oder dreiundsiebzig?« Sie kicherte. »Ich kann's nicht glauben, egal, welche Zahl es ist. Herrgott, die Jahre verfliegen so verdammt schnell, dass ich nicht mehr mitkomme. Aber ich bin aufgewacht, oder mein Körper ist aufgewacht oder irgendwas. Es ist lieb von dir zu sagen, dass ich gut aussehe, aber, Betty, wie viele Männer würden mich schon angucken, außer sie sind achtzig? Das Spiel ist aus für mich.«

»Es ist Neujahr. Willst du wetten?«

»Um wie viel?«

»Hundert Dollar.«

»Betty!«

»Ich wette mit dir um hundert Dollar, dass vor dem einunddreißigsten Dezember ein Mann in dein Leben tritt. Abgemacht?«

»Das werden die am leichtesten verdienten hundert Dollar meines Lebens sein.« Sister fuhr lachend in den Stallhof.

Im Stall sahen die zwei Frauen nach ihren Pferden. Sari und Jennifer hatten das Frühstück zeitig verlassen und schon alle Arbeiten erledigt. Das Radio spielte leise für die Pferde. Die Nachrichten wurden zur vollen Stunde gesendet.

»Hey, hast du das gehört?«, rief Betty, die neben dem Radio stand, zu Sister hinüber, die nach den Wassereimern sah.

»Hab nicht aufgepasst.«

»Der eine, den sie am siebenundzwanzigsten abends gefunden haben, am Samstag, weißt du noch? Der war bis obenhin abgefüllt mit Alkohol, aber auch mit Schierling.«

»Was?«

»Er hat Schierling getrunken, genau wie Sokrates.«

»Mit Absicht?« Sister war fassungslos.

»Und heute Morgen hat man wieder einen erfroren am Bahnhof gefunden. Tot.«

Die zwei Frauen sahen sich an. Sister fragte: »Was geht hier vor, um Himmels willen?«

7

Clay und Isabelle Berry luden gern Gäste ein. Ihr auf einem Hügelkamm errichtetes modernes Haus bot einen überwältigenden Blick auf die Blue Ridge Mountains. Weil alle Zimmer in andere Räume über oder auf einen Innenhof hinausgingen, stauten sich die Leute auf Festen selten in schmalen Türöffnungen.

Die gebohnerten, glänzenden Fußböden aus Walnussholz waren schwarz gestrichen. Izzy, wie Isabelle sich lieber rufen ließ, weil sie nach ihrer Mutter Big Isabelle benannt war, hatte sich dem Minimalismus verschrieben. Alle Möbel waren eigens für dieses Haus angefertigt worden. Alle Stücke, in einem warmen Beigeton gehalten, harmonierten vollendet mit dem helleren Beige der Wände.

Der Anlass für dieses Fest am Freitag, 2. Januar, war Izzys achtunddreißigster Geburtstag. Einige Gäste, die über ein beachtliches Durchhaltevermögen verfügten, hatten seit der Silvesternacht nicht zu trinken aufgehört.

Tedi, einen Scotch mit Wasser in der Hand, flüsterte Sister zu, dies seien blonde Farben. Da Izzy entschieden eine Blondine war, war der Effekt großartig.

Die Edelstahlküche glänzte. Halogenlampen schienen von der Decke auf die Gäste herab. Das hochmoderne Parterre prunkte mit einem Billardtisch.

Donnie Sweigert und drei weitere Herren versorgten die Gäste an den zwei Bars: eine im Wohnzimmer, eine im Erdgeschoss.

Ein in die Wand der Bibliothek eingelassener Fernseher mit Flachbildschirm war eingeschaltet. Der Apparat im Billardzimmer ebenfalls. An beiden Geräten schnappten Herren und Damen immer mal wieder einen Happen von einer Football-Reportage auf. Sie schauten ein Stückchen, mischten sich wieder unter die Gäste, kehrten regelmäßig zurück oder fragten andere Sportbegeisterte, was sie von dem Countdown zum Super Bowl hielten.

Sister und Tedi sahen hin, als ein Kommentator Ausschnitte der letzten Profispiele brachte. Wegen der Entscheidungsspiele stieg die Spannung in ganz Amerika.

»Ob diese Kerle Mutanten sind?«, fragte Tedi.

»Wieso?«

»Guck dir mal ihre Hälse an.« Die Eiswürfel in Tedis Glas klirrten, als ein hoch bezahlter Rückraumspieler in Nahaufnahme zu sehen war.

Sister, in einem umwerfenden knallblauen Kleid, sah auch hin. »Und das ist bloß einer vom Rückraum. Wie mag dann erst der Abwehrkapitän aussehen.«

Clay, der gerade vorbeiging und wegen des Menschenandrangs sein Glas über den Kopf hielt, hörte das.

»Bessere Ernährung, bessere Zahnmedizin. Ihr wisst ja, eine Menge Bakterien werden durch den Mund aufgenommen. Besseres Training, bessere Methoden, um Verletzungen vorzubeugen oder zu heilen, falls welche auftreten. Bessere Aufputschmittel.«

Tedi lächelte ihren gut aussehenden Gastgeber an. »Als du auf der Highschool Football gespielt hast, seid ihr beste Mannschaft im Staat geworden, Clay, aber du hast nie so ausgesehen. Und auf dem College warst du auch gut.«

Clay, mittlerer Abwehrspieler der Highschool-Mannschaft, war auf diesem Posten hervorragend gewesen. Er hatte ein Stipendium fürs Wake-Forest-College bekommen und war dort ein Football-Star gewesen.

Er lachte. »Tedi, du bist sehr lieb. Denk nur, wie lange das her ist. Ich glaube, heute wäre ich da nicht mehr so gut wie damals. Das Spiel hat sich verändert. Allein das Training ist heute ganz anders.«

»Aber du hast nie wie ein Stier auf zwei Beinen ausgesehen.«

»Steroide.« Er zuckte die Achseln. »Waren damals eben kaum ein Thema. Selbst wenn ich welche genommen hätte, ich war zu klein, um es bis zum Profi zu bringen. Macht nichts. Ich bin nach Hause gekommen, hab ein Geschäft gegründet und Golf entdeckt.«

Sister berührte ihn am Arm. »Wie heißt es doch über Golf: ein Spaziergang mit Hindernissen?«

Er lachte. »Der Teufel spielt Golf. Er schenkt einem gerade genug tolle Drives und gute Putts, dass man immer wiederkommt.«

»Es ist so schön da draußen, ein grünes Paradies.« Tedi spielte leidenschaftlich gerne Golf und hatte ein respektables Handicap 12 vorzuweisen.

»Clay!«, rief Izzy aus dem Wohnzimmer.

»Das Geburtstagskind.« Clay lächelte. »Gute Jagd gestern, Sister. Trotz des Wetters haben wir eine super Saison.«

»Danke, Clay.« Sie freute sich über das Lob. Clay ging zu Izzy, die von Frauen ihrer College-Verbindung umringt war.

Lieder der Studentinnenverbindung Kappa Kappa Gamma hallten durchs Haus.

»Janie, warst du in einer Verbindung?«, fragte Tedi. »Ist mir entfallen. In Sweet Briar gab's die nicht, oder? In Holyoke gab's jedenfalls keine. Ich war gerne dort. Aber weißt du was, du hast mir so gefehlt. Denk nur, was wir für einen Spaß gehabt hätten, wenn wir zusammen auf demselben College gewesen wären.«

Sister grinste. »Sie hätten uns rausgeschmissen.«

»Hm – bestimmt.« Tedi warf den Kopf zurück und lachte. »Und ich hätte Edward nicht kennengelernt. Stell dir vor, da reist man den weiten Weg bis Massachusetts, um seinen zukünftigen Ehemann kennenzulernen, der selbst Virginier ist und die weite Reise nach Amherst gemacht hat. Klar, ich war schwer enttäuscht, als weder Nola noch Sybil nach Holyoke wollte. Ich kann's immer noch nicht glauben.«

»So ist das eben mit Kindern. Wär ja schlimm, wenn sie nicht ihren eigenen Kopf hätten.«

Tedis Mundwinkel kräuselten sich einen Moment aufwärts. »Erschütternd. Aber wirklich, Janie, für Nola musste es die Universität von Colorado sein, und Sybil, na ja, sie ist immerhin nach Radcliffe gegangen. Sie hat sich beworben, vermutlich zum Ausgleich für Nola. Gott, durch wie viele Schulen ist das Mädchen gesaust? Sie fehlt mir. Heute noch.« Tedi hielt kurz inne. »Oje, ich muss aufhören damit. Was ist das bloß mit einem neuen Jahr? Man lässt die Jahre Revue passieren, aber Vergangenheit ist Vergangenheit. Daran kann man nichts ändern.«

»Geschichtsrevisionisten versuchen es aber.«

»Ja, schon, doch dabei geht's nicht direkt um die Vergangenheit. Es geht um den Griff nach politischer Macht. Alles Quatsch.« Tedi kippte ihren Scotch herunter. »Manchmal denke ich, ich lebe schon zu lange. Ich hab alles gesehen, alles gemacht, und jetzt bin ich unendlich gelangweilt von der Ignoranz und den Ansprüchen der Generationen nach uns. Nolas und Sybils Generation ist langweilig, scheinheilig und uninspiriert.«

»Tedi, sie kennen nur Frieden und Überfluss. Das ist wie bei Jagdhunden, die nur auf der Veranda geschlafen haben. Wenn sie laufen müssen, sind sie zuerst langsam, aber ich verspreche dir, sie werden laufen.«

»Du bist immer optimistisch.«

»Ich bin Amerikanerin. Wir alle sind Amerikaner. Wenn die Duweißt-schon am Dampfen ist, tun wir, was getan werden muss, und es spielt keine Rolle, wann oder wo wir geboren sind. Egal, welche Hautfarbe wir haben, welche Religion oder gar keine, welches Geschlecht oder mit wem wir schlafen. Wie auch immer, du weißt, was ich meine.«

»Ja. Ich bin trotzdem skeptisch.« Sie deutete mit dem Kopf in eine Richtung. »Apropos jüngere Generation, hier kommt ein unheimlich gut aussehender Vertreter von ihr.« Lächelnd streckte sie die Hand aus; Walter ergriff sie und führte sie an die Lippen, danach küsste er Sister auf die Wange.

»Ihr seht berückend aus.« Walter wusste mit Frauen umzugehen; »schön« wäre schon sehr nett gewesen, aber »berückend« zeugte von Einfallsreichtum. »Sister, die Farbe betont deine Augen.« Er senkte die Stimme. »Ich werde den nicht los.« Er setzte ein strahlendes Lächeln auf, als sich ein dunkelhäutiger, lebhafter, gut aussehender Herr, der höchstens Anfang vierzig war, zu ihnen hinschob. »Darf ich bekannt machen, Mrs. Bancroft, Mrs. Arnold, Dr. Dalton Hill aus Toronto. Er ist aus Williamsburg gekommen, wo er heute Morgen einen Vortrag gehalten hat.«

Tedi, die ihn eingehend gemustert hatte, erkundigte sich: »Wie nett, dass Sie die Reise auf sich genommen haben. Was ist Ihr Fachgebiet, Dr. Hill?«

»Endokrinologie.« Er hatte etwas Überhebliches, dennoch waren seine Manieren tadellos. »Aber mein Vortrag handelte von der Entwicklung der Möbelornamentik im achtzehnten Jahrhundert.«

»Eine Liebhaberei von Ihnen?« Tedi hob die Augenbrauen.

»So ist es.« Er legte den Kopf schief.

»Die englischen und französischen Möbel des achtzehnten Jahrhunderts sind schön«, warf Sister ein. »Gibt es heute noch jemanden, der solche Stücke anfertigen kann?«

»Ja.« Sein Ton war besonnen. »Wenige, herzlich wenige. Das hat nichts mit Begabung zu tun, müssen Sie wissen, sondern mit Temperament.«

Die Damen lächelten.

Walter sagte: »Das habe ich nie bedacht, Dr. Hill.«

»Sagen Sie Dalton, bitte.«

»Dalton, Sie jagen in Kanada, nicht?«, fragte Walter.

»Wenn Sie vorhaben, etwas länger hierzubleiben, bitte kommen Sie mit uns auf die Jagd«, lud Sister ihn ein.

»Sie sind die Jagdherrin, nicht wahr?« Dalton war über Sisters Status aufgeklärt worden, als er Bobby Franklin gefragt hatte, wer die große, umwerfend aussehende grauhaarige Dame sei.

»Die bin ich, und ich bin ein Glückspilz.«

Ronnie Haslip kam vorbei, gefolgt von Xavier und Dee. Nach ein paar weiteren Bemerkungen entführten sie Walter und Dalton.

»So ein Wichtigtuer.« Tedi rümpfte die Nase.

»Witterst was, wie, Tedi?«

Lachend kehrten sie an die Bar zurück. Tedi bestellte noch einen Scotch mit Eis, Sister bat um ein Tonic mit Eis und einem Stückchen Limette.

Donnie, der hinter der Bar hier und da ein wenig genippt hatte, bediente sie rasch. »Meine Damen.«

»Mir ist neulich Ihr Gewehr mit Zielfernrohr aufgefallen. Ein wunderschönes Stück.« Sister nahm ihm ihr Glas ab, zog einen Dollarschein aus dem unauffälligen Schlitz in ihrem Kleid und ließ ihn in das Trinkgeldglas fallen.

»Danke.« Er nickte, dann fuhr er fort: »Ich hab eisern gespart. Hat mich über zweieinhalbtausend Dollar gekostet.« Er machte eine effektvolle Pause. »Lieber hab ich nichts zu essen, als dass ich darauf verzichte, mir das Beste zu leisten. Ist doch ganz was anderes.«

»Allerdings«, erwiderte Sister.

»Clay Berry hält seine Angestellten knapp.«

Tedi meinte nur: »Ich weiß, Sie haben nichts zu beißen bekommen.«

Nachdem sie noch ein paar Worte mit Donnie gewechselt hatten, mischten sie sich wieder unter die Leute.

»Ich denke, ich such mal meinen Mann. Es ist zehn, und auf den Straßen wird es grässlich sein.«

»Ich mach mich auch auf den Weg. Ich hatte gedacht, Gray Lorillard wäre vielleicht hier.«

»Weißt du, dass er das Nebengebäude auf Chapel Cross gemietet hat, dem Besitz der Vajays? Haben sie die Farm nicht eben erst wieder auf Vordermann gebracht?« Tedi machte eine Pause. »Alex ist hier.« Sie meinte den Ehemann. »Dann müsste Solange auch hier sein. Bei diesem Gedränge hab ich bestimmt die Hälfte der Leute nicht gesehen.«

Tedi stellte ihr halb geleertes Glas auf ein Silbertablett. Sie hatte genug getrunken. »Ich beobachte, wie verschiedene Kulturen mit Reichtum umgehen. Wie verschiedene Völker damit umgehen.«

Mit Sister konnte sie über alles sprechen. »Die Wahrheit ist, die wenigsten können damit umgehen, egal, ob China im siebzehnten Jahrhundert, Deutschland mit seinem großen Industriekapital im neunzehnten Jahrhundert oder heute die IT-Branche.«

»Du kannst es.«

»Ich bin von Geburt an so erzogen, Janie. Wenn man im Laufe seines Lebens zu Wohlstand kommt, ist das ganz schön grausam. Man entfremdet sich seinen Kindern, die nie darum kämpfen mussten. Ich hatte Glück, dass unser Vermögen mit Fultons Dampfschiffen verdient wurde. Es ist seither immer klug investiert und verwaltet worden. Ich bin in einem Milieu aufgewachsen, wo man etwas von Mitteln und Beschränkung verstand. Edwards Wohlstand ist freilich jüngeren Datums. Sein Großvater hat Kältetechnik für die Verarbeitung und den Transport von Lebensmitteln entwickelt. Aber die Bancrofts waren und sind vernünftige Leute. Sie haben unentwegt gearbeitet, unentwegt produziert. Doch wir sind alle vor dem Zweiten Weltkrieg geboren und aufgewachsen. Die Zeiten haben sich geändert.«

»Schon, aber das tun sie von jeher.«

»Dann können wir nur hoffen, dass das Pendel zurückschwingt. Ich habe gestern Abend vor dem Einschlafen durch die Fernsehkanäle gezappt und kurz eine Sendung erwischt, wo die Leute unheimlich viel gefuttert, diverse Lebensmittelfarben geschluckt und dann alles von sich gegeben haben, um zu sehen, wer die schönste Farbe kotzte. Das ist mir einfach unbegreiflich.«

»Mir auch.« Sister lehnte sich an die sehr zierliche Tedi. »Wenn du Ekelsendungen geguckt hast, was hältst du dann von Sex-Shows? Eklig sind die zwar nicht, aber ganz schön hart.«

Tedi strahlte. »Oh, die gefallen mir.«

Die zwei lachten schallend, während die Kappas noch aufreizender sangen.

Sister, Tedi und Edward standen vor dem Haus mit den hell erleuchteten Fenstern, die einen goldenen Schein auf den Schnee warfen. Von drinnen drangen fröhliche Klänge heraus.

»Na, Lieber, was gewonnen?« Tedi dachte sich, dass Edward Billard gespielt hatte.

»Vierzig Dollar. Fünf pro Spiel. Hab Ronnie fünf Dollar abgeknöpft. Wir haben Riechsalz gebraucht, um ihn wiederzubeleben. Ich schwöre, Ronnie hat sich seinen ersten selbst verdienten Dollar übers Herz nähen lassen.«

»Vielleicht hat er deshalb keinen festen Freund«, sagte Tedi geradeheraus, als sie zu ihren Autos gingen.

»Warum sagst du das?« Sister lauschte auf das Knirschen des Schnees unter ihren Pumps.

Sie konnte hohe Absätze nicht ausstehen, aber sie standen ihr so gut und konnten sie von eins achtzig auf eins siebenundachtzig bringen, wenn sie wollte. Das gefiel ihr.

»Er ist einfach zu knauserig. Wenn ein Mann mit einem Mann ausgeht, bezahlt er ihm dann nicht das Essen, genau wie er es für eine Frau tun würde? Wenn Ronnie einen Partner fände, würde er bestimmt jeden Penny zweimal umdrehen und den anderen Mann zum Wahnsinn treiben.«

»Also ich glaube, viele Männer haben getrennte Kasse«, bemerkte Edward. »Es ist nicht ganz wie bei Eheleuten, solchen wie uns, sollte ich sagen, denn heutzutage schließen ja sogar Mittelschichtleute einen Ehevertrag.«

»Wenn ich an das Geld denke, das auf dem Spiel stand, als wir geheiratet haben, dann ist es ein Wunder, dass wir nicht ein ganzes Jahr mit der Abfassung eines Ehevertrags zugebracht haben.«

»Ich sehe ein, dass es klug ist, aber es wirkt so berechnend. Scheint mir kein guter Start ins Eheleben zu sein«, sagte Sister.

Edward überlegte einen Moment. »Du und Ray hattet keine Vereinbarung über Finanzen?«

Sister öffnete die Wagentür und antwortete: »Keinen Ehevertrag. Ich besaß ja nicht viel. Wir lebten nicht schlecht, aber wir lebten nicht in Luxus. Bei Ray war es fast genauso. Alles, was wir hatten, haben wir gemeinsam aufgebaut, und wir haben eine Scheidung nicht als Option einkalkuliert. Sieh dir unsere Generation an. Wie viele geschiedene Leute kennst du?«

»Du hast recht.« Edward wartete, als Sister bei geöffneter Autotür ihre hochhackigen Schuhe aus- und Stiefel von L. L. Bean anzog.

»Ich kann mit den blöden Dingern nicht Auto fahren.« Sie warf ihre Stöckelschuhe auf den Sitz. »Oh, wen hast du sonst noch am Billardtisch ausgenommen?«

Edward warf sich in die Brust. »Den Arzt aus Toronto. Der hat angegeben, wie gut er Billard spielt, darum habe ich ihn das erste Spiel gewinnen lassen und ihn dann ausgenommen. Ein richtiges Brechmittel, der Typ.«

»Fanden wir auch.« Tedi kicherte.

»Fahr vorsichtig.« Edward drückte Sister ein Küsschen auf die Wange.

Tedi gab Sister auch eins, dann sagte sie mit ihrer betörenden Stimme: »Ich glaube, Minimalismus ist was für Jüngere.«

Als sie die Zufahrt verließ, dachte Sister an Tedis Bemerkung und an das viele Geld, das Izzy ausgegeben hatte, um diese zurückgenommene Wirkung zu erzielen, und musste lachen. Sie bemerkte auch den silbernen Mercedes 500 SL, der sie am Einfahrtstor überholte. Bill Little, ein Angestellter der Firma Brown Mercedes an der Straße nach Richmond, manövrierte umsichtig auf der glatten Fahrbahn. Auf dem Sitz neben ihm lag eine riesige gelbe Schleife.

Sister winkte Bill zu. Er winkte zurück.

Auf dem Nachhauseweg fragte sie sich, was Izzy getan haben mochte, dass sie ein so phantastisches Geburtstagsgeschenk bekommen hatte. Dann lachte sie laut heraus, weil ihr etwas eingefallen war: Schon als Heranwachsender hatte Clay ein ungemein starkes Interesse an Sex an den Tag gelegt.

So gesehen, dachte Sister, hatte Izzy sich den Mercedes wohl verdient.

8

Die hochheiligen Tage machen mich immer fix und fertig.« Sister beugte sich in der Praxis der Tierärztin über den Tresen. »Sie sollten einmal mitkommen.«

Val, die Assistentin und Geländereiterin, schüttelte den Kopf. »Sie sind alle verrückt.«

»Tut aber gut.« Sister klimperte mit den Fingerspitzen auf dem Tresen, eins, zwei, drei, vier, eine Gewohnheit von ihr, wenn sie sich einen Gedanken zurechtlegte. »Wenn das Wetter sich hält, kann ich die Stute dann kommenden Mittwoch bringen?«

Val prüfte das auf ihrem Monitor nach. »In Ordnung. Ich sag Anne Bescheid.«

Anne Bonda, die Tierärztin, hatte eine florierende Praxis und eine Klinik etwas außerhalb in Monroe, Virginia.

Sister hatte in ihrem Leben so manches Fohlen auf die Welt geholt, doch Anne hatte Tausende geholt. Sollte etwas schiefgehen, war es besser, einen Tierarzt zur Stelle zu haben, als bei Schnee mitten in der Nacht anzurufen und um Hilfe zu bitten. Sicher, das mochte die Tierarztrechnung um tausend Dollar erhöhen, aber ein gesundes Baby war es das wert.

Sister züchtete auf Stamina, Knochenbau und Intelligenz. Sie vertiefte sich in Vollblüter-Stammbäume, studierte Hengste und ihre Nachzucht. Sie wollte das alte Steherblut, das heute leider aus der Mode war.

Rally, die Stute, um die es ging, hatte Stage-Door-Johnnie-Blut in sich, das für Ausdauer stand, und sie war auf einen außergewöhnlich schönen Sohn von Polish Navy namens Preußisch Blau aus Maryland gezogen worden.

In diesem Jahr hatte sie drei Stuten decken lassen. Secretary's Shorthand wurde nicht trächtig, eine bittere Enttäuschung, weil sie eine Enkeltochter von Secretariat war. Als man bei Shorthand eine Ultraschalluntersuchung vornahm, konnte man keinen Embryo orten. Curtains Up, Sisters andere Stute, wurde auf ein interessantes robustes Pferd namens Arroamanches gezogen. Sie wurde trächtig. Bei Stuten wusste man eben nie.

Auf der Heimfahrt bemerkte sie eine Reihe Blauglockenbäume, die eine Weide säumten. Die getrockneten Früchte hingen zusammen mit den schwellenden Knospen am Baum. Die Lebenskraft mochte schlafen, aber sie war immer gegenwärtig. Vier Monate weiter, an einem warmen Apriltag, würden große Büschel lavendelblauer Blüten den Baum schmücken und allen, die solcher Schönheit ansichtig wurden, ein Lächeln entlocken.

Wegen des starken Verkehrs auf der Route 29, einer Schnellstraße, die sie ungern fuhr, kam sie erst nach einer Stunde bei der Augusta Cooperative an.

Sie stieß die Glastür auf und rief Georgia an der Kasse zu: »Hab vorige Woche Vogelfutter vergessen.«

»Sie brauchen doch bloß eine Ausrede, um mich zu sehen«, ulkte Georgia.

»Da ist was Wahres dran. Hier ist die Klatschzentrale.«

»Wir haben im Country Club und in Roger's Corner eine starke Konkurrenz«, versetzte Georgia.

»Andere Art von Klatsch«, erwiderte Sister.

Georgia rümpfte die Nase. »Nicht so irre.«

»Diese Episkopalen.« Sie wuchtete einen Fünfundzwanzig-Pfund-Sack mit Vogelfutter auf die Theke. »Das sag ich, die ich selbst eine bin.«

»Sie sind die Ausnahme, die die Regel bestätigt.« Georgia, deren Lippenstift sich in den Fältchen ihrer Oberlippe festgesetzt hatte, zwinkerte.

»Eine außergewöhnliche Ausnahme.« Sheriff Ben Sidell trat aus einem Gang. Er schob einen großen Einkaufswagen, der beladen war mit einer Abfluss-Spirale, Säcken mit Hunde- und Katzenfutter, einem fünfzig Pfund schweren Salzstein sowie anderen Gegenständen, die zwischen und hinter die großen gestopft waren.

»Ich hab Sie erst gar nicht erkannt, ohne Uniform oder Reitkleidung«, sagte Sister.

»Haben Sie mich gestern beim dritten Feld gesehen?«

»Ja, und es freut mich sehr, dass Sie weiterhin Reitunterricht nehmen.«

Er beugte sich über den Handgriff des Wagens. »Ich hatte keine Ahnung, dass einem die Fuchsjagd so viel gibt. Die Leute sehen Reiter in ihren roten Röcken und denken, ›dieses snobistische Pack‹. Mitnichten. Ich bemühe mich, auf meinem Pferd zu bleiben, meiner wunderbaren Nonni, und hin und wieder fällt mir etwas auf, wenn sich zum Beispiel die Temperatur ändert, dass sich dann alles andere auch ändert.«

»Sie sind ein genauer Beobachter. Das bringt Ihr Beruf mit sich«, sagte Sister bewundernd. »Es geschehen die seltsamsten Dinge. Zum Beispiel ist die vorherrschende Meinung, dass nur Graufüchse auf Bäume klettern, aber ich habe einen roten dabei beobachtet. Das ist eigentlich nicht vorgesehen.« Sie spielte mit dem Siegelring an ihrem kleinen Finger. »Zu unserem Glück lesen Füchse keine Bücher darüber, welches Verhalten von ihnen erwartet wird.«

Ben grinste. »Wär besser, wenn auch die Menschen solche Bücher wegschmeißen würden. Alle salbadern psychologisches Gewäsch, auch eine Form, schlechtes Benehmen zu entschuldigen. Jeder Verbrecher ist missbraucht worden. Ich hör lieber auf, bevor ich …«

Georgia sah ihn an. »Nicht. Das interessiert mich. Sie verstehen mehr davon als wir. Ich dachte immer, manche Menschen werden böse geboren. Wir können sie nicht eingliedern.«

Ben fuhr sich mit den Fingern durch seine kurz geschnittenen schwarzen Haare. »Ich bezweifle nicht, dass es so etwas wie kriminelle Veranlagung gibt. Manche Menschen werden als Psychopathen oder schlicht als Lügner geboren. Männer mit einem zusätzlichen Y-Chromosom landen meistens im Gefängnis, weil sie ihren Hang zur Gewalttätigkeit nicht kontrollieren können.«

»Ben«, Sisters tiefe, angenehme Stimme klang hoffnungsvoll, »sicher sind doch manche Menschen wegen der äußeren Umstände im Gefängnis, etwa weil sie als Kind mit der falschen Bande zusammen waren?«

Er sah sie mit seinen braunen Augen an, und sie war einen Moment verblüfft über seinen klaren, tiefen Blick. »Das stimmt. Kommt vor. Menschen können zur falschen Zeit am falschen Ort sein oder eine dumme Entscheidung fällen, aber ich behaupte klipp und klar, dass neunzig Prozent der Gefängnisinsassen entweder von schwacher Intelligenz oder echt kriminell sind. Man kann sie nicht bessern. Einen Kinderschänder kann man nicht bessern.«

»Ich wüsste schon, wie.« Georgia schob ihre Brille auf ihre gefärbten Haare.

»Mag ja sein, Georgia«, sagte Ben, »aber das ist gegen das Gesetz.«

»Was ist mit Vergewaltigern?« Sister war neugierig, weil sie kaum Kontakt mit Kriminellen hatte und wenig über sie und das Strafsystem wusste.

»Viel schwieriger.« Ben schob seinen Wagen zurück, um einen anderen Kunden vorbei zu lassen. »Im Gesetzesvollzug wird viel darüber diskutiert, wann Vergewaltigung zur Vergewaltigung wird.«

»Wenn sie nein sagt, ist es Vergewaltigung.« Das schien für Georgia vollkommen klar zu sein.

Sister nickte. »Aber die Männer werden in dem Glauben erzogen, wenn eine Frau vielleicht sagt, meint sie ja, und wenn sie nein sagt, meint sie vielleicht. Ob es uns passt oder nicht, es gibt schrecklich viele Frauen, die Sex als Waffe benutzen. Früher oder später müssen einige dafür büßen.«

»Ja, aber oft ist es die falsche Frau«, sagte Georgia bestimmt.

»Unsere Kultur ist immer noch so verlogen und dämlich, was Sex angeht«, meinte Sister nachdenklich. »Es wundert mich, dass nicht noch mehr Schaden in Form von Vergewaltigungen und Morden angerichtet wird. Es ist alles so verdreht.«

Ben blinzelte. Das hatte er von Sister nicht erwartet, obschon er wusste, dass sie kein engstirniger Mensch war. »Verdreht?«

»Ben, Sex wird eingesetzt, um alles zu verkaufen, außer Särgen. Jeden Tag werden Amerikaner zu kommerziellen Zwecken mit Bildern sexuellen Inhalts gefüttert. Popmusik ist eine einzige lange Masturbationsnote; entschuldigen Sie meine Unverblümtheit. Gleichzeitig rät man jungen Menschen, sich nicht auf Sex einzulassen. Frauen wird gesagt, nein, nein, nein, und jungen Männern gibt man eine mehrdeutige Botschaft mit auf den Weg. Verdreht wie eine Brezel.«

»Hmm.« Georgia ließ sich das durch den Kopf gehen. »Was Sie über Kriminelle sagen, dass die Menschen so geboren werden, Sheriff, meinen Sie, das trifft auch für Alkoholiker zu?«

»Ja«, antwortete Ben, ohne zu zögern.

Sister warf ein: »Ich glaube das auch, aber das Heikle daran ist, dass einem niemand eine Pistole an den Kopf hält und sagt: ›Trink!‹ Man hat die Wahl.«

»Eine Margarita für mich.« Georgia trällerte einen Song von Jimmy Buffet.

»Interessante Frage.« Ben sah einem Kunden zu, der seinen Volvo belud. »Von wegen Säufer.«

»Liegt in meiner Familie«, erklärte Georgia ausdruckslos.

»Die Sidells haben auch ihren Anteil an Alkoholikern zur Nation beigetragen«, sagte Ben wehmütig.

Georgia schob sich den Bleistift hinters Ohr. »Was denken Sie über die zwei vergifteten Typen am Bahnhof?«

Ben seufzte. »Die saufen alles. Spiritus, Ethylalkohol. Ich bezweifle, dass sie in ihrer Pulle irgendwas rausgeschmeckt haben – sofern es Mord war, meine ich. Im Moment wissen wir nicht, ob ihr Tod ein Versehen war oder Absicht. Die Kerle übernachten nicht bei der Heilsarmee. Und die Nächte, als die zwei starben, waren bitterkalt, um minus zwölf Grad. Sie spüren die Kälte nicht. Wenn sie nicht an Alkoholvergiftung sterben, dann erfrieren sie. Wir greifen sie auf und stecken sie ins Gefängnis, aber Sie werden sich erinnern, das Wetter war eklig. Ich hatte sämtliche Beamten wegen der Verkehrsunfälle im Einsatz. Das war ein regelrechter Test für unsere Abteilung.«

»Ich weiß die Namen von den toten Männern gar nicht«, sagte Sister.

»Wir bemühen uns, die nächsten Angehörigen zu finden.«

»Sam Lorillard könnte da weiterhelfen. Er war mal einer von ihnen«, schlug Sister vor.

»Sagen Sie es uns, Sheriff. Meine Familie lebt hier seit ewigen Zeiten, und Sister auch. Wir könnten sie kennen.«

»Anthony Tolliver und Mitchell Banachek.«

»Guter Gott«, rief Sister aus, »dass Anthony so ein trauriges Ende nehmen musste. Ich kann es nicht glauben.«

Sie starrten sie an, und sie fügte hinzu: »Wir sind zusammen in die Grundschule und auf die Highschool gegangen. Ich habe für ihn geschwärmt.«

»Furchtbar.« Georgia machte ein finsteres Gesicht.

»Eine furchtbare Vergeudung.« Seufzend erinnerte Sister sich an einen lebhaften, grünäugigen Jungen mit schlaksigen Gliedmaßen.

»Kennen Sie seine Angehörigen?«, fragte Ben.

»Die sind alle tot. Er war ein Einzelkind. Falls es irgendwo entfernte Verwandte gibt – ich hab nie von ihnen gehört.«

»Tja« – Ben verschränkte die Arme –, »dann muss der Bezirk die Kosten tragen.«

Georgia machte große Augen. »Für die Beerdigung?« Als Ben nickte, platzte sie heraus: »Können die Medizinstudenten den Leichnam nicht gebrauchen?«

»Ich werde mich erkundigen«, erwiderte Ben.

»Lassen Sie nur. Ich kümmere mich darum. Sagen Sie mir Bescheid, wann ich über den Leichnam verfügen kann.«

»Sister, das ist außerordentlich großzügig.«

»Hoffen wir, dass er es jetzt besser hat.« Sie hielt inne, dann sagte sie: »Möge Gott ihm gnädig sein. Wir haben Glück. Anthony hatte keins.« Sie schüttelte fassungslos den Kopf. »Wenn ich mir meine Schulkameraden und Freunde so ansehe, wie wir es alle mal tun, dann sind die meisten in der Spur geblieben. Einige überraschen damit, dass sie sehr erfolgreich werden, und andere, wie Anthony, überraschen damit, dass sie große Versager werden. Ihm ging alles gut von der Hand. Schade, dass Sie ihn damals nicht gekannt haben.«

»Ich bereite alles für Sie vor.« Ben sah auf den Fußboden und dann in ihre glänzenden Augen.

»Sister, hätte er sich selbst kurieren können? Glauben Sie an Rehabilitation?«, fragte Georgia ernst.

»Eher nicht.« Sie machte eine kurze Pause. »Aber ich glaube an Sühne.«

»Wo ist der Unterschied?« Georgia kassierte bei einem Kunden Arbeitshandschuhe, Führstricke und einen großen Behälter Hufpflege.

»Rehabilitation kommt von außen. Deshalb funktioniert sie nicht«, erklärte Sister. »Die Menschen werden in Programme gezwängt, ob sie nun Alkoholiker sind oder in einer zerrütteten Ehe leben oder was auch immer, Sie verstehen. In Amerika werden heute Riesengeschäfte damit gemacht, Menschen dazu zu bewegen, sich zu bessern oder destruktive Gewohnheiten abzulegen. Sühne kommt von innen. Wenn man sich selbst retten will, dann kann und wird man es schaffen. Beten hilft da natürlich.«

»So gesehen, verstehe ich Ihren Standpunkt.« Ben senkte den Kopf ein wenig.

»Anderes Thema …« Sister wartete, bis der Kunde den Laden verlassen hatte. »Wenn Sie feststellen, dass Mitch ebenfalls Gift getrunken oder gegessen hat, dann haben wir es vielleicht mit jemand zu tun, der die Stadt zu säubern gedenkt, indem er die Säufer umbringt.«

»Das ist ja furchtbar!« Georgia schlug sich die Hand vor den Mund.

Ben erwiderte ruhig: »Der Gedanke ist mir auch schon gekommen.«

»Sollte sich herausstellen, dass es so ist, dann warne ich Sie: Wenn ich den elenden Schweinehund finde, bringe ich ihn eigenhändig um.«

Georgia und Ben waren erstaunt über diese Bemerkung, über den harten Ton in Sisters Stimme.

Sie war sogar über sich selbst erstaunt.

9

Bitsy, der Inbegriff der Extrovertiertheit, flog aus dem Turm des Stalls von Beveridge Hundred, einem Landsitz, der erstmals Mitte des achtzehnten Jahrhunderts bewirtschaftet wurde. Wie auf allen Landsitzen in Piedmont lebten zu jener Zeit die Leute, die für das Roden und Pflügen den Buckel krumm machten, in Blockhütten. Schon damals waren viele von ihnen Amerikaner der zweiten oder dritten Generation, sahen sich aber als Engländer. Wenige besaßen Sklaven. Der Sklavenhandel in den Kolonien stieg um die Wende vom siebzehnten zum achtzehnten Jahrhundert sprunghaft an.

Selbst im puritanischen Massachusetts brauchten die Siedler

Hilfskräfte – tüchtige Hände, starke Buckel, stämmige Beine. Und so schufen die Bostoner Händler das unselige Dreigespann aus Rum, Tabak und Sklaven, die sie in einem Hafen an Bord nahmen, um sie im nächsten zu verkaufen. Die Afrikaner litten unter den neuenglischen Wintern. Knauserige Neuengländer kamen schnell dahinter, dass Sklavenhaltung sich nicht lohnte. Was die Schiffskapitäne nicht davon abhielt, die Waren aus ihren Geschäften mit den Portugiesen in New London, Boston oder Newport zu entladen und danach ihre menschliche Fracht ausschließlich in den Häfen des Südens auszuschiffen. Man hatte einen Pakt mit dem Teufel geschlossen, der den Kapitän, seine Investoren und die Plantagenbesitzer reich machte. Mit den Jahren erwarben die moralisch aufrechten Leute, die in den mit Sklavengeld erbauten Villen an den Kopfsteinpflasterstraßen Bostons lebten, eine eigene Form von Gedächtnisschwund: Sie vergaßen, woher das Geld stammte.

Die Cullhains führten akribisch Buch. Im Jahre 1781, am Ende des Unabhängigkeitskrieges, standen sich die Söhne und Töchter der ersten Besitzer von Beveridge Hundred so gut, dass sie sich fünfundzwanzig Sklaven leisten konnten: ein wahrer Reichtum. Bis 1820 war die Zahl dank eines Konjunkturaufschwungs auf 159 Seelen angestiegen. Nach dem Standard jener Zeit behandelten sie ihre Leute, wie sie sie nannten, gut.

Dank der Güte Gottes war Beveridge Hundred 1865 nicht von den Yankees niedergebrannt worden. Die Hälfte der nunmehr befreiten Sklaven ging fort. Die andere Hälfte blieb. Ihre Nachkommen lebten unweit von Beveridge Hundred und nahmen Cullhain als Nachnamen an. Die weißen Cullhains blieben ebenfalls, ihre Töchter heirateten in einige große und einige nicht so große virginische Familien ein.

Xavier hatte eine Nachfahrin der Cullhains geheiratet: Dee stammte mütterlicherseits von ihnen ab. Als das Versicherungsgeschäft gedieh, kaufte Xavier dem Großonkel und der Großtante von Dee, denen die Haltung zu viel geworden war, das alte Anwesen ab.

Jahr für Jahr steckte Xavier Geld in die Plantage, brachte sie nach und nach wieder auf Vordermann, wenn auch nicht ganz wieder zu ihrer einstigen Größe. In manchen Jahren hatte er mehr Geld, in anderen weniger, aber es war sonnenklar, dass das Kapital für Beveridge Hundred aufgewendet wurde.

Für Bitsy war dieser Ort eine Fundgrube sowohl für Klatsch als auch für Mäuse. Die kleine Eule flog von Sisters Stall herüber, um sich von der dort wohnhaften Eule, einer redseligen Schleiereule, das Neueste berichten zu lassen.

Xavier mochte Bitsy und die sehr viel größere Schleiereule. Er streute ihr Zuckermais und beobachtete sie, wenn sie die Körner pickte.

Der erste Anhänger, der Salonwagen, kam auf dem schneebedeckten Feldweg angerollt.

»Ah, Zeit, dass ich meine Stiefel anziehe.« Er warf ihr noch Mais hin.

»Du hast noch fünfundvierzig Minuten.«

Xavier lächelte über Bitsys Piepsen und Rülpsen – so hörte es sich jedenfalls für ihn an. Er hoffte, dass sie nicht ihr berüchtigtes Kreischen ausstoßen würde. Die Schleiereule gluckste: ein erträgliches Geräusch.

Die Jagd ging pünktlich um zehn los, mit einem Feld von fünfundvierzig Personen.

Bitsy beschattete auf ihrem Nachhauseflug eine Weile die Jagdgesellschaft. Die Füchse lieferten kurze Rennen und fuhren in ihre Baue ein. Der tückische Untergrund hielt die Füchse in der Nähe ihrer Baue und veranlasste Sister, Shaker und die Hunde zu langsamem Tempo. Infolge des Wechsels von Frost- und Tauwetter waren die Zäune mit Eis überzogen.

Nach zwei Stunden Plackerei ließ Sister es gut sein.

Vorsichtig ritten sie im Schritt zu den Anhängern. Sister schloss sich Edward, Tedi, Xavier, Crawford, Walter und Marty an.

» … vollständig genesen.« Walter strahlte.

Er sprach nicht über einen Patienten, sondern über Bessie, eine junge Fähe, die er und Sister letztes Jahr gerettet hatten. Man hatte ihr einen Vorderlauf amputieren müssen, nachdem eine Infektion einen Großteil des Knochens zerstört hatte. Sie war nun ein braves

Haustier und lernte sogar, nach draußen zu gehen, um ihr Geschäft zu verrichten. Walter hatte Bessie ins Herz geschlossen, obwohl ihre Gewohnheit, Futter zu vergraben, seine Geduld strapazierte.

»Kannst du sie decken lassen?«, fragte Xavier.

»Das kommt auf Sister an.«

»Sollten uns die Füchse ausgehen, könnten wir das wohl tun, aber im Moment sind wir gut versorgt, und sie sind gesund. Ich kann mich nicht erinnern, wann ich mal so glänzende Felle gesehen habe.«

»Walter, soll ich am Samstag Fannie und Kristal rüberschicken?« Marty sprach von ihrer Köchin und ihrem Hausmädchen. Sie lebte im Wohlstand.

»Danke, Marty, das ist sehr lieb von dir, aber ich habe die Firma Chef-Ted beauftragt, sobald feststand, dass ich das große Frühstück ausrichte.«

»Oh, gut. Der Fotograf Jim Meads kommt aus Wales geflogen. Da werden wir wohl flechten müssen.« Crawford hörte sich an, als seien es seine Finger, die sich verkrampfen würden, nicht Fairys Gelenke. »Du freust dich bestimmt, deinen alten Freund wiederzusehen.«

»Allerdings«, antwortete Sister. »Ich kann's kaum erwarten. Jim wird von Luxus umgeben sein auf Beasley Hall.« Sie hätte Jim gern bei sich einquartiert, doch sie wusste, Marty und Crawford würden sich mächtig ins Zeug legen, um ihn zu bewirten, und ihm zahlreiche Fotografien abkaufen. Sie wollte ihn ein andermal bei sich aufnehmen.

»Seine Fotografien werden in der ganzen Welt gezeigt. Sogar der Prince of Wales guckt sie sich an. Er ist auf einigen zu sehen, er trägt, ich weiß nicht mehr wessen Jagdfarben, entweder die von Quorn oder die vom Herzog von Beaufort.« Crawford konnte es nicht erwarten, von Mr. Meads fotografiert zu werden.

Edward und Tedi schwiegen dazu. Natürlich würden sie flechten. Wozu fragen?

»Mein Feld sieht immer proper aus und ist jeder Situation gewachsen«, sagte Sister. »Jim Meads wird wie immer beeindruckt sein, wenn er den Jefferson-Jagdverein sieht.«

»Und Mill Ruins ist ein romantischer Ort fürs Stelldichein«, sagte Tedi.

»Beveridge Hundred auch.« Sister lächelte Xavier an.

Xavier lachte. »Beveridge Hundred wäre viel fotogener, wenn ich die Nebengebäude streichen würde. Auch wenn es nicht lange hält.«

»Nichts hält mehr, seit in der verdammten Farbe kein Blei mehr ist«, murrte Crawford.

Als Angeber, der er war, hatte er auf seinem Grundstück nur Vierbretterzäune – nicht aus drei, sondern aus vier Brettern –, und weiß gestrichen. Jeden Sommer waren Männer mit Streichen beschäftigt. Bei den eine halbe Million Dollar teuren Zäunen auf Beasley Hall strebte Crawford nach Perfektion.

Die meisten anderen benutzten Fence Coat Black, eine Spezialmischung von einem Farblieferanten in Lexington, Kentucky. Sister schleppte sie in Zweihundertfünfzig-Liter-Fässern an. Das Zeug hielt fast acht Jahre, wenn man es zweimal auftrug.

Wie man es auch betrachtete, Zäune waren eine notwendige Ausgabe.

»Wo ist Clay heute? Oder Ron?«, erkundigte sich Tedi.

»Haben bei der Herzstiftung zu tun«, sagte Sister. Beide saßen im Vorstand der Herzstiftung.

Sie ritten zum dritten Feld.

Bobby Franklin, das Gesicht von der Kälte gerötet, sagte: »Tückischer Untergrund.«

»Du hast immerhin das Pferd noch zwischen den Beinen«, sagte Sister.

»Und alles andere auch, hoffe ich«, ulkte Walter.

»Perverse Bande.« Bobby schüttelte den Kopf.

Ben Sidell, der auf Nonni saß, fiel ein: »Ist Ihnen das eben erst aufgefallen? Deswegen bin ich von Ohio hierher gezogen. Ich dachte, in einem Bezirk mit lauter Perversen Sheriff zu sein, wäre, nun ja, eine Herausforderung.«

»Und sind Sie von uns enttäuscht?«, fragte Tedi unschuldig.

Er lachte. »Es sind überwiegend brave Leute, aber es gibt gerade genug von der anderen Sorte, um mich auf Trab zu halten.«

»Nonni ist ein tolles Lehrpferd, nicht?« Bobby bewunderte die robuste Stute; mit Lehrpferd war gemeint, dass sie ein sicheres, zuverlässiges Anfängerpferd war. Nonni wusste mehr als der auf ihr sitzende Mensch, was sie zu einem besonderen Pferd machte.

»Gott sei Dank«, bestätigte Ben. »Oh, Sister, Sie hatten übrigens recht. Sam Lorillard kannte Mitch Banachek. Die anderen Männer am Bahnhof waren entweder zu betrunken oder zu ängstlich, um mit uns zu sprechen. Wenn sie einen Streifenwagen sehen, verduften sie, wenn sie können.«

Als Crawford den Namen seines Ausbilders hörte, sprach er ein bisschen zu schnell: »Er steckt doch nicht in Schwierigkeiten?«

Ben drehte sich nach ihm um. »Keineswegs, Mr. Howard. Sam hat uns sehr geholfen, die nächsten Verwandten der zwei toten Männer am Bahnhof ausfindig zu machen.«

»Gut, gut.« Crawford räusperte sich.

Sonst sagte keiner etwas, weil nämlich Gray Lorillard hinter ihnen angeritten kam. Er war am Ende des ersten Feldes gewesen, und das hatte Crawford nicht mitbekommen, als er Ben nach Sam fragte. Sicher hätte er wohl ohnehin gefragt, während andere Reiter mit so einer Frage gewartet hätten.

Sister verlangsamte, um andere vorbeizulassen. »Bitte sehr …« Dann lächelte sie. »Sie dürfen vor der Jagdherrin reiten.«

Sie wartete, bis Gray neben ihr war. »Gray, käme es dir schrecklich ungelegen, zum Mittagessen mit auf meine Farm zu kommen? Die Mädchen sind heute bei mir, Jennifer und Sari. Sie können dein Pferd abreiben und dein Sattelzeug säubern. Sie bringen dein Pferd in eine Box, und wenn du fertig bist, kannst du es gleich aufladen. Wenn wir jeder nach Hause gehen, unsere Pferde versorgen, aufräumen, sind wir nicht vor drei oder vier Uhr im Club. Lass uns einfach entspannt in meiner Küche essen. Du kannst mich an einem Nichtjagdtag in den Club führen.«

Seine Zähne blitzten, als er lächelte, sein gepflegter Schnurrbart lenkte den Blick auf die Zähne. »Prima Idee. Meinst du, es macht den Mädchen wirklich nichts aus?«

»Bestimmt nicht. Sie sind einfach großartig, die zwei.«

Sie sah nach den Hunden im Salonwagen, bedankte sich bei

ihren Pikören und erzählte Betty leise, sie habe ein Tête-à-Tête mit Gray. Dann überließ sie Jennifer ihr Pferd. Als sie an Ben vorbeiging, winkte er sie zu sich.

»Sister, das Untersuchungsergebnis von Mitch ist da. Schierling. Genau wie bei Tony.«

Sie verzog das Gesicht, als sie sich die letzten Augenblicke der Männer vorstellte. »Hoffnung ist wankelmütig. Es zieht mir die Kehle zusammen, wenn ich daran denke, dass sie Gift getrunken haben.«

Ben senkte die Stimme. »Sie können morgen über Anthony verfügen, wenn's Ihnen passt.«

»Ich schicke Carl Haslip«, sie nannte einen Verwandten von Ronnie, der ein Bestattungsinstitut betrieb, »morgen ins Leichenschauhaus. Anthony soll ein christliches Begräbnis bekommen.«

Sie ging zu ihrem Auto und dachte an die Männer am Bahnhof und ihren totalen Verlust an Selbstachtung. Ihr war aufgefallen, wie eigenartig manche gingen, mit gespreizten Beinen, eine Art schlingerndes Schlurfen. Sie hatte beobachtet, dass sie sich so oft bepinkelt hatten, dass die Haut an ihren Beinen gerötet war. Ihre schmutzverkrusteten Hosen rieben sie wund. Wenn ein Mensch so tief sank, würde er von Schierling vielleicht nicht mal was merken, oder er hatte den schleichenden Selbstmord durch Alkohol satt und einen schnelleren Weg gewählt. Sie dachte auch an das heisere Gelächter, wenn sie sie manchmal in der Innenstadt sah. Selbstmord klang irgendwie nicht plausibel. Sie konnte sich nicht vorstellen, dass Anthony Tolliver seinem Leben ein Ende machen wollte. Er würde bis zum letzten Schluck durchhalten.

10

Du noch unangerührte Braut des Schweigens«, zitierte Gray Keats. »Sobald sie jedoch angerührt war, quasselte sie in einer Tour, und gewöhnlich handelte es sich um eine Litanei meiner Verfehlungen.«

Sister lachte und schenkte Mumm de Cramant ein. Sie saßen vor dem großen Küchenkamin.

Die Kaffeemaschine brodelte. Sister stellte die Flasche Cramant in den Eiskübel, der die Form eines sitzenden Fuchses hatte, ein reizendes Weihnachtsgeschenk von Walter. An der Anrichte schenkte sie ihren Lieblingskaffee ein, Shenandoah Eye Opener. »Sahne? Zucker? Honig? Ich hab braunen Zucker da.«

»Schwarz.«

Sie brachte ihm eine Tasse dampfenden schwarzen Kaffee, in ihren gab sie Sahne und Honig. »Gray, ich hatte ganz vergessen, wie komisch du sein kannst.«

Er lächelte, wobei sich die tiefen Falten um seine Augen in die Länge zogen. »Ich kann durchaus auf meine Kosten lachen. Kostet keinen Cent.«

»Ich kann mir vorstellen, dass die Scheidung dich aber einiges gekostet hat.«

»Frauen kosten ihre Rache für verlorene Liebe aus, aber hier sitze ich nun und spreche mit einer Frau. Weißt du, Sister, jeder Mensch hat seine Geschichte, und jeder kann Ausflüchte machen. Mir scheint, man kann sein Leben leben, oder man kann Ausflüchte machen, aber beides geht nicht.«

Sie prostete ihm mit ihrem Champagnerglas zu. »Genau.«

»Ich habe wirklich eine Menge gelernt. Theresa und ich haben uns auseinandergelebt. Das Zusammenleben mit einem Menschen ist, als ob man ein anderes Land besucht; man muss eine neue Sprache lernen. Das ist naheliegend, bloß war es das damals nicht.« Er hielt inne. »Du und Raymond, ihr habt es hingekriegt.«

»Wir haben uns zwar so gut wie umgebracht, aber wir haben immer miteinander geredet. Und Gray, es ist kein Geheimnis, dass er

Affären hatte, und, nun ja, das ist wohl eher ein Geheimnis, weil Frauen solche Sachen besser vertuschen können, aber ich hatte auch welche.«

Er fuhr zusammen. »Ist das wahr?«

»Ja, und ich bereue keine einzige.«

»Aber Ray hast du trotzdem geliebt?«

»Man kann mehr als einen Menschen gleichzeitig lieben, und es ist mir völlig schnuppe, was die Selbsthilfebücher behaupten oder die Ehemafia. Wenn ich das Wort ›Familienwerte‹ noch einmal höre, könnte ich glatt explodieren. Dieser ganze Stuss, von wegen Monogamie schafft Beständigkeit. Vielleicht trifft das für manche zu, aber was Beständigkeit schafft, ist die Balance von entgegengesetzten Kräften oder Energien. Und das ist Leben à la Jane Arnold.«

»Du hattest vergessen, wie komisch ich sein kann« – er trank noch einen Schluck Champagner –, »und ich hatte vergessen, dass du kein Blatt vor den Mund nimmst und immer direkt zum Kern der Sache kommst. Die meisten Menschen haben nicht den Mut dazu.«

Sie lächelte. »Danke, aber Mut? Ich weiß nicht. Ich lebe auf einer Farm. Ich arbeite jeden Tag meines Lebens mit Tieren, und ich arbeite an der Scholle. Ich glaube, diese ganzen Ideen, diese aufgeblasenen Ideologien – religiöser oder politischer Natur – dienen dazu, einen Keil zwischen uns und die Natur zu treiben, zwischen uns und das, was wir wirklich sind, nämlich höhere Wirbeltiere, aber nichtsdestoweniger Tiere.«

»Darf ich daraus schließen, dass du nicht viel von Demokratie hältst?«

»Demokratie heißt, den Zoo vom Affenkäfig aus leiten.«

»Was wäre die Alternative?«

»Ein aufgeklärter Despot, sei es durch Geburt als König oder Königin, oder jemand, der stark genug ist, Macht auszuüben. Das wäre das wirksamste System, aber wir leben in Zeiten, wo so etwas unmöglich ist. Demokratie ist der Heilige Gral des Westens, der Industrialisierung geworden, und du weißt, warum. Weil der wahre Kult nicht ›ein Mann, eine Stimme‹ lautet, sondern ›ein

Mann, ein Dollar‹. Der Kommerz lenkt die Demokratie, nicht umgekehrt.«

»Ich muss darüber nachdenken.« Der Feuerschein hob seine hohen Backenknochen hervor.

»Anderes Thema, seit wann bist du geschieden? Die Damen in unserem Club brennen darauf, es zu hören.«

Sein jungenhaftes Lächeln machte ihn äußerst anziehend. »Seit drei Jahren. Meine zwei Kinder sind erwachsen. Mandy, die wir nach Nelson Mandela genannt haben, damals, als er in Haft saß, ist einunddreißig. Sie ist Steueranwältin in meiner Kanzlei. Ich hätte nie gedacht, dass sie einmal in meine Fußstapfen treten würde. Mandy war der Cheerleader-Typ, aber sie ist eine brillante Steueranwältin.« Er unterbrach sich kurz. »Ich prahle.«

»Tu dir keinen Zwang an.«

»Brian dagegen ist der Außenseiter par excellence. Er hat an der Universität von Missouri Examen gemacht, Hauptfach Tierhaltung, Spezialgebiet Rinder. Er hat seinen Doktor der Veterinärmedizin gemacht und hat jetzt eine Praxis in Grand Junction, Nebraska. Ich gehe jede Wette ein, dass er der einzige schwarze Rinderarzt in den USA ist.« Gray lachte. »Eine florierende Praxis. Er liebt seine Arbeit.«

»Hast du deine geliebt?«

Er trank einen Schluck Kaffee. »Der ist aber lecker. Ja, hab ich und tu ich jetzt noch. Das Steuerrecht wird zu unseren Lebzeiten nicht vereinfacht werden, weil es gar nicht um die Steuern geht; es geht darum, dass Kongressabgeordnete Vergünstigungen verteilen. Wenn ein Abgeordneter aus Florida eine Provision in den Kodex einfließen lassen kann, die etlichen Erzeugern von Steinkrabben einen großen Umschwung beschert, dann tut er es, und er wird wiedergewählt. Die Scheinheiligkeit unserer Besteuerung schreit zum Himmel. Die Menschen konzentrieren sich aufs Finanzamt, das Symptom ihrer Beschwerden, anstatt auf den Kongress, den Ursprung ihres Leidens. Ein guter Steueranwalt wird nie arbeitslos. Mir gefällt das: Es ist ein Krieg ohne Schießerei. Ich ziehe in diesen Krieg, um zu siegen.«

»Der Gedanke ist mir nie gekommen.«

»Ich könnte dir Geschichten erzählen, bis die Sonne aufgeht.«

»Nichts dagegen.« Sie lächelte.

Er lächelte zurück. »Wann ist Raymond gestorben?«

»Neunzehnhunderteinundneunzig.«

»Ist das schon so lange her? Ich weiß noch, wie Sam mich in einem nüchternen Moment angerufen hat.«

»Du hast einen sehr lieben Beileidsbrief geschrieben.«

»Ich hatte Ray gern.«

»Alle hatten ihn gern. Er war ein sehr offenherziger Mensch, der jedem das Gefühl gab, wichtig zu sein. Und er hat das nicht gespielt. Er hat die Menschen geliebt.«

»Er war gut zu uns. Ich habe bei Big Ray nie eine Spur von Rassismus bemerkt.«

Sie rieb sich kurz das Kinn. »Nicht bewusst, aber in Anbetracht dessen, wann wir geboren und wo wir aufgewachsen sind, das heißt, in den Vereinigten Staaten, schleichen sich ungute Anschauungen ein. Man muss sie aufspüren, man muss wachsam sein. Dennoch, Ray hatte Vertrauen zu den Menschen. Was ich in puncto Rasse bei den meisten Menschen antreffe, ist schreckliches Misstrauen, ein wahres Gift. Er hatte dieses Gift nie in sich.« Sie dachte einen Augenblick lang an Mitch und Tony.

»Ja, aber wie kann man dreihundert Jahre ungeschehen machen, die voll davon waren?«

»Kann man nicht. Zumindest nicht in ein, zwei Generationen. Aber meinst du nicht, dass man feststeckt, wenn man darüber nachdenkt?« Sie zögerte. »Ich hoffe, ich habe dich nicht gekränkt. Keiner von uns kann seinem Geschlecht, seiner Zeit, seiner Rasse entkommen, und das bewegt einen. Die ganze Welt kann gegen einen sein, aber wenn man sich so sieht, wie die Feinde einen sehen, dann hat man verloren. Mähne packen und Sporen geben!«

Die warme Kaffeetasse in den Händen, beugte er sich vor. »Weißt du, deswegen bewundere ich dich. Du sagst die Wahrheit. Auch wenn es wehtut, du drückst die Dinge aus, wie du sie siehst. Du sagst, die Menschen hatten Ray gern. Die Menschen haben dich gern, Sister, weil du ehrlich und stark bist. Und außerdem siehst du nicht übel aus.«

Sie lachte wieder. »Gray!«

Er musste auch lachen. »Ich weiß, was du meinst. Die Frage für mich als politisches Tier war immer die: Wie übe ich Druck aus, ohne davon besessen zu sein? Ich habe für mich die richtige Entscheidung getroffen. Ich habe Berufserfahrung gesammelt und habe diejenigen Führungspersönlichkeiten und Anliegen unterstützt, von denen ich dachte, dass sie unserem Volk helfen. Ich habe auch Anliegen unterstützt, die nichts mit dem Thema Rasse zu tun haben. Ich liebe Musik und habe nie gezögert, jedes Jahr einen Scheck für die Operngilde auszustellen. Bin ich nicht glücklich dran, dass ich in der Lage bin, zu spenden?«

»Ich sehe das genauso, allerdings gehen meine Spenden an den Jagdverein und an den Tierschutz. Das ist meine Passion. Nun, wenn es eine Kandidatin gibt, die vielversprechend scheint, kriegt sie meine Unterstützung, aber viele von ihnen sind liberaler als ich, du weißt schon, Waffenverbot und so.« Sie hob die Hände. »Wie kann man auf dem Land ohne Schusswaffen leben?«

»Gar nicht.« Er lehnte sich zurück. In diesem Moment schlenderte Golliwog durch die Küche.

»Zeit für Leckerchen.« Sie sprang auf die Anrichte, um die Teller abzulecken.

»Golly, geh da runter«, befahl Sister.

»Schubs mich doch.« Golly sprang erst hinunter, als Sister auf sie zukam.

»Katzen sind Anarchisten.« Gray sah, wie die imposante Katze Sister einen boshaften Blick zuwarf, als sei diese die Missetäterin und nicht umgekehrt.

»Ich sollte wohl die schwarze Flagge hissen.«

»Mal Bakunin gelesen?«

»Nein. 1968 hab ich *Das Kapital* gelesen, in der Hoffnung, es würde mir helfen, die Krawalle hier und in Paris zu verstehen. Eine Qual. Jeder Kommunist neigt mehr zu Weitschweifigkeit und Repression als ich, wobei Weitschweifigkeit das Schlimmere von beidem ist.« Sie schenkte ihm Kaffee nach. »Noch Champagner?«

»Nein, danke. Ich muss Vagabund noch zum Stall fahren.«

»Schönes Pferd.«

»Sehr talentiert. Ich habe es genossen, in Middleburg mit ihm zu jagen.«

»Troy Taylor ist ein guter Meuteführer, und Jeff Blue und Penny Denege sind gute Master. Und außerdem haben sie Fred Duncan bei sich, den ehemaligen Meuteführer von Warrenton.«

»Wir jagen gelegentlich mit den Vereinen von Orange und Piedmont, und als ich das letzte Mal dort war, bin ich in Old Dominion zur Hochform aufgelaufen. Ich war in die nordvirginische Kurzsichtigkeit verfallen und dachte, im Süden ist mit den Vereinen Casanova und Warrenton Schluss mit Jagen. Ich hatte vergessen, wie vergnüglich und herausfordernd das Jagen mit dem Jefferson-Jagdverein sein kann.«

»Du hättest nichts sagen können, was mich glücklicher macht! Wir haben kein so gutes Galoppgelände. Wir stoßen in Schluchten herab, erklimmen Gebirgsausläufer oder Berghänge, vor allem bei unseren westlichsten Stelldicheins, aber wer fest sitzen kann, für den ist es ein schöner Sport.«

»Darf ich dir eine persönliche Frage stellen?«

»Versuch's mal.«

»Warum hast du nicht wieder geheiratet?«

Sie nahm einen großen Schluck Kaffee.

»Die Wahrheit?« Er nickte, und sie sagte: »Im ersten Jahr nach Big Rays Tod war ich wie erstarrt. Im zweiten Jahr konnte ich fühlen, aber da war nur dumpfer Schmerz. Als Ray starb, war ich neunundfünfzig. Als ich allmählich das Gefühl bekam, dass ich wieder glücklich werden könnte, war ich zweiundsechzig. Da dachte ich, ›ich bin zu alt, und keiner will mich‹.«

»Stimmt natürlich nicht.«

»Du bist sehr lieb, Gray. Und dann, dann hat Peter Wheeler langsam abgebaut. Peter und ich hatten eine Affäre, die sich durch meine Vierzigerjahre zog. Ich habe fest zu ihm gehalten. Ohne Affäre. Das war vorbei, aber ich nehme an, ich war Emotionen nicht zugänglich, selbst wenn mich einer gewollt hätte.«

»Ehrlich gesagt, ich glaube, du machst den meisten Männern eine Heidenangst.«

»So?«

»Du bist eins achtzig groß, warst noch größer, als du jung warst, wenn ich mich recht erinnere. Du reitest wie der Teufel. Durch Schnee, Regen, Sonnenschein, Morast, über Mauern und vertrackte Hindernisse. Du kommst lächelnd zurück. Du hast kein Gramm Fett an dir, jedenfalls nicht, so weit ich sehen kann. Und du bist die Jagdherrin.«

Sie machte große Augen. »Und das ist gut so. Ich würde keinen Mann wollen, der sich eine schwache Frau wünscht.«

Er lachte. »Eins zu null für dich.«

»Darf ich dir jetzt eine persönliche Frage stellen?«

»Ja, Ma'am.«

»Was meinst du, wie stehen Sams Chancen, trocken zu bleiben?«

»Gut. Nein, besser als gut. Der Tod von Tony und Mitch hat ihn schwer mitgenommen. Es hätte ihn treffen können. Er hatte keine Kontrolle mehr über sich, genau wie sie.«

»Die Diebstähle?«

»Er hat gestohlen, um seine Sucht zu befriedigen. Ich glaube, er bleibt trocken. Wenn nicht« – Gray hob die Hände –, »ich habe getan, was ich konnte. Mehr geht nicht.«

»Verstehe.«

»Was glaubst du, wie Sams Chancen stehen?«, fragte er sie.

»Ich weiß nicht. Ich bin ihm jahrelang nicht nahegekommen. Ich hoffe, er kriegt es hin. Er ist ein guter Jagdreiter, und die sind schwer zu finden. Und bevor er auf der Strecke blieb, war er auch ein guter Mensch.«

Als Virginier hütete sich Gray, als er sich zum Gehen erhob, zu fragen, ob er beim Abwasch helfen solle. Das gilt wohl außerhalb des Südens als höflich, vor allem unter nicht wohlhabenden Leuten, aber im Süden fragt man das nicht, außer man ist im Haus eines Yankees. Wohl wissend, dass kaum noch jemand Geld für Dienstboten hat, obwohl man an der Illusion festhält, schickt man stattdessen der Gastgeberin später Blumen oder sonst etwas, das ihr Freude macht. Oder man kann sie zum Essen einladen.

»Deine Katze ist schon wieder unartig.« Er lachte über Golly.

Sister klatschte energisch in die Hände. »Du gehst jetzt da runter.«

»Haha«, lachte Golly und verließ ihren Posten, just als Raleigh und Gockel hereingestürmt kamen, weil sie Sisters Händeklatschen gehört hatten.

»Was gibt's! Wir sind bereit.« Der Dobermann spitzte die Ohren.

»Ja, ich würde jetzt gern eine Autofahrt machen.« Gockel lebte für Autofahrten, er kannte den Bezirk besser als die meisten Menschen, die ihn durchfuhren.

»Alles in Ordnung, Jungs. Bloß eine ungezogene Katze.«

Enttäuscht setzten sie sich hin, und Golly rieb sich stolzgeschwellt an Raleighs Brust. Der Dobermann sah weg.

Als Gray aus dem Stallhof fuhr, setzte Sister sich kurz hin, bevor sie sich an den Abwasch machte.

»Wow«, lautete Gollys Kommentar.

Die zwei Hunde starrten ihren Menschen an. Sie sah ihnen in die schönen Augen. »Jungs, bei ihm hatte ich ein Gefühl wie …« Sie zuckte die Achseln. »Kann's nicht erklären.«

»Juhuu!« Golly setzte sich und schnurrte. *»Jetzt wird's Zeit für den Schönheitssalon, eine Gesichtsbehandlung, und hey, vielleicht ein Tittenlifting.«*

»Golly, du bist unmöglich«, stöhnte Gockel.

»Ja, denk bloß, wenn du ein Tittenlifting machen ließest, müsste der Doktor gleich acht Stück hieven«, zog Raleigh sie auf.

Die gescheckte Katze versetzte Raleigh einen Tatzenhieb, rieb sich an Sisters Bein, als diese aufstand, und schlenderte davon.

Sister sah ihr nach. »Was ist bloß in sie gefahren?«

»Das möchtest du wohl gerne wissen«, antworteten die Hunde.

11

Während Inky sich einen Weg durch die aufgeweichte Erde bahnte, hatte sie reichlich Zeit, über das legendäre Tauwetter im Januar nachzudenken. Diese Erwärmung setzte unfehlbar kurz nach Neujahr ein, weichte das Eis auf den Teichen und an den Rändern der Bachbetten auf. Aus den Lecks eingefrorener Leitungsrohre und Schläuche sprudelte plötzlich Wasser, was bedeutete, dass Installateure die Dollars nur so scheffelten.

Von der Schneelast niedergedrückte Sträucher schnellten hoch und gaben getrocknete Beeren frei, die noch an den Zweigen hingen. Und der Untergrund war natürlich grässlich.

Inky hielt es nicht mehr aus allein in ihrem Bau, weshalb sie die Soldier Road überquerte, um Grace zu besuchen, eine kleine Rotfuchsfähe, die auf der Foxglove Farm wohnte.

Cindy Chandler, die Besitzerin dieses reizenden Anwesens, hatte zwei Teiche auf verschiedenen Ebenen angelegt. Ein Wasserrad schaufelte das Wasser vom oberen Teich zum unteren. Unterhalb der Frostgrenze war ein Rohr eingegraben, das das Wasser wieder zum oberen Teich beförderte. Das isolierte Pumpenhäuschen diente einem kleinen Murmeltier und vielen Feldmäusen als Winterquartier, weshalb Grace und Inky es äußerst verlockend fanden. Die Feldmäuse piepsten zetermordio, sobald sie Inky und Grace witterten. Das Murmeltier, ein schlampiges Geschöpf und entsetzlich fett, wälzte sich nur zur anderen Seite und schnarchte noch lauter.

Die zwei Freundinnen waren es leid, die Mäuse in Angst und Schrecken zu versetzen, und trabten den niedrigen, lang gestreckten Hügel hinauf zum Stall, einem schmucken Bau mit einer auffallenden Wetterfahne in Gestalt eines rennenden Fuchses.

Die Fähen verputzten die Körnerreste, manche mit einem Melasse-Überzug. Dann besuchten sie die Holsteinkuh und ihr Kalb, das unterdessen so groß war wie sie. Diese zwei, Klytemnestra und Orest, verwüsteten Cindys Zäune und manchmal auch ihren Garten. Kly, wie sie genannt wurde, langweilte sich schnell. Da sie ein Spatzenhirn hatte, gierte sie nach Abwechslung so sehr wie nach Klee. Sie senkte den Kopf und krachte durch jeden Zaun, der ihr im Weg war. Orest, ein Glöckchen um den Hals, folgte ihr.

Am Ende gab Cindy auf, öffnete die Gatter und ließ die Tiere streunen. Im Garten war allerdings der Zutritt verboten. Dort patrouillierte Cindy höchstpersönlich mit einem Viehstock oder ihrem deutschen Schäferhund.

Der Winter bereitete den Verwüstungen der ungezogenen Kuh ein Ende. Dann blieben sie und Orest lieber nahe bei ihrem Stall, wo es frisches Heu und spezielle Luzernenflocken in Fülle gab. Kly war unglaublich verwöhnt. Die Menschen schalten Cindy, weil sie das große Vieh verhätschelte, aber Cindy rechtfertigte es damit, dass Kly sich besser benahm, wenn sie Luzerne und Süßes bekam.

Sogar die anderen Tiere sagten zu Kly, sie sei so schlimm, dass man Hamburger aus ihr machen sollte. Worauf sie den Kopf senkte, ihn hin und her warf, ein »Muh« von sich gab und weiter ihrer Beschäftigung nachging.

Die Füchse schlichen unter das Stallvordach. Die Kuh lagerte im Stroh, Orest neben ihr.

»*Wie geht's dir, Kly? Hab dich lange nicht gesehen*«, erkundigte Inky sich höflich.

»*Gut, und dir?*«

»*Ganz gut, danke. Es hat so viel geschneit, da dürfte hier nicht allzu viel los gewesen sein.*«

»*Cindy will einen Geräteschuppen bauen. Das wär's an Neuigkeiten.*« Sie schlug mit dem langen Schwanz hin und her und traf zufällig die Nase ihres Sohnes.

»*Mutter*«, murrte er.

»*Schlaf halt nicht so eng bei mir.*«

Nachdem sie noch ein wenig über dies und das geplaudert hatten, brachen die zwei Füchse zu Sisters Stall auf. Sister ließ ihnen Fruchtbonbons da, die Inky heiß begehrte. In der Luftlinie lagen Sisters und Cindys Ställe nur fünfeinhalb Kilometer auseinander.

»*Die Bonbons sind geformt wie die Früchte. Traube ist eine winzige Weintraube und lila. Kirsch ist eine kleine rote Kirsche. Sie passen genau in die Schnauze.*« Inky freute sich schon auf die Leckereien.

»*Ich wünschte, Cindy würde uns Bonbons hinlegen. Sie streut Mais, den mag ich gern, aber ich steh auf Süßigkeiten.*« Grace hatte außerdem eine Vorliebe für Fisch. Sie konnte stundenlang reglos an einem der Teiche sitzen, bis sie sich blitzschnell einen schnappte.

Die zwei Füchse duckten sich unter Zäunen hindurch und gelangten schließlich auf die weite Hochwasserebene entlang dem Broad Creek. Durch diese Hochwasserebene hatte man die Soldier

Road gebaut. Die Straße, die schon vor dem Unabhängigkeitskrieg benutzt wurde, war ursprünglich ein Indianerpfad gewesen, der in das Flutgebiet führte. Als die Bundesregierung während der Depression Arbeitsplätze schuf, errichtete der Staat diese Straße durch die Hochwasserebene. Obwohl sechs Meter höher gelegen und mit Ablaufrinnen versehen, wurde die Straße wenigstens einmal in zehn Jahren überflutet. In der heutigen Zeit mussten die Leute genauso auf den Rückgang der Wassermassen warten wie einst ihre Vorfahren.

Die zwei Füchse entfernten sich gut einen Meter vom Bachufer.

»Merkwürdig.« Grace blieb an einer Stelle stehen, wo gegraben worden war: kleine Löcher, keine zwanzig Zentimeter tief.

Inky spähte in die flachen Vertiefungen. *»Dollkraut. Ist hier nicht das Dollkraut gewachsen?«*

»Tut es noch. Ist alles voll Wurzeln. Riecht wie Pastinaken.« Grace konnte nur den Geruch der tauenden Erde wahrnehmen, weil der Geruch der Knollen sich verflüchtigt hatte. *»Hier ist Agamemnon verendet.«*

Agamemnon, Klytemnestras Gefährte, war vor zweieinhalb Jahren gestorben.

»Das muss ja ein schöner Schlamassel gewesen sein.« Inky war damals noch nicht umhergestreift, da es Frühjahr und sie noch ein Welpe gewesen war.

»Ja, sie mussten den Traktor holen, den großen mit achtzig PS, Agamemnon anketten und rausziehen. Wegen des Hochwassers konnten sie ihn nicht hier begraben. Ich verstehe bloß nicht, wieso hat er nichts gemerkt? Die Stängel waren hoch, die kleinen Regenschirmdolden schon fast offen. Wir wissen alle, wie Dollkraut aussieht und riecht.«

»Kühe reißen es büschelweise an den Wurzeln aus. Vielleicht hat er es erst gemerkt, als es zu spät war«, meinte Inky nachdenklich.

»Jeder Teil dieser Pflanze ist giftig, aber am tödlichsten sind die Wurzeln. Sogar ein großer Bulle wie Agamemnon brauchte nur ein paar Bissen von der Knolle zu fressen, und aus. Tot.« Graces Stimme hatte einen entschiedenen Klang.

»Tötet in fünfzehn Minuten. Wenn die Dosis stark genug ist. Es kann jeden von uns töten. Ich nehme an, deswegen ist hier alles eingezäunt, und

sogar Klytemnestra ist klug genug, zum Fressen nicht hierherzukommen.«

»Diese Kly«, Grace schüttelte den Kopf, *»sie ist so doof. Ich weiß, sie kann nichts dafür, aber es würde mich nicht wundern, wenn sie's vergäße. Als Cindy anfing, die Straßen freizupflügen, ist Kly rausgelaufen, hat sich auf die Straße gestellt und ist auf den Traktor los. Bei der ist 'ne Schraube locker.«*

»Ja, aber sie ist nicht so doof, dass sie frisst, woran Agamemnon gestorben ist«, entgegnete Inky. *»Mich wundert, dass Cindy kein Pflanzenvernichtungsmittel auf das Zeug gesprüht hat.«*

»Tut sie ja, aber es kommt immer wieder. Es ist überall. Ich nehme an, die meisten Menschen wissen, wie es aussieht. Es ist hübsch, wenn es blüht. Die Stadt- und Vorstadtmenschen, die aufs Land ziehen, die kennen es nicht. Sie finden die weißen Blüten hübsch.«

»Die benutzen ›Land‹ als was Abwertendes, diese Leute. Sie haben keine Ahnung, was man alles wissen muss, um auf dem Land zu leben, zu jagen und zu wirtschaften.« Inky zuckte die Achseln. *»Ich versuche es von der Sonnenseite zu betrachten. Ich denke, sie können es lernen.«*

»Inky, wer mag das umgegraben haben?« Graces schmale, feine Ohren mit den schwarzen Spitzen zuckten nach vorn.

»Ein Tier war's nicht. Wir würden uns hüten.«

»Aber jemand hat die Dollkrautwurzeln ausgegraben.« Grace untersuchte noch einmal die flachen Vertiefungen, die feucht waren vom schmelzenden Schnee.

»Muss passiert sein, bevor es geschneit hat. Vielleicht wollte ein Mensch sie haben, ein Kräutersammler. Hoffentlich hatte er Handschuhe an. Dollkraut kann schon krank machen, wenn man es anfasst.«

Die zwei liefen durch die Ablaufrinne auf die andere Straßenseite und waren jetzt auf der Roughneck Farm, den Hügel mit dem Galgenbaum zu ihrer Rechten. Sie wunderten sich noch ein wenig über die kleinen Vertiefungen, vergaßen sie aber bald, als sie zum Stall flitzten, wo natürlich die kleinen Fruchtbonbons warteten.

Dollkraut ist ein landläufiger Name für *Conium maculatum*: Gefleckter Schierling.

12

Der starke Frost nötigte den Friedhofsverwalter, frühmorgens mit schwerem Gerät anzurücken, um ein Grab für Anthony Tolliver auszuheben.

Da er Anthony gekannt hatte, dachte er bei sich, dass der Stadtsäufer einem noch im Tod ganz schön auf die Nerven ging.

Der episkopalen Trauerfeier wohnten Sister Jane, Tedi und Edward Bancroft, Betty und Bobby Franklin sowie Donnie Sweigert und Clay Berry bei. Die letzteren zwei sahen sich zur Teilnahme bemüßigt, weil Anthony von Zeit zu Zeit für Berry Storage gearbeitet hatte.

Der Himmel strahlte in einem betörenden Blau, und die Temperatur von sieben Grad unter null schien die Kälte des Todes noch unterstreichen zu wollen.

Nach der schlichten, aber würdigen Trauerfeier gingen die Anwesenden gemeinsam zu ihren jeweiligen Autos.

»Er hatte Sinn für Humor, auch wenn sein Leben auseinandergebrochen war«, meinte Bobby. »So was macht einen Menschen fertig.« Wegen seiner ältesten Tochter Cody wusste Bobby, wovon er sprach.

»Die einen werden stark geboren, die anderen werden schwach geboren, so viel verstehe ich.« Sister atmete die beißend kalte Luft ein. »Er war einmal stattlich, voller Tatendrang und ein guter Tänzer.«

»Janie, du und ich sind wohl die Einzigen, die sich noch an Anthony erinnern, als er so war. Als Edward und ich geheiratet haben und wir wieder hergezogen sind, war Anthony schon ein hoffnungsloser Fall.«

»Muss schrecklich sein, einsam und ungeliebt zu sterben.« Betty dachte an sein Schicksal.

»So geht es Millionen. Wie Hobbes sagte, ›das Leben des Menschen ist grausam, elend und kurz‹«, zitierte Bobby. »Nicht, dass mir die Vorstellung gefällt, beileibe nicht. Aber Anthony hat nicht in Beirut oder Sarajewo gelebt. Er hat hier gelebt, in Mittelvirginia. Ich werde den Gedanken nicht los, dass er mehr Chancen hatte als Millionen andere in verwüsteten Gegenden. Wir werden nie verstehen, was in so einem Kopf vorgeht.«

»Ist auch besser so.« Endlich sagte Donnie Sweigert auch etwas.

»Inwiefern?«, fragte Betty.

»Wenn man weiß, wie sie denken, fängt man womöglich an zu denken wie sie.« Er schob seine bloßen Hände in die Taschen. »Er war ganz in Ordnung. Ich hatte keine Probleme mit ihm. Er wusste, Arbeitstag hieß nüchtern sein. Was er abends mit seinem Lohn machte, war seine Sache.«

»Mich wundert, wie lange er gelebt hat, wenn man bedenkt, wie viel er getrunken hat. Von seiner Leber dürfte nicht mehr viel übrig gewesen sein.« Clay erinnerte sich, wie dürr Anthony in den letzten Jahren gewesen war. »Der Mann muss eine eiserne Konstitution gehabt haben.«

»Wird er wohl«, stimmte Bobby zu.

Clay schüttelte den Kopf. »Es hört sich furchtbar an, aber vielleicht ist es ganz gut, dass es nun so gekommen ist. Er wäre zweifelsohne an Leberzirrhose gestorben, und das ist ein schrecklicher Tod. Wenigstens musste er nicht langsam dahinsiechen. Damit können wir uns trösten.«

»Es würde mich trösten, wenn es seine Idee gewesen wäre.« Sisters Stimme war fest. »Ja, er war die meiste Zeit sturzbetrunken, aber er hatte noch einen Funken Leben in sich. Ich weiß, dass er nicht Selbstmord begangen hat.«

»Vielleicht hat er einfach die falsche Pulle erwischt.« Donnie zuckte die Achseln. »Ich bedaure ihn.«

»Tun wir alle, und ich danke euch, dass ihr gekommen seid. Wenigstens haben ein paar Menschen von seinem Tod Notiz genommen.« Sister sah jedem Einzelnen in die Augen. »Danke.«

Als die Leute erleichtert in ihre Autos stiegen, um den Motor anzulassen und die Heizung einzuschalten, blieb Clay zurück. »Sister, gestatte mir, dass ich das bezahle. Ich hätte gleich daran denken sollen, und ich entschuldige mich.«

»Er war ein alter Freund.«

»Er hat bei mir gearbeitet, wenn er arbeiten konnte. Wollen wir nicht halbe-halbe machen? Ich sollte wirklich etwas tun. Ich hatte einfach zu viel im Kopf. Ich entschuldige mich noch mal dafür, dass ich mich nicht gleich darum gekümmert habe.«

»In Ordnung. Wir teilen.«

Clay küsste sie auf die Wange. »Du bist die Beste.«

»Beste was?« Ihre Augen leuchteten auf.

»Die beste Jagdherrin, der beste Mensch. Die Beste.«

»Davon ist mir nichts bekannt, aber hin und wieder gibt der Herrgott einem die Möglichkeit, etwas für jemand anderen zu tun. Ich wünschte, ich hätte es für ihn tun können, als er noch lebte, aber ...« Ihre Stimme verklang.

»Ja. Das Dumme mit den Anthonys dieser Welt ist, man muss sich von ihnen lösen, bevor sie einen runterziehen.«

»Wohl wahr.«

»Ich rufe Carl Haslip an und schicke die Hälfte der Kosten direkt an ihn.« Er gab ihr noch einen Kuss und hielt ihre Wagentür auf. »Verrückte Welt, nicht?«

Sie lächelte. »Manchmal. Ich denke, meistens sind wir es, die verrückt sind. Die Füchse machen es anscheinend richtig. Hab nie von einem Fuchs gehört, der betrunken oder in der Praxis eines Psychiaters war.«

Clay lachte, schloss ihre Autotür und begab sich zu seinem Geländewagen.

13

Sam Lorillard wurde von seinem Versagen verfolgt, denn ständig stieß er auf Gespenster seiner Vergangenheit. Transportierte er eine Stute nach Middleburg, um sie decken zu lassen, passierte er anmutige Backsteintorbögen, fuhr zum Deckstall und lud die Stute ab. Er bemerkte, dass die Stallfarben grün und gelb waren, was ihn an einen Stall an den Gleisen erinnerte. Oder er fuhr zur Futterhandlung, um eine Kleinigkeit zu besorgen, und kam unterwegs an Anwesen vorbei, wo er einmal gearbeitet hatte, in Ungnade gefallen und rausgeflogen war.

Anfangs war ihm die Entzugsklinik wie ein Gefängnis vorgekommen. Als er schließlich den Kampf mit sich aufnahm, hatte er sich hundeelend gefühlt. Doch nach wochenlanger Intensivtherapie fing er an zu glauben, dass er es schaffen, dass er trocken bleiben, dass er den Fluch im Blut bekämpfen konnte. Da kam ihm die Klinik weniger wie ein Gefängnis und mehr wie eine Überlebensschule vor.

Alkoholismus verfolgte die Lorillards und suchte sich seine Opfer mit grausamer Genüsslichkeit aus. Selten unterlagen die phlegmatischer Veranlagten dem Sirenengesang von Gin, Bourbon oder Wodka oder vielleicht den moderneren Verlockungen wie Heroin und Kokain. Die Opfer waren dagegen intelligent, umgänglich und talentiert. Sams Mutter hatte zum Schluss wie ein Strichmännchen ausgesehen. Sie starb, ohne zu wissen, wer sie war. Ihr Onkel hatte sich in seinem Häuschen zu Tode gesoffen. Als man seine Leiche auf dem Sofa fand und ihn hochhob, um ihn fortzubringen, hatte er dort so lange gelegen, dass seine Haut sich schälte.

Generation für Generation kämpften ein, zwei Lorillards mit der Flasche, mit Drogen und Tabletten. Die meisten rauchten.

So weit es sich sagen ließ, war diese Veranlagung 1679 mit dem ersten Lorillard aus Frankreich herübergekommen und gedieh bei schwarzen wie weißen Lorillards gleichermaßen. Manche überwanden sie sogar, bevor es Kliniken, Anonyme Alkoholiker und Drogenentzug gab. Sie lernten, niemals Alkohol, nicht einen einzigen Tropfen, zu sich zu nehmen oder sich an irgendeinem anderen Stoff zu versuchen, der ihren Körper beglückte, nur um ihn zu zerstören. Diese Lorillards bewiesen große Willenskraft. Wenn Sam heute dieser entsetzliche Durst überkam, dieses ausgedörrte Gefühl in der Kehle, das gepaart war mit der Erinnerung an milden Bourbon und die schwirrende Wärme, die er schenkte, dann dachte er an den Familienfluch.

In Sams Generation hatte Timothy Lorillard, weiß, eine große Firma besessen, die Bilderrahmen herstellte. Er hatte alles verloren. Eine Cousine, Nina Davis, schwarz, ging nach der Geburt ihres ersten Kindes auf Entzug. Sie blickte nie zurück. Vielleicht hatte auch die Arbeit als Krankenschwester sie wachgerüttelt.

Sam wusste, es war machbar, und betete inständig: »Lieber Gott, gib mir die Kraft, in dem Leben, das mir noch bleibt, etwas Gutes zu tun.«

Jeder, der Sam in seiner Säuferzeit gekannt hatte, würde bei dem Gedanken, dass der rebellische Kerl betete, in Gelächter ausgebrochen sein. Sam betete, wenn er Pferde striegelte. Er betete, wenn er eine Tasse Kaffee trank. Er betete jedes Mal, wenn er seinen Bruder sah, und dann ganz besonders, weil er sich lieber umgebracht hätte, als seinen älteren Bruder zu enttäuschen. Als Gray sich mit seiner Scheidung herumplagte, konnte Sam ihm nicht helfen, weil er sich selbst nicht helfen konnte. Als Gray zusammengebrochen war und weinte, weil er seine Frau liebte und weil er den Zustand seines Bruders nicht glauben konnte, was machte Sam? Noch einen trinken.

Wenn Schuldbewusstsein ihn heimsuchte, sagte er sich: »Ich kann die Vergangenheit nicht ändern. Die Vergangenheit ist vorbei. Ich kann nur in diesem Moment leben und es so gut machen, wie es geht. Ich kann mir vergeben. Ich vergebe mir.«

Er ging an den Bahngleisen vorbei, die Schienen schimmerten in der Nacht, Stahlbänder reflektierten die spärliche Straßenbeleuchtung, und ein kalter Schauder lief ihm über den Rücken. Hier hatte sein Bruder ihn am Ende gefunden, am Kragen hochgezogen, in den Geländewagen gehievt und das betrunkene Häufchen Elend geradewegs nach Greensboro, North Carolina, gefahren, zu der Einrichtung für Menschen wie Sam, für Menschen, die Großbetriebe leiteten, ebenso wie für Menschen, die vor Schmutz starrten und sich am Bahnhof auf Gepäckkarren ausstreckten.

Die Temperatur sank auf zwei Grad unter null, was das Ende des Tauwetters ankündigte. Eine Kegellampe brannte über dem Bahnhofseingang. Die Betrunkenen durften hier nicht hinein; der Stationsvorsteher verjagte sie. Die Fahrgäste stießen sich an dem Gestank der Männer.

So kaputt er gewesen war, als er hier landete, Sam erinnerte sich an das angenehme Summen der Schienen, wenn ein Zug kam. Das

Vibrieren fing in anderthalb Kilometern Entfernung an. Er hörte das Summen, wenn der Zug sich näherte. Wie oft hatten ihm seine Sinne den Arsch gerettet, hatten ihm auch gedient, als er ganz unten war. Er hatte Rory Ackermann von den Schienen gezogen, als der eingeschlafen war und ein Zug kam. So besoffen er war, Sam verfügte über einen sechsten Sinn.

Dieser sechste Sinn hatte ihn jetzt wieder hierher geführt.

Rory, der mit dem Rücken zum Wind hinter einem Karren hockte, sah auf und blinzelte. »Sam.«

»Wie geht's, Mann?«

»Geht so.« Der große Mann mit kohlschwarzen Haaren und starkem Bartwuchs zuckte die Achseln. Die Augen, schwarz wie seine Haare, waren trübe. Gewaschen und rasiert sähe Rory gut aus, was allerdings im Moment schwer vorstellbar war.

»Wo sind die anderen Jungs?«

Rory schnaubte. »Bei der Heilsarmee, verdammte Waschlappenbande.«

»War kalt. Man muss sich auch mal aufwärmen.«

»Lieber frier ich, als dass die Bibel auf mich abfärbt. Die sind bei denen und machen sich sauber, wegen dem Gottesdienst für Tony und Mitch.«

»Von einem Gottesdienst hab ich nichts gehört.«

Rory sah ihn an. »Woher auch? Du bist nicht mehr einer von uns.«

»Ich bleib immer einer von euch«, sagte Sam mit schlichter Würde. »Ich bin nichts Besseres, ich hab bloß beschlossen zu leben. Ich wünschte, das tätest du auch.«

»Wozu?« Rory sagte es ohne Verbitterung oder Selbstmitleid. »Ich bin zu nichts gut.«

»Wir sind alle zu was gut.«

»Du. Du bist gut für Pferde. Du hast was. Ich hab nicht mal die Highschool geschafft.«

»Manche von den blödsten Leuten, die ich kenne, haben eine gute Schulbildung.« Sam lachte.

Rory lachte auch. »Hey, haste mal 'ne Fluppe?«

»Klar.« Sam gab ihm eine Zigarette. Während Rory noch in seiner Tasche nach Streichhölzern kramte, zündete Sam ihm die Zigarette an.

»Na, wenigstens bist du nicht ganz enthaltsam geworden.«

»Ich kann nur ein Laster nach dem anderen aufgeben. Rauchen beruhigt meine Nerven.«

»Ja.« Rory inhalierte und schloss die Augen. »Was machst du überhaupt hier, Mann?«

»Ich frag mich, was wirklich mit Tony und Mitch passiert ist. Ich nehm nicht an, dass irgendwer Ben Sidell was erzählt hat.«

»Hmm, er ist in Ordnung, aber trotzdem, er ist ein Bulle.« Rory rutschte herum, schlug seinen Hemdkragen hoch, zog sich einen alten, schmutzigen Schal um den Hals und darüber eine alte Daunenjacke.

»Ist dir warm genug?«

»Ja. Am schlimmsten ist die Zeit vor Sonnenaufgang.«

»Ich weiß.«

»Mitch und Tony haben irgendein Scheißzeug getrunken, mehr weiß ich nicht. Ich glaub, sie haben es gleichzeitig getrunken. Hat länger gedauert, bis sie Mitch gefunden haben, er war steif gefroren. Wie ein Brett.«

»Hast du gesehen, dass jemand ihnen eine Flasche gegeben hat?«

»Nein.«

»Haben sie gearbeitet? Genug für die nächste Pulle?«

»Ja. Sie sind zur HA gegangen« – er benutzte das Kürzel für Heilsarmee –, »duschen, rasieren, Sachen anziehen, die nicht stinken, und haben einen Job für einen Tag oder eine Woche gekriegt oder für so lange, wie sie durchhalten konnten.«

»Wo?«

Rory zuckte die Achseln. »Tony war ein großer Kerl. Ich weiß, dass er für einen Typ bei Stuart's Draft Futter ausgeliefert hat. Hat sich rüberfahren lassen. Hat nie gesagt, wer gefahren ist. Manchmal hat er dort auch übernachtet. Manchmal hat er für Clay Berry Möbel abgeladen. Tony hat auch mit Mitch Ställe ausgemistet. Mitch kannte das ganze Pferdevolk. Die brauchen immer wen. Wohl weil sie sich so oft verletzen.« Rory lächelte matt. »Du nicht.«

»Ich hab auch im Dreck gelegen.« Sam ging in die Hocke, um mit ihm auf Augenhöhe zu sein. »Rory, wenn du dich ändern willst, kann ich dir helfen.«

Rorys Augen blitzten kurz auf. »Ändern, wozu? Wer stellt mich ein, wenn ich's täte?«

»Wenn du arbeiten willst, helf ich dir dabei.«

»Du hast mir einmal den blanken Arsch gerettet. Ich hab nie ein Fitzelchen für dich getan.«

»Wir hatten oft was zu lachen.«

»Ja, ja, hatten wir.« Rory wurde sanfter. »Wie hast du das gemacht, Mann?«

»Mir sind die Ausreden ausgegangen.«

»Ich hab noch ein paar.«

»Wenn sie dir ausgehen, sag mir Bescheid.« Sam gab ihm einen zusammengefalteten Zettel mit seiner Telefonnummer privat und bei der Arbeit. In dem Zettel steckte ein Fünfdollarschein. Er war sich sicher, dass Rory Montag von dem Geld ein, zwei Flaschen billigen Fusel kaufen würde, aber er konnte nicht gut weggehen, ohne ihm etwas zu geben.

Rory sah das Geld in dem zusammengefalteten Zettel. »Danke.«

»Ach ja, wenn dir wegen Mitch oder Tony noch was einfällt, lass es mich wissen.«

»Mach ich. Abartig.« Rory drückte seine Zigarette aus, die er bis zu seinen nikotinfleckigen Fingern heruntergeraucht hatte. »Wohnt dein Bruder bei dir?«

»Nein. Das Haus ist so heruntergekommen, da hält er es nicht aus.«

»Gray war immer der Typ, der sich die Nägel poliert.« Rory lachte schallend. »Teure Anzüge. Teure Weiber.«

»Er hat auf Chapel Cross ein Cottage gemietet. Er sieht sich nach einem Haus um. Wenn du dir helfen lassen willst, hab ich für hinterher ein Zimmer für dich.«

Eine Mischung aus Dankbarkeit und einem Hoffnungsschimmer flackerte in Rorys einst attraktiven Zügen auf. »Bist in Ordnung, Sam. Bist schwer in Ordnung.«

»Da.« Sam gab ihm den Rest der Packung Zigaretten.

»Scheiße Mann, du lebst richtig gut.«

»Mein Boss hat mehr Geld als Gott. Er hat nichts dagegen, dass ich rauche, aber er sagt, er kann den Gestank von billigen Zigaretten nicht ausstehen, deswegen legt er jeden Montagmorgen eine Stange von den guten in die Sattelkammer. Komischer Knabe. Er ist ein hartgesottener Mistkerl, hat aber auch einen netten Zug.«

»Wer?«

»Crawford Howard.«

»Von dem hab ich schon gehört. Besitzer von Beasley Hall.« Er lachte sarkastisch. »Der muss echt mehr Geld haben als Gott.« Rory betrachtete die hübsche sattrote Packung mit der goldenen Umrandung. »Ohne Filter. Wer Filterzigaretten raucht oder die leichten, verstehst du, Mann, Saftsäcke sind das, Saftsäcke. Ich hab nicht mal Respekt vor Weibern, die den Mist qualmen. Die kriegen bloß Zusatzstoffe mit. Schädlicher als richtiger Tabak.« Rory hörte sich nahezu enthusiastisch an.

Sam lächelte. »So ist es. Weißt du was, Rory, wenn du ein bisschen dunkler wärst, dann wärst du ’n echter Bruder.«

Rory lachte aufrichtig. »Sam, du warst schon immer plemplem.« Dann hielt er inne und sagte langsam: »Siehst gut aus, Sam, siehst gut aus. Ich bin stolz auf dich.«

Auf dem Weg zu dem uralten Toyota, der an der Main Street parkte, schickte Sam ein kleines Gebet zum Himmel, dass der liebe Gott Rory helfen möge, seinen Weg zu finden. Er betete auch für Tony und Mitch. Hier stimmte etwas nicht, warnte ihn sein sechster Sinn.

14

Wie silbriger Drachenhauch stieg der Nebel von der Erde auf. Zweiundachtzig Personen ritten still an Mill Ruins vorbei. Das Wasserrad drehte sich langsam, und das Plätschern des Wassers wirkte beruhigend. Winzige Eiskristalle hafteten am Mühlgerinne, in dem das Wasser für die Mühle rauschte.

Dank der Anwesenheit des englischen Fotografen Jim Meads waren alle Mitglieder des Jefferson-Jagdvereins, die nicht mit einer Erkältung oder Grippe flachlagen, sowie Gäste von Vereinen aus der Umgebung anwesend. Die Eitelkeit, ein Ansporn auch für diejenigen, die es abstritten, ließ die Versammelten in ihrer feinsten Ausstattung glänzen.

Zu Sisters Überraschung war Dr. Dalton Hill anwesend, gut gekleidet und auf einem Cleveland-Bay, ein Pferd, das sehr gut zu ihm passte.

Artemis musste an dem unermüdlichen Mr. Meads einen Narren gefressen haben, denn sie bescherte ideale Jagdbedingungen. Reif glitzerte auf Gras, Steinen, Sumpfeichenzweigen und den alten Schmarotzerpflanzen an den Bäumen. Als die Sonne aufging, färbte sich dieser silbrige Überzug im frühen Morgenlicht zuerst rosarot, dann lachsrot, dann scharlachrot.

Die Leute waren ein wenig pikiert, weil Sister bestimmt hatte, dass die Hunde bei Sonnenaufgang losgelassen wurden, damit Jim Gelegenheit zu spektakulären Fotos hatte. Die Sonne ging am 17. Januar um Viertel nach sieben auf. Da Jim eigens von Wales herübergeflogen war, konnte ja wohl jedermann seine vier Buchstaben im Sattel haben, wenn sich die Sonne langsam über den Rand des Horizonts schob.

Sister betrachtete jeden Sonnenaufgang hoffnungsfroh. Der heutige Tag ließ sich aufgrund der sachte ansteigenden Temperatur, des leichten Frostes und des schwachen Westwindes verheißungsvoll an.

Als die Hunde an der alten Mühle vorbeiliefen, zeigte das Thermometer ein Grad unter null. Shaker wollte die Hunde auf der Ostseite der Hänge loslassen, und er hoffte auf genügend Wärme, so dass Wittrung von den Feldern aufstieg. Die Temperatur fühlte sich an, als würde sie gegen Mittag auf plus sieben Grad ansteigen; da dürfte die Wittrung stündlich besser werden. Die Wetterkarte hatte ein breites Regenwolkenband gezeigt, das entgegen dem Uhrzeigersinn kreiste. Die ersten Wolkenschlieren könnten sich gegen neun Uhr von Westen anschleichen. Mit dem Heranziehen weiterer Wolken würde sich die Wittrung – mit Glück – unten halten.

Sister führte ein detailliertes Jagdtagebuch. Sie vermerkte die Temperatur beim Aufbruch, die Windstärke, die Windrichtung, das erste Loslassen, die Anzahl der Hundekoppeln, ihr Reitpferd, die Anzahl der Teilnehmer. Sie machte gewissenhaft ihren Tagebucheintrag, sobald sie nach Hause kam. Sie bemühte sich, akkurat zu sein, sich an jedes Losstürmen der Hunde zu erinnern. Sie bewahrte die Tagebücher von Jahrzehnten auf. Vielleicht konnte irgendwann ein zukünftiger Master von ihrer Detailgenauigkeit profitieren.

Crawford hatte bei seiner Ausstaffierung keine Mühe gescheut. Sam Lorillard trug zwar alte Reitkleidung, sah aber gut aus. Sein Rock war einst für ihn maßgeschneidert worden, ebenso seine noch brauchbaren Stiefel.

Walter trug seinen schwarzen Frack. Andere Mitglieder, Damen, die Schleifen errungen hatten, trugen Melone zum Gehrock. Dieser Anblick gefiel Sister. Weil ein Reitfrack oder Cutaway nicht so oft getragen wird wie ein Gehrock, besaßen viele Leute keinen, obwohl sie vielleicht berechtigt waren, ihn zu tragen. Achthundert Dollar für die Jagd an hochheiligen Tagen oder für die besonderen Jagdtage mit anderen Vereinen hinzublättern, erwies sich als unbekömmlich fürs Portemonnaie oder als zu viel für Leute, die zur Sparsamkeit neigten. Ein gut geschnittener, maßgeschneiderter Gehrock oder einer von der Stange, der von einem Jagdschneider geändert worden war, garantierte stets eine elegante Erscheinung. Die gesamte Familie Vajay trug perfekt geschnittene Gehröcke in einem sehr dunklen Blau, was genauso korrekt war wie Schwarz. Sie waren eine ausgesprochen ansehnliche Truppe.

Jim, eins neunzig groß und gertenschlank, hatte die gewünschten Aufnahmen bekommen, als das Feld hintereinander das Wasserrad passierte. Er trug feste Schuhe, eine robuste Hose, um Dornen abzuwehren, und seine geliebte wasserdichte Jacke. Weil das Laufen ihn warm hielt, hatte er sich nicht dick eingemummelt. Er war schon voraus und lief am Rand der Farmstraße entlang. Er fotografierte eifrig drauflos, als Shaker, vierundzwanzig geschmeidige Hundekoppeln und die zwei Piköre auf ihren schönen Pferden an ihm vorbeiritten.

Sister hatte ursprünglich geplant, den unterhaltsamen Jim bei sich einzuquartieren, doch Crawford hatte ihn unbedingt bei sich auf Beasley Hall beherbergen wollen. Er begründete es damit, dass Jim bei ihm dank seines Personals und eines eigens zur Verfügung gestellten Autos nach seiner langen Reise in Annehmlichkeiten schwelgen konnte. Und Sister konnte sich beim Tee immer noch mit dem sympathischen ehemaligen Flieger der britischen Luftwaffe unterhalten. Sie gab nach. Weil sie für Crawford einen diplomatischen Schachzug in petto hatte, wollte sie ihn bei Laune halten. Crawford nahm dies als Zeichen, dass er tatsächlich demnächst zum Joint-Master ernannt würde.

Ronnie und Xavier ritten lächelnd an Jim vorüber. Nicht einmal der Cutaway ließ Xavier schlanker erscheinen. Er konnte sich selbst nicht leiden, und Ronnie machte es auch nicht besser mit seiner Frage, wann denn das freudige Ereignis eintreten werde.

Ronnie, stets wie aus dem Ei gepellt, saß vollendet zu Pferde. Sein Cutaway war im schönsten Scharlachrotton gehalten, die Spitzen seiner cremefarbenen Weste schauten in korrekter Länge hervor, sein Plastron, so weiß, dass es den Augen wehtat, war mit solcher Könnerschaft gebunden, dass Ronnie von allen beneidet wurde, die eine solche Brillanz anstrebten. Wie so viele schwule Männer wusste Ronnie sich zu kleiden.

Gab Crawford sich auch noch so viel Mühe, er sah zu geschniegelt aus, obwohl seine Aufmachung vollkommen korrekt war. Ronnie dagegen hatte sich genau richtig in Schale geworfen.

Auch Clay sah gut aus, wenngleich nicht so elegant wie Ronnie. Er hatte ein zufriedenes Lächeln im Gesicht, weil Izzy ihm unaufhörlich für den 500 SL dankte. Nichts geht über eine wiedererwachte Liebe, um einen Mann in beste Laune zu versetzen. Izzy hatte sich schon dem dritten Feld angeschlossen.

Sister drehte sich im Sattel um und betrachtete die lange Reihe, die sich hinter ihr durch den vom Mühlgerinne aufsteigenden Nebel schlängelte. Keepsake, auf Hochglanz gestriegelt, spürte ihre Drehung. Er hielt Augen und Ohren auf die Meute gerichtet, die dreißig Meter voraus war. Sein Geruchssinn, wiewohl nicht so scharf wie bei einem Jagdhund, war gut, viel besser als bei irgendeinem Menschen. Er nahm eine Anzahl Wittrungen wahr und wünschte, Sister könnte das auch. Mensch und Pferd waren beide passionierte Jäger, aber Keepsake bedauerte, dass die Nase seiner Reiterin beklagenswert unterentwickelt war. Die Menschen konnten nichts dafür. Sie hatten weniger Geruchsrezeptoren, und wie sollte jemand mit so jämmerlich kleinen Nasenlöchern Wittrung aufnehmen?

Er blähte die breiten Nüstern und wurde mit einem deutlichen, jedoch verblassenden Rotluchsgeruch belohnt. Rotluchse liefern Jagdhunden, so diese ihre Spur aufnehmen, eine wilde Jagd. Sie stürmen durch das unwegsamste, niedrigste Unterholz. Die Hunde werden von Dornen geschrammt. Gewöhnlich dauert es nicht lange, bis ein Rotluchs genug hat. Da er von Natur aus kein sportliches Tier ist, erklimmt er einen Baum und sieht mit Todesverachtung auf die da unten herab.

Die Hunde hoben witternd die Köpfe.

Sister sah es, aber die Hinterteile rührten sich nicht. Sie atmete tief ein, nahm den betörenden Duft der Fichten auf, die Feuchte des Mühlgerinnes.

»Warum gehen wir nicht da rüber?«, erkundigte sich Rassle, ein frühreifer Erstjähriger, bei Dasher.

»Rotluchs.«

»Ooh.« Rassle hob den Kopf höher. Es war dies das erste Mal, dass er so einen Schädling roch. Hätte er den Burschen gesehen, würde er mit Respekt reagiert haben. Der männliche Rotluchs, der stramme vierzig Pfund wog, war zur Mühle getappt, um sich ein bisschen Hundefutter zu schnappen. Walter legte dort und an anderen Stellen Hundefutter und Mais für die Rotfüchse aus. Aus einem unerfindlichen Grund lebten auf Mill Ruins ausschließlich Rotfüchse.

Obwohl ein Rotluchs flüchten konnte, scheute er dennoch nicht vor einem Kampf zurück. Mit seinen Reißzähnen, seinen blitzschnellen Reflexen und den furchterregenden Krallen konnte er Tiere, die viel größer waren als er, übel zurichten.

»Können wir Rotluchse jagen?«, fragte Ruthie, Rassles Wurfgefährtin.

»Wenn kein Fuchs da ist, dann schon, aber«, warnte Asa, *»kommt ihm nicht zu nahe, und macht euch drauf gefasst, durch widerwärtiges Gestrüpp zu laufen.«*

»Und Bären?« Ruthie war neugierig.

»Ja, auch, wenn kein Fuchs da ist, ist aber nicht zu empfehlen«, sagte Dasher leise.

»Und dass ihr nie vergesst, ihr Jungspunde, es war ein Bär, der Archie getötet hat«, rief Cora von vorn. *»Bevor ihr geboren wart. Die Bären sollten wir lieber den Plott Hounds überlassen.«* Plott Hounds, größer und schwerer als Fuchsjagdhunde, wurden zum Aufspüren von Bären eingesetzt. Sie waren langsamer als Fuchsjagdhunde, hatten eine tiefe Stimme und ließen nicht von der Fährte ab, wenn sie einmal Wittrung aufgenommen hatten.

»Jawohl«, stimmten Delia, Nellie, Ardent, Trident und Tinsel zu.

»Wenn wir weiter so viel quasseln, wird man mit uns schimpfen. Sister wird dann richtig sauer, weil doch dieser Mr. Meads dabei ist«, bemerkte die kluge Diana.

Obwohl sie noch gar nicht an der Stelle waren, wo sie das erste Mal losgelassen werden sollten, wurde von ihnen erwartet, dass sie sich leise bewegten und auf ihre Arbeit konzentrierten. Als Shaker das Geplapper hörte, sah er sie streng an, ohne etwas zu sagen. Er war kein Meuteführer, der seine Hunde schalt, sofern sie nichts Unrechtes taten und er nicht das Gefühl hatte, sie würden es wieder tun. Die erfrischende Morgenfrühe belebte die Meute. Wenn sie sich ein paar Worte zu sagen hatten, sah er darüber hinweg, ermutigte sie jedoch nicht.

Sie gelangten zu einer kleinen einzeln gelegenen Wiese von vielleicht zehn Morgen. Die ostwärts abfallende Seite glitzerte, als leichter Dunst von dem sich erwärmenden Reif aufstieg.

Shaker setzte das Horn an die Lippen und blies das Signal einmal lang, dreimal kurz: »Ins Gebüsch, ins Gebüsch!«

Dann rief er mit heller Stimme, weil Jagdhunde hellere Töne mit Freude und Aufregung in Verbindung brachten: »Fuchs eingefahren! Fuchs eingefahren!« Tiefe Töne, ein Knurren, signalisierten gemeinhin Bestrafung oder Missfallen.

»Ich krieg ihn zuerst«, prahlte Dragon.

Cora beachtete ihn nicht. Sie hielt die Nase auf das niedergedrückte Gras gerichtet. Die Kälte war beißend. Die konkurrierenden Duftspuren von Kaninchen, dem Rotluchs und von Rotwild drangen allesamt in ihre erstaunlich gute Nase. Die anderen Hunde beschnupperten die kleine Wiese. Eine Schar schnatternde Truthennen war vor nicht einer Stunde pickend hier vorbeigekommen und aufgeflogen, als der Rotluchs zu nahe kam. Ein großes Rotwildrudel, angeführt von einer alten Hirschkuh, bewegte sich von West nach Ost. Ein paar Flecken hier und da zeigten an, dass Krähen herabgestoßen waren, aber aus welchem Grund konnten weder Cora noch die anderen Hunde erkennen. Bei wärmerer Witterung konnten die Hunde andere Gerüche ausmachen, sogar von Insekten. Bei diesem Wetter gab es keine Insekten, keine ätzenden Regenwurmspuren. Ein einsamer Biber war am Wiesenrand entlanggewatschelt, ehe er sich wieder dem Bach zuwandte, der das Mühlgerinne speiste.

Die Hunde liefen vorsichtig über die kleine Wiese.

Rassle war so begeistert von der Rotluchswittrung, dass er etwas zu weit nach Osten streifte, wo die Wiese abfiel. Er blieb wie angewurzelt stehen. Seine Rute schnellte hektisch hin und her: Fuchs! Wahrhaftig, eine frische Fuchsfährte. Rassle hatte noch nie allein eine Fährte gefunden, und er war erst im ersten Jahr dabei, war aber oft genug im Fuchsgehege gewesen und hatte den Großen bei der Arbeit zugesehen. Mit erstaunlichem Selbstvertrauen schlug der junge Dreifarbige an.

»Rotfuchs. Großer Roter!«

Cora stürmte zu ihm. Sie senkte die Nase. *»Er hat recht.«*

Die anderen liefen eilig zu Cora, und Asa rief: *»An die Arbeit!«*

Marty beugte sich zu Crawford hinüber. »Ich bin ganz verliebt in die Stimme von diesem Hund«, flüsterte sie.

Crawford nickte, hatte aber keine Zeit zu antworten, weil die Hunde aus der Wiese gestürmt kamen. Sister, die nie zurückblieb, stürmte mit ihnen.

Shaker versuchte, mit seinen Leithunden Cora und Dragon mitzuhalten, doch weil sie in dichtes Gehölz gedrungen waren, umrundete er es und kam auf einem alten Wildpfad heraus. Er gab Gunpowder Schenkeldruck und ritt so schnell er konnte.

Betty, heute auf Magellan, einem großen, geschmeidigen Vollblüter, einem Geschenk von Sorrel Buruss, wiegte sich in seinem fließenden Schritt. Sie nahm die linke Seite, die Bachseite. Shaker, der ihr vertraute, dachte sich, wenn die Arbeit rau würde, dann dort.

»Reitet nach Geläut«, wies Shaker seine Piköre an, falls sie die Meute nicht sehen konnten.

Sybil sah sie jedoch, und je mehr sie sie antrieb, desto mehr genoss sie diese schwierige, anregende Aufgabe. Sie kam sich vor, als säße sie daheim in der ersten Reihe.

»Horridoh!«, trällerte Betty, als ein großer Rotfuchsrüde mit buschiger Rute aus dem Dickicht auf ein abgeholztes Waldstück raste, auf dem Walter im Frühjahr eine Weidefläche anzulegen gedachte. Betty kannte den Burschen mit dem dichten Fell nicht. Sie meinte, dass er kein Hiesiger sei, womit sie recht hatte.

Der Fuchs, nicht dumm, wusste, dass das abgeholzte Waldstück den Pferden das Vorwärtskommen erschweren und das Tempo der Hunde verlangsamen würde, weil sie sechzig bis siebzig Pfund schwerer waren als er.

Betty, die sich an seiner List erfreute, galoppierte zu dem alten Holzfällerweg in der Hoffnung, den Fuchs im Auge zu behalten. Er flitzte über das abgeholzte Waldstück, fünfundzwanzig Morgen groß, und sprang hurtig über das alte Hindernis im Zaun auf die nächste große Wiese.

Magellan sprang für sein Leben gern und nahm weiteren Anlauf als Outlaw, Bettys Quarter Horse. Sie ruckte zurück, und ihre Hände fuhren hoch.

»Pardon, Magellan.«

»Du kriegst den Dreh mit mir schon noch raus«, versicherte er ihr freundlich. Er war hocherfreut, sie auf seinem Rücken zu haben. Sein früherer Besitzer, ein scharfer Reiter, konnte ganz gut mit einem Pferd umgehen, ritt aber mit viel Schenkeldruck und Zügelreißen, was Magellan nervös machte. Je weniger man dem geschmeidigen Vollblüter vorschrieb, desto besser benahm er sich.

Der Rotfuchs, der wusste, dass Betty da war, und zwar allein, lieferte ihr eine Vorstellung. Er hatte einen ausgefallenen Sinn für

Humor. Außerdem hatte er soeben eine Fähe besucht und fühlte sich großartig. Er bremste scharf und setzte sich auf den moosbedeckten Felsvorsprung in der Wiese. Ein dünner Reiffilm überzog das leuchtend grüne Moos.

Betty und Magellan hielten ebenfalls an.

»Der einzige Grund, weswegen Menschen scharlachrot tragen, ist der, es Füchsen gleichzutun«, sagte der Bursche. *»Alle Menschen wünschen sich insgeheim, Füchse zu sein.«*

»Arroganter Trottel«, schnaubte Magellan.

In Bettys Ohren klangen die Worte des Fuchses wie Gebell, aber seine Unbekümmertheit brachte sie zum Lachen. Vielleicht achthundert Meter hinter ihr hörte sie die Hunde in vollem Geläut. Zu ihrer absoluten Verwunderung erschien Jim Meads am Wiesenrand, blieb stehen und machte Aufnahmen von dem Fuchs, von Betty und Magellan.

»Meine linke Seite ist die schönste.« Der Fuchs drehte sich langsam zu Jim hin. Mit einem breiten Lächeln im Gesicht fotografierte der silberhaarige Mann drauflos, wusste er doch, dies würden mit die besten Jagdfotos, die er je geschossen hatte, und er hatte Tausende geschossen.

Die Hunde kamen näher. Der Fuchs beachtete sie kein bisschen. Erst als Cora über das alte Hindernis setzte, makellos und wie im Flug, gab er Gas.

»Tschüs«, rief er Betty und Jim zu.

Sister sah nur Magellans Schweif und Kruppe, als das Pferd den stabilen Stangensprung am südwestlichen Ende der Wiese nahm.

Die Hunde glitten über den Reif, der sich in Tau verwandelte. Das gedämpfte Wintergrün des Grases schimmerte durch.

Obwohl es nur vier Grad über null waren, schwitzte Sister unter ihrem Reitfrack. Die lange Seidenunterhose klebte ihr an der Haut, Schweiß rann im Zickzack ihre linke Schläfe hinab. Sie ritt scharf und würde noch schärfer reiten.

Keepsake wäre nur zu gerne im Triumph an Gunpowder vorbeigezogen. Er blieb jedoch brav zurück, als der Meuteführer und sein Pferd über das Hindernis flogen. Es juckte ihn umso mehr, als er glaubte, schneller laufen zu können als Gunpowder. Er hatte es satt, von dem Vollblutschimmel verhöhnt zu werden, weil er eine Kreuzung aus Vollblutpferd und Quarter Horse war. Keepsake wusste, was in ihm steckte. Nicht alle Vollblüter waren Snobs, doch Gunpowder war einer.

Das Feld blieb dicht beisammen, was von den Reitkünsten der Leute zeugte; es hätte sich an so einem Tag leicht auseinanderziehen können. Der Untergrund war anfangs fest, wurde aber stellenweise anstrengend.

Vorn stieß ein Zaun im rechten Winkel auf den alten Dreibretterzaun. Sister setzte über den Stangensprung, dann wandte sie sich scharf nach links, um über ein steiles Hindernis zu segeln. Man musste den zweiten Sprung genau treffen, das hieß, man musste sein rechtes Bein in dem Augenblick an das rechte Bein des Pferdes bringen, wenn seine Hufe nach dem ersten Sprung die Erde berührten.

Sister wusste, dass sie an diesem Hindernis ein paar Leute verlieren würde oder dass welche am zweiten Sprung vorbeiziehen und warten würden, bis das übrige Feld drüber war, bevor sie ihn nahmen. Wenn jemand einen Sprung verpasst oder sein Pferd verweigert, verlangt die Jagdetikette, dass er ans Ende der Reihe geht. Eine Ausnahme bildet die Equipage. Sollte ein Equipagepferd den Sprung verweigern, was vorkommen kann, darf das Equipagemitglied, das immer Vorrang hat, es noch einmal versuchen. Bekommt er oder sie das Pferd nicht hinüber, geht jemand vom Feld, üblicherweise Sister, mit gutem Beispiel voran. Ab und zu setzen es sich selbst die besten Equipagepferde in den Kopf, zu verweigern.

Der Rote flog pfeilgerade, ohne kehrtzumachen, sich in einen Bau zu ducken oder gar einen linken, dann einen rechten Haken zu schlagen. Er schien bestrebt zu sein, die beste sportliche Leistung der letzten zwei Monate zu liefern. Ehe Sister sich's versah, hatten sie Alice Ramys Farm durchquert. Alice winkte vom Fenster. Sie preschten zur nächsten Farm.

In einer um die sechs Meter tiefer liegenden, etwa vierzig Meter umfassenden ovalen Senke mit Felsvorsprüngen blieben die Hunde plötzlich stehen. Diese Niederung lag oberhalb eines schmalen, stark strömenden Baches, der großenteils unterirdisch dahinfloss.

Der etwas höhere Grund in diesem dicht bewachsenen Gebiet wurde von einem erzürnten Dachs verteidigt.

Dachse leben eigentlich nicht in Mittelvirginia, aber der war nun mal hier, und er war alles andere als glücklich. Das Erste, was die schlechte Laune des Fünfundzwanzigpfünders entfachte, war ein verdammter Kojote, der ihn zuvor beobachtet hatte, als er in einem verlockenden Rattenloch buddelte. Als die Ratte auf der anderen Seite heraushuschte, schnappte sie der Kojote, brach ihr das Rückgrat und machte sich davon. Hielt es nicht einmal für geboten zu rennen. Der Dachs, kein flinker Geselle, nahm die Verfolgung auf, so hoffnungslos es auch war. Daher musste er sich mit einem Mäusefrühstück begnügen, derweil er träumte, das graue Eichhörnchen, das über ihm plapperte, würde von der riesigen kahlen Weide fallen. Eichhörnchen entzückten seine Geschmacksknospen. Aber es kam noch schlimmer. Keine Stunde später duckte sich ein ungemein rüpelhafter Fuchs in seinen Bau, erblickte zu seiner nicht geringen Überraschung den Dachs, drehte sich um und sauste wieder hinaus.

Jetzt waren eine Hundemeute und, schlimmer noch, berittene Menschen vor seiner Tür. Denen wollte er freilich am Eingang seines Baus gehörig den Marsch blasen. Dieser Tag war zu viel für ihn gewesen, hatte ihm den letzten Nerv geraubt.

»Raus hier!«

Die sprachlosen Hunde standen steifbeinig da, während der Dachs mit seiner Schimpfkanonade fortfuhr.

»Was ist das?« Tinsel atmete den ungewohnten Geruch ein.

»Hab so einen nur einmal gesehen.« Delia wünschte, Shaker würde ihnen einen Befehl erteilen. *»Dachs. Die sind stark. Leben meistens weiter nördlich, aber sie ziehen anscheinend hierher.«*

Dragon hob den Kopf. Der Kojotengeruch erwies sich als stärker, strenger als der Fuchsgeruch, obwohl der Fuchs eben erst hier gewesen war. Geduld war nicht Dragons Stärke. Er entfernte sich von dem Dachs und steckte die Nase in das Rattenloch.

»Auf geht's!«, bellte er und lief los. Die halbe Meute lief mit ihm.

Diana rief ihrem Bruder nach: *»Warte!«*

Diana und Cora sausten zu der Stelle. Cora schüttelte den Kopf. *»Kojote.«*

Shaker kannte seine Hunde. Cora folgte wie vermutet nicht der Hälfte, die mit Dragon losstürmte. Vielmehr gingen sie, Diana, Asa, Dasher und andere, geduldig ein Stück fort von dem immer noch wütenden Dachs, auf eigene Faust, wie es guten Jagdhunden zukommt.

»Hier ist er. Hier ist er, der Teufel!« Asa bekam als Erster den Fuchsgeruch in die Nase.

Er schlug an, und die andere Hälfte der Meute lief mit ihm, einschließlich Tinsel, die so vernünftig gewesen war, nicht dem ungestümen, hochmütigen Dragon zu folgen.

Shaker zögerte eine Sekunde. Sollte er die abgeirrte Hälfte zurückblasen und riskieren, auch die Hunde zurückzublasen, die alles richtig machten, oder sollte er nur drei-, viermal die schnelle Tonfolge blasen – drei kurze Stöße hintereinander –, um die anderen zu Cora und Asa zurückzuholen? Er entschied sich für Letzteres, gab Gunpowder Schenkeldruck und blies im Galoppieren.

Die Splittergruppe raste an Sybils Seite. Sie hörte, dass das Horn sich in der Gegenrichtung entfernte, somit wusste sie, was ihre Aufgabe war. Sie ritt auf Colophon, im Sommer erworben, um ihren Bestand an Jagdpferden zu erweitern, auf Teufel komm raus. Sie musste neben Dragon gelangen, der etwas vorauslief, und ihn tadeln. Wenn das nichts half, würden härtere Maßnahmen ihre Wirkung tun.

Glücklicherweise sausten die Hunde über eine Wiese, sodass Sybil sich nicht im Wald unter Bäumen ducken musste. Colophon, sechzehn Stockmaß, ein schneller Vollblutbrauner, raste dahin, den edlen Kopf vorgestreckt. Die Höhe wird bei Pferden in Stockmaß gemessen, ein Stock entspricht zehn Zentimeter.

»Dragon, lass das!«, befahl Sybil.

»Zwing mich doch!«, forderte er sie heraus.

Sie knallte mit der Peitsche, was die anderen Hunde zum Stehen brachte, nicht aber Dragon. Wieder ritt sie neben den schnellen Hund, zog ihre 22er Pistole, die mit Schrotkugeln geladen war, und verpasste seinem Hinterteil eine Ladung, die er nie vergessen würde.

»Lass das!«

»Aua! Aua! Aua!«, heulte er.

Seine Schmerzensschreie wegen der winzigen Schrotkügelchen – auch Vogelschrot genannt – erschreckten die anderen Hunde. Sollten sie Ungehorsam im Sinn gehabt haben, nachdem der Peitschenknall sie zum Stehen gebracht hatte, so verschwand dieser Gedanke jetzt völlig.

»Kommt«, sagte Sybil streng. Sie machten gehorsam kehrt und folgten ihr.

Anderthalb Kilometer später – sie ritt im Kanter – hörte sie Shaker abermals auf seinem Horn die schnelle Folge von drei Tönen blasen, drei-, viermal. Die Hunde, die sich bei ihr befanden, hatten es freilich schon viel früher gehört.

»Geht zu ihm«, befahl sie. Sie konnten nicht schnell genug wegkommen. Eher würde die Welt zusammenbrechen, bevor auch nur einer in dieser Gruppe sich noch einmal dafür entschied, auf Dragon zu hören. Ob Dragon seine Lektion gelernt hatte, blieb abzuwarten. Seine mannigfachen Talente wurden von seinem sturen Kopf unterminiert.

Als Sister dahindonnerte, hörte sie den Schrotschuss nach dem Peitschenschuss. Das Knallen der Peitsche, bei dem sich die Spitze mit Überschallgeschwindigkeit bewegte, klang wie ein scharfer Flintenknall. Je nach Luftfeuchtigkeit war es mehrere Kilometer weit zu hören.

Zehn Minuten später sausten die Kojotenjäger an ihr vorbei und schlossen sich der vorauslaufenden Hauptmeute an.

Alle beisammen, dachte Sister bei sich. Gott sei Dank.

Als Keepsake durch einen breiten Bach trabte und Sister an den Ufern Gewürzsträucher bemerkte, wusste sie, dass sie jetzt auf Chapel Cross war, einem sechseinhalb Kilometer von ihrer Farm entfernten Anwesen. Sie hielten immer noch ein scharfes Tempo.

Eine Lehmstraßenkreuzung mit einer kleinen steinernen Kapelle an der nordöstlichen Ecke kam in Sicht. Der Rotfuchs, jetzt für alle zu sehen, erreichte seinen Bau, der sich unter dem Fundament der Kirche verbarg.

Die Hunde fingen zu buddeln an, doch Shaker zog sie mit Bettys Hilfe fort. Walter und Ronnie ritten hinzu, um ihnen auf Sisters Bitten die Pferde zu halten. So gerne Shaker die Hunde mit ein bisschen Buddelei belohnte, es ging nicht an, die kleine Methodistenkirche zu entweihen.

Er blies »Fuchs eingefahren«, lobte seine Hunde überschwänglich und bemerkte dabei die roten Tüpfelchen an Dragons Hinterteil.

»Du wirst es lernen, Freundchen, oder du wirst ausgebootet«, sagte Shaker leise zu Dragon, und dann mit hellerer Stimme: »Brave Hunde! Brave Hunde!«

Er schob den linken Fuß in den Steigbügel und schwang sich anmutig aufs Pferd. Betty schwang sich ein bisschen weniger anmutig auf ihrs, weil Magellan größer war als Outlaw. Der Vollblüter wartete geduldig, bis sie sich im Sattel zurechtgesetzt hatte.

»Du kannst froh sein, dass sie abgenommen hat«, sagte Gunpowder. *»Sie war mal fünfundzwanzig Pfund schwerer.«*

»Sie ist nicht übel.« Magellan hatte Betty gern. *»Ich würde auch fünfundzwanzig Pfund mehr tragen. Sie ist viel, viel besser, als Fontaine je war.«* Fontaine war sein Vorbesitzer gewesen.

Das Feld hielt an. Die Leute atmeten schwer, einige Pferde ebenso. Und da kam Jim Meads, der sie zu Fuß begleitet hatte. Alice Ramy war aus dem Haus gekommen, als sie ihn laufen sah. Sie bot ihm eine Fahrt in ihrem Auto an, weil das Feld an der Stelle keine Anzeichen gab, das Tempo zu verlangsamen. In dem Moment, als er die Autotür schloss, plauderten sie drauflos, als hätten sie sich ihr Leben lang gekannt.

Sister bedankte sich bei ihren Hunden, bei Shaker, bei Alice und wandte sich dann dem Feld zu.

»Meine Damen und Herren, ich glaube, wir haben soeben einen frommen Fuchs in den Bau getrieben, und einen Methodisten noch dazu. Ich nehme an, das bedeutet, dass er weder tanzt noch trinkt.

Ich bin keine Methodistin, und sollten welche unter Ihnen sein, dann müssen Sie sich jetzt die Augen zuhalten.« Sie hielt ihren Flachmann in die Höhe. »Spült den Staub runter.«

Alle lachten und holten ihre Flachmänner hervor. Die Herren hatten ihre Flaschen an der linken Sattelseite befestigt. Die Damen verstauten ihre gewöhnlich in einer kleinen Butterbrotdose hinten rechts am Sattel. Ihre Flachmänner enthielten weniger Alkohol als die der Herren, weswegen die Gentlemen ihre zuerst den Damen anboten. Es schadet nie, sich eine Frau geneigt zu machen.

Sister reichte ihren Flachmann zuerst Betty, dann Walter, der hinter ihr herangekommen war.

»Danke, Sister.« Walter trank einen Schluck, dann bot er seinen eigenen Flachmann an, der eine Mischung aus Scotch, Orangensaft, einem Spritzer Cointreau und einer geheimen Zutat enthielt, die er nicht preisgab. Der Beigeschmack deutete auf Magenbitter hin.

Hattie Baker Parrish hielt Sam Lorillard ihren Flachmann hin, dann fiel ihr ein, dass er keinen Alkohol trinken durfte. Sam war zufällig direkt hinter Xavier.

»Sam, ich hab's vergessen.«

Er lächelte. »Ich hab mir Eistee mitgebracht.« Er hob seinen Flachmann an den Mund und ließ dabei den Zügel locker. Eine Bewegung hinter der Kirche veranlasste sein Pferd, den Kopf zu wenden, und bespritzte dabei Xavier mit dem Schaum von seinem Maul.

Xavier drehte sich um und erblickte Sam. Er wurde knallrot im Gesicht. Er ergriff seine Peitsche, wischte einen weißen Schweißstrich von seinem eigenen Pferd und schnippte ihn mitten in Sams Gesicht. »Das warst du, glaub ich.«

»Du bist ein Esel, Henry Xavier«, schoss Sam zurück.

Im Nu war Xavier, so dick er war, vom Pferd und zog Sam von seinem herunter. Die zwei prügelten sich, dass die Fetzen flogen; Xavier, der größer war, landete mehr kräftige Schläge. Sam, klein und schmächtig, hüpfte und pendelte, so gut er konnte, aber er war zu wütend, um sich zu sorgen, dass er verletzt werden könnte, und teilte etliche Hiebe aus.

Gray saß ab, ebenso Walter, Ronnie und Clay Berry. Clay und Walter zerrten Xavier mit vereinten Kräften fort. Gray gelang es, seinen Bruder an den Oberarmen zu packen und rückwärts zu ziehen.

»Ich verlange Satisfaktion!«, schrie Xavier zappelnd.

»Reg dich ab«, empfahl Walter mit ruhiger Stimme. »Die Zeiten des Duellierens sind vorbei.«

Meads bannte alles auf Film.

Gray hielt seinem Bruder den Mund zu, weil Sam eine böse Zunge hatte, wenn ihm danach war. Alles, was dann aus seinem Mund kam, konnte eine schlimme Lage noch viel schlimmer machen.

Menschen, Hunde und Pferde beobachteten das Drama mit großem Interesse, und niemand mehr als Sister. Als Master konnte sie das aber nicht auf sich beruhen lassen.

Sie ritt zu Xavier. »X, ich weiß, es besteht böses Blut, aber ich kann ein solches Benehmen im Jagdfeld nicht dulden. Du bist für heute entlassen. Wir sprechen uns später noch einmal deswegen, wenn wir beide in besserer Verfassung sind.«

Erschüttert, weil er noch nie gerügt worden war, und noch wütend, aber langsam einsehend, dass er eine ausgemachte Dummheit begangen hatte, saß Xavier wortlos ab. Er drehte sich um, um den weiten Rückweg nach Mill Ruins anzutreten. Ronnie, sein verlässlicher Freund, begleitete ihn, nachdem er, wie es sich ziemte, gesagt hatte: »Gute Nacht, Master. Danke für den herrlichen Tag.« Man wünschte der Jagdleiterin am Ende der Jagd eine gute Nacht, auch wenn es helllichter Tag war.

»Gute Nacht, Ronnie.«

Sam, den Kopf gesenkt, während Gray noch seine Oberarme gepackt hielt, hob jetzt den Blick zu Sister. »Ich entschuldige mich.«

»Ich weiß, er hat es provoziert, aber auch du bist für heute entschuldigt, Sam. Ich rate dir, halte dich in großem Abstand hinter Xavier und Ronnie oder, wenn dir das lieber ist, im Abstand zum Feld, denn wir gehen ins Haus. Wir sprechen uns später.«

»Ja, Master.« Er neigte den Kopf. »Gute Nacht, Master.«

Sie nickte ihm zu. Gray sah sie an. »Gute Nacht, Master.«

»Nacht, Gray.«

Die Brüder warteten, bis das Feld sich entfernte, und gingen dann langsam hinterher.

Walter, Seite an Seite mit Sister, sagte schließlich: »Ein unvergesslicher Tag.«

Sie lächelte. »Die Telefonleitungen werden heute Abend heißlaufen.«

Vereinsmitglieder zu maßregeln, das lag nicht in Sisters Natur, doch wie so viele Menschen vor ihr hatte sie gelernt, wenn man führen wollte, musste man gerecht, stark und bestimmend sein. Wenn man als Master ein einziges Mal schlechtes Benehmen durchgehen lässt, wird es mit Sicherheit wieder vorkommen. Und wenn der Vorstand oder das Feld bei der Jagdherrin oder dem Jagdherrn Schwäche spürt, vermehrt sich Ungemach wie Fliegen im Sommer.

Menschen wie Hunde brauchen eine starke Hand. Sister war stark. Sie hoffte, dass sie gerecht war.

»Danke für deine Hilfe, Walter. Es hätte schlimmer kommen können.«

»Es freut mich immer, wenn ich dir oder dem Verein in irgendeiner Weise helfen kann«, sagte er, und es war ihm ernst damit.

»Wenn dein Terminkalender diese Woche nicht zu voll ist, möchte ich mit dir frühstücken, mittag- oder abendessen gehen, was dir lieber ist. Ich wünsche mir deine ungeteilte Aufmerksamkeit.« Sie lächelte, weil er nicht denken sollte, es würde eine schwierige Unterredung. Sie hoffte auf ein positives Ergebnis.

»Dienstag, Mittagessen.«

»Im Club, oder bist du im OP? Wir können uns in der Nähe vom Krankenhaus treffen.«

»Im Club. Ich freu mich drauf.«

Tedi und Edward zwinkerten Sybil zu, die rechts von der Meute ritt. Sie hatte sich zu ihnen umgedreht. Sie waren stolz, dass sie eine schwierige Situation so gut gemeistert hatte.

Shaker gratulierte ihr, Betty ebenso. Niemand warf leichtfertig mit Komplimenten an die Equipage um sich. Wer eins zu hören bekam, wusste, dass er gute Arbeit geleistet hatte.

Cora knurrte Dragon an: *»Du bist so was von einem Miststück.«*

Er gab keine Antwort.

»Jetzt wissen wir wenigstens, dass hier ein Kojote ist«, sagte der junge Rassle.

»Das bestreite ich nicht, Rassle, aber du solltest dir verdammt noch mal

den Unterschied zwischen Kojotengeruch und Fuchsgeruch merken, und du musst zuerst nach dem Fuchs suchen. Wir waren direkt hinter unserem Fuchs. Du hättest uns alle reinreiten können. Wir haben am Bau von dem Dachs aufgegeben, aber er musste nah sein, die Fährte musste heiß sein. Es erforderte etwas Geduld, ein breites Netz auszuwerfen und ihn dann zu kriegen. Offenbar ist er in den Bach gegangen, aber er ist auch rausgekommen, oder?« Cora klang wie eine Schulmeisterin.

»Ja, Ma'am.« Rassle hörte gut zu.

Asa konnte sich nicht zurückhalten. Er zischte Dragon zu: *»Widerliches Dreckstück.«*

Gedemütigt und wütend, hielt Dragon zu aller Überraschung die Schnauze.

Cora hob sodann einen Moment die Stimme zum Wohle der Meute, insbesondere aber um der Erziehung der Junghunde willen. *»Hunde, wir müssen nicht dasselbe denken. Wir müssen aber gemeinsam denken.«*

15

Auf dem langen Jagdtisch türmten sich dreierlei Grütze, saftiger Schinken, Truthahn- und Rinderbraten, dazu Salate, mehrere Brotsorten, warme in Butter geschwenkte Möhren, Kürbis und die unvermeidlichen gefüllten Eier. Der Nachtisch bestand aus einem warmen glasierten Doughnut mit einer großen Kugel Vanilleeis in der Mitte und darüber geträufelter Karamellsoße. Diese Köstlichkeit, ein typisches Gericht dieser Region, führte auch die Standhaftesten in Versuchung, auf die Kalorien zu pfeifen. Hin und wieder braucht der Körper so etwas.

Das selbst nach Maßstäben des Jefferson-Jagdvereins opulente Frühstück beförderte einen Zucker-, Protein- und Kalziumstoß in die Jäger, die vom scharfen Ritt erschöpft waren, was sich auf dem langen Weg zurück nach Mill Ruins offenbart hatte. Mehr als ein Paar Beine zitterten, als die Reiter absaßen.

Die Bar, über die Donnie Sweigert gebot, dem derlei Angelegenheiten gerne anvertraut wurden, war bestückt mit den üblichen alkoholischen Getränken als auch einigen ausgefallenen Flaschen wie Taliskers torfig schmeckender Scotch. Auch der weiche Chartreuse-Likör war vorhanden, den einige zusätzlich zu der Karamellsoße über ihren Nachtisch träufelten. Der Absolut-Wodka und der Black von Johnny Walker gingen schnell zur Neige.

Die aufregende Jagd und der dramatische Kampf ließen den Blutzucker und die Lautstärke der Unterhaltung himmelhoch steigen.

Die Füchsin Bessie ging nach Belieben im Haus ein und aus. Sie bewegte sich trotz der amputierten Vorderpfote recht gut. Aber dies war ihr alles zu viel. Sie verzog sich in den Keller, jedoch nicht ohne sich vorher ein leckeres Stück Schinken stibitzt zu haben. Sie fraß die Hälfte und vergrub den Rest. Als Walter einsah, dass er nichts gegen ihre Vorratsbuddelei machen konnte, hatte er ihr eine Ladung Erde hingekippt. Alle zwei Tage, wenn Bessie ins Freie ging, um frische Luft zu schnappen, schlich er hinunter, grub ihre Schätze aus und warf sie in den Abfall. Falls das der Fähe gegen den Strich ging, ließ sie es sich nicht anmerken.

Selbst Tonto, der sechs Monate alte Welsh-Terrier-Welpe, fand die Menschenmenge anstrengend. Er leistete Bessie Gesellschaft.

Die zwei verwandten Kaniden lauschten auf die Feiernden oben. *»Sicher bleiben keine Reste übrig.«* Tontos fröhliche Augen trübten sich.

»Doch, bestimmt. Ted, der Koch, ist mit einem ganzen Lastwagen voll Essen angerückt.« Bessie war hoffnungsvoll.

»Ich weiß nicht. Ich hab nicht gewusst, dass Menschen so viel auf einmal essen können. Ich dachte, nur Hunde schlingen.«

Bessies eigens für sie angefertigte Holzhütte mit einem großen Dachvorsprung hatte ihren Geruch angenommen. Tonto, der daran gewöhnt war, achtete kaum darauf. Er selbst verströmte im Vergleich zu anderen Hunderassen nur einen schwachen Geruch. Und obwohl er ein Terrier war und zum Buddeln neigte, war er pingelig in seiner Lebensweise, weshalb sein persönlicher Geruch eher schwach war.

»Bessie, meinst du, die Jagdhunde würden dich töten, wenn sie dich sähen?«

»Ja«, sagte sie unbewegt, *»wenn die Meute mich sähe. Vielleicht nicht, wenn nur ein Hund mich sähe oder auf mich träfe, aber eine Meute gerät in Raserei. Auch wenn Walter sagt, er hat gesehen, wie Shaker Hunde von einer Beute wegrief, was beeindruckend war, möchte ich das Risiko nicht eingehen.«*

Die Tritte über ihnen klangen schwerer.

»Bin ich froh, dass die Balken von dem alten Haus so dick wie Baumstämme sind.« Der kleine Tonto grinste.

»Es sind Baumstämme. Man hat die Rinde abgeschält.«

Tonto blickte nach oben. Seine Augen waren nicht so gut wie die einer Katze, nicht mal so gut wie Menschenaugen, aber sie waren nicht übel. Im Dunkeln sah er besser als ein Mensch. *»Oh. Alt, nicht?«*

»Dieser Teil, hmm. Siebzehnhundertzweiundneunzig. Hab ich Walter sagen hören.« Bessie legte den Kopf zurück, ein Ohr gespitzt. *»Jetzt singen sie.«*

Die Versammelten hatten sich euphorisch um das Klavier geschart, Tedi Bancroft schlug in die Tasten, und sie schmetterten: »Do Ye Keen, John Peel?«.

Die nicht sangen, blieben im Speisezimmer, wo, wie Tonto befürchtet hatte, kaum Reste anfielen. Nicht einmal Ted hatte Leute so viel essen gesehen, dabei hatte er schon so manches Frühstück angeliefert.

Sister trank eine Tasse Tee und hörte Edward Bancroft zu, der den Streit zwischen Xavier und Sam kommentierte.

» … im Keim erstickt. Das war richtig von dir.«

»Und jetzt muss ich diese Besuche machen.« Sister sah ihren guten alten Freund an.

»Du bist eine gute Jagdherrin, Janie. Besser als gut, eine der besten.«

»Edward, du schmeichelst mir, und ich danke dir.« Sie trank einen Schluck. »Hast du dich über X gewundert?«

Er nickte mit seinem silberhaarigen Kopf. »Wir kennen ihn alle, seit er in den Windeln lag. Er ist kein unbesonnener Mensch. So wild war er nicht mal in der Pubertät. Wenn Xavier dermaßen die Beherrschung verliert, dann frag ich mich, ob an seinen früheren

Querelen mit Sam Lorillard mehr dran war, als uns bekannt ist. Ronnie dürfte es wissen.«

»Das frag ich mich auch.« Sie atmete den Duft des kräftigen Ceylontees ein. »Ich bin froh, dass keiner von beiden zum Frühstück gekommen ist. Das hätte die Spannung noch mehr angeheizt.«

»Was hast du jetzt vor?«

»Ich möchte Xaviers Rechtfertigung hören. Was Sam angeht, kann ich ihm ja schlecht vorwerfen, dass er sich gewehrt hat. Ich werde keinen von beiden ausschließen, aber jeder wird eine gehörige Warnung erhalten. Wenn X es nicht dabei bewenden lassen kann oder Sam nach diesem Vorfall einen unübersehbaren Groll hegt, werde ich den Vorstand bitten, sie für diese Saison auszuschließen. Ich glaube aber nicht, dass ich zu so drastischen Maßnahmen greifen muss.«

Er zuckte die Achseln. »Ich will's nicht hoffen.«

»Ich weiß, dass das Ganze jede Menge Wind machen wird. O ja, Gerede nimmt rasch einen gasförmigen Zustand an.« Sie lächelte wehmütig. »Die einen werden denken, ich soll sie das ohne Einmischung des Vereins bereinigen lassen, die anderen werden meinen, ich soll sie mit einem Tritt in den Arsch – Verzeihung – rausschmeißen. So ist das nun mal.«

»Ich glaube nicht, dass man so viel meckern wird.« Er deutete mit dem Kopf auf die Singenden nebenan. »Sie vertrauen dir. Es braucht Jahre, um dieses Vertrauen aufzubauen.«

Sie lachte. »Aber warum regen sie sich dann dauernd auf? ›Du reitest zu schnell.‹, ›Du reitest zu langsam.‹, ›Warum hast du uns nicht dieses Hindernis nehmen lassen?‹«

»Wer sagt das? Doch nur die, die nicht fest im Sattel sitzen. Wenn du reiten kannst, Janie, dann reitest du.«

»Das ist bei Gott die Wahrheit. Aber wir beide sind aufgewachsen, als Reiten noch zur Bildung gehörte. Im Süden lernte man reiten, schießen, Karten spielen und hoffentlich eine Fremdsprache beherrschen. Uns Mädchen wurde immer Französisch aufgedrängt. Das ist vorbei. Die Menschen der Mittelschicht hatten große gesellschaftliche Erwartungen an ihre Kinder. Heute arbeiten beide

Eltern, und die Erwartungen sind nicht einheitlich. Vielleicht ist das in mancher Hinsicht gut so, Edward, denn wenn ein Mädchen lieber Fußball spielen will als reiten lernen, hat sie die Wahl. Ich hatte nie groß die Wahl; wenn ich allerdings ins Konzert oder zu sonst einer kulturellen Veranstaltung wollte, nahm meine Mutter mich mit.«

»Unsere Kultur ist zerstückelt. Das liegt zum Teil am Aufstreben der Leute, die nicht der gebildeten Klasse angehören. Vielleicht liegt es auch zum Teil an der Veränderung, die in der Geschichte immer eintritt, aber ich glaube, früher oder später wird daraus ein Kulturkonsens hervorgehen. Wir werden einen stärkeren Zusammenhalt erleben, hoffe ich.« Edward, ein Mensch seiner Zeit, dachte lange und gründlich über große Themen nach.

»Solange nur die Fuchsjagd ein Teil davon ist.« Sister stellte Tasse und Untertasse ab, die ein Bediensteter sofort mitnahm.

»Möchten Sie noch etwas, Sister?«

»Nein, danke.« Als der mit einem weißen Jackett bekleidete Servierer weiterging, wandte sie sich wieder Edward zu. »Wir sind alt, Edward. Wir erinnern uns an Dinge, die sich die Jugend nicht mal vorstellen kann, etwa dass von uns erwartet wurde, tanzen, schießen und reiten zu können. Und doch ... und doch« – ein ansteckendes Lächeln breitete sich auf ihrem Gesicht aus – »fühle ich mich jung. Ich fühle mich besser als seit Jahren.«

Er legte ihr seinen Arm um die Schulter. »Schatz, du bist ein Zwölfzylindermotor, der seit 1991 mit sechs Zylindern gelaufen ist.«

Verblüfft fragte sie: »Was?«

Er küsste sie auf die Stirn. »Wie lange kennen wir uns schon?«

»Guter Gott, Edward.« Sie überlegte. »Vierzig Jahre. Länger.«

»Länger. Die Zeit rast dahin. Ich habe mit angesehen, wie du 1974 mit dem Tod von Ray junior umgegangen bist. Du hast getrauert, dann bist du nach und nach zu uns zurückgekommen. Du hattest Big Ray, und ihr habt euch gegenseitig aufrecht gehalten. Aber als Big Ray 1991 starb, wen hattest du, der dich aufrecht hielt? Wer war da, um dir zu sagen, ›Liebling, alles wird gut. Wir stehen das zusammen durch‹?« Sie wollte etwas sagen, doch Edward hob die Hand. »Ich sage nicht, dass du mit einer Jammermiene herumgelaufen bist. Du hast weitergemacht. Das ist deine Natur. Archies und Peters Tod, das war jedes Mal ein schwerer Schlag. Aber denk dran, ich habe dich vor diesen großen Verlusten gekannt, genau wie du mich gekannt hast, bevor Nola starb«, sagte er im Hinblick auf seine geliebte Tochter. »Solche Schläge nehmen uns etwas fort, aber sie geben uns auch Tiefe und Beherztheit, Beherztheit vor allem.«

Rasch erwiderte sie: »Ja.«

»Aus welchem Grund auch immer, deine anderen Zylinder haben wieder gezündet.«

»Und es macht mich glücklich, so einen guten Freund zu haben.« Sie umarmte ihn.

Als sie sich nach Walter umsah, um ihm für das Frühstück zu danken, berührte Jim Meads sie am Arm.

»Jim. Ich hoffe, Sie fühlen sich wohl.«

»Großartig, Master. Ich habe morgen Probeabzüge für Sie.«

»Das ging aber flott.«

»Was soll ich bloß von einer Dame halten, die mich für flott hält?«, fragte er augenzwinkernd.

Clay Berry, mit dem Rücken zu Jim, drehte sich halb um. »Flott. Geht es um schöne Pferde und flotte Bienen, oder um flotte Pferde und schöne Bienen?«

»Clay, das müsstest du doch wissen.« Sister lachte, weil Clay dafür bekannt war, dass er sich gerne mal auf Abwege begab.

»Übrigens, ich hab deinen Silberfuchs aus der Aufbewahrung genommen. Du hast diesen Winter vergessen, ihn abzuholen, und ich weiß doch, dass du ihn möchtest. Ich hab ihn in deinen Wagen gelegt.«

»Danke. Ich hab's wahrhaftig vergessen. Diese Jagdsaison war proppenvoll. Ich würde noch meinen Kopf vergessen, wenn er nicht fest auf meinem Hals säße.« Dann sagte sie zu Jim: »Ich komme morgen Vormittag vorbei, wenn's passt.«

»Sehr gut.«

Eine angeregte Gruppe drängte sich an der Haustür. Als Sister ihre fleecegefütterte Barbourjacke aus der Garderobe holte und sich umdrehte, stieß sie mit Dr. Dalton Hill zusammen, der seinen Mantel suchte.

»Herrlicher Tag, Master.«

»Es freut mich, dass Sie uns Gesellschaft leisten konnten. Der Cleveland-Bay, den Sie geritten haben, ist ein ansehnlicher Bursche.«

»Ja. Aus der Zucht von Mr. Wessler. Ein Freund in Green Springs, Louisa, hat mir das Pferd geliehen. Ich denke, ich werde es für die Saison mieten.«

»Dann werden Sie hierbleiben?«

»Ja.« Er war kein herzlicher, aber ein korrekter Mann. »Ich lehre ein Semester an der Uni. Mein Partner hält die Praxis in Toronto in Gang. Wir wechseln uns ab, wenn sich eine Gelegenheit wie diese ergibt.«

»Wie finden Sie die Universität?« Die Ansässigen nannten die Universität von Virginia immer nur »die Universität«.

»Sehr schön.«

»Dr. Hill, jagen Sie mit einem Jagdverein in Ontario?«

Er richtete sich zu seiner vollen Größe auf, eins achtzig, gute Figur. »Toronto und North York, gegründet 1843. Der älteste Jagdverein in Kanada. Und ich habe das große Glück, mit Ottawa Valley, gegründet 1873, und London Hunt, gegründet 1885, jagen zu gehen. Wussten Sie, dass es allein in der Provinz Ontario acht Jagdvereine gibt?«

Sie wusste es, zog es aber vor zu murmeln: »Steckt im Blut.«

»Ah … ja«, äußerte er nach kurzem Zögern.

»Zwar lässt es sich nicht sagen, dass wir gleich sind, … nur dass wir viele Vorschriften und Vergnügungen gemeinsam haben. Würde ich nicht in Virginia leben, würde ich mich sicherlich glücklich schätzen, in Kanada zu sein.« Sie schwelgte nicht in Schmeichelei.

»Danke.«

»Wenn ich mich recht entsinne, ist Endokrinologie Ihr Fachgebiet. Dann behandeln Sie sicher außergewöhnliche Fälle.«

»Ja, und die Behandlungsmethoden ändern sich mit unglaublicher Geschwindigkeit.« Er sprach kein medizinisches Fachchinesisch, was rücksichtsvoll war. »Wenn ich einen Patienten rechtzeitig als Kind bekomme, lässt ein demütigender Zustand wie Zwergenwuchs sich oft beheben oder lindern. Mrs. Arnold, in den kommenden zehn Jahren werden Sie und ich ganz erstaunliche Durchbrüche erleben.«

»Ich sehe, Sie lieben Ihre Arbeit.«

»O ja. Die Naturwissenschaft hat mich immer fasziniert, vor allem im Dienste des Heilens und der Verbesserung des menschlichen Befindens.«

Nach einer kurzen Pause kam sie wieder auf das Thema Jagd zu sprechen. »Von Charlottesville aus können Sie in etwa anderthalb Stunden viele Jagdvereine erreichen. Sie befinden sich am idealen Fleck.«

»Das habe ich schon gemerkt. Ich habe mich ein bisschen mit Walter angefreundet. Ich würde gerne bei Jefferson bleiben, wenn sich das machen lässt, und bei den anderen zu Gast sein. Ich vermute, es wird auch gemeinsame Treffen geben.«

»Natürlich. Sind Sie Mitglied bei einem anerkannten Verein?«

»Ja.«

»Wir haben ein Kumpelprogramm – so nenne ich das. Wenn Sie Vollmitglied bei einem Jagdverein sind, angenommen bei London Hunt, können Sie zum halben Preis bei uns mitmachen. Viele Jagdvereine in Mittelvirginia haben so ein Programm eingeführt. Das Drumherum unterscheidet sich vielleicht ein bisschen, aber es geht ja um die gemeinsamen Interessen. Wer kann sich schon die volle Mitgliedschaft in sämtlichen Jagdvereinen leisten, und Gast kann man nur drei Mal pro Saison sein. Das funktioniert recht gut.«

»Ich glaube, in Virginia gibt es mehr Fuchsjagdvereine als irgendwo sonst auf der Welt.«

»Für eine einzige Provinz« – sie benutzte den kanadischen Ausdruck – »trifft das tatsächlich zu. Hier als Fuchsjäger zu leben ist das reinste Nirwana.« Sie strahlte.

»Ich würde gerne Gebrauch von Ihrem Programm machen. Auf wen soll ich den Scheck ausschreiben?« Dr. Hill verlor keine Zeit und zog sein Scheckbuch aus seiner Filson-Wachsjacke.

Erstaunt erwiderte Sister: »Ich gebe ihn Ron Haslip, unserem Schatzmeister.«

»Sehr lockerer Reiter.«

Sister merkte, dass Dr. Hill einiges vom Reiten verstand. »Ja, das ist er schon von Kind an. Ich sehe, Sie tragen eine Filson-Wachsjacke. Ist Ihnen schon mal aufgefallen, dass Fuchsjäger meistens Barbourjacken oder diese australischen Jacken tragen? Ab und zu sehe ich mal eine wie diese.«

»Unverwüstlich. In der Fasanensaison trage ich auch Wachshosen. Die Jacke habe ich vor fünfundzwanzig Jahren gekauft, als ich zum ersten Mal in Seattle war. Ich war gerade mit meiner Assistenzzeit fertig, und mit der Reise habe ich mich selbst belohnt.«

»Sie haben einen Blick für Qualität.«

Er deutete ein Lächeln an. »Ich mag nun mal kein Geld verschwenden. Wenn man gleich das Beste kauft, jammert man nur einmal.«

Sie lachte anerkennend. »Ich freue mich darauf, Sie im Jagdfeld zu sehen.«

»Ich werde meinen Terminplan so organisieren, dass ich sooft wie möglich kommen kann.«

Als sie Mill Ruins verließ, fragte sie sich, ob Dalton Hill wohl eine Frau hatte. Er hatte nichts davon erwähnt. Die Damen des Jefferson-Jagdvereins würden es im Nu herausbekommen.

Sie dachte auch über die Beständigkeit der Jagd in der englischsprachigen Welt nach. Der Piedmont-Verein außerhalb von Upperville, Virginia, war 1840 gegründet worden; es war der älteste organisierte Jagdverein in den Vereinigten Staaten. Aber die Siedler waren schon von 1607 an auf die Jagd gegangen. Sie taten es in Kanada, in Australien, in Neuseeland sowie in Indien unter britischer Herrschaft. Sie dachte, dass die englische Sprache und Jagdhunde miteinander verwoben waren, von Beowulf und noch weiter zurück bis heute. Eigenartig, aber auch irgendwie tröstlich und befriedigend.

Als sie später nach den Hunden sah – die Pferde waren dank Jennifer und Sari schon versorgt –, betrachtete sie die Erstjährigen Darby, Doughboy und Dreamboat.

Shaker kam aus der Futterkammer. »Was meinst du?«

»Gut gemacht, du guter und getreuer Knecht! Ich hatte keine Sekunde Zeit, um mich mit dir zu besprechen. Ich hoffe, du hast beim Frühstück was gegessen. Walter hat ja mächtig aufgetischt.«

»Hab mal den Kopf reingesteckt. Der Truthahn mit der Kräutersoße, hmm!«

»Sybil hat ihre Sache heute gut gemacht.«

»O ja. Ich hab sie gefragt, wie sie die Hunde gescholten hat. Sie hat zuerst Dragons Namen gerufen, weil er vorneweg war. Er hat nicht auf sie gehört. Darauf hat sie die Peitsche benutzt. Er hat nicht gehört, worauf sie zum Vogelschrot gegriffen hat. Das hat den anderen Meuterern was zu denken gegeben.«

»Sie hatten nicht hundertprozentig unrecht.«

»Nein, aber wenn ich sie zurückpfeife, haben sie zu kommen.«

»Lass uns Dreamboat und Darby am Dienstag mitnehmen. Oh, Doughboy auch. Es sollte klappen mit ihnen. Dana, Delight und Diddy können wir Donnerstag mitnehmen.« Letztere waren die Weibchen aus demselben Wurf.

»Die Weibchen sind sehr lebhaft, Boss. Nehmen wir lieber nur zwei mit.«

»In Ordnung. Donnerstag kommen Diddy und Dana mit, dann sehen wir mal, ob Delight einen Samstag bewältigen kann. Sie wird genug Besonnene um sich haben.«

»Wie du auf Chapel Cross vorgegangen bist, das war genau richtig.«

»Danke.«

Er nickte. Sie überlegte etwas und fragte dann: »Shaker, wie schlimm stand es mit mir nach Big Rays Tod?«

Überrascht antwortete er: »Du hast Haltung bewahrt.«

»Hmm, also ich hab zu Edward gesagt, dass ich mich fabelhaft fühle, dass ich mich wieder jung fühle, und darauf sagte er, ich hab zu mir selbst zurückgefunden.«

Shaker betrachtete die Hündinnen. »Er hat recht.«

»Komisch, ich weiß nicht, warum. Aber es ist richtig nett von dir, dass du auch zurückgefunden hast.«

»Ich?«

»Es ist gut so.«

»Tja.« Er fühlte sich tatsächlich anders.

Sie erzählten sich nicht, warum sie glücklicher zu sein glaubten. Vielleicht wussten sie es auch noch nicht.

16

Grauenhaft. Ist das zu glauben? Fünfzig Millionen Amerikaner können nicht lesen oder irgendwas kapieren, was das Niveau eines Achtklässlers übersteigt.« Marty Howard, die Vorsitzende des Komitees zur Förderung der Belesenheit, erwärmte sich für ihr Thema, während Sister und Jim sich die Fotografien ansahen.

Crawford war geschäftlich nach New York geflogen, weshalb Marty die Bühne beherrschte, für sie ein seltenes, aber angenehmes Ereignis.

Obwohl Jim in Wales lebte, war er durch und durch ein Gentleman. Er meinte: »Wie kann jemand die Schule abschließen, ohne lesen und schreiben zu lernen?«

Marty, die mit Sister seine Fotos bewunderte, antwortete: »Das ist es ja, neunundzwanzig Prozent der Amerikaner brechen die Highschool ab. Wissen Sie, wie hoch die Abbruchquote in Japan ist?« Als er verneinte, klärte sie ihn eifrig auf: »Fünf Prozent. Und in Russland, dem armen zerrissenen Russland, beträgt sie zwei Prozent. Mit unseren Schulen liegt etwas ganz fürchterlich im Argen.«

Ohne von der dramatischen Fotografie aufzublicken, auf der Xavier zu einem Schwinger gegen Sam ausholte, sagte Jim sarkastisch: »Vielleicht sollten die Amerikaner lieber wieder Unterricht geben im Lesen, Schreiben und Rechnen anstatt in Überheblichkeit?«

Sister, die das Thema Schulbildung nicht sonderlich interessierte, hörte bei dem erregten Gespräch höflich zu. Sie war der Ansicht, wer lernen wollte, der tat es. Tat man es nicht, hatte man sich die Folgen selbst zuzuschreiben. Wenn neunundzwanzig Prozent der Amerikaner die Schule schmeißen wollten, dann konnten sie

Straßen kehren, Gruben graben oder Sozialhilfe kassieren. Wenn sie auch nur einen Funken Verstand hatten, würden sie nach Ausführung dieser aufregenden Tätigkeiten vielleicht willens sein, lesen zu lernen.

Sie betrachtete es nicht als ihre Aufgabe, die Kinderfrau der Nation zu spielen. Die Menschen trafen ihre Entscheidungen selbst. Trafen sie schlechte, mussten sie damit leben. Manchmal erging es auch ihr so. Doch im tiefsten Inneren glaubte Sister, dass manche Menschen dumm geboren werden. Diesen Dickschädeln konnte man eine neue Idee oder einen provozierenden Gedanken nicht mal mit der Brechstange einbläuen.

Marty dagegen glaubte aufrichtig, dass bildungsfördernde Maßnahmen sowie ihre eigenen guten Werke das Leben für einige verbessern konnten. Marty, die von dem energischen Streben nach Selbstverbesserung und einer vollkommenen Gesellschaft durchdrungen war, betrachtete dies als ihre Pflicht. Sie machte es gut.

»Sister, was meinst du dazu?«, fragte Marty.

»Die Aufnahmen sind großartig.«

»Nein, zum Analphabetentum.«

»Marty, du bist ein Organisationsdynamo. Es ist ein Glück für diese Gruppe, dich zu haben, und ich schreibe mit Freuden einen Scheck aus. Du weißt, wie sehr ich deine guten Werke schätze.« Sister wollte nicht lügen, doch da sie Virginierin war, fühlte sie sich nicht bemüßigt, Marty zu sagen, wie sie wirklich über das Thema dachte. Man musste das Positive sehen, und das war in diesem Fall Marty selbst.

Jim ließ Marty eine dicke Mappe mit Probeabzügen für die Vereinsmitglieder da. Sie konnten sich die Fotos aussuchen, die sie haben wollten.

Sister nahm ihr Scheckheft aus ihrer abgenutzten Bottega-Veneto-Handtasche – ein Lieblingsstück, das Ray ihr geschenkt hatte, bevor er starb – und schrieb einen Scheck über fünfhundert Dollar für das Komitee zur Förderung der Belesenheit aus und einen für Jim, für die Fotografien, die sie sich ausgesucht hatte.

Er würde heute Abend wieder zurückfliegen über den großen Teich, und sie vermisste ihn jetzt schon. Sie hatten etwas Zeit für gegenseitige Besuche abknapsen können, und sie hatte sich kringelig gelacht. Jim wirkte erfrischend auf sie. Seinem trockenen Humor gelang es immer, ihre Stimmung aufzuhellen.

»Marty, ich weiß, es ist Arbeitszeit, aber gestattest du mir ein Wörtchen mit Sam, bevor ich gehe?«

»Natürlich.« Marty blickte einen Moment bekümmert. »Schrecklich, was gestern passiert ist, aber er konnte nichts dafür.«

»Gestern nicht, aber es gab jahrelang böses Blut – nicht nur mit Xavier, sondern mit vielen Leuten im Verein.«

Jim verschränkte die Hände. »Die Dinge bereinigen ist eine Sache, wiedergutmachen eine andere.«

»Das kann er nicht.« Sister hob die Hände. »Das ist der härteste Teil des Lebens, denke ich.«

Marty, stets erpicht auf Diskussionen mit Tiefgang, setzte sich und schob ihren Gästen noch Hörnchen hin. »Heißt das, man kann es zu keinem Ende bringen?«

Sister unterdrückte ein Lachen. »Marty, ein Ende gibt es nicht. Was immer einem zustößt, was immer man anderen, sich selbst, der weiten Welt im Allgemeinen angetan hat, wird man so wenig los wie Milben.«

»O Sister, das kann nicht dein Ernst sein!«

»Doch, doch. Die Vergangenheit verschwindet nicht. Man hat sie im Kopf, man hat sie im Herzen. Das Schwierige ist, die Balance zu finden. Die Einsicht, dass man, wie in Sams Fall, das Geld nicht zurückzahlen, den Schaden an den angeknacksten Ehen nicht wiedergutmachen kann. Man kann nur um Vergebung bitten. Einige Menschen werden aufrichtig vergeben, die meisten werden es nicht tun. Sie kehren dir den Rücken zu und versuchen, dich und das Geschehene zu vergessen.«

»Oder sie schlagen zurück.« Jim trank genüsslich seinen Tee. Für eine Amerikanerin bereitete Marty anständigen Tee zu.

»Ja.«

»Aber das ist keine Lösung!«, ereiferte Marty sich. »Es hält nur den Schmerz lebendig.«

»Marty, ich respektiere deine Meinung, aber ich stimme dir nicht zu. Jemandem wehtun, der einem wehgetan hat, verschafft eine tiefe Befriedigung«, entgegnete Sister. Und dachte bei sich, demjenigen wehzutun, der Anthony Tolliver ermordet hatte, würde ihr Befriedigung verschaffen.

»Sister, so kenne ich dich gar nicht. Ich habe nie erlebt, dass du jemandem wehgetan hast.«

»O doch. Ich habe meinem Mann wehgetan. Im Großen und Ganzen habe ich mich bemüht, den Menschen nicht wehzutun. Das macht mich nicht blind für die Tatsache, dass Rache süß ist. Es gibt keine Gerechtigkeit mehr durch die Justiz – hat es vielleicht nie gegeben. Wer das meiste Geld hat und seinen Fall, wenn's sein muss, bis vor den Obersten Gerichtshof bringen kann, ist im Vorteil. Nimmt man das Recht selbst in die Hand, dann ist es süß. Lässt einen jemand bluten, lässt man ihn bluten. Gleiches mit Gleichem.«

»Brutal.« Marty schüttelte den Kopf.

»Aber wahr.« Jim hatte klare Vorstellungen dieser Dinge. In seiner Weltsicht verhielten Nationen und Individuen sich gleichermaßen kindisch. Luftwaffenflieger wie er waren einst in Düsenjäger geklettert und hatten ihr Leben riskiert bei dem Versuch, den jüngsten Zyklus aus Rache, Habgier und Gebietsexpansion zu durchbrechen.

»Können wir uns nicht bessern? Ich muss einfach daran glauben.«

Sister sog den buttrigen Duft der Hörnchen ein, den starken Geruch des heißen Tees in der kostbaren alten Kanne aus Dresdner Porzellan unter einer gehäkelten Warmhaltemütze. »Kleckerweise. Wir im Westen beschäftigen keine Kinderarbeiter von Sonnenaufgang bis Sonnenuntergang, sechs Tage die Woche. Das ist eine Verbesserung, aber was tun die Kinder in Asien oder Lateinamerika oder in Teilen Afrikas? In Afrika schneiden sie den Frauen die Klitoris heraus. Verzeihung, Jim, hoffentlich habe ich Ihnen nicht den Appetit verdorben.«

»Mir verdirbt so leicht nichts den Appetit, Master. Sie würden nicht glauben, was ich schon alles mit angesehen habe«, erwiderte er munter.

»Was ich sagen will, Marty, ein Land macht zum Beispiel im

Hinblick auf Kindesmisshandlung Fortschritte, fällt aber in der Bildung zurück; ein anderes lässt seine Kinder sich zu Tode schuften, aber alle können lesen. Es ist ein Wirrwarr aus Gegensätzen, Leid und schändlicher Ungerechtigkeit, und doch gibt es Schönheit auf dieser Welt. Ich werde nicht schlau daraus, und ich versuche es auch gar nicht mehr. Ich lebe einfach im Heute.«

Marty stützte das Kinn in die rechte Hand. Eine solche Haltung würde jeden stören, der sich einem strengen Anstandsunterricht hatte unterziehen müssen, aber es war ihr Tisch, an dem sie saß, und es war viel bequemer, als andauernd die Hände im Schoß zu halten.

Jim meinte: »In vieler Hinsicht dürfte das Leben in anderen Zeiten besser gewesen sein als heute. Nicht, was die Medizin betrifft, aber die Menschen standen sich näher.«

»Nennen Sie mir ein Beispiel.« Marty blickte erwartungsvoll.

»England von 1815 bis 1914. Ich denke nicht, dass es gut war für diese Menschen, von der Industrialisierung vereinnahmt zu werden, aber für die Bauern, für die Mittel- und Oberschicht war das Leben angenehm. Heute schaltet man den Fernseher ein und sieht Körperteile.«

Darauf meinte Sister in sanftem Ton: »Wenn es eine Lösung gibt, dann wirst du sie finden, Marty, das weiß ich. Und ich weiß auch, dass Crawford dich bei deinen Bemühungen unterstützen wird. Er ist ein großzügiger Mensch. Und ich hoffe, dass du die Lösung finden wirst, weil ich sie wissen möchte.« Sie lächelte. »Aber, Herzchen, ich bin schon länger auf der Welt als du. Das hat mich vielleicht etwas zynisch werden lassen.«

»Sie können doch gar nicht zynisch sein«, sagte Jim galant. »Ich bin so alt wie Sie. Wir haben viel gesehen in unserem Leben, und ich für mein Teil gucke mir die Menschen und Regierungen an und frage mich, welche Dummheit sie als Nächstes begehen werden. Das ist manchmal lustig, aber meistens nicht. In Ihrem Land haben Sie wenigstens keinen Klassenkampf. Was glauben Sie, worum es bei der Labour Party geht? Um Klassenkampf. So was Saublödes.«

»Sie haben recht, Jim, wir verstehen das nicht. Ich bin nicht sicher, dass ein Amerikaner es verstehen kann, aber bloß weil es bei uns keinen Klassenkampf gibt, heißt das nicht, dass wir nicht so saublöd sein können wie die Engländer.« Sister lachte.

»Ach, ihr zwei!«, seufzte Marty.

»Gleich und Gleich«, sagte Jim und lachte.

»Gesellt sich gern«, ergänzte Sister. »Marty, nimm's nicht zu ernst. Ein wenig Leichtfertigkeit mag dir nicht mehr Lebensjahre bescheren, aber du genießt sie mit Sicherheit mehr. Ich sage nicht, du sollst dich nicht für deine Projekte einsetzen. Es ist großartig, dass du dich so um andere sorgst, aber, nun ja, *sorge dich nicht zu sehr*. Und weißt du, warum? Weil sich keiner von denen, denen du hilfst, um dich sorgt. Wenn dich der eine oder andere kennenlernt, dann vielleicht, aber du musst für dich selbst sorgen. Weißt du, was mir dabei einfällt? Wenn du in einem Flugzeug sitzt und die Stewardess ihre Pantomime mit den Sitzgurten und Notausgängen vorführt, erinnerst du dich an den Teil, wenn sie vom Druckabfall spricht? Also, die gelbe Nabelschnur mit der Plastik-Sauerstoffmaske fällt aus der Kabinendecke. Die Stewardess sagt, man soll sich die Maske auf Mund und Nase drücken, bevor man seinem Kind hilft, stimmt's?«

»Stimmt.« Marty nickte. »Das meine ich. Setz zuerst deine eigene Sauerstoffmaske auf. Und jetzt, nach diesem ungebetenen und vermutlich überflüssigen Rat, gehe ich in deinen Stall.«

Marty sah Sister durch den Schneematsch zu dem imponierenden Stall gehen. Sister war ihr nie wie eine selbstsüchtige Person vorgekommen. Sie hatte die hochgewachsene ältere Dame immer als großzügig und gütig gekannt, aber was Sister zu ihr gesagt hatte, wirkte selbstsüchtig. Sie würde darüber nachdenken müssen. Anstatt ihre Gefühle für ihre Jagdherrin zu schmälern, hatte das Gespräch die ältere Frau nur umso faszinierender werden lassen. Es kam Marty in den Sinn, dass es sehr viel geben musste, das sie von Sister nicht wusste.

Als Sister zum Rennstall kam, bewunderte sie, wie gut hier alles durchorganisiert war. Auch der Jagdstall war gut in Schuss. Fairy Partlow war auf Draht. Sam hatte den schönen Rennstall zu einem wahren Pferdezüchterstall umgestaltet. Der Stall mit vierundzwanzig Boxen hatte eine Quergasse in der Mitte, zwei Waschboxen auf jeder Seite und eine große Futterkammer. In der Quergasse hatte Sam eine große Waage aufgestellt. Täglich ließ er jedes Pferd von seinem Helfer Roger Davis wiegen und das Gewicht in sein Stalltagebuch eintragen. Darin wurde zudem für alle Pferde das Tagesfutter verzeichnet, wann sie nach draußen gebracht wurden, ob sie ein Aufwärm- oder Springtraining absolvierten. Arzneien wurden für alle Pferde in farblich markierten Ordnern notiert, die in den großen Aktenschränken aus Eichenholz in der geräumigen Sattelkammer aufbewahrt wurden. Diese Informationen wurden auch täglich in den Computer eingegeben. Crawford war ein Technikfreak; er kaufte immer die neuesten, die schnellsten und die teuersten Rechner. Sam ging kein Risiko ein. Er benutzte den Computer, druckte aber alles aus und legte es ab. Er fand es viel einfacher, nach einem farblich markierten Ordner zu greifen, statt sich hinzusetzen und die Datei im Computer aufzurufen. Sam war im mittleren Alter.

Er lächelte, als er die Jagdherrin sah.

»Sam, das funktioniert hier ja wie ein Uhrwerk.« Dabei sah sie auf die große Bahnhofsuhr an der Wand der Sattelkammer.

Sam hatte gerade die Aufzeichnungen über Wolke Sieben überprüft, das Hindernispferd, das er für Marty erworben hatte.

An den mit Pekanholz getäfelten Wänden – ungewöhnlich für Virginia – hingen goldgerahmte Fotografien von ehemaligen großartigen Hindernispferden. Da Crawford eben erst in diesen Sport eingestiegen war, gab es noch keine Fotografien von seinen Siegern, aber er fand, dass irgendwas an die Wände musste. Mit der Zeit würden seine Sieger diese Wände zieren. An einer Wand waren hinter Plexiglas seine Rennfarben zu sehen: rote Seidendressen mit zwei blauen Ringen auf der Brust und drei an den Ärmeln, dazu eine rote Kappe mit einem blauen Abzeichen.

»Bitte nimm Platz.« Sam wies auf einen ledernen Clubsessel.

Die Sattelkammer war so geräumig, dass das ausladende Sofa, zwei Clubsessel und ein großer Couchtisch nur eine Ecke einnahmen. In dem rotblau gestreiften Teppich wiederholten sich die Dressenfarben.

Sam setzte sich Sister gegenüber.

Er bot Erfrischungen an, aber sie hatte schon so viel Tee getrunken, dass sie fürchtete, ihre Nieren würden davonschwimmen. Weil dieser Stall über ein Bad mit Dusche, Schminkspiegel und Toilette verfügte, brauchte sie sich wegen ihrer Nieren nicht groß zu sorgen. In vielen Ställen ging man einfach in eine Pferdebox, wenn man mal musste.

»Sam, ich weiß, du hast den Streit gestern nicht angezettelt. Ich bin gekommen, um dir das zu sagen, und ich möchte dir auch sagen, dass es mich aufrichtig freut, dich wieder im Jagdfeld zu haben. Hier bist du richtig.«

»Danke.«

»Du weißt ja, du hast dir Feinde gemacht, du hast viele Leute enttäuscht. Manche von denen, wie Xavier, schäumen über. Das ist eigentlich gar nicht seine Art, und ich werde natürlich mit ihm reden, aber ich habe mich gefragt, ob du mir wohl helfen könntest?«

»Und wie?«

»Was ist genau passiert damals, wann war das, 1987?«

»Ja.« Sam sah aus dem großen Panoramafenster, dann wieder zu ihr. »Ich war vor lauter Suff und Drogen völlig neben der Kappe, und ich hab ihn bestohlen.«

»Er sagt, du hast ihn einen Haufen Geld gekostet.«

»Das stimmt. Ich hab auf seinen Namen in der Futterhandlung eingekauft und das Zeug selbst verbraucht oder verkauft. Ich hab sein Sattelzeug verscherbelt und so getan, als sei es in Reparatur. Ich hab Geld aus der Gemeinschaftskasse geklaut und gesagt, es wär verloren gegangen. Ich hab seinen neuen F350 Dually zu Schrott gefahren und gesagt, das Kreuzgelenk war nicht in Ordnung.«

»Und?«, drängte sie unerbittlich weiter.

»Ich hab mit seiner Frau geschlafen.« Sam atmete aus. »Das war schlimmer als das mit dem Geld.« Er beugte sich vor. »Wenn einer so schwer arbeitet wie Xavier, kann man ihn leicht beschwindeln und reinlegen. Er kommt müde nach Hause. Wenn alles gut aussieht, kriegt er monatelang und manchmal sogar jahrelang von dem Schmu nichts mit, aber Xavier hat selbst Buch geführt. Er ist eher früher als später dahintergekommen.«

»Aber das war es eigentlich nicht, was ihn zur Explosion gebracht hat, oder?«

»Nein, es war seine Dee.« Die Falten um Sams dunkelbraune Augen vertieften sich. »Ich nehme an, sie sind zur Eheberatung gegangen oder so was, weil sie immer noch zusammen sind. Damals hab ich nebenan gewohnt. Sie sind besser damit umgegangen als die meisten. Die anderen Frauen, mit denen ich geschlafen habe, haben gekreischt, ich würde nur mit ihnen spielen, oder ihre Männer haben mich zusammengeschlagen, und der ganze Bezirk hat zugeguckt.« Er sah sie fest an. »Ich hab das mit Dee noch niemandem erzählt, aber du hast mich gefragt, und ich weiß, dass ich dir vertrauen kann. Ich nehm aber an, dass es die einen oder anderen wissen. Die Leute können ja den Mund nicht halten.«

»Danke.«

Er ließ sich in dem tiefen Sessel zurückfallen. »Du würdest staunen, wie viele gelangweilte Frauen es da draußen gibt. Sie fühlen sich von ihren Ehemännern vernachlässigt, sprich, sie fühlen sich ungeliebt. Es war all die Jahre viel zu einfach.«

»Das überrascht mich nicht.«

Er blinzelte, hob die Schultern. »Das denk ich mir. Die Menschen vertrauen sich dir an.«

»Ich halte eben die Augen weit offen. Und ich urteile nicht vorschnell.«

»Ich weiß.« Er presste die Lippen zusammen. »Wär es leichter für dich, wenn ich nicht mit auf die Jagd ginge? Ich kann Roger auf ein paar von diesen Burschen setzen – Fairy auch, obwohl sie mit den Jagdpferden alle Hände voll zu tun hat. Ich lasse die Hinderispferde gern ein bisschen jagen. Die Anfänger.«

»Das könnte es leichter machen, Sam, aber es wäre nicht recht. Das Jagdfeld steht allen offen, die ihren Beitrag bezahlen und die Jagdmoral beherzigen – wie etwa dass die Hunde Vorrecht haben, man einen Fuchs nicht umkehren lässt, nie, nie, niemals, und man tut, worum die Grundstücksbesitzer einen bitten. Wenn man sich in den Sattel schwingt, sollte man mit den Gedanken bei der Jagd sein. Alles andere im Leben bleibt zurück. Man muss nicht jeden im Jagdfeld mögen, aber das darf man während der Jagd nicht zeigen.«

Er nickte, kannte er die Anstandsregeln doch so gut wie jeder rechtschaffene Fuchsjäger. »Ja, Ma'am.«

»Xavier kennt die Verhaltensregeln so gut wie du und ich. Ich kann nur vermuten, dass jahrelang aufgestaute Emotionen seinen gesunden Menschenverstand beeinträchtigt haben. Wie gesagt, ich werde mit ihm sprechen.« Sie holte tief Atem. »Sam, ich möchte niemanden aus unserem Verein ausschließen, und ich denke, die Sache lässt sich ausbügeln. Jagen ist ein solches Vergnügen, quasi eine Herzenssache. Nichts sollte das trüben. Nüchtern gesehen geben die Leute eine Menge Geld für Pferde, Anhänger, Transporter, Sattelzeug und dergleichen aus. Dafür sollen sie ein friedfertiges, wenn nicht sogar aufregendes Erlebnis haben. Kommt auf den Fuchs an.« Sie lächelte.

»Der gestern war gut.«

»Ja, diesen Fuchs kannte ich gar nicht. Meistens kenne ich sie.«

»Sister, du untersuchst die Wildspuren. Du weißt, wo der Hase läuft, wo der Fuchs ist, wo die Puter, die Rehe und Hirsche sind. Den Leuten ist gar nicht bewusst, mit wie viel Nachdenken und Erkenntnis deine Arbeit verbunden ist. Freilich gibt es Master, die von diesen Dingen nichts verstehen.«

»Alle dienen, auch die nur stehn und warten«, zitierte sie Milton ein wenig falsch.

»Möchtest du das neue Hindernispferd mal sehen?«

»Gerne.«

Sie gingen hinaus in die Kälte, die lange Stallgasse entlang und blieben vor einer frisch gestrichenen Box stehen. Auf dem Namensschild stand »Wolke Sieben«.

»Sieben ist der Rufname.« Sam beugte sich über die offene obere Hälfte der zweiteiligen Boxentür.

»Sechzehn Komma Zwo Stockmaß, unglaubliche Galoppade, wenn sie mal ihren Rhythmus gefunden hat. Zieht die Vorderbeine richtig hoch, faltet sie eng an.« Er beschrieb ihre Form beim Nehmen von Hindernissen.

»Wenn sie es langsamer angehen muss, wird sie das perfekte Jagdpferd sein, nicht? Ich finde immer, Zaunspringer sind achtsamer als Heckenspringer.«

»Und guck dir bloß mal diesen Motor an!« Er deutete auf die Kruppe. »Es lohnt sich, die Beherzten zu trainieren. Sie nehmen die festen Sprünge bei der Jagd korrekt, auch wenn sie zuweilen durch die Heckenhürden rauschen, statt sie zu überspringen. Das Mädchen hat Turnierqualitäten, und wenn sie in ein paar Jahren zu alt für Turniere ist, ist sie ein prima Jagdpferd.« Er lachte. »Marty oder Crawford können keinesfalls mit Sieben fertig werden. Zu temperamentvoll. Zu stürmisch.«

Die Buschhürden bei Hindernisrennen bestanden ursprünglich aus echtem Buschwerk, aber in die fabrikmäßig gefertigten Hindernisse wurden welche aus Kunststoff eingearbeitet. Die Pferde sprangen drüber oder durch. Wenn die Hufe das Buschwerk berührten, hörten die Schiedsrichter ein Wuschwusch. Das Problem mit den Buschhürdenspringern ist, dass sie sich daran gewöhnen könnten, die Hufe schleifen zu lassen und nicht ordentlich zu heben wie die Stangenspringer. Aber sie können die Hufe bei einem meterhohen Sprung oder einer Steinmauer nicht schleifen lassen.

»Wann hat sie ihr erstes Rennen?«

»Vielleicht Ende März in Aiken; ich muss noch ein bisschen mit ihr arbeiten. Wenn ich denke, dass sie für South Carolina noch nicht reif ist, lasse ich sie Mitte April bei My Lady's Manor in Monkton, Maryland, laufen.«

»Sie sieht mir so aus, als wäre sie so weit.« Sister ging, von Sam begleitet, zu ihrem Auto. »Ich sehe viele leere Boxen. So wie ich Crawford kenne, sind sie in einem Jahr voll, und du hast dann drei weitere Mitarbeiter.«

»So ist es geplant.«

»Wie aufregend.« Sam hielt ihr den Wagenschlag auf, und sie setzte sich hinter das Steuer.

»Hab gehört, mein großer Bruder hat mit dir zu Mittag gegessen und sich dusselig gequatscht.«

Sister wurde rot. »Hat er dir das erzählt?«

»Ja.«

Sie pfiff auf der ganzen Fahrt in die Stadt vor sich hin. Dann fiel ihr ein, dass sie nicht mit Jim wegen der Fotografien gesprochen hatte. Sie wählte Martys Nummer und bekam Jim an den Apparat.

»Mr. Meads.«

»Master.« Er hatte ein Lächeln in der Stimme.

»Die Aufnahmen, die Sie gemacht haben, wie X und Sam aufeinander eindreschen, können Sie uns die überlassen?« Sie machte eine Pause. »Ich denke, dass die Leute sie kaufen würden.«

»Verstehe.«

»Also, ich kaufe Ihnen jede einzelne Aufnahme ab.«

»Das müssen Sie nicht.« Seine klassische englische Aussprache und seine warme Stimme waren beruhigend.

»O Jim, ich weiß. Aber ich möchte sie für meine Akten. Nur für den Fall, dass ich den Jungs die Meinung geigen muss.«

»Sie bekommen sie nächste Woche. Sechzehn mal zwölf oder fünfundzwanzig mal zwanzig?«

»Hmm. Fünfundzwanzig mal zwanzig.«

»Geht in Ordnung.«

17

Am Montag, dem Tag, an dem immer Versäumtes nachgeholt wurde, fuhr Sister Straßen entlang, die sie seit ihrer Kindheit kannte, und trotzdem fand sie jedes Mal etwas, das sie in Bann schlug.

Sie überquerte die Bahngleise, die mitten durch das Arbeiterviertel der Kleinstadt führten. Die Männer, die die Schienen gelegt hatten, waren in sauberen, von der Eisenbahngesellschaft errichteten Schindelhütten untergebracht gewesen. Die Arbeiter hatten sich auf einer Draisine auf den Gleisen bewegt. Diese Bahnlinie verlief durch die Blue Ridge Mountains und das Allegheny-Gebirge nach Westvirginia und Kentucky, mit Nebenstrecken nach Norden bis Ohio.

Gleich bei den Gleisen standen die roten Ziegelbauten von Berry

Storage. An das ursprüngliche Gebäude mit drei Stockwerken waren kleinere Ziegelhäuser angebaut worden.

Der erste Bau, 1851 errichtet, war eine Wollmanufaktur gewesen. Während des Bürgerkrieges lief der Betrieb auf Hochtouren. Nach 1865 lief gar nichts mehr. Zwanzig Jahre vergingen. Wiewohl aufgegeben, waren die Bauten gut erhalten, waren sie doch errichtet worden, um Generationen, ja Jahrhunderte zu überdauern.

Der Betrieb wurde dank neuen Kapitals von außen wieder angekurbelt. Das wechselnde Schicksal der Wollmanufaktur spiegelte die Achterbahnfahrt des Kapitalismus wider.

Als Clay Berry den Betrieb 1987 kaufte, war er abermals aufgegeben gewesen. Weil niemand das alte Gelände haben wollte, erwarb Clay es für ein Butterbrot – und das war gut so, denn viel mehr besaß er nicht auf der Welt.

Clays Vater war bei der Störungsstelle der Telefongesellschaft beschäftigt, seine Mutter arbeitete bei Miller and Rhoads, dem alten Kaufhaus. Clay beneidete Ray junior und Ronnie um ihren gesellschaftlichen Status. Xavier, der gediegenen Mittelschicht entstammend, besaß weniger als die Familien von Ray und Ronnie, aber mehr als Clay. Xavier und Clay, beide ehrgeizig, waren sich im Laufe der Jahre nähergekommen.

Clay schuftete wie ein Sklave, nahm eine Hypothek auf das Gebäude auf und richtete dort ein Lagerhaus ein. Mit der Zeit kamen Tiefkühllagerung, eine Reinigung für teure Pelze und die Verschiffung von ganzen Haushalten nach Übersee hinzu. Er errichtete Anbauten, um den diversen Anforderungen des Geschäfts gerecht zu werden. Sister war stolz auf Clay. Er war ein guter Geschäftsmann, aufgeschlossen für die Tatsache, dass er es mit kostspieligem Eigentum der Leute zu tun hatte, obgleich er selbst solche Sachen für Plunder hielt. Mit der Zeit entwickelte er einen scharfen Blick für Qualität bei Möbeln, Teppichen und Pelzen; er persönlich dagegen bevorzugte einen hochmodernen Stil.

Das Mobiltelefon im Wagen klingelte. Sister drückte auf den grünen Knopf.

»Ja?«

»Boss, der verflixte Rassle hat sich aus dem Hof gebuddelt und alle erstjährigen Jungs mitgenommen.«

»Ich bin gleich zu Hause.« Sie hielt kurz inne. »Wo finde ich dich?«

»Ich glaube, sie sind Richtung Hangman's Ridge abgehauen.«

»Na wunderbar«, erwiderte sie sarkastisch. »Ich fahre auf alle Fälle auf der Soldier Road ganz langsam. Dann parke ich am Zwinger und finde dich dann schon.«

»Besser, du findest sie. Ich bin stinksauer.«

»Ich auch, aber die fangen wir ein. Bis gleich.« Sie drückte den roten Knopf, legte Tempo zu und fuhr nach Hause.

Als sie und Big Ray den Zwinger bauten, hatten sie einen sechzig Zentimeter tiefen Graben ausgehoben und mit einer dünnen Betonwand ausgegossen, damit die Hunde sich nicht nach draußen buddeln konnten. Aber das war fast vierzig Jahre her. Sie fragte sich, ob ein Teil des inneren Kerns vielleicht bröselig war. Dies könnte ein langer Tag und eine lange Nacht werden.

Der Tag war sowieso schon lang gewesen. Als sie Xavier aufgesucht hatte, war sie erstaunt, wie stark er sich erregte. Das hatte sie ziemlich erschöpft.

»Der Kerl war für mich die Hölle auf Erden.« Bei dem Gedanken an Sam zitterte Xaviers Stimme.

Sie bedauerte ihn aufrichtig, erinnerte ihn dabei aber an die Jagdregeln.

Er war einsichtig und versprach, sich zusammenzunehmen. Er machte jedoch eine beklemmende Äußerung: Als Sam mit den Wracks am Bahnhof herumhing, da habe er, Xavier, gewünscht, der Hundsfott wäre dort gestorben. Zu bedauerlich, dass er nicht von einem Zug überfahren wurde oder vor ein Auto gestürzt war oder denselben Scheiß geschluckt hatte wie Mitch und Anthony.

»Er verdient es nicht, am Leben zu sein«, beendete Xavier seinen Gedankengang.

»Xavier, so kenne ich dich gar nicht«, sagte sie ruhig.

»Ich bin kein so guter Mensch, wie du denkst.«

Eine so tiefe Wunde, die das Herz und den Stolz eines Menschen verletzt, hinterlässt eine Narbe, wenn sie heilt.

Als sie ging, hoffte sie, dass er seinen Zorn in Schach halten konnte. Sie hatte ihn gern. Er hatte jede Rücksichtnahme verdient. Manche Master wären verständlicherweise versucht, Sam Lorillard auszubooten. Leute, die dem Jagdherrn oder der Jagdherrin am Herzen liegen oder dicke Schecks für Jagdvereine ausstellen oder hart arbeiten, erfahren gemeinhin eine besondere Rücksichtnahme. Aber nicht im Jagdfeld. Sister glaubte fest an die Prinzipien der Jagd. Auf dem Pferderücken lässt man seine Probleme zurück. Auf dem Pferderücken zählen Jagdwissen und reiterisches Können, nicht das Portemonnaie.

Es war nicht so, dass ihr jeder einzelne Mensch im Jagdfeld lieb und teuer war, aber die meisten mochte sie. Als Big Ray Joint-Master war, hatte sie ausgerechnet neben der einen oder anderen jener Frauen reiten müssen, die er verführte. Doch beim Geläut der Hunde huschten ihr die Gedanken an Rays sexuelle Eskapaden aus dem Kopf. Beim Ritt zurück zu den Anhängern waren sie jedoch wieder da. Dann nahm sie die geröteten Wangen seiner neuesten Flamme wahr, die Größe ihrer Brüste unter dem gut geschnittenen Jagdrock, die Länge ihrer Beine, den Schwung ihrer Nase. Das musste Sister Big Ray lassen, er hatte sich nie eine unansehnliche Frau ausgesucht. Aber er musste ja auch mit ihren Geliebten zurückreiten; allerdings hatte sie, wie die meisten Frauen, ihre Seitensprünge klug geheim gehalten.

Heutzutage musste sie über sich lachen. Junge Leute, die mit ihr jagten, Jennifer und Sari etwa, sahen eine ältere Frau. Sie konnten sich nicht vorstellen, dass irgendjemand über vierzig von Feuer durchglüht war. In ihr brannte immer noch ein Feuer, und in Xavier auch; nur dass seines sich momentan als Rage bemerkbar machte.

Manche Menschen hatten dieses Feuer nie in sich, nicht einmal in ihren jungen Jahren. Sie schliefen nie mit den Falschen oder mit zu vielen, sie taten nie etwas Dummes, Gefährliches oder schlecht Beratenes. Dem Hörensagen nach führten alle Männer und Frauen, die in den Vereinigten Staaten für ein Amt kandidierten, das Leben von Heiligen.

Wie konnte man lernen, wenn man nie eine Dummheit machte?

Hierüber sann sie nach, während sie die Außenbezirke der Stadt durchfuhr, vorbei an einem Wohnwagenplatz, ehe sie offenes Land erreichte, die wahre Heimat. Die durchweichten Felder lagen blassgrau da. Die Bäume ragten schwarz und silbern, die Nadelbäume grün gegen den dunkelblauen Himmel auf. Sie sah einen schmalen Streifen oberhalb der Berge, die pulvrig blau waren, weil der Schnee so hoch oben nicht geschmolzen war. Der Streifen sah aus wie mit einem stahlgrauen Bleistift gezogen. Bald würden Schneewolken die Blue Ridge Mountains hinunterziehen und etwas Aufwind aus dem Tal abbekommen, der sie weiter ostwärts trieb. Diese Wolken zogen nicht schnell dahin.

Sister schaltete das Autoradio ein. Der Wetterbericht meldete, am frühen Nachmittag werde es im Tal Schnee geben, der, in Richmond angekommen, in Regen übergehen werde. Der Niederschlag werde einen Tag, möglicherweise auch länger anhalten, da die Front nur langsam weiterzog.

Sister glaubte, dass Völker vom Wetter geprägt wurden. Ein Italiener und ein Schwede konnten nicht unterschiedlicher sein.

Sisters Charakter war von den vier herrlichen Jahreszeiten Mittelvirginias geprägt worden. Erwarte das Unerwartete, hatte das Wetter sie gelehrt. Sie hatte auch gelernt, vorauszuplanen, denn heftige Schneestürme oder die exotischen grünschwarzen Gewitter konnten die Stromversorgung über Tage hinaus lahmlegen.

Sie fuhr zum Zwinger, dann wieder hinaus und folgte Shakers Spuren. Sie bog in den Feldweg ein, kam an der Obstwiese vorbei und steuerte dann auf die offenen Felder zu, die sich bis zum Hangman's Ridge zogen, der schon in tiefe Wolken gehüllt war. Schneeflocken sprenkelten ihre Windschutzscheibe.

Sie stellte den Motor ab, zog ihre dicke Jacke über und stieg aus.

Winzige Eisbröckchen schlugen mit leisem Klicken auf die Windschutzscheibe.

Flöckchen verwandeln sich in Eisbröckchen, aus kleinen Flocken werden oft dicke Flocken und Schneestürme. Sister richtete den Blick nach oben. O ja, es würde dauern.

Sie lauschte angestrengt. Sie hörte drei lange Hornstöße. Die schwere Luft bewirkte, dass man sich bei Geräuschen täuschte. Shaker war vermutlich etwa achthundert Meter rechts von ihr unweit des Hügelkamms.

Sie hörte ein Platschen, und drei Hunde erschienen.

»Darby, Doughboy und Dreamboat. Brave Hunde. Wolltet ihr gerade zurück zum Zwinger?« Eine Bestrafung der Junghunde würde mehr schaden als nützen. Wenn ein Junghund sich nach draußen buddelt, werden die anderen ihm mit Sicherheit folgen, weil sie das Ganze für einen Jux halten.

»Wir haben einen Bär gesehen!«, meldete Darby mit weit aufgerissenen Augen.

»Der war groß!« Doughboy bereute, dass er den Zwinger ohne die Menschen und ohne die Meute verlassen hatte.

»Dann rein mit euch.« Sie ließ die Heckklappe herunter, und die drei sprangen graziös hinein. Sie bewunderte ihre kräftigen Hinterteile. In ihrem Revier würde ein Jagdhund mit einem schwachen Hinterteil keine drei Saisons überstehen.

Sie schloss die Heckklappe, hörte sie einrasten, stieg wieder in die Fahrerkabine und ließ das Schiebefenster herunter, damit sie zu den drei Hunden sprechen konnte. Das hielt ihr Interesse wach. Sie wollte nicht, dass einer wieder hinaussprang.

Im Zwinger wurden sie von Raleigh und Gockel empfangen, die durch die Hundepforte im Wohnhaus herausgekommen waren.

»Hi!«, riefen die zwei Haushunde.

»Jungs, ihr könnt mir helfen«, rief sie die beiden zu sich. »Kommt mit mir, ihr seid meine Piköre.«

Raleigh liebte diese Aufgabe. Er war meistens mit von der Partie, wenn die Jagdhunde ausgeführt wurden. Rasch lief er auf die rechte Seite der drei Jagdhunde und überließ Gockel die linke Seite, die einfacher war, weil sie an den Zwinger grenzte.

Gockel sagte streng: *»Ihr sollt nicht aus dem Zwinger ausreißen, ihr Dummen.«*

»Rassle hat sich rausgebuddelt. Keiner hat aufhören gesagt«, verteidigte Dreamboat sich und die anderen.

»Ihr solltet es besser wissen.« Raleigh senkte den Kopf, sodass er Auge in Auge mit Dreamboat war. *»Ihr besteht nie die Prüfung, wenn*

ihr euch benehmt wie dumme Welpen. Wollt ihr zu dieser Meute gehören oder nicht?«

»*Ja!*«, wimmerten die drei. Sister öffnete das Gatter zum Verladehof.

»*Dann benehmt euch*«, ermahnte Gockel sie.

Sister schloss das Gatter hinter ihnen. Sie stellte einen Eimer mit warmem Wasser hinaus. Es würde ein paar Stunden dauern, bis es gefror. Sie wollte die Hunde nicht in den Hof der erstjährigen Rüden zurückbringen. Sie würden wieder durch das Loch ausreißen.

Als sie mit Raleigh und Gockel zum Wagen zurückging, um Shaker zu suchen, hörte sie das Horn jetzt näher und dann schwach seine helle Stimme: »Kommt, Jungs, hierher.«

Sie ging auf den Feldweg; ihre Stiefel matschten bei jedem Schritt, der Schnee verwandelte sich von Bröckchen in Flöckchen. Sie konnte Shaker schwach bei der Obstwiese erkennen.

»Hab drei ›Ds‹.«

»Gut. Ich hab Rassle und Ribot.«

Minuten später waren sie beisammen. Rassle und Ribot bekamen von Gockel und Raleigh eine Standpauke zu hören.

Shaker brachte die zwei Rüden zu den anderen in den Verladehof, dann ging er mit Sister in den Jungrüdenhof.

Sie bückte sich. »Die Wand ist in Ordnung. Nicht bröselig.«

»Die haben sich unten durchgegraben. Das macht viel Arbeit. Es hat ja genug getaut, sodass es ihnen gelingen konnte.« Er sah nach oben. »Wie es aussieht, ist es aus mit dem Tauwetter. Die Erde wird schon fest, während wir hier stehen. Ich mach das Loch mit dem Stein hier zu.« Er stöhnte. »Sie langweilen sich manchmal, aber verflixt, sie mussten richtig schuften, um unter der Betonbarriere durchzukommen.«

Sister verschränkte die Arme. »Ich sag es ungern, aber wir müssen hier am Boden Elektrodrähte verlegen. Wenn er ein, zwei Wochen unter Strom steht, sehen wir, ob's was hilft. Wenn ja, können wir den Strom abstellen.«

»Ja.«

Weder Sister noch Shaker benutzten gern Elektrodraht bei so jungen Hunden, aber Rassle, der Pfeffer im Hintern hatte, musste seine Lektion auf die harte Tour lernen. Wenn er sie nicht rasch lernte, würden die anderen auch zu buddeln anfangen. Nachahmungstrieb.

»Soll ich das Loch nicht verfüllen, während du in den Eisenwarenladen gehst?«

»Das kann ich verfüllen. Mit dem Frontlader ist das kein Problem.«

»Shaker, ich denke, du kannst besser beurteilen als ich, welche Art Draht wir brauchen, aber ich glaube, wir brauchen nicht so einen Kasten, der mit Sonnenenergie arbeitet. Im Winter haben wir nicht viel Sonne.«

»Müssen wir aber, Sister. Wir können keine Leitung in den Zwinger legen. Die Jungs zerkauen die doch sofort, und dann hast du virginischen Jagdhundebraten.«

»Ah, daran hab ich nicht gedacht.«

»Die Sonnenkollektoren sind heute besser als früher.« Er ging vom Zwinger zum Geräteschuppen. Hinter dem Schuppen waren immer zwei Kipperladungen Bruchstein und eine Ladung Grobschotter vorrätig. Wenn Schlaglöcher in der Straße sofort verfüllt wurden, hielt die Straße sehr viel länger.

Shaker belud den Frontlader mit Steinen, fuhr zum Hof der Jungrüden und kippte die Steine in das Loch. Sister klopfte die Verfüllung mit einem schweren Stampfer fest.

»Boss, das ist keine Arbeit für eine Dame.«

»Wer sagt denn, dass ich eine Dame bin?«

18

Am Dienstag, dem 20. Januar, folgte nur eine Handvoll Reiter den Hunden bei dem alten Stelldichein namens Mud Fence – Schlammzaun –, so genannt, weil die Umfriedungen im achtzehnten Jahrhundert aus rotem Lehm und Schlamm bestanden.

Es schneite weiter, leicht und pulvrig – was ungewöhnlich war, da der Schnee in diesem Teil des Landes meistens schwer und pappig ist. Dieser entsetzlich klebrige Schnee haftete an Pferdehufen, war spiegelglatt unter Fahrzeugreifen. Der heutige Schnee dagegen mutete wie ein erfrischender Morgen in den Rocky Mountains an. Die Kälte allerdings drang bis in die Knochen.

Der Mond, einen Tag vor voll, sagte oft voraus, wie viel Wild unterwegs sein würde. Den Mondphasen nach hätte dies ein recht annehmlicher Morgen sein sollen.

Doch die Füchse bei Mud Fence erwiesen sich als sündhaft faul.

Shaker ließ die Hunde in den steifen Westwind los. Sie bemühten sich emsig. Doughboy, Darby und Dreamboat hielten sich an die Meute, und Sister hatte die Junghunde im Auge. Beschämt über ihre Ausreißerei, setzten sie alles daran, sich zu bewähren.

Hinter Sister bildeten Walter, Xavier, Clay, Ronnie, Marty Howard und Dalton Hill das Feld. Meistens ritten Tedi und Edward bei eisigem Wetter tapfer mit, Alter hin oder her, aber heute Morgen hatte Edward das Gefühl, dass eine Grippe im Anzug war, und Tedi war zu Hause geblieben, um ihn zu pflegen. Eine kursierende Grippe war das Letzte, was irgendwer gebrauchen konnte.

Bobby führte an den Wochenenden und donnerstags das dritte Feld an. Dienstags, oft ein Tag mit vielen Sprüngen, blieben viele Leute fern, egal, wie das Wetter war. Heute war das dritte Feld verwaist.

Weil Betty jetzt Vollzeitpikörin war, machte Bobby dienstags die Arbeit in der Druckerei Franklin. Donnerstags begann der Betrieb erst um eins, blieb aber bis neun Uhr abends geöffnet. Im Gegenzug dafür, dass Bobby ihr das Pikördasein ermöglichte, hielt Betty den Betrieb montags und mittwochs am Laufen, sodass Bobby Termine wahrnehmen, Besorgungen machen oder sogar eine Partie Neun-Loch-Golf spielen konnte. Weil sie inzwischen sieben Angestellte hatten, war die Führung der Menschen ebenso wichtig wie der Druckereibetrieb selbst.

Der Schnee fiel, und Betty, wieder auf der linken Seite, dachte nicht ans Geschäft. Vor sich sah sie ein Schemen. Outlaw schnaubte. Die Hunde zu ihrer Rechten verhielten sich still. Als sie näher kam, bemerkte sie eine große Hirschkuh, die noch lebte, obwohl sie angeschossen worden war, höchstwahrscheinlich am Ende der Wildsaison einen Tag nach Neujahr. Ein Bein des Tieres baumelte hilflos, Wundbrand hatte eingesetzt. Betty, selbst Jägerin, wusste, dass Wild sogar einem erfahrenen Jäger entkommen konnte. Wenn er keine Blutspur hinterließ und nicht durch Wälder stürmte, konnte ein kluger Hirsch einem guten Jäger entwischen, doch ein guter Jäger würde ihn weiter verfolgen. Kein verantwortungsbewusster Mensch wollte, dass ein Tier litt.

Ein Problem in Westvirginia war, dass während der Jagdsaison so viele Leute aus Washington, D. C., oder anderen Städten kamen. In Tarnkleidung gehüllt, teure Flinten geschultert, schwarze Schmiere unter den Augen, verstanden sie gewöhnlich nicht so viel von der Jagd, wie sie dachten. Sie konnten vielleicht schießen, aber ihr Geschick im Aufspüren ließ viel zu wünschen übrig.

Betty zog still ihre 38er und schlich näher an die Hirschkuh heran, die den Kopf hängen ließ. Als das Tier sich zu ihr umdrehte und sie ansah, schoss Betty. Sie traf die Hirschkuh genau zwischen die Augen. Die Beine der leidenden Kreatur klappten zusammen, und sie sank mit einem letzten Schnaufer zu Boden.

Outlaw sprang zur Seite, nicht wegen des Schusses, sondern wegen des Sturzes der Hirschkuh.

Betty klopfte ihrem besten Freund den Hals und flüsterte: »Outlaw, wenn ich jemals so übel dran bin, gib mir den Rest. Es ist der Gnadenstoß.«

Sister hörte den Schuss und sah nach, ob einer ihrer Hunde gestürzt war. Nein, keiner.

Shaker holte die Meute auf die rechte Seite, fort von dort, von wo er den Schuss gehört hatte. Sie liefen planlos eine Böschung hinunter, dann in eine steile, enge Schlucht. Dort könnte es eine Chance auf eine Duftspur geben. Die Hunde bearbeiteten das Gebiet eifrig, aber wieder nichts. Weil die Junghunde noch nicht die für einen Rüden typische Geduld besaßen und daher leichter von der starken Wittrung anderen Wildes verlockt werden konnten, richtete Shaker sein Augenmerk ganz besonders auf die D-Burschen.

So verheißend die Anzeichen gewesen waren, dies war ein glückloser Tag. Sister wartete, bis alle herangekommen waren, dann ritt sie zu Shaker.

»Wir wollen die Hunde und uns selbst nicht frustrieren, Shaker. Wir sind seit zwei Stunden draußen, und es besteht nicht die Spur einer Hoffnung, dass die Temperatur steigt und uns hilft.« Sie blinzelte in den Schnee. »Komisch, oft haben wir unsere besten Jagden im Schnee.«

»Sonst wäre die Fuchsjagd keine Fuchsjagd. Man weiß nie, woran man ist.« Er hob das Horn an die Lippen und blies drei lange Töne.

Als er das Horn absetzte, ging ein Stückchen Haut mit ab.

»Tut weh, nicht?« Sister lächelte.

»Wenn ich mir Lippenpomade draufschmiere, kann ich das verflixte Ding nicht blasen.« Er starrte auf das vermaledeite Instrument. Die Hunde kamen zu ihm. »Na denn, kommt.«

Sybil schob sich am rechten Rand der engen Schlucht ins Blickfeld. Sie wendete ihr Pferd Colophon für den Rückweg. Betty, jetzt eine in Weiß gehüllte gespenstische Gestalt, die zur Linken stand, wendete ihres ebenfalls.

Als sie wieder bei den Anhängern waren, erzählte Betty, was passiert war. Allesamt Leute vom Land, hatten sie Verständnis, auch wenn sie es bedauerten.

Sister wusste, ein schneller Tod war ein schöner Tod. Je länger sie lebte, desto strikter war sie dagegen, Menschen als atmende Kadaver künstlich am Leben zu erhalten. Sie betete, die Götter mögen barmherzig sein, wenn ihre Zeit gekommen war. Andererseits hoffte sie, ihre Zeit möge sich so lange hinziehen, bis sie die Hundert erreicht hatte. Das Leben war zu schön.

Xaviers laute Stimme lenkte ihre Aufmerksamkeit zu den Anhängern, wo er, Ronnie, Clay und Dalton eine Thermosflasche mit heißem Kaffee herumgehen ließen.

»Sie müssen das ja sagen. Sie sind Arzt.« Xavier trank den wärmenden Kaffee.

»Ich sage das, weil ich es glaube«, erwiderte Dalton kühl.

»Ich nicht.« Xaviers Tonfall war nahezu aggressiv. »Einmal Säufer, immer Säufer. Früher oder später haben sie alle einen Rückfall. Sie sind wertlos.«

Clay verteidigte sie: »Sie sind nicht ganz wertlos.«

»Wieso?«, wollte Xavier von Clay wissen.

»Sie können als abschreckendes Beispiel dienen.« Clays Antwort löste die Spannung.

»Ich habe gehört, du und Sister habt Anthony Tolliver beerdigt.« Ronnie trank seinen Kaffee aus. Er benutzte einen Becher mit dem Emblem des Jefferson-Jagdvereins.

»Ach, das.« Clay zuckte die Achseln.

»Du hast dein Geld für Anthony Tolliver verschwendet?« X war fassungslos.

»Er hat es nicht verschwendet«, entgegnete Dalton rasch.

»Von wegen. Der Bezirk hätte den alten Säufer schon unter die Erde gebracht. Vermutlich war er sternhagelvoll. Man hätte Anthony wieder am Bahnhof abladen können, und niemand hätte was gemerkt.« X lachte.

»Er hat Gelegenheitsarbeiten für meine Firma gemacht.« Clay wurde rot im Gesicht; er ärgerte sich über Xavier. »Und Sister wollte alles bezahlen. Fand ich nicht richtig. Ich war ihm etwas schuldig. Oder ihr.«

»Wieso hat sich Sister Jane um einen Alkoholiker gekümmert?«, fragte Dalton.

»Schule«, stieß Xavier hervor, dann wurde ihm klar, dass Dalton eine nähere Erläuterung benötigte. »Sie waren zusammen in der Grundschule und auf der Highschool. Sie dürfte einer der wenigen Menschen im Bezirk sein, die ihn noch gekannt haben, bevor er zu saufen anfing.«

»Loyal«, sagte Dalton nur.

»Das ist sie«, bestätigte Clay. »Dalton, wir sind alle mit Sister aufgewachsen und mit ihrem Sohn. X, Ronnie und ich waren Ray-rays beste Freunde. Wir kennen Sister sehr gut.«

»Sie hat ihr Geld auch verschwendet.« X schraubte den Deckel auf die unterdessen geleerte Thermosflasche.

»Du bist ja heute richtig hart drauf.« Ronnie sah Xavier direkt in die Augen.

»Ich hab kein Verständnis für Säufer.«

Clay schlug seinen alten Freund auf den Rücken. »Mach dich locker. Jeder Mensch ist zu etwas nütze.«

Sobald die Hunde sich im Futterraum über ihr Fressen hermachten, entschuldigte Sister sich. Shaker und Betty erledigten heute die Arbeit. Sister lief ins Haus, um sich für ihr Treffen mit Walter Lungrun im Club zurechtzumachen.

Der Dampf der Dusche drang ihr bis in die Knochen, wo die Kälte sich festgesetzt hatte. Als sie die Finger wieder einigermaßen bewegen konnte, schäumte sie ihre kurzen grauen Haare ein, trug eine Spülung auf, damit sie glänzten, und wusch alles gründlich aus. Sie trocknete sich vor Publikum ab: Golly hockte im Waschbecken, ihr wuscheliger Schwanz hing über den Rand. Raleigh und Gockel saßen nebeneinander auf dem flauschigen Badezimmerteppich. Sie stand auf der Badematte und frottierte sich energisch die Haare, die wie kleine Stachel abstanden.

Sie sah in den Spiegel und lachte. »Fehlen mir nur noch riesige Kreolen-Ohrringe.«

»Sie ist ein Star.« Golly schnippte mit dem Schwanz und machte die Augen halb zu.

Die Mauern des alten Hauses waren mit Rosshaar isoliert. Im Schlafzimmer war ein Kamin, der auch nötig war, weil es an der Nordwestecke des Hauses lag, im Winter kalt, im Sommer kühl. Sie und Ray hatten 1989 in den sauren Apfel gebissen und neue Leitungen verlegen lassen unter besonderer Berücksichtigung der Bäder, und hatten das Haus zugleich mit modernem Material isoliert. Das hatte sie um fünfundvierzigtausend Dollar ärmer gemacht.

Sie wickelte sich das Handtuch um die Taille und war froh, dass sie das damals gemacht hatten. Würde sie heute für Material und Arbeitskosten aufkommen müssen, müsste sie wohl an die fünfundsiebzigtausend berappen.

Sie hatten zudem einen zweiten Satz mit je dreihundert Liter fassenden Heißwassertanks für diese Hausseite installiert, mit einer Spezialpumpe für einen starken Wasserdruck. Es machte ihr nichts aus, die Stromrechnung für die vier großen Tanks zu bezahlen. Das

Haus hatte zwei getrennte Anlagen, damit war sie zufrieden. Sie hatte jederzeit warmes Wasser, sobald sie den Hahn aufdrehte.

Sie kämmte ihre Haare aus und cremte sich das Gesicht ein. Die Heizungsluft hatte ihre Haut ausgetrocknet. Sie trug ein wenig Wimperntusche auf, keinen Eyeliner. Rund um die Augen und auf der Oberlippe klopfte sie eine hautstraffende Creme ein. Das half. Dann tupfte sie blassvioletten Puder auf die Augenlider und stäubte zum Schluss pfirsichfarbenen Puder auf die Wangen. Sie war gern gut zurechtgemacht, obwohl sie nicht eitel war, auch nicht, als sie jung war und die Leute ihr sagten, sie sei schön. Sie hatte sich nie als schön empfunden. Sie hatte kantige Züge und große hellbraune Augen, aber schön war sie nicht. Sie hatte allerdings eine sensationell sportliche Figur. Sie unterschätzte auch nicht die betörenden Brüste, die das Ganze krönten. Heute waren diese Wonnehügel erschlafft, aber nicht so stark wie bei den meisten Frauen ihres Alters, was zu einem nicht geringen Teil ihrer lebenslangen körperlichen Betätigung zu verdanken war. Die Brustmuskeln hielten sie oben, so gut es ging.

Sie musterte sich kritisch, dann beugte sie sich zu Golly herunter, die aufsah und die Schnurrhaare nach vorne schnellen ließ, und sagte zu ihr: »Nicht übel für ein altes Weibsbild.«

»Ganz und gar nicht übel«, pflichtete Golly ihr bei.

Raleigh fügte hinzu: *»Ich hab dich lieb. Du bist die schönste Frau der Welt.«*

Gockel rollte die rosa Zunge heraus und bestätigte: *»Stimmt.«*

»Ihr zwei seid so unterwürfig.« Golly kuschelte sich tiefer in das Waschbecken, als Sister sich wieder aufrichtete. Zu ihren Kosmetika auf der Ablage gehörte Rouge in drei verschiedenen Farben. Eine Anzahl Lippenstifte bewahrte sie in einem großen Kognakschwenker auf. Das war eine reine Vorsichtsmaßnahme, weil Golly gern die Kosmetika von der Ablage stieß, wenn sie schlecht gelaunt war. Eine andere Attacke der Katze bestand darin, Toilettenpapier durchs ganze Badezimmer zu ziehen und zu zerfetzen.

Auf dem zweiten Waschbecken, dem von Ray, waren keine Utensilien mehr von ihm. Golly hätte sich dort hineinlegen können, aber dann hätte sie nicht so leicht etwas anstellen können.

Als Sisters Haare trocken waren, kämmte sie sie mit den Fingern durch. »Fertig.«

Sie betrat den begehbaren Kleiderschrank, nahm einen langen karierten Rock heraus, zog hohe Gucci-Stiefel an – dreißig Jahre alt und immer noch todschick. Sie schob einen schmalen Gürtel mit einer Schnalle in Gestalt kleiner goldener Steigbügel durch die Gürtelschlaufen. Dann streifte sie einen Kaschmirrolli über den Kopf und steckte ihn in den Rock.

Sie betrachtete sich in dem hohen Spiegel. Sie sah auf die Uhr, lief die Hintertreppe hinunter, schnappte sich ihren dreiviertellangen Lammfellmantel, der schwer war, aber schön warm. Draußen sprang sie in ihr Auto.

Unter einem hohen anmutigen Bogenfenster tauschten die zwei sich aus. Sie hatte ihm schon brieflich für das tolle Jagdfrühstück gedankt, jetzt sagte sie ihm noch einmal, wie wunderbar es gewesen war.

Nach dem Schokoladendessert, bei ihrem dampfenden Tee und seinem Kaffee, ergriff sie die rechte Hand des gut aussehenden jungen Mannes. »Walter, du bist der geborene Fuchsjäger.«

Strahlend drückte er ihre Hand. »Das ist das Netteste, das du je zu mir gesagt hast.«

Sie lachte. »Nicht dass ich wüsste, aber du liebst den Sport, und du bist aufmerksam. Das bedeutet mir sehr viel. O ja, ich weiß, die meisten Leute sind nur draußen, um zu galoppieren und zu springen. Das macht sie glücklich. Ich habe nichts dagegen einzuwenden, solange sie die Hunde respektieren. Immerhin nehmen wir uns in unserer Freizeit das, was wir am meisten brauchen. Aber der geborene Fuchsjäger, der wahre Fuchsjäger liebt die Hunde und liebt das Wild. Und er weiß, auch wenn er hundert Jahre alt würde, er würde immer noch ausgefuchst.«

Walter lächelte, die großen ebenmäßigen Zähne machten sein Lächeln besonders attraktiv. »Ich nehme an, nicht mal Tom Firr wusste alles darüber.« Tom Firr, ein englischer Weidmann des neunzehnten Jahrhunderts, soll der größte Weidmann seiner Zeit gewesen sein.

»Du hast schon so viel für unseren Verein geleistet. Manchmal,

Walter, wenn ich mich umdrehe und dich sehe, denke ich, es ist Ray. Wenn du so einen englischen Schnurrbart hättest, könntest du sein Zwilling sein.«

Er sprach ganz ruhig: »Weißt du, ich denke oft an Big Ray, ich wünschte so sehr, er hätte gewusst, dass er mein leiblicher Vater war. Schon seltsam, dass wir beide es erst seit der letzten Saison wissen, aber alle anderen es gewusst haben.«

»Typisch Virginia.« Sie lächelte, froh, dass ihr etwas von Big Ray geblieben war, und zugleich betrübt, dass ihre eigenen Gene nicht weitergegeben wurden. Aber man nimmt eben, was das Leben einem schenkt.

»Dad hat es nicht gewusst, da bin ich mir ganz sicher.« Walter meinte den Mann, den er als seinen Vater kannte, einen schwer arbeitenden Mann, der geschäftlich immer wieder übers Ohr gehauen worden war, zuletzt von Crawford. Das hatte ihn vernichtet.

»Ich mir auch. Wir beide können froh darüber sein, denn er hatte kein glückliches Leben.« Sie hielt kurz inne, dann wechselte sie das Thema. »Meine Mutter sagte immer, ›am Ende wird alles bekannt, und nichts spielt eine Rolle‹. Sie war Fuchsjägerin. Die ganze Familie ging auf die Fuchsjagd. Hatte ich ein Glück.« Sie lächelte. »Jeder braucht eine Passion. Wäre es rational, dann wäre es keine Passion, nicht?« Er lächelte zurück. »Wir haben beide Glück gehabt.«

Der Ober legte die Rechnung auf den Tisch. Da beide Clubmitglieder waren, handelte er korrekt, indem er sie in die Mitte zwischen beide legte, statt anzunehmen, der Herr würde bezahlen.

Walter griff danach, um zu unterschreiben, aber Sister war schneller und nahm sie an sich. »Ich hab dich eingeladen.«

»Sister, lass mich. Du tust so viel für uns alle. Ich weiß nicht, wie ich mich revanchieren kann. Darf ich?«

»Nein. Apropos Passion, wegen dieser Passion bin ich hier.« Sie schrieb ihren Namen und ihre Club-Nummer auf den Beleg und fügte ein Trinkgeld hinzu.« Wenn ich dich ansehe, Walter, erinnere ich mich an die Liebe. Ich erinnere mich, wie ich jung war. Ich erinnere mich, dass das Leben eine Überraschung nach der anderen ist, ein Tohuwabohu aus Gefühlen, Ereignissen, aber letztendlich Freude.« Er saß reglos da, während sie mit tiefer, volltönender Stimme sprach. »Ich erinnere mich, dass ich meine Passion hegen muss, denn ich möchte, dass andere dieselbe absolute Wonne erleben, die ich im Jagdfeld erlebt habe.« Sie holte tief Atem und nahm abermals seine Hand. »Walter, ich möchte, dass du mein Joint-Master wirst.«

19

Donnerstagabend um acht Uhr wurde der Himmel kristallklar. Die letzten Fetzen der leuchtenden Nachtwolken jagten gen Osten. Das Thermometer fiel auf fünf Grad unter null.

Wie die meisten Pferdeliebhaber hörte Sam Lorillard aufmerksam den Wetterbericht im Radio. Bevor er von den Crawfords nach Hause ging, prüfte er noch einmal bei allen Pferden die Decken. Denen, die ein dünnes Fell hatten, was für viele Vollblüter typisch war, legte er vorsichtshalber ein locker gewebtes Baumwolltuch unter die strapazierfähige Decke für draußen.

Wie Sister fand auch Sam, Pferde mussten Pferde sein dürfen. Er ließ sie so viel wie möglich im Freien, holte sie herein, um sie zu striegeln, zu füttern, zu wiegen und sich mit ihnen zu unterhalten. Sam sprach gerne zu den Pferden. Roger Davis, sein Helfer, hatte es sich ebenfalls angewöhnt.

Crawfords Vollblüter wussten sehr viel über Super-Bowl-Sieger, College-Basketball und Socken – Socken vor allem, weil Sam bis Mitte Mai immer kalte Füße hatte.

Das Zuhause der Lorillards, wo es jetzt besser aussah, seit Sam sich wieder gefangen hatte, war mit einem großen eisernen Holzofen mitten in der Küche ausgestattet.

Sam saß am Küchentisch, eine Ledernadel in der rechten Hand, Arbeitszaumzeug in der linken. Die kleinen Schlaufen, die verhinderten, dass die Backenstücke lose baumelten, waren zerschlissen. Er flickte sie geduldig.

Vom Durchstechen des Leders schmerzten seine Finger, die eh schon von der Kälte wehtaten. Nah beim Holzofen zu sitzen erleichterte die Sache.

Sein Handy klingelte. Er benutzte keinen Festnetzanschluss mehr, telefonierte nur noch mobil.

»Hallo.«

»Sam«, krächzte Rory, »komm mich holen. Ich bin so weit.«

»Wo bist du?«

»Heilsarmee. Denke, ich mach reinen Tisch.«

»Bleib, wo du bist. Bin gleich da.«

Sam eilte zu seinem verbeulten 1979er Toyota Transporter, der trotz seines Alters lief wie eine Eins.

Eine halbe Stunde später, nach einem ausführlichen Gespräch mit dem diensttuenden Sergeant, ging Rory zusammen mit Sam.

»Die Fahrt dauert drei Stunden. Hältst du das durch?«

Der ausgemergelte Rory ließ sich auf den Sitz plumpsen. »Ja.« Er zog eine Halbliterpulle Old Grand Dad hervor. »Das ist der allerletzte Fusel, den ich trinke. Wenn ich's nicht tu, krieg ich das Zittern. Du brauchst das ja nicht.« Rory nahm einen Schluck.

Ein halber Liter war gar nichts für Rory Ackermans Organismus. Sam sagte nichts dazu, er war nur überrascht, dass er nicht selbst nach dem Whisky gierte.

Die lange Fahrt nach Greensboro, North Carolina, war mit sporadischen Gesprächsfetzen durchsetzt.

»Teuer?«

»Die Klinik?« Sam hielt den Blick auf die Straße gerichtet.

»Äh, ja.«

»Nicht so schlimm wie andere.«

»Wie soll ich das bezahlen?«

»Mach dir darüber jetzt mal keine Gedanken. Bring's einfach hinter dich.«

Rory leckte sich nach einem weiteren Schluck die Lippen. »Hast du 'ne geheime Geldquelle?«

Sam lächelte. Die Armaturenbrettbeleuchtung warf ein sanftes Licht auf sein Gesicht. »Wenn, würde ich es dir nicht verraten.«

»Muss ich das für den Rest meines Lebens abarbeiten?«

»Ich hab dir doch gesagt, mach dir darüber keine Gedanken. Das können wir beide später ausbaldowern. Du hast nichts anderes zu tun, als trocken werden, sauber werden, nüchtern werden, wach werden.«

»Jaja«, erwiderte Rory ohne große Begeisterung.

Als sie den Dan River und die Grenze nach North Carolina überquert hatten, sprach Rory wieder.

»Die Heizung funktioniert prima.«

»Die Karre ist in Ordnung.«

»Stinkt mir, dass die Japsen bessere Autos bauen als wir.«

»Nee«, widersprach Sam, »nicht mehr. Aber wenn ich genug Kohle zusammenkriege, kauf ich mir wieder einen Toyota Tacoma. Geringer Benzinverbrauch. Und rot. Ich wollte schon immer einen roten Wagen.«

»Hab ich auch sicher ein Bett?«

Sam nickte. Rory streckte die Beine aus. Viel Platz war nicht, weil japanische Autos für kleinere Menschen als Amerikaner gebaut waren. »Hab drüber nachgedacht.«

»Denk ich mir.«

»Nee, über Mitch und Tony.«

»Oh.«

»Jobs, tageweise.« Rory sah aus dem Fenster auf die flache Landschaft. »Die haben was gewusst.«

»Was Ungesetzliches?«

»Nehm ich an. Du kennst das ja. Wir arbeiten zwei Tage auf 'ner Farm, streichen 'nen Zaun, so lange halt, wie wir's packen. Wer schnell jemand braucht, der fackelt nicht lange, der guckt sich am Bahnhof um.«

»Klar.«

»Laderampen. Als einmal ein Sturm Bäume auf die Schienen geschmissen hat, haben wir sogar für die Bahn gearbeitet und die Bäume zersägt. Alle zusammen haben wir so ungefähr jeden Job im Bezirk gemacht. Man kriegt Sachen mit, auch wenn man 'nen Kater hat.«

»Ist Mitch und Tony was Ungewöhnliches aufgefallen?«

Rory schloss die Augen. »Schlechtes Gedächtnis. Aber ich erinnere mich, die waren manchmal voll aufgeregt.«

»Fällt dir bestimmt wieder ein, wenn du wieder auf dem Damm bist.«

Nach einer Pause stieß Rory einen Pfiff aus. »Wenn ich's rauskriege, trink ich womöglich die nächste Pulle Thunderbird mit Gift versetzt.« Er ließ ein kurzes gackerndes Lachen hören. »Wie die Weinsnobs sagen würden, ›ein blumiges Bukett‹ oder vielleicht in diesem Fall, eine ›deutliche Schierlingsnote‹.«

Während Sam nach Greensboro unterwegs war, wo er sogleich umzukehren gedachte, um morgens um halb sieben bei der Arbeit zu sein, saß Sister im Bett. In dem großen Kamin knisterte das Holz, und sie hatte einen Schreibblock auf den Knien, in den schon viel hineingekritzelt war. Jedes Mal, wenn Sister mit ihrem Bleistift etwas aufschreiben wollte, schlug Golly nach dem Stift.

»Gib her!«

»Du bist eine frustrierte Schriftstellerin«, sagte Sister und schlug zurück nach der Katze, die dieses Spiel liebte.

Gockel stand von seinem Schlafplatz auf und legte mit flehendem Blick den Kopf aufs Bett.

»Nein.«

»Warum darf sie da oben schlafen?«

»Gockel, leg dich hin, Schätzchen.«

»Ich will aufs Bett.«

Raleigh war aus dem Schlaf geschreckt und sprang dem Harrier bei: *»Das ist unfair. Das ist Rassendiskriminierung, wenn diese rotzige Katze da drauf darf, und wir müssen in Hundebetten schlafen. Wir sind die besten Freunde des Menschen. Und was ist sie?«*

»Die Königin über alles, was ihr untertan ist«, erwiderte Golly.

»Ich kann nicht denken. Jungs, geht schlafen. Die Hundetür unten ist nicht abgeschlossen. Ihr könnt raus, falls es darum geht.«

Sister verschloss gewöhnlich abends die Tür, damit vor allem Gockel nicht jagen gehen konnte. Aber in einer kalten Nacht hatte Gockel keine Lust, Jagd auf Füchse, Kaninchen oder Rotluchse zu machen, daher die unverschlossene Hundetür.

»Unfolgsame Hunde kriegen keine Leckerchen.« Golly wälzte sich herum, um ihren Bauch zu zeigen, was die Kränkung auf die Spitze trieb. Obendrein verdrehte sie aufreizend den Kopf.

»Klugscheißerische Katzen kriegen was auf die Mütze«, drohte Gockel.

»Ich hab solche Angst, ich glaub, ich pinkel gleich auf die Bettdecke«, schnurrte Golly.

»Dann schmeißt sie dich vom Bett runter«, sagte Raleigh.

»Ich kann mich nicht denken hören.« Sister kraulte Gollys Bauch, während die Katze zu den Hunden hinuntersah. Sie gaben seufzend auf und tappten zu ihren Schlafplätzen.

»Eines Tages geht die dicke Katze noch mal zu weit«, knurrte Gockel.

»Kein Gefühl für Zurückhaltung, für Verantwortung, kein Pflichtbewusstsein.« Raleigh legte den glatten schwarzen Kopf auf die Pfoten mit den braunen Spitzen. *»Sie tut nichts, um sich ihren Unterhalt zu verdienen.«*

Golly rechtfertigte sich: *»O doch, ihr scheinheiligen Fieslinge. Hunde sind ja so, so –«*, sie überlegte, *»solche Tugendbolde. Da möcht ich doch gleich einen Haarball auskotzen. Ich töte Mäuse. Deswegen sind Stall und Haus bei uns mäusefrei.«*

»Ha! Inky kommt rein und fängt die Mäuse, und die sie nicht mag, kriegt Bitsy. Als du das letzte Mal eine Maus gefangen hast, hast du die Sonne verfinstert, du Fettmops.« Raleigh hielt die Augen offen für den Fall, dass sie vom Bett schoss und ihn attackierte.

»Das hast du bloß gedacht, weil du den Kopf im Hintern stecken hattest, du Blödmann.« Golly kicherte.

Darauf musste Gockel lachen, weshalb Raleigh jetzt ihn statt Golly anknurrte.

»Ich werf euch alle aus dem Schlafzimmer und mach die Tür zu. Ich muss mich konzentrieren.« Sisters Stimme hatte diesen »habt-ihr-verstanden«-Ton.

Golly setzte sich hinter Sister aufs Kissen. Sie linste auf den Block, der mit Namen beschrieben war. Neben manchen war ein Karo, neben anderen ein X, neben einigen ein Fragezeichen.

»Sieht kompliziert aus.« Golly atmete durch die kleinen Nasenlöcher aus.

Karos standen vor den Namen derer im Vorstand, die gegen Sisters Plan sein würden. X bedeutete Zustimmung. Ein Fragezeichen war genau dies: ein Fragezeichen.

Morgen trat der Vorstand zusammen. Sie wollte ihre Entscheidung hinsichtlich des Joint-Masters bekannt geben. Nach anfänglichem Schrecken und ein paar guten Fragen, was sie von ihm erwartete, hatte Walter freudig ja gesagt.

Jetzt musste sie es durch den Vorstand bringen. Sie hatte mit den Leuten gesprochen, neben deren Namen ein X stand. Bobby Franklin, der als Vorsitzender abtrat, war nach Walter der Erste, mit dem sie gesprochen hatte. Sie hatte politisiert. Sie fragte sich, wie gewählte Amtspersonen das morgens, mittags und abends taten. Es machte ihnen offenbar Spaß.

Sie hatte nicht mit den Leuten gesprochen, die ein Karo neben dem Namen hatten, darunter Crawford. Sie wusste, dass sie auf Widerstand stoßen würde. Warum den Leuten, die sich dem Vorhaben widersetzen würden, Gelegenheit geben, die mit einem Fragezeichen versehenen unter Druck zu setzen? Es war besser, es morgen Abend vorzutragen und zu hoffen, dass die X-Leute ihr halfen, die Fragezeichen-Leute direkt auf der Versammlung herumzukriegen.

Für Crawford hatte sie einen Plan, mit dem er gleichzeitig geküsst und geschlagen sein würde. Nicht umsonst war Jane Arnold seit mehr als vierzig Jahren Master of Foxhounds.

Sie hielt im Schreiben inne und sprach zu den Hunden: »Ich denke, das wird klappen. Ich bin ganz aufgeregt, weil ich einen Joint-Master haben werde. Oh, ich weiß, es wird auch mal zu Reibereien kommen. Ich hatte hier freie Hand, Kapitän des Schiffs und so weiter, aber Walter und ich werden ein gutes Team abgeben. Oha!« Sie hob die Hände. »Ich mag zwar zweiundsiebzig sein, aber ich sage euch, ich fühle mich wie fünfunddreißig!«

»Manchmal wird sie kindisch.« Golly gähnte.

»Die Menschen machen sich Gedanken über ihr Alter. Die gesamte Kosmetikindustrie würde einbrechen, die plastische Chirurgie würde baden gehen, wenn die Menschen sich so akzeptieren würden, wie sie sind«, erklärte Raleigh scharfsinnig.

»Ich meine, wenn man keinen Hasen mehr erlegen kann, ist es Zeit, sich zur Ruhe zu setzen«, gab Gockel seinen Senf dazu.

Von ihrem Vorhaben begeistert, sah Sister auf die Uhr auf dem Nachttisch, griff zum Telefon und rief Tedi Bancroft an, um noch einmal mit ihr über Walter und seine bevorstehende Kandidatur zu sprechen.

Die zwei Freundinnen lachten und plauderten. Tedi und Edward fanden die Wahl Walters zum Joint-Master genial. Sister erzählte Tedi, wie jung, wie leicht, wie hochgestimmt sie sich fühlte.

Unmittelbar bevor sie auflegte, sagte Tedi: »Weißt du, Janie, ich glaube, altern ist eine Rückkehr zum wahren Ich.«

20

Aber seht doch, wie viel Geld der Paradeplatz uns schon eingebracht hat.« Clay Berry, der im ersten Jahr im Vorstand war, sah auf seine Notizen. »Bis nächstes Jahr ist bestimmt genug da, um zumindest einen Teilzeitmanager einzustellen.«

Die Vorstandssitzung fand am dritten Mittwoch jeden Monats statt, außer im Juli. Die Mitglieder wechselten sich als Gastgeber ab, eine Gepflogenheit, die sie verband. Obwohl sie zusammen jagten, pflegten Vorstandsmitglieder nicht unbedingt engen gesellschaftlichen Kontakt. Das hatte nichts mit persönlichen Querelen zu tun, sondern damit, dass die Gruppe sehr unterschiedliche Interessen hatte. Man hatte nicht so viel Zeit, bei den anderen zu Hause herumzusitzen, wie es einst bei der Generation von Sisters Eltern gewesen war. Die Menschen arbeiteten lange, auch die mit Geld. Sie kutschierten ihre Kinder hierhin und dorthin, die genauso mit Freizeitaktivitäten und anderen Betätigungen überfrachtet waren wie ihre Eltern.

Hinzu kam, dass die Mitglieder sich für Gemeinschaftsprojekte engagierten, was sicher für die meisten Jagdvereine zutraf: für politische Kampagnen, für die Herzgesellschaft, für Veranstaltungen zugunsten missgebildeter Kinder, für Marathonläufe zum Sammeln von Spenden für die Brustkrebsforschung. Fand eine Benefizveranstaltung statt, um Geld für einen guten Zweck zu sammeln, sei es ein Ball, ein Pferdeturnier oder eine Verkaufsschau, dann war mit Sicherheit jemand vom Jefferson-Jagdverein dabei oder hatte den Vorsitz.

Vielleicht liegt es in der Natur von Fuchsjägern, dass sie mehr animalische Energie haben. Man kann nicht bei Hitze, Regen, Graupelschauern oder Schnee zwei bis vier Stunden über Hindernisse fliegen, ohne von einem animalischen Geist beseelt zu sein. Dieser floss in viele Betätigungen ein. Sister war stolz auf die guten Werke, die ihre Vereinsmitglieder für die Gemeinschaft getan hatten. Sie setzte sich auch selbst für die eine oder andere gute Sache ein, insbesondere für den Tierschutz, ihr Lieblingsprojekt.

Ronnie, der mit Geld knauserte, tippte Zahlen in seinen Taschenrechner. Dann blickte er in die Gesichter der in Sisters Salon Versammelten. »Hör mal, Clay, mit Teilzeit ist es nicht getan. Du kennst das von deinem Betrieb. Da fallen Lohnsteuer, Krankenkassenbeiträge an …«

»Wenn es sich um einen Werkvertrag handelt, entfallen diese Kosten«, unterbrach Crawford ihn.

Xavier verschränkte die Hände. »Ronnie hat recht. Wenn wir jemanden haben wollen, dem wir vertrauen können, jemanden, der den Traktor nicht zu Schrott fährt, jemanden, der stolz auf seine Aufgabe ist, dann kommt jemand auf Werkvertragsbasis nicht infrage. Wir können schließlich nicht vor einem Pferdeturnier zur Heilsarmee gehen und einen Alki aufgabeln. Entweder machen wir so weiter wie bisher, oder …«

»Das ›Oder‹ ist es, das mich stört«, meldete Walter sich zu Wort. »Im Moment bin ich für den Paradeplatz zuständig, weil ich dem Gebäude- und Grundstücksausschuss vorstehe. Dies ist unser erstes Jahr, und wir haben alles im Griff. Der Lions Club zum Beispiel hat die Anlagen tadellos hinterlassen. Der Oldtimer-Automobilclub hat Grund und Boden tadellos hinterlassen, aber alles war voll Schmiere. Jimmy Chirios und ich mussten den Reitplatz abtragen, den öldurchtränkten Sand wegkarren und für tausend Dollar zweifach gewaschenen Sand aufbringen. Jetzt haben wir die Leute angewiesen, auf dem Reitplatz nicht Auto zu fahren. Es ist ein schwieriger Lernprozess. Sosehr ich eine Vollzeitkraft befürworte, wir können noch ein Jahr damit warten. Sehen wir erst mal, ob die Mieteinnahmen so bleiben. Im Moment haben wir noch den Reiz des Neuen im Bezirk.«

Betty Franklin, die das Mitteilungsblatt herausgab, ergriff das Wort: »Das sehe ich auch so. Ich glaube, dass wir hier immer mehr Veranstaltungen haben werden. Die Anlagen sind schöner, als ich erwartet hatte, und sie sind einmalig im Bezirk. Wir haben der Bezirksverwaltung Kopfschmerzen erspart. Das Fehlen eines Paradeplatzes oder Ausstellungsgeländes war ein wunder Punkt, seit das alte Gelände vor zwanzig Jahren abgebrannt ist. Seitdem sagt die Bezirksverwaltung jedes Jahr, ›der Bau wird zu teuer‹. Jahr für Jahr sind die Baukosten gestiegen. Und nichts ist geschehen. Dass wir es gemacht haben, ist den Bancrofts für das Grundstück und Crawford zu verdanken.«

»Ja, ja!« Alle stimmten ein Loblied auf die Bancrofts und auf Crawford an.

Golly, die sich beim Essen vor der Versammlung danebenbenommen hatte, hockte hinter Sister auf dem Ohrensessel und keckerte: *»Nee, nee!«*

»Ich beantrage, das Thema Paradeplatz-Manager für ein Jahr zurückzustellen«, meldete sich Ronnie.

Der Antrag wurde angenommen.

»Jetzt möchte ich eine Idee zur Sprache bringen.« Sister lächelte. »Eigentlich war es Ronnies Idee. Ronnie, bitte.«

»Wie wäre es, wenn wir jedes Mitglied bitten, einmal im Monat ein Lotterielos zu kaufen? Für einen Dollar. Wenn das Los gewinnt, geht die Hälfte an den Verein.«

»Tolle Idee!« Betty Franklin klatschte in die Hände.

»Wen kratzt schon ein Dollar?« Bobby, ihr Mann und Präsident des Vereins, lächelte.

»Woher weiß man, ob die Leute ehrlich sind, wenn ihr Los gewinnt?« Crawford neigte den Kopf ein wenig zur Seite.

Einen Moment sprach keiner. Dann sagte Sorrel Buruss, die

gesellschaftlich versiert und stets diplomatisch war, leise: »Es ist zu hoffen, dass jeder, der Mitglied dieses Jagdvereins ist, Integrität, Aufrichtigkeit, Humor und Courage besitzt. Natürlich stehen wir auch auf tönernen Füßen, aber wir wollen das Beste hoffen.«

»Können die Mitglieder nicht ein Los kaufen, ihren Namen auf die Rückseite schreiben und es dem Schatzmeister geben?« Crawford nickte Ronnie zu. »Das würde die Versuchung unterbinden, falls jemand den Jackpot knackt.«

Wieder schwiegen alle.

»Das macht Ronnie Arbeit. Es könnte funktionieren, aber fangen wir doch lieber mit ein bisschen Vertrauen an«, wandte Betty ein.

»Vertrauen ist gut« – Crawfords helle Stimme hallte durch den Salon –, »aber Kontrolle ist besser.«

Nachdem sie viel zu viel Zeit auf dieses Thema verwendet hatten, entschied der Vorstand, auf das Glück und die Mitglieder zu vertrauen.

Bobby Franklin hakte einen weiteren Punkt der Tagesordnung ab. Es blieben noch zwei: die Wahl des Präsidenten und die Masterwahl, die für den 14. Februar angesetzt waren. Die letzte Vorstandssitzung vor dem 14. Februar war die Wahlversammlung. Sie fiel gewöhnlich in den Januar. Wenn die Mitglieder mit der Empfehlung des Vorstands nicht einverstanden waren, konnten sie eigene Vorschläge einbringen.

Der Vorstand wählte seine neuen Mitglieder nicht vor dem Beginn der Einjagd. Jedes Jahr schieden drei Mitglieder turnusmäßig aus dem zwölfköpfigen Vorstand aus, nachdem sie ihm drei Jahre angehört hatten. So wurde Kontinuität gewahrt und zugleich vermieden, dass zu viele Veränderungen auf einmal verkraftet werden mussten. Keiner der Anwesenden, mit Ausnahme von Sister und Edward Bancroft, hatte einen Masterwechsel erlebt. Der chaotische Zustand in den zwei Jahren, bevor Jane Arnold Master wurde, hatte seinerzeit einen derartigen Groll hinterlassen, dass große Anstrengungen vonnöten waren, um alle hinter Jane zu vereinigen. Es funktionierte, weil sie mit der Zeit nicht nur Kenntnisse über Hunde, Wild, Bodenbeschaffenheit und das Umgarnen von Landbesitzern bewies, sondern auch die Leute dazu bewegen konnte, zusammenzuarbeiten. Sie sagte immer, sie habe mehr Geduld mit Tieren als mit Menschen, doch als Master war sie genötigt, Geduld mit den Menschen zu üben und andere Gesichtspunkte zu berücksichtigen. M. F. H. geworden zu sein gehörte für sie zum Besten, das ihr je widerfahren war.

»Wir kommen jetzt zur Wahl von Präsident und Master.« Bobby ließ den Blick über die Versammlung schweifen. »Wie ihr wisst, trete ich nach sieben Jahren als Präsident zurück – sieben Jahre, die ich um nichts in der Welt missen möchte. Aber es ist Zeit für frisches Blut, und für mich ist es an der Zeit, die große Entscheidung zu fällen, ob ich meinen Betrieb vergrößern oder verkaufen soll. Betty und ich müssen gründlich über alles nachdenken. Ich danke euch, dass ihr mir gestattet habt, dem Verein zu dienen.«

»Du führst doch das dritte Feld weiterhin an?«, fragte Sorrel. »Du machst das so gut.«

Bobby lächelte. »Mit Schmeicheleien kommst du überall durch, Sorrel. Ja, das mach ich weiter.« Er hielt kurz inne, was ihm sogar Gollys Aufmerksamkeit eintrug. »Es ist Brauch, dass der scheidende Präsident einen Nachfolger benennt, nachdem er sich mit der Jagdherrin beraten hat, und dass er die Gründe anführt, warum er findet, dass der Betreffende ein guter Präsident sein wird. Selbstverständlich kann auch der Vorstand Vorschläge machen.« Er hielt wieder inne. Die Versammelten saßen still da; die Einzigen im Raum, die wussten, was jetzt kam, waren seine Frau und Sister. »Ich habe sehr viel darüber nachgedacht, wer mein Nachfolger werden soll. Das Tolle am Jefferson-Jagdverein ist ja auch, dass jedes Mitglied des Vorstandes meiner Meinung nach ein guter Präsident sein würde. Das sagt eine Menge aus über unsere Leitung und unser Engagement. Aber je länger ich darüber nachgedacht habe, desto öfter kam ich auf einen Mann zurück: Crawford Howard.«

Als er das sagte, machten die Leute große Augen. Niemand hatte damit gerechnet, dass Bobby Franklin die Fackel an einen Mann übergeben würde, den er nicht ausstehen konnte.

»Das wird interessanter, als ich dachte«, schnurrte Golly.

»Crawford hat Elan, er hat Erfahrung in der Geschäftswelt. Er besitzt auch Weitblick. Er scheut sich nicht, sich unumwunden auszudrücken, und –«, Bobby hob lächelnd die Hand, »das liegt uns Virginiern nicht immer. Zumindest diesem Virginier nicht, der hier vor euch steht. Und ich gebe nicht vor, dass mir das immer gefällt, aber ich habe gelernt, wenn Crawford etwas sagt, dann meint er es auch. Er fackelt nicht lange, sondern sieht zu, dass er was geschafft kriegt. An diesem Punkt in unserer Vereinsgeschichte glaube ich, Crawford Howard ist der Präsident, den wir brauchen.« Er wandte sich dem überraschten Crawford zu. »Nimmst du meinen Wahlvorschlag an?«

Crawford erkannte, dass dies für ihn bedeutete, nicht Joint-Master zu werden, zumindest vorerst nicht. So eine Enttäuschung. Andererseits war dies eine Chance, sich als Führungskraft zu bewähren.

»Ich nehme den Vorschlag an. Und ich möchte einem Präsidenten Anerkennung zollen, mit dem ich aneinandergeraten, ja handgreiflich geworden bin. Wie heftig wir uns auch gestritten haben, ich habe nie an deinem Einsatz zum Besten des Jefferson-Jagdvereins gezweifelt. Mit der Zeit habe ich dank deinem Vorbild gelernt, mich ein wenig zu zügeln. Das ist ein großer Schuh, den ich mir da anziehen werde.«

»Hört, hört!«, tönte es von allen Seiten.

Bobby klopfte sich auf seinen umfangreichen Bauch. »Und eine große Hose.« Er lachte über sich selbst. »Habe ich Unterstützung?«

Edward Bancroft, der kein Anhänger von Crawford war, aber auch gelernt hatte, mit ihm zu arbeiten und seinen Geschäftssinn zu schätzen, sagte: »Ich unterstütze den Vorschlag.«

»Gibt es weitere Vorschläge?« Bobby wartete eine angemessene Zeit. »Wenn es keine weiteren Vorschläge gibt, dann empfehle ich, unseren Kandidaten zum Präsidenten zu wählen. Weil es nur einen Kandidaten gibt, genügt eine mündliche Abstimmung. Alle, die dafür sind, sagen ›Ja‹.«

»Ja«, kam es einmütig im Chor.

»Crawford Howard ist unser neuer Präsident, er übernimmt sein

Amt mit der Vorstandssitzung im Februar. Ich gratuliere, Crawford.«

»Danke.« Crawford stand auf. »Danke für euer Vertrauen.« Er nahm wieder Platz.

»Ein letzter Punkt: die Masterwahl.«

Ehe Bobby fortfahren konnte, rief Ronnie: »Ich schlage Jane Arnold vor.«

»Ebenfalls«, sagte Clay.

»Weitere Vorschläge?« Bobby wartete. »Alle, die dafür sind, dass Jane Arnold ihre Aufgaben als Master fortsetzt, erklären dies mit einem ›Ja‹.«

Alle sagten »Ja.«

Sister lächelte. »Schön, ihr seid mich offenbar noch nicht leid. Ich danke euch.« Sie wartete einen Augenblick. »Wie ihr wisst, bin ich seit 1957 eure Jagdherrin. Ich hoffe, ich werde buchstäblich im Sattel sterben. Nichts, was ich je getan habe, habe ich so geliebt wie Master des Jefferson-Jagdvereins zu sein. Ich habe stolz unsere Farben getragen, dunkelblau mit lederbrauner Paspelierung, wie sie unsere Vorväter trugen, als sie die Briten im Unabhängigkeitskrieg zurückschlugen.« Sie holte tief Luft. »Einige jüngere Mitglieder denken sicher, ich bin Master seit dem Unabhängigkeitskrieg. Es wird Zeit, einen Joint-Master einzuführen, liebe Freunde. Es wird Zeit für mich, sicherzustellen, dass dieser Verein am Ende meiner Tage einen Master hat, der unsere Hunde kennt, unsere Gepflogenheiten hochhält und der gewährleistet, dass unseren Enkel- und Urenkelkindern zu Gebote stehen wird, was uns zu Gebote stand: freies Land, Achtung vor allen Lebewesen, Wissen um unseren Platz in der Natur und die Liebe zum Fuchs, unserem würdigsten Gegner.« Die Leute hielten den Atem an, als sie dann mit fester Stimme sagte: »Ich wäre dem Vorstand dankbar, wenn ihr euch für Walter Lungrun als unserem Joint-Master entscheiden würdet.«

Schweigen. Dann sagte Edward in seinem aristokratischen Tonfall: »Janie, das ist eine geniale Wahl. Walter ist jung, tatkräftig, ein leidenschaftlicher Fuchsjäger und lerneifrig. Ich glaube, ihr zwei wärt ein großartiges Team. Ich unterstütze diesen Vorschlag rückhaltlos.«

»Walter?« Bobby fand, dass der gut aussehende Mann seine Bereitschaft, dem Verein zu dienen, zu erkennen geben musste, obwohl sogar Bobby wusste, was im Schwange war.

»Das ist eine Ehre, die ich mir nicht vorstellen konnte«, erwiderte Walter und meinte es ernst.

Betty meldete sich: »Ja. Ja.«

Auf ihr schlichtes Einverständnis hin sprachen alle auf einmal, und es herrschte offensichtlich allgemeine Zustimmung, trotz des doppelten Überraschungscoups.

Die Versammelten hatten gedacht, Sister würde es noch ein, zwei Jährchen allein machen, und viele hatten befürchtet, Crawfords Ehrgeiz, Master zu werden, würde mit der Zeit den Verein spalten.

»Können wir hierüber abstimmen?«, fragte Bobby.

»Ich unterstütze den Vorschlag«, sagte Ronnie.

»Alle, die dafür sind ...«

Alle sagten »Ja«, bevor Bobby den in der Geschäftsordnung vorgeschriebenen Wortlaut zu Ende sprechen konnte.

»Gratuliere.« Bobby stand auf und drückte Walter die Hand, dann ging er zu Crawford und drückte ihm die Hand. »Oh, fast hätte ich's vergessen«, sagte er, als die Vorstandsmitglieder aufstanden, »gibt's noch einen unerledigten Punkt?«

»Die Sitzung ist vertagt«, rief Sorrel.

Betty umarmte Sister. Einer nach dem anderen umarmten sie alle übrigen Vorstandsmitglieder und dankten ihr.

Danach teilten sie sich in Grüppchen auf und enteilten an die Bar oder zur Kaffeekanne in der Küche. Alle gratulierten dem neuen Joint-Master und dem neuen Präsidenten.

Auf Sisters Schreibtisch lagen fein säuberlich übereinander die Probeabzüge, die Jim Meads ihr von seinen sämtlichen Aufnahmen bei Mill Ruins geschickt hatte. Sie hatte sie für die Vorstandsmitglieder zur Ansicht hingelegt.

Die Hochglanzabzüge von der Schlägerei auf Chapel Cross hatte sie wohlweislich mit ins Schlafzimmer genommen. Sie hatte einen kurzen Blick darauf geworfen und wollte sie sich später genauer ansehen.

Als die Versammlung sich schließlich auflöste, nahm Walter, der als Letzter ging, Sister in die Arme und gab ihr einen Kuss.

»Hast du einen guten Rat für mich, Master?«

Sie gab ihm auch einen Kuss. »Übung macht den Meister.«

Als sie sich später ins Bett gekuschelt hatte, Golly neben sich, beglückwünschte sie sich dazu, dass die Sitzung so glatt gelaufen war. Sie seufzte erleichtert auf. Walter würde ein ausgezeichneter Master sein. Ihr war eine Last von den Schultern genommen; so breit diese auch waren, die Regelung einer geeigneten Nachfolge hatte sie als schwere Bürde empfunden.

Sie zog die Nachttischlade auf und nahm die Fotos heraus.

»Still!«, schrie Golly den schnarchenden Gockel an.

»Golly, mir platzt noch mal das Trommelfell von deinem Geschrei.« Sister tätschelte die verwöhnte Katze mit der linken Hand und ging die Fotografien mit der rechten durch. »Die Jungs meinten es ernst.« Sie betrachtete die Aufnahmen von Xavier und Sam. »Hmm.« Besonders ein Foto sah sie sich ganz genau an: Dalton und Izzy saßen nebeneinander und schauten sich in die Augen. Das war kein geselliger Blickkontakt unter Bekannten. Hitze lag in diesem Blick. Sie sah rasch die anderen Fotos nach einem weiteren Hinweis auf Dalton und Izzy durch. Sie fand keinen.

»Ruhe, Gockel«, beklagte Golly sich abermals.

»Vielleicht interpretiere ich da ja zu viel hinein«, Sister ignorierte das Gemaunze der Katze, »aber Golly, ich bin lange genug auf der Welt, um einen lüsternen Blick auf Anhieb zu erkennen.«

21

Das sich langsam drehende Wasserrad schaufelte einen Schwall klaren Wassers vom oberen Teich in den unteren. Die unterhalb der Frostgrenze eingegrabenen Rohre froren nicht ein. Die Teile oberhalb der Frostgrenze waren mit Wärmeband isoliert. Cindy Chandler mochte die Rohre im Winter nicht trockenlegen.

Ihre kostspielige Lösung funktionierte. Sie funktionierte auch für die Fische: Frisches Wasser, eine stete Sauerstoffquelle, ergoss sich in das Loch im Eis.

Eine neuerliche Erwärmung brachte das Eis auf dem Teich zum Knacken, die Sprünge sahen wie dunkle Adern aus. An den Rändern der stark strömenden Bäche hatten sich Eiskristalle gebildet. Dickeres schmelzendes Eis ließ den Wasserstand steigen.

Um zehn Uhr an diesem Dienstagmorgen hatte die Erde einen dünnen, glatten Überzug aus Eis, das langsam taute. Der Boden weichte auf.

Dana und Diddy, begierig, eine gute Leistung zu erbringen, schlugen an, als sie Graces Wittrung aufnahmen. Grace suchte die Teiche gerne nachts auf und manchmal sogar am helllichten Tag.

Cora schalt die zwei jungen Hündinnen für ihren Übereifer. Graces alte Duftspur würde nur zu ihrem Bau führen. Mit Geduld ließe sich womöglich eine bessere Fährte aufspüren. Cora hoffte, sie würden auf Onkel Yancy stoßen. Er sauste mit Vorliebe zu dem renovierten alten Schulhaus am Rand der Foxglove Farm.

»*Ist eine Spur denn nicht so gut wie die andere?*«, fragte Diddy enttäuscht.

»*Nein*«, erklärte Cora, die Nase am Boden, der Erstjährigen mit Nachdruck. »*Wenn heute ein schwieriger Wittrungstag wäre, würde ich dir raten, auf dieser Fährte zu bleiben, aber schau nur, Kleine, schau.*« Cora hob den Kopf und blickte zu dem reizenden Haus, das in ungefähr achthundert Metern Entfernung zu sehen war.

»*Ich seh nichts.*« Diddy war ratlos.

»*Der Rauch aus dem Schornstein. Er wird runtergedrückt und weht flach, statt gerade nach oben zu steigen. Siehst du das? Als ob eine große Pfote ihn zurückstieße. Das ist gut. Und jetzt guck zum Himmel.*« Die junge Hündin tat wie geheißen, und Cora fuhr fort: »*Tiefe graue Wolken, taubengrau. Die halten die Spur für uns am Boden. Und die Temperatur ist genau richtig.*« Cora holte tief Luft; der würzige Geruch der Erde stieg ihr in die Nase, da das Eis schmolz. »*Vier Grad, wenn nicht mehr. Wir finden eine heißere Spur als die von Grace.*«

Dana fragte beeindruckt: »*Woher wusstest du, dass das Graces Spur war?*«

Cora gluckste. *»Also, das ist, wie Fänger beim Baseball sein. Du weißt ja, da gibt es die Werfer. Wenn Asa, Arden, Diana, Dasher oder ich die Spur von einem Fuchs aufnehmen, den wir nicht kennen, sind wir besonders aufmerksam. Dieser Fuchs wird nach einem anderen Schema laufen. Wenn du aufgeregt bist, wenn die Spur sengend heiß ist, ist es leicht, die Fährte von einem fremden Fuchs zu überschießen. Das ist aber nicht so furchtbar schlimm, und an einem Tag wie heute würden wir sie im Pfoteumdrehen wiederfinden.«* Sie blähte die breite Brust. *»Doch wenn wir an einem veränderlichen Tag überschießen, könnten wir die ganze Jagd vermasseln. Shaker und Sister würden es mitkriegen. Sie haben keinen guten Spürsinn – sie können nichts dafür –, aber sie haben gute Augen; sie kennen ihre Beute, und sie kennen uns. Wir müssen unserem Wild direkt auf der Spur sein.«*

Diddys sanfte braune Augen wurden feucht, als sie die Nase wieder senkte. *»Oh, ich will nicht ausgebootet werden. Ich will ein guter Jagdhund sein.«*

Ardent, der hinter den Mädchen war und das ganze Gespräch mitgehört hatte, sprach den zwei D-Weibchen Mut zu. *»Aber, aber, dazu wird es nicht kommen. Ihr werdet eure Sache gut machen. Es dauert ein, zwei Jahre, bis ihr den Bogen raushabt. Ausgebootet werden Jagdhunde aus ganz anderen Gründen. Macht euch keine Sorgen.«*

Dana, der die Sache mit dem Ausbooten Angst machte, flüsterte: *»Wegen was zum Beispiel?«*

»Zu schnell. Zu langsam. Nicht mit den anderen auskommen. Nicht der richtige Spürsinn für unsere Ansprüche«, erklärte Ardent. *»Aber Sister und Shaker sind sehr bedachtsam, wenn sie einen Hund des Jefferson-Jagdvereins ausbooten. Wir werden nur an gute Plätze geschickt, und manchmal schickt sie einen Hund, um beim Zuchtprogramm eines anderen Vereins auszuhelfen, und danach kommt der Hund zurück. Gewöhnlich schickt sie zu diesem Zweck eins von den Weibchen, aber einmal hat sie Archie für einen Sommer an eine Meute in Missouri ausgeliehen.«*

»Ich will hier nicht weg.« Diddy stellte die Ohren auf.

»Aller Wahrscheinlichkeit nach wirst du das auch nicht müssen.« Cora bemerkte Dragon zu ihrer Rechten. Seine Rute war ruhig, dann fing er an, heftig zu wedeln. *»Es könnte Arbeit geben.«*

»Onkel Yancy!«, rief Dragon.

Diana, die die unerhörte Selbstüberheblichkeit ihres Bruders besser zu nehmen wusste als die meisten anderen, spurtete hin, senkte die Nase zum Boden und bestätigte: »*Yancy!*«

Dragon war schon losgerannt und zog die Meute mit; achtzehn Koppeln waren es an diesem verheißungsvollen Januarmorgen.

Shaker blies dreimal hintereinander drei kurze Doppeltöne. Als der Rest der Meute auf die Fährte stieß, blies er »Gone away« – einen lang gezogenen Stoß, gefolgt von kurzen Zweier- oder Dreiertönen, die kurzen Töne drei-, viermal hintereinander.

Sister, die heute ein Feld mit neunundzwanzig Personen anführte, was viel war für einen Dienstag, bekam Herzklopfen. Einerlei, wie oft sie »Gone away« im Laufe der Jahre gehört hatte, es überlief sie jedes Mal eiskalt.

Sie gab Rickyroo Schenkeldruck, einem schönen geschmeidigen Vollblüter mit einem großen Herzen, der noch nicht ausgelernt hatte. Sie trabten fort von den Teichen, einen rutschigen Knick in der Weide entlang. Als sie diesen hinter sich hatte, ging sie in Kanter über, doch ehe sie sich's versah, nahm das Tempo zu.

Vor ihr ragte eins von Cindys gemauerten Hindernissen mit einem quer gelegten Telefonmast auf. Pferde nehmen feste Sprünge ernst, sie setzen leichter über ein solides Hindernis als über ein niedrigeres, loses. Rickyroo, der überzeugt war, alles zu können, stellte die Ohren auf, hob ab und landete, wobei er ein bisschen rutschte. Sister fragte sich, wie dieser Untergrund beschaffen sein mochte, wenn die letzten Reiter des Feldes den Sprung nahmen.

Das hintere Feld, heute nur zu sechst, kanterte hinter Tedi Bancroft. Es machte ihr nichts aus, das letzte Feld an den Tagen anzuführen, wenn Bobby nicht kommen konnte. Sie sagte immer, im hinteren Feld bekäme sie mehr zu sehen als im ersten Feld.

Edward Bancroft ritt heute direkt hinter Sister, ihm folgte Walter; Xavier, Clay, Ronnie, Tommy, Sam, Gray, Marty, Crawford, Dalton, Alexander Vajay und das übrige Feld verteilten sich hinter ihnen.

Nachdem sie die Mauer übersprungen hatten, ritten sie an den Rand eines gelichteten Waldstücks – das hieß, das Unterholz war auf einer Fläche von mindestens fünfzehn Meter gerodet. So angenehm das war, Sister verurteilte dieses Verfahren. Dichtes Unterholz zog Wild an, insbesondere Kaninchen, die sich ihr Futter an den Rändern suchen. Kein Kaninchen, das auf sich hält, wird sich mitten auf ein großes Feld oder eine Waldlichtung setzen, es sei denn, es gibt weit und breit keine Raubtiere.

Von der Lichtung aus gelangten sie auf einen Feldweg, der in einen Wildpfad überging. Das Unterholz war selbst im Winter auf beiden Seiten ein dichtes Gewirr. Alte Kriechpflanzen, Dornbüsche und Berglorbeer verbargen Yancy vor den Blicken. Er rannte nicht weit entfernt in hohem Tempo. Er war eingeschlafen gewesen und erst aufgewacht, als er Cora mit Diddy sprechen hörte. Sein Alter machte sich bemerkbar, und er war in die Gewohnheit verfallen, auf einem warmen Stein, in einem großen Heuballen oder sogar in einer Pferdebox einzunicken.

Dragon, flink wie Merkur, sauste keine fünf Minuten hinter Yancy. Dragon war fest entschlossen, den alten Fuchs zu fangen, ihn am Hals zu packen und sich seinen Kadaver über den Kopf zu werfen. Von derlei Ruhmestaten träumte Dragon.

Yancy fragte sich in diesem Augenblick, ob er es bis zu seinem Bau unter dem Schulhaus schaffen konnte. Er lief im Zickzack durchs Gestrüpp, weil er wusste, dass dieses das Tempo der größeren, schwereren Hunde drosseln würde, dann ließ er sich in den Bach gleiten, der in den Broad Creek mündete. Im Wasser trabte er hundert Meter weit stromabwärts über die Steine, und wenn er schwimmen musste, schwamm er. Vorn lockte ein umgestürzter Baum. Er kletterte hinauf und gelangte auf dem Stamm ans andere Ufer.

Die Hunde liefen auf beiden Seiten des Bachs. Dragon, völlig außer sich, platschte dummerweise in den Bach. Yancy wäre fast entkommen, doch Asa, klug und erfahren, sah den Baumstamm, lief hin, sprang drauf, senkte die Nase und bellte einen tiefen, nachhallenden Ton. Dann sprang er herunter, nahm die Spur auf und zog die gesamte Meute mit.

Die verlässliche Diana führte die Hunde an. Dana und Diddy schauten Anweisungen heischend zu ihr nach vorn oder zu Cora.

Bitsy, die Cindys Stall einen Besuch abgestattet hatte, beschattete die Meute, seit sie sie gehört hatte. Die Schreieule flog leise voraus. Da eine Eule in der Luft fast geräuschlos ist, bemerkt ein Beutetier sie erst, wenn es aufblickt und die Klauen, die selbst bei einer kleinen Eule wie Bitsy beängstigend sind, es packen. Bitsy mochte Onkel Yancy sehr, weil sie beide den Klatsch liebten.

»Yancy, Yancy, duck dich in das überwucherte Quellhaus da vorne. Vierhundert Meter. Mach die Fliege.«

Das Quellhaus, das einst dem Schulhaus gedient hatte, wurde nicht mehr benutzt. Die Mauern waren intakt, das kalte Wasser rann noch hindurch, sodass Milch, Käse und Fleisch selbst bei heißestem Wetter ein, zwei Tage kühl gehalten werden konnten. Die Kinder, die zwischen den 1870er-Jahren bis in die 1940er hinein die Schule besuchten, hielten ihre Milchflaschen und Lunchpakete im Quellhaus oder gar in der Wasserrinne bis zur Pause frisch.

Dragon, der Yancys Vorsprung aufholte, sauste schneller und schneller, angetrieben von dem Gedanken, den Fuchs zu töten.

Yancy stolperte über eine knorrige Baumwurzel, die sich zwischen den Steinen hochgeschoben hatte, und überkugelte sich mehrmals. Dragon kam nahe genug heran, um das zu sehen. Bitsy stieß herab, flatterte dem geschmeidigen Hund vor der Nase herum und verwirrte ihn für einen Moment, gerade so lange, bis Yancy wieder auf die Beine kam.

Der alte Fuchs schlüpfte in das Quellhaus, wo ein nettes kleines Versteck in der Ecke war.

Dragon heulte die geschlossene Tür an. Die großen schwarzen Angeln, die mit einer dünnen Rostschicht überzogen waren, hielten die schwere Eichentür an Ort und Stelle. Er spurtete an die Seite, wo das Wasser hindurchlief, legte sich flach und versuchte, sich durch die Rinne hineinzuwinden. Er war zu groß. Der kleine Bau, den ein fleißiger Fuchs vor mehreren Generationen angelegt hatte, war geschickt platziert. Yancy hatte sich weit ins Innere verzogen. Er blinzelte und fragte sich, wie viele Ausgänge es geben mochte. Wenn Dragon zu buddeln anfinge, würde Yancy dann den richtigen Ausgang wählen oder sich mitten in der Meute wiederfinden?

Shaker, der die vorderen Hunde bei sich hatte, schwang sich von Showboat. Er konnte die Tür nicht aufbekommen, deswegen blies er »Eingefahren«, als die schlankeren Meutehunde in die Rinne krochen. In das Quellhaus gelangt, veranstalteten sie einen irrsinnigen Lärm. Der total frustrierte Shaker stand mit den größeren Hunden und dem wütenden Dragon draußen.

Betty kam herbeigeritten, sprang von Magellan, und zu zweit rackerten sie sich mit der großen alten Tür ab, die in den Angeln quietschte.

»Verflucht. Hoffentlich geht es Yancy gut.«

»Yancy kann auf sich aufpassen.« Betty hatte mit den Jahren gelernt, den alten Herrn zu bewundern. Er hatte eine Menge Tricks auf Lager.

Sie bekamen die eingerostete Tür einfach nicht auf.

Walter ritt hinzu. »Master, darf ich helfen?«

»Natürlich.«

Weil Walter der stärkste Mann im Feld war, erteilte Sister ihm gerne die Erlaubnis, sich vor sie zu begeben.

Walter sprang ab und setzte seine Schulter ein. Die Tür gab nach; das Quietschen von altem Eisen auf Eisen klang unheimlich in dem immer dunkler werdenden Grau.

Yancy schlitterte einen unterirdischen Pfad entlang, der rechts abknickte und zum Schulhaus führte. Hoffte er jedenfalls.

Er steckte den Kopf heraus. Tatsächlich, da waren sie alle miteinander, die Menschen mit der Seite zu ihm, und keiner blickte in seine Richtung. Er traute Dragon nicht über den Weg, wusste er doch, dass der Hund dem Meuteführer möglicherweise nicht gehorchen würde. Er atmete tief durch. Bitsy sah gespannt zu. Yancy kroch aus dem Ausgangsloch und robbte, den Bauch am Boden, zum Schulhaus. Er würde sich den Wald zunutze machen können, und wenn er dann auf offenes Weideland käme, würde er sein letztes Bisschen an Geschwindigkeitsreserven mobilisieren müssen.

Sister nahm aus dem Augenwinkel eine Bewegung wahr, und da sah sie ihn. Sie zählte bis zwanzig, erwog die Begleitumstände, zählte noch einmal bis zwanzig und sagte dann: »Horridoh.«

Weil Shaker gerade im Quellhaus »Eingefahren« blies, hörte er es nicht. Betty hörte es und legte ihm ihre Hand auf die Schulter.

»Horridoh. Sister.«

Wortlos stürmte Shaker hinaus, seine Hunde hinterher. Er schwang sich in den Sattel, setzte das Horn an die Lippen, doch besann sich dann anders. »Kommt.«

Als die Hunde das Quellhaus verlassen hatten, mühte Walter sich wieder mit der Tür ab. Shaker blies die Hunde dorthin, wo Sister Yancy gesichtet hatte. Sie stand ganz still, der Kopf des Pferdes wies in die Richtung, die Yancy nahm. Sie hatte die Kappe vom Kopf genommen und hielt sie am ausgestreckten Arm in dieselbe Richtung, die Ohrenschützer flappten im stärker werdenden Wind.

»Ja!« Diddy witterte eine Duftspur, die so frisch war, dass es sie fast umwarf.

In Sekundenschnelle waren alle auf und davon. Ein dunkles Hindernis war in den alten Zaun zwischen Wald und Weiden eingelassen. Shaker nahm es als Erster, Sister zwanzig Meter dahinter. Auf der Weide sahen sie Yancy zum Schulhaus schnüren, Dragon führte dreißig Meter hinter ihm die Hunde an, und der Rest der Meute holte auf; die Junghunde hatten mehr Tempo drauf, als Sister sich erhofft hatte.

Aber Yancy hatte genug Vorsprung, um es gerade zu schaffen. Er verschwand in seinem geräumigen Bau, dessen größter Eingang sich beim Keller des alten Schindelbaus befand. Dort angelangt, ließ er sich auf die Seite fallen und versuchte, zu Atem zu kommen. Das war knapp gewesen. Er gestand sich ungern ein, dass er langsamer wurde und dass sein Urteilsvermögen nachließ; es war aber Tatsache.

Oben flog Bitsy und beschattete das Ganze. Sister blickte hoch und sah, dass die robuste kleine Schreieule die Meute eingehend beobachtete. Mit einem ohrenbetäubenden Schrei landete die Eule auf der Dachkuppel.

Später sann Sister darüber nach. Es gab so vieles, was die Menschen nicht über die Verständigung anderer Lebewesen untereinander wussten. Und bei der Gelegenheit, wieso wusste sie nicht, musste sie wieder an die Fotografie von Jim Meads denken, auf der ein heißer Blick zwischen Izzy Berry und Dalton Hill zu sehen war.

22

Die herabschwebenden Schneeflocken wurden von den großen Bogenlampen angestrahlt, die das längliche weiße Schild mit der Aufschrift »Roger's Corner« beleuchteten. Dieser Gemischtwarenladen mit Imbiss und Tankstelle führte alles von Bier über Schrotkugeln bis zu Schweizer Schokolade. Der Hauptartikel jedoch war Klatsch und Tratsch.

Der Laden an der Kreuzung Soldier Road, die von Osten nach Westen, und White Cat Road, die von Norden nach Süden verlief, schrieb seit seinem Gründungsjahr 1913 schwarze Zahlen. Die White Cat Road war die letzte anständige Nord-Süd-Straße, ehe man die Blue Ridge Mountains querte. Die anderen Straßen, die in dieselbe Richtung führten, waren mit Schlaglöchern übersät oder unbefestigt oder beides.

Roger, im gleichen Alter wie Ronnie und Xavier, hatte das Geschäft bei seinem Vater gelernt. Er war der Besitzer des Ladens in vierter Generation und nach seinem Gründer getauft. Es tat ihm wohl, sich im Zentrum des Bezirks zu befinden.

Das tiefe Blau der Wolken, der fallende Schnee, die Tanksäulen mit ihren Schneehauben, das von dem Schild über den Laden flutende Licht – dies alles mutete an diesem Samstagabend an wie ein Gemälde von Edward Hopper.

Drinnen hatten Shaker, Sister, Xavier, Tedi, Lorraine und Sari für ihre jeweiligen Bedürfnisse eingekauft und standen jetzt noch an der Theke zusammen.

Der freundliche Roger versorgte sie mit Kaffee. »Na, gute Jagd gehabt heute Morgen?«

»Da musst du sie fragen.« Shaker wies mit dem Kopf auf Sister, dann schaute er aus dem Fenster auf die zugeschneite Windschutzscheibe des alten 1974er Chevrolet-Transporters mit dem 454er Motor, ein echtes Kraftpaket.

»Ziemlich gut, danke der Nachfrage, Roger. Wir haben bei Duelling Grounds gejagt, in der Niederung am Fluss. Ich hatte schon Donnerstag ein großes Feld, und heute war es sogar noch größer, sechzig Personen. Als wir aufhörten, waren wir blau gefroren, aber hey, die Füchse sind gerannt, die Hunde haben ihre Sache gut gemacht, und als wir wieder bei den Anhängern waren, haben wir gespürt, dass wir was getan hatten.«

Tedi, die verstohlen eine Zigarette schnorrte, weil Edward es nicht mochte, wenn sie rauchte, sagte: »Erzähl Roger doch mal von der Dame, woher kam sie noch mal?« Sie hielt kurz inne, eine blaue Rauchwolke ringelte sich aufwärts. »Ah, sie kam von Wabash Hounds außerhalb von Omaha, Nebraska, zu Besuch. Sie war sehr nett und bestens ausstaffiert, aber dort gibt es nicht so dichte Wälder wie bei uns. Die Bäume wachsen bei denen scheint's langsamer. Als wir das erste Mal durchs Dickicht preschten, hatte sie Angst um ihre Kniescheiben. Sie war ein guter Kumpel. Hat auch die Hindernisse elegant genommen.«

»Wenn Leute aus dem Mittelwesten oder Westen in Virginia jagen, sind sie oft erstaunt, wie dicht hier der Pflanzenwuchs sogar im Winter ist. Diese Stellen sind zum Teil auch noch sehr flach«, erklärte Shaker. »Boss und ich sind mal beim Western Challenge gewesen. Das Terrain hatte von Tiefwüste über Hochwüste zu Ebenen alles zu bieten. Da gab's hauptsächlich Kojoten.«

»Western Challenge? Was ist das?«, fragte Lorraine.

»Alle Jagdvereine im Westen tun sich für zwei Wochen zusammen. Jeden Tag, außer an Reisetagen, geht man mit ihnen jagen und beobachtet die Arbeit ihrer Hunde in ihrem Revier. Am Schluss gewinnt die beste Meute einen Pokal«, erklärte Shaker.

»Man kann neun Stunden fahren, bevor man in ein anderes Jagdrevier kommt«, sagte Xavier. »Die Dimensionen sind unglaublich. Natürlich ist das meiste im Besitz der Landverwaltungsbehörde LVB, sprich der Bundesregierung.«

»Ist das gut oder schlecht?« Die junge Sari fühlte sich durchaus wohl im Gespräch mit den Erwachsenen. Weil sie sich im Jagdfeld bewiesen hatte, sahen die Erwachsenen in ihr nicht mehr den Teenager, sondern schlicht eine junge Fuchsjägerin.

»Kommt drauf an. An manchen Orten erhält und schützt die LVB das Land. In anderen Staaten ist es ein Kampf. Gerät man an einen machtbesessenen Aufseher, kann der einem das Leben da draußen schwer machen«, klärte Xavier sie auf. »Ich habe noch nie an der Western Challenge teilgenommen, möchte es aber sehr gerne mal. Dee und ich wollen allerdings im August zwei Wochen nach Wyoming und Montana. Es ist so schön dort.« Er hielt inne. »Ronnie und ich wollen es dieses Jahr mit der Challenge versuchen.«

»Gott, du und Ronnie zwei Wochen im Wohnwagen.« Tedi verdrehte die Augen. »Strapaziert das Vertrauensverhältnis.«

»Strapaziert mehr als ein Verhältnis.« Shaker lachte.

»Sicher.« Xavier lachte auch. »Wir sind eine seltsame Verbindung. Er ist so präzise, und ich, na ja, ich bin nicht so schluderig, wie Ronnie behauptet, aber sagen wir mal, ich bin nicht anal- wie heißt das noch mal?« Er zuckte zusammen. »Äh, falsche Wortwahl.«

Alle lachten, außer Sari, die es nicht kapierte.

»Das muss ich unbedingt Ronnie erzählen, was du da gesagt hast.« Roger stützte einen Ellenbogen auf die Theke.

»Kann ich mir denken, so wie ich dich kenne.« Xavier spielte den Entsetzten.

Roger stützte den anderen Ellenbogen auf die Theke. »Wenn wir auf der Highschool Football gespielt haben, war Ronnie fix und zäh. Immer von Mädchen umringt. War besser angezogen als wir anderen.« Roger zuckte die Achseln. »Man ist eben, was man ist, aber Ronnie hat mir viele Fragen aufgegeben. Komisch, ich bin ihm dankbar.«

Shaker sagte schlicht: »Ich kapier das nicht.«

»Wie solltest du auch.« Sister zog eine Augenbraue hoch.

Er hob eine Hand. »Ich will das nicht abwerten. Ich kapier's bloß nicht. Wie kann ein Mann nicht verrückt nach einer Frau sein? Schau, Xavier, so lieb du mir bist, küssen will ich dich trotzdem nicht.«

Xavier lachte. »Dee sagt, ich kann gut küssen.«

»Angeber.« Jetzt lachte Sister.

Tedi drückte ihre Zigarette aus, ihr war ganz wohlig von dem Nikotinstoß.

»Meine Herren, ich bin alt genug, um eure Mutter zu sein. Demzufolge darf ich sagen, was ich denke. Aus meinem langen ereignisreichen Leben ziehe ich den Schluss, dass unser Wissen durch Ideologie und Religion eingeschränkt ist. Wir wissen nicht, warum jemand heterosexuell, geschweige denn homosexuell ist. Aber eins weiß ich: Die Liebe verneinen heißt das Leben verneinen.«

Alle sahen sie an.

»Du hast recht.« Lorraine lächelte ihr zu.

»Tedi, so hab ich dich noch nie reden gehört.« Xavier legte seinen Arm um die reizende Dame.

»Nun ja, Edward ist nicht hier – nicht, dass er mich zügelt, sagen wir einfach, er hält mich von Kontroversen fern. Als wir jung verheiratet waren und er die Firma geleitet hat, da mussten wir oft Einladungen geben, und ich, nun ja, ich bin als eine Prescott aufgewachsen. Die Prescotts sagen, was sie denken. Armer Edward. Einmal sagte er nach so einer Veranstaltung: ›Schatz, ich glaube, die sind noch nicht reif für dich.‹« Sie grinste. »Jetzt habe ich bloß eine Zigarette geraucht und fühle mich phantastisch!«

Sie lachten.

»Verkürzt dein Leben.« Roger zwinkerte ihr zu.

»Habt ihr das nicht satt?« Xavier schlug auf die Theke. »Alle Welt sagt einem, was man zu tun hat und wie man es zu tun hat! Schlimm genug, dass die Regierung uns bei jeder Gelegenheit ausnimmt, jetzt haben wir auch noch die Gesundheitsfanatiker am Hals.«

Lorraine, ernster veranlagt und keine Fuchsjägerin, wandte ein: »Aber Xavier, es ist bewiesen, dass Rauchen Lungenkrebs verursachen kann.«

»Und Koffein ist der Nagel zum Sarg«, erwiderte Xavier. »Von Zucker kriegt man faule Zähne. Ich könnte ewig fortfahren. Mit Rücksicht auf Saris Jugend lasse ich die vielen Bedenken in Bezug auf Sex weg. Schlimm genug, dass wir auf Ronnie gekommen sind.«

»Wie bitte?« Roger hob eine Augenbraue. »Draufgekommen?«

»Du bist pervers.« Xavier boxte ihn.

Roger wich dem zweiten Hieb aus. »Hey, wer ist pervers? Aber ich bin ganz deiner Meinung, X. Der Mensch muss tun, was er tut. Wenn Rauchen die Nerven beruhigt, dann rauch halt. Wenn ein

Bourbon abends um sechs nach einem anstrengenden Tag entspannt, dann trink ihn mit Vergnügen. Wir brauchen alle ein bisschen Unterstützung.«

»Die Fuchsjagd«, sagte Sister entschlossen.

Shaker lachte. »Das ist ihre Antwort auf alles.«

»Aber es ist wahr.« Röte überzog ihre Wangen. »Wann ist man am lebendigsten? Auf der Jagd.«

»Das stimmt«, bestätigte Tedi.

»Für uns«, schränkte Xavier ein.

»Jeder braucht etwas, das ihn körperlich und geistig fit hält. Sicherheit stumpft die Menschen ab.« Shaker, der bei seiner Arbeit viele Gefahrenmomente erlebt hatte, war davon überzeugt.

»Deshalb sieht man Menschen über achtzig und sogar über neunzig im Jagdfeld. Der Sport hat sie nicht nur gesund erhalten, sie stehen morgens auf und können es nicht erwarten, rauszukommen. Wenn der Herrgott bei mir nicht vorher den Stöpsel zieht, gedenke ich zu jagen, bis ich über neunzig bin.« Xavier klopfte sich auf den Bauch. »Vorher sollte ich vielleicht noch ein bisschen abnehmen. Dee liegt mir dauernd damit in den Ohren. Sie treibt regelmäßig Sport. Das nehm ich mir auch vor, aber dann sehen die Doughnuts wieder so lecker aus. Den Rest kennt ihr.« Xavier lachte.

Das Telefon klingelte. »Roger's Corner.« Roger hob den Kopf und sah die Versammelten an. »Danke.« Er legte auf. »Clay Berrys Lagerhaus steht in Flammen. Das war Bobby Franklin am Apparat.«

»Herrgott.« Xavier fiel die Kinnlade herunter. »Das Wasser wird sofort gefrieren. O Himmel. Jungs, ich muss hin.«

»Ist er bei dir versichert?«, fragte Shaker.

»Ja. Vielleicht können wir helfen, Sachen aus dem Lager zu schaffen.«

Shaker wandte sich an Lorraine. Er hatte vorgehabt, für sie und Sari das Abendessen zu machen, nur um zu beweisen, dass er es konnte. »Lorraine, ich geh besser mit.« Dann fragte er Sister: »Bringst du Lorraine und Sari nach Hause?«

»Natürlich. Dann komm ich nach.«

»Nein.« Shakers Stimme wurde streng. »Das ist mein Ernst, Boss. Wir brauchen dich heil und gesund. Ich ruf dich an.«

Tedi rief Edward auf ihrem Handy an, dann ging auch sie.

Als sie auf der verschneiten Straße fuhren, fragte Lorraine: »Sister, hättest du etwas dagegen, mich mit zur Farm zu nehmen? Alice ist zu Hause, sie kann ihre Katzen und die Hühner selber füttern. Shaker wird erledigt sein, wenn er zurückkommt. Ich mach das Abendessen.«

»Ich hab überhaupt nichts dagegen. Ist eine prima Idee.« Sie war froh, dass Clay ihr ihren Silberfuchsmantel gebracht hatte. Im großen Konzept des Lebens war der Mantel ein armseliger Gegenstand, aber sie mochte ihn. Komisch, wie man sein Herz an Gegenstände hängen kann. Big Ray hatte ihr den Mantel zu ihrem fünfzigsten Geburtstag gekauft.

»Hoffentlich können sie das Feuer löschen. Es sind so viele Sachen im Lager«, sorgte sich Lorraine.

»Hoffen wir, dass es nur in einem kleinen Nebengebäude brennt. Der arme Clay.« Sister beschlich Furcht, aber die schrieb sie dem Umstand zu, dass sie soeben am Hangman's Ridge vorbeigefahren war. Bei diesem stürmischen Wetter hatte sie geglaubt, ein Heulen zu hören, das von dem Hügelkamm kam. Der Wind spielt einem ab und zu derartige Streiche.

23

Flammen schossen in den Abendhimmel, ein unheimlicher Anblick bei dem fallenden Schnee. Die Hitze war so stark, dass Shaker und Xavier sich dem kleinen Backsteingebäude nicht mehr als fünfzig Meter nähern konnten.

Die Feuerwehrmänner arbeiteten in bitterer Kälte und sengender Hitze zugleich. Shaker entdeckte Ben Sidell. »Sheriff, kann ich irgendwas tun?«

»Nein. Die Männer haben den Brand unter Kontrolle. Gott sei Dank hat George so schnell geschaltet, dass sie das große Lagerhaus retten konnten«, sagte Ben. George Murtagh war der Feuerwehrchef.

»Schlechte Nacht für so was.«

Ben zog seinen Mantelkragen höher. »Eine gute gibt's wohl nie. Die Männer besprühen das Lagerhaus auf dieser Seite ständig mit Wasser; das gefriert sofort und taut wieder auf. Sonderbar.«

»Wissen Sie schon was?«

»Nein, George sagt, er wird erst was wissen, wenn er das Feuer gelöscht hat. Das Gebäude ist unbeanstandet durch die Inspektion gekommen, aber die Leitungen sind alt. Da braucht bloß eine Maus die falschen Drähte anzuknabbern.« Ben sah auf die Männer, die den Schlauch hielten. »Es sind die wärmeren Nächte, die ich am meisten fürchte. Im Sommer, wenn es draußen so verdammt heiß ist, gibt es mehr Streitereien, Messerstechereien und Morde. Wenn ich in einer bitterkalten Nacht gerufen werde, dann weiß ich, irgendwo ist ein Ölofen explodiert, oder jemand ist auf Glatteis geraten.« Er seufzte. »So oder so, gewöhnlich gibt's einen Toten.«

»Man riecht die brennenden Möbel.« Shaker rümpfte die Nase.

»In diesem Bau dicht bei den Gleisen sind die Möbel für den Abtransport untergebracht. Clay sagt, er war randvoll. Der nächste Transport sollte Dienstag rausgehen.«

»Kann ich wirklich nichts für Sie tun?«

Ben hob kurz die Augenbrauen. »Nein. Danke, dass Sie fragen.«

Shaker ging zu Clay und Xavier.

»Tut mir leid, Clay.«

»Shaker.« Clays Augen wurden feucht. »Danke, dass du gekommen bist.«

»X und ich hatten gehofft, wir könnten Sachen rausholen.«

Clay schüttelte den Kopf. »Holzkisten, Holzmöbel, Polsterung, *puff*.« Er hob die Hände, die in Handschuhen steckten. Möbel und Wertsachen waren in Holzkisten verpackt gewesen.

»Sister wollte herkommen, aber ich hab sie nach Hause geschickt.«

Wieder kamen Clay die Tränen. »Die gute Seele.«

»Kann ich irgendwas tun?«, fragte Shaker.

»Nein.« Clay schüttelte den Kopf. »Das Zeug wird noch tagelang schwelen.«

»Wie geht's Izzy?«, fragte X.

»Heult sich die Augen aus. Ich hab ihr gesagt, alles wird gut.«

X sprach noch leiser als vorher. »Eine Menge Leute werden sich aufregen, aber wir tun, was wir können. Sobald es geht, stelle ich einen Scheck aus, damit das Gebäude wieder aufgebaut werden kann. Ich denke, mit dem Transportunternehmen geht alles klar. Die werden jemanden herschicken, das ist heutzutage Vorschrift.«

»So weit bin ich noch nicht, verstehst du?« Clay biss sich auf die Lippe. »Ich bin froh, dass du dran denkst, aber ich kann nicht so weit vorausdenken.«

»Mach dir keine Sorgen.« X meinte das ernst. Er war auch deswegen erfolgreich, weil er nicht bloß so daherredete. Ihm lag wirklich an den Menschen, die sich über ihn versicherten.

Als Shaker zu seinem Wagen ging, drehte sich der Wind in seine Richtung. Kleine rotgoldene Funken stoben hoch, während weiße Flocken herabfielen. Er atmete Rauch ein, der den unverkennbaren Geruch von Fleisch mit sich trug. Das hatte er schon einmal gerochen, als junger Mann. Ein altes Haus war abgebrannt, der Eigentümer war mit einer brennenden Zigarette im Bett eingeschlafen.

Er ging zu Ben zurück.

»Ben, in dem Bau da brennt Fleisch.«

Ben hob die Augenbrauen. »Kommen Sie.« Shaker führte Ben dorthin, wo er den Geruch wahrgenommen hatte; der Wind wehte noch in diese Richtung. »Wenn Sie tief einatmen, husten Sie. Rauch brennt höllisch in der Kehle.«

Ben atmete ein, hustete und roch es. »Möchte wissen, ob Clay eine Gefrieranlage da drin hatte.«

»Ich würde zuerst mit George sprechen.«

Ben nickte. »Sie haben recht.«

Ben ging zu dem beschäftigten Feuerwehrchef. Shaker stieg in den alten Chevrolet, ließ den Motor an und blieb eine Minute sitzen, um ihn warm laufen zu lassen. Wenn jemand dort drin war, wäre er oder sie verkohlt. Wer konnte sich in dem Lagerhaus aufgehalten haben? Er hoffte, dass es ein Waschbär war. Ein großer könnte einen starken Geruch von sich geben, wenn er verbrannt war.

Shaker fuhr aus der Stadt. Er rief Sister vom Autotelefon aus an.

Sie fragte: »Geht's dir einigermaßen?«

»Gab nichts für mich zu tun. Clay hält sich tapfer. X ist ausgesprochen ruhig. Das hilft Clay, denke ich. Ben hat mich nach Hause geschickt.« Shaker lauschte auf das Knacken im Telefon, als er durch einen Bereich mit schlechtem Empfang fuhr.

»Komisch. Als ich am Hangman's Ridge vorbeigefahren bin, da ...« Sie brach ab. »Diese Stätte kündigt manchmal schlechte Nachrichten an.«

»Hast du wieder ein Gespenst gesehen?« Das war nicht spaßig gemeint, denn einmal hatte sie dort ein Gespenst gesehen. Ein Jahr später hatte er es auch gesehen, was er jedoch ungern zugab.

Die Seelen derer, die man Anfang des achtzehnten Jahrhunderts an der mächtigen Eiche auf dem Hügelkamm aufgeknüpft hatte, um sie der Gerechtigkeit zuzuführen, waren ruhelos. Viele Menschen hatten sie gesehen oder gehört, und sogar Inky machte einen Bogen um die Stätte, wenn sie konnte. Als Fuchs waren ihre Sinne viel schärfer als die eines Menschen. Sie hatte mehr als ein Gespenst gesehen – alles Männer – mit unnatürlich gestrecktem Hals.

»Ich hab bloß ein Heulen gehört, aber es ist windig. Wird stärker.«

»Ja.«

»Oh, äh, jetzt hab ich vergessen, was ich sagen wollte.« Sie hatte es eigentlich nicht vergessen, sie hatte es sich bloß anders überlegt.

»Alzheimer?«

»Halzeimer«, versetzte sie wie aus der Pistole geschossen und legte auf.

Sie hatte ihn fragen wollen, ob sie Sari mit zu sich nehmen solle, damit er mit Lorraine allein sein könne. Dann fiel ihr ein, dass das Abendessen eine Überraschung war und auch Sari Shaker gern mochte. Es wäre nicht fair, sie außen vor zu lassen. Wenn eine Romanze erblühen wollte, war dafür Zeit genug. Sister musste das Feuer nicht schüren. Sie bereute diese Metapher, sobald sie ihr in den Sinn kam.

24

Nach dem Gottesdienst an diesem Sonntag fanden sich viele Mitglieder des Jagdvereins in dem stattlichen modernen Haus der Berrys ein. Izzy, Clays Frau, begrüßte die Gäste an der Tür und bat sie herein. Trotz ihres Ungemachs servierte sie Kaffee, Tee, Kuchen und Plätzchen.

Betty, die immer gedacht hatte, Izzy sei bloß hinter dem Geld ihres Mannes her, schloss sie nun dank dieses Unglücks in ihr Herz.

Die furchtbare Nachricht, die alle bedrückte, betraf die verkohlte Leiche, die man in dem Lagerhaus gefunden hatte. Shaker ersparte den Menschen die Einzelheiten, wie er den Geruch wahrgenommen hatte. Auch Ben Sidell hielt seine Karten bedeckt.

Die Lage war betrüblich genug, ohne dass die Leute sich anhören mussten, wie eine verbrannte Leiche aussieht und riecht. In der Pathologie würde der Leichnam, so hofften sie, mittels zahnärztlicher Unterlagen identifiziert werden. Dr. Larry Hund wurde gewöhnlich gerufen, wenn es darum ging, Rätsel jeglicher Art anhand von Zähnen zu lösen.

Marty, die Tasse und Untertasse balancierte, flüsterte Tedi zu: »Hat Clay Feinde, die ihn so sehr hassen, dass sie zu Brandstiftern werden?«

»Sieht ganz danach aus«, erwiderte die elegante Tedi. Der Habsburg-Saphir schimmerte an ihrem Mittelfinger.

»Schrecklich.« Marty schüttelte den Kopf.

Sam Lorillard schaute kurz vorbei. Da er wusste, wie gut Clay und Xavier sich verstanden, blieb er nur eine Viertelstunde.

Gray, dessen Anwesenheit stets beruhigend wirkte, brachte der Gastgeberin eine Mimose mit. Sie war so darin aufgegangen, sich um ihre Gäste zu kümmern, dass sie ihr Unglück fast vergessen hatte. Sister beobachtete ihn und wurde ein bisschen rot, als er ihr zulächelte.

Dr. Dalton Hill war da, was Sister ein wenig für ihn einnahm. Langsam lernte er die Leute besser kennen und verlor etwas von seiner Steifheit. Dass er, so neu er war, Mitgefühl für ein Mitglied des Jagdvereins bekundete, beeindruckte sie. Fuchsjäger mussten zusammenhalten.

Walter, der Ben Sidell um zwölf Zentimeter überragte, stützte sich rechts vom Schutzgitter auf den Kaminsims. Er fragte den Sheriff: »Ist Gaston schon an der Arbeit?«

»Mmm.« Ben bestätigte mit einem Nicken, dass der Gerichtsmediziner des Bezirks an dem Fall dran war, dann trat er einen Schritt vom Kamin zurück, weil es ihm zu heiß wurde.

»Pathologen haben immer die richtige Lösung – einen Tag zu spät«, sagte Walter mit einem wehmütigen Lächeln, als er mit Ben vom Kamin abrückte.

»Nicht Ihre Sache, Doktor?«

»Nein. Ich mag den Kontakt mit Menschen. Ich will helfen. Wir leben in einer so zynischen Zeit, und das hört sich jetzt vermutlich abgedroschen an, aber ich möchte ernsthaft helfen und heilen.«

Ben lächelte ihn an. »Ich auch.«

»Uns beiden wird die Arbeit nie ausgehen«, erwiderte Walter.

Sorrel Buruss trat zu ihnen. »Meine Herren, darf ich stören?«

»Sie stören nie.« Walter verbeugte sich leicht vor der reizenden Witwe, die gerade die vierzig überschritten hatte.

»Xavier ist so unermüdlich. Die halbe Nacht und heute den ganzen Morgen war er am Telefon. Der Sachverständige des Frachtunternehmens Worldwide Security fliegt morgen von Hartford hierher. X möchte, dass Clay so schnell wie möglich wieder hochkommt.«

»Es ist gut, wenn man X an seiner Seite hat«, stimmte Ben zu. Sein Handy piepte. »Entschuldigung.« Er entfernte sich von der Gruppe und hörte aufmerksam zu. »Danke, Gaston. Bin gleich da.« Dann ging er wieder zu Walter und Sorrel. »Walter, möchten Sie mit mir ins Labor kommen?«

Walter wusste, was er meinte. »Gerne.«

Sorrel wusste es auch. Sie stellte wohlweislich keine Fragen, beobachtete jedoch die Reaktionen der anderen, als der Sheriff und Walter zusammen fortgingen.

Die Leute, die gekommen waren, um ihr Mitgefühl zu bekunden, brachen einer nach dem anderen auf.

Sister fuhr, mit Gockel und Raleigh auf dem Vordersitz, nach Hause. Die geräumten Straßen waren stellenweise glatt. Die Sonne schien, und das Weiß blendete.

Obwohl als Episkopalin aufgewachsen, war Sister keine Kirchgängerin. Ihre Kirche war die Natur. Wenn sie die spiegelnden vereisten Teiche betrachtete, die winzigen Regenbögen, die auf schnee- und eisbedeckten Hügeln tanzten, die aufwühlende Schönheit des Broad Creek, der unter der Soldier Road brauste – diese Dinge schenkten ihr einen tiefen, unerschütterlichen Glauben an eine höhere Macht oder Mächte. Sister scherte sich nicht um Monotheismus oder die intellektuellen Tröstungen von Dogmen. Wenn sie solche Schönheit sah, wenn sie einen Fuchs im Winterpelz beobachtete, den würzigen Duft der Kiefern einatmete, während sie schnell unter ihnen dahinritt, wenn sie Athena nachts schreien hörte, wenn sie fühlte, wie der feste Grund unter ihr in Sumpf überging, den silbrige, schwarze und hellbraune, ihres Blätterkleides beraubte Sträucher zierten – diese Dinge bestärkten sie in dem Glauben, dass alles Leben göttlich war.

Auch als Walter später anrief, um ihr zu sagen, dass die noch unidentifizierte Leiche nicht an Rauch erstickt war, tat dies ihrem Glauben an Gottes Werk keinen Abbruch. Die Niete unter den Gottesgeschöpfen war der Mensch. Dennoch hoffte sie in ihren guten Momenten, dass wir, wenn wir uns nur anstrengten und unsere groteske Selbstüberschätzung abwarfen, uns mit der übrigen Natur zu einem Chor der Würdigung des Lebens vereinen würden.

Sie fütterte die Hunde und stellte für Golly einen Napf mit flockigem Thunfisch auf die Anrichte.

»Miezekatze, würdest du eine andere Katze für Thunfisch töten?«

Schnurrend hob Golly den Kopf, an ihren Schnurrhaaren hafteten kleine Thunfischbröckchen. *»Nein. Aber ich würde sie ohrfeigen.«*

Während die Katze den Leckerbissen verschlang, strich Sister ihr über das seidige Fell.

Dann zog sie eine Daunenweste an und darüber ihre alte Barbourjacke und ging hinaus. Der Sonnenuntergang war im Winter so früh, die langen roten schrägen Strahlen zogen sich über den wogenden Wiesen von Westen bis Osten. Die Pferde wieherten, als Sister vorbeikam. Sie betrachtete die Zuchtstute, Secretary's Shorthand, und wünschte, das Tier wäre tragend. Secretary sah dicker aus, aber der Tierarzt hatte zwei Wochen nachdem sie gedeckt worden war, und noch einmal nach fünf Wochen einen Ultraschall gemacht. Die Stute schien nicht trächtig zu sein. Aber manchmal liefert ein Ultraschall nicht das richtige Ergebnis. Pferde können Menschen täuschen. Secretary war eine muskulöse, schöne Braune, und Sister wünschte sich sehnlichst ein Fohlen von ihr.

Sie klopfte an Shakers Tür.

»Ich weiß, wer da ist«, rief er.

»Ja, ich.«

»Ich brauche nichts. Ich habe heute in der Kirche gespendet.« Er machte die Tür auf, sah Sisters Gesichtsausdruck. »Was ist?«

»Shaker, die verbrannte Leiche ist nicht am Rauch erstickt. Der Mann war tot, bevor ihn die Flammen erfassten, aber man weiß noch nicht, was genau passiert ist.«

»Komm rein.«

Die zwei setzten sich. Keiner konnte sich vorstellen, was los war. Nachdem sie sämtliche Theorien erschöpfend durchgesprochen hatten, kam Sister auf die Dienstagsjagd zu sprechen. Sie sollte auf Melton stattfinden, einer hübschen alten Farm.

»Wenn es windig ist, denke ich, reiten wir schnurstracks in die Senke. Wenn nicht, gehen wir gegen den Uhrzeigersinn vor, was meinst du?«

Er streckte die muskulösen Beine aus. »Gegen den Uhrzeigersinn, du meinst, vom Haus aus, ja?«

»Ja.«

»Wir nehmen die Farmstraße und biegen rechts ab. Die Wiese liegt offen, sie kriegt die Morgensonne ab. Wir könnten Glück haben. Es ist Paarungszeit.« Er liebte die Ranzzeit der Füchse.

»Hab ich gemerkt.«

»Fang bloß nicht damit an. Wir sind nur Freunde.«

»Das sagen sie alle.« Ihr Ton war warm. »Es freut mich, dass du jemanden hast, mit dem du reden kannst, dich gut verstehst.«

»Sari ist ein tolles Mädchen. Sie möchte alles über die Hunde lernen.« Das war der Weg zu Shakers wie auch zu Sisters Herz. »Und Lorraine kennt schon ein paar Weibchen mit Namen. Am Anfang wollte Lorraine keinen Hund anfassen. Sie war zu ängstlich, aber jetzt geht sie mitten rein. Schade, dass Peter Wheeler nicht mehr unter uns ist. Wenn sie zu Peter in den Wagen hätte steigen können, ich glaube, dann hätte sie mehr gelernt als beim Reiten.«

»Junge, Junge, das kann man wohl sagen.«

»Oh, Crawford, dieser Blödmann, hat mich angerufen. Er sagt, wir brauchen für den Sommer eine Fliegenspray-Anlage im Zwinger, und er will sie bezahlen. Himmel, Boss, warum hast du ihn Präsident werden lassen?«

»Weil der Verein sich sonst in Bezug auf den Joint-Master in zwei Gruppen geteilt hätte. Die größere Gruppe wäre gegen ihn, die kleinere für ihn, und du und ich hätten den Salat.« Sie hielt inne. »Überlass mir die Politik, Shaker. Es ist mein Job, Kröten zu schlucken und als Prinzen auszuspucken.«

Er rümpfte die Nase. »Du hast recht. Hast ja recht. So was könnte ich nie machen.«

»Was du machst, machst du besser als jeder andere. Was hast du ihm denn gesagt? Du warst hoffentlich höflich.«

»Du wärst stolz auf mich gewesen. Ich habe wortwörtlich gesagt: ›Crawford, danke für das Angebot. Sie tun so viel für den Verein. Aber die Chemikalien wären schlecht für den Spürsinn der Hunde. Deswegen haben wir überall die großen Deckenventilatoren, die verwirbeln die Luft, und wir haben kein so großes Fliegenproblem.‹ Das war's, wortgetreu. Wie können Menschen jagen, ohne was von der Nase der Hunde zu verstehen?« Er schlug in die Hände.

»Weil sie aus anderen Gründen auf die Jagd gehen, und das ist in Ordnung. In jedem Jagdfeld, schnurzegal bei welchem Verein, kann man die Leute, die ein Gespür für die Hunde haben, an den Fingern abzählen. Und das sind diejenigen, die am meisten von der Jagd haben, davon bin ich überzeugt.«

Er ließ die Arme über die stramm gepolsterten Armlehnen des Sessels fallen. »Als Sybil bei uns eingestiegen ist, habe ich befürchtet, sie hätte kein Gespür für Hunde, obwohl sie reitet wie der Teufel. Aber sie entwickelt sich ganz gut. Gib ihr noch ein Jahr. Sicher, sie macht noch den einen oder anderen dummen Fehler. Ich muss ihr abgewöhnen, einem einzelnen Hund zu folgen, wenn die Hunde sich trennen, was zum Glück nicht allzu oft passiert. Ich weiß nicht, warum es für manche so schwer zu begreifen ist, dass die Meute vorgeht.«

»Sie kommt schon noch dahinter. Auf der anderen Seite haben wir Betty Franklin, ein Naturtalent. Und wer hätte das vor Jahren gedacht, als wir sie in unserer Not baten, uns zu helfen, nur weil sie Zeit hatte? Betty war nicht mal eine besonders gute Reiterin, aber sie hat sich weiß Gott reingekniet.«

Seine Augen leuchteten auf. »Ich dachte damals, du bist verrückt. Aber dann hab ich sie im Sommer bei den Hundegängen beobachtet. Ein Glück für uns, dass wir den Sommer zusammen hatten. Wir wussten, Big Ray würde nicht mehr lange bei uns sein, und er war ein verdammt guter Pikör, trotz seines großen Egos.« Shaker schlug die Beine übereinander. »Ich hab Betty Zeit gelassen, und ich hab eine Menge von ihr gelernt. Sie wusste, dass sie sie umrunden musste, statt ihnen nachzulaufen, wenn ein Welpe ausgerissen war, und was mich am allermeisten beeindruckt hat«, er schlug auf die Armlehnen, »sie verstand ihre Körpersprache.«

»Das ist angeboren. Ganz bestimmt. Wie der Ortssinn. So was ist angeboren. Man kann sich das Grundlegende beibringen lassen, aber manche Menschen kommen mit mehr auf die Welt. Ich weiß nicht, was wir ohne Betty tun würden.«

»Absolut verlässlich.«

»Du weißt ja, wie ich über Piköre denke. Wenn ich sie hören muss, stimmt was nicht. Gibt nichts Schlimmeres zu hören, als wenn ein Dummkopf mit Hunden schimpft, mit der Peitsche knallt und rumsaust wie ein Rodeo-Reiter.« Sie verzog das Gesicht.

»Boss, manchmal muss man sie hören.«

»Nicht oft.«

Er lächelte. »Da sind wir uns einig. Die beste Equipage arbeitet wie die beste Mannschaft in jedem Sport. Dann sieht alles einfach aus.«

Die zwei Freunde und Kollegen unterhielten sich noch zwei Stunden über die Jagd, über Hunde und über andere hervorragende Vereine, die sie bewunderten. Wenn sie unter sich waren, entzündete ihre gemeinsame Leidenschaft Ideen und wieder neue Ideen, Gedanken und viel Gelächter.

25

Plane deine Hatz; hetze deinen Plan. Alle Master und Meuteführer hatten diesen Rat zu hören bekommen. Dem Fuchs war das freilich schnuppe. Gute Meuteführer richten sich nach den Spuren, die der vorausahnende Fuchs legt. Noch bessere Master üben keine Kritik, wenn die Jagd vorbei ist.

Am Dienstag folgte ein kleines Feld den Hunden bei Melton, einem neuen Stelldichein südwestlich des Gebiets, das der Jefferson-Jagdverein das »Heimatrevier« nannte. Die wohlhabenden neu zugezogenen Besitzer, erpicht darauf, sich gut zu präsentieren, hatten viel Geld in die Sanierung des alten Anwesens gesteckt. Hinter ihrem Rücken nannten viele Leute Melton scherzhaft »Meltdown«, Abbau. Die sympathischen Eigentümer, Anatole und Beryle Green, ritten heute im hinteren Feld.

Das kleine Feld kam gut voran.

Shaker wusste, dass es im Dickicht einen Fuchs aufzustöbern gab, aber er konnte ihn nicht hinaustreiben. Als junger Mann, der erstmals mit Hunden jagte, hätte er viel zu viel Zeit mit dem Versuch verschwendet, den Fuchs herauszuscheuchen. Inzwischen weise geworden, ritt er weiter.

Die Hälfte der Erstjährigen des D-Wurfs war heute Morgen mit dabei. Die anderen Junghunde waren zu Hause geblieben. Sie würden Donnerstag mitkommen, sofern die Bedingungen vielversprechend aussahen.

Sister, Tedi, Edward, Walter, Crawford, Marty, Sam, Gray, Dalton und Ronnie bildeten das erste Feld. Bobby Franklin hatte nur drei Personen, darunter Izzy Berry, die auf andere Gedanken kommen wollte. Clay werde bei der nächsten Jagd wieder dabei sein, sagte sie.

Die Temperatur hielt sich bei sieben Grad, der an der Oberfläche rutschige, darunter noch gefrorene Untergrund ließ die Reiter sich wachsam und vorsichtig bewegen. Was außer dem Untergrund an diesem Dienstag heikel war, war die merkwürdige Stille. Nicht ein Windhauch bewegte die kahlen Zweige. Als das Eis auf den Ästen taute, hingen Tröpfchen herab wie Tränen.

Oben flog St. Just, der große Krähenvogel. Sein Jagdrevier deckte den halben Bezirk ab, was weniger mit der Nahrungssuche zu tun hatte als mit seiner unablässigen Neugierde. Anders als Athena und Bitsy stieß St. Just selten auf eine Beute herab. Er schwebte hernieder und watschelte mit seinem schaukelnden Gang auf der Erde herum. Mit dem langen Schnabel pickte er alles auf, was lecker aussah. Wenn es ihm nicht schmeckte, ließ er das verworfene Objekt fallen. Die meisten Landbewohner füttern die Vögel im Winter. Er suchte die Futterhäuschen auf, weil er fand, dass diese bessere Körner, Distelsamen und Bröckchen von Trockenfrüchten enthielten. Eine gute Seele spendete sogar getrocknete Grashüpfer.

Ein Charakterzug von St. Just war, abgesehen von seinem prächtigen blauschwarzen Federkleid, sein glühender Hass auf Füchse, und von allen Füchsen galt Target seine besondere Abscheu, weil er St. Justs Gefährtin getötet hatte.

Der Vogel ließ sich auf einem herabhängenden kahlen Zweig einer japanischen Kirsche nieder. Dieser Zierbaum am Rande des Dickichts verdankte seine Existenz einem Vogel, der die Samen eines Kirschbaums in fünf Kilometer Entfernung gefressen und hier ausgeschieden hatte.

»Cora, Cora«, krächzte St. Just. *»'n Roter von auswärts auf dem Weg nach Mill Ruins. Er ist über die alte Staumauer am Pumpenhaus rüber.«* Sprach's und erhob sich in höhere Gefilde.

Diana, die dies gehört hatte, sagte zu Cora: *»Wenn wir nicht bald dort sind, ist die Wittrung weg.«*

Die junge Diddy fragte: *»Warum können wir nicht einfach hinlaufen?«*

»Weil Shaker, Betty, Sybil und Sister dann denken, wir gehen durch. Wir müssen es hinkriegen, dass Shaker auf unsere rechte Seite schwenkt«, klärte Cora sie auf.

»Oh.« Schon wieder eine neue Regel, die Diddy sich merken musste. Die Jägerei war kompliziert.

»Wir können ausschwärmen, aber nicht losbellen und dorthin laufen«, empfahl die vernünftige Diana. *»Wir lügen nicht, wir gehen nicht durch, wir haben nicht angeschlagen. Sobald wir die Wittrung aufnehmen, können wir Meldung machen. Shaker kriegt das sonst nicht mit. Menschen können nicht wittern.«*

»Hmm.« Cora überlegte, dann sprach sie leise zur Meute: *»Folgt Diana und mir. Schwärmt aus. St. Just schwört, ein Roter ist nicht weit weg, er läuft vom Pumpenhaus nach Osten. Ich glaube, das ist heute unsere einzige Hoffnung auf eine Hatz. Schlagt erst an, wenn ihr wirklich Fuchs wittert. Dragon, hast du mich verstanden?«*

Entrüstet blaffte Dragon: *»Ich bin ja nicht taub.«*

»Dafür bist du alles andere«, blaffte Cora zurück, dann senkte sie die Nase. *»Mir nach. Wir müssen schnell machen. Nasen runter natürlich und schwärmen. Das gibt Sister und Shaker Zuversicht.«*

Darby, die Nase gesenkt, flüsterte Asa zu: *»Ist es wirklich und wahrhaftig wahr, dass Menschen nicht wittern können?«*

»Leider ja, Junge. Rennen können sie auch nicht. Wenn die Wittrung stark ist, Ranzgeruch, und es ist ein warmer Tag, dann kann die Wittrung aufsteigen, und sogar ein Mensch kann drauf stoßen. Bis dahin ist die Wittrung natürlich schon über unseren Köpfen, drum wird das kein guter Jagdtag.«

Doughboy fragte, die Ohren leicht gespitzt: *»Aber wenn sie nicht wittern können, wie überleben sie dann?«*

Ardent lieferte die Antwort: *»Sie sind total auf ihre Augen angewiesen. Ihr Gehör war mal in Ordnung, aber laut Shaker haben die letzten zwei Menschengenerationen dreißig Prozent oder mehr von ihrem Gehör verloren, bevor sie vierzig waren, das sind etwa sechs, sieben Jahre bei uns.«*

»Wieso?« Delight konnte sich so etwas nicht vorstellen: keine Nase und kaputte Ohren.

»Dezibelstärke. Sie haben ihr Gehör zerstört, weil sie Rockmusik und

Rapmusik laut aufgedreht haben. Das macht alles kaputt.« Delia sah, dass sie fast aus dem Dickicht heraus waren. Vorne war das Pumpenhaus. *»Mach dir wegen der Menschen keine Gedanken. Sieh lieber zu, dass wir eine Fährte finden. Wenn wir an einem Tag wie heute einen Fuchs zur Strecke bringen, Kind, dann bedecken wir uns mit Ruhm.«*

Dragon rempelte Dasher. Sein Bruder knurrte wütend und rempelte zurück. Dragon fletschte die Zähne.

»Aufhören!«, befahl Cora.

Kein Hund würde so dumm sein, sich der Königin der Meute zu widersetzen. Sie würde nicht zögern, sie sich vorzuknöpfen, und Asa und Ardent würden sie dabei unterstützen. Danach würden die zwei zornigen Brüder mehr Löcher aufweisen als ein Schweizer Käse.

Diddy hörte das Knurren und scherte nach rechts. Obwohl sie ein Junghund war, konnte sie es bei ihrem Elan und ihrem Tempo nicht lassen, sich nach vorn zu schieben. So herzerwärmend dies zu beobachten war, Cora behielt die Hündin im Auge. In ihrem ersten Jahr konnte es leicht geschehen, dass sie Fehler machte. Aber Diddy konnte einfach nicht mitten in der Meute bleiben, wo sie von den erfahrenen, zuverlässigen Hunden mitgetragen würde.

In diesem Moment jedoch rettete Diddys Vorwärtsdrang den Tag. Sie war der Meute vierzig Meter voraus. Sybil, auf der rechten Seite, bemerkte es und überholte den Hund für den Fall, dass sie Diddy zurückdrängen musste. Mit Voraussicht hat man schon halb gewonnen. Einen Hund am Ausreißen hindern zu können ist viel besser, als den Hund zu suchen, wenn er auf Hornruf nicht zurückkommt. Und nur ein dummer Pikör verlässt die ganze Meute, um einen abgeirrten Hund zur Umkehr zu bewegen. Sybil las auch Diddys Körpersprache: Die Junghündin machte keine Anstalten, auszureißen.

Unversehens blieb Diddy stocksteif stehen, die Rute hoch aufgerichtet, die Nase klebte am Boden; sie stand keine fünf Meter von der bröckelnden Staumauer entfernt.

»Was mach ich nur? Was mach ich nur?«, dachte Diddy bei sich. *»Wenn ich mich irre, krieg ich's mit Cora zu tun, aber … aber Fuchs, das*

ist ein Fuchs!« Sie atmete tief durch, der schwächer werdende, aber unmissverständliche eindringliche Ranzgeruch eines Rotfuchses drang ihr in die Nase. Sie nahm ihren Mut zusammen und sagte mit zögernder Stimme: *»Fuchs.«* Dann sprach sie etwas nachdrücklicher: *»Verblassende Spur.«*

Cora hob den Kopf, rannte zu dem Junghund und senkte die Nase. Leise lobte sie Diddy: *»Gute Arbeit. Das ist Clement, ein junger Roter.«* Sie behielt die Nase am Boden und sagte mit ihrer volltönenden Stimme: *»Haltet euch ran. Spur verblasst rasch.«*

Die Meute stürmte zu Cora, und sie schlugen an, als sie auf die Spur trafen. Sie überquerten die zweite Staumauer, fanden die Spur wieder und blieben dran, ohne auf Hochtouren zu rennen, denn die Spur war zu schwach. Lieber sie in der Nase behalten, als Tempo zuzulegen, sie zu überschießen oder ganz zu verlieren. Die Hunde verstanden sich auf Fährten.

Sister mochte zwar nicht imstande sein, auch nur das Geringste zu wittern, aber sie wusste, dass sie sich auf die Hunde verlassen konnte. Aztec spitzte die Ohren, weitete die Nüstern. Er wollte rennen.

»Ruhig«, sagte Sister leise.

»Aber ich weiß, dass sie dran sind!« Aztec zitterte.

Sam, auf Wolke Sieben, dem neuen Hindernispferd, war sich bewusst, dass er fest im Sattel sitzen musste, wenn sie losstürmten. Tedi, die das Schnauben hinter sich hörte und einen gesunden Selbsterhaltungstrieb besaß, verhielt einen Moment, als Sam sie überholte. Schließlich wollte sie sich nicht über den Haufen rennen lassen. Sie hoffte nur, dass Sam nicht auf einem Durchgänger saß. Das stößt selbst den besten Jockeys hin und wieder zu.

Auf der anderen Seite einer überwucherten Wiese, die von den Greens noch nicht in Ordnung gebracht worden war, weil sie weitab vom Haus lag, hielt Nellie an. Zwei Duftspuren kreuzten sich. Beide Fuchs. Wenn sie anschlüge, würden die Junghunde womöglich angelaufen kommen und verwirrt sein. Sie traf eine autonome Entscheidung, verfolgte die stärkere Spur. Sie meinte, Clement zu erkennen. Wenn nicht, auch gut, die Menschen würden den Unterschied nicht merken.

Wenige Meter von dem Zusammentreffen der Fährten stieß sie ein tiefes Jaulen aus. »*Wird heißer. Kommt!*« Dann ging sie von einem flotten Trab in einen federnden, ausgreifenden Spurt über.

Sister und Aztec, froh, unterwegs zu sein, behielten die Hunde im Blick. Normalerweise wäre Sister etwas näher dran an ihnen, aber der Untergrund wurde immer schlechter.

Ein schlichter Doppelsprung lockte, zwei gegenüberliegende Hindernisse in parallel verlaufenden Zäunen. Aztec nahm das erste vollendet und schaffte auch das zweite mühelos. Er musste keinen Zwischenschritt machen oder früh abspringen. Sister schätzte das Balancegefühl dieses jungen Vollblüters; er wusste, wohin er seine Hufe setzen musste, was sich nicht von jedem Pferd sagen lässt. Er mochte sich manchmal ein bisschen dumm anstellen, weil er ja noch ein Anfänger war, aber er war gefügig und achtsam.

Alle schafften den Doppelsprung, doch Bobby Franklin fiel zurück, weil er zwei rote Metallgatter öffnen musste, von denen das eine schief in den Angeln hing.

Clement, der die Hunde hörte, wusste, dass es noch ein weiter Weg war bis zu seinem Bau. Er war so sehr darauf erpicht gewesen, die Fähe zu besuchen, dass er nicht auf mögliche Verstecke geachtet hatte, sollte Gefahr im Verzug sein. Er legte den Schnellgang ein und hoffte, genügend Abstand zwischen sich und die Kopfhunde zu bringen, um Zeit zum Taktieren zu gewinnen. St. Just beschattete jeden seiner Schritte und unterrichtete Cora mit Zeichen darüber. Sein Krächzen lockte andere Krähen an, die ebenfalls keine Freunde von Füchsen waren. Bald ergänzte der mit vierzehn Krähen gesprenkelte Himmel das Bild vom verschreckten Rotwild, verstörten Blauhähern und äußerst verstimmten Eichhörnchen, die unflätig schimpften, als Hunde, Pferde und Menschen unter ihren Bäumen dahinbrausten.

Wenn eine Hatz so gut, das Tempo so schnell ist, kann einem der Untergrund gestohlen bleiben. Sister schob die Hände vor, legte sich nach vorn und hoffte, dass Aztec nicht auf einer vereisten Stelle aufs Hinterteil plumpste.

Gelegentlich kam ihr in den Sinn, sie könnte im Jagdfeld sterben. Sie hätte nichts dagegen, hoffte aber, es würde nicht geschehen, bevor sie ihren hundertsten Geburtstag übersprungen hatte, den sie sich wie ein Stangenhindernis von ein Meter fünfzig vorstellte.

Aus dem Augenwinkel sah sie, dass Sam Lorillard sich mit Wolke Sieben abmühte. Er bekam den großen Wallach schließlich unter Kontrolle, indem er ihn wohlweislich zügelte und so nötigte, den anderen zu folgen. Das Pferd, das an klassische Trainer gewöhnt war, wollte nach vorn. Wenn er Rennen gewinnen wollte, musste er zurechtgewiesen werden. Dies war eine gute Gelegenheit zum Lernen.

Tedi, Edward, Walter, Dalton und Gray ritten akkurat hinter Sister. Crawford, Marty und Sam waren zurückgefallen, und Ronnie ritt zwischen den zwei Gruppen.

Ronnie sah Clement über einen nahen Hügel sausen. Die Hunde waren weit genug voraus, weshalb er keine Bedenken haben musste, dass sie die Köpfe heben würden.

»Horridoh!«, rief er laut, nahm seine Kappe ab und wies in die Richtung, in die der Fuchs lief.

Sybil sah den Fuchs auch. Sister sah ihn nicht, aber sie konnte sich darauf verlassen, dass Ronnie wusste, was er tat. Sie schloss etwas zu Delia und Asa auf, den Hunden, die ungefähr fünf Meter hinter der Hauptmeute die Nachhut bildeten.

Wie es der Zufall wollte, war ein großer Walnussbaum umgestürzt und in das alte Hindernis im nächsten Zaun gekracht. Die Äste hingen vornüber, und der mächtige Stamm mit der schwärzlichen Borke verlieh dem Hindernis ein neues Aussehen und eine andere Höhe. Sister sah Shaker praktisch hinüberfliegen.

Aztec scheute einen Moment. Sister gab ihm die Sporen und schnalzte. Aztec wusste, wenn er verweigerte, würde es hinter ihm Ärger geben, aber bei diesem Sprung könnte er sich womöglich wehtun. *»Kommt mir mulmig vor«*, grummelte das Pferd, bevor es hinübersegelte.

Cora und Dragon mit Dasher und Diana weiter hinten konnten den Fuchs nicht sehen.

»Ihr macht Hackfleisch aus ihm!«, kreischte St. Just triumphierend.

Clements übliche Überheblichkeit verflüchtigte sich. Er rannte jetzt um sein Leben auf das Dickicht vor ihm zu. Vielleicht konnte er dort mit irgendwas von seiner Fährte ablenken.

Er schaffte es, flitzte an einem etwa fünfzig Zentimeter hohen Erdhaufen vorbei. Tiefer im Unterholz, das von der Schnee- und Eislast ausgedünnt war, witterte er ein Wildfleischversteck.

Er war mitten in das heimische Revier eines Berglöwenweibchens geraten. Es musste eine Höhle oder ein Felsversteck in der Nähe sein. Wenn er es finden könnte, würde er hineinhuschen. Lieber bekam er es mit einem einzelnen Weibchen zu tun als mit einer Meute Jagdhunde.

Über Löwennachwuchs machte er sich keine Gedanken. Löwenwelpen werden gewöhnlich im Sommer geboren.

Zu seinem Glück ragte eine mächtige Felsformation aus einer leichten Senke auf. Er sprang in die Öffnung, die groß genug war für Berglöwen und damit auch groß genug für Jagdhunde – einen nach dem anderen.

Die ausgewachsene Löwin, die das Gebell der Meute aufgeweckt hatte, wog gut zwei Zentner. Sie war gerade im Begriff, sich zu erheben, als der mittelgroße rote Bursche, ganze sieben Pfund schwer, in ihr Heim eindrang.

Keuchend sah er sie an und schmeichelte in seinem süßesten Ton: *»Wie schön du bist!«*

Eitelkeit beschränkt sich nicht auf Menschen. Sie blinzelte. *»Und wer bist du?«*

»Clement von Mill Ruins, Sohn von Target und Charlene aus ihrem zweiten Wurf des letzten Jahres. Ich gestehe, ich hab mich hier hereingeflüchtet, um meine Haut zu retten, aber ich hatte keine Ahnung, dass ich so eine schöne Berglöwendame antreffen würde. Wie konnte ich dich übersehen haben? Ich dachte, ich kenne alle und jeden.«

»Mein Jagdgebiet überschneidet sich nicht mit deinem. Es gibt so gutes Wild hier, ich und einige Verwandte von mir sind von den Bergen hier heruntergekommen. Und …« Sie hielt kurz inne; das Fell an ihrem Hals sträubte sich ein wenig. *»Unmanierliches Sklavenpack!«*, sagte sie über die bellenden Hunde.

Noch ehe sie es ganz ausgesprochen hatte, stürmte Dragon in die

Höhle. Er blieb wie angewurzelt stehen, als er sich der Löwin und Clement gegenübersah und von ihnen angestarrt wurde.

Der Rest der Meute drängte sich hinter Dragon, ausgenommen Cora, Diana, Dasher, Asa und Delia. Sic wussten, was da drin war.

Nicht einmal Cora konnte die Junghunde bremsen.

Erzürnt über die Eindringlinge, richtete die Löwin sich auf. Sie konnte ohne übermäßige Anstrengung sechs Meter weit springen. Sie entblößte die Reißzähne und fauchte: *»Raus hier!«*

Clement entblößte ebenfalls seine Zähne und blähte sich auf, so gut er konnte.

Shaker saß ab und übergab Betty Hojos Zügel. Sister wusste nicht, ob da drin ein Bär war oder ein Berglöwe. Sie war so schnell geritten, dass ihr die untrüglichen Anzeichen entgangen waren, die Erdhaufen, die die Großkatze mit den Hintertatzen aufgeworfen hatte, um ihre Grenzen zu markieren, die Kratzspuren, die viel weiter oben an den Bäumen waren als die von einem Rotluchs.

Sie hörte das Fauchen nicht, weil die Hunde bellten.

Shaker zog seine 38er. Er wollte kein Tier töten, aber er musste seine Meute schützen.

Er setzte das Horn an und blies drei lange Stöße. Die klügeren Hunde traten einer nach dem anderen aus der Öffnung. Shaker beruhigte sie. Dragon blieb als Einziger drinnen. Das Fauchen war jetzt deutlich zu hören, gefolgt von einem furchterregenden Knurren.

Hojo war tapfer, zitterte aber wie Espenlaub. Berglöwen und Pferde schlossen selten Freundschaft. Hojo wollte nichts wie weg.

Outlaw, ein Quarter Horse und etwas älter, sagte: *»Hojo, Shaker ist ein guter Schütze. Wenn es sein muss, wird er den Löwen töten. Für uns besteht keine Gefahr.«*

Hojo verdrehte die Augen. *»Die sind so schnell.«*

»Dragon, hier!«, rief Shaker vor der Öffnung.

Mit aufgestellten Rückenhaaren kam Dragon langsam, ohne die Berglöwin aus den Augen zu lassen, rückwärts heraus. Sie näherte sich ihm. Als Dragon draußen war, steckte die Großkatze den Kopf heraus, erblickte die Versammelten und stieß ein Knurren aus, das einem das Blut in den Adern gefrieren ließ.

»Tedi, hol das Feld zurück«, sagte Shaker ruhig.

»Janie, komm«, wies Tedi ihre alte Freundin in bestimmtem Ton an.

»Ich lass meinen Meuteführer, Betty oder die Hunde nicht allein. Geh du nur zu.«

Zögernd holte Tedi das Feld zurück.

Shaker saß geschwind auf, ohne den Blick von der Löwin zu wenden, die damit zufrieden zu sein schien, ihnen eine Heidenangst einzujagen.

Mit fester Stimme sprach Shaker: »Kommt, Hunde, kommt. Brave Hunde.« Damit wendete er und trabte davon.

Betty saß unterdessen wieder auf Outlaw und hielt sich links von Shaker. Sybil ritt zu seiner Rechten. Sie war in kurzer Entfernung von der Höhle stehen geblieben für den Fall, dass Hunde ausrissen. Da Shaker und Betty zu Fuß gewesen waren, war dies eine kluge Entscheidung.

Sister beobachtete den Berglöwen, der ihr in dreißig Meter Abstand gegenüberstand. Sie wollte sichergehen, dass sie von dem Tier nicht verfolgt wurden. Sie verfluchte sich dafür, dass sie keine Waffe mit sich führte. Ein Berglöwe kann in vollem Lauf ein Reh zur Strecke bringen. Wenn es genug Vorsprung hat, kann es dem Löwen entkommen, aber auf kurze Entfernung legt der Berglöwe ein erstaunliches Tempo vor. Das kräftige Tier könnte mühelos ein Equipagepferd anfallen. Schweiß lief Sister den Rücken und zwischen den Brüsten hinab.

»Lass uns hier verschwinden.« Sister wendete Aztec, die Meute kam an ihre Seite. Sie trabten dahin. Sie blickte über die Schulter und sah das schöne Tier noch in seinem Eingang stehen, und neben ihm saß jetzt ein Rotfuchs.

Dragon, der nicht einen Kratzer abbekommen hatte, prahlte: *»Ich hab den Fuchs in den Bau getrieben. Ich hab den Berglöwen eingeschüchtert.«*

»Idiot!«, wetterte Cora. *»Du hättest die halbe Meute umbringen können.«*

»Hab ich aber nicht«, gab er patzig zurück.

Blitzschnell drehte Cora sich um, packte Dragon an der Gurgel, versenkte ihre Reißzähne hinein und warf ihn nieder. Er wehrte sich.

»Aus! Aus!«, befahl Shaker.

Cora sprang auf. Auch Dragon kam rasch auf die Füße. Blut tröpfelte an seinem weißen Latz hinab.

»Eines Tages bring ich dich um, wenn du nicht folgst«, knurrte Cora leise, beinahe flüsternd.

Die Junghunde, die vor der Löwin erschrocken und Dragon blindlings gefolgt waren, hatten jetzt Todesangst vor Cora. Sie mieden Blickkontakt mit der Kopfhündin.

»Der Fuchs war in der Höhle!« Dragon hustete.

»Ja, schon«, erwiderte Asa weise. *»Die Spur war heiß, so heiß, dass keiner von uns auf die andere Fährte geachtet hat. Aber, Dragon, als wir zu den Felsen kamen, hätte sogar ein Mensch den Löwen wittern können. Du hast einen Fehler gemacht.«*

»Es ist mein Job, Füchse zu jagen, in den Bau zu treiben, zu töten, wenn ich sie erwische.« Dragon hustete wieder. Cora hatte ihn an der Gurgel verletzt.

Cora drehte sich blitzschnell zu dem hübschen Rüden um. *»Willst du, dass ich dich auf der Stelle zerfetze? Es ist mir egal, wenn ich dafür das dicke Ende einer Peitsche zu spüren kriege!«*

Dragon verstummte.

Die Meute trottete zurück nach Melton. Alle hatten für diesen Tag genug.

Als Sister absaß, sah sie, dass Dalton, der schon unten war, die Zügel von seinem und von Izzys Pferd hielt. Izzy saß korrekt ab und hob mehrmals die Füße, weil sie beim Auftreten vor Kälte brannten.

Dalton schob Izzys und dann seinem eigenen Pferd ein Halfter über den Kopf. Der Umgang der beiden miteinander hatte nichts Unschickliches, doch es lag eine nahezu elektrische Spannung darin.

Später, an drei große Kissen gelehnt, die Daunendecke hochgezogen, bei einem prasselnden Feuer im Schlafzimmerkamin, nahm Sister sich zwei Bücher des Hundezüchtervereins American Kennel Club (AKC) vor, eins ab 1935 mit den bis 1941 revidierten Zuchtrichtlinien, und eins von 1997.

Nur wenige Fuchsjäger präsentierten ihre Hunde bei Veranstaltungen des AKC. Fuchsjagd war eine Lebensaufgabe. Hunde für Ausstellungen züchten auch. Wer hatte schon Zeit für beides? Ein Fuchsjäger muss eine *Meute* von widerstandsfähigen, intelligenten, folgsamen Hunden züchten. Der Hundeaussteller muss nur *ein* hervorragendes Exemplar züchten; aber wie einem jeder Hundeaussteller sagen kann, ist auch das eine Lebensaufgabe. Die Hundeaussteller verfrachten ihre Schützlinge in Kleintransporter oder große Geländewagen und reisen mit ihnen durchs Land, um Punkte für die Hundemeisterschaften einzuheimsen.

Sister betrachtete Hundeausstellungen nicht als bedeutungslose Schönheitswettbewerbe, es sei denn, die Rasse, egal welcher Art, wiche drastisch von ihrem ursprünglichen Zweck ab. Ihr kamen die irischen Setter in den Sinn. Die heutigen mahagonifarbenen Prachtexemplare, die vor den Preisrichtern einherstolzierten, wichen oft stark von den irischen Settern ab, die bei der Jagd eingesetzt wurden.

Glücklicherweise erreichten englische und amerikanische Jagdhunde auf Hundeausstellungen nie die Beliebtheit von Cockerspaniels, deutschen Schäferhunden, Collies, Labradors und anderen. Jagdhunde blieben relativ unverändert. Die revidierten Zuchtrichtlinien in dem Buch von 1941 unterschieden sich nicht von denen in dem von 1997, nur war die 1941er Version leichter zu lesen.

Der erste beim AKC verzeichnete amerikanische Jagdhund war Lady Stewart im Jahre 1886. Die Fotografien von amerikanischen Jagdhunden in jedem AKC-Band bestätigten die Beständigkeit der Zuchtrichtlinien. Die Hunde aus Sisters Zwinger sahen aus wie die zwei dargestellten Beispiele, abgesehen davon, dass sie Dornennarben hatten; einige, ihr D-Wurf, hatten einen breiteren Schädel als für genau richtig erachtet wurde.

Die Ausstellungen der Fuchsjäger, die niemals in Verbindung mit dem AKC veranstaltet wurden, fanden überall im Land statt und gipfelten am letzten Mai-Wochenende in der Virginia Hound Show in Morven Park, Leesburg. Mehr als tausend Jagdhunde wurden präsentiert, und den Höhepunkt bildete für viele die Meute-Klasse, eine in der Welt der sonstigen Hundeausstellungen unvorstellbare Prüfung. Eine Meute Jagdhunde, angeleitet von ihrem Meuteführer und gewöhnlich zwei Pikören, absolvierte einen Parcours. Meistens gewann die Meute, die als Meute zusammenwirkte und ein Beispiel für den alten Spruch lieferte, dass man sie »unter eine Decke« bringen konnte. Und Schönheit zählte auch. Die Meuten, deren Hunde sich am meisten ähnelten, hatten eine größere Chance als solche, bei denen ein kleiner gelb-weißer Jagdhund mit einem großen dreifarbigen und ein paar braunen Talbots arbeitete. Dennoch, eine gute Meute war eine gute Meute, auch wenn David und Goliath zusammen liefen. Wenn David mithalten konnte und Goliath nicht vorzeitig aufgab, durfte man als Master sehr stolz sein. Aber auch bei unbeteiligten Zuschauern hatte eine Meute von gleicher Größe und Statur eine bessere Chance als eine unterschiedlich gestaltete.

Wie alle, die ernsthaft züchten, wusste Sister, dass es letztendlich auf das Wesen ankam. Der schönste Jagdhund der Welt ist nutzlos, wenn er keine Lust hat zu jagen. Der Hund mit dem größten Jagdtrieb der Welt ist nutzlos, wenn er nicht gehorchte, wenn er nicht »lenkbar« war.

Sisters Aufgabe bestand darin, ein komplettes Team von solchen außerordentlichen Individuen zu züchten. Dieses Team veränderte sich jedes Jahr: Alte Hunde mussten sich zur Ruhe setzen, junge Hunde mussten den »Beruf« erlernen und sich in ihre Position in der Meute einleben. Sister konnte sich nie auf ihren Lorbeeren ausruhen, aber sie durfte mit Fug und Recht stolz sein auf ihre Meute.

Und deswegen besuchte sie weiterhin AKC-Ausstellungen, studierte immer wieder die Richtlinien, jagte hinter anderen Meuten, seien es amerikanische, englische, Crossbreds – eine Kreuzung aus englischen und amerikanischen Jagdhunden – oder Penn-Marydels, und erfreute sich an dem tiefen Geläut, wenn die Nachtjäger ihre Walker, Trigg-, Maupin- oder Birdsong-Hunde losließen.

Ein guter Jagdhund war ein guter Jagdhund.

Sie jagte gern mit Ashland Bassets, lernte jedes Mal dazu, wenn diese Meute ihre Beute aufstöberte, jedes Mal, wenn ein Pikör sich still näher an ein Dickicht heranpirschte, um einen Junghund im Blick zu behalten.

In Virginia gab es Beagle-Meuten im Überfluss: von Mrs. Fouts Meute, wo man beritten und von einem Kind begleitet sein musste, bis zu den gewöhnlicheren Meuten, denen man zu Fuß folgte.

Wenn sich die Gelegenheit ergab, war Sister dabei und folgte der Meute, oft patschten dabei die Stiefel im Matsch, wurde das Gesicht von Dornen zerkratzt. Sie spürte nichts. Das volle Geläut einer Meute ließ ihren Adrenalinspiegel in die Höhe schießen, weswegen sie meistens nicht merkte, dass sie blutete, bis jemand nach der Rückkehr zu den Anhängern sie darauf hinwies.

Wer Jane Arnold kannte, der wusste, dass sie Jagdhunde liebte. Sie ritt mit Vereinen, die mit Coon-Hunden jagten, und bewunderte die eleganten schwarzbraunen Coons, die Redbone Coonhounds, sogar den gewichtigen Bluthund, den König aller Kaniden, was den Spürsinn betraf. Es gab keinen Jagdhund auf Erden, von dem ein Fuchsjäger nicht durch Beobachtung lernen konnte. Sogar Dackel werden, sich selbst überlassen, sich auf ihren ursprünglichen Zweck besinnen, und zwar, Beute in Höhlen zu jagen. Ein Dackel hatte eine Menge Mut in seinem länglichen Körper stecken.

Etwa alle drei Jahre pilgerte Sister zur Westminster Dog Show in New York City. So gern sie die vielen Rassen betrachtete, wobei irische Terrier und Corgis einen besonderen Platz in ihrem Herzen einnahmen – Hunde, die sie im Laufe ihres Lebens als Haushunde gehabt hatte –, es waren die Jagdhunde, von denen sie hingerissen war. Jahr um Jahr betete sie, wie andere Jagdhundbegeisterte auch, es möge nicht wieder ein paradierender Pudel, ein anbetungswürdiger Terrier den ersten Preis davontragen, sondern ein Jagdhund.

Aber Jagdhunde werden nicht für Präsentation und Parade gezüchtet. Sie werden zum Jagen gezüchtet. Die Eigenschaften, die bei den Preisrichtern Anklang finden, sind einem Jagdhund eher abträglich. Seine Aufgabe ist es, mit der Nase am Boden die Beute zu finden oder, wenn er ein Sichthund ist, einen Blick von einer Beute zu erhaschen und wie der Wind loszujagen. Intelligenz, Zielstrebigkeit, ausgreifender Schritt und eine erstaunliche Lungenkapazität – solche unschätzbaren Eigenschaften wurden von den Richtern leicht übersehen, wenn wieder ein entzückender Cain Terrier, ein flotter Scotch Terrier oder ein Standardpudel einherstolzierte wie ein beifallsüchtiger Schauspieler. Ein Jagdhund will keinen Applaus, er will den Fuchs, das Kaninchen, den Otter, den Waschbär.

Jahr um Jahr betrachtete Sister, wie so viele andere Liebhaber von Jagdhunden, unglaubliche Exemplare in der Jagdhundkategorie, die in der Endausscheidung bewertet wurde. Enttäuscht und wütend begab sie sich ins Hotel Carlyle und gelobte sich, nie wieder Geld für die Reise zur Westminster-Ausstellung zu verplempern. Natürlich trug sie diese Wut nicht nach außen, doch wieder einmal war zu sehen gewesen, dass die beste Jagdhundgruppe – eine Gruppe von nunmehr zweiundzwanzig Rassen – leer ausging. Das war zu viel!

1941 hatte die Jagdhundgruppe aus siebzehn Rassen bestanden. Sie hatte sich im Laufe der Jahrzehnte vermehrt, allerdings nicht so sehr wie andere Gruppen. Das bekümmerte Sister nicht. Immerhin nimmt der AKC mit jeder neuen anerkannten Rasse mehr Geld ein. Das verurteilte sie nicht, obgleich manche Gruppen so groß waren, dass man sich mit Koffeintabletten wach halten musste, um die Präsentation bis zum Ende durchzustehen.

Nein, was sie verurteilte, waren die Vorbehalte gegen Jagdhunde.

»Verdammt und zugenäht!« Sie schmiss das 1997er Buch auf den Boden. Sie griff nach der älteren, im Laufe der Jahre oft durchgeblätterten Ausgabe und strich den alten Buchrücken glatt, bevor sie das Buch auf den Nachttisch legte.

Der aufgeschreckte Gockel bellte: *»Was hat sie bloß?«*

»Westminster naht; erste Februarwoche, glaub ich.« Raleigh gluckste vergnügt. *»Wir gucken es zusammen im Fernsehen. Du wirst es nicht glauben, was da aus ihrem Mund kommt. Sie wird so hibbelig, dass wir sonst niemand mit ihr gucken lassen können, nur Betty und Tedi. Die kennen sie so gut und lieben sie so sehr, dass sie bloß lachen, wenn sie die Beherrschung verliert und das Blaue vom Himmel flucht. Die meisten Leute haben keine Ahnung, wie leidenschaftlich unsere Mom ist.«*

»Sie muss es unter Verschluss halten, weil sie der große Zampano ist«, ergänzte Golly, die neben Sister auf dem Rücken lag.

»Wohl wahr«, bestätigte Gockel.

»Golly, Sister geht nicht auf Katzenausstellungen. Das beweist, dass sie Hunde lieber hat als Katzen«, sagte Raleigh verschlagen.

»Mumpitz. Warum soll sie auf eine Katzenausstellung gehen? Jede einzelne Katze ist vollkommen, die Krone der Schöpfung. Das Lustige bei einer Hundeausstellung ist, die Unvollkommenheiten von euch jämmerlichen Kaniden zu sehen.«

»Wie hältst du sie bloß aus?«, flüsterte Gockel.

Raleigh kicherte. *»Indem ich sie trieze.«*

»Außerdem wird keine Katze auf der Welt auf einem grünen Teppich laufen, sich auf einen Tisch stellen und von einem Fremden ihre Reißzähne begutachten lassen. Lächerlich. Ich würde meine Reißzähne in Sekundenschnelle in das dicke Ende vom Daumen des blöden Richters versenken.«

»Oh, du machst mir Angst.« Raleigh verdrehte die braunen Augen. *»Ich hab dein Katzenminzemäuschen, das mit dem Bezug aus Kaninchenfell. Ich denke, ich werd's fressen.«* Raleigh nahm das Mäuschen so in die Schnauze, dass der falsche Schwanz heraushing.

»Dieb!« Golly sprang vom Bett.

Raleigh drehte nur den Kopf hin und her, als Golly versuchte, ihm die Maus wegzunehmen. Ihr Gezeter erreichte eine solche Tonhöhe, dass Sister das Buch weglegte, in dem sie nun zur Beruhigung las:eine Neubewertung der Punischen Kriege.

»Los, Raleigh, gib ihr das Spielzeug. Sei nicht so gemein.« Sie drehte sich auf die Seite, zog die Nachttischschublade auf und entnahm ihr zwei kleine grüne Hundeknochen. »Da.« Sie warf einen Raleigh und einen Gockel zu.

Raleigh ließ das Mäuschen fallen, um den Knochen zu packen. Golly schnappte sich das vollgesabberte Spielzeug, sprang wieder aufs Bett und beutelte es nach Herzenslust.

»Weißt du, Golly, heute ist Mozarts Geburtstag, Salzburg 1756.« Sister konnte sich Daten merken. »Auch der Tag der Feuereinstellung in Vietnam, 1972. Ein guter Tag, würde ich sagen, der zweiundzwanzigste Januar.« Sie sah, dass die Katze einen Zipfel des Kissens anhob und das Spielzeug darunter schob.

»Da findet er's nicht, der Fiesling.«

Sister musste lachen, als sie der Katze zusah. Sie brach abrupt ab. »Ein Versteck. Ich hab die Verstecke heute nicht bemerkt. Genau wie du hat die Großkatze eine Art Vorratskammer angelegt. Ich krieg ja nicht so viele Berglöwen zu sehen. Ich hab nicht nach den Anzeichen geguckt, aber Füchse machen so was auch, nur kleiner.« Sie griff nach dem Buch, ließ es dann in den Schoß sinken. »Mein Gott, bin ich ein Trottel.«

»Und jetzt?« Gockels Stimme war undeutlich, weil er beim Kauen sprach.

»Ein Versteck. Das Lagerhaus ist ein Versteck. Solche Lagerhäuser brennen nicht einfach ab. Die Leute legen da nicht Feuer, bloß um die Flammen zu sehen.« Sie sah die Tiere an, die jetzt sie ansahen. »Aber ich kapier das nicht. Was war in dem Versteck? Was könnte eine solche Gewalttat ausgelöst haben? Und durch wen? Clay? Xavier? Beide? Wer ist verbrannt? Ich kapier's nicht.«

»Dann halt lieber den Mund, bis du's kapiert hast«, sagte Golly unhöflich, aber vernünftig.

26

In einer Kleinstadt kennt man sich. Tedi Bancroft trifft sich mit Marty Howard zum Mittagessen. Sie werden gesehen. Es spricht sich herum. Dagegen ist an sich nichts zu sagen, doch es kann zu einem beliebten Zeitvertreib führen: Man zieht falsche Schlüsse.

Dann gibt es einen bestimmten Personentypus, der nach dem Motto lebt: »Es gibt kein Problem, das nicht überproportional aufgeblasen werden kann.« Die Medien sind voll mit solchen Personen, aber sie gedeihen auch in anderen Teilen der Bevölkerung.

Dies wohl wissend, bat Sister Ben Sidell, irgendwann am Mittwoch auf der Farm vorbeizuschauen. Sähe man sie zusammen in der Stadt, würden allerlei Szenarien in Umlauf gesetzt.

Die zwei unterhielten sich in der Bibliothek.

»Das war mein erster Gedanke«, erklärte Ben, nachdem er sich Sisters Mutmaßungen angehört hatte. »Berry Storage würde sich dafür anbieten.« Er nahm sich ein Sandwich. »Zum Glück legen die meisten Besitzer von wertvollem Silber und Schmuck ein Inventar an. Viele verbergen die Liste der Gegenstände an einem unauffälligen Ort, in einer Zeitschrift, einer Briefsammlung. Wenn sie ihre Sachen nicht katalogisiert haben, dann haben sie Fotografien mit Duplikaten für die Versicherungsagentur. Es ist relativ leicht, ein Auto zu klauen und zu verkaufen. Etwas Unverwechselbares wie George-II.-Silber ist nicht leicht an den Mann, sprich Hehler, zu bringen. Solche Sachen werden gemeinhin außer Landes geschafft.«

»Wie wäre es mit einem Edelladen auf der Madison Avenue, einem erstklassigen Hehlernest?«

»Das würden wir höchstwahrscheinlich aufspüren. Wenn die Ware aber vorausbezahlt ist und direkt an einen Käufer in, sagen wir, Seattle geht, würden wir sie vermutlich nicht finden. Doch manchmal hat man auch dabei Glück.«

»Nachdem ich in der Zeitung von den Silberdiebstählen in Richmond gelesen habe, dachte ich ... Sie wissen ja, was ich dachte.«

»Plausibel.« Ben wusste ihre Besorgnis zu schätzen. »Durchaus plausibel. Antikes Mobiliar und Silber könnte in Kisten verpackt, bei Berry Storage versteckt und abtransportiert werden, und es würde nach einem üblichen Geschäft aussehen. Bringt einen Reingewinn in Millionenhöhe, steuerfrei.«

»Verstehe.« Sie schlug die Beine übereinander. »Gibt es Belege über alles, was in dem abgebrannten Gebäude war?«

»Nein. Die Sachverständige der Versicherung arbeitet sich noch durch. Immerhin haben wir, als wir hineingehen konnten, ohne dass unsere Schuhsohlen schmolzen, die Kisten geöffnet. Die hinteren waren intakt. Nichts verbrannt, aber alles riecht nach Rauch. Wir haben nachgesehen, ob sich irgendetwas mit der Liste der in Richmond gestohlenen Gegenstände deckte. Nichts. Wir arbeiten natürlich mit der Sachverständigen zusammen – sie wird eine detaillierte Prüfung vornehmen –, aber ich glaube nicht, dass Berry Storage ein Zwischenlager für diese erstklassige Diebesbande war.«

»Nur zur Verdeutlichung«, Sister beugte sich vor, »wenn nun Bestände von gestohlenem Silber oder von Chippendale-Stühlen gefunden werden, ist es möglich, dass so etwas vor sich geht, ohne dass Clay davon weiß?«

»Unwahrscheinlich, aber doch, es ist möglich.«

»Oder sie könnten beide drinstecken ... Clay und X. Gestohlene Ware verkaufen, die Brandversicherung kassieren.«

Er zuckte die Achseln. »Auch das ist möglich.«

»Ich glaube, ich habe Ihre Zeit mit meinen Ideen vergeudet. Ich war mir so sicher, ich wäre gestern auf etwas mit der Diebesbande gestoßen«, sie hielt inne, »wegen der gestrigen Jagd.«

»Hab gehört, es war eine wilde Hatz.« Er lächelte.

»O ja, aber ich war so sehr auf die Jagd konzentriert, dass ich die Gefahrensignale übersehen habe, die Zeichen des Berglöwen. Und das gab mir zu denken. Ich hatte den Eindruck, bei diesem Fall könnte es sich um etwas Ähnliches handeln.« Sie errötete.

»Könnte sein. Wenn der Leichnam identifiziert ist, hilft uns das vielleicht weiter.«

»Das denke ich auch. Und es ist niemand von hier als vermisst gemeldet?«

Er sah sie eindringlich an. »Nein. Bedenken Sie, wie viele Menschen allein leben. Wenn das Opfer alleinstehend war, dann geht eine Vermisstenanzeige erst bei uns ein, wenn seine Arbeitskollegen es melden. Wenn das Opfer keine regelmäßige Arbeit hatte ...« Er hob die Hände. »Aber ich bin zuversichtlich, dass wir bald einen Zahnabgleich bekommen.«

»Vertrackt.«

»Allerdings«, stimmte er zu.

»Glauben Sie, das hat etwas mit dem Tod von Mitch und Tony zu tun?«

»Ich weiß nicht. Bislang sehe ich da keinen Zusammenhang.«

»Ich auch nicht.« Sie legte für einen Moment die Zeigefinger an die Schläfen. »Aber immerhin sind die Lagerhäuser nicht weit von dort, wo die Männer ihren letzten Lebensabschnitt verbracht haben. Sie waren so etwas wie ›Wegwerfarbeiter‹. Vielleicht wurden sie buchstäblich weggeworfen.«

»Das ist weit hergeholt.«

»Ich weiß. Und ich rede und rede. Ich habe nicht den Hauch eines Beweises, aber ich spüre etwas, etwas Beunruhigendes. Vermutlich messe ich dem Übersehen der Zeichen nach der gestrigen Löwenjagd zu viel Bedeutung zu.« Sie lächelte zaghaft.

»Es freut mich, Sie in meinem Team zu haben«, versicherte er ihr.

27

Trotz der Kälte nahm Crawford weiter Reitunterricht. Er ließ sich von Fairy Partlow unterweisen, obwohl er neuerdings lieber mit Sam ritt. Fairy scheute sich, ihm Ratschläge zu erteilen. Sam gab ihm beim Reiten Anleitungen und achtete besonders auf Crawfords Geschicklichkeit beim Sprung.

Der aus Indiana gebürtige Crawford brannte vor Ehrgeiz. Er wollte mit allen Mitteln ein guter Reiter werden. Er war von Menschen umgeben, die schon im Mutterleib auf einem Pferd gesessen hatten. Das machte ihn umso entschlossener.

Er und Sam kamen nach einem kalten Ritt in den Stall. Sie waren über Crawfords Farm geritten und hatten sich dabei über Personen im Jagdfeld ausgelassen.

»Sam, es gibt so viele verdammte Snobs in Virginia.«

»Und ob. Man kann sie zwei Kilometer weit riechen. Du musst da nicht mithalten, Crawford.«

»Wieso bist du bloß so klug?« Crawford hatte einen Anflug von Humor in der Stimme.

»Weil ich mich fast totgesoffen habe. Ich musste so blöd sein, um klug zu werden.«

Crawford kniff die Augen zusammen. Er griff nach der Reitgerte. »Warum hast du das getan, wenn ich fragen darf?«

»Klar darfst du. Ich nehme an, es gibt viele Gründe fürs Saufen, aber keine Entschuldigungen. Ich dachte, ich könnte die Leere in meinem Leben mit Bourbon füllen. Ich war kein edler Mensch.«

»Wer ist das schon?«

»Peter Wheeler war nahe dran. Und dann mein Bruder.«

»Ich habe dich unterschätzt, Sam. In dir steckt mehr, als ich dachte.«

»Könnte auf Gegenseitigkeit beruhen.«

Crawford grunzte. Er klopfte den kleineren, schmächtigeren Mann auf den Rücken und ging ins Haus. Auf dem Weg durch die frische Luft hatte er über vieles nachzudenken.

Das Telefon in der Sattelkammer klingelte.

»Sam?«

»Rory, wie geht's?«

»Geht so.« Sein Tonfall trübte sich. »Es ist hart, Mensch. Wie hast du das bloß geschafft?«

»Man hangelt sich von einem Tag zum anderen.«

»Aber wie lebst du mit dem ganzen Scheiß, den du gebaut hast?«

»Ist schwierig. Rory, du bittest die, denen du wehgetan hast, dir zu verzeihen. Tun sie's nicht, kannst du nichts machen. Das Schwere daran ist, sich selbst zu verzeihen. Und egal, was du machst, es gibt immer welche, die dir nie über den Weg trauen werden. Du machst einfach weiter.«

»Okay.« Nach einer langen Pause: »Ich ruf an, um mich zu bedanken, weil du meinen armen Arsch hierher geschleppt hast.«

»Gern geschehen. Hey, Rory, hast du von dem Brand bei Berry Storage gehört?«

»Ich krieg hier drin gar nichts mit von zu Hause.«

»Ein kleineres Gebäude hat Feuer gefangen. Brandstiftung. Drinnen hat man eine Leiche gefunden.«

»Herrje.«

»Ich dachte, vielleicht hatte einer von euch Jungs den Dreh raus, wie man da reinkommt.«

»Das ist auch ein Grund, weshalb ich anrufe. Wegen Mitch und Tony. Ich weiß nicht, wo sie das Zeugs herhatten, was sie getrunken haben, aber komisch, dass du Berry Storage erwähnst. Manchmal ist Clay oder Donnie Sweigert vorbeigekommen und hat uns geholt, weil er Helfer bei Auslieferungen brauchte. Hast du das auch mal gemacht?«

»Ja, ab und zu. Wir haben Sessel in ein Haus geschleppt. Hat mir fast das Rückgrat gebrochen.«

»Wir sind nach Lynchburg oder Roanoke, sogar bis Newport News. Alle möglichen Städte. Einmal haben wir einen kostbaren Schreibtisch nach Bristol geliefert.«

»Ja.«

»Und jetzt kommt, was mir eingefallen ist. Alle Aufträge, wo sie extra Leute gebraucht haben, waren Lieferungen an Betreuer oder Trainer. Beim Sport, verstehst du?«

»Das weiß ich nicht mehr.«

»Herrgott, du hattest ja bloß Pferde im Kopf. Ja, wir haben einen Sessel an einen Footballbetreuer von einer Highschool geliefert oder ein Sofa an einen Basketballbetreuer oder -trainer von einem College.«

»Komisch.«

»Und wenn ich noch so sturzbesoffen war, aber hey, die Orioles sind Spitze, und die Footballer von der TH erst, zum Niederknien. So was krieg ich immer mit.«

»Was schließt du daraus?

»Nichts. Ist mir bloß durch den Kopf gegangen.«

»Weißt du von anderen Lieferungen?«

»Nein. Bloß an Betreuer und Trainer. Und noch was, die Fuhren, wo sie uns arme Säue gebraucht haben, immer derselbe Fahrer: Donnie Sweigert.«

»Donnie arbeitet bei Berry Storage. Da ist doch nichts dabei.«

»Vielleicht, aber man könnte meinen, dass wir manchmal 'nen anderen Fahrer gehabt hätten. Immer Donnie.«

»Aha.« Sam konnte sich keinen Reim darauf machen.

»Ich muss wieder rein. Die sind hier sehr streng mit uns.«

»Ja, ich weiß.«

Rory erwiderte gefühlsbetont: »Ich denk, ich muss erwachsen werden.«

»Wachse oder stirb.«

28

Eine dünne Wolkendecke, die wie ein weißes Fischernetz anmutete, verhüllte am Donnerstagmorgen den Himmel. Das Thermometer blieb bei drei Grad stehen.

Die Hunde witterten an einem künstlich angelegten See bei Orchard Hill, dem heutigen Stelldichein, eine Spur.

Sister wartete auf einer Anhöhe über dem See, auf dessen ruhigem Wasser sich Schaum bildete, und sann über die Vergangenheit nach. Im Jahre 1585 hatte Sir Walter Raleigh die Kolonie Roanoke gegründet. Was würde Raleigh heute zu Virginia sagen?

Sie fragte sich auch, was die amerikanischen Ureinwohner wohl dachten, als sie die Schiffe mit den geblähten weißen Segeln sahen. Sie mussten zwischen Neugierde und Schrecken hin- und hergerissen gewesen sein.

Wie würde sie dieses üppige hügelige Land in vierhundert Jahren vorfinden, wenn sie zurückkehren könnte? Würden Hufschläge widerhallen, würde der Nebel aufsteigen, wie er jetzt an Rickyroos Hufen aufstieg?

Könnte Sir Walter Raleigh zurückkehren, so würde er zumindest die Jagd wiedererkennen. Damals war man allerdings in sehr viel bunteren Kleidern geritten; die kniehohen Stiefel wurden umgeschlagen, sodass das helle Champagnerbeige auf der Innenseite zu sehen war. Im Laufe der Zeit entwickelten sich diese zu den offiziellen Jagdstiefeln mit den hellbraunen Stulpen, die von den Herren und von einigen Damen der Equipage getragen wurden, sofern der Jagdherr oder die Jagdherrin den Damen gestattete, sich in Scharlachrot zu kleiden – was nach wie vor ein Streitpunkt unter Fuchsjägern war. Aus den wallenden Spitzen am Hals war Anfang des achtzehnten Jahrhunderts das Plastron geworden. Doch egal, wie sie sich kleideten, die Herren im siebzehnten Jahrhundert verstanden etwas von Hundearbeit, von guten Hunden, von guten Pferden und, nach allem, was man weiß, von guten Frauen, und sie hegten einen Widerwillen gegen die schlechten.

Tedi, Edward, Xavier, Ron, Gray, Jennifer und Sari bildeten das erste Feld; die beiden Mädchen durften an den Donnerstagen mitreiten. Sister hatte bei ihrem Biologielehrer an der Highschool darum nachgesucht und Umweltstudien ins Feld geführt. Der Lehrer, Greg Windom, ein alter Freund, war einverstanden. Nach jeder Jagd mussten die zwei Schülerinnen aufschreiben, was sie beobachtet hatten.

Heute Morgen beobachteten sie einen großen Blaureiher, der sich von dem See erhob, als er die Hunde hörte, und beim Aufsteigen heiser krächzte.

Ein träge fließender Bach ergoss sich ins obere Ende des künstlichen Sees; ein Überlaufrohr am anderen Ende mündete knapp anderthalb Meter tiefer in eben diesen Bach. Bei warmer Witterung tummelten sich Moschusschildkröten darin: kleine Teufel, angriffslustig und langhalsig. Die schnappten nach einem und klauten einem den Köder, wenn man nach Barschen oder gar Flusskrebsen fischte. Wenn man eine fing, tränten einem die Augen von dem Gestank.

Bevor Sister heiratete, hatte sie am Mary Baldwin College Geologie unterrichtet, obwohl Naturwissenschaft ihr Hauptfach war. Aber das College hatte eine Lehrkraft für Geologie gebraucht, deshalb las Sister gierig alles, was sie konnte, und begleitete die Jungs vom U. S. Geological Survey auf ihren Exkursionen. Von ihnen hatte sie mehr gelernt als aus Büchern.

Sie gab ihr Wissen an Jennifer und Sari weiter, wenn sie Fragen stellten, aber sie drängte es ihnen nicht auf. Im Laufe der Jahre hatte Sister reichlich Gelegenheit gehabt, dankbar zu sein dafür, dass sie sich gründlich mit Felsformationen, Bodenbeschaffung, Erosion und dergleichen befasst hatte. Das kam ihr bei der Fuchsjagd zugute. Die Leute sagten, Sister habe ein unheimliches Gespür für Wild. Ja und nein. Sie hatte nie aufgehört, Bodenbeschaffenheit, Pflanzen und Tiere zu studieren. Wohl war ihr klar, dass sie nie über das Wissen verfügen würde, das der Fuchs besaß, aber sie war entschlossen, dem so nahe wie möglich zu kommen.

Den größten Teil ihrer sieben Jahrzehnte hatte sie gejagt; mit sechs hatte sie auf einem ungebärdigen Pony angefangen. Sie wusste bis heute nicht, wie ein Fuchs seine Wittrung ein- und abschalten konnte, obwohl sie es mit eigenen Augen gesehen hatte. Sie hatte gesehen, wie die Hunde einen Fuchs glatt überliefen. Tage später konnte derselbe Fuchs den Hunden eine heiße Spur legen.

In ihren kühnsten Träumen betete sie zu Artemis, sie möge sie einen Tag lang ein Fuchs sein und sie dann ihre menschliche Gestalt wieder annehmen lassen. Weil dieses Gebet nicht erhört wurde, fuhr sie fort zu lesen, von bekannten Fuchsjägern zu lernen und ihre Beute zu studieren. Ihre Hunde kannte sie, aber sie wusste, dass sie ihre Füchse niemals richtig kennen würde.

Diese aber kannten sie. Der Fuchs besitzt fundierte Kenntnisse sowohl von der Menschheit als auch von anderen Gattungen. Der rasche Verstand dieses Tieres, sein Urteilsvermögen und seine Anpassungsfähigkeit sind phänomenal. In zwei Fällen geht ein Fuchs seines Urteilsvermögens verlustig, einmal, wenn er das verzweifelte Weinen eines Welpen – irgendeines Welpen – hört, und in der Ranzzeit, wenn die Burschen von ihren Hormonen aufgepeitscht werden. Das ist auch für höhere Säugetiere nicht uncharakteristisch.

Ein solcher Bursche, nahezu wahnsinnig vor Begierde, befand sich jetzt dreizehn Kilometer von seinem Zuhause entfernt genau in der Mitte von Orchard Hill. Die Hunde nahmen seine Spur auf und verloren sie am See.

Er sauste um den See herum, sprang vom Überlaufrohr in den Bach und schwamm stromabwärts bis zu einem neu angelegten Biberdamm. Er überlegte, ob er untertauchen und im Biberbau Unterschlupf suchen sollte, aber Biber waren notorisch ungastlich, auch zu einem Fuchs in Not. Er kletterte auf den Damm, stieß sich ab und segelte herüber zum ersten Bau, auf dem er oben landete. Er hörte drinnen den Tumult. Er sprang von einem Bau zum anderen und schließlich vom letzten an Land. Er hatte alle überlistet. Als er zu Atem gekommen war, trottete er gemütlich nach Hause.

Die Hunde suchten am unteren Ende des Sees aufs Neue, und Trident mit seiner ausgezeichneten Nase fand eine leidlich gute Spur: ein grauer Fuchsrüde. Trident behielt die Nase am Boden, und als die Spur heißer wurde, schlug er leise an. Trinity, die kühner war als ihr Bruder und Wurfgefährte, ging hin.

»Fährte!«, rief Trinity.

Cora lief hin und prüfte. *»Versuchen wir's.«*

Der Rest der Meute, heute achtzehn Koppeln, schloss zu ihnen auf, aber das Tempo war relativ langsam. Der amerikanische Jagdhund hat beim Laufen die Nase nicht ständig am Boden. Das Tier atmet ein, hebt den Kopf ein wenig, läuft weiter und senkt nach etwa dreißig Metern die Nase. Weil das alle Hunde so machen, wird die Fährte gründlich untersucht. Das Wesentliche bei einer Meute ist ja, dass die Hunde sich idealerweise so aufeinander verlassen können wie auf ihren Meuteführer.

Shaker wusste, die Spur war so lala. Er wusste auch, sie konnte nicht von dem ersten Fuchs sein, an dem sie dran gewesen waren; dann wäre die Spur heißer, das Geläut lauter. Die Hunde schlugen an, aber nicht in vollkehligem Chor. Im Moment waren sie eher wie Gänse, die sich Flugkoordinaten zuriefen.

Als die Hunde den See hinter sich ließen und in höhere Gefilde kamen, wo im Schatten noch Frost auf den Weiden lag, nahm das Tempo zu. Das Geläut wurde lauter.

In den Dreibretterzaun war eine Palisade eingelassen. Shaker und Gunpowder sprangen mühelos hinüber; auf der anderen Seite fiel das Gelände ab. Sie rutschten ein bisschen, dann verfiel der schöne Vollblüter in einen raumgreifenden Galopp, da die Hunde Tempo zulegten. Sie ließen die Weide hinter sich, sprangen über ein Stangenhindernis in einen Hain voll uralter, sechs Meter hoher Stechpalmen, deren kleine rote Beeren den Hain mit endlosen Farbtupfern belebten. Die Stechpalme wurde gemeinhin auch Sumpfpalme genannt, und Shaker wusste, dass er bald im Sumpf landen würde. Stechpalmen liebten es morastig.

Sister wusste es auch. Sie wusste außerdem, dass die Waschbärwittrung stark sein würde, weil diese Tiere die Beeren im Winter liebten.

Die Hunde liefen trotz des starken Waschbärgeruchs weiter. Der Graufuchs, ein junger, dachte, der Sumpf würde das Tempo seiner Verfolger drosseln. Er hatte recht, aber auch die Wittrung hielt sich. Er musste nach oben, musste raus und über eine von der Sonne noch unberührte Wiese sausen.

Dies wurde ihm klar, als er aus dem Sumpf war. Er kletterte über die schlüpfrige niedrige Böschung, flitzte durch einen alten Kiefernwald, in dem das Alter viele Bäume gefällt hatte, gelangte auf die kalte Westwiese und brachte seinen Motor auf Hochtouren.

Gunpowder hielt durch, aber er stolperte, als er im Kiefernwald über flachen Felsen lief. Er rutschte mit dem rechten Huf auf dem glatten Fels aus, und Shaker rutschte mit. Wenn ein Pferd das Gleichgewicht verliert oder eine Schulter sinken lässt, kann ein Mensch sich kaum oben halten. Eine Katze könnte selbst dann nicht hocken bleiben, wenn sie sich festkrallte. Shaker schoss über Gunpowders Schulter und schlug hart auf dem Felsen auf.

Gunpowder blieb stehen, senkte den Kopf und berührte Shakers Gesicht mit seiner Nase. *»Was passiert?«*

Shaker bewegte sich nicht. Gunpowder blieb bei ihm stehen.

Sister war keine Minute später da. Sie hatte den Sturz nicht gesehen. Sie saß geschwind ab und fühlte nach dem Puls. Gott sei Dank, er war da.

Sie hob ein Augenlid an. Die Pupille war erweitert. Sie befürchtete eine Gehirnerschütterung und hoffte, dass es nichts Schlimmeres war. Knochenbrüche würden sich erst feststellen lassen, wenn er wieder bei Bewusstsein war.

Die anderen Reiter hielten an und sahen besorgt zu.

»Ron, gib mir deinen Flachmann.«

Ronnie saß schnell ab, übergab Gray seinen Zügel und brachte ihr seinen Flachmann. Er kniete sich neben sie. Sie schüttete ein bisschen Alkohol in ihre Hand und benetzte damit Shakers Lippen, dann rieb sie seine Wangen damit ein. Das Blut schoss ihm ins Gesicht, und er bekam wieder Farbe.

Seine Augen flatterten. Er wollte sich aufsetzen, aber Sister hinderte ihn daran. »Noch nicht.«

Ronnie rutschte hinter seinen Kopf und stützte ihn.

»Shaker, kannst du deine Füße fühlen?«

»Ah.«

»Was für ein Tag ist heute?

»Ah, Jagd ...«

»Kannst du deine Zehen fühlen?«

Sein Kopf wurde etwas klarer. Er bewegte die Zehen in den zerkratzten, oft polierten Stiefeln. »Ah-ja.«

»Kannst du deine Finger fühlen?«

Er bewegte die Finger in den weißen Handschuhen. »Ja.« Er holte tief Atem. »Ronnie, küss mich nicht.«

»Du Arschloch.« Ronnie lachte.

»Was für ein Tag ist heute?«

»Jagdtag.«

»Nein, welcher Wochentag?«

»Äh … was ist passiert?« Er richtete sich auf. Ronnie und Sister ließen ihn gewähren, weil anscheinend nichts gebrochen war. Er zuckte zusammen, als er tief durchatmete. »Ahhh.«

»Ein Glück, dass es nicht schlimmer ist.« Sister blieb neben ihm knien.

»Hab mir ein paar Rippen angeknackst.« Sein Atem ging etwas röchelnd, wenn er Luft holte. »Da mach ich einen Verband drum.«

»Wird bloß wehtun, wenn du atmest.« Ronnie stand auf.

»Bist 'ne große Hilfe.« Shaker hielt sich seinen Brustkasten.

»Und wenn du der letzte Mann auf Erden wärst, dich würde ich nicht küssen.« Ronnie fand, die beste Art ihm zu helfen war, ihn aufzuziehen. Er hatte recht.

»Blödmann.«

»Arschloch.«

»Meine Herren.« Sister schüttelte den Kopf.

»Verzeihung«, sagte Ronnie.

»Hör mal, Süßer, du hast dir ein paar Rippen angeknackst, vielleicht gebrochen. Wenn deine Lunge angepikst wäre, würden wir das merken; das hört man so deutlich, wie wenn die Luft aus einem Reifen zischt. Aber ich glaube, du hast eine leichte Gehirnerschütterung.«

»Hab eh kein Gehirn.« Er lächelte sein schiefes Lächeln, das unter den gegebenen Umständen umso anziehender war.

»Wenigstens gibst du's zu.« Ronnie schob seine Hände unter Shakers rechte Achselhöhle.

Sister tat dasselbe mit seiner linken. »Eins, zwei, und auf!«

Shaker stand unsicher auf. Die zwei stützten ihn. Er rieb sich den Kopf, das Horn noch in der rechten Hand. »Jesses.«

»Sister, ich kann einen Krankenwagen rufen.« Xavier hatte ein kleines Mobiltelefon in seinem Gehrock.

»Ich fahr in keinem verdammten Krankenwagen. Ich bin runtergefallen. Halb so schlimm.« In Shakers Kopf pochte es. Er griff nach Gunpowders Zügel.

»Kommt nicht infrage.« Sister nahm ihm den Zügel weg.

»Jemand muss doch bei den Hunden bleiben.«

»Betty ist hier, Sybil auch. Du rührst dich nicht vom Fleck. Sari, ich möchte, dass du bei Shaker bleibst. Jennifer, du reitest zum Anhänger, bindest dein Pferd an, fährst meinen Wagen hierher und fährst Shaker dann zu Walter.«

»Mir fehlt doch gar nichts.«

»Jaja, und ich bin dein Boss.« Ihr Ton war scharf. »Wenn du nicht zu Walter gehst, nur vorsichtshalber, und wenn deine verdammte Starrköpfigkeit uns die Saison kostet, kriegst du von mir mehr zu spüren als die Schmerzen von dem Sturz.«

»Harter Knochen«, murrte er.

»Du kannst mir ruhig Schlimmeres an den Kopf werfen.« Sie sah auf. »Jennifer, zieh los.«

»Ja, Ma'am.« Jennifer wendete ihr Pferd und galoppierte zu den Anhängern, die zum Glück nur anderthalb Kilometer entfernt waren.

Xavier sagte: »Sister, lass mich mit ihr fahren, ich binde mein Pferd neben ihrem an. Nur für den Fall, dass das Pferd durchdreht so ganz allein.«

»Das ist eine gute Idee, und X, fahr mit ihr zu Walter, ja? Sie ist ja noch ein Kind, daran hätte ich denken sollen. Unser John Wayne hier könnte sich bemüßigt fühlen, ihr Befehle zu erteilen, wie etwa ›vergiss es‹. Ich hab sie in eine blöde Lage gebracht. Wenn du dabei bist, kann er nichts ausrichten.«

Xavier tippte mit der Gerte an seine Melone und kanterte los.

Shaker wollte etwas sagen, aber er war benommener, als ihm klar war. Ronnie stützte ihn noch. Er blinzelte, reichte dann Sister das Horn. »Übernimm du lieber.«

Sister nahm das Horn. »Heiliges Kanonenrohr«, hätte sie am liebsten gesagt. Ihr Leben lang hatte sie gejagt, aber kaum je das Horn geführt. Sie war die Jagdherrin. Ihr Feld, heute ein kleines, blickte auf sie. Sie hatte die Verpflichtung, ihnen eine Jagd zu ermöglichen. »Okay, ich erstatte dir später ausführlich Bericht.«

Ronnie blieb bei Sari und Shaker.

Sister entfernte sich, sie wollte nicht, dass Gunpowder oder die anderen beiden Pferde unruhig wurden. Sobald sie fort von den dreien war, wendete sie. »Edward, übernimmst du das Feld?«

Er nickte. »Mit Vergnügen.«

Das Feld bestand jetzt nur noch aus Tedi und Gray.

Sister ritt los; sie hörte die Hunde in weiter Ferne. Rickyroo hatte Temporeserven. Falls der Untergrund nicht tückisch wurde, könnte sie die Hunde in fünf bis zehn Minuten einholen. Sie vertraute ihren Pikören und wusste, dass sie auf beiden Seiten waren.

Sie hatte Glück. Sie musste kein Dickicht bewältigen, nur offene Wiesen mit Waldstreifen und Bäumen auf beiden Seiten. Sie sah die Hunde, die die Nachhut bildeten, eine ansteigende Wiese erklimmen. Rickyroo legte noch einen Schritt zu, und wenige Minuten später war sie direkt hinter Delia, Nellie, Asa und Ardent, die fünfzehn Meter hinter der übrigen Meute waren.

Sie setzte das Horn an die Lippen. Ein erstickter Ton entschlüpfte dem kurzen Instrument.

»O Gott«, sagte sie.

»Sprich einfach mit uns«, empfahl Asa ihr.

Sie steckte das Horn zwischen den ersten und zweiten Knopf ihres Reitrocks. »Tuut, tuut, tuut.«

Cora hörte es und wandte den Kopf ein wenig. *»Sister jagt mit uns.«*

»Es ist ernst.« Dasher lächelte. *»Dann sollten wir uns wohl lieber nach rechts begeben.«*

Diana, die sehr schnell lief, sprang hoch und wendete praktisch in der Luft. *»Nach rechts!«* Als Kopfhund und in ihrer letzten Saison auf diesem verantwortungsvollen Posten musste sie alle auf der Spur halten, und zwar auf der richtigen. Der Fuchs schlug genau in der Mitte der Weide einen Haken von neunzig Grad.

Sister sah es. Die anderen Hunde kamen zu Diana. Cora senkte die Nase und bestätigte den Richtungswechsel.

Wenn Jagdhunde bei der Arbeit waren, zog Sister es vor, sich still zu verhalten. Wäre sie in einem Dickicht gewesen, hätte sie getutet, so gut sie konnte, damit Betty und Sybil wussten, wo sie war. Es war nicht gut, die Piköre im Ungewissen zu lassen.

Ihre Überlegung, warum der Fuchs geradewegs nach Norden auf eine andere Weide lief, wurde schnell beantwortet, als sie auf die Weide galoppierte, nachdem sie das Hindernis übersprungen hatte und die Angusrinderherde auf der anderen Seite sah. Der Fuchs war schnurstracks zu ihnen gerannt.

Natürlich bekamen die Hunde das mit. Wie oft hatte sie das schon gesehen? Aber jetzt lag es in ihrer Hand.

»Brave Hunde«, rief sie ihnen in aufmunterndem Ton zu. »Nur weiter so.«

Die Hunde umrundeten die Rinder; Dasher lief direkt hindurch. Die junge Tinsel fand die Spur auf der anderen Seite, und sie hetzten los. Diese Seite von Orchard Hill war in zehn bis zwanzig Morgen große Weideflächen aufgeteilt, auf denen der Besitzer das Vieh turnusmäßig grasen ließ. In jeden Zaun waren Sprünge eingelassen, was sonst immer großen Spaß machte, nur dass Sister heute in ihrem Eifer, bei den Hunden zu bleiben, die Hindernisse gar nicht bewusst wahrnahm. Sie setzte hinüber, immer die Hunde im Blick. Rickyroo war restlos glücklich. Er lebte fürs Laufen und Springen.

Schließlich stürmten sie auf eine fünfzig Morgen große Apfelwiese rechts von der Farmstraße. An der Südseite, die besser vor dem scharfen Nordwind geschützt war, war eine fünfzig Morgen große Wiese mit Pfirsichbäumen.

Obstwiesen ziehen Rotwild, Waschbären, Opossums und Vögel aller Art an. Sogar Kaninchen suchen an den Rändern nach Nahrung. Hier konkurrierten allerlei Düfte miteinander, die von der Temperatur am Boden gehalten wurden.

Aber Cora, Diana, Asa, Ardent, Delia und Nellie entwirrten die Gerüche. Die jüngeren Hunde, momentan überfordert, taten es rasch den älteren gleich. Sie blieben dem Fuchs auf der Spur.

Er hatte Abstand zu ihnen gewonnen, als er sich die Rinder zunutze machte. Sosehr die Hunde sich bemühten, sie konnten den Abstand nicht verringern, aber die Wittrung hielt sich.

Sister erblickte Betty unten auf der Farmstraße. Sie vermutete Sybil jenseits der Obstwiese.

Edward, Tedi und Gray hatten eine phantastische Jagd. Sie preschten über die Apfelwiese, unter sich weiches Gras, eine willkommene Abwechslung zu manchem Untergrund, über den sie kurz zuvor geritten waren.

Sister, die mit den Hunden gut mitkam, hielt Ausschau nach der Beute. Sie wollte den Fuchs sehen, bevor die Hunde ihn erblickten.

Auf der anderen Seite trennte ein stabiles Hindernis die Obstwiese von der Heuwiese. Rickyroo nahm es mit Leichtigkeit, und Sister erblickte den kleinen Graufuchs.

»Hip, hip hurrah!«

Die Hunde wussten, was das bei ihrer Herrin hieß. Ihr ohnehin schon hoher Adrenalinspiegel stieg höher. Sie hetzten los.

So jung er auch war, der Graufuchs hatte einige Tricks auf Lager. Er umrundete die Heuwiese, tauchte in den schmalen Bach, kam heraus und wendete in Richtung Pfirsichwiese, an deren Rand sich ein überdachter Hochstand befand.

Er kletterte die Leiter hinauf und ließ sich auf die Plattform plumpsen.

Die Hunde kamen rutschend darunter zum Stehen.

»Er ist da oben!«, schrie Trinity frustriert. *»Das ist unfair!«*

Rickyroo blieb stehen. Sister, nicht ganz sicher, ob der Graufuchs hochgeklettert war, saß ab. »Ricky, halt die Stellung.«

Die Hunde, die vor Aufregung übersprudelten, drängelten sich unter seinen Beinen. Trudy versuchte die Leiter hochzuklettern, schaffte drei Sprossen und fiel dann auf den Rücken.

»Schwachkopf«, sagte Cora.

Die Hunde heulten und heulten. Edward, Tedi und Gray kamen gerade rechtzeitig an, um zu sehen, wie Sister die Leiter hochstieg.

Sie hob den Kopf und fiel beinahe hintenüber, als der kleine Graufuchs geradewegs zu ihr kam und seine Nase dicht an ihre hielt. Feigheit war nicht sein Stil.

»Wenn du mich runterschmeißt, beiß ich dich.«

»Gut gemacht, Kleiner, gut gemacht.« Sie lächelte ihn an und kletterte hinunter. Dann zog sie das Horn zwischen dem ersten und zweiten Knopf hervor und versuchte »Fuchs eingefahren« zu blasen.

Das Blasen erwies sich als leichter, wenn sie sich nicht bewegte, aber das ging ja nicht, sie musste arbeiten. Lachend setzte sie das Mundstück ab. »Okay, klingt nicht wie ›Eingefahren‹. Wie wär's mit ›Aufgefahren‹?«

Alle mussten lachen, der Fuchs inbegriffen.

»Sister, das war köstlich.« Tedi war begeistert.

»Du bist sehr, sehr lieb.«

Betty und Sybil kamen genau in dem Moment an, als Sister kräftig blies.

»Das ist was für die Annalen.« Betty lächelte strahlend.

»Ach was.« Sister schwang sich wieder auf Rickyroo, der einen Supertag hatte. »Aber ich denke, es ist Zeit, Schluss zu machen. Wir haben ein paar großartige Tage gehabt, was?«

»Und die Roten haben eben mit der Paarung angefangen«, sagte Betty, die wusste, dass die Grauen schon seit zwei, drei Wochen dabei waren.

»Ich sag ja immer, die beste Jagdzeit ist von Ende Januar bis Ende Februar.« Sister lachte, in Hochstimmung von der Jagd und weil es ihr gelungen war, ein paar Töne herauszubringen.

»Die Grauen schummeln«, beschwerte sich Trinity.

»Nein, das ist ihre Art«, belehrte Asa sie.

»Das war nicht so schlimm wie damals vor drei Jahren, als ein Graufuchs auf den Rücksitz von Tedis Auto gesprungen ist. Er hat seine Spur verwischt. Sie hat ihn nach Hause gefahren!« Cora kicherte.

Da Jennifer und X Sisters Wagen genommen hatten, luden Sister, Betty und Sybil die Hunde auf. Sari und Ronnie bekamen die ganze Geschichte zu hören. Sie waren dageblieben und warteten auf die Rückkehr von Jennifer und X.

Auf Bettys Handy erreichte Sister Jennifer am Autotelefon, als sie gerade vom Krankenhaus losfuhr.

Shaker schnappte sich das Telefon. »Drei Rippen angebrochen, zwei gebrochen, eine leichte Gehirnerschütterung. Es geht mir ganz gut.«

Xavier nahm Shaker das Telefon weg. »Und er ist kahl. Walter hat ihm die Brust rasiert, bevor sie ihn bandagiert haben, damit es nicht wehtut, wenn er den Verband abnimmt. So eine männliche Brust.«

Sister hörte Shaker lachen, dann stöhnen. Sie sagte: »Wir könnten Karten verkaufen. Ein bisschen Geld für den Verein einnehmen, nach dem Motto ›helft eurem Meuteführer seinen Verband wechseln und seht seine nackte Brust‹.«

»Da kämen keine zehn Cent rein«, erwiderte X.

Als sie zu Ende telefoniert hatte, teilte Sister den anderen mit: »Ihm fehlt nichts weiter. Angeknackste Rippen, zwei gebrochen.«

Tedi und Edward sagten: »Eine gute Nachricht.« Tedi fügte hinzu: »Und du warst großartig!«

»Ich musste bloß dranbleiben, das genügte. Seien wir ehrlich, es war ein guter Tag für Fährten.«

»Janie, das hast du toll gemacht.« Tedi tätschelte ihren Arm. »Nimm das Kompliment doch einfach an.«

Sister lächelte. »Hast ja recht.«

Gray trat hinzu. »Bleibt es bei morgen Abend im Club?«

»Wenn man dort essen geht, ist es, als würde man einen Werbespot im Lokalfernsehen schalten.«

»Genau.« Gray nahm ihre Hand. »Ich werde es allen anderen Männern verkünden.«

»Schmeichler.« Sie lachte.

Auf der Roughneck Farm angekommen, halfen Betty, Sybil, Jennifer und Sari die Hunde füttern, säubern, untersuchen. Danach kümmerten sich die Mädchen um die Pferde.

Shaker versuchte andauernd, diese und jene Arbeit zu verrichten, bis Sister schließlich die Geduld verlor und ihn in sein Häuschen verbannte.

»Er ist schlimmer als ein Kind«, sagte sie zu Betty und Sybil.

»Sind sie alle.« Betty arbeitete weiter. »Übergroße Jungs.«

»Aber ist es nicht das, was sie so amüsant macht?« Sybil, die sich nach männlicher Gesellschaft sehnte, blinzelte.

»Da hast du recht«, stimmte Sister ihr zu.

Das Telefon im Büro klingelte.

Betty lief hin und nahm ab, dann rief sie Sister.

Sister hörte Ben Sidell zu, dann ging sie wieder zu den anderen, die gerade die Futterkammer ausspritzten. »Mädels, man hat die verbrannte Leiche identifiziert. Donnie Sweigert.«

»O nein!«, rief Sybil.

Betty rief ebenfalls laut: »Das ist ja schrecklich. Was in Gottes Namen hat Donnie dort gemacht?«

»Ben sagt, er hatte einen hohen Alkoholgehalt im Blut.« Sister hielt Donnie nicht für sehr intelligent, aber wie konnte er so dämlich sein, sich stockbesoffen mitten in einem Feuer aufzuhalten?

Betty stöhnte laut und meinte: »Gott, ich hoffe, da war kein Schierling drin.«

»Nein.« Sister verschränkte die Hände.

»Er hat ja jahrelang in dem Lagerhaus gearbeitet. Vielleicht hat er sich betrunken und ist eingeschlafen«, dachte Sybil laut.

»Mit einem Benzinkanister neben sich?«

»Herrgott.« Betty stieß einen Pfiff aus.

»Bevor das vorbei ist, werden wir alle den Herrgott anrufen«, sagte Sister. »Was ist dort bloß los?«

»Das ergibt doch keinen Sinn.« Auch Sybil war verstört.

»Für irgendjemanden ergibt es einen Sinn«, erklärte Betty.

»Ja – und genau das macht mir Angst«, flüsterte Sister.

29

Altmodisch«, sagte Sister auf dem Weg durch den frisch ausgespritzten Zwinger. Wasser patschte unter ihren alten grünen Gummistiefeln.

Walter, der an diesem Freitag nicht so viel zu tun hatte, nutzte den Nachmittag, um nach Shaker zu sehen und mit seiner Ausbildung zum Jagdhundzüchter zu beginnen. »Was meinst du mit altmodisch?«

»Etwas schwerknochig im Vorderbein, größerer Rumpf als heutzutage allgemein üblich und ein etwas breiterer Schädel als gegenwärtig erwünscht.« Sie schloss das schwere Maschendrahtgatter, das in den Auslauf für die Junghunde führte, und verriegelte es. »Man züchtet fürs Gelände, Walter. Du wirst es bis zum Überdruss von mir hören, aber so ist es nun mal, man züchtet die Hundeart, mit der man selbst oder der Meuteführer zurechtkommt. Viele Leute kommen mit amerikanischen Jagdhunden nicht zurecht; das Tier ist zu empfindsam für sie, sie sind ihm nicht gewachsen.«

»Wie bei Haushunden? Die einen mögen lieber Terrier, die anderen lieber Golden Retriever.«

»So ähnlich. Aber ich schwöre, es gibt mehr Lügner in der Welt der Jagdhunde als irgendwo sonst, Golf und Angeln einmal ausgenommen.« Sie ging weiter zum Gehege der läufigen Hündinnen.

Sweetpea, die kürzlich gedeckt worden war, war schon ins Mädchengehege umgezogen, wie Sister das Gehege für läufige und trächtige Hündinnen nannte. Sweetpea, eine solide, nicht überragende Hündin, sorgte, mit Sisters A-Linie oder Jill Summers' J-Linie gekreuzt, für prächtige Jagdhunde. Mrs. Paul Summers junior war die langjährige Jagdherrin des Farmington-Jagdvereins. Seit mehr als fünfunddreißig Jahren züchtete sie eine konstant gute Meute.

»Hallo.« Sweetpea wedelte mit dem Schwanz.

»Sweetpea, Walter kennst du ja.« Sister strich ihr über den glatten Kopf mit den ausdrucksvollen, klugen Augen.

»Ja.« Sweetpea berührte Walter mit der Nase.

Wanda, deren Trächtigkeit schon weiter fortgeschritten war, tappte von draußen herein, wo sie ihren Verdauungsspaziergang gemacht hatte. *»Hier bin ich.«*

»Das ist Wanda: stark motiviert, gute Nase, kräftiges Hinterteil, wie du siehst. Insgesamt viel Energie. Ihr Schulterwinkel könnte besser sein, ist aber wenigstens nicht gerade wie ein Stock. Wenn ich Wanda decken lasse, möchte ich ihre guten Eigenschaften erhalten, aber sehen, ob ich die Schulter ein wenig verbessern und vielleicht den Kopf ein kleines bisschen veredeln kann. Dabei geht es mir nicht so sehr um Schönheit, sondern um Statur und Haltung. Genau wie bei Pferden. Mit diesen beiden Mädchen lässt sich leicht arbeiten, sie sind willig und wild aufs Jagen. Und ihr Nachwuchs ist noch besser. Wanda wurde von einem Piedmont-Jagdhund gedeckt, dessen Stammbaum bis zu Fred Duncans unglaublichem Clyde zurückreicht – das war Anfang der Siebzigerjahre. Der Hund konnte auf einer heißen Asphaltstraße eine Fährte wittern. So was wie Warrenton Clyde hab ich nie wieder gesehen.«

Walter war überwältigt; er seufzte. »Sister, wie soll ich mir das bloß alles merken? Das ist Fachchinesisch für mich.«

Sister meinte lächelnd: »Von wegen Fachchinesisch: Wenn du organische Chemie kapiert hast, sind Zuchtbücher ein Klacks.«

»Gibt es Literatur darüber?«

»Die Bücher beginnen mit dem frühen achtzehnten Jahrhundert. Nein warte, ich glaube, schon Xenophon hat die Zucht von Jagdhunden erwähnt, aber sei unbesorgt, Walter. Du bekommst von mir eine Liste der Klassiker. Der amerikanische Jagdhundezüchterverband MFHA hat FoxDog, eine eigene Computer-Software. Ich komme damit nicht klar, aber Shaker hat den Bogen raus. Ich bin kein Computerfreak, kann aber immerhin E-Mails versenden.«

»FoxDog?« Er beugte sich hinunter, um Wanda und Sweetpea zu streicheln.

»In FoxDog sind sämtliche Zuchtbücher für jeden Hundetyp von sämtlichen Jagdvereinen erfasst. Ich kann mir nicht vorstellen, dass ich mich hinsetze und das alles studiere. Gottlob gibt es den MFHA.« Sie hielt inne. »Aber eins sag ich dir, die beste Methode, etwas über Jagdhunde und Zucht zu lernen, ist jagen, jagen und beobachten. Geh auf die Jagd, sooft du kannst, zu Pferde oder zu Fuß, und beobachte. Die großartigen Jagdtage bleiben dir im Gedächtnis wie die großartigen Pferde oder Filmstars.«

»Klingt plausibel.«

»Und du wirst bald merken, wovon ich spreche, wenn ich sage, dass Piedmont Righteous ’71 von Warrenton Star gedeckt wurde, woraus eine Hündin hervorging, Piedmont Daybreak ’79, und sie gebar Piedmont Hopeful '83, eine ganz großartige Hündin. Viele Leute möchten Hopeful in der weiblichen Linie sehen, und das hört sich alles sehr beeindruckend an, aber ich beobachte die Hunde einfach. Es ist mir schnurzegal, wessen Stammbaum oben oder unten steht, Hauptsache, das Tier führt die Linien in der Abstammung …«

Walter hob die Hand. »Sister, wo ist der Kick? Ich komme nicht mehr mit.«

»Kick ist nebenan, ein ungezogener Hund, der Waschbären jagt.« Wanda sprach von dem Jagdhund eines Nachbarn, den sie nicht leiden konnte. Kick war ein guter Coon-Hund, aber er zollte Wanda – einem Mädel mit einem dicken Ego – nicht den gebührenden Respekt.

»Eine geglückte Kreuzung, das ist der Kick. Funny Cide, ein sagenhaftes Rennpferd, ein Wallach, du weißt, wovon ich spreche?«

»Ja.«

»Okay, er wird nicht pensioniert und als Zuchthengst eingesetzt, aber die Leute werden seinen Stammbaum studieren und dieselbe oder eine ähnliche Kreuzung versuchen, wenn sie können. Daran ist nichts auszusetzen, und ich denke, man erhält ein gutes Ergebnis, wenn man mit den Grundlagen spielt, so man will. Statt einfach etwas zu kopieren, das in der Welt der Vollblutpferde einen Wert von mehreren hunderttausend Dollar hat, macht man das mit den passenden Blutlinien andersherum oder geht bis zur Großelterngeneration zurück. Wenn man das alles genau studiert, Walter, findet sich immer ein Weg. Ich studiere Stammbäume. Ich beobachte Hunde und Pferde. Und das Großartige bei der Fuchsjagd ist, wenn ich mich an Jagdherren von anderen Vereinen wende, um eine Hündin von deren Rüden decken zu lassen, sind sie geschmeichelt. Und alle profitieren davon. Man muss nichts dafür bezahlen. Fuchsjagd beruht auf Großzügigkeit. Wir verbessern das Tier, wenn wir umsichtig sind. ›Umsichtig‹ ist das Schlüsselwort.«

»Wie war das mit Stammbaum oben und unten?»

»Oh. Auf der unteren Hälfte eines Zuchtblattes steht das Muttertier beziehungsweise die Hündin. Auf der oberen Hälfte steht der Rüde beziehungsweise Hengst. Ich zeig's dir nachher im Büro, dann siehst du, was ich meine, wenn du dir so ein Zuchtblatt anschaust. Es ist gut, Stammbäume zu studieren. Noch besser ist es, die Leistung im Feld zu sehen und mit denen zu sprechen, die die Abstammung eines guten Jagdhundes kennen.«

»Diese Arbeit ist wie für mich gemacht.« Er stieß einen Pfiff aus. »Ich kann's nicht erwarten. Und Sweetpea und Wanda, ich kann's nicht erwarten, die Babys zu sehen.«

»Meine werden besser«, prahlte Wanda.

Sweetpea, die ein sonniges Gemüt hatte, leckte nur Sisters Hand. *»Ich hab dich lieb, Sister. Ich schenk dir feine Welpen.«*

»Herzelchen.« Sister küsste sie auf den Kopf, dann streichelte sie Wanda.

Beim Hinausgehen schlossen sie das Gatter hinter sich. Sie gingen durch den langen Laufgang zum Hauptgebäude des Zwingers. Drinnen zeigte sie ihm das Zuchtblatt von Sweetpeas und Ardents diesjährigem Wurf. Walter stellte fest, dass das Format dasselbe war wie ein Zuchtblatt bei Pferden. Jetzt fühlte er sich besser.

Die Tür ging auf, und Shaker trat ein. »Beteiligungsliste für morgen?«

»Hab ich noch nicht. Hast du deine?«

»Ja.« Er legte seine Liste auf den Schreibtisch und sagte dann zu Walter: »Ich sitz nicht rum.«

»Schonen Sie sich noch ein, zwei Tage, Shaker. Im Ernst. Ihre Rippen machen mir keine Sorgen, sondern die Gehirnerschütterung, auch wenn sie nicht schlimm ist. Aber schonen Sie sich lieber noch ein bisschen.«

»Und wer jagt morgen mit den Hunden? Ich muss raus.«

»Du und Lorraine könnt als fahrende Piköre mitkommen. Ich geh mit dir kein Risiko ein. Wenn du morgen ausfällst, ist das nicht weiter schlimm, aber wenn du den Rest der Saison ausfällst, den besten Teil der Saison, dann krieg ich die Krise«, ermahnte Sister ihn.

Shaker setzte sich auf die Schreibtischkante. »Herrgott noch mal, die Leute bringen sie dauernd dazu, dass sie anschlagen.«

»Das sind eben keine fabelhaften Meuteführer. Und wie bläst du das Horn, wenn du galoppierst?« Sie hoffte, das Kompliment würde ihn etwas besänftigen.

»Reine Übungssache. Ist außerdem empfehlenswert, mit einer leeren Blase rauszugehen.«

»Das hab ich schon gemerkt.« Sie lachte. »Ich übernehme morgen die Hunde. So Gott will, wird nichts Schreckliches passieren. Lass uns bewährte Freunde mitnehmen, keine Junghunde. Mach es mir leicht. Dienstag sitzt du wieder im Sattel, und alles ist gut.«

»Nein. Es wird so kommen, dass du liebend gern mit den Hunden jagst, und wir kriegen uns in die Wolle«, murrte Shaker.

»Stimmt. Ich fand es gestern toll, obwohl ich zuerst ein flaues Gefühl hatte, aber du bist und bleibst der Meuteführer.«

Rasch überflog sie die Beteiligungsliste, Rüden auf der linken Seite des Blattes, Hündinnen auf der rechten, Erstjährige, Junghunde und sogar einige Zweitjährige mit einer andersfarbenen Markierung vor dem Namen des Hundes. Es war ein gutes System. »Ich komm später hierauf zurück.«

Sister setzte im Haus Teewasser auf und erkundigte sich bei Walter nach Shakers Verletzungen.

»Das fragst du seit gestern jetzt schon zum dritten Mal.«

»Verzeihung. Ich habe ihn sehr gern, auch wenn wir uns kabbeln.«

»Er ist hart aufgeschlagen. Er kann seine Rippen bandagieren. Für seinen Kopf möchte ich noch ein paar Tage Ruhe. Als ich ihn untersucht habe, war er trotz der Gehirnerschütterung in ziemlich guter Verfassung, aber bei einer Kopfverletzung kann man nicht vorsichtig genug sein.«

»Danke noch einmal, dass du ihn untersucht hast. Wir hätten ihn in die Notaufnahme schicken können, aber dir vertraue ich; ich weiß ja nicht, wer in der Notaufnahme ist.«

Walter lächelte. »Danke für dein Vertrauen, aber die Leute im Krankenhaus sind ein hervorragendes Team.«

Sie schenkte Tee ein. Walter liebte schwarzen Tee, genau wie sie. »Du verstehst nicht viel von Jagdhunden; ich versteh so gut wie nichts von Medizin. Was ist eigentlich ein Endokrinologe?«

»Einer, der zur richtigen Zeit auf dem richtigen Gebiet ist. Er beschäftigt sich mit den endokrinen Drüsen, also der Schilddrüse, der Hirnanhangdrüse und den Nebennieren, der menschlichen Körperchemie.«

»Lukrativ?«

»Sehr. Wenn man ein Kind mit Wachstumshemmung hat, geht man zum Endokrinologen. Wechseljahre – denk bloß, wie viel Geld die Boomgeneration locker machen kann. Es ist ein wachsendes Gebiet, das von den ständigen Fortschritten allein in der Schilddrüsenforschung profitiert. Höchst erstaunlich.«

»Hätte ein Endokrinologe mehr Möglichkeiten, auf illegale Weise Geld zu verdienen als, sagen wir mal, du?«

»Mit Medizin?« Walter zog die blonden Augenbrauen hoch. »Ah, Sister, jeder unredliche Arzt kann ein Vermögen verdienen. Er verschreibt unnötige Schmerztabletten, Oxycontin, Antidepressiva, Percodan, Prozac. Wenn man nicht ehrlich ist, geht das ganz leicht, weil der Patient die Medikamente will.«

»Wie sieht es mit Kokain oder Heroin aus?«

Walter musste unwillkürlich lachen. »Dafür braucht man keinen Arzt. Das Zeug kriegt man auf der Straße.«

»Kommt man wirklich leicht an Koks oder Marihuana?«

»Kinderleicht.« Walter trank den belebenden Tee. »Unsere Regierung, die Gesundheitsbehörde – ich könnte eine Liste von Behörden aufzählen, so lang wie mein ausgestreckter Arm, und ich hab lange Arme – machen den Schlamassel immer schlimmer. Manche Drogen werden als gefährlich eingestuft, andere nicht. Ich könnte dich mit Koffein töten. Dieser Tee enthält einen Koffeinanteil. Sister, ich könnte dich mit Zucker oder Salz töten. Die Amerikaner bringen sich buchstäblich täglich mit Zucker oder Salz um. Wir sind so scheinheilig, was – wie sagt man? – illegale Substanzen angeht. Es gibt Menschen, deren Taktik auf ihrer Moralvorstellung statt auf, nun ja, Endokrinologie fußt. Und ich meine es ernst; ich könnte jemanden mit Koffein umbringen. Ich bin Arzt; um Leben zu retten, muss man wissen, was Leben nimmt. Jeder Arzt, der auf sich hält, kann töten und es ganz natürlich aussehen lassen. Aber wie gesagt, wozu die Mühe? Die Amerikaner bringen sich selber um.«

Sie trommelte mit den Fingern auf den Küchentisch. »Mmm.«

»Woher das plötzliche Interesse für Endokrinologie?«

»Dalton Hills Fachgebiet. Er hat den Beitrag für seine Gastmitgliedschaft bezahlt; er ist ziemlich regelmäßig auf die Jagd gegangen. Guter Reiter.«

»Er hat den Cleveland-Bay gekauft.«

»Ja.« Sie runzelte die Stirn. »Offenbar hat er Geld.«

»Klar.« Walter lächelte. »Er ist Endokrinologe.«

Sie lächelte auch. »Was weißt du über ihn?«

Walter zuckte die Achseln. »Vom Toronto-Hospital beurlaubt, hat dieses Semester einen Lehrauftrag, und er ist brillant, wie ich höre.«

»Magst du ihn?«

Eine lange Pause folgte auf ihre Frage. Walter räusperte sich. »Nicht besonders.«

»Kalt.«

»Mehr oder weniger. Er taut ein bisschen auf, dank deines Entgegenkommens und der Gastfreundlichkeit der Virginier im Allgemeinen.« Walter dankte ihr, weil sie ihm Tee nachschenkte. »Er ist seit Kurzem geschieden, ich denke, deswegen unterrichtet er dieses Semester hier. Eine Möglichkeit, Abstand zu gewinnen. Einen klaren Kopf zu bekommen.«

»Ich hab mich über ihn gewundert.« Sie lächelte wieder. »Man kann nicht genug Ärzte im Feld haben. Ich wünschte, wir könnten die gesamte Krankenhausbelegschaft zum Jagen kriegen.«

»Lieber nicht. Wir haben etliche erstklassige Irre.«

»Und der Jagdverein nicht?«

Sie lachten.

»Um auf die Hunde zurückzukommen«, sagte Walter. »Kann man für bestimmte Aufgaben züchten? Ich meine, kann man einen Leithund züchten?«

»Darüber könnten wir wochenlang reden. Hm … ja und nein. Ich habe bei meinen Hunden beobachtet, dass sich bestimmte Wesensmerkmale in bestimmten Zuchtlinien vererben. Zum Beispiel Delia, die Mutter von Diddy und den Erstjährigen, stammt aus meiner D-Linie. Die D-Hunde sind durchweg beständig, sie lernen schnell und eifrig. Auf der anderen Seite habe ich beobachtet, dass meine R-Linie überragend sein kann, aber anscheinend eine

Generation überspringt. Rassle, Ruthie und Ribot sind überragend. Ihre Mutter war es nicht; sie war bloß einfach da. Ihre Mutter wiederum war exzellent. Wie gesagt, die Antwort auf deine Frage ist ja und nein.«

»Es ist faszinierend.«

»Und macht hochgradig süchtig.« Sie nahm sich ein Zuckerplätzchen. »Je mehr man züchtet, desto mehr will man züchten, und der Traum von Perfektion treibt einen an.« Sie seufzte. »Mit der Zeit lernt man, bescheiden zu sein. Selbst in der großartigsten Kreuzung, dem Goldtreffer sozusagen, muss man immer noch aussondern.«

»Was schwerfällt.«

»Gott, ja. Wenn ich finde, ein Junghund taugt nicht für uns, überlasse ich ihn einer guten Meute, und dort ist er phantastisch. Das kann zum Teil daran liegen, dass er in einer, sagen wir, neueren Meute ist. Er wird nicht von Diana oder dem vielversprechenden Trident in den Schatten gestellt. Er wird ein Star. Aber merken tust du es erst richtig, wenn sie für dich oder jemand anderen jagen.«

Walter lachte. »Das wird mir zu denken geben.«

»Du denkst eh viel. Von jetzt an wirst du auf neue Art jagen, beobachten. Du wirst Hunde aussuchen, Junghunde ins Auge fassen, sehen, wer was leistet. Die langsamen Tage sind die besten, um was über die Hunde zu lernen. Da siehst du, wer richtig arbeitet. Die auf Sprinten und Springen bedachte Masse mag das langweilig finden, aber die langsamen Tage erteilen einem Fuchsjäger die besten Lektionen.«

»Ich hatte nie einen schlechten Jagdtag.«

»Ein schlechter Jagdtag ist immer noch besser als ein guter Arbeitstag.« Sie lachten wieder, dann wechselte sie das Thema. »Ich habe gelernt, meinen Eingebungen zu vertrauen, wenn ich mit oder ohne Pferd auf der Jagd war. Donnies Tod beunruhigt mich. Genau wie der von Mitch und Tony.«

»Glaubst du, Donnie wollte Clay ruinieren?«

»Sieht ganz danach aus.« Sister sah aus dem Fenster. »Das ist, wie wenn man ein Dickicht durchstöbert; du weißt, der Fuchs ist da drin, aber du kannst ihn nicht aufscheuchen und zum Laufen bewegen. Ich habe Tage erlebt, wo Hunde, meine Hunde und andere Meuten, einen Fuchs glatt überschossen haben. Ich hab das Gefühl, so was geht hier vor.«

»Was tut man an so einem Tag?«

»Weitermachen, aber«, sie legte eine effektvolle Pause ein, »später kann man zurückkommen und die Hunde in der Gegenrichtung loslassen. Manchmal kann man ihn so aufstöbern, weil er nicht damit gerechnet hat.«

Walter klopfte mit seinem Löffel an die Tasse, dann brach er ab. »'tschuldigung.«

»Hilft dir das beim Nachdenken?«

»Ich muss was Rhythmisches machen«, antwortete er.

»Ich kann am besten nachdenken, wenn ich im Freien arbeite, oder manchmal im Bett kurz vorm Einschlafen. Aber verstehst du, was ich meine, von wegen den Fuchs überschießen? Wir überschießen die Todesfälle, die Hinweise.«

»Ich würde das anders ausdrücken. Du bist auf der richtigen Spur, aber der Zug ist nicht im Bahnhof angekommen.«

»Noch nicht.«

30

Das bräunliche Orange des Desinfektionsmittels Betadin hinterließ Flecken auf Dragons weißem Fell. So angriffslustig und dominierend er sich bei anderen Hunden gebärdete, zu Menschen war er außerordentlich sanft.

Er stand auf dem Untersuchungstisch aus Edelstahl, wo Sister und Gray seine Wunden mit dem Mittel abtupften.

Das Hochhieven von sechzig bis achtzig Pfund schweren Hunden erschöpfte Sister nach dem sechsten Hund. Shaker hatte helfen wollen, doch seine Rippen mussten heilen, deshalb hatte Sister ihn aus dem Behandlungszimmer verbannt. Ihr war klar geworden, dass sie ihre Verabredung mit Gray im Club entweder absagen oder auf später verschieben musste. Also hatte sie ihn angerufen, um abzusagen. Weil morgen Samstag war, der wichtigste Jagdtag der Woche, wollte sie abends nicht lange ausbleiben, außerdem war sie nervös, weil sie die Meute anführen würde. Zu ihrer Überraschung hatte Gray sich erboten, ihr bei der Arbeit zur Hand zu gehen.

Reiten und dabei in perfekt sitzender Kleidung zu glänzen erfreut alle Fuchsjäger. Das Horn »Gone away« blasen und das volle Geläut der Hunde zu hören, ist ein unvergleichlicher Kitzel. Wenige Fuchsjäger jedoch zeigen sich bereit, im Zwinger Kot zu beseitigen, die Tiere zu füttern und zu tränken, die Futterkammer und die Ausläufe auszuspritzen, beim Wölfen zu assistieren oder sich im Behandlungszimmer um kranke oder verletzte Hunde zu kümmern.

Dragons Wunden bluteten noch. Davon zeugte Sisters alter Laborkittel. Auch Gray hatte einen Laborkittel an, der mit Schmutz und Blut befleckt war.

Dragon war der dritte Hund, den sie behandelten. Zwei Hunde waren am Donnerstag unter Stacheldraht durchgelaufen und hatten sich den Rücken aufgerissen, aber nur ganz wenig geblutet.

Dass Gray bereit war, auf ein feines Abendessen zu verzichten, dafür Hunde hochzuwuchten, sich schmutzig zu machen und Wunden zu betupfen, verlieh ihm in Sisters Augen umso mehr Glanz.

Gray war so groß wie Sister. Er war gut durchtrainiert und außergewöhnlich stark, genau wie sein drahtiger, viel kleinerer Bruder.

Raleigh, der einen geliebten roten Ball in der Schnauze trug, und Gockel kamen herein, um zuzuschauen. Golly hatte gehört, im Büro gebe es Mäuse, weshalb sie die Menschen und Jagdhunde begleitet hatte. »Tod den Mäusen« lautete Gollys Wahlspruch.

»Bon sang ne sait mentir« lautete Sisters Wahlspruch, ein altes französisches Sprichwort, »Gutes Blut lügt nicht«. Das passte auf Jagdhundzüchter genauso wie auf das Tier namens Mensch im Allgemeinen. Blut spricht Bände.

»So, fertig, mein Großer. Du wirst dich wohl nicht so bald wieder mit Cora anlegen.« Sister gab Dragon ein Leckerchen zur Belohnung, weil er brav gewesen war, dann hob Gray ihn herunter.

»Hübscher Kerl.«

»Ja, das ist er. Diana und Dasher sind auch recht ansehnlich, sind aber im Feld zuverlässiger. Dragon ist starrköpfig, wenn er auf der Jagd ist, und doch die übrige Zeit so liebenswert.«

»Meine Nase ist die beste. Ich hab's satt, dass Cora alles noch mal nachprüfen muss. Ist mir egal, ob sie die Leithündin und die Kopfzicke ist«, rechtfertigte sich Dragon.

»Rein mit dir.« Sister deutete auf die Krankenabteilung des Zwingers hinter dem Behandlungszimmer, eine Reihe separater Zimmerchen mit gemütlichen Boxen. Alle hatten einen eigenen kleinen Auslauf, der sich verschließen ließ, und einen Ofen hoch oben an der Wand, damit der Hund sich nicht auf die Hinterbeine stellen und daran herumkauen konnte. Weil Hunde sich bei Kälte aneinanderschmiegen, können sie sich warm halten; aber ein Hund allein konnte im Winter eine kleine Hilfe gebrauchen, insbesondere, wenn er verletzt war oder kränkelte.

Dragon ging folgsam an seinen Platz. Sister schloss die Tür hinter ihm und verriegelte sie. Die anderen beiden Hunde schliefen schon in ihren Zimmerchen.

Glücklicherweise hatte keiner von diesen Hunden schwere Verletzungen davongetragen. Sie würden höchstwahrscheinlich binnen einer Woche wieder jagen. Wenn die Wunden nicht zu Sisters Zufriedenheit heilten, ließ sie den Hund nicht an der Jagd, wohl aber an den Hundespaziergängen teilnehmen. Die Wunden sollten schließlich nicht wieder aufbrechen und die Heilung verzögern, aber wenn der Hund Bewegung hat, ist das gut für seine Psyche. Wenn das Tier noch nicht so weit war, wieder in die Meute eingegliedert zu werden, ging Sister allein mit ihm. Jeder einzelne Hund leistete in der Meute seinen Beitrag, deswegen wollte sie, dass sie in Bewegung blieben.

Gray wusch sich in dem großen Edelstahlbecken die Hände. »Es war mir gar nicht klar, wie viel Arbeit das hier ist.«

»Alle Tage, jeden Tag.« Sie hängte ihren Laborkittel auf, besah ihn und nahm in wieder vom Haken. »Muss in die Wäsche.«

»Wirst du das nie leid? Die viele körperliche Arbeit und dann das Reiten selbst.«

»Ich brauch das.« Sie strahlte. »Ich könnte ohne das nicht leben. Jeder Mensch braucht ein Lebenselement, und meins ist die Jagd. Die Jagd *ist* das Leben. Die Art, wie ein Mensch Füchse jagt, ist die Art, wie er lebt.«

»Da ist was Wahres dran.« Er trocknete sich die Hände mit einem flauschigen Frottierhandtuch ab. »Ich denke, das gilt für jeden Sport, die Art, wie jemand Tennis oder Golf spielt.« Er überlegte kurz. »Gilt vielleicht etwas weniger für Mannschaftssport, weil man da Hilfe hat, aber trotzdem: Der Charakter will sich äußern.«

»Gib mir deinen Kittel.« Sie nahm den Kittel und hängte ihn sich über den Arm. »Komisch, nicht, dass in unserer Kindheit und Jugend mithilfe unserer Eltern, Verwandten, Freunde und der Schule unser Sozialverhalten geformt wird, und dann lässt man irgendwann einen Blick hinter die Fassade zu. Meistens beim Sport oder in der Liebe. Die Menschen geben sich immerzu unfreiwillig preis. Ich auch.« Sie öffnete die Tür zur Waschküche und warf die Kittel und ein paar andere Sachen in die große Industriewaschmaschine. »Die macht es nicht mehr lange. Kann mich nicht beklagen. Sie rattert seit acht Jahren unermüdlich. Du glaubst gar nicht, wie viele Hundehaare wir da rausholen. Mit den Pferdedecken ist es dasselbe. Manchmal beneide ich die Tiere um ihr Fell. Keine Kleiderrechnungen.«

»Oh, aber warme Farben stehen dir gut – pfirsich, pink, rot. Wenn du immer denselben alten Pelzmantel anhättest, dann könntest du die nicht tragen.« Er reichte ihr das Waschmittel.

»Du siehst in allen Farben gut aus«, konterte sie.

»Ach nein«, widersprach er. »Grau oder Beige steht mir nicht.«

»Hab ich nicht dran gedacht. Ist was für Blonde. Walters Farben.«

»Mordio!«, schrie Golly im Büro.

Sister und Gray sahen sich an, die Haushunde liefen zu der geschlossenen Bürotür. »Ich will gar nicht hingucken«, sagte Sister.

»Ich geh vor«, sagte Gray in gespielt heldenhaftem Ton. Er ging aus der Waschküche, spähte durch die Bürotür, die ein Fenster hatte, und kam wieder zurück. »Die größte Maus im ganzen Bezirk, vielleicht in ganz Amerika.«

»Brave Katze.« Sister schaltete die Waschmaschine ein. Raleigh lief noch einmal ins Behandlungszimmer, seinen Ball holen, bevor Gockel ihn sich schnappte.

Die fünf Freunde gingen ins Haus. Es war sehr dunkel an diesem wolkenverhangenen frühen Abend. Golly, die Maus im Maul, den Schwanz so hoch wie möglich aufgerichtet, die Pupillen geweitet, lief vorneweg.

»Sie ist die einzige Katze auf der Welt, die eine Maus getötet hat.« Gockel betrachtete ihren buschigen Schwanz, der triumphierend hin und her schlug.

»Der Trick ist, sie dazu zu kriegen, dass sie sie draußen deponiert. Sie will sie natürlich mit in den Windfang und dann ins Haus nehmen. Dann stolziert sie tagelang mit der blöden Maus durch die Gegend.«

»Warum frisst sie sie nicht einfach?«, fragte Gockel.

»Guck sie doch an.« Raleigh lachte laut heraus, was sich wie ein kräftiges Schnauben anhörte.

Golly legte sich im Winter immer ein Bäuchlein zu, aber diesmal hatte sie Bauch für zwei angesetzt. Die Hunde kicherten, worauf Golly die Ohren anlegte und dann nach vorn schnellen ließ.

Sie konnte das Maul nicht aufmachen, weil die Maus sonst herausfallen und einer von den Hunden, diesen minderwertigen Gesellen, sie klauen würde. So etwas Kostbares wie eine frisch erlegte Maus mit sauber gebrochenem Genick würde die niedrigsten Instinkte wecken, besonders bei dem Harrier, das wusste sie. Und sie dachte bei sich: *Lacht ihr nur. Ich sehe nie, dass einer von euch nutzlosen Hunden diese Farm von Schädlingen befreit. Die Jagdhunde jagen wenigstens. Ihr zwei tut nichts, rein gar nichts.*

Im Windfang angekommen, kam es zwischen Golly und Gockel zu einer Rangelei.

»Ist gut jetzt, Gockel, lass sie«, befahl Sister dem Hund, der gehorchte, jedoch nicht, ohne der Katze einen vielsagenden wütenden Blick zuzuwerfen. »Golly, so eine große Maus. Bist eine großartige Jägerin. Schenk mir deine Maus.«

Stolzgeschwellt machte Golly das Maul auf, und der schlappe, graubraune Kadaver plumpste auf die Schieferplatten.

»Protein«, sagte Gray.

Sister hob die Maus auf und streichelte Gollys Kopf. »Genau. Mäusepastete statt Hackfleischpastete. Hoffentlich magst du Hackfleischpastete, denn die gibt's zum Abendessen.«

»Ist noch Zeit, um die Maus klein zu schneiden?« Er hängte seinen bodenlangen australischen Regenmantel auf.

»Nein.« Sie tätschelte Golly wieder und fragte sich, was sie mit der Beute anstellen sollte. »Gray, ich bring sie raus und leg sie neben meinen Gartenschuppen, falls Inky heute Abend vorbeikommt. Geh doch schon rein und mach dir was zu trinken, wenn du magst.«

»Kannst du die schwere Maus auch bestimmt alleine tragen?«

»Mit Mühe.« Sie grinste.

»Kann ich dir was zu trinken machen?«

»Tee. Ich brauche eine Stärkung.«

Als sie zurückkam, kringelte Dampf aus der Brown-Betty-Teekanne. Bevor sie im Ofen nach der Pastete sehen konnte, schenkte Gray ihr eine Tasse mit einer kräftigenden Mischung aus Orange Pekoe und Ceylontee ein.

»Du kannst richtigen Tee zubereiten.« Sie hob den Deckel an. Die engmaschige Teekugel schwamm in der Kanne und verströmte köstlichen Duft.

»Hab ich in England gelernt.«

»Ach ja?«

»Ich habe dort fünf Jahre bei der Barclays Bank gearbeitet.«

»Das wusste ich gar nicht.«

»Ich habe zuerst mein juristisches und dann mein Steuerberater-Examen gemacht. In umgekehrter Reihenfolge als üblich. Ich dachte, wenn ich fundierte Kenntnisse im Bankwesen hätte, bevor ich die richtige Stelle finde, wäre ich dreifach abgesichert. Und nach dem Examen hatte ich die Wahl zwischen Atlanta – wo meine Hautfarbe damals tatsächlich von Vorteil gewesen wäre, es waren ja die Tage von Andrew Young und Maynard Jackson, die Atlanta bezüglich Bankwesen und Investment bekannt gemacht haben –

oder London. Ich wollte andere Kulturen erleben, und ich dachte, in England würde ich es leichter haben, als wenn ich versuchen würde, Deutschland zu erobern.«

»Wenn das keine kluge Entscheidung war.« Noch zehn Minuten, dann würde die Pastete fertig sein. Die Kruste wurde langsam braun.

Er lächelte. »Irgendwie schon. Die Leute meinen, Steuerrecht ist langweilig. Nicht für mich. Die Macht, Steuern zu erheben, ist die Macht zu zerstören. Ich habe in England viel über Besteuerung gelernt. Da war ich noch ein richtiger Kindskopf und hatte es mit einer Kultur zu tun, die schon von den römischen Schriftstellern erwähnt wurde und schließlich 84 vor Christus von Agricola – der war's doch? – unterdrückt wurde. Ich habe alles aufgesogen. Hab mich ständig bei Hatcher rumgetrieben.« Er meinte die altehrwürdige Buchhandlung. »Ich hatte nicht genug Geld, um bei Harrods einzukaufen, aber ich bin gern da drinnen herumgeschlendert. Und an den Wochenenden konnte ich spottbillig nach Frankreich, Deutschland und Spanien. Spanien und die Spanier habe ich geliebt. In die damaligen Satellitenstaaten der Sowjetunion konnte ich nicht rein, aber ich habe Leute von dort kennengelernt, hochrangige Typen, die bei Barclays vorsprachen. Ich war eben zur richtigen Zeit am richtigen Ort.«

»Klingt fabelhaft. Was trinkst du da?«

»Einen perfekten Manhattan. Ich mache super Manhattans – einen guten trockenen oder einen Manhattan South. Wenn's schon Gift sein soll, dann soll's mir wenigstens schmecken.«

Plötzlich schossen Sister die Betrunkenen durch den Kopf, die Schierling gepichelt hatten. »Bei mir ist es Tee. Ich trinke kaum Alkohol, aber in meinem Flachmann habe ich Portwein.«

»Ich habe eine Menge getrunken. Nicht so viel wie Sam, aber eine ganze Menge. Vor allem, als es mit unserer Ehe bergab ging.« Er half ihr den Tisch decken. »Eines Tages wurde mir klar, dass ich mich bremsen musste. Ich wollte nicht dort landen, wo Sam war. Alkoholismus liegt auf beiden Seiten in der Familie.« Er legte eine weiße Leinenserviette in Dreierfalten. »Einen Drink am Abend, auch auf Partys. Nur einen.«

»Eine gute Regel.«

»Du trinkst gar nicht?«

»Sekt zum Feiern, aber ich habe kein Verlangen danach. Dieses körperliche Bedürfnis habe ich einfach nicht.«

»Sam sagt, schon auf der Highschool war er darauf bedacht, wie er an Alkohol kommen und wie er ihn verstecken konnte. Als er Rennen ritt, hatte er heimlich eine Pulle im Pferdeanhänger. Er hat das Zeug in Satteltruhen verstaut. Hatte einen Flachmann in seiner Stalljacke. Der Alkohol hat sein Leben bestimmt. Tut er noch. Er muss jeden Tag dagegen ankämpfen.«

»Tückisch.«

Golly kam angeschlendert und trällerte: *»Ein feste Burg ist unsre Musch.«* Die Katze hatte keinen Sinn für Frömmigkeit.

»Sie gibt immer noch an.« Sister lachte über ihre Freundin.

Die Hunde, die mit ihren grünen Kauknochen beschäftigt waren, ignorierten sie. Das Problem war nur, dass sie die Hunde nicht ignorierte. Ihre zerkratzten Nasen gaben Zeugnis von Gollys gnadenlosem Bedürfnis nach Beachtung.

»Wann hattest du Zeit, Hackfleischpastete zu machen?«

»Ich hab mich bloß mit dem Ofen geplagt.« Sie kicherte. »Lorraine hat sie vorbeigebracht. Sie hat welche für Shaker und mich gemacht. Die zwei kommen ganz gut miteinander aus, aber er ist verschlossen. Sie bewegen sich im Schneckentempo aufeinander zu, und die Wahrheit ist, er fürchtet sich zu Tode. Die Scheidung hat ihm schwer zugesetzt.«

»Tut sie immer.«

Während sie ihr Essen genossen, fragte Sister: »Du sprichst nie von deiner ersten Frau, deiner einzigen, nehme ich an.« Als er nickte, fuhr sie fort: »War's so schlimm?«

»Nein. Wenige Liebesbeziehungen halten ein Leben lang. Es wäre vermutlich besser für uns, wenn wir in unseren verschiedenen Lebensabschnitten mit verschiedenen Menschen zusammen wären. Der Mensch, den man heiratet, verändert sich. Das kann sein Gutes haben, aber für mich waren die Veränderungen mit Groll, Zorn und Verlustängsten verbunden. Nicht eben außergewöhnlich.«

»Wer hat sich verändert?«

»Wir beide. Der Mittelpunkt unserer Beziehung waren die Kinder und meine Karriere. Wir haben uns auseinandergelebt. Theresa und ich verstehen uns heute besser als während unserer Ehe. Wir sehen uns ein-, zweimal im Jahr, dabei geht es gewöhnlich um die Kinder. Ich denke, in ein paar Jahren werden wir mit Enkelkindern rechnen können.« Er hielt kurz inne. »Wir telefonieren einmal die Woche. Ein Jahr nach der Scheidung haben wir uns wieder beruhigt. Ich habe mir immer gesagt, auch in der schlimmsten Zeit, ›was du am Anfang in ihr gesehen hast, das ist immer noch da‹. Und ich habe eine Therapie gemacht. Das hat mir geholfen.«

»Du warst in Therapie?«

»Du nicht?«

»Ich gehe dreimal pro Woche auf Fuchsjagd, und ich nehme als Gast bei anderen Vereinen teil, wenn ich kann. Das genügt mir. Ich analysiere die Dinge. Ich spreche vielleicht nicht dieselbe Sprache wie ein Psychiater, aber ich analysiere und finde eine Lösung.«

»Du bist klüger als ich.«

»Überhaupt nicht. Es erfordert viel Mut, besonders für einen Mann, auf emotionaler Ebene Hilfe zu suchen. Ich weiß nicht, ob ich das könnte. Zu dickes Ego.«

»Du?«

»Ich. Ich glaube, ich kann alles in Ordnung bringen, mich selbst eingeschlossen.«

»Was du auch tust, es funktioniert.«

»Das will ich hoffen. In letzter Zeit springt die Wahrheit mich an wie ein Kastenteufel. Ich frage mich, wie ich sie übersehen konnte.«

»Unglücklich?«

Sie schüttelte den Kopf. »Nein. Ich liebe mein Leben, und ich will es mal so sagen, ich nehme an, dass ich mich selbst liebe, aber ich bin blind für die inneren Dinge.«

»Das ist jeder.«

»Ich weiß, aber Gray, ich halte mich für klüger als alle anderen. Ist das nicht furchtbar? Aber so ist es. Von mir wird nicht erwartet, dass ich blind bin. Es wird erwartet, dass ich Master bin. Es wird erwartet, dass ich mich mit Jagdhunden, Pferden, Terrain, Menschen, Wetter, Wittrung, Wild, Wildfährten, der Tier- und Pflanzenwelt auskenne und dass ich mich selbst kenne. Ich staune zurzeit über mich selbst. Wie zum Beispiel jetzt. Ich kann's nicht fassen, dass ich das alles labere.«

»Du laberst nicht.«

»Gray, ich wurde zur gebildeten Amerikanerin erzogen. Alles lächelnd ertragen. Die Ohren steif halten.«

»Ich bin genauso erzogen. Hat was für sich. Wir müssen nicht jedermanns innerste Details kennen, aber es ist gut, die eigenen zu kennen.«

»Ja.«

»Kommt selten vor, dass eine Frau zugibt, ein dickes Ego zu haben.«

»Gigantisch. Ich verberge es ganz gut. Ich habe es fast sechs Jahrzehnte mehr oder weniger erfolgreich versteckt. In meinem ersten Jahrzehnt ist meine Mutter fast irre an mir geworden. Mit viel Mühe hat sie mir beigebracht, mein Ego zu verbergen. Sie hatte selbst auch ein ziemlich starkes Ego.«

»Komisch.«

»Was?«

»Was wir als Kinder alles gesagt bekommen. Es mag abträglich sein, ist aber wahr. Unsere Eltern, Verwandten und älteren Freunde sagen uns, wie die Welt ist.«

»Sie sagen uns, wie die Welt für sie war. Sie wissen nicht, wie sie für uns sein wird, weil wir die Welt verändern werden.«

Er legte seine Gabel hin. »Sister, kein Wunder, dass du die Hindernisse so nimmst, wie du sie nimmst.«

Sie lachte. »Jede Generation verändert die Welt. Man hört, was vor einem war: die Triumphe, Niederlagen und Ängste der Eltern sowie ihre Hoffnungen. Sie sagen einem ihre Wahrheit. Doch man muss seine eigene finden.«

»Aber sich an die Vergangenheit erinnern.«

»Das tu ich.«

»Ich glaube, ich bin noch nie jemandem wie dir begegnet. Nein, bestimmt nicht.«

»Und ich bin noch nie jemandem wie dir begegnet. Vielleicht sind wir an einem Punkt in unserem Leben angekommen, wo wir uns mausern. Wir werfen unsere Federn ab. Aber diesmal wachsen uns nicht wieder dieselben Federn, sondern andere: die Federn, die wir uns immer gewünscht haben.«

»Du nimmst deine Metaphern aus der Natur.«

»Weil ich die Natur kenne. Wenn du in Metaphern sprichst, brauche ich dafür eine juristische Bibliothek? Muss ich den Fall *Marbury* gegen *Madison* studieren oder den Fall *Dred Scott?*« Sie war historisch bewandert; diese Fälle waren Marksteine der amerikanischen Geschichte.

Er lachte. »Nein.«

»Sag, was sind das für Manhattans, von denen du vorhin sprachst? Ich dachte, ein Manhattan ist Whisky mit einem Schuss süßem Wermut.«

»Das ist der Standard-Manhattan.« Er lehnte sich zurück. »Ein Manhattan dry hat dieselben Bestandteile, nur nimmt man trockenen Wermut statt süßem. Ganz einfach. Für einen Manhattan perfect mixt man Whisky sowie zu gleichen Teilen trockenen und süßen Wermut und garniert das Ganze mit Zitronenschale. Den Manhattan dry garniert man mit einer Olive, den Standard-Manhattan mit einer Kirsche.«

»Und ein Manhattan South? Lauter Bücher mit sieben Siegeln.«

»Gin, trockener Wermut, ein wenig Southern Comfort und ein Schuss Angostura, keine Garnierung, und man serviert ihn nicht auf Eis, wie bei den anderen möglich. Man gibt alles zusammen mit Eis in einen Shaker, rührt und gießt ihn in ein eisgekühltes Cocktailglas ab.«

»Bei der ersten Party, die ich nach Rays Tod gab, anderthalb Jahre danach, bin ich gar nicht auf die Idee gekommen, Drinks zu mixen. Als ein Gast um einen Wodka Stinger bat, hatte ich keine Ahnung, wie das ging. Meine Kehle wurde ganz trocken, mein Herz klopfte. Ray fehlte mir, und mir wurde wieder einmal bewusst, wie sehr ich in vielen Dingen auf ihn angewiesen gewesen war, in den kleinen Gefälligkeiten, auf die sich die Herren so gut verstehen. Gottlob war Xavier da. Ich fragte ihn, ob es ihm was ausmachen würde, und er hat freundlicherweise die Bar übernommen. Seitdem engagiere ich einen Barmann, wenn ich eine Party gebe oder der Jagdverein ein großes Fest veranstaltet.«

»Bei mir waren es Stoffe. Theresa wusste alles über Stoffe, Stoffe für Hemden, für Tücher, für Handtücher. Sie war beileibe nicht einseitig, aber das war für mich der erste große Hinweis, dass es für mich noch viel zu entdecken galt.«

»Das hast du schön gesagt. Vorhin haben wir über Sport gesprochen, darüber, dass die Art, wie einer die Fuchsjagd betreibt oder ein Spiel spielt, etwas über die Person aussagt. Ich weiß nicht, wie ich darauf komme, es ist mir so durch den Kopf gegangen, aber meinst du, der Konkurrenzdruck hat Sam dazu getrieben, immer mehr zu trinken?«

»Ja, aber es steckte schon in ihm. Er hätte auch ohne all das ein Säufer werden können. Dank meinem Bruder habe ich viel über Alkoholismus gelernt. Ich dachte die erste Zeit, dass Sam zwar sehr viel trank, aber kein Alkoholiker war. Die Penner am Bahnhof waren Alkoholiker. Sie repräsentieren etwa fünf Prozent der Alkoholiker. Die meisten sitzen neben einem in der Kirche, stehen neben einem im Supermarkt, arbeiten neben einem im Büro. Sie funktionieren über viele Jahre ganz gut, und eines Tages bringt ein Tropfen das Fass zum Überlaufen. Das jahrelange Verstecken, Lügen, Verstellen, das alles bricht zusammen. Ich glaube, Sam wäre so und so ein Säufer geworden. Er steckt voller Ängste. Trinker fürchten sich im Grunde vor dem Leben. So viel habe ich gelernt.«

»Es ist also möglich, dass Mitch und Anthony alledem ein Ende machen wollten?«

Gray dachte lange darüber nach. »Ja.«

»Glaubst du, sie haben Selbstmord begangen?«

»Nein.«

»Ich auch nicht, und ich wünschte, ich könnte aufhören, dauernd an sie zu denken. Alle drei waren Teil unserer Gemeinschaft. Jahrein, jahraus vertraute Gesichter zu sehen, das ist sehr tröstlich; so etwas verbindet, auch wenn man jemanden nicht gut kennt.«

»Manche Leute erkennen das zeitig, doch bei den meisten von uns kommt das erst im mittleren Alter.«

»Wir sind Rudeltiere. Wir brauchen die Gemeinschaft. In den Megastädten, wo sind da Gemeinschaften? Vielleicht in der Nachbarschaft, vielleicht auch nicht. Es könnte ein gemeinsames Interesse sein, etwa tanzen oder Berufsverbände. Wir müssen einander teilhaben lassen.«

»Schwer, sich Anthony Tolliver und Mitch Banachek als Teil einer Gemeinschaft vorzustellen. Ich nehme an, die Säufer am Bahnhof sind eine kleine Welt für sich. Sam spricht nicht darüber. Wer dort landet, ist wirklich ganz unten.«

»Wir konnten nichts mit diesen Männern anfangen. Aber wir haben sie gesehen. Sie haben uns gesehen. Und vielleicht lag es an ihnen, dass wir in den dunkleren Winkeln unserer Seelen besser über uns selbst dachten. ›Wenigstens bin ich nicht nutzlos wie Anthony Tolliver.‹ Sie haben uns ermöglicht, uns heimlich überlegen zu fühlen.«

Er beobachtete ihr lebhaftes Mienenspiel, hörte ihr zu und war komplett gebannt von dieser freimütigen Frau. »Du schreckst vor nichts zurück, oder?«

»O doch. Ich mag so etwas nicht über mich selbst wissen.«

»Das ist menschlich. Die gesamte Medienindustrie gründet auf genau dieser Empfindung, glaube ich.«

Darüber mussten beide dermaßen lachen, dass Golly ihren Posten in der Bibliothek verließ, um zu sehen, ob sie etwas verpasst hatte.

»Was ist los?«

»Hochintellektuelles Gespräch«, erwiderte Raleigh.

»Warum gehen sie nicht einfach ins Bett und fertig?« Golly rieb ihr Gesicht an Raleighs langer Nase, und Gockel rümpfte seine.

»Weil sie Menschen sind«, sagte Raleigh.

»Die machen alles kompliziert«, sagte Gockel ohne Groll, eine simple Feststellung.

»Sie hat das Buch über Sex im alten Griechenland und Rom gelesen. Als ihr Jungs geschlafen habt. Sie ist aufgewacht und hat angefangen, das Buch zu lesen. Ich kann nicht schlafen, wenn sie Licht macht, drum hab ich ihr über die Schulter geguckt. Und wisst ihr, was sie gesagt hat? ›Das Leben muss himmlisch gewesen sein, bevor es das schlechte Gewissen gab.‹

Und dann hat sie mal wieder einen von ihren klugen Sätzen rausgelassen. ›Wie klug von den judäischen Christen, das Schuldgefühl nach innen zu verlegen statt nach außen.‹ Das ist das schlechte Gewissen. In Rom hat man sich bemüht, nicht ertappt zu werden, wenn man sich anderweitig vergnügte. In Amerika ertappt man sich selbst. Sie hat so sonderbare Einsichten. Ich wünschte um ihretwillen, sie wäre kein Mensch. Dann wäre sie viel glücklicher.« Golly liebte Sister aufrichtig.

»*Für einen Menschen ist sie durchaus glücklich.*« Raleigh liebte sie auch.

Während die Tiere ihre gewichtigen Themen besprachen, räumten Sister und Gray den Tisch ab, spülten das Geschirr, unterhielten sich über dies und das. Schließlich erhob Gray sich zum Gehen. Er zog seinen Mantel an, ging mit Sister zur Tür und gab ihr einen Gutenachtkuss. Dieser Kuss führte zu noch einem und noch einem. Am Ende zog er seinen Mantel wieder aus, und sie gingen nach oben.

Sie zogen sich aus. In Anbetracht ihres Alters waren sie recht ansehnlich.

Gray sagte sanft: »Sister …«

Lachend unterbrach sie ihn. »Unter diesen Umständen, denke ich, solltest du mich lieber Jane nennen.«

31

Der Schall breitet sich mit einer Geschwindigkeit von dreihundertzwanzig bis dreihundertvierzig Meter pro Sekunde aus. Sister glaubte, in einem Jagdverein war er schneller. Nicht, dass sie sich schämte, mit Gray ins Bett gegangen zu sein, beileibe nicht, aber keiner von beiden war bereit für eine offizielle Bekanntgabe. Sie wussten ja noch nicht, ob dies der Beginn einer Beziehung war oder nur eine Sache des körperlichen Wohlbefindens.

Als sie morgens um Viertel vor fünf zum Zwinger ging, sah sie, dass Lorraines Auto in Shakers Zufahrt parkte. Vielleicht hatten sich ja Sonne, Mond und Sterne darauf geeinigt, Romanzen zu begünstigen. Lächelnd ging sie ins Büro. Die Hunde schliefen, nur hier und da hob einer den Kopf. Die meisten Menschen benötigen eine Uhr. Weil die Hunde wussten, dass es noch zu früh war, um in den Hof geholt zu werden, schnarchten sie aneinandergeschmiegt weiter und träumten von großen Rotfüchsen. Sister legte ihre korrigierte Liste auf den Schreibtisch. Ein Strich in Neonorange oben auf dem Blatt kennzeichnete die Liste als endgültig. Sister hatte vor Monaten neonfarbene Gelschreiber entdeckt und sich dafür begeistert. Jede Farbe hatte bei ihr eine spezielle Bedeutung.

Um fünf Uhr war sie in der Küche. Das Außenthermometer zeigte drei Grad. Sie schaltete den Wetterbericht ein. Dem Radar und Experten zufolge sollte es bei Hochdruck bis zu sechs Grad warm werden. Theoretisch war es bei Hochdruck schwieriger, Wittrung aufzunehmen.

Golly sprang auf die Anrichte. »*Ich hätte heute gerne Lachs. Und du siehst ausgesprochen glücklich aus, glücklich, glücklich.*«

Sister nahm aufs Geratewohl eine Dose Katzenfutter, die zufällig eine Meeresfrüchtemischung enthielt, und leerte sie in den Keramiknapf mit der Aufschrift »Königin«. Dann zerstieß sie eine kleine Vitaminpille, streute sie über das Futter, und Golly machte sich darüber her.

Raleigh und Gockel warteten geduldig auf ihr mit Dosenrindfleisch vermischtes Trockenfutter.

Sister machte sich Hafergrütze. Heute fand das Stelldichein bei Tedi und Edward statt, geparkt wurde an der überdachten Brücke. Sister dachte an die Aufstellung. Dann fiel ihr ein, dass sie eine eventuell wechselnde Windrichtung mit einplanen musste. Sie wollte nordwärts beginnen, aber für den Fall, dass der Wind nicht wie üblich von Nordwesten kam, sollte sie lieber einen Reserveplan aufstellen.

»Gott, das erfordert jede einzelne Gehirnzelle, die ich habe«, sagte sie laut.

»*Du schaffst das!*«, ermutigte Raleigh sie. »*Denk an die gute Energie, die du heute Nacht getankt hast.*«

»*Ja, Sex ist Energie*«, pflichtete Golly ihm bei.

»*Warum machen Menschen es unter der Zudecke?*« Gockel spitzte ein Ohr.

»*Keine Haare, sie frieren*«, sagte Golly, die sich als Katze im Besitz wesentlicher Fakten sah.

»*Oh.*« Zufrieden wandte Gockel sich wieder seinem Frühstück zu.

»Wenn alles andere fehlschlägt, kann ich mit Sicherheit eine Spur aufnehmen, wenn ich in Richtung Targets Bau gehe.« Sister zeichnete einen ungefähren Umriss auf einen Block. »Aber meistens stoße ich gleich oberhalb der Brücke auf Tante Netty. Mal sehen, was Shaker meint.« Darauf lächelte sie. »Er ist bestimmt gut gelaunt. Ein Liebesakt mit angeknacksten Rippen könnte eine harte Prüfung für ihn sein, sofern es überhaupt dazu gekommen ist.«

Lächelnd drehte sie den Stift zwischen den Fingern.

Als sie und Shaker die Hunde in die Verladegasse ließen, pfiff er, und sie sang. Sie sahen sich an und lachten.

Lorraines Auto stand noch da.

Sister sagte nichts dazu, sondern bombardierte ihn mit Fragen zu Plan Nummer eins, zum Wind, und was er meinte, wie schnell die Temperatur heute ansteigen würde?

Schließlich klopfte Shaker ihr auf den Rücken. »Lass die Hunde los. Sei wachsam. Der beste Rat, den ich dir geben kann, ist der, den Fred Duncan mir gab, als ich ein Kind war: ›Jage mit deinen Hunden und dreh dich nicht um.‹«

»Wenn Fred das gesagt hat, muss es stimmen.« Sie hatte den ehemaligen Meuteführer und seine Frau Doris sehr bewundert.

Ehefrau eines Meuteführers zu sein erfordert Taktgefühl, Geduld und Humor. Doris hatte das alles und obendrein Kreativität. Sie saß in der Küche und schrieb Romane. Fred las sie und wunderte sich, wie er eine so talentierte Frau hatte erobern können.

In einer geglückten Ehe erfreuen sich die Beteiligten gegenseitig. Bei Sister und Big Ray war es so gewesen. Dass sie sich aufrichtig gern hatten, war das Fundament gewesen, das sie so manche Prüfung überstehen ließ.

»So, so, Gray ist um halb fünf gegangen.« Shakers Mundwinkel kräuselten sich aufwärts, seine Augen blitzten.

»Wieso warst du um halb fünf auf?«

»Ich musste vier Motrin und zwei extra starke Paracetamol nehmen. Championfrühstück. Danach konnte ich nicht mehr einschlafen. Hab das Licht in deiner Küche gesehen.«

»Bei dir hab ich kein Licht gesehen.«

»Ich hab mir so eine kleine Leselampe besorgt.«

»Schläft Lorraine noch?«

»Wir haben es gut getroffen, wir zwei, was?« Er überlegte kurz. »Der Mann sagt, er hat es gut getroffen. Was sagen Frauen unter sich?«

»Nichts, wenn sie klug sind.«

Er lachte. »Das ist gut.«

»Bist du … glücklich?«

Er legte seinen Arm um ihre breiten Schultern und küsste sie auf die glatte kühle Wange. »Ja. Und ein bisschen nervös.«

»Sie ist ein guter Mensch, soweit ich das beurteilen kann.«

»Zuverlässig. Schüchtern, aber zuverlässig.« Er gab ihr noch einen Kuss. »Und du?«

»Zu früh, um etwas zu sagen, aber ich«, sie hielt inne, »ich wache langsam auf. Ich dachte, ich bin zu alt für das alles.« Sie musste über sich selbst lachen.

»Du doch nicht.«

»Du hast kein Wort darüber verloren, dass Gray Afroamerikaner ist, schwarz, farbig, eine Person anderer Hautfarbe, nenn's, wie du willst.«

»Ich möchte gerne glauben, dass diese Zeiten vorbei sind.«

»Ich auch. Für uns sind sie's vielleicht, bloß dass ich es überhaupt zur Sprache gebracht habe, beweist doch, dass die Bedenken noch in mir sind. Nicht so, wie sie's vor dreißig Jahren gewesen wären.« Sie hielt inne und sprach dann überraschend heftig weiter: »Gott, sind wir blöd. So was von blöd. Denkst du, einer von diesen schönen Hunden schert sich darum, ob ein anderer dreifarbig ist oder rot oder schwarzbraun? Ist doch widerlich.«

»Hast du dich schon mal gefragt, wie es sein würde, wenn die

Situation umgekehrt wäre? Du wachst eines Morgens auf und bist schwarz?«

»Ich würde den ersten Schweinekerl verprügeln, der mich misshandelt. Ich würde es wohl nicht weit bringen im Leben.«

Shaker, ein nachdenklicher und empfindsamer Mensch, erwiderte leise: »Wenn ich so geboren wäre, hätte man mich so geformt, zurechtgestutzt und gebremst, dass ich die ganze Wut zurückhalte, verstehst du, in mir drin behalte. Diese ganze negative Scheiße, Verzeihung, dieser ganze Mist muss jedes Mal, wenn man ihn zu spüren kriegt, wie ein Säuretropfen für die Seele sein. Der einzige Vergleich, der mir dazu einfällt, ist die sexuelle Lust. In Bezug auf Männer jedenfalls. Uns wird beigebracht, sie zu zügeln, zu beherrschen, beherrschen und noch mal zu beherrschen. Eines Tages lässt man sich gehen, und dann fühlt man sich, als würde man fliegen.«

»Ich dachte, es waren die Frauen, die ihre Sexualität leugnen müssten.«

»Mmm. Wir tun es auf verschiedene Weise. Das prägt, und man merkt es erst, wenn man loslässt. Doch ich überlege, wie es ist, in diesem Land schwarz zu sein. Es ist besser geworden, aber wir haben noch viel daran zu arbeiten.«

»Die Arbeit von Generationen ... auf vielen Gebieten.« Sie lächelte sanft. »Ich glaube, deswegen mag ich Fuchsjäger. Die Hälfte von uns ist strunzdumm und kann sich nur über Jagdhunde, Pferde und die Jägerei unterhalten oder schlimmer, nicht mal das; die andere Hälfte von uns sind die interessantesten Menschen, denen ich je begegnet bin. Wie du zum Beispiel.«

»Nur weiter so.« Er drückte sie fest und ließ sie dann los. »Lass uns die Schätzchen aufladen.«

Am Stelldichein angekommen, übergab Shaker ihr das Horn, eine symbolische Geste, so bedeutsam, als wenn einem Herrscher ein Zepter übergeben würde.

»Ich kann das Ding immer noch nicht gescheit blasen, trotz deines Schnellkursus.«

»Mach's, so gut du kannst, und setz deine Stimme ein. Sie kennen dich. Ich komm im Wagen mit. Ich zu Fuß, das könnte sie irritieren. Sie würden mir impulsiv folgen wollen. Du musst das Horn blasen, wenn du aufbrichst. Sie werden dem Horn gehorchen, und sie werden dir gehorchen, wenn du ihnen gut zuredest. Wir haben nicht all die Jahre an dieser Meute gearbeitet, damit die Hunde sich bescheuert anstellen, bloß weil ich nicht ganz auf der Höhe bin. Es ist eine phantastische Meute, Sister. Du liebst die Hunde, und du wirst es einfach fabelhaft machen.«

Sie lächelte, auf Lafayette sitzend, zu ihm hinunter. »Shaker, du bist der allergrößte Schwindler, aber ich liebe dich dafür.«

»Ich meine es ernst.« Das stimmte. »Du kannst mit diesen Hunden jagen. Denk dran, jage mit deinen Hunden und dreh dich nicht um.«

Sie ritt zum versammelten Feld. Edward – eine plausible Wahl – fungierte als Feldmaster. Tedi, die die Jagd und das Revier kannte, hätte es ebenso gut machen können, aber das Feld war groß für diese Jahreszeit, und sie wollte sich nicht mit Crawford oder anderen unsicheren Reitern anlegen. Edward strahlte stille Autorität aus. Sie überließ ihm bereitwillig das Feld. Tedi dachte sich, es sei besser, jemand würde auf Edward wütend statt auf sie.

»Alle zu mir.« Sister versammelte ihre Getreuen um sich. Während sie das Feld überschaute, konnte sie nicht umhin, ihren Blick auf Gray verweilen zu lassen, der ihr zuzwinkerte. Sie errötete, lächelte und sagte dann: »Unsere Gastgeber, die Bancrofts, werden uns wieder mit ihrer Gastfreundschaft verwöhnen. Nachher gibt es Frühstück. Shaker erholt sich rasch. Donnerstag wird er wieder dabei sein. Edward ist euer Feldmaster, ihr reitet somit hinter dem besten. Edward würde es euch nie erzählen, aber er war 1987 Virginischer Jäger des Jahres. Die Hunde des Jefferson-Jagdvereins lassen euch wissen, dass sie einen Fuchs für euch aufstöbern werden. Und ich bin so froh, dass sie klüger sind als ich. Auf geht's.«

Das kleine Thermometer am Armaturenbrett von Sisters Wagen hatte ein Grad angezeigt, als sie auf die After All Farm gefahren war. Als sie und Lafayette nun mit den Hunden am stark fließenden Snake Creek entlangliefen, hielt sich die Temperatur annähernd auf dieser Höhe. Sie spürte die Kälte auf ihrer Haut. Der strahlend blaue Himmel war wolkenlos. Reif glitzerte auf dem Boden. Alles wies auf einen schwierigen Tag in puncto Wittrung hin. Doch ein leichter Nordwestwind, der einen Hauch Feuchtigkeit mitbrachte, deutete darauf hin, dass die Bedingungen in spätestens zwei Stunden besser sein würden.

In der Zwischenzeit musste sie tun, was sie konnte, um einen Fuchs aufzustöbern. Sie ritt fünf Minuten und redete dabei leise auf die Meute ein. Das beruhigte die Hunde, zumal sie Junghunde im Schlepptau hatten, und half ihnen und ihr. Nach langer Diskussion hatten Sister und Shaker beschlossen, mehrere Junghunde mitzunehmen. Shaker war mit Lorraine als Beifahrerin schon unterwegs zu der ausgefahrenen Farmstraße unweit der westlichsten Grenze des Bancroft'schen Grundstücks, der Grenze, die es mit der Roughneck Farm gemeinsam hatte.

Das Wissen, Shaker als fahrenden Pikör dabeizuhaben, stärkte Sisters Zuversicht. Das Wissen, dass sie Betty links von sich und Sybil rechts von sich hatte, gab ihr ebenfalls Auftrieb.

»Frauenpower«, flüsterte sie.

Diana sah zu dem Menschen hoch, den sie über alles liebte. *»Du musst unbedingt daran glauben.«*

»Haha«, sagte Asa.

»Wetten, eine von uns findet zuerst eine Spur«, forderte Diana ihn heraus.

»Die Wette gilt. Wie steht's mit euch, Jungs?«, bellte Asa, aber nicht zu laut, sonst würde Sister ihn wegen Schwätzens schelten.

Dasher, Ardent, Trident, Darby, Doughboy, Dreamboat, Rassle und Ribot nahmen den Fehdehandschuh sogleich auf.

Cora, die vorneweg lief, lächelte, und ein Atemwölkchen entwich ihrer leicht geöffneten Schnauze. *»Mädels, und wenn wir den ganzen Tag auf Steinen laufen, wir finden einen Fuchs!«*

Die Mädchen pflichteten ihr bei, dann wandten alle die Gesichter ihrer Jagdherrin und jetzigen Meuteführerin zu.

Sister lächelte zu ihnen hinunter. »Brave Hunde.«

Eine mächtige Gefühlsregung durchschoss sie. Sie gehörte zu dieser Meute. Sie war eine von ihnen, die geringste in vieler Hinsicht, und dennoch die Führende. Eine derart tiefe Liebe hatte sie bislang nur dann empfunden, wenn Ray junior seine Arme um ihren Hals gelegt und »Liebhab, Mom« gesagt hatte.

Sie flüsterte: »Reite heute mit mir, Junior«, dann richtete sie ihre ganze Aufmerksamkeit auf das Fortkommen entlang des Baches.

Der Weg stieg allmählich an, bis Sister und die Meute zwei Meter oberhalb des Baches waren. Hier ging es steil zum Bach hinunter. Wo Strudel langsam wirbelten, hatte sich in Ufernähe eine Eiskruste gebildet.

Die ebene Weide, auf der sich Nola Bancrofts Grabstätte befand, wich alsbald einem Wald.

Hinter Sister führte Edward ein Feld mit fünfundsechzig Personen an. Alle waren heute gekommen, weil sie bei den Schneefällen unter Klaustrophobie gelitten hatten. Heute war der erste schöne Tag seitdem. Vor dem ersten Loslassen der Hunde fiel Sister auf, dass Xavier und Sam vorsichtig Abstand voneinander hielten. Clay, Walter, Crawford, Dalton, Marty, Jennifer, Sari, Ron sowie Gäste, alle waren sie gekommen.

Ein warmer Luftstrom fuhr über ihr Gesicht, ein angenehmes Zeichen.

»Scheucht sie auf. Scheucht sie auf.«

Die Hunde spürten ebenfalls die Windströmung, die eine anhaltende Rotwildwittrung mit sich trug; sie senkten die Nasen, schwärmten aus und liefen in zügigem Schritt. Waschbären, Puter, Rotluchs und jede Menge Rotwild waren in den Stunden vor Tagesanbruch hier durchgezockelt. Kaninchen noch und noch hatten sich in ihren kleinen Grasbauen in Sicherheit gebracht oder drückten sich so flach, wie sie konnten. Auf Fuchsjagd abgerichtete Hunde jagten auch schon mal einem Kaninchen nach, wenn das Tier direkt vor ihnen aufsprang, ansonsten aber besaß der Geruch wenig Reiz für sie.

Tinsel erwischte eine Nase voll Dachsgeruch. *»Cora.«*

Cora kam zu ihr. *»Da müssen noch mehr anrücken. Seltsam, seltsam.«*

Die junge Ruthie, die einen außergewöhnlichen Spürsinn hatte, atmete ein und spuckte kurz aus. *»Schwerer Fuchs, schwerer Fuchs.«*

Mit schwer meinte sie trächtig. Dasher und Asa kamen eiligst herbei. Sie witterten und witterten, hoben dann ruckartig die Köpfe. Ruthie, jung und noch unerfahren, hatte eine falsche Meldung gemacht.

Cora kam hinzu. Sie atmete tief ein. *»Kojote.«*

»Verdammt!«, fluchte Asa. Er wusste, wie schädlich Kojoten für Rinder, Haustiere und Füchse waren. Für ihn überwog das Wohl des Fuchses das der anderen.

Sister merkte etwas und hielt Lafayette an. Mensch und Pferd beobachteten die Hunde genau.

»Dürfen wir Kojoten jagen?«, fragte Rassle, Ruthies Wurfgefährte.

Cora zögerte eine Sekunde. *»Ja. Sie sind jagdbares Wild, aber«, sie hob die Altstimme, »ihr Jungspunde, sie rennen geradeaus, sie rennen nicht schneller als nötig; gelegentlich macht einer kehrt, aber es ist im Grunde ein Wettlauf. Vergesst das nicht. Wenn irgendwer von euch irgendwo unterwegs eine Fuchsfährte findet, stehen bleiben. Stehen bleiben und mir Bescheid sagen. Der Fuchs ist unsere Hauptbeute, verstanden?«*

»Ja«, antworteten alle.

Diana sagte leise zu Asa: *»Gott sei Dank ist Dragon noch im Zwinger.«*

Asa kicherte. *»Gut so.«*

»Ruthie, du hast die Spur gefunden, gib Laut«, ermutigte Cora die Junghündin.

»Es geht los.« Ruthie hob den Kopf ein wenig, und alle schlossen sich ihr an.

In weniger als drei Sekunden beschleunigten die Hunde von null auf sechzig. Sister, die Augen geweitet, merkte zuerst nicht, dass sie einem Kojoten auf der Spur waren. Es könnte eine frische Fuchsfährte sein.

Die Hunde schlängelten sich durch den Wald, ihre Ballen setzten leicht auf dem schmalen gerodeten Pfad auf. Sie kletterten über einen gestürzten Baum, liefen weiter, stürmten aus dem Wald, übersprangen ein Schildkrötenrücken-Hindernis in dem Zaun, der die After All Farm von der Roughneck Farm abgrenzte. Sie legten binnen Minuten gut drei Kilometer zurück.

Das Wahnsinnstempo steigerte sich noch, als sie über die Wiesen wetzten und am Rand der großen Wildblumenwiese entlangsausten. Die Stengel des Hasenpinsels beugten sich unter der Schneelast. Die Erde weichte langsam auf und gab an diesem frischen Tag noch mehr Gerüche frei.

Sister, die förmlich hinter den Hunden flog, bemerkte, dass sie geradewegs auf den Fuß des Hangman's Ridge zuhielten. Eine dicke dunkelgraue Wolke lugte über den höchsten Rand dieses länglichen, gewaltigen Hügelkamms.

Die Hunde umrundeten den Fuß des Hügels. Auf der Seite der Soldier Road rasten sie jählings auf einem alten Wildpfad bergauf.

Lafayette folgte ihnen mühelos, und dank seines ausgreifenden Tritts war es ein angenehmer Ritt.

Sister hatte ein paar erstickte Töne geblasen, als die Hunde losgerannt waren. Jetzt verließ sie sich auf ihre Stimme. Sie juchzte, brüllte und schrie, als sie und Lafayette den Hügelkamm erklommen.

Auf halbem Weg hüllte sie ein dichter Schleier aus weißem Nebel ein. Als sie oben ankamen, konnte sie kaum fünfzig Meter weit sehen. Die starke Feuchtigkeit in der niedrig hängenden Wolke fühlte sich klamm an.

Die Hunde rasten vorwärts und aufwärts. Sie kamen an dem Galgenbaum vorbei, ohne die Klagegeister dort zu beachten. Der Wind überrauschte ein eigenartiges tiefes Heulen, ein Pfeifen in verschiedenen Tonhöhen, gerade als Sister vorüberritt. Ihre Nackenhaare sträubten sich. Sie meinte, aus dem Augenwinkel den Geist eines gut gekleideten Gentleman aus dem achtzehnten Jahrhundert neben einem Veteranen der Konföderierten in Uniform stehen zu sehen.

»Quatsch«, sagte sie laut und vernahm ein gespenstisches Wiehern.

Dieser Ort war ihr unheimlich. Lafayette schnaubte. Sie galoppierten ans Ende des Hügelkammes – tauende Grasnarben flogen in Klumpen hinter seinen Hufen auf – und die breite Lehmstraße hinunter, die letzte Straße, die die Verurteilten betreten hatten.

Dann die Farmstraße entlang, schneller und schneller, weiter und weiter, an der Einbiegung zu ihrer Farm vorbei, hinaus auf die Nebenstraße; dann gönnte sie sich eine ganz kurze Rast.

Sister senkte den Kopf, warf ihn zurück und schnappte nach Luft. Sie drehte sich um. Hinter ihr glitten die Wolken vom Hügelkamm, einige trieben auch von den Blue Ridge Mountains hinunter. Das Unwetter zog nicht langsam von Westen heran, es kam im Eiltempo.

Sie sah Edward am Fuß des Hügels auftauchen, ein leuchtend roter Punkt.

»Straße überqueren«, bellte Ardent.

Die anderen Hunde nahmen die Wittrung auf, wo er sie gefunden hatte, und flogen in südöstlicher Richtung dahin. Sie rasten durch die kleine Grabstätte, die nur durch einen senkrechten Stein gekennzeichnet war. Der Legende nach war dies die letzte Station für Selbstmörder, die nicht in geweihter Erde begraben werden durften. Keiner wusste es gewiss. Die Hunde rannten weiter und gelangten auf eine andere Nebenstraße; Kies flog unter ihren Pfoten auf, als sie darüberflitzten. Die Straße wurde dunkler, da sich Tau auf der Kiesschicht niederschlug. Lafayette donnerte über die Straße, tauchte dann in ein Maisfeld, dessen Blätter unheimlich raschelten, als der Wind stärker wurde.

Sie befanden sich an der nördlichsten Grenze von Alice Ramys Grundstück. Sie ließ jeden Winter den Mais stehen für die wild lebenden Tiere. Die Hunde kamen ans Ende des Maisfeldes, bogen links ab und durchwateten einen alten Entwässerungsgraben, dessen Grund mit Schnee bedeckt war.

Sister und Lafayette sahen nicht nach unten. Sie flogen über den breiten Graben, als nähmen sie am Grand National teil, dem schwersten Hindernisrennen der Welt. Sie landeten mit einem leisen Aufschlag auf der anderen Seite, Lafayette griff mit den Vorderbeinen aus, und sie rannten weiter, wandten sich jetzt nordwärts, dann nach Nordosten. Wieder überquerten sie die Lehmstraße, über die Wiesen ging es in ein Waldstück, überall lagen Steine wie Landminen, der Boden war hart.

Die Hunde blieben stehen. Suchten.

Sister hielt an. Hinter sich hörte sie knapp fünfhundert Meter entfernt die Hufe. Sie dachte sich, dass der Entwässerungsgraben einige Leute aufhalten würde. Edward würde mit Sicherheit hinüberfliegen.

Die Hunde bewegten sich nun in langsamem, bedächtigem Tempo und versuchten die Spur aufzunehmen. Der Kojote, der achthundert Meter weiter am Rande einer Schlucht eine Verschnaufpause einlegte, hörte sie, schätzte den Abstand zwischen sich und der Meute und trabte dann zur After All Farm.

Er überquerte die gepflasterte Schnellstraße, eine zweispurige Straße mit einer aufgemalten Mittellinie, lief eine steile Böschung hinunter und spurtete zu seinem Bau am Südrand der After All Farm, keine sechshundert Meter entfernt.

Die Hunde fanden seine Spur. Als sie den Bau erreichten, war er drinnen in Sicherheit.

Sister saß ab, blies »Eingefahren« mit so viel Luft, wie sie noch übrig hatte. Sie betrachtete die Spuren. »Hab ich's doch gewusst, verdammt noch mal.«

»Ja, wir wussten, dass sie hier sind.« Betty, die gerade angekommen war, sah nach unten.

»Schlimm«, klagte Sybil, die sich, die Wangen kirschrot, ebenfalls zur Meute gesellte.

»Wenn wir großes Glück haben, vertreiben sie unsere Füchse nicht. Trotzdem meine ich, wir sollten jeden Einzelnen von ihnen erschießen.« Sister hatte für Kojoten nichts übrig.

»Ja«, stimmte Betty zu.

Edward, den Zylinder – befestigt mit der roten Hutschnur, damit er nicht verloren ging – fest auf dem Kopf, entspannte einen Moment die Schultern.

»Was für eine Hatz«, sagte Crawford begeistert.

Auch Kojoten lieferten großartige Rennen, aber der Ablauf war viel einfacher. Es war wie der Unterschied zwischen Highschool-Football und Profispielern. Ein Kojote bediente sich keiner Listen wie der Fuchs, und die meisten eingefleischten Fuchsjäger wollten sich mit den klügsten aller Lebewesen messen. Der Kojote mochte verschlagen sein, aber er war nicht sportlich wie der Fuchs.

Die Hunde jubelten, weil sie ihre Beute in den Bau getrieben hatten. Die Ruten senkrecht gestellt, die Augen klar und glücklich, tänzelten sie stolz auf dem Rückweg zur After All Farm.

Cora lachte. *»Die Mädels haben gewonnen.«*

Asa gab es großmütig zu, bevor er sagte: *»Nach so einer Hatz würde ich sagen, wir haben alle gewonnen.«*

»Ja, gut gemacht, Jungspunde«, lobte Diana die Erstjährigen, und sie strahlten.

Als das Feld zurückging, bedeckten Wolken den halben westlichen Himmel, und man konnte sehen, dass es leicht aus ihnen flockte: noch mehr Schnee.

»Das Thermometer fällt im Sturzflug«, bemerkte Betty.

Sybil zog die Schultern hoch. »So ein Winter.«

»Daniel Gabriel Fahrenheit war es, der erstmals Quecksilber in einem Thermometer verwendete. Er wurde 1686 in Polen geboren. Denkt nur, wie wir an jedem Tag bereichert werden von jemand, der uns vorausging«, sinnierte Sister.

Betty lächelte. »Das ist ganz wunderbar.«

»Bis wir zu der überdachten Brücke kommen, schneit es dort bestimmt.« Sybil furchte die Stirn.

Sister betrachtete den westlichen Himmel. »Ja, du hast recht.«

Shaker und Lorraine warteten bei der Abbiegung zur After All Farm. Er kurbelte das Autofenster herunter und hielt den Daumen in die Höhe.

Sister hielt ihren auch in die Höhe.

Er kurbelte das Fenster wieder hoch und fuhr zu den Pferdeanhängern, die keine achthundert Meter entfernt parkten. Er wollte beim Salonwagen sein, wenn die Hunde ankamen.

Sam auf Wolke Sieben plauderte mit Gray und Tommy Cullhain. Sein Pferd, das Hindernispferd, schritt lang aus, aber er achtete nicht darauf.

Das Pferd rammte Xaviers mehrfarbiges Pferd, ein Schecke namens Picasso.

Xavier drehte sich um, erblickte Sam und knurrte: »Du sollst tot umfallen.«

»Du zuerst«, erwiderte Sam wie aus der Pistole geschossen.

32

Ein üppiger Strauß aus roten und cremeweißen Rosen, mit Wintergrün dazwischen, thronte in Sisters Diele auf dem Tisch, einem langen, schmalen Louis XVI.-Möbel, dessen goldbronzene Ornamente sich schimmernd von dem tiefschwarzen Lack abhoben.

Sister las das Briefchen: »Wer sagt, dass im Winter keine Blumen blühen? Wie wunderschön. Gray.«

Sie griff sich mit der rechten Hand ans Herz.

Golly saß hinter den Blumen und steuerte ihren Teil zum Arrangement bei. *»Ist von Patterson's abgegeben worden.«*

»Phantastisch!«, rief Sister.

Sie liebte Blumen – welche Frau tut das nicht? Es gehörte zu den kleinen Enttäuschungen des Alters, dass Männer sie nicht mehr so oft schickten wie früher.

Sie nahm auf dem Weg nach oben immer zwei Stufen auf einmal, dann entkleidete sie sich. Die Stiefel zog sie jedes Mal im Stall aus, wo sie von den Mädchen geputzt wurden. Anschließend schlüpfte sie in ihre Gummistiefel, die im Winter kalt waren, erledigte ihre Arbeit und kam dann ins Haus.

Sie sprang in die Dusche, während Raleigh und Gockel sich an der Glastür die Nasen platt drückten. Sie trocknete sich ab, machte sich die Haare, schminkte sich, öffnete den Kleiderschrank und sprach die unsterblichen Worte: »Ich hab nichts anzuziehen.«

»Wie kann sie so was sagen?« Gockel, der bei einem Mann gelebt hatte, machte gerade die Erfahrung, dass Frauen in mancher Hinsicht anders waren. Er war erst das zweite Jahr bei Sister.

Raleigh, der ein Paar weiche Lederschuhe beschnüffelte, antwortete: *»Farben, Jahreszeit, Stoffart, sie muss das alles bedenken, und wenn sie dann das Richtige ausgesucht hat, kommen die Schuhe.«* Er verdrehte die Augen. *»Das Verderben der Frauen!«*

»Peter hätte geduscht, sich rasiert, einen Anzug oder einen marineblauen Blazer angezogen, dazu irgendeine Hose, einen Schlips und fertig. Zwanzig Minuten, wenn's hochkommt«, erklärte Gockel Raleigh.

Ein roter Ball kullerte in den großen Kleiderschrank. Golly kicherte. *»Guckt mal, was ich habe.«*

»Das ist nicht deiner.« Raleigh schnappte sich den Ball.

»Blödmann.« Golly setzte sich auf ein Paar waldgrüne Stöckelschuhe und quetschte sie zusammen.

Schließlich entschied Sister sich für ein zweireihiges Schneiderkostüm mit magentaroten Nadelstreifen. Sie zog eine blassrosa Bluse an und einen flaschengrünen Seidenschal. Ihre Farbzusammenstellung war immer eigenartig, aber gelungen. Nach reiflicher Überlegung zog sie Schuhe in der Farbe des Kostüms an.

»Kannst du dir vorstellen, Strumpfhosen zu tragen?« Golly hätte sich die Nylonstrumpfhose am liebsten gekrallt.

»Nein.« Gockel zog die Nase kraus. *»Wo geht sie überhaupt hin?«*

»Eine Party zugunsten von ›Lesen für die Blinden‹. Eine Art Spendensammlung, aber gediegener als ein Ball.« Raleigh kannte die Wohltätigkeitsvereine und Interessen seiner Besitzerin.

Golly kam direkt vor den Hunden aus dem Kleiderschrank geschossen und lief ins Badezimmer, wo Sister ihr Make-up noch einmal überprüfte. Golly landete mit allen vieren an der Wand, prallte ab und drehte sich zu den Hunden um.

»Herrin vom Berg!«

Die zwei Hunde erstarrten, dann sagte Gockel: *»Golly, du bist plemplem.«*

»Töten ist mein Metier, ich kann Hasen erlegen, die doppelt so groß sind wie ich. Ich kann es mit einem … einem Rotluchs aufnehmen. Ich kann einer Kuh Angst einjagen. Ich bin King-Kong!« Sie drehte sich auf allen vier Pfoten, sauste den langen Flur entlang, rummste an die Wand, prallte ab und sauste unter den Bäuchen der Hunde hindurch zurück.

»Sie ist plemplem«, wiederholte Gockel.

»Ich glaube, sie muss aufs Klo«, sagte Raleigh. *»Sie ist immer so, wenn sie groß muss.«*

»Gar nicht wahr!« Golly war wütend. *»Aber wenn ich muss, dann mach ich in dein Bett, weil du mich tödlich beleidigt hast.«* Sie drehte sich eingeschnappt um und sprang auf die Ablage, wo die Schminksachen lagen.

»Ich weiß nicht, wie du das all die Jahre ausgehalten hast«, sagte Gockel mitfühlend zu Raleigh. *»Als ich bei Peter gewohnt habe, hat er wenigstens keine Katzen gehalten. Sie sind schrecklich.«*

»Beachte sie einfach nicht, Gockel. Sie will bloß Aufmerksamkeit. Stell sie dir als Bonsai-Frau im Pelzmantel vor.«

Aus Leibeskräften schnurrend, sah Golly zu, wie Sister Lippenstift auftrug, sich begutachtete, ihn abwischte, eine mehr ins Rosa spielende, gedämpftere Farbe auftrug, sich begutachtete, den Stift angewidert in den Abfalleimer warf. Schließlich wischte sie die Lippen ab und rieb ein wenig Farbglanz ein.

»Sie rastet aus«, verkündete Golly würdevoll.

»Nein, sie rastet ein«, erwiderte Raleigh.

Als Sister bei der Veranstaltung eintraf, lag die Stadt im Dunkeln, die Kirchtürme setzten sich weiß von ihr ab. Es schneite ein wenig.

Marty Howard, eine Stütze der Lesegruppe, redete den Leuten zu, sich auch in dem Komitee zur Förderung der Belesenheit zu engagieren.

Clay und Izzy Berry gingen von einem zum anderen. Izzy hatte eine blinde Schwester und widmete sich der Arbeit dieser Gruppe mit Leidenschaft. Xavier und Dee waren da, ebenso Dalton Hill und Ben Sidell.

»Ben, jetzt sehe ich Sie zum ersten Mal auf einer unserer Veranstaltungen. Danke, dass Sie gekommen sind«, begrüßte Sister ihn herzlich.

»Marty bat mich, vorbeizuschauen. Das war eine großartige Jagd heute, Master.« Er lächelte sie an.

»Danke. Hauptsächlich war ich damit beschäftigt, mit den Hunden mitzuhalten. Kojote, wie Sie sicher wissen.«

»Das hat sich bis zu uns herumgesprochen. Bobby Franklin ist so schnell galoppiert, wie ich ihn noch nie gesehen habe.« Er nickte zu dem liebenswerten, rundlichen Bobby hinüber.

Die Franklins spendeten die Drucksachen für diese Gruppe.

»So dick er ist, reiten kann er.« Sister lächelte. »Er versucht es gerade mit der Atkins-Diät. Wir sollten ihn alle unterstützen. Betty sieht einfach fabelhaft aus. Sie hat sich letzten Sommer vorgenommen abzunehmen, hat die Pfunde weggekriegt, und sie sind weggeblieben.«

»Hm, man sieht nicht gerade viele dicke Piköre, nicht wahr?« Ben schüttelte geistesabwesend die Eiswürfel in seinem Glas. »Sie haben sicher von dem kurzen Wortwechsel zwischen Xavier und Sam gehört?«

»Allerdings«, antwortete Sister grimmig.

»Gray ist dazwischengegangen, und Clay hat Xavier abgedrängt. Das verleiht den Vorgängen Würze.«

»Vielleicht zu viel.« Als Xavier mit Dee herüberkam, drückte sie zuerst ihm, dann ihr ein Küsschen auf die Wange. »Haben wir uns nicht eben erst getrennt?«

»Was für ein Tag«, beglückwünschte Xavier sie mit verkniffener Miene.

»X, danke, dass du dich zurückgehalten hast.«

Er zuckte die Achseln. »Ich habe Wichtigeres im Kopf als diesen elenden Wurm.«

»Schatz«, ermahnte Dee ihn milde.

»Mir macht es nichts aus, euch zu sagen, was ich empfinde. Wir sind uns ja schließlich nicht fremd. Und Ben, Sie reiten mit uns, darum beziehe ich Sie ein.« Xavier holte Luft. »Der Lagerhausbrand wird langsam zu einem Alptraum.«

Sister zeigte sich mitfühlend. »Das ist wirklich bedauerlich und muss strapaziös sein.«

»Die Versicherungsbeauftragte will das Geld nicht rausrücken, bevor die Situation, wie sie sich ausdrückt, geklärt ist. Wie kann ich klären, wieso Donnie Sweigert als Toast enden musste? Ein Toast, der Brandstiftung beging. So ein Irrsinn.«

»Schatz.« Dee drückte seinen Arm.

»Verzeih. Bin ein bisschen überanstrengt.«

»Diese Sachverständigen sind gut, mein Herz. Die Dame wird alles aufklären«, versicherte Dee ihrem Mann.

Ben sah kurz zu Boden, dann hob er den Blick wieder.

»Entschuldigen Sie, Ben. Dee hat es nicht so gemeint. Die Situation ist heikel. Ich weiß, Sie tun, was Sie können.« Trotz seines Verdrusses nahm Xavier die Gefühle anderer wahr.

Clay und Izzy traten zu ihnen. Clay, der klug taktierte, wollte nicht, dass die Anspannung zwischen Xavier und ihm Stoff für Klatsch lieferte. Sicher, er wollte das Geld, aber er wusste auch nicht, was sich da im Moment noch machen ließ.

Nach ein paar Minuten geselligen Plauderns ging die Gruppe auseinander. Ben blieb bei Sister. Sie bemerkte, dass Clay zu einer Gruppe von Leuten ging und Izzy zu einer anderen, dort kurz plauderte und den Raum verließ. Sister sah auch, dass Dalton durch eine andere Tür ebenfalls den Raum verließ.

»Was ich Sie fragen wollte, Sie kennen doch sicher die Highschool- und College-Betreuer in dieser Gegend, nicht wahr?«

»Einige mehr, andere weniger«, antwortete Sister.

»Mit Ausnahme des Betreuers der männlichen Basketballer an der Uni arbeiten die meisten von ihnen schon lange mit immer derselben Mannschaft.«

»Sieger werden nicht gefeuert«, erwiderte Sister, wohl wissend, dass für die Jagdwelt dasselbe galt.

Nur wenige Menschen wussten, was für ein Druck auf einem professionellen Meuteführer lastete. Er musste Leistung erbringen, genau wie ein Stürmer in einer Oberligamannschaft. Meuteführer sind Berufssportler abzüglich hoher Prämien, Medienrummel und gigantischem Verdienst. Viele von ihnen hätten in lukrativen Sportarten Karriere machen können. Sie haben sich für Neigung statt Zaster entschieden.

»Was ist das Problem mit Herrenbasketball an der Uni?«

»Mann, das ist ein Jojo-Spiel. Hoffen wir, dass sie die Kurve gekriegt haben.« Sie berührte seinen Arm. »Schauen Sie sich doch die Jungs an, die heute Basketball und Football spielen. Das sind Kolosse.«

»Das ist wahr.« Ben senkte die Stimme. »Sam Lorillard hat mir bei dem Frühstück etwas gesagt. Mitch und Anthony haben ab und zu für Berry Storage gearbeitet. Das wussten wir. Donnie Sweigert war immer der Fahrer, nie ein anderer.«

»Ich sehe nicht, wieso das eine Rolle spielt.«

»Ich bin mir da auch nicht sicher. Sams Freund Rory Ackerman, der jetzt in Greensboro auf Entzug ist, hat ihm das erzählt. Wie auch immer, Sam sagt, Mitch und Anthony haben Möbel ausschließlich an Betreuer oder Trainer geliefert.«

»Haben Sie Clay gefragt?«

Ben nickte. »Er sagt, er hat die Unterlagen durchgesehen. Er meint, er konnte sich nicht darauf verlassen, dass Mitch oder Anthony oder sonst wer von den Bahnhofspennern lange genug nüchtern blieb für einen längeren Transport. Sie sind nur Kurzstrecken gefahren, und Donnie war der Fahrer, weil er nicht gerne über Land fuhr. Clay hatte das Gefühl, dass Donnie die Trinker kontrollieren konnte. Ich glaube, Donnie hat mehr getrunken, als Clay wusste.«

»So ein Jammer.«

Ben verlagerte das Gewicht von einem Fuß auf den anderen. »Sie kennen diese Leute. Können Sie sich irgendwas denken – und sei es noch so weit hergeholt, das Mitch, Anthony und Donnie mit der Lieferung von wertvollem Mobiliar an Betreuer verband?«

»Drogen«, antwortete sie. »Heutzutage scheint alles darauf hinauszulaufen. Oder Medikamente. Wir haben eine Schattenwirtschaft in Amerika, die nicht einen Dollar Steuern einbringt. Da gehen Milliarden an der Steuer vorbei.«

»Ich weiß«, sagte Ben bitter.

Sister entgegnete: »Ich kann mir nicht vorstellen, dass Clay oder X mit Drogen zu tun hatte. Sie scheinen jedenfalls keine zu nehmen. Aber«, sie holte Luft, »ein Versicherungsbetrug wäre vorstellbar, oder?«

»Ja.«

»Sind Sie beunruhigt?«

Ben sah ihr in die Augen. »Ja.«

»Sie glauben nicht, dass es vorbei ist?«

»Nein.«

Sie rieb sich die Stirn. »Die schrecken nicht vor Mord zurück.«

»Der Handel mit Oxycontin kann Hunderttausende von Dollars einbringen. Prozac, Percodan, das ganze Zeug. Sogar Viagra.« Er lächelte matt. »Auf dem Schwarzmarkt können einen solche Medikamente sehr schnell sehr reich machen. Kokain und andere Partydrogen können einen schnell reich machen, sind aber gefährlicher, weil die Dealer gerissen und brutal sind und nicht vor Mord zurückschrecken.«

»Ben, haben Sie die Möbel- und Silberdiebstähle ganz außer Acht gelassen?«

»Nein. Nur gibt es bislang keinen Beweis, dass der Brand damit in Zusammenhang steht, *aber*«, sagte er mit Nachdruck, »diese Leute sind hochintelligent und gut organisiert. Es könnte sich hier um eine Warnung an jemanden im Verbrecherkartell oder an die Konkurrenz handeln. Es wäre doch dämlich von denen, ein Lagerhaus voll Diebesgut niederzubrennen, oder?«

Sister stimmte zu und fragte dann: »Was kann ich tun?«

»Der Jefferson-Jagdverein ist ein Dreh- und Angelpunkt des Bezirks. Können Sie sich vorstellen, dass irgendjemand oder irgendeine Gruppe an professionell organisiertem Diebstahl beteiligt ist oder mit Drogen oder verbotenen Medikamenten zu tun hat? Zum Beispiel, und ich meine beileibe nicht, dass sie so etwas macht, nur mal theoretisch: Können Sie sich vorstellen, dass Betty Franklin verbotene Schlankheitspillen auf dem Schwarzmarkt kauft?«

»Nein.« Sister kicherte. »Dann wäre Bobby schlanker.«

Ben lächelte. »Halten Sie die Augen offen. Bleiben Sie am Ball. Wir sind ganz dicht an der Lösung, Sister, aber wir können sie noch nicht sehen.«

Als Ben ging, dachte sie an die Geister auf dem Hangman's Ridge. Sie erschauerte. Die Geister erschienen immer, bevor jemand starb. Sie hatte das lange für ein Märchen gehalten, doch mit den Jahren hatte die Erfahrung sie gelehrt, daran zu glauben.

Sie ging zwischen den Leuten herum. Marty Howard trat kurz zu ihr. »Danke, dass du gekommen bist. Wenn du jemals Zeit erübrigen kannst, Sister, hätte ich gern, dass du vorliest. Wir brauchen nicht bloß Bücher, auch Illustrierten und Zeitungen. Es ist oft schwer für Blinde, sich auf dem Laufenden zu halten.«

»Das ist mir nie in den Sinn gekommen. Ich könnte ein, zwei Stunden lesen. Mal sehen, wie ich das hinkriege.«

»Ich ruf dich Montag an, dann können wir unsere Termine abgleichen.«

Marty ging, und Dalton Hill trat zu Sister. »Die Jagd war ganz großartig. Ich bin froh, dass ich dabei war.«

»Ich auch.« Sister sah, dass er eine sehr teure englische Schulkrawatte trug. »Schöne Krawatte.«

»Eton.« Er errötete leicht. »Dabei war ich gar nicht in Eton. Ich habe das St. Andrews College in Aurora besucht, aber der schmale blaue diagonale Eton-Streifen hat mir so gut gefallen.«

»Das kann ich verstehen. Wie ich höre, haben Sie Cleveland Bay gekauft.«

»Ja. Ich lasse mir auch meine zwei Jagdpferde aus Hamilton hierher bringen.« Er sprach von der Stadt, wo seine Pferde eingestellt waren. »Ich möchte jagen, sooft ich kann. Das Gute an Gastvorlesungen ist, dass ich meinen Stundenplan selbst bestimmen kann. Ich habe alle Vorlesungen auf den Spätnachmittag gelegt.«

»Ideal.« Und nach einer Pause: »Dr. Hill ...«

»Sagen Sie Dalton zu mir. Ich bemühe mich, den ›Doktor‹ zu unterschlagen«, unterbrach er sie in verschwörerischem Ton. »Ich kann gut und gerne darauf verzichten, dass mir jemand von seiner Gallenblase erzählt.«

»Ich gelobe, nie von meiner zu sprechen.« Sie lächelte. »In Kanada sind bestimmte Medikamente zu haben, die hier nicht zu haben sind, ist das richtig?«

»Keine harten Drogen natürlich, aber sonst, ja. Die kanadischen Gesetze sind mehr am Patienten orientiert. Verzeihen Sie mir meinen Nationalstolz, aber in den Vereinigten Staaten ist bei den großen pharmazeutischen Firmen alles von Profit bestimmt.«

»Nennen Sie mich Sister. Aber alle diese Megafirmen – und das sind nicht ausschließlich amerikanische, die Deutschen und die Schweizer haben riesige pharmazeutische Betriebe – alle diese Firmen machen in Kanada Geschäfte.«

»Das ja, aber wir haben sie besser unter Kontrolle. Der Kernpunkt ist, den Patienten zu heilen. Kann man ihn nicht heilen, mache man ihn beschwerdefrei, so weit es geht; es ist grausam, einem leidenden Menschen Erleichterung zu verweigern.«

»Wie sieht es mit Mitteln aus, die nicht gegen Krankheiten eingesetzt werden, sondern die Leistung steigern?«

»Die sexuelle Leistung?« Er zog die Augenbrauen hoch.

»Da haben wir das Elixier des Lebens wie des Profits«, meinte sie sarkastisch. »Daran hatte ich nicht gedacht, aber gut, schließen wir es mit ein. Ich dachte eher an Mittel, die den Alterungsprozess verzögern, und da würde ich mich als Erste anstellen.«

»Das haben Sie nicht nötig.«

»Danke, Dalton. Sie flunkern, aber es klingt wie Musik in meinen Ohren.« Sie lächelte strahlend. »Ich dachte an Anti-Aging-Mittel und solche zur Steigerung der sportlichen Leistung. Mir fällt da Ben Johnson ein, der sagenhafte kanadische Sprinter, der bei den Weltmeisterschaften 1987 den Rekord im Hundertmeterlauf verbessert und 1988 bei der Olympiade die Goldmedaille gewonnen hat. Beides wurde ihm dann aberkannt, als er zugab, Steroide genommen zu haben.«

»Die Sportler sind unterdessen viel weiter. Die Betreuer, die Mannschaftsärzte – alle sind heute raffinierter, und auch die Mittel sind raffinierter geworden.«

»Und manche von den Mitteln sind in Ihrem Land zugelassen?«

»Steroide nicht.«

»Befürworten Sie den Gebrauch?«

Zögernd antwortete er: »Ein Berufssportler kann ohne Hilfe der Chemie seinen Lebensunterhalt nicht bestreiten, er kann nicht mithalten. Ich finde nichts dabei, die menschliche Leistung steigern zu wollen. Hüten muss man sich vor Missbrauch. Aspirin ist quasi eine Droge. Genau wie Koffein. Bodybuilder trinken vor dem Training routinemäßig eine Tasse Kaffee. Offen gesagt finde ich die Drogengesetze Ihres Landes rückständig und repressiv, und deswegen öffnen sie der Illegalität Tür und Tor.«

Sie stieß einen tiefen Seufzer aus. »Leider haben Sie recht.«

»Die hier vereinten Interessen, womit die Leute gemeint sind, die steuerfrei Milliarden verdienen, haben die Kirchen und Politiker auf ihrer Seite. Das ist scheinheilig. Es ist erschütternd. Es ist eine Großindustrie.«

»Prohibition auf höherer Ebene.« Sie seufzte wieder.

»Genau.« Er presste die Lippen zusammen, entspannte sich dann. »Ich muss mich entschuldigen. Als Endokrinologe studiere ich die menschliche Körperchemie. Wir können die Leistung tatsächlich mit Medikamenten steigern. Wir können das Altern tatsächlich verzögern. Und wir sind tatsächlich auf dem Weg, mithilfe der Stammzellenforschung die Rätsel einiger furchtbarer Demenzkrankheiten zu lösen.« Er hob die Hände. »Ich verstehe beim besten Willen nicht, warum irgendein Mensch einem anderen ein Heilmittel für Parkinson verweigern will, und doch geschieht genau das.«

»Für viele Menschen sind dies komplexe moralische Themen.«

»Es hat nichts Moralisches, zuzusehen, wie ein Mensch ganz langsam stirbt.«

»Ich stimme Ihnen zu, Dalton. Ich bin vollkommen Ihrer Meinung. Aber ich bin eine einzelne Frau in Virginia ohne den geringsten politischen Einfluss.«

»Sie können wählen, und Sie sind Master. Master sind so was wie angehende Parlamentsmitglieder.« Er sprach jetzt liebevoll zu ihr. »Dieselben Fähigkeiten.«

»Vielleicht.«

»Warum haben Sie mich nach Drogen gefragt?«

»Oh, Ben und ich haben über die Basketballmannschaft der Uni gesprochen. Eins führte zum anderen. Und dann sagten Sie, Sie wollten nicht mit Doktor angeredet werden. Ich dachte, ich frag lieber gleich nach, vor allem wegen der Anti-Aging-Geschichte.« Sie lachte, weil es ihr gelungen war, der Wahrheit auszuweichen.

»Ich will Ihnen was sagen. Wenn Sie in meine Praxis kommen, nehme ich Ihnen Blut ab, mache ein EKG, führe weitere Tests durch. Ich kann Ihnen exakt das wirkliche Alter Ihres Körpers nennen. Nicht Ihr Lebensalter, aber das wirkliche Alter Ihres Körpers. Sie wären wahrhaftig eine faszinierende Versuchsperson. Ohne die Tests würde ich die Vermutung wagen, dass Sie innerlich zwischen fünfundvierzig und fünfzig sind. Sie haben nie übermäßig Alkohol oder Medikamente zu sich genommen oder geraucht. Ist das so weit richtig?«

»Ja.«

»Kommen Sie in meine Praxis.«

»Mach ich. Danke für das Angebot.«

»Sie würden mir einen Gefallen tun.« Er hielt einen Moment inne. »Ich glaube, nein, ich *weiß*, dass wir länger und vitaler leben können, als wir es uns vorstellen. Das Altern müssen wir als eine schleichende Krankheit begreifen, die bekämpft werden kann. Ich sehe schon die Zeiten, wo Männer mit einem voll produktiven Leben hundertfünfzig Jahre alt werden können.«

»Und Frauen?«, fragte sie verschmitzt.

»Ah.« Er lächelte. »Hundertfünfundsiebzig.«

»Richtige Antwort. Sehen Sie eine Zukunft vor sich, in der eine Frau den Hundertmetersprint in neun Sekunden laufen kann?«

»Ja, und ein Mann in siebeneinhalb.«

»Sind Sie sexistisch?«

»Nein. Männer sind wirklich schneller. Sicher, die schnellste Frau der Welt wird schneller sein als achtzig Prozent der Männer, aber alles in allem sind die Männer schneller. Das ist der eigentliche Unterschied beim Profitennis. Es sind nicht die Oberkörpermuskeln, auf die sich die Leute konzentrieren, es ist die Schnelligkeit. Männer können Schläge erwidern, die Frauen nicht mehr schaffen. Tritt eine Frau gegen einen Mann an, rechnet sie nicht damit, dass ihre Schmetterbälle zurückgeschmettert werden.«

»Das ist mir nie in den Sinn gekommen.«

»Zu Ihren Gunsten, Frauen haben mehr Ausdauer und, das kann ich allerdings nicht wissenschaftlich belegen, sie haben auch ein stärkeres emotionales Potenzial.«

Sie betrachtete seine ernste Miene. »Vielleicht. Aber es gibt so vieles, das wir nicht genau wissen können, weil unsere Begriffe von männlich und weiblich in einem starren kulturellen Raster geprägt wurden. Sogar in der wissenschaftlichen Forschung spiegeln sich unbewusste Vorurteile wider.«

»Da gebe ich Ihnen recht.« Er sah zu einer hübschen Frau hinüber, die sich mit Marty Howard unterhielt.

»Das ist Rebecca Baldwin, Tedi Bancrofts Großnichte. Einunddreißig, würde ich sagen. Ans Jagen gewöhnt, aber sie ist wieder auf die Uni gegangen, um in Architekturgeschichte zu promovieren. Reizendes Mädchen. Gestatten Sie, dass ich Sie bekannt mache.«

Nachdem Sister dies erledigt hatte, lächelte sie in sich hinein, weil Daltons Verhalten sich in Gegenwart einer hübschen Frau sogleich änderte. Ach ja, obwohl er Endokrinologe war, regten sich seine Hormone wie bei uns allen.

Sie fand Gray und flüsterte ihm ins Ohr: »Du siehst so toll aus. Ich hab keine Ahnung, was mit mir los ist, aber es geht mir prächtig.«

Er legte ihr kurz seinen Arm um die Taille und atmete ihren Duft ein, den Geruch ihrer Haare. »Ich gehe wie auf Wolken. Und ich möchte dich zu einem richtigen Abendessen ausführen. Lass uns Sonntag gehen. Und lass uns auch irgendwann ins Kennedy-Center gehen. Ich habe Abokarten, Logenplätze, für die Oper. Magst du Opern?«

»Ich kann's lernen.« Sister verstand nichts davon, sie wusste nur, dass sie Rezitative nicht ausstehen konnte.

Er umarmte sie fester. »Wir haben beide eine Menge zu lernen. Es wird uns nie langweilig werden.«

Tedi beobachtete ihren Austausch und betete im Stillen: »Lieber Gott, mach, dass etwas daraus wird. Bring Liebe in Sisters Leben. Sie hat es verdient. Und hilf uns allen, diese Schwarz-Weiß-Sache zu überwinden.« Dann sah sie sich im Raum um, der immer voller wurde, und erhaschte einen Blick auf den Mann, den sie seit fünfzig Jahren liebte. Ihre Augen verschleierten sich. Als sie einst neben dem schwarzhaarigen Edward Bancroft am Traualtar stand, hätte sie sich nicht träumen lassen, dass sie ihn fünfzig Jahre später tiefer und leidenschaftlicher lieben würde, mit einem größeren Verständnis für den Mann als damals, als er ihr den schmalen Goldreif über den Finger streifte. Sie betete wieder: »Danke.«

Sister sah auf die Uhr, während sie die Runde machte. Zeit, nach Hause zu gehen. Sie dachte bei sich, dass sie Gray nicht viel Gelegenheit gegeben hatte, ihr den Hof zu machen. So viele Männer lieben es, Frauen den Hof zu machen. Aber Kokettieren war nicht ihr Stil. Dann dachte sie, gib's zu, du bist zweiundsiebzig. Du hast keine Zeit zu verlieren. Bei diesem Gedanken lachte sie beinahe laut heraus.

Als sie aufbrechen wollte, hörte sie Clay und Xavier in der Garderobe.

»… in der Bredouille.«

»Clay, ich weiß. Ich tu, was ich kann. Ich kann nicht einfach aus dem Fonds meiner Firma einen Scheck ausschreiben.«

»Es geht nicht nur ums Geld, X. Es geht um die Verdächtigungen. Die Leute gucken mich an, als sei ich ein Brandstifter, ein gerissener Betrüger oder ein Mörder. Weißt du, was das meiner Frau und meinen Kindern antut?«

Xavier hob die Stimme, beinahe flehend. »Was soll ich machen? Weder Ben Sidell noch die Sachverständige können den Fall lösen. Was soll ich machen?«

»Kannst du mir nicht einen kleinen Scheck ausschreiben? Bloß fünftausend Dollar?«

»Du bringst mich in eine schlimme Lage. Wenn ich das tue, hintergehe ich den Versicherungsträger. Ich habe der Firma Hunderte von Kunden verschafft, und Worldwide Security steht hervorragend da. Ich kann diese Verbindung um meinetwegen und wegen meiner anderen Kunden nicht aufs Spiel setzen.«

»Dann setzt du unsere Freundschaft aufs Spiel?«

»Clay, mir sind die Hände gebunden.«

33

Sonntagmorgen um halb sechs schwebten die Schneeflocken wie an unsichtbaren Schnüren herab. Dichte Wolken verschleierten an diesem ersten Februar das bleiche Licht des zunehmenden Mondes.

Die Wintersonnenwende lag einundvierzig Tage zurück; seither überflutete das Sonnenlicht Mittelvirginia vierzig Minuten länger. Die eine Minute mehr Sonnenschein von Tag zu Tag verlieh Sisters Gang mehr Schwung, obwohl sie heute die Sonne nicht zu Gesicht bekommen würde.

Sie ging durch den frisch gefallenen Schnee; ihre Fußabdrücke wurden aufgefüllt, sobald sie die Stiefel hob. Raleigh und Gockel begleiteten sie getreulich, obwohl sie das warme Haus nur ungern verließen.

»Gockel, nein«, sagte Sister leise, nachdem sie Inky erspähte, die vorsichtig den Stall verließ. Sie hatte gefressen, was heruntergefallen war. Das melassehaltige Futter liebte sie besonders, und nach den kleinen kandierten Früchten war sie nahezu süchtig. »Morgen, Inky.«

Inky drehte sich kurz um, blinzelte und hastete dann zum Zwinger, wo die Jagdhunde schliefen. Gelegentlich war Diana schon auf den Beinen. Inky unterhielt sich gern mit ihr. Gockel konnte sie dagegen nicht leiden, aber er war ja auch nicht hinter einem Maschendrahtzaun. Als Harrier wollte er unbedingt beweisen, dass seine Nase einen Fuchs ebenso gut aufspüren konnte wie ein Kaninchen.

»Beschwerlich«, jammerte Gockel.

»Können im Schnee eh nicht viel machen«, bemerkte Raleigh.

Obgleich er kein Jagdhund war, besaß Raleigh eine feine Nase, doch seine Aufgabe war es, Sister, ihre anderen Tiere und ihr Eigentum zu beschützen. Er nahm diese Pflicht sehr ernst.

Die meisten Tiere handeln nach einer inneren Uhr. Sisters Wecker klingelte jeden Morgen zwischen fünf und halb sechs, egal, wann sie abends ins Bett gekrochen war. Die Tagesarbeit lässt sich leichter bewältigen, wenn man sieben oder acht Stunden geschlafen hatte, weswegen Sister gewöhnlich gegen zehn im Bett war.

Sie sah, dass Shakers alter Jeep Wagoner nicht da war. Äußerst gewissenhaft im Umgang mit Sisters Eigentum, würde er ihren alten Chevrolet-Transporter nie benutzen, ohne sie zu fragen. Sooft sie ihm auch sagte, er solle sich einen Tag frei nehmen, er war im Winter spätestens um halb acht im Zwinger, im Sommer gewöhnlich um sechs. Er war eben Meuteführer durch und durch.

An der Koppel pfiff sie. Die Pferde kamen angelaufen, wobei der Schnee ihre Hufschläge dämpfte. Sie brachte Lafayette und Keepsake hinein, dann Rickyroo und Aztec. Jedes Pferd hatte seine eigene Box mit einem hübsch gemalten Namensschild an der Tür. Danach brachte sie Shakers Pferde herein: Gunpowder, Showboat und Hojo.

Atemwölkchen entschwebten ihrem Mund; die Temperatur im Stall hielt sich um vier Grad. Der solide gebaute, geräumige und gut belüftete Stall war warm genug, dass die Pferde sich wohlfühlten, aber nicht so warm, dass sie krank wurden. Jedes Pferd hatte seine Decke übergelegt, darunter ein dünnes weißes Baumwolltuch, eine Art Pferde-Unterhemd. Ein zu enger Stall verursacht bei Pferden Atemprobleme, außerdem sollten sie es bei kalter Witterung nicht übertrieben warm haben.

Stampfen, Schnauben und Wiehern begrüßten Sister, als sie den Futterkarren nacheinander in jede Box rollte und die Kelle durch die Öffnung schob, um die mit etwas Melassefutter vermischte Haferkleie in den Eimer zu schütten. Jedes Pferd erhielt die seinem Gewicht und seiner Arbeitsanforderung entsprechende Menge. Weil diese Pferde alle schwer arbeiteten, bekamen sie so viel erstklassiges Heu, wie sie wollten, sowie ein, zwei Kellen Futter, je nach ihrem persönlichen Stoffwechsel. Brauchte ein Tier eine bestimmte Nahrungsergänzung, wurde diese in die Haferkleie gekrümelt. Gewöhnlich reichten das Getreide und das Heu aus, um sie kerngesund zu erhalten. Von allem, was sie verzehrten, war Heu das Wichtigste. Es hielt ihren Verdauungsapparat in Schwung. Viele Menschen – nicht Pferdekenner, aber Pferdebesitzer – fütterten im Winter Pellets oder zu viel Körnerfutter. Die armen Tiere litten dann unter Verstopfung.

Sister war mit Pferden und Jagdhunden aufgewachsen. Ihr war gar nicht klar, was sie alles wusste, denn es war ihr einfach in Fleisch und Blut übergegangen. Trotzdem war sie begierig, immer dazuzulernen, und sie las gerne über Hufuntersuchungen, neue Behandlungsmethoden, neue Bewegungstherapien. Sie stellte fest, dass viele Pferdeliebhaber sich fanatisch gegen neue Methoden sträubten. Sie befand vieles von dem neuen Zeug für Quatsch, was jedoch nicht hieß, dass sie sich nicht auf dem Laufenden hielt. Gelegentlich waren Neuerungen von Nutzen.

Sie konnte im Stall besser nachdenken als im Zwinger. Bei den Hunden war sie damit beschäftigt, mit ihnen zu sprechen, ihre Fähigkeiten abzuschätzen oder einzeln mit ihnen zu arbeiten. Doch bei den Pferden konnte sie richtig nachdenken. Sie zog eine

Decke zurecht, untersuchte Beine, horchte auf die Atmung, nur zur Sicherheit. Bei den großen Tieren war sie entspannt, ihr Geruch berauschte sie, und ihre Liebe zu ihnen war bedingungslos. Sie hatte Pferde, Jagdhunde, Katzen und Haushunde immer mehr geliebt als neunundneunzig Prozent der Menschen, denen sie im Laufe ihres Lebens begegnet war. Sie war jedoch so klug, dies für sich zu behalten – dachte sie zumindest. Der Mensch ist so lächerlich egozentrisch, dass jeder, der eine andere Spezies liebenswerter findet, als Außenseiter gebrandmarkt wird, als Menschenfeind, als abartig veranlagt und so weiter und so fort. Sister ließ sich davon nicht beirren. Sie wusste, bei diesen Geschöpfen war sie Gott näher, als sie es bei den plappernden Menschen je sein würde.

Diese Nähe hatte sie heute Morgen nötig. Sie war hin- und hergerissen zwischen Hochstimmung und Bangen, und da halfen ihre Verrichtungen ihr, sich zu konzentrieren.

Der Gedanke an Gott brachte sie zum Lächeln, während der Gedanke an die Schwierigkeiten des Vereins ihr Kummer bereitete. Die Feindseligkeit zwischen Xavier und Sam beunruhigte sie. Ihr bangte auch insgeheim vor der engen Zusammenarbeit mit Crawford. Er würde sein großes Ziel nicht einfach aus den Augen lassen. Sie hoffte, er würde nicht an Walters Stuhl sägen wollen. Die Spannung zwischen Clay und Xavier war ein neuer Anlass zur Sorge, und die grässliche Bescherung bei Berry Storage bereitete ihr Übelkeit. Der Instinkt der guten Fuchsjägerin sagte ihr, dass die zwei Todesfälle am Bahnhof mit Donnies Tod zusammenhingen. Sie hatte das Gefühl, dass es Spuren im Schnee gab, die im Kreis herumführten.

Wenn Jennifer und Sari die Straßen passieren konnten, würden sie nach dem Gottesdienst kommen, um die Pferde zu striegeln, deswegen machte sie das jetzt nicht. Sie ging stattdessen in die Sattelkammer, gefolgt von den Haushunden, und setzte sich in den alten, rissigen ledernen Ohrensessel; der starke Geruch nach Leder, Pflegemittel und Pferden stieg ihr in die Nase.

Bei geschlossener Tür war die Sattelkammer richtig gemütlich. Der kleine Gasofen mit der Glastür, der wie ein Holzofen aussah, hielt die fünf mal fünf Meter messende Kammer mollig warm. Früher waren Sattelkammern mit richtigen Holzöfen beheizt worden, aber aus den Schornsteinen fliegende Funken konnten bei Abwind auf das Dach herabwirbeln und in Heuböden gelangen. Da waren ständige Wachsamkeit und viele gefüllte Wassereimer vonnöten gewesen.

»Krieg ich einen Knochen?«, fragte Raleigh. Er hatte das Haus ohne Frühstück verlassen, genau wie Sister.

»Ich auch«, bat Gockel.

»Ich weiß, ich hab euch nicht gefüttert. Wenn wir nach Hause kommen, mach ich ein feines Frühstück. Lasst nur erst die Pferde fressen, das dauert noch eine halbe Stunde. Ich muss immer sehen, wie viel jedes gefressen hat. Ihr wisst ja, wie pingelig ich bei ihnen bin.« Sie stand auf, öffnete einen mittelgroßen roten Plastikbehälter, der an sich fast wie ein kleines Kunstwerk anmutete, und gab jedem Hund einen großen Kauknochen.

Sie setzte sich wieder und sprach zu ihnen, während sie kauten. »Jungs, ich denke die ganze Zeit über diese Geschichte nach. Es gibt so etwas wie eine kriminelle Veranlagung. Ich kann nicht behaupten, dass ich diese Veranlagung verstehe, aber Ben Sidell wird sie gewiss verstehen. Es gibt Menschen, die ohne Gewissen auf die Welt kommen, Psychopathen, Soziopathen, ich kenne die ganzen Fachausdrücke nicht. Es läuft auf ein kriminelles Gehirn hinaus. Ich glaube nicht unbedingt, dass jedes kriminelle Gehirn ein krankes Hirn ist, aber manche sind es. Wenn man es recht bedenkt, hat es jede Gesellschaft auf Erden seit Menschengedenken mit kriminellem Handeln und destruktiven Menschen zu tun gehabt. Wir denken, wir können damit immer besser umgehen, doch ich glaube, wir haben Rückschritte gemacht und unsere Verantwortung in Bezug auf Gesetzestreue vernachlässigt. Doch das macht mir im Moment keine Sorgen. Versteht ihr, Jungs, ich denke an Donnie, Mitch und Anthony, besonders Anthony. Drei Menschen, die innerhalb kurzer Zeit eines unnatürlichen Todes gestorben sind. Drei Menschen, die durch die Arbeit locker miteinander verbunden waren.«

Raleigh unterbrach sein Kauen. *»Ich höre.«*

»Sind diese Todesfälle das Werk eines Irren? Ich glaube nicht. Worum geht es hier? Von Leidenschaft weit und breit keine Spur. Das lässt sich am Leichnam feststellen. Es geht um kaltblütigen Mord, darum, Menschen aus dem Weg zu räumen und zu versuchen, es nicht zu grässlich anzustellen. Bei Mitch und Anthony sah es bis zu der Autopsie nach einem natürlichen Tod aus. Die Frage ist: War es Mord? Natürlich war es Mord. Es war geplant. Aber nicht gut genug, nicht wahr? Kann Donnie wirklich so dämlich gewesen sein, Benzin im Lagerhaus auszugießen und dann ein Streichholz dranzuhalten, ohne sein Entkommen zu sichern? Das ist ausgesprochen dämlich. Bei dieser grässlichen Geschichte geht es nicht um Liebe, Lust oder Rache. Es geht um Habgier. Drum frag ich euch, meine zwei Freunde, wo ist das Geld? Zeigt mir, wo das Geld ist.«

34

Bist du hundemüde und brummig?«

»Müde ja. Brummig nicht. Nicht zu dir jedenfalls.« Walter war dankbar für die Suppe, die Sister ihm hinstellte. Er hatte um vier Uhr am Montagmorgen einen Notruf erhalten. Um elf Uhr war er endlich nach Hause gekommen und hatte dort Sister angetroffen, die mit Essen auf ihn wartete.

Tonto, ein Energiebündel, drehte in der Küche eine Ehrenrunde, Gockel und Raleigh sahen zu. Bessie blieb in ihrer mit einem Teppich bedeckten Kiste. Sie konnte Raleigh und Gockel nicht leiden.

»Du hast die Küche verwandelt. Ich wünschte, Peter könnte sie so sehen.« Sister bewunderte die Patina der handpolierten Ahornschränke, die Arbeitsflächen aus Granit, die eingebauten Haushaltsgeräte, alle unauffällig, mit Ausnahme des großen Herdes aus schimmerndem Edelstahl. Dieser Herd weckte Begehrlichkeit in ihr.

»Vielleicht kann er sie ja sehen.« Walter wartete, bis Sister sich gesetzt hatte, bevor er den Löffel in die Hühnersuppe mit Reis tauchte. »Das ist genau, was ich jetzt brauche.«

Sie probierte die Suppe, die sie in einer kleinen Schale vor sich hatte. »Nicht schlecht. Suppen sind ideal im Winter. Dieser Winter war verdammt streng.«

»Die Straßen sind miserabel. Ich bin froh, dass du hergekommen bist.«

»Fahr langsam. Es heißt Vierradantrieb, nicht Vierradbremse.«

Er brach ein Stück Pumpernickel von dem frischen Laib ab.

»Hast du einen Brotbackofen?«, fragte sie.

»So was Ähnliches.« Er deutete auf ein viereckiges Gerät, sechzig Zentimeter hoch, das plan in die Wand eingelassen war. »Ich gebe die Zutaten rein, stelle den Zeitschalter, fertig ist das Brot. Fabelhaft.«

»Fabelhaft ist, dass du an so was denkst.«

»Ich koche gern. Eine Art vergängliche Kunst.«

Sie lächelte. »Äußerst vergänglich. Ich bin ganz verliebt in deinen Herd. Entschuldige, es gehört sich nicht, nach dem Preis zu fragen, aber wie viel kostet so was? Er hat immerhin sechs Gasflammen und einen Grill, das wäre ideal für mich, ein richtig großer Herd. Wirklich imposant.«

»Dieses Modell hat neuntausend Dollar gekostet. Es gibt weniger teure, mit vier Flammen statt sechs.«

»Du lieber Himmel.«

»Eine Menge Geld, aber er hält auch Generationen, und du hast ja gemerkt, wie wunderbar es sich damit arbeitet. Es gibt ihn auch ohne Grill, aber den möchtest du ja.«

»Ja.« Sie trommelte mit den Fingern auf den Bauerntisch. »Neuntausend Dollar. Und wo kann man das gute Stück kaufen?«

»Übers Internet, oder man klappert die Geschäfte ab, aber ich habe nicht zu viel Zeit damit verplempert. Am Ende bin ich zu Ron Martin gegangen. Die haben ihn geliefert, montiert, die Gasgesellschaft hat den Gastank eingegraben und den Herd an die Leitung angeschlossen. Es hat nicht annähernd so viel Dreck gemacht, wie ich gedacht hatte. Ich erledige gerne Installationsarbeiten. Ich habe ein bisschen rumprobiert, dann habe ich Nägel mit Köpfen gemacht und bin zu Maddox in Charlottesville gegangen, habe Dusche, Badewanne und alte aufgearbeitete Waschbecken aus den 1930er-Jahren gekauft. Einige Waschbecken und Toiletten, die im Haus waren, habe ich modernisieren lassen. Die Leute dort stehen hinter dem, was sie machen. Das ist das Problem beim Internet-Einkauf. Der einzige Mensch, den man anrufen kann, wenn was schiefgeht, ist der Hersteller, und der verweist einen an den Händler, und wenn der Händler in Minnesota sitzt, ist man angeschmiert.«

Sie lächelte. »Ganz recht. Man soll seine Geschäfte immer vor Ort tätigen. Nichts kann die Kommunikation mit Menschen ersetzen.« Als Tonto angehüpft kam, sich setzte und ihr eine Pfote aufs Bein legte, kraulte sie ihm den Kopf.

»Zum Anbeißen«, spottete Raleigh.

»Zum Kotzen«, bellte Gockel.

»Ich liebe alle Geschöpfe auf der Welt!« Der halb ausgewachsene Welsh-Terrier legte den Kopf schief und genoss es, von Sister gekrault zu werden.

»Terrier sind plemplem.« Gockel schloss die Augen und gab sich gelangweilt.

»Zum Buddeln geboren. Das ist alles. Buddeln.« Raleigh fand, seine Berufung im Leben war viel wichtiger, als die Welt von Ungeziefer zu befreien.

»Tonto ist so ein liebenswertes Kerlchen.«

»Ich bin ein Terrier-Mensch«, sagte Walter und fügte hastig hinzu: »Aber Jagdhunde gehen über alles, ich weiß.«

Sie lachte. »Mit einer Meute arbeiten ist was anderes. Doch ja, ich liebe Jagdhunde. Ich habe die meiste Zeit meines Lebens damit zugebracht, sie zu studieren, und ich werde trotzdem nie so viel über sie wissen wie der verstorbene Dickie Bywaters.« Sie löste den Blick von dem Hund und strahlte Walter an. »Ob Gockel sich wohl freut, wieder hier zu sein?«

»Schon, aber ich vermisse Peter«, erwiderte Gockel.

Die zwei Menschen sahen den Harrier an.

»Vielleicht hat er dich verstanden«, sagte Walter.

»Ich denke, sie wissen viel mehr, als wir ihnen zutrauen. Weswegen ich unter anderem hier bin – nein, hat nichts mit Hunden zu tun.« Sie beugte sich vor: »Erzähl mir von Sportlern und Doping.«

»Wie viel Zeit hast du?« Er stand auf, um sich noch Suppe zu holen.

»Das hätte ich machen sollen. Ich hab sie gekocht. »

»Miss Manierlich hat heute frei.« Walter deutete auf den Suppentopf auf dem Herd. »Noch was?«

»Ja.« Sie reichte ihm ihre Schale.

Sie nahmen ihre zweite Portion Suppe in Angriff, und dabei versuchte Walter, ihre breit angelegte Frage zu beantworten. »Football, Basketball, Baseball, Gewichtheben und Leichtathletik würden ohne Doping kollabieren. Unter Läufern oder Ausdauersportlern, hm, nicht ganz so verbreitet. Ich will es mal so ausdrücken: Sie nehmen keine Steroide oder Wachstumshormone. Das sind ansonsten die bevorzugten Dopingmittel.«

»Wie sieht es beim Frauensport aus?«

»Um konkurrieren zu können, muss man stark und schnell sein, so stark und so schnell wie die Konkurrenz. Das Geschlecht ist unerheblich.«

»Wirken diese Mittel tatsächlich?«

Er legte seinen Löffel hin. »Ohne jeden Zweifel.«

»Verstehe. Wer auf höchstem Niveau im Wettbewerb bestehen will, schafft das also am besten mit Chemie?«

Er nickte. »Wenn ein Abwehrspieler bei den Oakland Raiders, der keine Mittel genommen hat, an der Verteidigungslinie auf einen Gegner trifft, der welche genommen hat, dann schlägt der ihn in sieben von zehn Fällen – oder öfter. Der hat unter anderem stärkere Bänder.«

»Größere Muskeln?«

»Auch, aber das kann ein Nachteil sein. Ein Problem heutzutage ist, besonders beim Football, dass die Anzahl der Verletzungen stark zugenommen hat, weil die Männer heute so groß und schwer sind, dass sie ineinanderkrachen wie zwei Züge! Da rummsen hundertsechzig Kilo Spielerfleisch und ein hundertfünfundvierzig Kilo schwerer Verteidiger zusammen. Und die sind schnell. So groß und schwer sie sind, so schnell sind sie auch. Sie knallen mit Karacho ineinander. Und wenn ein Linebacker einen Rückraumspieler stoppt, dann gnade ihm Gott.«

»Nehmen sie Schmerzmittel, um spielen zu können?«

»Ja, zugelassene und nicht zugelassene.«

»Und die Maßnahmen der Kontrollgremien greifen nicht?«

Er nickte. »Die Betreuer sind Wissenschaftler. Und obendrein, sagen wir es offen, Sister, das amerikanische Publikum giert nach Gewalt. Wenn die Rohheit nachlässt, gehen die Werbeeinnahmen zurück und stagniert der Kartenverkauf, ganz abgesehen von den leeren VIP-Logen. Ich glaube nicht, dass die Beauftragten im Berufssport – ob Männer- oder Frauensport – sich allzu viel Mühe geben, obwohl sie groß über ihre hehren Ziele reden.«

»Im doppelten Wortsinn?« Sie runzelte die Stirn.

»Wie man's nimmt.«

»Egal. Okay, nächste Frage. Nachdem Profitstreben den Profisport verändert hat, wie sieht es mit dem College-Sport aus?«

»College-Sport ist die Kinderstube des Profisports. Nur beim Baseball werden untere Spielklassen unterstützt und bezahlt. Für die übrigen Sportarten werden die Spieler direkt aus dem College gefischt, ohne dass Geld ins College fließt. Ein gutes Geschäft für NBA und NFL, den Basketballverband und die Football-Liga.«

»Wieso ist es deiner Meinung nach beim Baseball anders?«

»Weil es so ein kompliziertes Spiel ist. Da ist einmal die phänomenale Hand-Auge-Koordination, und dann gibt es in jeder Situation ungefähr drei Möglichkeiten. Beim Baseball muss man richtig mitdenken. Es genügt nicht, seine Position zu kennen. Baseball ist einfach super.«

»Ich denke, du warst in Cornell in der Footballmannschaft?«

»Schon, aber ich habe in der Baseballmannschaft im mittleren Außenfeld gespielt. Ich finde Baseball toll.«

»Ich auch.« Sie trank einen Schluck Tee. »Dann nehmen die College-Sportler Steroide und sonst noch alles Mögliche?«

»Darauf kannst du dich verlassen. Die Betreuer stecken mit drin oder drücken beide Augen zu. Es kann nicht mit rechten Dingen zugehen, wenn ein junger Mensch im zweiten College-Jahr in die

Sommerferien nach Hause fährt und ohne Steroide mit dreißig Pfund mehr Muskelmasse zum Footballtraining wiederkommt. Vom Heuballen wuchten auf einer Farm allein kommt das nicht, obwohl es wahrhaftig den Körper verbessert.«

»Tatsächlich?«

»Klar. Man wird beweglicher. Natürliche Muskeln sind anders als durch Steroide aufgebaute Muskeln. Wenn man erst mal gelernt hat, darauf zu achten, kann man den Unterschied immer erkennen.«

»Woran?«

»Ein Sportler, der Steroide genommen hat, sieht runder, fülliger aus. Vereinfacht gesagt, sind die Muskelzellen mit Flüssigkeit aufgefüllt worden. Ich möchte dich nicht mit einer ausführlichen Erklärung langweilen. Du und ich, wir haben nicht solche Muskeln. Unsere Muskeln sind nicht so prall, sehen aber härter, irgendwie sehniger aus.«

»Ich dachte, es sind die Bodybuilder, die harte Muskeln kriegen.«

»Richtig. Ihr Organismus wird vor einem Wettkampf gründlich entwässert, aber man kann den Unterschied trotzdem erkennen. Ich kann es nur so erklären: Die Muskeln der mit Steroiden behandelten Körper haben was richtig Rundes.«

»Ist das gefährlich?«

»Sicher. Im Extremfall können die Medikamente die Leber verschließen, die Hoden schrumpfen lassen, einem Mann sogenannte Ludertitten verpassen. Darüber, was sie bei Frauen anrichten, wissen wir viel weniger. Tatsächlich wissen wir auf so vielen Gebieten der Medizin so viel weniger über Frauen, dass es sträflich ist. Der Mann war eben das Maß aller Dinge.«

»Das ist faszinierend. Davon hatte ich keine Ahnung.«

»Sister, Highschool-Schüler nehmen Steroide. Ein Junge will bei den Landesmeisterschaften gewinnen und dann für Nebraska spielen. Er baut seine Karriere auf.«

»Mithilfe eines Betreuers oder Trainers?«

Walter zuckte die Achseln. »Ich hoffe doch sehr, dass ein Highschool-Betreuer es besser weiß, dass er wie ein Vater zu den Kindern ist, aber«, er hob die Hände, »auch ein Highschool-Betreuer steht unter Druck. Wenn auch nicht annähernd so stark wie der Betreuer an einer Pacific-Ten-Uni, der im Jahr eine Million Dollar verdient und noch Gott weiß wie viele Zulagen erhält.«

»Herrgott, ich hab mir den falschen Sport ausgesucht.«

»Beileibe nicht.« Er tätschelte Tonto, der jetzt seine Aufmerksamkeit wollte. »Eins liebe ich an der Fuchsjagd unter anderem besonders, dass sie nicht mit Geld korrumpiert werden kann.«

»Aber der Pferderennsport. Drei-Tage-Veranstaltungen. Schauspringen. Doping?«

Er zuckte die Achseln. »Nicht mit Steroiden. Nicht bei den Menschen jedenfalls. Du kennst dich mit der Pferdeseite besser aus als ich. Ich weiß, dass manches Rennpferd mit dem Zeug vollgestopft wurde. Auch Reitpferde. Aber in der Pferdewelt heißen die Drogen für Menschen fast immer Alkohol, Kokain oder Schmerzmittel.«

»Klingt plausibel.«

»Den Reiter, der nie einen Knochenbruch hatte, muss ich erst noch kennenlernen.«

»Ich auch.« Sie saß einen Moment schweigend da. »Du fragst gar nicht, warum ich das alles wissen will.«

»Weil du Master bist.« Er grinste. Seine weißen Zähne waren ebenmäßig, einige waren jedoch seit seiner Zeit als Footballspieler gezackt.

»Bevor ich zu dem Grund komme, was ist mit HGH, dem menschlichen Wachstumshormon? Wie sieht es damit aus?«

»Das ist äußerst wichtig. Es könnte den Alterungsprozess deutlich verlangsamen. Ich persönlich finde, es muss auf den Markt kommen. Wir haben es lange genug getestet. Aber es wird von Sportlern missbraucht, weil es Muskeln wachsen lässt und theoretisch in großen Dosen ungefährlicher ist als Steroide. Mancher reagiert auf den Missbrauch mit Steroiden mit gesteigerter Aggressivität, ›Roid Rage‹ genannt. Die Einnahme von HGH löst keine Aggression aus. Es führt zu einem stärkeren Körper, stärkeren Bändern, die wichtiger sind als Masse, wie ich schon sagte. Bei Missbrauch bekommt der Anwender einen weit vorstehenden Unterkiefer, den sogenannten Laternenkiefer, größere Hände und Füße. Du weißt, wie das aussieht.«

»Ja. Gigantismus.«

»HGH ist Gold auf dem Schwarzmarkt, pures Gold.«

»Wenn HGH und Steroide den Körperbau verbessern, was ist dann mit dem guten alten Testosteron?«

»Bis zu einem gewissen Grad hilft das. Doch der Körper hat seine Grenzen. Darüber kann man nicht gehen, und man erhält nicht das drastische, geschwinde Wachstum wie mit isolierten Steroiden – stell sie dir als Turbotestosteron vor. Und das ganze Zeug wirkt sich auf den Cholesterinspiegel und die Leber aus. Es gibt keinen Freifahrtschein.«

»Diese Dopingmittel sind auf dem Schwarzmarkt zu haben, nehme ich an, genau wie Stimmungsaufheller und solche Sachen?«

Er nickte. »Das Vertrackte ist, jeder Mensch ist anders veranlagt. Werfen wir mal mit Zahlen um uns, nicht mit echten, sondern als Beispiel. Sagen wir mal, die sogenannte Durchschnittsfrau stößt zehn Kubikzentimeter Östrogen und ein Kubikzentimeter Testosteron aus. Okay? Der sogenannte Durchschnittsmann stößt zehn Kubikzentimeter Testosteron und ein Kubikzentimeter Östrogen aus. Wenn ich jedem Mitglied unseres Jagdvereins Blut abnähme, würde ich vermutlich keine einzige Person mit einem Durchschnittswert finden. Okay, es handelt sich hierbei um einen gedachten Wert, aber du verstehst, was ich meine. Wir wissen wirklich nicht annähernd genug über den menschlichen Körper als individuelle Einheit. Wenn du die Zeitung aufschlägst oder im Fernsehen etwas über die neueste wissenschaftliche Studie siehst«, er machte eine Pause, »sei vorsichtig. Man kann aufgrund von Tests an zehntausend Menschen keine Politik machen oder Verordnungen treffen. Dennoch geschieht dies regelmäßig, und zwar anhand von Tests mit viel weniger Versuchspersonen. Das ist Wahnsinn. Ich bin Arzt, und ich sage dir, das ist reiner Wahnsinn.«

»Weswegen macht man es dann?«

»Geld. Überwiegend ist es der Wunsch der Pharmafirma nach ständig steigendem Profit, aber es geschieht auch auf öffentlichen Druck. Man will sofortige Ergebnisse und einfache Antworten.

Nichts daran ist einfach. Ein kleines Beispiel, das menschliche Herz. Es soll hier sitzen, ja?« Er klopfte auf seine linke Brustseite. »Die meiste Zeit sitzt es aber hier.« Er klopfte ein kleines bisschen weiter links. »Oft sitzt es hier.« Er klopfte mitten auf seine Brust, etwas höher. »Und du würdest staunen, wie oft ich es hier finde.« Er klopfte auf seine Brust, ein wenig rechts von der Mitte.

»Erstaunlich.«

»Der Tag-und-Nacht-Rhythmus, zirkadischer Rhythmus genannt. Du bist Jägerin. Du weißt, wie wichtig der Tagesrhythmus, der saisonale Rhythmus, sogar die Mondphasen sind, stimmt's?«

»Stimmt. Ich lebe danach.«

»Ein Medikament reagiert im Körper unterschiedlich, je nach der Zeit, zu der es eingenommen wird. Aber man wird angewiesen, eine Tablette am Morgen oder dreimal täglich zu nehmen. In Wahrheit muss das nicht die optimale Zeit sein, um ein Medikament einzunehmen, das einem der Arzt verordnet und für das man sein sauer verdientes Geld in der Apotheke gelassen hat. Und wir wissen bestimmt nicht genug, um die übersteigerten Empfehlungen und Versprechungen abzusegnen, die man täglich in der Werbung sieht.«

»Möchtest du jetzt vielleicht wissen, warum ich dir diese Fragen stelle, die nichts mit Pferden, Jagdhunden oder dem Wetter für die Dienstagsjagd zu tun haben?«

»Gerne.« Er lächelte.

»Eine bemerkenswerte Einzelheit ist zu uns durchgesickert; hat wohl jemand erzählt, den Sam Lorillard kennt, einer von den Säufern, die am Bahnhof herumhängen. Weiß ich von Ben Sidell. Wenn Mitch und Anthony hin und wieder bei Berry Storage gejobbt haben – Möbel ausliefern –, hat immer Donnie Sweigert den LKW gefahren. Das ist nicht weiter merkwürdig, aber interessant ist, dass die Männer ausschließlich an Betreuer oder Trainer geliefert haben.«

»Ah.« Er hielt einen Moment den Atem an. »Denkst du, das hat was mit leistungssteigernden Drogen zu tun, vielleicht sogar mit sogenannten Freizeitdrogen? Hast du mit Ben darüber gesprochen?«

»Er ist klug. Ich denke, er ist da schon weiter als ich.«

»Das ist alles sehr beunruhigend. Nicht nur, dass drei Menschen tot sind, sondern dass das Leben anderer zerstört wird. Die Chancen, dass ein Highschool- und späterer College-Sportler es bis zum Profi schafft, sind minimal. Aber jeder Schüler denkt, er kann's schaffen. Was noch schlimmer ist, weniger als fünfundzwanzig Prozent der schwarzen Basketballspieler machen einen Schulabschluss!« Er atmete laut aus, was Tonto veranlasste, sich auf die Hinterpfoten zu stellen, um sich zu vergewissern, dass Walter nichts fehlte. »Da, Kleiner.« Walter gab ihm ein Stückchen Pumpernickel. »Ich denke, jeder von uns braucht einen Traum. Ich möchte nicht negativ klingen, aber sie brauchen mehr als einen Traum, sie brauchen einen Schulabschluss.«

»Nicht negativ, nur realistisch. Kann sein, dass ich mich irre, aber ich meine, irgendwo gelesen zu haben, dass von allen männlichen College-Basketballern es weniger als drei Prozent zum Profi schaffen, und von diesen die meisten innerhalb von fünf Jahren ausscheiden.«

»Klingt mir durchaus wahrscheinlich.«

»Ich weiß nicht, was ich tun soll. Ich möchte nichts sagen. Es wäre unklug, meine Karten zu früh aufzudecken. Es hängt mit unserem Verein zusammen, glaube ich. Die Zeichen deuten auf Clay Berry oder Xavier. Möglicherweise auf Sam, wegen seiner Verbindung zu den Bahnhofspennern. Von Zeit zu Zeit hat Sam geholfen, Möbel auszuliefern. Ich vermute, die, denen noch ein bisschen Muskelkraft geblieben ist, haben von Zeit zu Zeit bei Berry Storage gejobbt. Mir wird übel, wenn ich daran denke. Ich hab mir das Hirn zermartert, ob es eine Möglichkeit gibt, dass jemand anders Berry Storage als Auslieferungslager hätte benutzen können. Wenn man es bedenkt, ist das ganz schön schlau eingefädelt. Möbel als Drogenverstecke.«

Seine Stimme blieb zunächst ruhig, dann hob er sie an. »Schwer vorstellbar, dass Clay oder X in Drogenhandel verwickelt sind.«

»Ja. Ich weiß gar nichts, aber mein Instinkt sagt mir, wo mein Fuchs sein könnte.«

»Dein Instinkt hat uns immer in Gang gehalten.«

»Und jetzt weiß ich noch etwas.«
»Was?«
»Profisportler haben es faustdick, nicht nur hinter den Ohren.«

35

Jedes Mal, wenn er ins Horn blies, schmerzten Shakers Rippen, obwohl sie bandagiert waren. Auf den gestrigen seltenen Tag mit Sonnenschein folgten am heutigen Dienstag wieder graue Wolken.

In der Ferne thronte auf einem Hügel mit Blick über schneebedeckte Felder das elegante Melton, ein Gebäudekomplex in georgianischem Stil aus rotem Backstein mit mächtigen weißen dorischen Säulen. Es war ein ausnehmend schöner Besitz, aber jeder, der ihn kaufte, verlor eine Menge Geld und überließ ihn am Ende dem nächsten reichen Zugereisten.

Sister, die wieder das Feld anführte, fragte sich, ob Orte gute beziehungsweise schlechte Geister hatten. Vielleicht taten die Chinesen recht daran, ihre Häuser und Eingänge gemäß ihren Energievorstellungen auszurichten. Feng-Shui war so sinnvoll wie jede andere Glück verheißende Methode.

Dem Jagdverein war ein kleines Glück beschieden, als Alexander Vajay, der Besitzer von Chapel Cross, ein Lotterielos kaufte und tausend Dollar gewann. Er überließ dem Jagdverein freudig die Hälfte, bevor die Hunde an diesem eisigen Morgen losliefen.

Mit seinem dunklen indischen Teint, den weißen Zähnen und den ausdrucksvollen Augen entzückte Alexander Sister und die Vereinsmitglieder. Er und die Seinen gehörten dem Verein erst seit einem Jahr an, doch mit ihrer Lebhaftigkeit, die mit Wärme und Intellekt einherging, hatte sich die Familie sehr beliebt gemacht.

Das Feld bestand am heutigen Dienstag aus zwölf Personen: Tedi, Edward, Sam, Gray, Crawford, Marty, Alexander, Xavier, Clay, Ronnie, Jennifer und Sari. Die Mädchen hatten zum Glück schneefrei. Zwei Schneeflocken lassen Schulrektoren zittern, mit dem Ergebnis, dass die Schüler die Schneefrei-Tage bis in den Mai und zuweilen bis in den Juni hinein nachholen müssen. Auf diese Weise lernten sie, dass man für seine Vergnügungen bezahlt, doch Sister war der Meinung, wenn ein Kind sein Arbeitspensum bewältigt hatte, sollte man es gehen lassen.

Sie hatten etliche scharfe Ritte gehabt, doch keiner hatte länger als fünfzehn Minuten gedauert. Dies war ein So-lala-Jagdtag, aber immer noch besser als nichts. Die Temperatur kam an die sieben Grad heran und sank dann rasch wieder auf etwa eineinhalb. Sister fragte sich, woran das liegen mochte. Vielleicht war wieder ein Sturm mit weiteren Schneefällen im Anzug. Diesen Winter würde keiner so schnell vergessen.

Shaker kehrte in einem Bogen zu den Nebengebäuden hinter dem Wohnhaus zurück. Er könnte eine Chance haben, eine Fährte aufzunehmen, die zu den Scheunen hinein- oder hinausführte. Die Pfützen auf der Lehmstraße waren zu spiegelndem Eis gefroren. Das gut zwei Zentimeter dicke Eis konnte das Gewicht eines Hundes tragen, aber nicht das eines Pferdes.

Aztec, der seine Hufe vorsichtig aufsetzte, waren die schimmernden gefrorenen Pfützen nicht geheuer. Er versuchte ihnen auszuweichen, doch die Straße hatte zu viele Pfützen. Sister drängte ihn mit Schenkeldruck voran. Er gehorchte, beschwerte sich aber, indem er die Ohren anlegte und die Rückenmuskeln anspannte, als wollte er buckeln.

»Untersteh dich.«

»Ich mag das nicht«, erwiderte Aztec.

»Ach komm.« Sie gab ihm die Sporen.

»Ich mach's ja, aber gefallen tut es mir trotzdem nicht.« Er übersprang die Pfütze, statt darüber zu gehen.

Zum Glück saß Sister fest im Sattel. »Waschlappen.«

»Ich nehm jedes Hindernis in jedem Jagdfeld, aber Eis mag ich nun mal nicht.« Er trabte mit raumgreifenden Schritten weiter.

Diese Jagd, im Trab für ganze fünf Minuten, endete zweieinhalb Kilometer vom Wohnhaus entfernt, wo der Fuchs in den verlassenen Maultierstall schlüpfte. Vor dem ersten Weltkrieg hatte Melton mehr als dreihundert Arbeitskräfte beschäftigt – Männer,

Frauen und Kinder. Hauptsächlich wurden Äpfel, Futtergras, Mais und auch etwas Tabak angebaut, und zum Pflanzen, Hegen und Ernten waren viele helfende Hände erforderlich. Die aus dicken Steinen errichteten alten Tabakscheunen waren unversehrt, der nachhaltige Tabakgeruch war selbst für menschliche Nasen noch wahrnehmbar.

Eingedenk Shakers Rippen und seines Stolzes befand Sister, dass zwei Stunden draußen genügten, zumal sie an einem so heiklen Tag doch einiges geleistet hatten. Als Shaker absaß und »Fuchs eingefahren« blies, wartete sie, bis er fertig war. Dann gab sie ihm, der Showboat ritt, ein Zeichen, indem sie mit der Reitgerte an ihre Kappe tippte. Er nickte. Er hatte mehr Schmerzen, als er zugeben mochte.

Da die Leute im Feld nun, da sie sich nicht mehr vorwärts bewegten, den Temperatursturz fühlten, seufzten sie erleichtert.

Gray ritt mit Sister, als sie umkehrten.

»Am besten gefällt mir an Melton die anderthalb Kilometer lange von Ahornbäumen gesäumte Zufahrt.«

»Es ist ein schönes Anwesen«, sagte sie.

»Hast du gestern Abend Westminster geguckt?«

»Hab förmlich an der Glotze geklebt. Der englische Setter in der Jagdhund-Kategorie war toll. Den Corgi in der Hütehunde-Gruppe fand ich fabelhaft. Heute Abend kriegen wir die Jagdhunde, Terrier und Schoßhunde zu sehen. Und dann den Showsieger. Ich garantiere, das wird kein Jagdhund sein, egal, wie grandios er ist. Ich könnte die Wände hochgehen, es ist so ungerecht!« Sie musste über sich selbst lachen. »Ich bin drauf und dran, mit meinen Jagdhunden zum Madison Square Garden zu fahren und dem Publikum eine echte Schau zu liefern!«

Crawford kam zu ihnen. »Sister, ich hab eine Idee von wegen Personal.«

Sie hob die Augenbrauen. »Lass hören.«

»Wie wäre es, wenn wir in *Horse Country's* und in *The Chronicle of the Horse* eine Praktikantenstelle inserieren? Verstehst du, jemand, der Tiermedizin studiert oder noch aufs College geht und beim Schauspringen mitreitet. Du und Shaker hättet im Sommer Hilfe, und es wäre nicht so teuer wie eine Vollzeitkraft.« Er holte tief Atem, sodass die kalte Luft in seiner Kehle biss. »Wenn es sich als nützlich erweist, könnten wir im Herbst eine Spendensammlung für eine Vollzeitkraft organisieren.«

»Ausgezeichnete Idee«, erwiderte Sister. »Auch wenn wir keine Vollzeithilfe einstellen könnten, wären wir damit ein Stück weiter. Ausgezeichnet«, wiederholte sie.

Sie drehte sich um, um zu sehen, wie die anderen hinter ihnen vorankamen. Sam und Marty ritten ganz hinten, in weitem Abstand zu Xavier, Clay und Ronnie, die in ein angeregtes Gespräch vertieft waren.

Bei den Anhängern angekommen, fragte Sister Ronnie: »Worum ging's denn?«

»Sam Lorillard.«

»Oh.«

Ronnie lockerte den Sattelgurt seines Pferdes. »X behauptet, er trinkt wieder, aber X hasst ihn so sehr, dass wir es mit Vorsicht aufnehmen. Ich weiß nicht recht.« Er schüttelte den Kopf.

»Gib her.« Sie nahm den Sattel, als er das Zaumzeug löste und dann ein hochwertiges Lederhalfter von Fennell's aus Lexington, Kentucky, überstreifte.

»Weißt du nicht mehr, Ronnie, als du mit Ray im Pony-Club warst, hab ich dir gesagt, lass den Sattel auf dem Pferd, lockere nur den Gurt. Die Tiere kriegen bei diesem Wetter einen kalten Rücken, wenn man den Sattel runternimmt.«

»Ich weiß, ich weiß«, antwortete er, als sei er noch zwölf und halte ein Pony. »Aber Einerlei« – so hieß sein Pferd – »hat gleich keinen kalten Rücken mehr. Ich hab ein großes Gelkissen.« Er nahm ihr den Sattel ab, stieg in die Sattelkammer seines Anhängers, hängte den Sattel an den Sattelhalter und das Zaumzeug an den Geschirrständer und holte ein blaues Gelkissen hervor, das mit warmen Handtüchern umwickelt war. »Fühl mal.«

»Ist noch warm.«

»Die Dinger sind unglaublich. Sie bleiben stundenlang warm.« Er kam herunter, legte Einerlei das Kissen auf den Rücken und schnallte einen dünnen, weichen Übergurt darüber. Dann legte er die Abschwitzdecke auf und über das Ganze eine weitere robuste Decke. »Das funktioniert bestens.«

»Ich hätte wissen sollen, dass ich keinen Grund hatte, dich zu schelten. Du warst mein bester Ponyreiter, noch besser als Ray junior.«

Ronnie strahlte. »Danke.«

»Ronnie, entschuldige, dass ich dich danach frage. Ich möchte dich nicht in Verlegenheit bringen, aber, also … kannst du dir in deinen wildesten Phantasien vorstellen, dass Clay einem Verbrecherkartell angehört, ob es nun um Möbel geht oder um was anderes?«

Er sah sie über das Pferd hinweg an, den Arm auf Einerleis Rücken. »Nein. Bloß kennen wir irgendwen wirklich? Ich nehme an, wir sind alle zu unschönen Dingen imstande. Aber, nein. Er verdient auf ehrliche Art genug.«

»Habgier. Das ist ein Laster wie Wollust. Oder vielleicht sollte ich sagen, eine der sieben Todsünden.« Sie stellte sich dicht neben Ronnie. »Es ist – scheinbar irrational, aber Izzy hat einen teuren Geschmack.«

»Den hat sie allerdings. Sie wickelt Clay um den kleinen Finger.« Ronnie verzog einen Moment das Gesicht. »Trotzdem kann ich mir nicht vorstellen, dass er krumme Geschäfte macht. Ich kann's einfach nicht. Aber«, er senkte die Stimme, während er Einerlei über die Stirn strich, »ich kann mir vorstellen, dass Izzy viele Sachen außer der Reihe macht.«

»Ja, ich auch. Meinst du, sie ist Clay treu?«

Nach einer langen Pause antwortete Ronnie: »Nein. Du?«

»Nein, aber ich kann diese Dinge nicht beurteilen.« Sie seufzte, dann hellte ihre Miene sich auf. »Ich will es dir noch einmal sagen, deine Idee mit dem Lotterielos war einfach phänomenal.«

»Und jetzt hat Alexander tausend Dollar gewonnen, toll, was?«

»Ja. Fünfhundert für den Verein, und jeder Dollar hilft uns weiter, wie du ja wohl am besten weißt.«

»Ja.« Er lächelte verlegen. »Offensichtlich habe ich kein Spieler-Gen.«

»Deswegen bist du ja Schatzmeister.«

Auf dem Rückweg zur Farm – sie fuhren langsam, weil die Straßen noch stellenweise rutschig waren und der Schneematsch an anderen Stellen zu Eis gefror – rekapitulierten Sister und Betty die heutige Jagd.

Betty sorgte sich: »Hoffentlich ist mein Kind vernünftig.«

»Sie ist bestimmt im Stall. Sie ist vor uns losgefahren, und sie ist eine gute Fahrerin.«

»Sie ist jung. Sie hat noch nicht so viele schlechte Straßen erlebt wie wir.«

»Betty, es gibt Tage, da seh ich so verlebt aus wie ’ne schlechte Straße mit tausend Furchen.« Sister lachte. »Mach dir keine Sorgen.«

Betty drückte sich in den Beifahrersitz. »Du könntest nie verlebt aussehen.«

»Du bist echt süß.«

»Ha.«

Sie fuhren anderthalb Kilometer schweigend weiter, dann sagte Sister: »Man kennt die Länge einer Schlange nicht, bevor sie tot ist.«

»Häh?«

»Das hat mein Dad immer gesagt. Ich musste gerade an den Brand und das ganze Drumherum denken. Könnte eine lange Schlange sein, verstehst du?«

»Wer immer dahintersteckt, macht eines Tages einen Fehler. Das tun solche Leute immer.« Betty verschränkte die Arme.

»Aber das ist es ja eben.« Sister wurde lebhaft. »Sie haben ihn schon gemacht. Wenn alles glattgeht, denk ich mir, braucht man niemanden umzubringen.«

»Vielleicht, vielleicht auch nicht. Man beseitige Menschen oder Partner, und das Geld gehört einem ganz allein, sofern es um Geld geht. Und was zu denken gibt: warum zwei Säufer und ein, nun ja, ein Arbeiter. Da scheint mir nicht viel Geld zu holen zu sein. Verzeihung, dass ich Anthony einen Säufer nenne. Ist irgendwie respektlos.«

»Er war ja einer.« Sister fasste das Lenkrad fester. »Ich muss dauernd an sein Lachen denken, damals, wie er im letzten Jahr auf der

Highschool den Basketball aus der Spielfeldhälfte warf, als bei dem Spiel gegen Lee High der Summer ertönte. Herrgott, wer macht so etwas aus den Menschen?«

»Das Leben«, sagte Betty.

36

Zu Hause auf der Roughneck Farm hatte Sister gerade nach einem enthusiastischen Gespräch mit Gray den Telefonhörer aufgelegt. Sie sah aus dem Küchenfenster. Es schneite heftig.

Sie schaltete das Radio auf der Anrichte ein. Mozarts »Türkischer Marsch« erklang.

»Dabei muss ich immer an dicke tanzende Menschen denken.« Sie lachte, dann legte sie auf dem unebenen Hartholzboden eine Rumba hin.

»Plemplem!« Golly kicherte, aber sie folgte Sister und schlug ihr gegen die Beine.

Raleigh und Gockel, die eine Antenne für Sisters Gefühlsregungen hatten, hüpften aus ihren mit Fleece ausgekleideten Hundebetten, um mit ihr zu tanzen. Raleigh drehte sich im Kreis, Gockel hopste auf den Hinterbeinen, was seinem hin- und hersausenden Schwanz einen Klaps von Golly eintrug.

»*Hey*!«

»Alles, was sich bewegt, ist fette Beute für Golly, die Killer-Königin unter allen Katzentieren!« Die gescheckte Katze erging sich in Eigenlob.

Im Laufe des kurzen Musikstücks wurden die drei immer ausgelassener, stachelten sich gegenseitig an, bis die Musik zu Ende war. Sister lachte dermaßen, dass ihr die Tränen über die Wangen liefen, dann ließ sie sich auf die Knie fallen, umarmte die in irrer Freude zappelnden Hunde, und als sie aufstand, hob sie Golly hoch. Sie hielt die Katze wie ein Baby und barg ihr Gesicht an dem langhaarigen Bäuchlein. Jedem anderen, der das machte, würde Golly das Gesicht ummodellieren. Sie schnurrte.

»Sind wir übergeschnappt oder was?« Sister drehte die Katze herum und setzte sie sich auf die Schulter.

»Jaa!« Raleigh tanzte zu dem nächsten Stück, wieder Mozart.

»So was Täppisches.« Zwei winzige Luftströme aus Gollys Nase streiften Sisters Haare.

»Ich glaube, so haben wir nicht mehr gelacht, seit wir auf den mit Fuchspisse durchtränkten Donnie Sweigert gestoßen sind! Freilich, damals durfte ich nicht darüber lachen.«

»Kein Stück Rotwild zur Strecke gebracht«, sagte Raleigh.

»Das Wetter«, erwiderte Gockel, der sein Bestes gab, um zu tanzen, *»hat den Rest der Wildsaison vermasselt.«*

Das Telefon klingelte wieder.

»Gray, hast du mich vermisst?«, sagte Sister unbekümmert in die Sprechmuschel.

Er hob eine Sekunde die ernste Stimme an. »Ja. Aber ich rufe an, weil Dalton Hill mich gerade angerufen hat; er ist bei Sam an der Garth Road in Charlottesville. Er hat angehalten, als er Sams Toyota neben der Straße sah, genau da, wo man zu den Barracks abbiegt.« Er meinte den berühmten Turnierstall; die Abbiegung lag unmittelbar hinter einer tückischen Kurve. »Er sagt, Sam ist betrunken, stockbesoffen.«

»Oh. Gray, das tut mir so leid. Soll ich rüberkommen?«

»Ich muss meinen Bruder holen.«

»Ich hol dich ab. Einer von uns kann Sams Wagen zurückfahren, falls er nicht Schrott ist.«

»Das Wetter ist mies.«

»Ich bin schon bei schlimmerem Wetter gefahren.«

Bis Sister und Gray bei Sam und Dalton ankamen, hatte Dalton es geschafft, den Wagen umzuparken, der jetzt am Straßenrand stand.

Sam lag bewusstlos auf dem Fahrersitz ausgestreckt.

»Dalton, ich weiß nicht, wie ich Ihnen danken soll.«

»Reiner Zufall. Ich war auf dieser Strecke unterwegs nach Hause. Bei Sams Vorgeschichte dachte ich, wenn der Sheriff ihn fände, wäre er den Führerschein endgültig los.«

»Und er würde ins Gefängnis gesteckt.«

»Wäre vielleicht gar nicht schlecht.«

Gray tat einen tiefen, rasselnden Atemzug. »Ich weiß«, sagte er und kämpfte mit den Tränen. »Ich dachte, diesmal würde er's schaffen. Ich habe fest daran geglaubt.«

»Gray, fahr du meinen Wagen. Ich fahre den Toyota mit Sam drin.«

»Nein, wir machen es umgekehrt. Wenn er zu sich kommt und kotzt oder aggressiv wird, musst du dich nicht damit rumschlagen.« Er hielt inne; Schneeflocken färbten seine grau melierten Haare weiß. »Jetzt ist Schluss. Das ist das letzte Mal, dass ich ihm helfe. Ich kann nicht mehr der Hüter meines Bruders sein.«

»Gray«, Sister legte ihm ihre Hand auf die Schulter, »du hast mehr als deinen Teil für ihn getan. Bei Weitem mehr.«

Gray senkte den Kopf, dann sah er auf. »Wird schlimmer, der Sturm.«

»Ich kann Ihnen folgen, wo immer Sie ihn hinbringen.«

»Danke. Wir biegen an der Owensville Road links ab, und Sie können direkt nach Hause fahren.« Sister lächelte. »Danke, Dalton.«

»Keine Ursache.« Er nickte, stieg in seinen Land Cruiser, ein Gefährt, das so gut wie alles spielend überwindet.

Sister folgte Gray auf der kurvigen Straße. Der Wind nahm zu und blies den Schnee über die Fahrbahn. Gray tat ihr in tiefster Seele leid, und Sam auch.

Gray half seinem Bruder in ihrem alten Elternhaus ins Bett. Er und Sister zogen Sam aus, deckten ihn zu und stellten einen Eimer neben das Bett, falls ihm schlecht wurde und er es nicht mehr bis zur Toilette schaffte.

»Ich bleibe nicht bei ihm. Ich habe Angst, dass ich ihn umbringe, wenn er aufwacht.«

»Gute Entscheidung.« Sie sah zu Sam hinunter, der nichts ahnte von dem Kummer, den er verursachte, und bekam eine Mordswut auf ihn. »Komm mit mir nach Hause. Du musst mich nicht unterhalten oder umgekehrt, aber dies ist eine von den Nächten, in der man einen Freund braucht.«

Er legte seine Hand auf ihren Nacken. »Bist ein guter Mensch, Jane.«

In dieser Nacht, während der Wind heulte, hielt Sister Gray fest, als er einschlief. Sie blieb noch eine Stunde wach und dachte über das Elend nach, das Menschen anderen zufügen, wenn sie nicht für sich selbst verantwortlich sein wollen.

37

In den zwei Schränken war Porzellan ausgestellt. Gläser funkelten daneben. Eine Glasvitrine gegenüber der Kasse beherbergte antike Stücke. Linker Hand von diesen Schätzen wurden vor den Gemälden und Paneelen Herrenartikel und Damenkleidung angeboten. Rechter Hand hingen Reitgerten und Jagdpeitschen, Peitschenschnüre – acht- oder zwölffach geflochten –, und dahinter gab es Zaumzeug und Sättel, deren pflanzlich gefärbtes Leder einen angenehmen Geruch verbreitete.

Ein Tapetenwechsel brachte Sister immer in Schwung. Deswegen war sie an diesem Morgen mit Gray auf der geräumten und wie immer überfüllten Route 29 nach Warrenton gefahren – eine Stadt, die sie liebte und wo allein das Gerichtsgebäude die zweistündige Fahrt lohnte –, um bei Horse Country hereinzuschauen. Fouquier County mit seinen Gebirgsausläufern und zurückhaltenden Gehöften suchte gegenwärtig einem Ansturm aus Washington, D. C., standzuhalten. Wie die Lemminge strömten die Washingtoner auf der Route 66 nach Westen und bogen links ab auf die Route 29 nach Warrenton. Ohne starken Verkehr war es eine Fahrt von einer Stunde oder sogar kürzer; bei starkem Verkehr ließ es sich schwer schätzen. Wie Loudon County, das überschwemmt war mit Bauprojekten, wo einst grünes Land das Auge erfreute, erlag auch Fauquier der Versuchung. Das Geld war zu schön: Die Leute verkauften ihre Grundstücke oder teilten sie auf.

Jedes Mal, wenn Sister zu Horse Country fuhr, um Marion Maggiolo und ihr Personal, eigentlich eher eine Familie, zu besuchen, fühlte sie, wie ihre Kreditkarten ein Loch in ihre Tasche brannten.

Gray, dessen Stimmung sich einigermaßen gebessert hatte, genoss Sisters Gesellschaft. Marion, die Gray aus der Zeit kannte, als er in Middleburg auf die Jagd zu gehen pflegte, war angenehm überrascht, als sie sah, wie aufmerksam er zu Sister war. Die zwei Freundinnen tauschten sich eine Weile aus, dann ging Marion in ihr Büro, und Sister machte sich an ihre Einkäufe.

Sie wählte eine blau gewürfelte Weste und ein Hemd aus dem Herrenstapel, dann entdeckte sie handgefertigte Handschuhe aus England. Ein richtiger Handschuhmacher setzte sie zusammen: Es waren nicht zwei oder vier zusammengenähte Teile, sondern über zwanzig. Beim Nähen wurde darauf geachtet, dass keine Fäden die Innenfläche der Hand berührten. Außerdem wurde zwischen dem Mittelfinger und den zwei letzten Fingern ein extra Flecken aufgenäht, genau da, wo die Zügel rieben. Auch die weiche Innenseite hatte eine zusätzliche Lage, die so zugeschnitten war, dass sie sich dem Sitz des Daumens anpasste. Die imposanten Handschuhe aus Capybaraleder zeichneten sich auch durch einen imposanten Preis aus. Sister nahm sie in die Hand, hielt sie an die Nase, legte sie zurück, hob sie wieder auf.

»Verdammt, was soll's!«, fluchte sie vor sich hin, nahm sie ein letztes Mal in die Hand und legte sie zu ihrem ständig wachsenden Stapel auf die Theke.

Gray, mit seiner Kreditkarte in der Hand, warf einen Blick auf Sisters Stapel. »Ich dachte, du wolltest bloß Marion besuchen.«

»Wer im Glashaus sitzt, soll nicht mit Steinen werfen.« Sie deutete auf seine Unmengen Reithosen, Socken, Plastrons und Hemden, die sich auf der Theke stapelten. »Und ich sehe, du hast auch diese Handschuhe gekauft. Handschuhe, die so teuer sind wie eine Autorate.«

Sie prusteten los, während Wendy, die praktisch zum Inventar gehörte, hinter der Theke ihre Rechnungsbeträge addierte.

Charlotte schlenderte vorbei, in der Hand ein schönes in Saffian gebundenes Buch; das burgunderrote Leder fühlte sich ganz weich an. Sie betrieb eine Buchhandlung und hatte sich auf prachtvolle alte Jagdbücher und andere Sachen, die mit Pferden zu tun hatten, spezialisiert. »Wo Sie schon mal beim Geldausgeben sind.« Sie schwenkte das Buch vor Grays Nase.

»Frag Mama.« Er las den Titel laut, es war ein Klassiker aus dem neunzehnten Jahrhundert. »Charlotte, was sind Sie doch für eine Verführerin.«

»Ja, das sagen alle.« Wendy tippte weiter Waren in die Kasse ein.

Gray legte *Frag Mama* auf seinen Stapel.

Auf der Rückfahrt lachten sie über ihre Impulsivkäufe.

Gray holte tief Luft und schlug sich auf die Schenkel. »Ich hab verdammt schwer gearbeitet, um das Geld zu verdienen. Da darf ich auch mal was davon ausgeben.«

»Schwer, den Handschuhen zu widerstehen.«

»Was du nicht sagst.« Er stieß einen anerkennenden Pfiff aus.

»Wir sind den ganzen Weg hingefahren; wir fahren den ganzen Weg zurück. Ich halt's nicht mehr aus. Was hat Sam gesagt, als er zur Besinnung kam?«

»Als er mich heute Morgen auf meinem Handy anrief …« Gray hielt inne. »Erstens hab ich ihm nicht gesagt, wo ich war. Zweitens hab ich ihm nicht erzählt, dass du und Dalton ihm geholfen habt. Das erfährt er noch früh genug. Drittens, bist du angeschnallt?«

»Ja.«

»Er hat geschworen, er hat keinen Schluck getrunken.«

»Was?« Sie war fassungslos.

»Er hat es bei der Seele unserer Mutter geschworen!«

»Aber er war hackevoll. Weggetreten.«

»Er schwört es. Ich hab ihn gefragt, woran er sich erinnert. Er sagt, er ist mit zwei Männern von dem Treffen der Anonymen Alkoholiker weggegangen, die er nicht mit Namen nennen konnte, weil er das nicht darf.«

»Wie praktisch.«

»Hm, ja. Und als Nächstes erinnert er sich, dass er mit dröhnendem Kopf und flauem Magen im Bett aufgewacht ist.«

Ihr Tonfall wurde weicher. »Glaubst du ihm?«

»Jane, er hat mich nahezu dreißig Jahre lang angelogen. Es ist schwer, ihm zu glauben.«

»Wohl wahr.«

»Und ich hatte keine Lust, darüber zu sprechen, als wir losgefahren sind. Ich wollte es dir nicht verschweigen. Es ist bloß«, er legte die Hände auf die Knie, »ich hab's so satt.«

»Verstehe.«

»Ich kann dir nicht genug danken.«

»Wofür?«

»Weil du mich im Schneesturm abgeholt hast, mich zur Garth Road gefahren hast, zurückgefahren bist und Sam ins Bett gebracht hast, und weil du mich gestern Abend mit zu dir genommen hast.«

»Ich bin gerne mit dir zusammen.«

Er holte tief Luft, drehte sich zu ihr, strich ihr mit dem Zeigefinger über die rechte Wange. »Ich hab dich gern, Jane. Sehr.«

Schweigend fuhren sie bis dort, wo die Route 29 und die Schnellstraße 17 zusammentreffen. Von da aus verläuft die 29 nach Süden, und die 17 führt nach Fredericksburg.

Schließlich sprach Sister: »Ich halt's nicht aus. Meine Neugierde geht mit mir durch.«

Sie tippte Ben Sidells Nummer ein und sprach in die Freisprechanlage, als er ranging. »Ich bin eine neugierige Pute, aber ist Donnie Sweigerts Autopsie schon abgeschlossen?«

»Ja.«

»Wurde er erschossen oder auf den Schädel geschlagen oder mit K. O.-Tropfen aus dem Verkehr gezogen?«

»Er war kurz vor seinem Tod in einen Kampf verwickelt. Das tiefe Gewebe an seinem Hals ist gequetscht. Ein Bluterguss im Oberschenkel, eine angeknackste Rippe. Er war höchstwahrscheinlich bewusstlos und ist dann an Rauchvergiftung gestorben.«

»Glauben Sie, er hat mit einem Benzinkanister neben sich Feuer gelegt?«

»Ich weiß nicht.« Ben räusperte sich. »Der fast leere Kanister ist wegen des kleinen Restes Benzin am Boden explodiert. Vielleicht hat sich das Feuer von Donnie fortbewegt. Zugegeben, Donnie war nicht besonders intelligent, aber so dumm schien er mir nun auch wieder nicht zu sein.«

»Also Ben, drei Männer sind tot. Sie haben sich gekannt. Sie haben gelegentlich zusammen gearbeitet. Vielleicht waren sie sich näher, als man denkt.«

»Vielleicht.«

»Ich nehme an, Sie haben sich mit den Leuten in Verbindung gesetzt, bei denen Donnie, Mitch und Anthony Möbel ausgeliefert haben?«

»Ja.«

»Wir haben vier Verdächtige, nicht wahr?«

Ben dachte kurz nach. »Sister, Sie sind nicht müßig gewesen. Wenn Sie Isabelle Berry mitzählen, ja.«

»Hm, ja und nein. Ehefrauen können jahrelang an der Seite ihrer Männer leben, ohne irgendwas über deren Geschäfte zu wissen. Ist nicht ihr Revier.«

»Stimmt.«

»Haben Sie sich über Daltons Herkunft informiert?«

»Er ist das, was er zu sein behauptet. Hoch angesehen in seinem Beruf und seinem Hobby, der ornamentalen Kunst des achtzehnten Jahrhunderts. So nennt man das, glaube ich.«

»Möglicherweise ist es ein zufälliges Zusammentreffen, dass er ausgerechnet jetzt hierhergekommen ist.«

»Ich weiß nicht.« Bens Stimme wurde lauter, als sie durch ein Gebiet mit schlechtem Empfang fuhr. »Ich weiß aber, dass Sie am besten den Mund halten. Verzeihen Sie meine Offenheit. Ich füge den Fall Stück für Stück zusammen und möchte nicht, dass Sie alles über den Haufen werfen. Es ist so schon mühsam genug, und der oder die Täter schrecken nicht vor Mord zurück.«

»Fürchten Sie, er oder sie könnten entwischen?«

»Ja. Das ist meine Sorge, und ich befürchte, dass jemand im Weg ist oder noch ein Mord geschieht, falls wir es mit so etwas wie einer Fehde zu tun haben.«

»Ah.« Sie verdaute diese Bemerkung, dass es noch ein Opfer geben könnte. »Haben Sie jemand Bestimmten im Sinn, der womöglich in Gefahr ist?«

»Ich weiß es nicht. Ich vermute, dass es sich um eine Fehde unter Dieben handelt.« Er wartete einen Moment, bis er sicher sein konnte, dass die Äußerung angekommen war. »Ich bitte Sie, seien Sie vorsichtig. Bitte, Sister.«

»Wir sprechen von Millionen von Dollar, nicht wahr?«

»Ja. Menschen haben schon für weniger getötet.«

Sie drückte auf Beenden.

»Scheiße. Verzeihung. Ist mir so rausgerutscht.«

»Ich meine, wenn es hier um eine Fehde unter Dieben geht, dann müssten Donnie, Mitch und Anthony doch Geld gehabt haben.«

»Donnie hat mit einer teuren Flinte angegeben.«

»Stimmt, aber wenn du meine Vermutung hören willst, es sind diese drei Männer, die der Gaunerei auf die Schliche gekommen sind. Vielleicht haben sie die Verbrecher erpresst.«

»Ja. Ich frage mich, ob irgendwer von ihnen wusste, wie viel Geld dabei auf dem Spiel stand.« Sie hielt an der Ampel, wo die Route 28 und die 29 zusammenkommen. »Es ist nahe, das Böse.«

38

Es war sonnig und kalt am Donnerstag, und die Jagd auf Orchard Hill präsentierte sich, als hätte Nimrod persönlich sie geschildert. Morgen Nacht würde der Vollmond die verschneiten Felder beleuchten. Raubtiere waren zuhauf unterwegs und jagten Kaninchen, Feldmäuse und sogar Bodennister unter der Vogelfamilie. Warum sich das Jagdtempo vor dem Vollmond steigerte, wusste Sister nicht. Sie wusste nur, dass es so war. Auch dass die Gefühle der Menschen wilder ausschlugen und die sexuelle Anziehungskraft sich aufheizte. Artemis verfügte über Macht, wie auch ihr Zwillingsbruder Apollo. Seine war offensichtlicher, ihre erforderte genaues Hinsehen.

Als die Hunde an diesem herrlichen fünften Februar über die dreißig Morgen große Heuwiese spurteten, deren mächtiger Zuckerahorn wie ein stoischer Wächter mitten über der verschneiten

Fläche aufragte, dachte Sister, wie wenig Glanz dem modernen Leben geblieben war. Kriege, total technisiert und von Berichterstattern als Unterhaltung präsentiert, hatten Raum für Heldentum, aber nicht für Glanz. Nur Sport und Kunst hatten sich die Vorstellung bewahrt vom Herzen, das über den Zaun hüpfte, wie Fuchsjäger sagen würden. Der Profisport – durchorganisiert bis ins Kleinste, zunehmend wissenschaftlich analysiert und betrieben – war wie ein aus dem Wasser gezogener Lachs: Die Farben verblassten und mit ihnen der Glanz. Dem Glanz haftet etwas Argloses, Sonniges an, eine Geringschätzung für Profit und Beifall, die Sister behagte. Nicht dass sie etwas gegen Beifall oder Profit gehabt hätte, aber die waren nicht der Grund, weswegen sie an diesem Morgen über die reine weiße Fläche preschte. Sie wollte Glanz.

Das Feld, mit einundzwanzig Personen groß für einen Donnerstag, glich einer Aquatinta-Zeichnung aus dem neunzehnten Jahrhundert; der Schnee flog unter den Pferdehufen auf wie große Konfettifetzen. Die von Kälte und Anstrengung geröteten Gesichter strahlten Gefasstheit und Beglückung aus.

Der Fuchs, der der Meute vierhundert Meter voraus war, schwenkte zur anderen Seite der Heuwiese und lief zu seinem Bau unweit des schlichten, in konventioneller Bauweise errichteten Hauses.

Sister hatte sich in ihrem Eifer etwas zu weit vom Feld entfernt. Sie schwebte über den schwarz gestrichenen Zaun, an dessen Latten Schnee haftete, dann verhielt sie einen Moment, um zuzusehen, wie die anderen das Hindernis nahmen.

Tedi setzte in perfekter Haltung im Bogen über den Sprung, der Himmel über ihr war strahlend blau. Edward folgte, die Melone auf dem Kopf, die Hände vorgestreckt, die Augen aufwärts gerichtet – nicht so elegant wie seine Frau, aber kühn. Hinter Edward kam Ronnie, mühelos, lächelnd, auch er in perfekter Haltung. Nach Ronnie folgte Xavier, der ein bisschen auf Picasso schlingerte. Xavier musste unbedingt abnehmen. Sein Gewicht beeinträchtigte seine Reitkünste. Nach Xavier nahm Clay mutig den Sprung. Typisch Clay, Beine ans Pferd gedrückt, und rüber auf Teufel komm raus. Sobald Clay drüben war, beugte Crawford, bestrebt, vorneweg zu sein, sich tief über Czapakas Hals und donnerte hinüber: nicht schön, aber gelungen. Walter auf seinem erprobten, treuen Clemson nahm den Zaun fachmännisch: sauber, sicher, sachgemäß. Sam übersprang Hindernisse als der Profi, der er war, mit so wenig Einwirkung auf das Pferd wie möglich.

Sister hörte das Horn und hielt es für geboten, vorwärts zu reiten. Sie verlangte Keepsake Tempo ab, das er trotz des Schnees bereitwillig bot. Keepsake hatte ein sagenhaftes Empfinden für Balance.

Sister achtete zuerst auf Intelligenz, dann auf Balance. Jeder konnte den Körperbau eines Pferdes beurteilen, eine etwas zu schwache Kruppe oder eine zu gerade Schulterneigung. Für Sister war das Exterieur ein Hinweis, nicht das Ziel. Die Art, wie ein Pferd sich bewegte, bedeutete ihr alles. Wie ihre Mutter zu sagen pflegte: »Bewegung ist das beste Exterieur.«

Wieder ein Sprung, eine alte Heckenhürde, die oben eben war, war in den Maschendrahtzaun eingelassen, der die hinteren Felder einfriedete. Keepsake schwebte seidenglatt hinüber. Sie wandten sich höherem Gelände zu, und die sanfte Steigung, zumal im Schnee, verbrannte Kalorien.

Auf dieser Weide, das 1809 erbaute Haus und die Nebengebäude im Blick, sah Sister einen Rotfuchs zum Geräteschuppen laufen. Es war das abgelegenste Gebäude und hatte dieselbe weiße Schindelverkleidung wie alle anderen.

Sister sagte nichts, weil die Hunde anschlugen. Es ist ungehörig, »Horridoh« zu rufen, wenn die Hunde auf einer Spur sind.

Die Sichtung des Fuchses ist für eine zwanzigminütige Hatz gut. Das Feld blickte aufgeregt in die Richtung von Tedis ausgestrecktem Arm, ihre Melone in der Hand. Tedi rief nicht laut, sondern tat genau das Richtige, wenn ein Fuchs gesichtet wird. Sie setzte ihre Melone ab und wies damit in Richtung des Fuchses. Das behielt sie vier, fünf Schritte bei, da Verlangsamen nicht infrage kam. Als sie die Melone wieder aufsetzte, merkte sie, dass sie in ihrem Eifer, das Gesehene zu vermitteln, ihre Hutschnur zerrissen hatte.

»Mist!«, murmelte sie vor sich hin, weil die Hutschnur an ihrem

Hals von einer Seite auf die andere baumelte und die kleine Metallschließe unangenehm kalt war, wenn sie die bloße Haut berührte.

Binnen vier Minuten fuhr der Fuchs in seinen Bau ein, die Hunde meldeten es, und Rassle schlug vor Freude einen Purzelbaum, worauf das ganze Feld lachen musste. Shaker blies »Fuchs eingefahren«, lobte seine Schutzbefohlenen, saß auf, wobei er zusammenzuckte, und sah Sister an.

Wie ein Schulmädchen, das vor Eifer platzt, sagte sie: »Lass uns auf den hinteren Feldern jagen. Wenn wir in zwanzig Minuten auf nichts gestoßen sind, können wir es für heute genug sein lassen. Ich meine, wenn du keine Schmerzen hast.«

Er warf ihr einen bösen Blick zu. »Schmerzen, was ist das?« Zu den Hunden sagte er sanft: »Brave Hunde, brave Hunde, haltet euch an mich.«

»Geht's weiter?« Ruthie, geschmeidig und bestens in Form, war so eifrig wie Sister.

»Ja«, sagte Cora erfreut.

»Juhuu!«, frohlockten die Junghunde.

»Genug gequatscht jetzt«, wies Asa sie barsch an, dabei war er ebenso begeistert wie sie. Ein guter Jagdhund will immerzu jagen. *»Disziplin, Jungspunde. Disziplin zeichnet einen erstklassigen Jagdhund aus und einen erstklassigen Fuchs. Ihr seid Jefferson-Jagdhunde, jawohl, kein dahergelaufenes Pack.«*

Sie verstummten gehorsam, aber Ribot, Ruthie und Rassle konnten nicht an sich halten. Während sie zum nächsten Loslassen gingen, sprangen sie hoch, damit sie über die Meute weggucken und Shaker sehen konnten.

»Wie die Kastenteufel.« Tedi, die neben Sister ritt, lächelte.

»Ist es nicht wunderbar?« Sister hatte Tränen in den Augen, von der Hatz, vor Glück.

»Ja.« Tedi ritt ein paar Schritte, dann sagte sie: »Schade, dass so wenige Menschen so empfinden.«

Sister erwiderte ohne Groll: »Größtenteils sind sie selbst schuld, verdammt.«

»Da hast du recht«, sagte Tedi. Sie dachte zurück an die Freude, die sie und Edward empfunden hatten, als ihre Töchter beide noch lebten und die ganze Familie den Hunden folgte, in blitzschnellem Tempo. Sie hatte ihren Teil Glück und ihren Teil Schmerz gehabt und dankte Gott für beides. Sie wusste, dass Sister es ebenso hielt.

Tedi fragte sich, ob dies vom Alter oder von der Intelligenz abhing. Sie verwarf das Alter: Sie kannte viel zu viele unreife, selbstsüchtige, nörgelige alte Menschen. Sie waren in ihrer Jugend lumpige Langweiler gewesen und wurden mit den Jahren immer schlimmer.

Manche Leute kamen dem Geheimnis des Glücks auf die Spur, andere nicht. Das Problem mit Letzteren war, dass ihnen Erstere im Weg waren. Wie mediale Vampire stießen sie auf die Glücklichen herab. Allmählich lernt man, sich ihrer Aufdringlichkeit, ihren Manipulationen und Ausreden zu entziehen.

Tedi dachte, dass Nola, wenn sie noch lebte, im mittleren Alter in Panik geraten wäre, wenn jüngere Schönheiten ihr den Rang abgelaufen hätten. Ob Nola das durchgestanden hätte, wusste sie nicht. Sie fragte sich auch, wie der junge Ray wohl herangereift wäre. Er hatte etwas ungewöhnlich Liebliches gehabt, er war viel lieblicher und emotional sanfter gewesen als ihre älteste Tochter. Tedi liebte Sister aus mancherlei Gründen, nicht zuletzt, weil Sister einfach liebenswert war. Aber was sie wie ein Stahlseil zusammenhielt, war der gemeinsame Verlust ihrer Kinder.

Die Hunde fanden auf der Südwestseite von Old Orchard eine neue Fährte bei den Resten einer alten Eisenbahnbrücke; die Bahnstrecke war längst stillgelegt.

Diese wenn auch kurze Hatz führte sie über Hügel wie Kamelhöcker. Als die Leute wieder zu den Anhängern kamen, waren sie erschöpft, aber in Hochstimmung.

Tedi, Isabelle und Ronnie hatten alles für ein Kofferraum-Picknick mitgebracht. Ungeachtet der Kälte griffen die Leute nach belegten Broten, Kaffee oder Tee und Ronnies leckeren, mit Bitterschokoladestückchen gespickten Brownies.

Sam, still und in sich gekehrt, nahm sich ein Sandwich mit in die Sattelkammer von Crawfords großem Pferdeanhänger. Er setzte sich auf einen umgedrehten Eimer, das Brot in der einen Hand, während er mit der anderen das Gebiss von Nikes Zaumzeug in einen Eimer mit warmem Wasser tauchte.

Zu seiner Überraschung ragte Xaviers massige Gestalt vor dem Türfenster auf.

X öffnete die Tür, trat ein und machte sie hinter sich zu. »Du bist ein Glückspilz, du Drecksack.« Sam machte seine Arbeit weiter. X fuhr fort: »Ich weiß, dass du besoffen von der Straße abgekommen bist und dass dir dein Bruder wieder mal den schwarzen Arsch gerettet hat.«

Sam funkelte ihn böse an. »Du weißt 'ne Menge, wie?«

»Mehrere Autos sind vorbeigefahren, ehe du rausgeschleppt wurdest. Niemand hat es Crawford erzählt. Du hast wirklich Glück.«

»Und wirst du es Crawford erzählen?«

»Nein.« X verschränkte die Arme vor dem breiten Brustkasten. »Nein, tu ich nicht.«

»Super von dir.«

X beugte sich zu ihm herunter. »Hör zu, du nutzloses Stück Scheiße. Du wirst eh wieder Mist bauen. Du machst dich allein kaputt. Warum soll ich mir die Hände schmutzig machen?«

»Bist du deswegen gekommen? Um mir das zu sagen?«

»Nein. Ich bin gekommen, um dir zu sagen, dass ich glaube, du weißt mehr über die Vorgänge, als du zugibst. Meiner Meinung nach hast du die Alkis und Donnie umgebracht. Ich weiß, dass Donnie bei den Anonymen Alkoholikern war, aber dass er es keine dreißig Tage aushielt, ohne zu trinken. Ich weiß viel mehr, als du denkst.«

»Dann sag ich dir mal, was ich weiß.« Sam stand auf, hängte den Zügel an den Haken und legte das Brot auf den Sattelsitz. »Ich weiß, du und Clay Berry, ihr seid alte Freunde, knüppeldick. Ich weiß, dass Clay von der Versicherung eine sechsstellige Summe kassieren wird. Und es würde mich nicht wundern, wenn ich entdecken würde, dass ihr zwei euch den Betrag teilt.«

X packte Sam an der Kehle und drückte dem kleinen, drahtigen Mann die Luft ab. »Ich könnte dich umbringen. Wäre nicht weiter schwierig.« Er ließ Sam los, der sich mit den Händen an seinen gequetschten Hals griff. »Du bist keine Gefängnisstrafe wert. Eins sag ich dir, du hältst die Klappe, und zwar ganz fest, weil ich nicht will, dass du auch nur hallo zu Dee sagst. Guck sie nicht mal an. Hast du kapiert?«

Sam nickte und hustete, seine Luftröhre brannte vor Schmerzen.

Als X die Tür aufmachte, flüsterte Sam heiser: »Sie ist zu gut für dich.«

X drehte sich um. »Da sind wir uns ausnahmsweise mal einig. Sie würde nie …«, er brach ab, weil er es nicht aussprechen konnte, »… wenn ich ihr so viel Aufmerksamkeit geschenkt hätte, wie ich sollte, hätte sie dich keines Blickes gewürdigt.«

»Ich hab dir einen Gefallen getan«, erwiderte Sam.

»So?«

»Ich hab dir die Augen geöffnet, was für ein egoistischer Mistkerl du bist.«

X machte einen drohenden Schritt auf Sam zu, der eine Peitsche packte. »Ich hab's eingesehen. Ich verehre die Frau. Ich bete sie an. Den Fehler mache ich nicht noch mal. Sie ist das Wichtigste in meinem Leben. Du hältst dich von ihr fern.« X machte kehrt und trat hinaus. Sam schloss die Tür. Der Appetit an dem Sandwich war ihm vergangen.

An diesem Abend aßen Sister und Gray auswärts. Gray konnte nicht bis Samstag warten. Sie unterhielten sich über Gott und die Welt. Er bekam seinen perfekten Manhattan, sie trank einen Earl Grey.

Sie beendeten den Abend auf der Roughneck Farm im Bett.

Hinterher setzten sie sich auf, die Zudecken um die Schultern gezogen. Trotz des Feuers im Kamin kroch die Kälte herein. Draußen war es bitterkalt, und der Vollmond tauchte die Welt in Silber.

»Meine Nase läuft.« Sister putzte sie sich mit einem Papiertaschentuch.

»Dann fang sie halt ein«, witzelte Golly, die sich, nachdem es wieder ruhig im Bett war, ans Fußende gekuschelt hatte.

»Meinst du, das kommt vom Staub?«, fragte er.

»Kann schon sein.« Sie lehnte sich an ihn und rutschte hinunter, bis ihr Kopf an seiner Schulter war.

Er legte seinen Arm um sie. »Ich fühl mich wie ein Teenager.«

»Benimmst dich auch so.« Sie lachten, und sie fragte: »Okay, mach mich zur Schnecke, wenn ich unverschämt bin, aber ist es nicht so, dass alle Männer früher oder später Prostataprobleme haben?«

»Doch. Willst du nun wissen, ob ich nachts fünfmal aufstehen muss, und dann kommt fast nichts?«

»Daran hatte ich weniger gedacht.«

»Ich hab vorgesorgt. Das heißt, ich sorge weiter vor. Es ist alles in Ordnung.«

»Weiß ich doch.« Sie kicherte. »Willst du meine Krankengeschichte hören?«

»Hm.« Er drückte sie an sich. »Ich denke, in unserem Alter ist das angemessen.«

»Rechtes Bein gebrochen, an drei Stellen, glatter Bruch, 1962. Rippenbrüche, zu viele, um sie aufzuzählen, der erste im vierten Schuljahr. Gebrochene Zehen, aber das ist ja nicht weiter schlimm, hab einfach Pferdebandagen drumgewickelt. Mehr kann man nicht machen. Zwei Bandscheiben, L4 und L5, verschleißen langsam, sodass ich steif werde, wenn ich zu lange in derselben Haltung sitze. Das war's, abgesehen von Kinderkrankheiten und einer gelegentlichen Grippe oder Erkältung.«

»Beeindruckend.«

»Mit meinen Knochensplittern könnte man würfeln.«

»Handgelenk gebrochen, College-Basketball. Hmm, Kreuzbandriss am linken Bein, muss an die elf Jahre her sein. Ist verheilt. Ich würde sagen, wir haben beide Glück gehabt. Nein, das nehme ich zurück. Wir sind aktiv, deswegen sind wir nicht eingerostet.«

»Wozu hat man einen Körper, wenn man ihn nicht benutzt?« Sister lächelte, als Golly auf sie stieg, um sich auf ihren Schoß zu legen.

»Ich weiß, dass du mich vermisst hast«, schnurrte Golly.

»Keiner vermisst dich, Golly, du bist …«, begann Gockel.

»Fangt bloß keinen Streit an. Es war so ein schöner Abend«, sagte Raleigh rasch.

»Bist du erstaunt, dass wir hier zusammen sind?«, fragte Gray.

Sister stützte sich auf einen Ellenbogen und sah ihn an. »Nein. Ich kenne dich. Du bist dreißig Jahre weg gewesen, aber auch dann haben wir uns von Zeit zu Zeit gesehen. Wir sind uns schließlich nicht total fremd.« Sie hielt inne. »Selbst wenn es so wäre, wer sagt, dass wir nicht zusammen im Bett landen? Entweder stimmt die Chemie, oder sie stimmt nicht.«

»Sie stimmt.« Er seufzte tief.

»Danke, lieber Gott.« Sie lachte. »Ich dachte, diesen Rausch würde ich nie wieder fühlen.«

»Ein schlimmer Verlust, nicht?«

»Ja.« Sie wechselte das Thema. »Ich hatte heute einen Moment Zeit, die Leute zu beobachten, wie sie die Hindernisse nahmen. Ich sage immer, der Mensch reitet, wie er lebt, und weißt du was, es stimmt. Tedi etwa, gelassen, elegant, beherrscht. Edward, tollkühn, große Klasse. Ronnie, auch er ein eleganter Reiter, gelöst. X hat's hinter sich gebracht, behindert von seinem Gewicht, aber vergnügt. Clay, ehrlich, manchmal denke ich, er hat kein Hirn im Kopf. Er denkt draußen nicht viel nach, stürzt sich einfach rein. Ich habe Klein-Ray immer eingetrichtert: ›Erst wägen, dann wagen.‹ Das konnte ich Clay nie vermitteln. Walter, er macht sich immer besser, er ist kein Feigling.«

»Hast du mich gesehen?«

»Heute nicht, aber ich habe dich beobachtet. Gute Haltung, Hände vorgestreckt, du schaust, wo's langgeht. Du wägst ab.«

»Ich bin geschmeichelt. Ich sehe den Leuten im Jagdfeld gerne beim Reiten zu.«

»Das kann ich meistens nicht, nur wenn ich bei einem anderen Verein im Feld reite.«

»Welche Reiter hast du bewundert, als du auf dem aufsteigenden Ast warst?«

»Elli Wood Keith, jetzt Baxter, sie hat einen Baxter geheiratet; hm, Judy Harvey, Jill Summers, Mary Robertson, Rodney Jenkins natürlich, aber er war Turnierreiter. Manchmal habe ich ihn beim Keswick-Jagdverein gesehen. Ich könnte die Liste ewig fortsetzen, aber am wichtigsten war mir immer, wie die Menschen im Jagdfeld reiten. So beeindruckend Turnierreiter sind, sie nehmen Hindernisse auf ebenem Grund. Es ist reine Mathematik: Sie zählen ihre Schritte, behalten ihren aufreizenden Kanter bei, ich meine, in den Jagdpferdkategorien. Ich würde eine Koffeintablette brauchen, um so was durchzustehen. Im Feld kommst du mit deinem Pferd mit allem in Berührung, oft sehr schnell. Entweder du entwickelst da draußen richtig Mumm in den Eiern, oder du bringst es nicht. Vielleicht sollte ich unter den gegebenen Umständen lieber ›Mumm in den Eierstöcken‹ sagen.«

Er schüttelte sich vor Lachen. »Jane, du hast ein ziemlich loses Mundwerk. Wie schade, dass die meisten Leute dich nicht richtig kennen.«

»Ich kann ja nicht gut rumlaufen und sagen, was ich denke, und obendrein eine erfolgreiche Jagdherrin sein, oder?«

»Nein.« Er überlegte einen Moment. »Es ist schön, dich auf einem Pferd zu beobachten. Furchtlos, doch nicht waghalsig.«

»Danke, aber ich will dir mein Geheimnis verraten: Ich habe fabelhafte Pferde. Ich sitz bloß drauf.«

»Stell dein Licht nicht unter den Scheffel.«

»Nein, im Ernst. Sicher kann ich ein bisschen reiten, aber wenn man das richtige Pferd hat, ist alles andere spitze. Ray, Ray junior, hatte diese Phase, wo er immer ›spitze‹ gesagt hat, und das ist bei mir hängen geblieben. Dreizehn – erinnerst du dich, als deine Kinder zwölf und dreizehn waren, und du musstest die Wortspielereien ertragen, die schrecklichen Witzeleien und die richtig blöden Scherze? In dem Alter sind sie auf Wörter fixiert. Spitze. Total. Was hat er noch alles gesagt? Hat mich zum Wahnsinn getrieben, bis mir eingefallen ist, dass meine Mutter bis zum Tag ihres Todes immer noch ›famos‹ gesagt hat. Komisch.« Sie zog den Arm unter der Zudecke hervor, um Golly zu streicheln. »Morgen wäre Ray vierundvierzig geworden. Ich kann ihn mir nicht als Mann im mittleren Alter vorstellen.«

Gray küsste sie auf die Wange. »Es war ein Glück für ihn, wie seine Mutter auszusehen. Er sah dir ähnlich.«

»Ja, nicht wahr? Walter sieht aus wie Big Ray.« Sie hielt inne. »Wieso hast du es gewusst, obwohl ich die Katze nicht aus dem Sack gelassen habe?«

»Alle haben es gewusst. Sogar die Schwarzen.«

»Ich dachte, die Schwarzen wüssten immer alles zuerst.«

»Meistens.«

»Ob irgendjemand weiß, was es mit diesen Todesfällen auf sich hat?«

»Nein. Ich hab mich umgehört.«

»Aha, du bist also auch neugierig.«

»Natürlich. Es hätte Sam sein können, verstehst du?«

»Ja.«

Sie lagen eine Weile da und sahen ins Feuer.

Gray sprach wieder, als ein Holzscheit knisterte. »Jane, hast du jemals die Gegenwart deines Sohnes oder deines Mannes gespürt?«

Sie setzte sich auf. Golly murrte. »Wieso?«

»Ich weiß nicht.«

»Du stellst seltsame Fragen. Die einzigen anderen Menschen, die mich so etwas fragen würden, sind Tedi oder Betty. Ich bin nicht böse – versteh mich nicht falsch –, bloß, äh, jäh überrascht. Ich bin es nicht gewöhnt, dass Leute wirklich was über mich wissen wollen. Sie wollen etwas von mir, aber sie wollen nicht *mich*, falls du verstehst, was ich meine. Tedi und Betty lieben mich um meinetwillen.«

»Ich weiß genau, was du meinst. Und ich will dich um deinetwillen. Natürlich will ich auch stürmischen Sex.«

»Ach das.« Sie stieß einen gespielten Leidensseufzer aus. »Ein Opfer, aber jemand muss es ja bringen.« Sie wartete einen Moment, holte tief Atem. »Ich habe beide gespürt, Big Ray und Ray junior. Als mein Sohn ums Leben kam, habe ich ihn monatelang ganz stark gespürt. Ich weiß nicht, vielleicht war es eine Art Wunschdenken, ein Weg, um den Schmerz zu bekämpfen. Aber Gray, noch heute gibt es Augenblicke, in denen ich sein liebes Wesen spüre. Ich habe das Gefühl, dass er mich anlächelt. Meine Mutter spüre ich auch. Big Ray weniger, aber hin und wieder, meistens im Jagdfeld, ist er nahe bei mir. Archie spüre ich oft, meinen Leithund. Ich weiß, dass Tiere Seelen haben. Archie ist bei mir. Und ich kann dir gar nicht sagen, wie innig dieses Spüren ist, wie belebend, und, hm, ich weiß nicht, ich empfinde es als Gnade, als Segen.«

»Gut.«

»Und du?«

Er nickte. »Meine Großmutter. Wärme, Liebe, Verständnis, dieselben Gefühle, die du genannt hast. Man kann nicht hingehen und über solche Dinge sprechen, als Mann schon gar nicht. Männer haben keine Geister zu spüren, wenn man so will, oder Erscheinungen der Liebe. Aber Janie, sie sind bei uns. Und wer sagt denn, dass keine liebevollen Seelen bei uns sind, die wir in diesem Leben nicht gekannt haben, aber die Interesse an uns gefunden haben oder die wir in einem anderen Leben kannten? Ich glaube an so etwas, an ein früheres Leben. Du warst ganz bestimmt eine Königin.«

»Ach hör auf!«

»Ein König?« Er zuckte die Achseln.

»Eins so schlimm wie das andere.« Sie lachte. »Wenn es gute Geister gibt, dann gibt es auch böse Geister.«

»Wie auf dem Hangman's Ridge?«

»Ja. Ich weiß nicht, ob sie böse sind oder ob sie leiden.«

»Beides. Lawrence Pollard, der Erste, der dort erhängt wurde, war nicht schlecht, nur habgierig. Das war 1702, nicht wahr? Aber von den anderen, vermutlich Psychopathen, sind einige böse. Oder sie sind auf die schiefe Bahn geraten, genau wie Fontaine Buruss.« Er sprach von einem unterdessen verstorbenen Mitglied des Jagdvereins, dem Ehemann von Sorrel Buruss.

Der gut aussehende, charmante Fontaine hatte in sexueller Zügellosigkeit geschwelgt und Frauen verführt, von denen er wegen ihres zarten Alters besser die Finger gelassen hätte. Er hatte mit seinem Leben dafür bezahlt.

»Fontaine, so ein Mistkerl, aber ein lustiger. Ich vermisse ihn richtig.« Sie lächelte. »Im mittleren Alter ist er ausgerastet. Ich frage dich, wovor haben die Menschen Angst? Wir werden alle alt. Wir werden alle sterben. Warum will ein Mann in den Vierzigern für eine Einundzwanzigjährige attraktiv sein? Die Frauen sind auch nicht besser. Sie gehen es nur anders an. Man wird alt, so ist es einfach. Gray, ich finde es sogar schön, älter zu sein.«

»Du bist nicht alt. Du bist gesund. Du bist schön.«

»Ach, Gray.«

»Du wirst immer schön sein. Sicher, wenn eine umwerfende Zwanzigjährige einen Raum betritt, wenden sich ihr die Blicke aller Männer zu, ich eingeschlossen. Will ich deshalb mit ihr schlafen? Nein, ich habe schon zwei Kinder. Ich will eine Frau, die mit mir Schritt halten kann, verzeih meine Überheblichkeit.«

»Ich auch.«

»Du willst eine Frau, die mit dir Schritt halten kann?«

»Das hab ich noch nicht ausprobiert. In einem anderen Leben vielleicht. In diesem halte ich mich an Männer.«

»Da bin ich aber froh.« Er küsste sie.

»Gray?«

»Hm?«

»Ich glaube, ich weiß, wer der Mörder ist, vielleicht sind es auch zwei. Könnten sogar drei oder vier sein, aber ich weiß, wo die Gier zu finden ist. Ich weiß nur nicht, wie ich sie an der Wurzel packen kann.«

»Logik oder Instinkt?«

»Beides. Ich habe keinen Beweis, aber du hast mich gefragt, ob ich meinen Sohn spüre. Was ist das? Aufgeschlossenheit? Besondere Kanäle? Was immer es ist, es führt mich zu meinen besten Jagdhunden, meinen besten Pferden, und meistens weiß ich, wo mein Fuchs sich einstellt. Eine Art sechster Sinn. Ich verwerfe die Logik nicht. Logik führt uns zu Clay und Isabelle, falls sie mit drinsteckt, X womöglich, und vielleicht Dalton Hill.«

Er setzte sich aufrechter. »Clay scheint mir plausibel wegen des Lagerhauses. Isabelle, hm, schwer zu sagen. Wieso Xavier und Dalton, es sei denn, du denkst, es geht um Versicherungsbetrug?«

»Nein. Ich denke, es geht um illegale Drogen und Medikamente wie Steroide, HGH, Oxycontin und dergleichen. Dalton verfügt über das Wissen, und er kommt leicht an das Zeug ran.«

»Dann sähe Xavier aber besser aus«, meinte Gray und lachte verhalten.

»Ich weiß nicht, aber ich bin mir zu neunundneunzig Prozent sicher, dass ich auf der richtigen Spur bin. Wenn ich nur einen

Weg sähe, um sie aufzuscheuchen, sie in offenes Gelände zu treiben.«

»Jane«, sagte er ernst, »dies ist keine Fuchsjagd. Es ist Mord.«

39

Und ist der Februar dem Frühling auch um zwei Schritte näher als der Dezember, so ist er doch noch weit vom ersten leuchtenden Krokus entfernt. Der Februar, in Mittelvirginia für gewöhnlich der kälteste Monat des Jahres, ließ manche Leute in schlimme Depressionen versinken. Glücklicherweise entkamen Fuchsjäger diesem Eintauchen in ein emotionales Tief, weil die Jagd an ihren Höhepunkt gelangte. Nur die Abgehärtetsten jagten, die anderen zogen sich bis zum Frühjahr ans Kaminfeuer oder gar nach Florida zurück. Die Füchse lieferten eine herrliche Hatz. Die Meute arbeitete jetzt wie eine gut geölte Maschine; die Junghunde waren in die Meute eingegliedert und bescherten der Jagd noch mehr Vitalität und Tatendrang. Die jagderprobten Pferde waren mit Feuereifer dabei. Sofern die Menschen sich an den Feiertagen nicht zu sehr vollgestopft hatten, waren sie schlank und rank. Wahrlich, der Februar war ein idealer Monat.

Sister liebte jeden Tag, den sie erlebte; ob kalt, heiß, wolkig, sonnig, regnerisch, trocken, es war ihr einerlei. Sie war lebendig, gesund, und sie tat, was sie liebte. An diesem besonderen Tag, dem sechsten Februar, bezwang sie die Traurigkeit an Ray juniors Geburtstag, indem sie sich an die Wehen erinnerte. Ärzte wie Psychologen sagen, dass man sich nicht an körperliche Schmerzen erinnert. Sie konnten gut reden, sie hatten nie ein Kind geboren. Bis zum heutigen Tag konnte Sister sich an die Wehen erinnern. Für eine kurze Zeitspanne hätte sie damals Big Ray umbringen können, weil er ihr das angetan hatte. Dann trat nach acht Stunden Übelkeit, Würgen und Pressen Ray junior in Erscheinung, rot, schrumpelig, ein Schock, bis sie ihn in den Armen hielt. Mutterliebe ist die stärkste, närrischste Macht auf Erden, stärker noch als die geschlechtliche Liebe. Da jedoch eins zum anderen führt, sollte man die eine nicht um der anderen willen verschmähen.

Ihr waren vierzehn Jahre mit einem Jungen beschieden gewesen, der außergewöhnlich gutmütig und großmütig war. Der kleine Ray liebte Tiere, schlief gerne bei Katzenkindern, war entzückt, wenn er im Zwinger hinfiel und die Hunde ihn umschwärmten und abschleckten. Er schnalzte den Pferden schon zu, als seine Mutter ihn noch auf den Armen trug. Er küsste sie auf die weichen Nasen und lachte, wenn sie Luft aus den Nüstern bliesen. Beim Spazierengehen hielt er Sisters Hand, auch noch mit vierzehn. Er küsste seinen Vater ungeniert. Er umarmte seine Freunde hemmungslos, Jungen wie Mädchen. Er brauchte Körperkontakt. Er zeigte seine Liebe, indem er einen Arm berührte, den Kopf eines Hundes streichelte, das Hinterteil eines Pferdes tätschelte. Wie alle fröhlichen Menschen zog der kleine Ray andere Geschöpfe an, Menschen wie Tiere.

Sister liebte ihn, auch als er die Kindheitssünden beging, die wir alle begehen – die erste Lüge, bei Roger's Corner einen Schokoriegel klauen, für jemand anderen die Hausaufgaben machen. Ray hatte seine Hausaufgaben immer in Rekordzeit erledigt. Wenn er etwas Schlimmes anstellte, bestrafte sie ihn, und Big Ray stärkte ihr den Rücken. Als sich dann der erste Anflug der Pubertät auf den Wangen ihres Sohnes sehen ließ, wuchsen Vater und Sohn viel enger zusammen. Die Finessen der Männlichkeit lernt einer am besten bei einem liebenden Vater, und der war Big Ray gewesen.

Er zeigte seinem Sohn den Unterschied zwischen einem gewöhnlichen Krawattenknoten und einem Windsorknoten. Er unterwies seinen Sohn in den Pflichten und Artigkeiten, die den Frauen gebührten. Da sie in Mittelvirginia lebten, hatte dieser Prozess freilich schon begonnen, als der Junge noch ein Krabbelkind war. Südstaatenherren, insbesondere Virginier, befolgen in Bezug auf Damen einen strengen Code. Was nicht heißt, dass sie sich keinen Harem halten können, doch gilt es, den Schein und die Form zu wahren.

Beide Eltern machten sich Gedanken über Sex. Ray junior war noch nicht ganz reif dafür, der Stimmbruch hatte eben erst eingesetzt, als er ums Leben kam. Aber Sister und ihr Mann fragten sich, was geschehen würde, da er so herzlich und liebevoll war. Sie befürchteten, er würde missverstanden werden, und sie befürchteten, er würde sich selbst nicht verstehen. Erfahrungen in puncto Sex, Liebe, Begierde und Freundschaft mit dem anderen Geschlecht zu machen, erfordert Zurückhaltung, Mitgefühl und eine Menge gesunden Menschenverstand. Es gibt niemanden, der einige von diesen Lektionen nicht auf die harte Tour lernt. Sie beteten, die harte Tour würde nicht heißen, dass ein uneheliches Kind geboren würde.

Eines der wunderbaren Dinge mit ihrem Mann war, dass sie über alles sprechen konnten, einfach alles, sogar ihre Affären, sofern die Rede darauf kam. Meistens kamen sie nicht zur Sprache, aber wenn doch, legten sie ein gegenseitiges Verständnis an den Tag, wie man es selten findet. Sie waren sich einig, sollte ihr Sohn ein Kind zeugen, bevor er reif für die Ehe war, würden sie für es sorgen und Ray unmissverständlich klarmachen, dass er die Mutter finanziell unterstützen müsse, falls sie ihm das Kind nicht überlassen wollte. Big Ray fasste es so zusammen: »Wer zeugt, der zahlt.«

Als Ray juniors flatterndes T-Shirt sich in der Gelenkwelle des Traktors verfing und den Jungen binnen Sekunden erwürgte, hatte er noch nie mit einer Frau geschlafen. Das wurmte Sister. Sie wünschte, er hätte den Reichtum, die Macht, ja auch die Ängste einer solchen Vereinigung erlebt. Er war jungfräulich gestorben. Sein Tod hatte bei seinen Klassenkameraden, Freunden und den Mitgliedern des Jagdvereins schmerzliche Trauer ausgelöst. Die Hunde, seine Pferde, seine geliebten Katzen, alle betrauerten ihn so tief wie seine Eltern. Das stumme Leid zerriss Sister das Herz. Noch drei Monate nach dem Tod seines Sohnes konnte Big Ray nicht an Ray juniors Lieblingsjagdpferd Tijuana vorbeigehen, ohne in Tränen auszubrechen.

An Ray juniors vierundvierzigstem Geburtstag zogen stahlgraue Wolken von den Bergen herab. Athena saß dreist in der hohen Sumpfeiche vor dem Stall, Bitsy auf dem Ast unter ihr. Die zwei

Eulen riefen sich schnatternde, gackernde Laute zu. Sister erblickte sie, als sie aus dem Zwingerfenster sah.

Sister fielen die seltsamsten Sachen ein. Als Ray geboren worden war, hatte sie Bücher mit Geschichtsdaten durchgeblättert und mit Freuden festgestellt, dass Julius Caesar im Jahre 46 v. Chr. König Juba besiegt hatte, dass James Ewell Brown Stuart, General der amerikanischen Südstaaten-Armee, am 6. Februar 1883 geboren worden war. Weil Stuart bis zum heutigen Tag das Ideal des Kavalleristen darstellt, nahm sie den 6. Februar als gutes Omen.

Sister war in ihrem Leben an den Punkt gelangt, wo sie Gott dafür danken konnte, dass ihr vierzehn Jahre mit ihrem außergewöhnlichen Sohn beschieden gewesen waren. Sie hatte auf ihre stille Art gelernt, dem Herrn zu trauen. Die Zeit ihres Sohnes war abgelaufen gewesen.

Shakers Gummistiefel hinterließen Wasserspuren, als er ins Zwingerbüro trat. »Dragon kann Samstag mitkommen.«

»Gut.«

Sie hatten das Thema Westminster-Hundeschau erschöpfend behandelt. Die Schau war Dienstag zu Ende gegangen, aber als Jagdhundekenner mussten sie sie tagelang bis ins kleinste Detail bekakeln. Sie ließen sich ausführlich darüber aus, wer gesiegt hatte, wer zurückgestellt worden war und so weiter. Es erübrigt sich zu sagen, dass der Sieger kein Jagdhund war.

»Boss, ich weiß, heute ist Ray juniors Geburtstag. Kann ich irgendwas für dich tun?«

»Shaker, lieb von dir, dass du daran gedacht hast. Schon das allein verschönert den Tag. Es war ein Glück für mich, ihn zu haben.«

»Es war ein Glück für ihn, dich zu haben.«

Als sie später wieder ins Haus kam, fand sie einen riesengroßen Blumenstrauß von Gray vor. Auf der Karte stand nur: »Die Liebe ist unvergänglich.«

Das trieb ihr die Tränen in die Augen.

Die größte Überraschung des Tages erlebte sie, als sie zum Vier-Uhr-Tee eine Arbeitspause einlegte. Ein neuer Lexus Geländewagen hielt in der Zufahrt, und Ronnie, Xavier und Clay stiegen aus.

Sie stapften zur Windfangtür herein wie einst als Jungen. Ronnie trug Champagner, Clay einen Fresskorb mit Leckereien, und Xavier hielt behutsam einen Strauß aus langstieligen weißen Rosen und Lavendel in der Hand.

Mit dem Ruf »Hi, Mom« platzten sie durch die Tür.

Jeder gab ihr einen Kuss, überreichte sein Geschenk und ließ sich dann an den Küchentisch plumpsen.

Sie schenkte den Champagner ein, stellte Sandwiches hin, und sie setzten sich wie früher, als sie Ray junior folgten wie Eisenbahnwaggons der Lokomotive.

Nachdem Sister ein bisschen geweint und sich die Augen abgewischt hatte, ergingen sie sich lachend und essend in Erinnerungen.

Ronnie blickte sich wehmütig in der Küche um. »Wo ist die Zeit geblieben? François Villon schrieb einmal, ›Wo ist der Schnee von gestern hin?‹. Das hat er so um 1400 geschrieben.«

»Der Schnee von gestern ist genau hier«, erwiderte Clay, der keinen Sinn für Poesie hatte.

»Willst du uns jetzt einen Vortrag über Verdampfung und Kondensation halten, und dass in diesem Champagnerglas womöglich ein Molekül steckt, das einst mit George Washington verbunden war?« Ronnie verdrehte die Augen.

»Ein Molekül, das mit François Villon verbunden war.« X zwinkerte ihm zu. »Aus Frankreich.«

»Wie schlau diese Versicherungsagenten doch sind. Hey, ich weiß noch, wie du in Algebra fast gestorben wärst, jawohl, *gestorben.* Rayray hat dich rausgehauen.«

X lief knallrot an. »Wir wollen Sister doch nicht mit dieser alten Geschichte langweilen, Clay.«

»Ah-ha!« Clay legte sein Sandwich auf seinen Teller. »X saß ganz vorne, Rayray hinten. Er hat ihm die Lösungen der Aufgaben vorgereicht.«

Sister tat entsetzt. »X!«

»Jetzt zweifelst du wohl, ob es gut ist, über ihn versichert zu sein?« Ronnie kicherte.

»Wenn irgendwo ein Dollarzeichen vorne drauf ist, dann ist X Einstein«, sagte Clay mit einer Spur Schärfe in der Stimme.

»Wenn ein Dollarzeichen drauf ist, macht Dee die Arbeit. Das musst du mir lassen, ich habe eine Frau geheiratet, die klüger ist als ich.«

»Dazu braucht es nicht viel«, meinte Ronnie lachend.

»Ich könnte jetzt richtig fies zu dir werden.« X wies ihn mit einer Handbewegung ab.

»Ich werde fies für dich, Ronnie. Da wir wissen, dass du nicht aus Liebe heiraten wirst, warum wirbst du nicht um eine reiche alte Witwe? Denk nur an all das Gute, das du dann für den Jagdverein tun könntest.« Clay nickte zu Sister hinüber.

»Ja, Ronnie, du könntest dich immer mit einer Stange antreiben.« X lachte, dann fiel ihm ein, dass er bei Sister saß. »Verzeihung.«

»Du brauchst dich nicht bei mir zu entschuldigen, ich hab schon Schlimmeres gesagt, ihr habt es bloß nicht gehört. Und als Kinder habt ihr die zotigsten Sachen gesagt.« Sie fasste sich an den Bauch. »Die Show *Jackass* ist lahmarschig dagegen.«

»Das hast du geguckt?« X war verblüfft.

»Ich bemühe mich, über die Popkultur auf dem Laufenden zu bleiben.«

»Von Kultur keine Spur.« Ronnie seufzte.

»Ordinär sein ist eine Phase. Mädchen machen die auch durch«, sagte Clay. »Aber weil Mädchen meistenteils keine Filme machen, oder besser gesagt, weil solche Filme für halbwüchsige Jungen gemacht werden, kriegen wir das nicht mit. Du warst bestimmt auch unanständig, Sister.«

Sister antwortete: »Du vergisst, wie viel älter ich bin als ihr. Es ging streng zu, als ich aufgewachsen bin. Ich hätte mich an der Militärakademie in West Point einschreiben und mich gleich zu Hause fühlen können, bloß haben sie damals keine Mädchen angenommen, aber ich hatte mancherlei unanständige Gedanken. Hab's mir nicht anmerken lassen.«

»Hast du dich je gefragt, auf welche Uni Ray gegangen wäre?«, fragte X.

»O ja.« Sie trank einen Schluck Champagner. »Princeton oder Stanford. Aber er neigte zu den schönen Künsten, womit er seinen

Vater wahnsinnig gemacht hat. Ich weiß nicht, vielleicht wäre er woanders hingegangen. Was meint ihr?«

»Bowdoin«, sagte Clay. »In Maine hätte es ihm gefallen.«

»Colorado State«, warf Ronnie ein. »Ich denke, er wäre nach Westen gegangen und hätte Veterinärmedizin oder so was studiert. Und er war ein guter Sportler. Er hätte Football gespielt. Ganz bestimmt.«

X schüttelte den Kopf. »Princeton. Er wäre wie sein Vater nach Princeton gegangen. Dort hätte er Football gespielt und auch Baseball. Vielleicht Lacrosse. Spielen sie Lacrosse in Princeton?«

»Selbst wenn: Wer Lacrosse spielen will, geht nach Virginia, Maryland, oder auf die Johns Hopkins in Baltimore«, sprach Clay im Brustton der Überzeugung.

»Johns Hopkins ist eine gute Uni«, sagte Sister nachdenklich. »Ich hätte nichts dagegen gehabt, und es ist näher als Princeton oder Stanford.« Sie hielt inne. »Welche Freude, euch alle hier zu haben.«

»Wir vergessen euch nie.« Ronnie lächelte.

Sie dachten immer auf die eine oder andere Art an Ray juniors Geburtstag. Sie dachten auch an seinen Todestag; jeder rief Sister an, um ihr zu sagen, dass er an sie dachte. Tedi und Betty riefen ebenfalls immer an oder kamen auch noch vorbei.

Die Jungs – für Sister waren sie »die Jungs« geblieben – wurden lauter. Sie diskutierten über den nationalen Baseballverband NBA und meckerten über das Endspiel um die Footballmeisterschaft, das soeben ausgetragen worden war. Sie freuten sich auf die Baseball-Saison. Sie sprachen über Pferde, Jagdtreffen, die anderen Leute im Jagdfeld.

»Meinst du wirklich, Crawford spuckt genug Knete aus, damit du noch wen einstellen kannst?«, fragte Clay.

»Hm … ich denke, wenn wir es zur Vereinssache machen, wird er mehr als seinen Teil beitragen«, antwortete Sister bedachtsam. »Aber wenn man ihn bedrängt, wird er wütend, und das kann ich ihm nicht verdenken. Er wird ja andauernd angepumpt.«

»Stimmt.« Clay trank den Kaffee, den Sister als Ergänzung zu Champagner und Sandwiches gekocht hatte. »Du kochst den besten Kaffee. Wenn ich Izzy doch nur beibringen könnte, wie du ihn machst.«

Sie lachte. »Mit Geduld und guten Bohnen.«

»Kennt ihr die Kaffeemaschine aus Messing, die Crawford in der Sattelkammer hat? Das Dingen hat über fünftausend Dollar gekostet. Aus Italien importiert.« Ray berichtete dies mit Verwunderung.

»Schmeckt sein Kaffee deswegen auch nur ein bisschen besser als Sisters?« X hob die Augenbrauen, unter die sich inzwischen ein paar graue Härchen gemischt hatten.

»Nein«, antwortete Ronnie bestimmt. »Niemand macht so guten Kaffee wie Sister.«

»Ronnie, um noch mal auf das Thema du und heiraten zurückzukommen«, sagte Sister zu aller Verblüffung. »Du brauchst nicht unbedingt ein reiches altes Weibsbild zu ehelichen, um mich glücklich zu machen. Ich möchte dich glücklich sehen, und wenn du dich entspannst und zulässt, dass wir dich lieben, wirst du den richtigen Mann finden.«

Schweigen.

X gluckste. »Solange ich es nicht bin.«

»Du lieber Himmel, X, du bist so dick, selbst wenn ich dich liebte und begehrte, ich könnt's nicht finden, verstehst du?«

Sie brüllten vor Lachen, sogar X.

»Ronnie braucht jemand. Wir alle brauchen jemand.« Clay tupfte sich mit der Serviette den Mund ab. »Aber ich glaube nicht, dass wir noch andere schwule Männer im Verein haben. Zumindest keine, von denen wir wissen.«

»Wir haben keine«, erwiderte Ronnie bitter.

»Also, Ron, wir können keinen in deinem Leben gebrauchen, der kein Fuchsjäger ist«, sagte Sister entschieden. »Wir werden bei anderen Vereinen die Augen offen halten.«

»Leute, das kann ich allein.«

»Du hast es bislang saumiserabel hingekriegt«, schnaubte Xavier. »Ich kann deine Affären, von denen ich weiß, an einer Hand abzählen. Die kurzen Abenteuer nicht mitgerechnet.«

»Müssen wir das jetzt besprechen?«

»Es fasziniert mich.« Sisters Augen blitzten.

»Ja, müssen wir. Wenn Rayray noch lebte, dann wäre er jetzt hier bei uns und würde dich antreiben.« Clay leerte sein Glas.

Eine Flasche zu viert, da war nicht mehr viel übrig, obwohl Sister sich zurückhielt. Sie stand auf, nahm eine Flasche aus dem Kühlschrank und gab sie X, der sie öffnete. Sister hatte immer eine Flasche Sekt, eine Flasche Weißwein und ein Sechserpack Bier für Gäste im Kühlschrank.

»Okay, okay«, bekannte Ronnie. »Meine Anläufe zu einem wilden Leben waren verstohlen und unbefriedigend. Die Zeiten haben sich geändert. Ihr wisst, wer und was ich bin. Ich habe das Lügen und Verstecken aufgegeben. Vielleicht finde ich einen guten Mann.«

»Einen guten Mann, der stramm reitet«, verbesserte Xavier.

»Einen strammen Mann, der gut reitet«, fügte Sister schelmisch hinzu.

Sie lachten.

Als die Jungs die zweite Flasche geleert hatten, brachen sie auf. Die Ehefrauen warteten. Es war Freitagabend, und sowohl X als auch Clay hatten gesellschaftliche Verpflichtungen. Ronnie musste zu einer Versammlung des Kirchenvorstands, anschließend wollte er mit X und Dee zu einem kleinen Abendessen, zu dem die Vajays geladen hatten.

Während sie ihre Mäntel holten, sagte Sister nonchalant: »Jungs, ich bin nicht mehr die Jüngste, darum habe ich mich über das menschliche Wachstumshormon schlau gemacht. Was haltet ihr davon, wenn ich Dalton Hill bitten würde, es mir aus Kanada mitzubringen? Hier bekomme ich es nicht. Ich möchte es ausprobieren.«

»Ich hätte auch nichts dagegen«, erklärte Ronnie, »aber du siehst klasse aus. Du brauchst nichts zu nehmen.«

»Das *Wall Street Journal* hat mal einen Artikel darüber gebracht, im Juni 2003, glaube ich.« X runzelte die Augenbrauen. »Ich bin selbst daran interessiert.«

»Soll angeblich die Muskeln straffen«, sagte Sister.

»Sprich nicht mit Dalton Hill.« Clay hob die Hände. »Er ist so verdammt pingelig. Er ist der Letzte, mit dem man über so was reden sollte.«

»Aber er ist Arzt, und er ist Kanadier. Er kann es dort besorgen«, beharrte sie.

»Lieber nicht, wirklich. Lass mich überlegen.« Clay lächelte. »Es ist wie mit allem auf der Welt. Wo ein Markt ist, ist auch ein Weg.«

»Ein Riesenmarkt, nehme ich an.« Ronnie hatte offensichtlich keine Ahnung, was vorging oder warum Sister einen Köder auswarf.

Sie hatte sich eingehend nach HGH erkundigt. Wenn sie es wollte, könnte sie es bekommen. Das war aber nicht ihre Absicht, und sie fragte sich, ob sie richtig handelte. Zu spät.

»Clay, meinst du, Dalton ist ›zimperlich‹, in Ermangelung eines besseren Wortes? Meinst du, er würde mir das übel nehmen?«

»Er würde erklären, dass das Zeug in den Vereinigten Staaten verboten ist. Aber vielleicht könntest du eine Überweisung von ihm kriegen und nach Toronto fliegen.« Clays Stimme blieb ruhig. »Das ist besser, als zu riskieren, du weißt schon.«

»Ich habe gelesen, wo man es außerhalb des Bezirks im Internet kaufen kann.«

»Kannst du«, sagte Clay, etwas lauter jetzt, »aber du weißt nicht, was das für ein Zeug ist. Woher weißt du, dass es nicht von Affendrüsen stammt? So was wirst du nicht nehmen wollen. Woher weißt du, dass es nicht der Hirnanhangdrüse von jemand entnommen wurde, der an Aids gestorben ist? Schau, wenn du wirklich dazu entschlossen bist, musst du vorsichtig sein. Du musst dir medizinisch einwandfreies HGH besorgen. Nicht dieses Zeug aus dem Internet. Du bedeutest uns viel zu viel.«

»Jetzt bin ich aber froh, dass ich das zur Sprache gebracht habe. Es wäre mir ein bisschen peinlich gewesen, mit Tedi oder Betty darüber zu sprechen.«

»Tedi würde das ganze Laboratorium kaufen«, warf Ronnie ein. »Sie würde das Zeug nehmen, wenn sie davon wüsste. Obwohl sie sowieso schon nach einer Million Dollar aussieht.«

»Sag bloß nie zu einer Milliardärin, dass sie nach einer Million Dollar aussieht.« Clay versetzte Ronnie einen Stoß.

»Aber, aber, Tedi hat keine Milliarde Dollar«, schalt Sister ihn milde.

»Millionen in dreistelliger Höhe«, sagte Clay, während er seinen Mantel anzog.

»Das verschafft ihr mehr Macht.« X war nicht die Spur neidisch auf irgendjemanden.

»Clay, statt nach Wake Forest hättest du nach Columbia oder New York auf die Uni gehen sollen, eine der Hochschulen im Norden, auf denen es von den Kindern reicher Leute nur so wimmelt«, neckte Ronnie ihn.

»Genau, verdammt noch mal. Die Yankees haben mir den Wert des Geldes beigebracht, indem sie alles für sich behalten haben. Aber hey, ich hab auf Wake eine Menge gelernt. Ich bleibe den Teams von Wake Forest ergeben, bis ich tot bin.«

»Clay, ich denke, eigentlich hat dein Vater dir den Wert des Geldes beigebracht.« Sister schob diese Bemerkung sachte ein.

»Hat er, hat er«, stimmte Clay zu. »Sister, ich werde mich darum kümmern. Und egal, was du tust, geh nicht zu Dalton.«

»Du hast recht. Ich dachte mir doch, dass du dich auskennst.« Sie küsste Clay auf die Wange, als er aus der Windfangtür ging, dann gab sie auch Ronnie und X einen Kuss. Ronnie nahm sie ungestüm in die Arme. Sie sah ihnen nach, als sie die zugeschneite Straße entlangfuhren, dann schloss sie die Tür, lehnte den Kopf dagegen, und Tränen fielen auf den Boden. Korruption und Habgier hatten sich eines der Jungs bemächtigt, so sicher, wie der Tod sich ihres Sohnes bemächtigt hatte.

40

Lass mich ausreden.« Sister saß bei Sam zu Hause in der Küche. Sie hatte ihn bei der Arbeit angerufen und gesagt, sie werde um halb sieben dort sein.

Sie saßen an dem alten Tisch mit der Porzellanplatte, und Sam rutschte auf dem hölzernen Küchenstuhl hin und her.

»Ich hab keinen Schluck getrunken. Nicht wissentlich.«

»Ich hoffe, du sagst die Wahrheit. Du musst mir sagen, mit wem du die AA-Versammlung verlassen hast und wohin ihr gegangen seid.«

»Das darf ich nicht.«

»Na schön, ich will dir sagen, was ich denke. Ich denke, jemand, von dem wir nicht wissen, dass er ein ehemaliger Alkoholiker ist, sagen wir mal, Clay Berry, ist mit dir weggegangen. Ihr hattet Hunger. Seid essen gegangen. Ich denke, du hast weggeguckt oder warst auf dem Klo, und dieser Jemand hat dir einen Schuss ins Glas gekippt. Und der, der das getan hat, steckt hinter den Morden an Anthony und Mitch.«

Ein Anflug von Angst zeigte sich auf Sams Gesicht. »Warum?«

»Sie haben was gewusst, die zwei. Und du warst mit ihnen befreundet. Du hast gelegentlich mit ihnen zusammen gejobbt, nicht wahr?«

»Klar.« Er hob die Schultern.

»Aber du hast dich in den Griff bekommen, bist wieder bei klarem Verstand. Hast einen guten Job. Warum wollte dich jemand reinlegen? *Denk nach!*«, verlangte sie.

»Meine Erinnerung könnte wiederkommen.« Er brach ab und beugte sich zu ihr. »Aber so viel hab ich gar nicht mit Anthony und Mitch gemacht. Das waren große Kerle, jedenfalls größer als ich. Ich konnte nicht so schwere Sachen heben wie sie. Die Jobs, die ich kriegte, waren meistens Pförtner oder mal Sattelzeug putzen und flicken. Meistens hab ich versucht, irgendwie mit Pferdeleuten in Kontakt zu bleiben, auch als ich im Entzug war.«

»Aber das wissen die Mörder vielleicht nicht. Sie denken vielleicht, dass Anthony und Mitch dir viel erzählt haben. Haben sie?«

»Nein. Ab und zu hatten sie Geld. Schien damals ’ne Menge zu sein. Alles über fünfzig Dollar war ’n Haufen Kohle für uns. Ich hab nie gefragt. Himmel, Sister, ich war zu betrunken oder zu verkatert, um mich darum zu scheren.«

»Ganz sicher?«

»Absolut. Und wenn diese Leute wegen mir solche Angst haben, warum bringen sie mich dann nicht einfach um?«

»Gute Frage. Ich glaube, ich weiß die Antwort.« Sie faltete die Hände auf dem Tisch. »Du hast genug Schaden angerichtet, bist genug Risiken eingegangen. Sie müssen dich entweder als Mörder dastehen lassen oder dich mit Schnaps umbringen.«

Er fuhr sich mit der Hand über die Augen. »Herrgott.«

»Du solltest vielleicht zu ihm beten, weil du in Gefahr bist.«

»Hast du es Gray erzählt?«

»Nein. Er macht sich so schon genug Sorgen, und er denkt, du hängst wieder an der Pulle.«

Sam senkte die Stimme. »Kann ich ihm nicht verübeln.«

»Willst du mir helfen, sie zu fangen?«

»Ja«, sagte Sam bestimmt.

»Seltsam, Sam. Nenn es Loyalität gegenüber einem alten Tanzpartner, aber so verpfuscht Anthonys Leben auch war, niemand hatte das Recht, es ihm zu nehmen. Er hat es nicht verdient, so zu sterben. Keiner von ihnen hat es verdient.«

»Nein. Was soll ich tun?«

»Ich hab unsere Füchse überschossen, und sie denken, ich bin weg. Kannst du mir folgen?«

»Klar doch.«

»Ich werde in die Gegenrichtung umschwenken. Ich denke, ich kann sie rausscheuchen.«

»Wen?«

»Dalton, Clay und Izzy. Ich bin mir verdammt sicher, sie steckt mit drin, wenn nicht dahinter.«

Er schluckte schwer. »Oh.«

»Und einer von denen war mit dir auf der AA-Versammlung, hab ich recht?«

»Ja.«

»Gut, halt dich an deine Regeln. Ich denke, ich brauche nicht genau zu wissen, wer von denen. Nun möchte ich, dass du mit Xavier in Streit gerätst.«

»Nichts leichter als das.« Er lachte.

»Ja und nein. Das bedeutet, ihr zwei müsst euch arrangieren.«

»Hast du schon mit X gesprochen?«

»Ich bin direkt von ihm zu dir gekommen. Er ist einverstanden.«

»Weil er mich gern vermöbeln möchte.« Sam lächelte trübselig vor sich hin.

»Aus gutem Grund, aber du weißt, was ich immer sage: Schickt die Vergangenheit ins Meer; sollen die Wellen sie fortspülen. Er kann sie nicht ändern, du kannst sie nicht ändern, Dee kann sie nicht ändern. Geschehen ist geschehen.«

»Er sieht das nicht so.«

»Jetzt noch nicht. Später vielleicht. X ist ein guter Mensch. Ich hab ihn sehr gern.«

Sam seufzte tief. »Und ich hab ihm einmal sehr wehgetan.«

»Ja, aber das ist vorbei.«

»Warum willst du, dass wir in Streit geraten?«

»Als Ablenkung und um einiges in Gang zu setzen. Bei der nächsten Jagd. Ich werde mich umdrehen und meine Reitgerte über den Kopf heben. Ich denke, Clay ist der ängstlichste von den dreien. Während ihr zwei eure Schau abzieht, nehme ich mir Clay vor. Ich denke, Dalton und Izzy werden von eurer Vorstellung wie hypnotisiert sein und nicht zu Clay hinsehen und ihm helfen.«

»Du gehst ein Risiko ein.«

»Das Leben ist ein Risiko.«

»Du musst Anthony einmal geliebt haben.«

Sie blinzelte, dann sagte sie langsam: »Er war der erste Mann, mit dem ich geschlafen habe, und mit achtzehn dachte ich, es ist Liebe. War es vielleicht auch.«

»Du bist ein Unikum, Sister.«

»Weißt du was? Du auch.«

41

Wo liegt der Unterschied?«, blaffte Xavier Marty Howard an.

»Der Unterschied liegt in deinem Leben, deiner Lebensqualität«, gab sie, von der Richtigkeit ihrer Sache überzeugt, wie aus der Pistole geschossen zurück.

»Marty, ich mag dich, glaub mir. Wirklich.« Picassos Zügel war über seine Schulter drapiert. »Aber ich tu, verdammt noch mal, was mir passt. Ich rauche, basta. Und komm mir bloß nicht mit dem Quatsch von wegen Filterzigaretten oder niedrigem Teergehalt. Alles Unsinn. Da inhaliert man die winzigen Fasern aus dem Filter oder womit die den Tabak behandeln. Mit richtigen Zigaretten bin ich besser bedient. Die anderen sind eh nur was für Weicheier.« Trotzig stieß er eine blaue Rauchwolke aus.

»Dann rauch wenigstens guten Tabak.« Crawford trat aus der Sattelkammer des Pferdeanhängers. »Suchtpersönlichkeiten. Man kennt das. Wenn sie keine Drogen nehmen, wenden sie sich Gott zu. Verzeih mir meinen Zynismus. Wenn sie das Trinken aufgeben, rauchen sie. Du bist eine Suchtpersönlichkeit.« Er gab Xavier ein Päckchen von den Zigaretten, die er auch für Sam kaufte, der jetzt auf der anderen Seite des Anhängers herumlungerte, weil er nicht mit Xavier aneinandergeraten wollte.

»Danke.« X hielt sich nicht für eine Suchtpersönlichkeit.

»Wie konntest du?« Marty fühlte sich sabotiert.

»Schatz, die Menschen leben, wie es ihnen passt, du kannst sie nicht bessern. Außerdem sehe ich ihn oder Sam lieber durch Nikotin besänftigt als gar nicht, du etwa nicht? Das Leben ist zu kurz, um sich mit den Ärgernissen anderer abzugeben. Ich meine, unsere Bemühungen sollten sich darauf richten, junge Menschen vom Rauchen abzuhalten. Ich glaube, du kannst nicht viel machen, um ältere zu ändern. X ist mein Zeuge.«

»Lungenkrebs ist kaum ein Ärgernis«, blaffte sie.

»Es ist seine Lunge.« Crawford zuckte die Achseln.

»Was hat Sam damit zu tun?« Xavier war jetzt äußerst gereizt.

»Ich kaufe ihm jede Woche eine Stange Zigaretten. Als Bonus. Das hält ihn bei Laune. Mir ist lieber, er raucht, als dass er säuft.«

Xavier machte den Mund auf, um zu sagen, einmal Säufer, immer Säufer, aber er machte ihn lieber zu, dann wieder auf. »Ich hab wieder angefangen zu rauchen, um abzunehmen.«

»Da gibt es bessere Methoden.« Marty blieb beharrlich.

»Hab ich alle ausprobiert.« Er hielt inne. »Aber gestern Abend hat Sister HGH erwähnt. Zu Hause hab ich dann im Internet nachgeguckt. Könnte funktionieren. Ich geh nicht ins Fitness-

Studio. Herrje, ich hab ja kaum eine Minute für mich. Die Fuchsjagd ist mein Trost, und wenn ich nur für einen Sport Zeit habe, dann dafür.«

Crawford, der vertraut war mit Methoden, jung zu bleiben, ließ sich sein HGH aus England kommen, ohne dass jemand davon wusste. »Xavier, besorg dir einen Heimtrainer und fahr beim Fernsehen Rad. Das ist besser als nichts. Und versuch es mal mit der Atkins-Diät. Im Ernst.«

Ein Geräusch beim Zwinger machte sie auf die Hunde aufmerksam, die manierlich herauskamen.

»Verdammt.« Crawford zog seinen Sattelgurt straff.

Während Crawford und Marty sich mit Sams Hilfe eiligst bereit machten, führte Xavier Picasso zu seinem Anhänger mit dem Aufsteigklotz an der Seite und hievte sich aufs Pferd, just als Clay und Izzy vorüberritten.

»Hab dich ja diesmal gar nicht ächzen gehört«, sagte Clay.

»Halt die Klappe«, sagte X.

»Was ist los mit dir?«

»Wenn ich von Marty Howard noch einmal einen Vortrag über Zigaretten oder Frauenrechte oder Zucker oder Tibetbefreiung höre, spuck ich ihr ins Gesicht, so wahr mir Gott helfe.«

»Hmm«, murmelte Izzy, wie wenn sie ihm zustimmte, dabei hielt sie verstohlen nach Dalton Ausschau. Sie fing seinen Blick auf. Er lächelte und sah dann weg.

Ronnie ritt hinzu. »Beeilt euch, wenn ihr nicht ganz am Schluss vom Feld reiten wollt.«

»X ist stinkig.«

»Ich bin nicht stinkig!« Er atmete tief durch, tätschelte Picasso und sagte leise: »Ich hab's satt, mittelalt und dick zu sein.«

»Mittelalt, das können wir nicht ändern, aber dick, das lässt sich regeln.« Ronnie ritt weiter Richtung Zwinger.

»Kommt.« Clay ritt neben Xavier, Izzy in geringem Abstand hinter ihnen.

An diesem Samstag war das Stelldichein auf der Roughneck Farm. Abgesehen davon, dass es hier Füchse in Fülle gab, genossen Sister und Shaker es, von zu Hause aus zu jagen, weil ihnen das den Luxus einer zusätzlichen Stunde Schlaf bescherte. Zudem konnten sie die Junghunde zu der Meute tun; denn wenn einer mal ausscherte, kannten die Jungen den Heimweg zum Zwinger. Die dieses Jahr zum ersten Mal dabei waren, hatten seit der Einjagd-Eröffnung im September große Fortschritte gemacht. Dass es ein feuchter Herbst gewesen war, hatte ihnen sehr geholfen, sich gut in die Meute einzufügen.

Sister dachte sich, dies würde ein Tag mit Start und Stopp, Jagen und Futtern, weil in der Nacht Vollmond gewesen war. Die meisten Füchse lagen satt und zufrieden in ihrem Bau, vor den Eingängen häuften sich ordentlich Knochen und Felle. Inky hatte ihren Abfall vergraben, was bei Füchsen nicht ungewöhnlich war; die meisten jedoch hatten eine eigene offene Müllgrube.

Ein Feld von neunundfünfzig Personen war erschienen; in ihrer formellen Kleidung boten sie ein zeitloses Bild malerischer Eleganz. Bobby zählte dreiundzwanzig im hinteren Feld. Er fragte Ben Sidell, ob es ihm etwas ausmachen würde, mit Sari Rasmussen die Nachhut zu bilden. Sari hatte sich heute freiwillig erboten, das Schließen der Gatter zu übernehmen. Jennifer ritt am Schluss des ersten Feldes. Sister hatte gern jemanden dabei, der die Hintertür zumachte, wie sie es ausdrückte. Auch war es nicht gut, wenn das Feld sich auseinanderzog. Die Leute könnten einen Fuchs zur Umkehr bewegen, oder falls die Meute umkehrte, müssten die Hunde durch die Pferde laufen. Deswegen hielt Sari das hintere Feld und Jennifer das erste Feld beisammen. So gerne die Mädchen im ersten Feld ritten, so weit vorn, wie es ging, ohne den Erwachsenen zu nahe zu treten – das Reiten in der Nachhut führte dieser Tage zu quiekendem Gelächter hinterher im Stall, wenn sie Revue passieren ließen, was sich zugetragen hatte. Wer ganz hinten reitet, sieht alles, Fehltritte, Patzer im Sattel, zerrissene Reithosen, missglückte Sprünge.

Wenn das Feld losreitet, schließt sich dem Jagdleiter oder der Jagdleiterin eine Hierarchie an. Beim Jefferson-Jagdverein hieß das, dass Tedi und Edward in zweiter Reihe hinter der Jagdherrin ritten. Als den ältesten verdienten Mitgliedern stand ihnen dieser Ehrenplatz zu. Zudem ritten sie göttliche Pferde, weswegen sie mit

Sister mithalten konnten. Im Laufe der Jagd änderte sich diese Hierarchie. Wer ausgezeichnet reiten konnte und gut beritten war, durfte unbeanstandet nach vorne aufrücken, doch nur wenige überholten jemals die Bancrofts. Gelegentlich hielt Tedi sich zurück, wenn sie spürte, dass hinter ihr jemand kribbelig war oder sein Pferd nicht zügeln konnte.

War ein anderer Jagdverein zu Gast, ritt dessen Jagdherr oder Jagdherrin mit Sister. Die Gäste ritten dann vorn, die Jefferson-Mitglieder fielen gerne für sie zurück. Auch hier durften im Laufe der Jagd die Jefferson-Mitglieder dann, wenn der eine oder andere Gast nicht gut beritten war, diesen überholen, ohne als ungehobelt zu gelten.

Das amerikanische Jagdwesen, ganz besonders im Süden, umfasste auch Manieren, Gastlichkeit und striktes Achten auf das Wohl der Gäste. Jagdvereine in anderen Landesteilen konnten gleichermaßen zuvorkommend sein, doch die Jagdvereine im Süden glaubten fest, dass sie in der Erweisung dieser Gefälligkeiten alle anderen übertrafen. Und natürlich war es für die Jagdvereine Virginias ein Glaubensartikel, dass sie allen anderen Jagdvereinen haushoch überlegen waren, ein Umstand, der in anderen Staaten weder unbemerkt blieb noch besonders geschätzt wurde.

Wie oft hatte Sister schon bedauert, Master in Virginia zu sein, wenn sie in, sagen wir mal, Kentucky auf die Jagd ging. Die Master dort waren derart darauf bedacht, ihren Feuereifer unter Beweis zu stellen, dass sie frohgemut im Schneesturm bei elf Grad unter null ausritten und ein oder anderthalb Meter hohe Zäune übersprangen.

Die Haltung »bei Gott, diesen virginischen Snobs werd ich's zeigen« bedeutete, dass die Virginier sehr gut reiten mussten, um zu überleben. Aber es war natürlich alles ein Spaß. Kein Sport ist so gesellig wie die Fuchsjagd.

Sister blickte über die Schulter auf die Schlange der fein ausstaffierten Reiter hinter ihr, als sie im Schritt zu der Pfirsichwiese neben der Farmstraße ritten.

Sie erinnerte sich, wie sie einmal, als sie und Ray vier Jahre verheiratet waren, im Herbst in Irland gejagt hatten. Die Iren hatten sie ausgesprochen rücksichtslos behandelt. Nie vergaß sie ihren ersten Heckensprung mit dem breiten Graben auf der anderen Seite. An jenem Abend hatte sie Gott für zweierlei gedankt: erstens, dass sie Amerikanerin war; zweitens, dass sie ein vorzügliches Pferd gemietet hatte, das auf sie achtgab.

Clay und Xavier flüsterten miteinander, solange die Hunde noch nicht losgelassen waren. Ronnie, der unmittelbar vor ihnen ritt, hörte nicht hin. Er hatte sich Xaviers Frustgejammer wegen seines Gewichts Tag für Tag anhören müssen. Dass X sein bester Freund war, hieß nicht, dass X ihm nicht zeitweilig auf die Nerven ging. Er fand immer, Dee sei eine Heilige, und er beneidete X um die Zweisamkeit in seinem Leben. Schon komisch – man hätte meinen sollen, X, der durchschnittlichste von den ursprünglich vier Freunden, wäre der Letzte gewesen, dem eine phantastische Frau verfiel.

Ronnie mochte Izzy ganz gern, aber sie war für seinen Geschmack ein bisschen zu sehr von ihrer Schönheit beeindruckt und von Geld. Heute huschte sein Blick über das Feld. Einige von diesen Leuten kannte er schon sein Leben lang. Die neueren brachten frische Ideen und Energie ein, und er musste sich gestehen, dass er von ihnen lernte. Eigentlich mochte er alle hier draußen ganz gut leiden, obgleich er sich über Crawford ärgern konnte. Dalton Hill war ihm auch nicht besonders sympathisch.

Die Hunde gelangten auf die freie Fläche gegenüber der Pfirsichwiese. Die tief hängenden grauen Wolken ließen auf Feuchtigkeit und Wittrung hoffen. Die Temperatur hielt sich gleichmäßig bei vier Grad. Der frisch gefallene Schnee hatte Zeit genug gehabt, sich ein bisschen zu setzen. Der Untergrund mochte stellenweise glatt sein, aber wenn die Pferde Borium an den Hufen hatten, dürfte ihnen das nicht zu schaffen machen.

Ein Hufschmied berechnete 105 Dollar, um Borium, ein Metallpulver, auf die Hufe aufzutragen. Die einen oder anderen Reiter versahen die Hufe ihrer Pferde mit Stollen. Manche Sorten ließen sich sogar ein- und wieder ausschrauben. Sister lehnte Stollen ab. Wie die meisten Pferdeliebhaber hatte sie strikte Vorlieben und Abneigungen. Sie malte sich aus, wie ihr Pferd sich mit Stollen fürchterliche Verletzungen zufügte, wenn es zu weit ausgriff oder stolperte, dann herumstrampelte, mit den Hinterfüßen auf die Vorderfüße schlug oder die Rückseite des Vorderbeins erwischte. Das durfte nicht sein.

Als sie Shaker die Hunde auf der freien Fläche loslassen sah, stieg Neid in ihr auf. Shaker hatte recht. Wer einmal als Meuteführer jagt, will nichts anderes mehr. Aber sie war vernünftig. Er war ein begnadeter Meuteführer und ein Glück für den Jefferson-Jagdverein. Sie gab sich damit zufrieden, das Feld anzuführen.

Trident ging vorsichtig über den Schnee. Trudy, Tinsel und Trinity waren draußen, zusammen mit Darby, Doughboy, Dreamboat, Dana, Delight, Diddy, Ribot, Rassle und Ruthie.

Cora hoffte, dass die Junghunde zusammenblieben. Wie Sister fand sie, dass sie gute Fortschritte gemacht hatten. Ein Tag wie heute könnte vertrackt sein. Es sah nach günstigen Bedingungen aus, aber der Vollmond in der Nacht stand gewöhnlich für eine fade Jagd. Cora hoffte, sie könnten die Fährte eines ortsfremden Rotfuchsrüden aufnehmen.

Nellie, Diana, Delia, Dasher, Dragon, Asa, Ardent und die übrigen Altgedienten rückten wie eine Angriffslinie auf dem Gelände vor.

Zu Hause waren Raleigh und Gockel wütend, weil Sister die Hundetür nach draußen verschlossen hatte. Die zwei Haushunde würden den Jagdhunden folgen, wenn sie könnten, und das war ihnen nun verwehrt. Golly weidete sich an ihrem Jammer.

»*Vielleicht wittern wir Grace?*«, meinte Trident.

»*Zu weit weg für sie in so einer kalten Nacht wie gestern. Sie ist auf Foxglove beim Wasserrad.*« Asa hatte die kleine Rote gern.

»*Oder Tante Netty?*« Ribot atmete Kaninchengeruch.

»*Ich denke, wenn ihr überhaupt was wittert, dann ist es höchstwahrscheinlich ein Rotfuchsrüde*«, belehrte Delia Ribot. »*Die Fähen sitzen still, weil sie wissen, dass die Fuchsrüden zu ihnen kommen. Wenn ihr die Spur einer Fähe findet, wird sie wohl ein bisschen auf Jagd gewesen sein; ihr wittert sie auf dem Rückweg zu ihrem Bau, besonders jetzt.*«

»*Warum haben wir aber dann Ende Oktober Fähen über so lange Strecken gejagt?*«, rätselte Ruthie.

»*Die Jungfüchse haben ihr Heim verlassen, um sich eigene Baue zu su-*

chen. Macht euch darüber jetzt keine Gedanken«, riet Delia ihnen. *»Ich sage euch, eins habe ich im Laufe der Jahre gelernt, und zwar das Unerwartete zu erwarten. Nach meiner Erfahrung wird uns eine Fähe heute eine tolle Hatz liefern. Eigenartige Geschöpfe, diese Füchse.«*

Nellie, auch ein altes Mädchen, kicherte. *»Das sagt Shaker von Frauen: eigenartig wie Füchse.«*

»Er hat nicht viel gesagt, seit er sich in Lorraine verguckt hat.« Ardent lachte.

Die anderen Hunde lachten mit ihm. Sofern Menschen es hörten, klang es, als würden sie in kleinen Stößen ausatmen.

Dragon drängte sich zwar nach vorn, war aber auf der Hut. Er hielt sich einen halben Schritt rechts hinter Cora. Was sie betraf, so würde sie ihn töten, wenn er sich noch einmal etwas herausnahm. Sie war Kopfhund und Leithund zugleich, und sie war nicht geneigt, sich weiteres schlechtes Benehmen bieten zu lassen.

Sie stießen auf dem Gelände nach Osten in Richtung After All Farm vor.

»Nicht viel.« Ardent witterte eine schwache Fährte. *»Das ist Comet.«*

»Lass uns die Spur aufnehmen, Ardent. Ist vielleicht alles, was wir heute kriegen. Wenn wir Glück haben, wird sie heißer.« Cora vertraute Ardent voll und ganz.

Die Hunde liefen mit Ardent, als er sich nordwärts wandte. Die Spur wurde deutlicher, blieb aber schwach, bis sie ein Bächlein überquerten, das in den Broad Creek mündete. Das dünne Eis knackte.

»Besser, besser«, rief Asa, und die Hunde schlugen an.

Alte, über vier Meter hohe Silberweiden, blattlos im Winterlicht, sprenkelten den Bachlauf. Lafayette bahnte sich seinen Weg auf dem tückischen Boden, sprang mit einem Satz über den Bach und trabte den Hunden nach, die sich stetig, aber in gemäßigtem Tempo voranbewegten.

Zwanzig Minuten folgten die Hunde dieser Spur bis zum Fuß vom Hangman's Ridge. Die Fährte schwenkte am Rand der Farmstraße zurück zur Pfirsichwiese. Die Hunde sprangen von der durch Zeit und Nutzung eingesunkenen Straße auf die Wiese.

Betty, in dem freien Gelände links von der Straße, fragte sich, ob der Fuchs in der Nähe sei. Sie befand sich an einer günstigen Stelle, um ihn aus der Deckung brechen zu sehen.

Sybil, rechter Hand, war am Rand der Pfirsichwiese. Die Hunde liefen hinüber, bellten lauter, wurden schneller. Sie ließen diese Wiese hinter sich, überquerten den breiten grasbewachsenen Weg, der Pfirsichwiese und Apfelwiese trennte, und stürmten auf die Apfelwiese. Sie verfielen in einen mäßigen Spurt, Cora blieb unmittelbar auf der Fährte, bis sie sich auf der Hälfte der Apfelwiese scharf nach links wendete.

Betty beobachtete es gespannt, schweigend.

Shaker, auf Showboat, folgte. Die Wittrung war jetzt stärker.

Der leuchtend rote Comet überquerte das offene Gelände und sah Betty dabei an. Er lief zum östlichsten Rand, sprang über das Schildkrötenrücken-Hindernis und von dort auf den Zaun. Er balancierte vorsichtig hundert Meter, sprang auf der anderen Seite herunter und verschwand im Wald.

So verlockend es war, dem Fuchs zu folgen und sich ihr ganz persönliches Jagderlebnis zu verschaffen – Betty wartete geduldig auf das Erscheinen der Leithunde. Nach drei Minuten kamen sie von der Apfelwiese gestürmt. Nach vier Minuten drängte sich der Großteil der Meute hinter Cora, Dragon und Dasher. Betty sah Shaker jetzt auf dem verschneiten Feldweg zwischen den Apfelbaumreihen kantern. Sobald die Leithunde mit ihr auf gleicher Höhe waren, wendete sie Outlaw und hielt sich mit ihnen bei zehn Uhr links von Cora, die auf zwölf Uhr lief. Das stellenweise matschige Gelände erforderte, dass man fest im Sattel saß.

Die Jagdhunde, die viel leichter waren als ein Pferd von sechshundert Kilo, bewältigten das Gelände mühelos. Sie kletterten über den Schildkrötenrücken, dann blieben sie stehen.

»Anhalten«, ordnete Sister an.

Das Feld hinter ihr hielt abrupt an, was hier und da zu Zusammenstößen und leise vor sich hin gemurmelten Flüchen führte.

»Ich kann ihn nicht finden. Ich hab nichts als die Wittrung auf dem Schildkrötenrücken«, bellte Ruthie, die über eine ausgezeichnete Nase verfügte.

»Immer mit der Ruhe, Ruthie. Füchse lösen sich nicht in Luft auf, so sehr sie uns das glauben machen möchten«, versicherte Diana ihr.

Das Feld schwärmte aus, um sich einen besseren Überblick zu verschaffen, Clay und Izzy gemeinsam – was unüblich war, weil Izzy meistens mit ihren Freundinnen am Schluss ritt. Sam Lorillard hielt sich weit hinten und konnte nichts sehen. Auch Gray konnte inmitten der Leute nichts sehen, hielt es aber für unklug, sich zu weit ins Gelände vorzuwagen, falls die Hunde umdrehten. Leute, die die Hälse reckten, konnten auf einer Fährte stehen und sie für die Hunde unbrauchbar machen, wenn sie dabei Schnee und Erde aufwühlten.

Die Hunde liefen zwanzig Minuten ziellos umher.

Ardent schlug vor, dass sie in beiden Richtungen am Zaun entlangliefen und eine Splittergruppe sich vom Schildkrötenrücken aus nach vorn bewegte, sollte es dem Fuchs gelungen sein, von dort abzuspringen.

»Dann muss er richtig weit gesprungen sein«, murmelte Delia.

»Wer sagt denn, dass er nicht getrampt ist? Target ist mal auf Klytemnestras Rücken geritten«, sagte Cora. *»So erzählt man es jedenfalls. Keiner von uns hat's gesehen, aber letzte Saison hat er jedenfalls den Kürzeren gezogen, und wir haben ihn gestellt, offen und ehrlich.«*

»Wir würden Spuren sehen. Wir würden das Vehikel riechen.« Dragon hatte keine Zeit, Betrachtungen anzustellen, weil er direkt am Zaun entlanglief.

Tinsel, die eifrig links am Zaun lief, erwischte eine Nase voll Fuchswittrung. *»Er ist hier!«*

Dragon bog im Sprung links ab und raste zu der Junghündin. *»Es ist Comet, ja!«* Die Hunde schlugen an, ihre Stimmen waren ein aufgeregter Chor.

Sister wartete, bis Shaker den Schildkrötenrücken übersprungen hatte, dann setzte sie hinüber, gefolgt vom Feld.

Die Fährte, eine magische, stechend riechende Wonnespur, schlängelte sich direkt über dem Schnee. Die Temperatur, die jetzt bei fünfeinhalb Grad lag, ließ sie aufsteigen und den moschusartigen Duft verströmen.

Die Hunde liefen durch den Wald, wo Sister auf den alten Wildpfad stieß. Bei ihrem hohen Tempo registrierte sie die Senken und Erhebungen im Boden nicht. Ihr einziger Gedanke war darauf gerichtet, die Hunde im Blick zu behalten und Shaker nicht zu bedrängen, der beim Reiten ins Horn blies und seine Meute aufmunterte.

Eine Schlucht querte den Pfad. Der Fuchs sauste geschickt hinab und machte sich die Gesteinsbrocken zunutze, um seine Spur zu verwischen. Er ging nicht den ganzen Weg hinunter in diesen tiefen Erdspalt. Die Hunde überschossen die Spur, jaulten enttäuscht und kehrten dann geduldig dorthin zurück, wo sie die Spur verloren hatten, um von Neuem zu suchen.

Darby setzte alle in Erstaunen, als er den ersten Gesteinshaufen beschnüffelte. Einige Brocken waren glatt und bedeckten eine Fläche von hundert Quadratmeter, blaues Eis füllte die kleinen Spalten. Er fand die Spur und stürmte aus der Schlucht. Er war so in seine Aufgabe vertieft, dass er vergaß, es den anderen zu melden.

Ardent beobachtete ihn, lief zu den Steinen, schnupperte und fand die Spur. *»Hier, Freunde, hier.«* Er rief Darby zu: *»Warte auf die Meute, Darby. Du kannst nicht einfach allein loslaufen, auch nicht, wenn du recht hast. Immer sachte, Freundchen.«*

Darby verlangsamte, und Ardent holte ihn ein. Binnen Sekunden waren Dragon, Dasher und die Leithunde an ihrer Seite.

»Gute Arbeit«, lobte Cora. *»War klug von dir, zu warten.«*

Darby war Ardent dankbar, dass er ihn vor einer Standpauke von Cora bewahrt hatte. Er senkte die Nase, hob den Kopf und stieß einen Freudenjuchzer aus.

Die Hunde liefen durch den Wald zurück, unter dem Zaun hindurch, während das Feld nach dem nächstgelegenen Sprung Ausschau hielt, zurück über das große verschneite Gelände, zurück zum Fuß vom Hangman's Ridge, wo der Fuchs verschwand. Keine Wittrung. Kein gar nichts. Keine Fußspuren.

»Das macht mich wahnsinnig!«, jammerte Tinsel.

»Er ist hier irgendwo«, sagte Trident voll Gewissheit.

Die Hunde waren konfus, irrten umher. Diana bemerkte an der Seite vom Hangman's Ridge ein dünnes Rinnsal, das über schwarze gezackte Gesteinsbrocken lief. Darunter war eine längliche blaue

Eismasse, die aussah, als seien Eiszapfen ein bisschen geschmolzen und wieder gefroren und hätten so diese imposante Eismasse geschaffen. Der Fuchs war dem Rinnsal nach unten gefolgt, und das Wasser hatte seine Spur fortgespült.

Als Diana seine Wittrung aufnahm, wusste sie, dass Comet ihr achthundert Meter voraus war. Dennoch, Fährte ist Fährte. Sie schlug an. Die Hunde umrundeten den Fuß des Hügels, liefen in südlicher Richtung, wendeten sich dann westwärts dem lang gestreckten Schwemmland zu, das von der Soldier Road zweigeteilt wurde.

Infolge des Untergrunds, der manche Pferde stärker erschöpft hatte, als ihren Reitern bewusst war, zog sich das Feld auseinander. Sie kämpften sich jetzt seit anderthalb Stunden durch den Schnee. Nicht einmal Jennifer konnte alle beisammenhalten; Bobby Franklin war bald gleichauf mit den Letzten des ersten Feldes, was deren Problem war, nicht seins.

Sister hob ihre Gerte über den Kopf, ließ sie dann sinken. Wolke Sieben, kaum erschöpft und mit einem herrlichen ausgreifenden Tritt, preschte los, zog an Nachzüglern vorbei, preschte mitten durchs Feld und gelangte schließlich hinter das Häuflein unerschrockener Reiter, das Sister folgte. Sam überholte Izzy, die zurückfiel. Kam neben Marty und Crawford, die beide recht gut durchhielten. Wolke Sieben griff aus, und Sam dachte sich, warum sich mit dem Pferd anlegen? Es lief mit großen Schritten, fand es herrlich, und es gab keinerlei Hemmnisse. Sam hoffte, das große Vollblutpferd zur Ordnung rufen zu können, wenn es sein musste. Sie hatten daran gearbeitet.

Aber Picasso hatte anderes im Sinn, er legte die Ohren an, als er Wolke Sieben nahen hörte. Clay vernahm die Hufschläge hinter sich und ritt aus dem Weg und bergauf. Ronnie, besser beritten und ein besserer Reiter, verlangte mehr von seinem Pferd; es gehorchte und ritt bergauf, bis sie neben Edward waren.

Walter fiel ein wenig zurück, weil er es nicht für geboten hielt, dass Rocketman sich ein Rennen lieferte. Zudem war dies seine erste Saison mit diesem Pferd, und er wollte es erst besser kennenlernen.

Als Wolke Sieben an die Seite von X und Picasso kam, holte der Schecke zu einem Seitentritt aus. Treten ist schlimm genug, aber ein Seitentritt ist richtig gemein. Die Hufe, von denen der Schnee in matschigen Klumpen abfiel, schimmerten matt im verblassenden Licht. Picasso verfehlte knapp sein Ziel.

»Idiot!« X sah Sam mit finsterem Gesicht an. »Du bist ein Stallknecht. Bleib gefälligst hinten.«

»Mich führst du nicht hinters Licht, du fette Sau. Ich weiß, du und Clay, ihr wollt die Knete von der Versicherung abräumen. So wie ihr Mitch und Anthony abgeräumt habt«, fauchte Sam mit lauter Stimme.

»Himmel, wovon sprichst du?«

Sister hörte den Tumult und drehte sich um. »Aus!«

Das hatte keinerlei Wirkung auf die zwei; Sam rammte Picasso wie beim Abdrängen beim Polo, bevor der massige Schecke noch einmal austreten konnte. Ehe Sam sich vor Xavier setzen konnte, warf Xavier ihm seine Peitschenschnur um den Hals, würgte ihn und zerrte ihn vom Pferd.

Clay, dem die Anspannung zu viel wurde, drehte durch, als er Sams unverfrorene Herausforderung an X hörte. Er hielt nicht an, um die zwei zu trennen. Er stürmte an Tedi und Edward vorbei, kam neben Sister und packte mit der linken Hand Lafayettes Zügel.

»*Hey!*«, schimpfte Lafayette.

Sister, die Ruhe selbst, ließ den Zügel fallen. »Ich finde es bedauerlich, dass du es warst, aber ich dachte mir, dass du den Köder schluckst.«

Clay drehte sich im Sattel, um sie mit der rechten Hand auf den Oberkörper zu schlagen, doch dafür musste er über seinen eigenen Oberkörper hinweg ausholen. Er konnte keinen glatten Hieb landen. Sister versuchte Lafayette mittels Schenkeldruck zu höherem Tempo anzuspornen. Er war ein schnelleres Pferd als das von Clay, aber weil er den Kopf zu Clay wendete, konnte er seinen Tritt nicht verlängern.

»Sachte, sachte«, sprach Sister zu ihrem geliebten Pferd.

Sie streifte die Steigbügel ab, schwenkte beide Beine nach hinten und dann nach oben, um Schwung zu bekommen, griff mit den Händen nach vorn und hielt sich mittels Lafayettes Hals im Gleichgewicht. Halb stand sie, beide Füße jetzt mitten auf dem Sattel. Dann sprang sie hinter Clay auf sein Pferd.

Clay ließ Lafayettes Zügel los, doch der schöne Schimmel lief weiter nebenher und rief den Hunden zu: *»Cora! Diana! Delia, Nellie, Hunde, stop, stop! Sister braucht euch.«*

Nellie, die am Schluss lief, hörte ihn. »*Halt, anhalten!*«, bellte sie, was das Zeug hielt.

Die Hunde liefen langsamer. Cora drehte sich um und sah Sister hinter Clay, einen Arm um seinen Hals, den anderen vorgestreckt zu dem Zügel, den sie aber nicht erreichen konnte.

Clay versetzte ihr einen brutalen Stoß. Ihre Beine waren aber so kraftvoll, dass sie den Griff um sein Pferd nicht lockerte, obwohl sie keine Steigbügel hatte.

Tedi und Edward, auf schnellen Pferden, kamen nahe an die zwei Kämpfenden heran. Das Feld sah mit Entsetzen zu, wie die Jagdherrin sich an Clay und das Pferd klammerte.

Sie legte die Arme fest um Clays Hals; er hob die Hände, die Hinterbeine rutschten seinem Pferd weg, und es schlitterte auf dem Hinterteil über den Schnee. Die zwei Menschen rutschten herunter und rangelten am Boden weiter.

Eins achtzig groß und mit hundertfünfzig Pfund strammen Muskeln war Sister eine ernst zu nehmende Gegnerin. Aber Clay war eins fünfundneunzig groß, im mittleren Alter und hundert Kilo schwer. Er war ihr überlegen, doch sie weigerte sich, von ihm abzulassen. Er griff mit der rechten Hand in seine Tasche, zog ein Klappmesser hervor und ließ es aufschnappen. Er rammte sein Knie in ihren Rücken, umklammerte sie mit dem linken Arm und hielt ihr das Messer mit der rechten Hand an die Kehle.

Ehe er in die Drosselvene schneiden konnte, rammte Dragon, der kräftigste Hund, ihn von der Seite. Achtzig Pfund wilde Wut rissen Clay von Sister weg. Das Messer glitt ihren Hals entlang, Blut spritzte auf ihr weißes Plastron und sprenkelte den Schnee, als sie auf ein Knie sank, die Hand an der Kehle.

»*Tötet ihn!*«, schrie Cora. Die gesamte Meute fiel über Clay her;

sie zerrissen seine Reithose, zerbissen seine teuren Dehner-Stiefel, zerrten an seinen Händen, die er sich instinktiv an die Kehle hielt.

Shaker blies sie zurück. Sie verweigerten den Gehorsam. Er galoppierte hin und saß ab, als Betty und Sybil hinzukamen. Er sah Blut im Schnee und hätte Clay am liebsten eigenhändig umgebracht.

»Aus. *Aus!*« Die Meute gehorchte mit grimmigem Widerstreben.

Trotz seiner schlimmen Blessuren taumelte Clay zu seinem Pferd, das sich aufgerappelt hatte und still dastand. Clay schwang sich hinauf, doch Gray, der schneller ritt als je zuvor in seinem Leben, holte ihn ein, beugte sich hinüber und stieß ihn herunter.

Walter sprang vom Pferd, noch bevor Rocketman stehen blieb, und stürmte durch den Schnee zu Sister. Blut rann zwischen ihren Fingern, die sie sich an die Kehle hielt.

Betty und Sybil richteten sich nach Shaker, der regungslos stand. Walter war Arzt. Wenn er sie brauchte, würde er es sagen. Zunächst galt es, die Meute in Schach zu halten, die knurrend zusah, wie Clay abermals zu seinem Pferd taumelte.

Gray drehte sich um, während Edward angeritten kam. Die zwei Männer stiegen von ihren Pferden und packten Clay. Wortlos legte Edward seine Reitpeitsche an Clays Kehle und fesselte ihm die Hände mit der langen Schnur, sodass er sich erwürgen würde, wenn er sich bewegte.

In der Ferne ritten Dalton Hill und Isabelle auf Teufel komm raus zu den Pferdeanhängern.

Ben Sidell machte sich nicht die Mühe, sie zu verfolgen. Er zog sein Mobiltelefon hervor und instruierte seine Beamten.

Sam und Xavier ließen davon ab, aufeinander einzudreschen. Sie hievten sich auf ihre Pferde und ritten zu dem Desaster.

Ben kam hinzu.

»Nur oberflächlich geritzt, Gott sei Dank«, sagte Walter zu Ben, während er vorsichtig Sisters Plastron aufband und es ihr als Verband um den Hals wickelte.

»Gott verdammich, Sister, sind Sie eine Rodeo-Queen oder was?«, fluchte Ben voll Bewunderung und Erleichterung.

Sie nickte, und Walter legte seine Arme um sie. Sprechen konnte sie nicht.

Tedi, jetzt ebenfalls zu Fuß, nachdem sie Ronnie ihren Zügel übergeben hatte, kam herbei, um zu sehen, ob ihre beste Freundin Hilfe brauchte. Sie blieb kurz stehen; das Bild, wie Walter Sister umarmte, ließ ihre Emotionen überschwappen. Tränen liefen über ihre Wangen.

Bei sich dachte sie: Ein Sohn ist heimgekehrt. Und zu Sister sagte sie: »Janie, Janie, komm, ich helf dir nach Hause.«

»Ich kann reiten«, krächzte Sister. Ihre Kehle schmerzte von dem Schnitt und von dem Kampf. Zu X und Sam sagte sie halb flüsternd: »Danke, Jungs, gut gemacht.«

»Mein Gott, bist du ein Sturkopf.« Tedi warf den Kopf zurück und lachte, weil die Spannung nachließ, lachte, weil sie noch am Leben waren.

»Brave Hunde.« Shakers Stimme zitterte vor Ergriffenheit.

»Wir wollen zu Mom«, flehte Diana Shaker an.

Die Meute rückte langsam zu Sister hin. Da Shaker sie so gut kannte, ließ er sie gewähren und ritt auf Showboat zu seiner Jagdherrin.

»Ich kann ihn immer noch töten!«, verkündete Dragon lauthals.

Cora kam zu Sister und sah sie an. *»Geht's wieder?«*

Da war's um sie geschehen. Tränen flossen, Sister kniete sich hin, ihre Hunde scharten sich um sie, leckten sie, rieben sich an ihr. Lafayette senkte den Kopf und stupste sie ebenfalls.

»Die besten Freunde, meine besten Freunde«, weinte Sister und umarmte und streichelte jeden einzelnen Hund.

Unterdessen weinten alle im Feld, sogar Xavier und Sam. Xavier sah Clay an. Eine lebenslange Freundschaft war zerbrochen, aber eine andere gerettet. Er schluchzte. Ihm war, ebenso wie Ronnie, in diesem Moment bewusst geworden, wie sehr er Sister liebte.

»Sister, wollen wir nicht zu Fuß zur Farm gehen?« Shaker fand endlich die Sprache wieder.

Sie erwiderte in lautem Flüsterton: »Ich kann reiten. Walter kann mich später zusammenflicken, ja?«

»Ich reite mit ihr. Sieht schlimmer aus, als es ist, Shaker.« Walter verschränkte die Hände zu einer Steighilfe für Sisters linken Stiefel. Tedi hielt Lafayette, der glücklich wieherte, als er die vertraute Last auf seinem Rücken spürte.

Tedi wandte sich mit fester Stimme ans Feld: »Wir lassen es für heute genug sein. Eure Jagdherrin ist entschlossen, zurückzureiten, darum reiten wir mit ihr.« Sie hielt inne, musterte jedes einzelne besorgte Gesicht, und noch während die Tränen ihr wieder übers Gesicht liefen, lächelte sie. »Sie ist ein Dickkopf, aber ich liebe sie.«

Sie hörten die Sirenen auf der Soldier Road, und da fingen alle auf einmal zu reden an.

Als sie beim Zwinger anlangten, hatten vier Streifenwagen Dalton und Isabelle bei den Anhängern in die Zange genommen.

Walter bestand darauf, dass Sister sich in ihrer Küche hinsetzte. Die Mädchen übernahmen die Pferde, wobei Sister mit heiserer Stimme klagte, sie müsse ihre Hunde zählen.

Walter übernahm das Kommando. »Das hat Zeit bis später.«

Betty küsste Sister auf die Wange. »Shaker, Sybil und ich können das machen. Ich komm zu dir, wenn wir fertig sind. *Du* kümmerst dich jetzt um *dich*, Sister. Es gibt nur eine Sister.«

Tedi, Edward und Gray folgten Walter, wobei Sister murrte, sie brauche keine Eskorte, ihr fehle nichts, und so weiter und so fort.

Sobald Sister auf dem Küchenstuhl saß, kamen Raleigh und Gockel, die ihr Blut rochen, winselnd zu ihr und klebten an ihr wie die Kletten.

»Platz«, krächzte sie.

»Wenn ich dich lecke, heilt es schneller«, verhieß Raleigh.

»Hmpf.« Golly sprang auf Sisters Schoß. *»Hunde lecken, igitt. Ich weiß was Besseres.«* Sie legte Sister die Pfoten um den Hals, während Walter das Plastron aufwickelte.

»Golly, du musst runter«, wies Sister sie an.

Da Golly nicht weichen wollte, griff Tedi sich die Katze und setzte sie auf den Fußboden.

»Das zahl ich dir heim«, drohte Golly, dann legte sie sich zu Raleigh in sein Bett.

Edward, der Sisters schwarzen Reitrock hielt, sah, dass die Vorderseite mit Blut durchtränkt war. Er hängte den Rock in den Windfang und nahm sich vor, ihn zur Reinigung zu bringen.

Walter knöpfte ihre weiße Bluse auf, die ebenfalls voll Blut war. »Sister, du musst die Bluse ausziehen. Ich will sichergehen, dass du keine weiteren Verletzungen hast. Wenn das Adrenalin so in die Höhe schießt, spürt man Knochenbrüche manchmal stundenlang nicht.«

Sister sah Edward und Gray an. »Ich bin weiß Gott nicht besonders schamhaft, aber ich bitte euch Herren zu bedenken, dass Britney Spears nichts hat, was ich nicht auch habe; bloß hab ich es schon länger.«

Sie lachten, dann sagte Edward: »Gray, wollen wir in die Bibliothek gehen? Walter, wenn du uns brauchst, du weißt, wo wir sind.«

»Ja.« Walter wartete, bis sie die Bluse ausgezogen hatte, dann zog er ihr vorsichtig das langärmelige seidene Unterhemd aus.

Tedi sah Walter zu, der Sisters Rippen sowie die Knochen an Hals und Armen abtastete. »Clay hat ein paar heftige Hiebe gelandet.«

»Ja, aber der Rock ist aus schwerem Stoff.«

»Mmm, du wirst ein paar blaue Flecken kriegen.« Er deutete auf rote Male auf ihrer Brust und ein großes am Rücken, wo sie auf die Erde gefallen war.

Tedi trat näher. »Die werden sich schwarz, dann lila, dann purpurrot färben. Schick.«

»Na prima.« Sisters Hals brannte, wo der Schnitt war.

»Ich werde das jetzt säubern. Tut weh«, warnte Walter.

Tedi brachte eine Schüssel mit warmem Wasser, ging ins Badezimmer im Erdgeschoss und kam mit Waschlappen und Handtuch wieder. Sister schloss die Augen, als Walter die Wunde wusch, die wieder zu bluten anfing, weil das verkrustete Blut abgewaschen wurde.

»Muss es genäht werden?«, fragte Tedi.

»Nein.« Walter untersuchte, wie tief der Schnitt war. »Sie hat Glück gehabt. Halt es sauber. Es wird weiterbluten. Wickel dir einen weichen Mullverband um den Hals. Es wird schnell gerinnen, aber immer wenn du den Mullverband abmachst, wird es ein bisschen bluten. Ich bring dir was zum Desinfizieren vorbei.«

»Kann sie Neosporin nehmen?«, fragte Tedi. »Das hat sie oben.«

»Das hilft.«

»Ach, klatsch einfach Betadin auf mich drauf«, schlug Sister vor.

»Wenn du mit einem orangen Hals rumlaufen willst, hab ich nichts dagegen.« Walter drückte ihre Schulter. »Nimm ein langes heißes Bad, wenn wir weg sind. Je eher du in die Wanne kommst, desto besser. Das lindert die Prellungen und Schwellungen«, ordnete Walter an. »Und leg hinterher Eis auf die Brustprellung.«

»Ich bleibe bei ihr«, erbot sich Tedi.

»Ich bin kein Krüppel.«

»Noch nicht«, erwiderte Tedi frech. »Solange ich hier bin, können wir quatschen. Du kannst mir erzählen, warum Clay dich angegriffen hat. Ich nehme an, du weißt mehr über den Brand als wir Übrigen.«

»Ich konnte nichts beweisen. Und dann hat Clay Panik gekriegt.«

»Woran du sicher nicht unschuldig warst«, erwiderte Tedi. »Ich geh nach oben und lass dir dein Bad ein.«

42

Ihr taten Stellen weh, von deren Existenz sie gar nicht gewusst hatte. Steif bewegte Sister sich im Zwinger durch den Auslauf der Rüden. Sie waren wieder ins Freie gebracht worden, nachdem sie im Fütterraum gefressen hatten.

»Danke, Jungs.« Sister strich jedem Einzelnen über den Kopf, kniete sich unter stechenden Schmerzen hin, um seinen breiten Brustkorb zu streicheln.

»Ich hätte ihn zu gerne getötet.« Dragon schob seinen Kopf unter ihre Hand und drängte seinen Bruder aus dem Weg.

»Bist ein tapferes Kerlchen, Dragon.« Sie langte über den schönen

Dreifarbigen hinweg, um Dashers Schädel zu kraulen. »Jungs«, wandte sie sich an alle Rüden, »ihr seid die Lieben meines Lebens.«

Danach ging sie wieder in den Fütterraum, wo die Weibchen waren. Sie sagte ihnen, sie seien großartig, störte sie aber nicht weiter, weil sie gerade fraßen. Diana entfernte sich immer wieder von dem länglichen orangeroten Futtertrog, um Sister mit der Nase zu stupsen.

»Braves Mädchen, jetzt geh und friss, sonst nimmt sich Delia oder Nellie deine Portion.«

»Delia ist die Verfressene, ich nicht«, widersprach Nellie.

»Danke, dass du meinen Zwingerkittel gewaschen hast. Muss wohl gestern Abend gewesen sein«, sagte Shaker.

»Tedi hat hier übernachtet, da haben wir schnell ein paar Sachen erledigt. Sie wollte, dass ich länger in der Wanne blieb, aber ich sah schon aus wie eine weiße Backpflaume. Ich kann einfach nicht rumsitzen.«

»Ich wollte, ich hätte gesehen, wie du auf Clays Pferd gesprungen bist. Ich war mit den Hunden zugange und wusste nicht, was los war, bevor die Meute umgedreht ist. So was aber auch, da drehen sie mir nichts, dir nichts um. Haben einfach die Fährte verlassen und sind zu dir gekommen.«

»Gott sei Dank. Lafayette hat gewiehert, die Hunde der Nachhut sind umgedreht.« Sie lehnte sich an die Wand; ihr Rücken schmerzte. »Sie kommunizieren untereinander. Das konnten wir einst auch. Einst waren wir Teil der großartigen Naturkommunikation, aber dann haben wir uns Rosinen in den Kopf gesetzt. Wir erheben uns über alles, und dabei sind wir allein, entsetzlich allein.«

Er verschränkte die Arme vor seinem breiten Oberkörper. »So kann man es auch sehen. Die meiste Zeit denke ich, wir sind krank.«

»Krank und draufgängerisch oder krank und feige. Dazwischen ist nicht viel.« Sie nickte betrübt. »Tedi denkt tiefer als ich. War schon immer so. Gestern Abend haben wir uns unterhalten, und sie sagte, im Mittelalter waren die Menschen gefühlsbetonter als heute. Sie haben ihre Gefühle ausgedrückt. Wir sind abgestumpft. Je weiter wir uns von der Natur, von unserem animalischen Ich und von anderen Tieren entfernen, desto stärker rosten unsere Gefühle ein. Sie hat es freilich eloquenter ausgedrückt; ich gebe es wieder, so gut ich kann.«

Shaker lächelte. »Ich könnte mir vorstellen, dass Gray dich gestern Abend nur zu gerne gepflegt hätte.«

Sie erwiderte sein Lächeln umgehend. »Zu meinem Glück, aber das war ein Abend, an dem ich mich mit meiner ältesten Freundin austauschen musste, ein Abend zweier Seelen, falls du verstehst, was ich meine. Ich denke, so etwas ergibt sich aus einer tiefen Freundschaft. Sobald Sex im Spiel ist, laufen Lüsternheit, Begierde und Verzauberung auf Hochtouren. Doch die stille, unabänderliche Liebe zwischen besten Freunden«, sagte sie und sah ihm in die Augen, »die hat auf der Welt nicht ihresgleichen.«

»Mein Bruder«, erwiderte Shaker. »Das hab ich mit meinem Bruder. Krieg ihn allerdings nicht oft zu sehen.«

»Wir sind glücklich dran. Wir haben einen festen Freundeskreis, und im Moment sieht es ganz danach aus, dass uns etwas auch von der anderen Liebe beschert ist.« Er errötete, und sie fuhr fort: »Die Menschen, die diese Liebe nicht haben, verbittern oder sie vertrocknen, sind voller Hass. Ich denke, so ist es Clay ergangen.«

»Er hatte Freunde. Er hat eine Frau.«

»Er war nie ehrlich. Schon als Kind hat er gelogen. Wollte immer sein, was er nicht war. Er hat geheiratet, um Eindruck zu schinden, nicht wegen einer tiefen emotionalen Bindung.«

»Es gibt keine Entschuldigung für ihn.«

»Nein. Aber komisch, manche Leute sind nie zufrieden. Sie wollen mehr, immer mehr.«

»Hat Ben angerufen?«

»Kurz. Clay will nichts zugeben. Redet sich auf Seelenqualen raus, Nervenzusammenbruch.« Sie holte Luft. »Ist was Wahres dran. Izzy hält auch dicht, aber Ben sagt, der gute Dr. Hill singt wie ein Kanarienvogel.«

»Und?«

»Drogen. Zur Leistungssteigerung. Wie ich vermutet hatte.«

»Zu schade, dass wir keine gekriegt haben.« Shaker unterdrückte ein schallendes Lachen.

»Wohl wahr.« Sie lachte laut. »Nun gut, es ist eine Sache, wenn jemand in meinem Alter HGH nimmt. Wenn ein fünfzehnjähriges Schulkind sich vollpumpt, ist das ganz was anderes. Und Dalton sagt, das Netzwerk hat den gesamten Mittelsüden abgedeckt.«

»Was hatten Mitch und Anthony damit zu tun?«

»Sie haben die Drogen in den Möbeln geliefert. Sie hatten nie die langen Fahrten außerhalb des Staates, weil Clay meinte, sie würden irgendwo zwischen hier und Tennessee auf Sauftour gehen. Mitch ist dahintergekommen und hat es Anthony erzählt. Sie beschlossen, Clay zu erpressen. Du musst bedenken, Shaker, die zwei hatten ihre lichten Momente, aber sie haben viele Gehirnzellen abgetötet. Wie rechte Idioten haben sie Clay direkt gedroht. Er hat gezahlt, und sie haben es sofort versoffen. Nachdem es ein paar Monate so ging, war es leicht, zwei Flaschen Whiskey mit Schierling zu versetzen. Clay war im Ponyclub, er hat als Kind mit mir Natur-Exkursionen gemacht; er kannte Dollkraut so gut wie ich. Er konnte es ausgraben, ohne dass es ihm schadete. Dollkraut wächst hier überall. Wir werden es nicht los. Das war also nicht weiter schwierig für Clay. Herrje, es ist so verdammt idiotisch.«

»Das kann man wohl sagen.«

»Und Izzy hat sich dem Luxus auf den Schoß gesetzt und wollte nicht wieder aufstehen.«

»Mit Dalton hat sie auch geschlafen. Kein Wunder. Sie war bereit, Clay sausen zu lassen, sollte es den Bach runtergehen. Dabei fiel mir die Jagd auf Foxglove ein, als Bitsy Onkel Yancy beschattet hat. Izzy und Dalton haben sich eindeutig mit den Blicken gesucht. Der arme Clay war zu gerne reich. So gerne, dass er Recht nicht mehr von Unrecht unterschieden hat.«

»Was ist mit Donnie passiert?«

»Hat sich blöd angestellt. Er hat gesehen, dass Mitch und Anthony sich ab und zu was dazuverdient haben. Anthony hat ihm erzählt, was sie machten, dass sie Geld aus Clay herauspressten. Donnie wäre von selbst nicht darauf gekommen. Doch sobald Anthony und Mitch aus dem Weg waren, trat Donnie in Aktion und verlangte eine ganze Menge mehr.«

»Man sollte meinen, er wusste, dass er der Nächste sein würde.«

»Ja, nicht wahr? Das menschliche Gehirn hat eine sagenhafte Fähigkeit zur Verdrängung. Clay hat ihn ins Lagerhaus gelockt, es gab einen kurzen Kampf. Donnie verlor das Bewusstsein, allerdings nicht durch einen Schlag auf den Kopf. Gaston Marshall meint, Clay hat Donnie die Luft abgedrückt, daher die Würgemale am Hals.«

»Gaston ist ein guter Gerichtsmediziner. Muss er sein, um aus der verkohlten Leiche was rauszulesen.«

»Und Clay hat das Feuer gelegt. Der entscheidende Hinweis war der Benzinkanister in Donnies Nähe. Donnie war nicht so jämmerlich dumm, jedenfalls nicht in physikalischen Dingen.«

»Ja. Klingt plausibel.« Shaker wischte sich die Hand an seinem Zwingerkittel ab. »Drei Menschen tot. Wofür? Drei andere kommen ins Gefängnis.«

»Sie haben eine Weile im Luxus gelebt.«

»Die Dreieinigkeit.« Shaker ging zu der jungen Hündin. »Hierher.« Er brachte sie zu einem weniger umlagerten Futtertrog. »Immer will sie ganz nah bei ihren Schwestern sein, und die fressen schneller als sie.«

»In puncto Tischmanieren ist sie eine Dame.«

»Die Einzige.« Shaker lachte.

»Ich bin nur froh, dass wir zeitig zu dem Futter mit höherem Fettgehalt und viel Protein gewechselt sind. Bei dieser Kälte und den unglaublich schnellen Jagden, die wir hatten, wäre das Gewicht der Schätzchen schnell runtergegangen. Ich will keine spindeldürre Meute.«

»Wenn das Gewicht erst mal schwindet, kriegt man es vor Ende der Saison schwer wieder drauf. Sie sind wie Menschen; manche neigen zu Übergewicht, andere nicht. Die meisten in unserer Meute neigen zu Magerkeit.«

»Ja. Und ich kann dich nicht genug loben für deine Zwingerpraktiken und dafür, dass du auf die Ernährung achtest. Guck nur, wie ihr Fell glänzt.«

»Das ist mein Job«, erwiderte er bescheiden.

»Hör mal, es gibt Leute, die machen denselben Job, bloß verstehen die nichts davon. Menschenskind, wenn ein Master nichts von

Hunden versteht und der Meuteführer nichts taugt, dann leidet die arme Meute. Das ist auch ein Grund, weshalb wir den M. F. H.-Verband und die Bezirksbevollmächtigten brauchen.« Sie sprach von dem amerikanischen Jagdhundezüchterverband, der Kanada und die Vereinigten Staaten in Bezirke mit jeweils einem gewählten Bevollmächtigten unterteilte.

Unter anderem hatten diese Bevollmächtigten die Aufgabe, darauf zu achten, dass die Meuten in ihrem Zuständigkeitsbereich anständig gehalten wurden.

»Die sind schon genau wie die Regierung, schicken lauter Papierkram.«

»An mich.«

»Und du gibst das Zeug dann an mich weiter!«

»Einen Teil.« Sie stupste ihn mit dem Zeigefinger.

Shaker kam wieder auf die dramatischen Ereignisse zu sprechen: »Meinst du, Clay hätte davonkommen können?«

»Er ist ausgerastet. Er war aber auch leichtfertig. Wäre es nicht klüger gewesen, Mitch und Anthony zu bezahlen und sie dann später loszuwerden, irgendwo weit weg? Ich glaube, der Druck auf ihn wurde langsam zu stark. Vielleicht war Izzy habgieriger, als wir wissen, oder Dalton hat kalte Füße gekriegt. Er scheint der Typ dafür zu sein.«

Shakers Augen blitzten. »Du begehst gerade die perfekten Morde, wie?«

»Ich?«

»Du hast gesagt, Clay hätte es geschickter anstellen können.«

Sie wurde rot. »Du hast recht.«

»Vielleicht ist es leicht«, sagte er.

»Was?«

»Morden. Diebstahl, was weiß ich. Vielleicht denkt man nur daran, was für einen selbst richtig ist, und nicht daran, was für uns Übrige richtig ist. Worin unterscheiden sich Clay Berry und Kenneth Lay, der Boss von Enron? Sicher, Kenneth Lay hat niemanden umgebracht, aber ist der Impuls ein anderer?«

»Es ist verzwickt, Shaker. Ich verstoße gegen Regeln. Ich übertrete die Geschwindigkeitsbeschränkung, wenn ich denke, dass ich nicht erwischt werde. Vielleicht ist es derselbe Impuls, von dem du sprichst: Ichbezogenheit.«

»Nicht derselbe«, widersprach er.

»Okay, nehmen wir eine andere Regel: Sexualverhalten. Als ich jünger war, habe ich gegen die Regeln verstoßen. Vielleicht verstoße ich jetzt auch dagegen. Was unterscheidet das von, sagen wir, der Idee, Oxycontin zu verkaufen, weil die Leute es wollen? Gibt's da feste Moralgesetze? Sind sie in Stein gemeißelt? Liegt Sexualverhalten auf einer anderen Ebene als Finanzgebaren? Wenn man anfängt, darüber nachzudenken, macht man sich verrückt.«

»Nein.« Seine Stimme war fest. »Sex betrifft unser animalisches Ich. Das ist was Natürliches. Geld, das ist was Künstliches, von Menschen Gemachtes. Tiere verteidigen ihr Revier, wir dagegen haben erhabenen Besitz geschaffen, der von einer Generation zur nächsten vererbt wird. In der Natur muss ein Tier stark genug sein, um sein Revier zu verteidigen, wie der Berglöwe, auf den wir gestoßen sind, oder der Dachs. Wir haben die Naturgesetze verbogen und verbiegen sie weiterhin. Eine Affäre zu haben ist eine Sache, drei Menschen zu töten ist eine andere.«

»Du hast recht, aber wenn ich über all das nachdenke, wird mir schwindlig. Und als ich rausgekriegt habe, dass Clay dahintersteckte, ist mir schlecht geworden. Ich hatte es direkt vor der Nase, aber ich wollte es nicht sehen. Schließlich hab ich's dann doch gesehen.«

»Es fällt schwer, einen alten Freund auf neue Weise zu betrachten.«

Sie plauderten, bis alle Hunde gefüttert, die Höfe aufgeräumt, die Ausläufe abgespritzt waren.

Danach verließen sie den Zwinger, gingen an den Koppeln vorbei, auch an denen für die Stuten.

Secretary's Shorthand stand im Schnee und liebkoste ein hellbraunes Fohlen, das auf wackligen Beinen stand und nuckelte.

»Boss, wie kommt das Fohlen da rein?«

Trotz ihrer Verletzungen kletterte Sister über den Zaun, Shaker dicht hinterher. Sie gingen zu der zufriedenen Stute.

»Man hat es ihr nicht angesehen!« Sister war erstaunt und begeistert.

»Hier hat sie auch kaum mehr.« Er drückte eine von Secretarys Zitzen, und ein Milchstrahl schoss heraus. »Alles in bester Ordnung.«

»Sie hat das Baby ganz allein geboren!«

Shaker lachte, sein Gesicht strahlte. »In der Wildnis machen sie das immer, aber ich hab nicht mal gemerkt, dass sie trächtig war. Manchmal führen sie einen an der Nase herum.«

Sister nickte und schlang ihren Arm um seine Taille. »Leben. Neues Leben!«

Glossar

anschlagen	das Melden der Hunde, wenn sie eine Spur gefunden haben
Bau	unterirdisches System aus Röhren, dient als Unterschlupf, Wohnung, Vorratsspeicher etc. für Füchse, Dachse und andere Erdbewohner. Hat zumeist mehr als einen Ausgang
Duftspur	die Spur des Jagdwildes, hier eines Fuchses, die auch vom Wind getragen werden kann
einfahren	in den Bau schlüpfen
Einjagd	Die jungen Hunde werden an alte Hunde der Meute angekoppelt, sodass sie Paare bilden. Das gilt auch für unerfahrene Pferde und Jagdreiter/innen. Die werden nicht zusammengekoppelt, bekommen aber erfahrene Partner an die Seite gestellt, die den Pferden und vor allem den Menschen das rechte Benehmen während der Jagd vermitteln.
Equipage	alle Teilnehmer, die innerhalb der Jagdgesellschaft offizielle Posten bekleiden, darunter der Meuteführer, die Piköre und der Jagdleiter

Exterieur	der Körperbau, die Anlagen eines Pferdes; sie sagen viel über seine Leistungsfähigkeit und -dauer aus
Fähe	der weibliche Fuchs
Fährte	auf den Boden beschränkte Spur des Wildes
Feld	Teil der Jagdgesellschaft. Diese teilt sich oft in drei Felder auf. Im ersten muss, im zweiten kann gesprungen werden, im dritten – oder hinteren – werden die Hindernisse umgangen.
Feldmaster	wird vom Master bestimmt, um das Feld zu führen. Oft ist dies der Jagdherr oder die Jagdherrin selbst.
Feldpikör	s. Pikör
Geläut	das Bellen während der Jagd auf der gefundenen Fährte
Gone away	das Hornsignal, wenn ein Fuchs aus der Deckung kommt. Es besteht aus einem lang gezogenen Stoß, gefolgt von kurzen Zweier- oder Dreiertönen, die kurzen Töne drei-, viermal hintereinander.
Horridoh	Freudenruf, wenn der Fuchs gesichtet wird
Jagdfeld	s. Feld
Jagdherr/in	Gastgeber/in bei einer Reitjagd. Das kann sowohl der private Besitzer eines Jagdgebietes als auch der erste Vorsitzende des einladenden Vereins sein. Der Jagdherr oder die Jagdherrin ist für

	die Durchführung der Jagd verantwortlich. Jagdherrin und Master ist in diesem Buch ein und dieselbe Person – was im Allgemeinen nicht üblich ist.
Joint-Master	stellvertretender Jagdleiter. Er geht dem Master zur Hand und ist für jeweils einen Aspekt der Jagd und einen Bezirk des gesamten Reviers zuständig.
Kopfhunde	die Hunde, die mittels Nase und oft höherer Intelligenz die Wittrung als Erste finden und dranbleiben. Sie sorgen außerdem dafür, dass die Meute zusammen und auf der richtigen Spur bleibt; sie bringen die Nachzügler oder Abweichler auf Trab und zurück zur Meute.
Koppel	Die Hunde der Meute werden in Paaren gezählt, die, wenn sie zusammengeleint sind, als Koppel bezeichnet werden. Eine Jagdhundmeute wird immer in Koppeln gezählt, auch wenn die Hunde nicht aneinandergeleint sind.
Leithunde	die Hunde, die dafür sorgen, dass die Meute zusammenbleibt, die Nachzügler oder Abweichler auf Trab und zurück zur Meute bringen
Lunte	der Schwanz des Fuchses
Master	Jagdleiter oder -vorsteher. In diesem Falle gleichbedeutend mit Jagdherr/in. Hat während der gesamten Jagd die Oberaufsicht sowie das absolute Sagen und darf niemals von anderen überholt werden
Master of Foxhounds	Jagdaufseher/in oder Jagdherr/in

Meuteführer	ist für die Jagdhunde verantwortlich; er reitet vorn, aber hinter der Meute, im Vorfeld mit.
M. F. H.	s. Master of Foxhounds
Nachhut	die Hunde, die das Schlusslicht der Meute bilden. Nicht unbedingt deswegen, weil sie keine Lust haben; es kann sich um ältere Hunde handeln. Oft kommt der Nachhut die schwierige Aufgabe zu, ihre Arbeitskollegen zusammenzuhalten und deren Arbeit zu koordinieren.
Nase	der Spürsinn (s. d.) des Jagdhundes
Piköre	Es gibt mehrere Arten von Pikören: die Piköre der Meute, die diese mit Hetzpeitschen wieder auf den rechten Weg bringen. Die Feldpiköre, die seitlich der Felder mitreiten und auf Disziplin achten. Die Lumpensammler. Die Feldführer, die die jeweiligen Felder anführen
Plastron	aufwändig gebundenes, drei Meter langes Halstuch, das im Notfall als Verband für Mensch und Tier dient. Wird mit der Plastronnadel getragen, die notfalls auch zum Einsatz kommt
Ranzzeit	die Paarungszeit der Füchse
Rüde	der männliche Fuchs, der männliche Hund
Rute	der Schwanz des Hundes
schnüren	die Fortbewegung des Fuchses ohne Seitenabweichung, d. h., die Tritte werden wie auf einer Schnur aufgereiht hintereinander gesetzt

Sprung	Hindernis. Kann extra aufgestellt oder natürlichen Ursprungs sein
Spürsinn	der scharfe Geruchssinn eines Hundes
Terminkarte	Auf den Terminkarten sind Zeit und Ort einer jeden Jagd verzeichnet. Oft ist oben auf eine solche Karte die Formulierung »Jagdhundetreffen« gedruckt.
überlaufen	das Übersehen des Wilds bei der Suche
überschießen	Die Hunde bemerken eine Richtungsänderung der Fährte nicht und laufen in der vorherigen, jetzt falschen Richtung weiter.
Welpe	Hundejunges; Fuchsjunges
Wittrung	a) der Geruchssinn eines Tieres b) der Geruch eines Tieres
wölfen	heißt es, wenn eine Jagdhündin Junge wirft

Die Originalausgabe erschien 2003
unter dem Titel *Full Cry*
bei Ballantine Books, New York

ISBN 978-3-550-08739-4

Gesetzt aus der Janson
Satz: LVD GmbH, Berlin
Druck und Bindearbeiten: Clausen & Bosse, Leck
Printed in Germany

Sam Savage

Firmin
ein Rattenleben

Roman

Aus dem Amerikanischen von Susanne Aeckerle u. a.
216 Seiten. Gebunden mit Schutzumschlag
ISBN: 978-3-550-08742-4

»Firmin ist ein Buch, das für Leser geschrieben wurde, für Leute, die leidenschaftlich gern lesen und denen Bücher genauso real erscheinen wie die Wirklichkeit. Vielleicht realer.«
Donna Leon

Firmin wächst im Keller einer Bostoner Buchhandlung auf und liest sich Buch für Buch durch die Weltliteratur. Er entdeckt, wie spannend das Leben der Menschen ist und macht sich auf, ihre Freundschaft zu suchen. Sam Savage erzählt in diesem gefeierten Kultbuch die traurig-charmante Geschichte eines verkannten Außenseiters.

»Eine durch und durch poetische Ratte.«
Eduardo Mendoza

ullstein